Melodie

Rista

Rista word op Kroondal by haar ouma groot nadat haar ouers in 'n motorongeluk omgekom het. Na skool besluit sy om haar vlerke 'n bietjie te sprei en gaan kuier vir haar vriendin in Pretoria met die hoop dat sy 'n betrekking in die groot stad sal vind. Sommer gou ontmoet sy vir Pieter, kennisse van haar se prokureursvriend, wat haar daar en dan 'n werk in sy kantoor aanbied. Hy raak egter ook op die plek halsoorkop verlief op Rista en vra haar na 'n paar maande om met hom te trou. Sy voel nie dieselfde oor Pieter nie en toe sy dit vir hom sê, probeer hy selfmoord pleeg.

Pieter se tweelingbroer Chris, 'n mediese dokter, bly ook op Kroondal. Sonder dat hy al die inligting het, veroordeel hy dadelik die meisie wat vir sy broer se ongeluk verantwoordelik is en sweer wraak teen haar. Maar soos die noodlot dit wil hê, raak hy ook verlief op die skone Rista, en vind eers agterna uit dat dit sý was op wie Pieter sy hart verloor het. Wat nou gemaak met die wraak wat hy gesweer het teen die vrou wat sy broer verwerp het? Én wat die vrou is wat hy liefhet?

Die eerste skakel

Tobie raak halsoorkop verlief toe hy die mooie Amanda die eerste keer daar bo op die joolvlot sien. Soos die geluk dit wil hê, is sy 'n niggie van sy beste vriend en kan dié hom gevolglik aan die rooskoningin voorstel. Daar is net een groot probleem, en dis dat die pragtige Amanda verlief op en verloof is aan Vic, 'n aspirant-predikant. Tobie laat hom egter nie daardeur afsit nie.

Op 'n gesamentlike uitstappie na die berge, wat Vic toevallig nie kan meemaak nie, reën Amanda en Tobie vas en moet hulle twee die nag alleen in 'n grot deurbring. Hoewel dit 'n doodonskuldige sameloop van omstandighede is, veroorsaak dit 'n opskudding onder die gemeenskap en vanselfsprekend is dit vir Vic 'n onoorkombare verleentheid. Hy verbreek sy verhouding met Amanda en sy is gebroke.

Tobie besluit die eerbare uitweg is dat hy dadelik met Amanda moet trou, omdat dit die enigste manier is om haar goeie naam te beskerm. Sy stem in, hoewel sy hom waarsku dat sy nooit in die ware sin van die woord sy vrou sal wees nie omdat haar hart nog steeds aan Vic behoort. Tobie het Amanda oneindig lief en is steeds gewillig om voort te gaan met die huwelik. Sal hy daarin slaag om haar liefde uiteindelik te wen, of sal hy die res van sy lewe in 'n liefdelose huwelik verkeer met die wete dat sy dierbare Mandatjie se hart aan 'n ander man behoort?

Die rooikop van Sonnerus

Elise Veldman, die beeldskone, vurige rooikop-onderwyseres van Sonnerus, se liefde vir Armand van Rijn is besig om haar te verteer. Sy wou hom nie liefkry nie, het al trouens alles probeer om haar gevoel vir die aantreklike nuwe eienaar van haar ouers se buurplaas, Die Wilgers, dood te smoor. Sy word verder getreiter deur sy reputasie as 'n Don Juan wat met al wat meisie is flankeer, net vir eie afleiding en nooit omdat hy ernstig is nie.

Elise is egter die een wat sy hart steel, maar sy vertrou nie sy liefde nie, al wil sy bitter graag. Sy kan en sal nie toelaat dat hy

haar verneder nie, en tog kan sy nie die warmte van sy liefko-
sings weerstaan nie. Armand kan nie begryp waarom sy teen
haar liefde vir hom stry nie. Toe verskyn Tersia Dreyer op die
toneel. Sy is die Vrystaatse meisie, sy ouers se keuse vir hom, aan
wie hy volgens almal se mening verloof gaan raak.

Die situasie maak Elise sielsongelukkig. As Armand haar
werklik so liefhet soos wat hy sê, waarom skenk hy so baie
aandag aan Tersia? Elise besluit om haar te vereenselwig met
die feit dat Armand nooit net aan haar sal behoort nie. Al wat
sy kan doen, is om te trou met die betroubare maar onopwin-
dende dokter Piet Beukes, wat so lief vir haar is. Maar of die
besitlike, vurige Armand dit gaan toelaat, is 'n ander saak . . .

Susanna M Lingua-Keur 15

Rista
Die eerste skakel
Die rooikop van Sonnerus

Melodie

EERSTE UITGAWES VAN:
Rista: 1953
Die eerste skakel: 1957
Die rooikop van Sonnerus: 1959

Melodie
is 'n druknaam van
NB-Uitgewers
Heerengracht 40, Kaapstad
Kopiereg © Die skrywer 2011
Alle regte voorbehou

Omslagfoto: Gallo Images
Geset in 11.5 op 15 pt Bembo
Gedruk in Suid-Afrika deur
Interpak Books, Pietermaritzburg

Eerste uitgawe 2011

ISBN: 978-0-624-05268-5

Inhoud

Rista

1

Op tweejarige ouderdom moes Rista albei haar ouers afstaan aan 'n afgryslike dood. Gerhard de Vos se motor het op 'n spooroorgang met 'n aankomende lokomotief gebots.

Gelukkig was Rista daardie dag ongesteld en moes sy tuis bly by haar ouma, anders was ook sy in die ongeluk betrokke.

Die dae wat op die ongeluk gevolg het, was vir die klein dogtertjie baie verdrietig. Menige dag het Ouma, soos almal haar genoem het, bitterlik saam met die ongelukkige dogtertjie geween. Die eindelose weemoed en verlange wat so duidelik in die kind se donker ogies te bespeur was wanneer sy haar ouma aanstaar, was vir die ou dame te veel om te aanskou. Sy het magteloos gestaan om iets daaraan te doen, want geen trane kon die ouers ooit terugbring nie.

Soos die jare gekom en gegaan het, het die wond in Rista se hart langsaam genees, ofskoon dit sy merk onuitwisbaar op haar gelaat het.

Na die heengaan van oupa De Vos het Ouma hulle vrugbare plaas wat aan die Kraairivier grens en twaalf kilometer van die dorpie Kroondal geleë is, verkoop. Sy het al die behae wat sy voorheen in die boerdery geskep het, ineens verloor. En om voortaan daar alleen saam met Rista te woon, het Ouma nie voor kans gesien nie.

Met die plaas se geld het Ouma 'n groot, moderne, gemeubileerde losieshuis op Kroondal gekoop. "Ouma se losieshuis," soos almal op Kroondal later die plek genoem het, het drie ongetroude onderwysers, twee onderwyseresse en die dorp se enigste tandarts gehuisves.

Ouma het haar loseerders sonder uitsondering as haar eie kinders beskou. In haar het hulle 'n ware moeder en 'n getroue raadgewer ontdek. Sy het met 'n simpatieke oor na almal se leed en sorge geluister, en hulle dan van raad gedien waar dit nodig geblyk het.

Die mense het Ouma later so lastig geval vir losies dat sy verplig was om haar losieshuis te vergroot. Aangesien die gebou op vier erwe geleë was, was dit heel maklik om aan die linkerkant nog 'n vleuel van vier kamers aan te bring.

In die stel nuwe kamers het Ouma onmiddellik twee tiksters van die landdroskantoor, een landdrosklerk en die dorp se apteker gehuisves. Die hele groep tesame was soos een groot familie en besonder vrolik, aangesien hulle almal enkellopend was en geen sorge van 'n familie op hulle skouers gedra het nie. Vir hulle was die lewe elke dag na werksure die ene plesier en vermaak.

Net Rista het nie altyd meegedoen aan hulle vermaak nie. So 'n plesierige lewe het beslis nie in haar smaak geval nie. 'n Goeie boek het haar meer geïnteresseer as hulle plesier en vermaak. En tog het almal besonder baie van haar gehou, al was sy soms teruggetrokke.

Ofskoon Rista baie deur Ouma verwen is, was die ou dame se woord tog by haar wet en sou sy dit nooit waag om enigiets aan te te vang voordat dit Ouma se goedkeuring weggedra het nie. En vir haar swartkrulkopdogtertjie kon Ouma ook nooit iets weier nie. Ouma se enigste strewe tot dusver was nog altyd om Rista se lewe vir haar so aangenaam moontlik te maak. En juis daarom moes haar geringste ou wensie vervul word.

Maar nadat Rista matriek met eersteklas geslaag het, het die ou dame ten ene male verseg om haar universiteit toe te laat gaan. "Ek sal nooit die kind so ver van my af laat gaan nie," het sy menigmaal aan haar vriendinne gesê wanneer hulle die kinders oor 'n koppie tee sit en bespreek het.

Aangesien Rista nie daaraan gewoond was om haar ouma se wense te weerspreek nie, het sy haar dit maar laat welgeval, hoe swaar dit ook al vir haar was. Sonder 'n woord het Rista aan die ou dame se wense toegegee en haar begeerte om universiteit toe te gaan laat vaar.

"Jy sal tog nooit eendag nodig hê om te werk nie, my kind," het Ouma probeer verduidelik. "Jou vader het jou heeltemal vermoënd nagelaat. En wanneer ek te sterwe kom, is jy ook my enigste erfgenaam." Dan het sy weer byna pleitend gesê: "Vergeet tog nou maar die ou universiteit en bly by Ouma. Jy is al wat ek nog het, Ristatjie."

Vir die jong meisie was dit 'n gevoelige slag. Sy het so daarna uitgesien om haar te gaan bekwaam as 'n maatskaplike werkster. Ouma se besware en besluit het vir haar baie selfsugtig voorgekom. Sy leef tog immers nie meer in die ou dae toe 'n meisie se enigste ideaal net was om eendag 'n goeie huisvrou en moeder vir haar kinders te wees nie. Elke reggesinde jong meisie wil in 'n mate onafhanklik wees, haar bekwaam in die een of ander beroep wat sy later kan volg. Aan 'n huwelik en die veelvoudige pligte daaraan verbonde het Rista nog maar selde gedink.

Op haar negentiende verjaardag het Ouma haar verras met 'n pragtige, nuwe rooi motortjie wat as verjaardaggeskenk bedoel was. Haar groot donker oë het daardie dag letterlik gestraal van geluk by die aanskoue van die pragtig ontwerpte voertuig. Haar geluk het byna gedreig om haar te oorweldig. Gedagtig aan haar ouma se besorgdheid, het dit trane in haar oë gebring. Sy het byna nie geweet hoe om haar ouma te bedank vir so 'n groot, pragtige geskenk nie. Sy kon die ouer vrou net om die hals val en 'n aangedane "Dankie, Ouma" uitkry.

Rista het maar weinig kennis van die teenoorgestelde geslag

gehad. Die enigste jong man wat sy nog ooit na enige gesellig-heid, konsert of musiekuitvoering vergesel het, was haar vrien-din Brenda se broer, Johan, wat toe nog 'n proponent was en voor wie sy grootgeword het.

Sy het besonder baie van Johan gehou. Hy het haar hoflik en met respek bejeën. Hy het geen eise aan haar gestel nie en het haar vriendskap aanvaar op die voorwaardes waarop sy dit gebied het. Hulle vriendskap was 'n lus om te aanskou.

In Rista het Johan op sy beurt 'n ware pastoriemoedertjie ontdek. Sy was alles wat hy van 'n vrou verlang het. Sy was geensins vleierig en uitspattig soos 'n bakvissie nie. Vandat Johan haar ken – en dit is van kindsbeen af – was sy besadig en 'n opregte dametjie, ook baie intelligent.

In sy hart het Johan altyd die hoop gekoester om Rista een-dag sy eie te maak, want hoe nodig sou hy haar nie kry in die pastorie waar hy dalk honderde kilometers van sy eie mense geskei sou wees nie.

Met haar lieftallige geaardheid en fyn maniertjies sou sy vir hom die ideale lewensmaat wees. Sy sou hom soos geen ander nie kon bystaan en inspireer in die groot taak wat op hom ge-wag het. Saam sou hulle twee die werk van hul groot Skepper verrig – ja, in liefde en harmonie verrig.

By sy huisgenote was dit 'n uitgemaakte saak dat Johan hom met Rista in die eg sou verbind en sy is reeds in die landdros se woning as 'n lid van die gesin beskou. Sowel die landdros as sy vrou was trots op hulle seun se keuse vir 'n lewensmaat. Want het hulle Rista dan nie al van haar geboorte-uur af geken en geweet wat in daardie stil dogter steek nie?

Rista was egter onbewus van Johan se hartsgeheime. Sy het hom as 'n broer beskou aan wie sy al haar probleme kon toe-vertrou met die oog op goeie raad, waarvan sy ook mildelik gebruik gemaak het.

Johan het nooit sy hart vir Rista oopgemaak nie. Hy het maar te goed begryp dat haar gevoelens jeens die manlike geslag nog aan die sluimer was. En daardie sluimerende gevoelens wou hy nie toe al by haar wek nie, nie voordat hy 'n beroep aanvaar het nie. Ja, dan sou hy terugkom en haar om haar hand kom vra, haar saggies kom wek uit haar jare lange sluimering.

Intussen moes Johan optree as hulpprediker op 'n dorpie ongeveer tweehonderd kilometer van Kroondal af.

Maar na 'n tydperk van drie maande as hulpprediker kon hy terugkeer na Kroondal waar hy sy beminde moes agterlaat.

Met donker oë vol soet drome sit hy agter die stuurwiel van sy motor die landskap om hom en betrag. Dan staar hy weer versonke in sy gedagtes voor hom uit na waar die pad in die verte kronkel.

Haastig vreet sy motor die een kilometer na die ander op. Vir Johan kan die motor nie vinnig genoeg loop nie. Hy is haastig om by die huis te kom. Die hitte begin nou ook onuithoudbaar word en laat klein sweetdruppeltjies op sy voorkop pêrel.

Sodra hy twee hoë rotskoppe in sig kry, besef hy dat hy nou nie meer ver van Kroondal af is nie. En voor sy mismoedigheid die oorhand kry, hou hy reeds voor sy ouerhuis stil.

Tot sy grootste teleurstelling verneem hy dat Rista net die vorige dag per motor Pretoria toe is om by Brenda te gaan kuier.

So teleurgesteld soos hy nou voel, was proponent Coetzee nog nooit. Hy het hom juis so gehaas om vroeg tuis te wees sodat hy en Rista die middag stil kon gaan deurbring in die kloof wat digby die dorp geleë is. Hy het reeds so baie verlang na sy donkeroognooientjie. En dan is daar ook soveel wat hy vandag vertroulik met haar wou bespreek het. Daarom wou hy die middag in die kloof gaan deurbring het. Hy was van plan

15

om vandag terloops uit te vind hoe sy oor hom voel, want die onsekerheid waarin hy dag na dag verkeer, begin hom nou erg prikkelbaar maak. Nou moet hy ineens vind dat al sy verwagtinge verydel is – dat omstandighede sy planne in die wiele gery het.

So 'n waaghalsige meisiemens, dink hy bekommerd en met 'n sekere mate van afkeer toe hy die motorenjin aansluit om na Ouma se losieshuis toe te ry. Hy moet by die ou dame gaan verneem oor Rista se vertrek en hoor wanneer sy weer tuis verwag word. Dat sy jou waarlik so 'n lang reis alleen per motor gaan aandurf!

Op pad na die losieshuis is sy gedagtes net by Rista en haar veiligheid. As sy nou maar dadelik met haar aankoms in Pretoria skakel, sal dit sy swaarbelaaide gemoed heelwat verlig. Maar nou is die vraag nog of sy wel sal kan skakel!

2

Die voordeur is toe. Geruisloos maak Johan dit oop en stap die groot, koel ontvangkamer binne. Die huis is doodstil. Die loseerders is by die werk. Net die onafgebroke getik ... tik ... tik van die groot huishorlosie en af en toe die gekletter van skottelgoed in die kombuis is vaagweg hoorbaar.

Johan stap kombuis toe waar hy meen om Ouma aan te tref.

Voor die stoof vind hy Ouma waar sy besig is om tertjies te bak en die hele kombuis is deurtrek met die heerlike geur daarvan. Van kindsbeen af is tertjies al Johan se geliefkoosde snoepery, veral soos Ouma dit altyd bak.

16

"Hoe lyk dit, kan ek Ouma nie help om die tertjies af te druk nie?" groet hy die ou dame wat gebukkend voor die oop oond staan.

Behendig steek sy eers die laaste pan tertjies in die oond, dan draai sy om en soengroet hom vriendelik.

Sy beskou Johan feitlik al as 'n eie kind. En hy is so tuis in haar huis asof dit sy eie is. As kinders was dit sy, Brenda en Rista se grootste plesier om vir haar die tertjies en soetkoekies af te druk, of anders het hy panne gesmeer terwyl Brenda en Rista vir haar eiers geklits het wanneer daar droëkoekies gebak is.

Die ou dame kyk hom glimlaggend aan en sê-vra: "Aarde, kind, en hoe dink jy gaan jou pak lyk van die meel wanneer jy klaar is? Nee, gaan sit jy maar gerus en gesels met my." Terwyl sy 'n paar tertjies keurig op 'n bordjie rangskik en dit langs Johan op die tafel plaas, sê sy: "Mina, skink eers vir Johan 'n koppie lekker koffie. Die room is in die spens in die geel melkbeker, hoor!"

"Ja, toe, Mina, jy het lank laas vir my koffie met room gegee. Sterk koffie met baie room, hoor!" kom dit vriendelik van Johan wat feitlik voor Mina grootgeword het. Vandat hy Ouma ken, werk Mina al vir haar. "Ek het nie bedoel om Ouma te kom steur nie," merk Johan verskonend op toe die ou dame regoor hom aan die ander kant van die tafel gaan sit.

"Jy steur my nie in die minste nie, my kind. Die oond is op die oomblik vol tertjies. Ek sit net so 'n wyle tot hulle gaar is," verduidelik sy en vervolg weer: "Maar hoor, dis goed om jou terug op Kroondal te sien. Ons het jou nogal baie gemis, weet jy."

Johan wonder of dit met Rista ook die geval was, of sy hom ook gemis het. Hoe verheug sal hy tog nie wees indien dit wel die geval is nie. Maar dan bring die ou dame hom terug aarde toe, want sy gedagtes het vir 'n oomblik baie ver in die toekoms rondgesweef.

"Jy weet natuurlik al dat Ristatjie gisteroggend weg is Pretoria toe om vir Brenda te gaan kuier?"

"Ja, Ouma, dis juis waarom ek hier is. Ek kan werklik nie begryp hoe Ouma kon toelaat dat Rista so 'n lang reis alleen aandurf nie. Sy kon mos met die trein gery het," sê hy bekommerd en amper vererg teenoor Ouma wat skynbaar glad nie besorgd is oor Rista se veiligheid nie.

"Ag, Johan, sy het nou verkies om self te ry. Ek kan darem ook nie altyd teen haar wense beswaar maak nie, kind. Ek dink tog jy bekommer jou verniet oor Ristatjie. Sy is heeltemal in staat om na haarself te kyk," verduidelik Ouma in die hoop om Johan te oortuig dat Rista veilig in Pretoria aangeland het.

"Wel, ek hoop van harte so, Ouma," sê hy. "Wanneer verwag jy Rista terug, Ouma?"

"So oor twee maande, Johan. Natuurlik nadat al hierdie gewerskaf en bouery aan die huis eers op 'n end is. Jy weet mos ons Ristatjie hou nie van so 'n gedrang om haar nie."

"Wie gaan Sondae in Rista se plek orrel speel, Ouma?"

"Wel, jou moeder het aangebied om haar plek te vul tot tyd en wyl sy terug is, my kind."

"Ek hoor Ouma bou aan vir dokter Myburgh en sy ouers. Wanneer verwag Ouma hulle?" verneem hy weer toe hy die koppie koffie optel waar Mina dit langs hom op die tafel geplaas het. Hy merk dat Ouma vanmôre lus voel vir gesels. En wanneer Ouma die dag lus het vir gesels, kom mens nie maklik van haar af weg nie. Dus sal hy haar maar met vrae bestook in plaas daarvan dat sý dit doen.

"Wel, hulle wil graag oor twee maande intrek. Ek hoop net dat hierdie gewerskaf dan al op 'n end is, want die gemors buite van stene en sement is genoeg om enigeen rasend te maak. G'n wonder ou Ristatjie het daarvoor gevlug nie." Na etlike sekondes sê sy weer: "Ek hoop nie jy ontvang 'n beroep voor

Ristatjie se een en twintigste verjaardag nie, Johan, want sien, ek wil graag vir haar 'n partytjie . . ."

"Wanneer verjaar sy nou weer, Ouma?" val hy haar effens uit die veld geslaan in die rede. Dat hy jou waarlik so 'n belangrike gebeurtenis kon vergeet.

"Eers oor vyf maande," hoor hy die ou dame sê.

"Ek is bevrees teen daardie tyd is ek lankal weg, Ouma, aangesien ek reeds 'n beroep ontvang het en binne 'n maand moet vertrek."

Die ou dame wens hom geluk en spreek ook haar seënwense uit. Sy onthou nog so goed hoe hulle as kinders gewoonlik kerk gespeel het. Dan was Rista en Brenda die gemeente en hy die predikant. En hoe waardig was sy houding nie toe al toe hy so met 'n oop boek voor hulle tweetjies op 'n stoel gestaan het wat as preekstoel moes dien nie. Nee, Johan sal voorwaar 'n waardige leraar wees. Een wat hom hart en siel in sy groot taak sal werp sonder om 'n oomblik daarvoor terug te deins.

"Verskoon my, Johan," sê Ouma later. "Ek het dit totaal uit die oog verloor dat 'n predikant nie dans nie."

Johan merk haar verleentheid en stel haar gerus deur te sê: "Wel, ek sou beslis nie gedans het nie, Ouma, want soos sake staan kan ek nie eens dans nie, behalwe 'n outydse wals natuurlik. Maar ek sou darem ook nie dat die dansery my daarvan weerhou het om Rista te kom gelukwens nie."

Na 'n wyle sê hy egter weer, duidelik teleurgesteld: "Nou sal ek Rista nie eens sien voor my vertrek nie. Of ek moet haar agternasit, wat ek baie lus het om te doen. Ek wou haar juis so dringend spreek voor my vertrek." Die laaste sin het hy meer aan homself gerig as aan die ou dame.

"Dis nogal nie 'n slegte plan nie, Johan," merk sy bedaard op. Sy kan so half en half gis waarom hy Rista nou ewe skielik

19

so dringend wil spreek. Sy het verwag dat dit sal gebeur sodra hy 'n beroep ontvang, want wat beteken 'n pastorie sonder 'n predikantsvrou? "Ja, en wat ek jou nou wou vertel het, Johan," sê sy. "Jy weet natuurlik nog nie dat dokter Myburgh se ou vader ook 'n geneesheer is nie, 'n afgetrede geneesheer."

"Nee, Ouma."

"Nou ja, hy kom glo eintlik saam om gesondheidsredes, daarom wil hulle vir eers loseer. Indien die Kaap se klimaat hom geval, sal hulle blykbaar later self hier huis opsit. Hulle kom mos ook van Pretoria af."

"So. Wat makeer die ou oom nogal, Ouma?"

"Gits, kind, ek verstaan hy ly glo al jare aan chroniese brongitis." En met hierdie woorde staan sy op om na die tertjies in die oond te gaan kyk.

Johan plaas die leë koppie op die tafel en staan dan op. Hy het klaar besluit om sommer vandag nog Pretoria toe te vertrek. Hy moet Rista eenvoudig spreek voor sy vertrek.

Hy groet die ou dame nadat hy haar op behoorlike wyse bedank het vir die koffie en tertjies. Hy stap haastig na sy motor wat voor die losieshuis geparkeer staan. Hy moet Rista so gou moontlik spreek en self van haar verneem of sy jare lange drome en verwagtinge enige waarheid bevat.

Toe hy by die huis kom, tref hy sy moeder en vader in die sitkamer aan waar hulle gesellig hulle elfuurtee sit en geniet.

"Kom sit, Johan. Jy sal seker ook 'n koppie tee drink," sê sy moeder besorg.

Johan staan en vroetel met sy pyp in sy baadjiesak terwyl hy swyend na die teegerei op die tafeltjie staar. Dan sê hy ingedagte: "Dankie, Ma, ek het pas tertjies en koffie by Ouma geniet."

"Nou ja, uit dan met wat jy te sê het, kêrel," kom dit moedig van sy vader wat met 'n kennersoog reeds sy seun se afgetrokke houding bespeur het en deeglik bewus is daarvan dat hy iets vertrouliks aan hulle wil meedeel.

"Hoe weet Pa dat ek wel iets op die hart het?" verneem hy met 'n glimlaggie, maar tog effens verward. Sy vader het die wind nou skoon uit sy seile geneem met sy onverwagte opmerking.

"Jy is nie verniet my seun nie, Johan. Ek ken elke trekkie, elke rustelose beweginkie van jou al op die punte van my vingers. Vertel ons maar gerus wat dit is."

"Gits, Pa het my nou so skielik oorval, my nou letterlik in 'n hoekie gedryf. Op die oomblik weet ek nie waar om te begin nie," lag hy verleë. Dan klop hy sy pyp liggies in die haard uit om so sy verleentheid te verberg.

Plaend voeg sy vader hom weer toe: "Wou jy miskien ouers gevra het, Johan?" Toe hy sy seun se verleentheid bespeur, sê hy: "Hoe lyk dit dan vir my ek het die spyker op die kop geslaan, ou seun?"

"Gedeeltelik nogal, Pa. Wanneer ek eers terug is van Pretoria af, mag dit straks werklik die geval blyk te wees. Maar julle begryp natuurlik dat ek Rista eers om haar hand moet gaan vra voor ek dit so ver kan bring om ouers te vra. En dit is juis wat ek aan Ma en Pa wou verduidelik het – dat ek Rista wil gaan vra om my vrou te word."

"My seun, dit sal nie eens vir jou nodig wees om ouers te vra nie, want jy het reeds ons goedkeuring. Ons wens jou alle heil en seën toe. Dit sal vir ons 'n heuglike dag wees die dag as jy en Ristatjie in die huwelik bevestig word."

"Dankie, Pa. Ek besef lankal dat Rista julle goedkeuring wegdra as lewensmaat vir my. En dankie vir julle seënwense. Ek sal dit beslis nodig hê," sê hy opreg dankbaar.

"Wat is jou plan . . . wanneer wil jy Pretoria toe gaan, Johan?"

21

"Sodra Ma vir my 'n tas gepak het, Pa," sê hy en stap na sy moeder wat nog langs die teetafeltjie sit, plaas sy hande liggies op haar skouers en sê sag, pleitend: "My ou moedertjie gee mos nie om wanneer haar lastige seun haar so pla nie, nè?" Dan plaas hy 'n soen op haar bruin kroontjie waarin die silwer drade ook al effens sigbaar is.

"Wanneer wil jy ry, my kind?"

"Onmiddellik, Ma. Sodra my tas gereed is."

3

Die pragtige, moderne siersteenhuis met sy rooi teëldak en groot vensters staan verskuil agter reuse-jakarandabome wat op die oomblik oorlaai is met ligpers bloeisels.

Geklee in 'n keurige, bont somersrokkie, lê Rista uitgestrek op die koel gras onder die lawende skaduwee van die grootste ou jakaranda.

Diep versonke in haar gedagtes lê sy op Brenda en wag, wat nou enige oomblik haar verskyning sal maak met hulle middagete. Van waar Rista op die gras lê, kan sy niks van die verkeer in die straat hoor nie. Sy en Brenda het vir hulle 'n goed verskuilde plekkie uitgesoek waar hulle ongestoord kan sit en gesels.

Sy lê en wonder wat Oumatjie op dié oomblik doen. Sy verlang seker al klaar na haar dogter. Oumatjie kan mos nie verdra dat haar dogtertjie van die huis af moet wees nie.

Vaagweg hoor Rista mense van die huis se kant af aangestap kom, maar sy kan hulle stemme nog nie onderskei nie.

Seker maar weer een van Brenda se menigte vriendinne, besluit sy en laat haar kop liggies op haar gevoude arms sak. Die reuk van gras en klam grond styg behaaglik in haar neus op. Dit laat haar terugdink aan haar kinderjare en die plaas waar sy grootgeword het.

Op die oomblik voel Rista betreklik lomerig van Pretoria se hitte wat dreig om haar aan die slaap te sus.

Ek sal inderdaad aan hierdie hitte moet gewoond raak indien ek hier wil bly, dink sy half aan die slaap.

Meteens word die stemme al duideliker. Sy kom orent. Op dieselfde oomblik kom Brenda en die lang, skraal gestalte van Johan onder die bome te voorskyn.

Versigtig plaas Johan die skinkbord met die teegerei op die naaste tafeltjie. Dan stap hy opgetoë na Rista wat nou ook opgestaan het.

Hartlik en bly groet hy haar met 'n broederlike soen. Dan verneem hy belangstellend na haar welstand.

Rista is aangenaam verras om hom te sien. Hy is werklik die laaste mens wat sy op die oomblik in Pretoria verwag het.

Johan sien die verrassing wat sy koms veroorsaak duidelik op haar gesig. Dit doen sy hart goed om te sien dat sy tog verheug is om hom weer te sien.

"So," voeg sy hom skertsend toe, "dan het proponent Coetzee ook eindelik besluit om Pretoria te besoek."

"Kyk, meisie, in die vervolg spreek jy my asseblief aan as dominee Coetzee, hoor!" voeg hy haar in dieselfde luim toe onderwyl hy ondeund in haar donker oë glimlag. "Ek is hier vir sake, nie om Pretoria self te besoek nie." Vir etlike sekondes staar hy haar swyend aan met 'n blik wat verlangend op haar fynbesnede gesiggie rus. Hy het so verskriklik na hierdie klein mensie verlang. Sy hou sy hele hart in haar twee klein handjies en hy wonder of sy dit ooit besef. Dan sê hy saaklik en kalm: "Kom, nooientjie, die tee word koud."

Al geselsend beweeg hulle na waar Brenda reeds besig is om die tee te skink. Hulle gaan sit langs mekaar op 'n bankie reg-oor Brenda terwyl hulle die teeskinkery swyend gadeslaan.

"En jy sê die end van die maand moet jy vertrek, Johan?" verbreek sy suster die stilte wat 'n oomblik om hulle gehang het.

"Ja, sus, dan sal jy jou boetie nie weer gou sien nie, tensy julle natuurlik vir my kom kuier." Dan sê hy weer plaend en met 'n ondeunde blik op Rista gerig: "Maar ek dink tog ek moet Ristatjie saamkarwei om vir my te gaan huishou. Wie gaan vir my knope aan my hemde werk, vir my kos kook, vir my . . . nou ja . . . wel, dit nou daar gelaat, wie gaan vir my al hierdie ou werkies doen?"

Rista sê laggend: "Ja-nee, jy is nou werklik in 'n nare ver-knorsing."

"Hoe lyk dit, meisie?" gaan Johan in dieselfde luim voort. "Is jy darem al in staat tot sulke ou werkies, of sal ek jou dit eers moet leer?"

"Johan, jy is baie snaaks, nè? En astrant," lag sy. "Jy sal my eers moet leer. En dan moet jy goed begryp dat ek nie vir 'n paar rand per maand sal werk nie. O nee, jy sal my darem 'n ordent-like bedrag moet betaal."

"Wel, ek gee nou nie juis om om jou 'n ordentlike salaris te betaal nie, maar dan wil ek natuurlik uitstekende werk hê. Jy moet goed begryp dat jy vir die onderrig ook sal moet betaal indien ek jou eers die werk moet leer."

"H'm, ek moet sê dit klink heel redelik," lag sy.

"Nou goed, dan is dit so afgespreek. Die eerste drie maande betaal ek jou niks, omdat dit die tydperk sal wees waarin ek jou moet touwys maak. En die eerste ding wat jy natuurlik sal moet aanleer, is dat wanneer jy vir my 'n knoop aanwerk, jy asseblief 'n knewel van 'n knoop aan die punt van die garing

24

moet maak. Anders sien ek gevaar dat die hele knoopaanwer-kery telkens herhaal sal moet word."

"Nee, maar ek wil dit so hê," glimlag sy spottend. "Ek gee nogal glad nie om om selfs 'n rots aan die end van die garing vas te maak in plaas van net 'n knoop nie."

"Gaaf, dan verstaan ons mekaar op daardie gebied. Maar ek moet sê dat daar nog heelwat vir jou te leer is. Ek wonder selfs of jy alles in drie maande sal leer, want ek is nogal 'n besonder kieskeurige ou. Dit mag jou straks nog 'n leeftyd neem om alles te leer."

"Wel, ek hoop nie so nie, dominee. Ek is nogal 'n doring met 'n kospot, indien ek vir my dienste betaal word, natuurlik."

Gesellig sit die drietal die middag onder die bome en skerts. Al drie besef dat hulle so 'n aangename middag nie weer gou saam sal beleef nie. Die middag gaan vir hulle egter heeltemal te gou verby.

Buite skyn die maan helder. In die huis is dit warm en bedom-pig. Jurie het sy koerant geneem en op die voorstoep gaan sit, en Brenda het sy voorbeeld gevolg met 'n stukkie breiwerk.

Rista sit op die rusbank en blaai deur Brenda se fotoalbum terwyl Johan weggesak in 'n gemaklike leunstoel aan sy pyp sit en suig.

Hy sit Rista en betrag waar sy soos 'n skooldogter met haar een been onder haar ingevou sit. In sy gedagtes is hy besig om dit te oorweeg of hy haar vanaand al sal nader in verband met die sakie waaroor hy hom spesiaal na Pretoria gehaas het, en of hy dit maar liewer moet uitstel tot 'n later geleentheid.

Nee, dink hy effens ongeduldig, hierdie onsekerheid gaan hy nie meer 'n dag langer duld nie. Hy moet vanaand nog weet hoe sy teenoor hom voel. Ja, niks langer as vanaand gaan hy meer wag nie.

Langsaam wikkel hy hom uit die stoel, krap sy pyp tydsaam in die asbakkie op die tafel uit en plaas dit terug in sy baadjiesak. Dan stap hy na die rusbank en gaan swyend met sy hande in sy broeksakke voor Rista staan.

Toe sy skaduwee op die oop album val, kyk Rista op, reg in sy oë. Sy merk dat sy oë verlangend in hare kyk. Verleë laat sy haar blik sak. Sy voel haar gesig word effens rooi. Sy kan nie begryp waarom Johan haar so aanstaar nie . . . so asof hy haar iets vertrouliks wil vertel.

Johan, wat haar verleentheid sien, stel haar gou gerus deur te sê: "Ek het nou net gewonder of jy nie saam met my deur die tuin wil gaan wandel nie, Ristatjie. Dis verstikkend warm hier binne en die koel aandlug buite is so aanloklik."

"Noudat jy daarvan praat, ek het lankal lus om buitentoe te gaan," sê sy kalm noudat sy haar selfvertroue herwin het. Sy weet nie wat haar in die laaste tyd makeer dat sy vir die geringste ou dingetjie staan en bloos nie. Johan is tog geen vreemdeling vir haar nie. Maar daar is iets in sy blik . . . iets wat sy nie begryp nie. Dis al vir haar of hy met sy oë tot in haar diepste wese wil deurdring, asof hy al haar gevoelens en gedagtes wil ontbloot.

Sy gaan sit op haar hurke voor die boekrak en plaas die album terug in die opening waar sy dit uitgehaal het. Dan strek Johan sy hand uit en help haar galant orent. Nonchalant trek hy haar arm deur syne asof dit vir hom 'n alledaagse ding is om te doen.

Ingehaak stap hulle stadig met die paadjie af wat deur die tuin kronkel. 'n Entjie van die huis af gaan hulle in die skadu van 'n boom staan en met lang teue adem hulle die verfrissende aandlug in.

"O, maar dis heerlik buite, Johan," sê sy sag, fluisterend, asof sy bang is dat haar stem die heerlikheid daarvan sal bederf.

"Dis regtig aangenaam. Maar kom ons gaan sit êrens, dan kan ons mos beter gesels."

"Kom ons sit sommer hier op die gras."

Sy sak op die koel, vogtige gras neer en vou haar een been weer gemaklik onder haar in. Johan volg haar voorbeeld en gaan sit skuins agter haar met sy bene uitgestrek en sy rug teen die boomstam. Versigtig trek hy haar agteroor sodat sy liggies in sy arms rus.

Etlike sekondes staar hy af in haar fyn, hartvormige gesiggie wat effens bleek vertoon in die maanlig. Die begeerte om haar styf teen sy bors vas te druk en haar sagte rooi lippe te soen, kan hy byna nie weerstaan nie. Al die emosies wat hy jare lank al onderdruk, wil nou met alle geweld te voorskyn tree.

Rista, wat totaal onbewus is van Johan se innerlike begeertes, laat haar kop behaaglik, onskuldig in sy sterk arm rus. By hom voel sy altyd so veilig. Sy sterk persoonlikheid werk so kalmerend op 'n mens in dat jy nie anders kan as om beskermd te voel in sy nabyheid nie.

"Luister, nooientjie," begin hy na etlike minute se stille oorweging bieg. "Ek het natuurlik vanmiddag 'n noodleuentjie vertel toe ek gesê het dat ek hierheen gekom het vir sake. Die eintlike rede waarom ek hier is . . . wel . . . die verlange na jou . . . om jou weer te sien voor my vertrek, kon ek eenvoudig nie langer uithou nie, Ristatjie. Ek het jou lief. Ek het jou nog altyd liefgehad." Dan swyg hy 'n wyle.

"Toe ons nog kinders was, het ek jou liefgehad as my klein maatjie wat altyd my beskerming nodig gehad het. Jy was altyd my ou krulkopmaatjie vir wie ek alles sou doen. Dit het my altyd so verheug om jou gelukkig te sien, Ristatjie. Maar ons het ouer geword en op hoërskool het my liefde vir jou saam met die jare gegroei. Toe het ek jou weer liefgehad as 'n jeugvriendin. Jou vriendskap was vir my van onskat-

27

bare waarde. Dit het die beste wat in my was te voorskyn gebring. Dit het my gemaak wat ek vandag is en ek kon later nie meer daarsonder nie, dit het by my 'n onsterflike behoefte geword. Vandag is jy egter 'n volwasse nooientjie en bemin ek jou met die liefde van 'n minnaar, soos 'n mens maar een maal in 'n leeftyd kan bemin. Sal jy my vrou word, Rista, my liefling?"

Sy kom stadig orent. Op dié oomblik weet sy nie wat om te sê nie. Johan se liefdesverklaring het haar skielik, te onverwags, so onvoorbereid oorval. Hy verwag 'n antwoord op sy vraag, maar sy weet nie wat om aan hom te sê nie. Hý wat al soveel jare lank haar trouste vriend is ... Waarom moet dit nou juis sý wees wat hom so seermaak?

Swyend staar Rista in die duister ver voor haar uit met oë wat dof is van pyn, terwyl die trane stilweg oor haar wange begin vloei.

Johan skryf haar swye egter aan skugterheid toe. Teer neem hy haar gesig tussen sy hande en dwing haar sodoende om in sy oë te kyk. Dan merk hy dat haar wange nat is en dat haar oë vol trane is. "Rista!" roep hy sag en besorg uit. "My dierbaarste, wat makeer jou tog?"

"Ag, Johan," sê sy snikkend. "Hoe moet ek jou tog vertel wat my makeer? Nee, ek kan nie ... Ek kan jou nie so seermaak nie. Jy verdien dit nie. Jy wat nog net altyd goed was vir my," snik sy voort.

"Toe maar, my liefste, ek begryp volkome," fluister hy bemoedigend. "Jy kan dit tog immers nie help as jou liefde nie aan my behoort nie."

"O, Johan, ek voel so selfsugtig dat ek jou edel liefde nie kan aanvaar nie. Dat ek al die jare net van jou geneem het en jou niks kon bied nie. Al die jare het jy my oorlaai met jou onselfsugtige liefde en nou staan ek voor jou met leë hande

– niks om jou mee te vergoed nie. Ag, my vriend, ek is jou liefde nie werd . . ."

"Nee, my liefste," val hy haar sag in die rede. "Dit moet jy nooit weer sê nie. Ons Almagtige Vader beskik oor alles. Sonder sy wil sal daar nie 'n haar van ons hoof val nie." Dan swyg hy weer. "Dit is natuurlik vir my bitter, die wete dat jy nooit aan my sal behoort nie. Maar ek moet daarin berus. Ek verlang dit veel eerder so as dat jy 'n huwelik moet sluit sonder liefde. Jou geluk beteken vir my veel meer as my eie geluk, Ristatjie. En ek hoop dat ons altyd sulke goeie vriende sal bly soos voorheen. Ek moet môre al weer vertrek en ons sal mekaar nie gou weer sien nie. Maar onthou, maatjie, indien jy my dalk eendag mag nodig kry, moet nooit skroom om my te nader nie. Ek sal altyd bereid wees om jou van hulp te wees, want jy is vir my dierbaarder as wat jy ooit kan besef. Jou geluk is ook my geluk. Ek wil graag hê jy moet altyd gelukkig wees."

"Johan, jy is so goed vir my. Hoe kan ek jou ooit bedank vir jou onselfsugtige liefde en sorgsaamheid?"

Liggies plaas hy sy arm om haar skouers en sê teer: "Deur nou nie meer een traan te stort nie, my liefling." Hy droog haar trane met sy sakdoek af en kyk diep in haar donker oë wat nog steeds in trane swem. "So, nou nie meer een traan nie, hoor," maan hy moedig. Toe sy flou deur haar trane glimlag, sê hy: "Dis beter. Dis hoe ek jou graag wil onthou, my skat. Vir my sal jy altyd 'n glimlaggende wesentjie bly. Net jammer dat die glimlaggie vanaand so flou is."

"Ek sal jou nooit vergeet nie, Johan," sê sy sag en probeer haar stem kalm hou terwyl sy weemoedig opkyk in sy oë wat self ook van weemoed getuig.

4

Na ete, terwyl Brenda en Rista sit en briewe skryf, sit Jurie op die stoep en rook. Sy koerant lê vergete langs hom op die bank. Hy luister na die uitbundige stemme van die kinders op sy bure se grasperk. Een van die dae sal hy en Brenda ook die skril stemmetjie van 'n eie kindjie in hulle huis hoor.

Jurie glimlag toe hy weer dink aan die môre toe die spesialis hulle verwittig het dat Brenda gaan ma word. Daardie dag was hulle net so uitbundig van vreugde soos die spelende kinders van sy buurman.

Jurie se pyp lê lankal dood, maar bloot uit gewoonte sit hy nog daaraan en suig. Ineens word die opgewekte stemme van die kinders stil en 'n byna tasbare stilte sak om hom toe.

Die horlosie het pas agtuur geslaan toe Jurie 'n motor by die groot hek hoor inry. Die volgende oomblik hou die luukse roomkleurige motor van Pieter Myburgh, prokureur en huisvriend van die Van Zyls, voor die deur stil.

Jurie stap nader en groet hom vriendelik. "Dis aangenaam om jou weer te sien, Pieter," sê hy vir die skraal kêrel toe hy sy hand hartlik skud. Jurie nooi hom binne, maar Pieter stel voor dat hulle sommer op die stoep sit.

"Hoe gaan dit met Brenda?" vra Pieter.

"Nee, man, onder omstandighede nogal goed. Sy het nou 'n vriendin wat hier kuier."

"Maar dis gaaf. Ken ek haar miskien? Ek bedoel natuurlik, die vriendin van haar wat hier kuier," kom dit nuuskierig van die vrygesel wat daarop roem dat geen vrou nog ooit sy hart kon verower nie.

"Ek glo nie, Pieter. Sy is eintlik 'n vriendin uit my vrou se jeugjare. Maar sy is 'n oulike meisie, ou Pieter. Haar soort is maar yl gesaai."

"Ja-nee, as sy só deur jou opgehemel word, moet sy bepaald iets wees. Ek sal haar nogal graag wil ontmoet. Is sy darem iets vir die oog?" vra hy weer tergerig.

"Jy kan self besluit nadat jy haar ontmoet het. Kom, dan gaan stel ek jou aan haar voor."

Hulle tref die twee vroue in die eetkamer aan, elk met 'n skryfblok voor haar. Rista is egter al klaar en net besig om haar brief op te vou.

Brenda staak onmiddellik haar ywerige skrywery en neem Pieter se uitgestrekte hand. "Goeienaand, vreemdeling."

"Gits, ek kan jou dieselfde toevoeg, Brenda," werp hy in dieselfde luim toe. "Ek kom besoek julle darem nog, maar julle, nooit!"

Jurie stel Pieter aan Rista bekend.

Verras tree Pieter vorentoe, neem Rista se sagte handjie in syne en prewel 'n "aangename kennis, juffrou". Die verrassing van die oomblik is vir hom te skielik. Haar voorkoms oortref sy verwagtinge heeltemal. In stille bewondering staar hy na haar. Vir hom voel dit asof hy droom, asof die meisie voor hom maar net 'n droombeeld is en weer enige oomblik voor sy oë kan verdwyn.

In een vlugtige oomblik neem Rista Pieter se gesig waar. 'n Vriendelike gesig wat van 'n goeie karakter getuig, dink sy.

Dan los Pieter haar hand en vra effens ontwrig, skynbaar net om iets te sê, want op die oomblik kan hy aan niks oorspronkliks dink om te sê nie: "Waar kom jy vandaan, juffrou?"

"Wel, ek is eintlik 'n Kaaplandse meisie," glimlag sy hom vriendelik toe.

"Hoe lank gaan jy nog by ons kuier?" vra hy effens nuuskierig. Hy sal graag meer van haar wil sien. Sy lyk glad nie vir hom na die soort meisie wat soos 'n oorryp peer in 'n man se skoot sal val nie. Van daardie soort het hy nou net mooi oorgenoeg gehad. Hulle is 'n las om 'n man se nek en verder goed vir niks. Hulle hele, nuttelose lewe bestaan feitlik net uit skemerpartytjies en dans. Dit wil natuurlik sê wanneer hulle nie besig is om hulle vinger- en toonnaels rooi te verf nie.

Dan hoor hy Rista sê: "My plan is om nog 'n maand te vertoef. Dis natuurlik te sê as my gasvrou nie voor daardie tyd vir my moeg word nie." Die laaste sin uiter sy plaend in Brenda se rigting.

"Haai, Rista, jou klein vabond!" roep Brenda gemaak verontwaardig uit. Aan Pieter en Jurie sê sy kamma uiters gekrenk: "Verbeel julle, na ek my byna dood moes soebat om haar hier te kry, maak sy waarlik sulke gevolgtrekkings omtrent my. Is dit nou nie genoeg om enige goeie mens die joos in te maak nie?"

"Toe maar, Brenda," paai Rista laggend. "Ek het dit werklik nie so erg bedoel nie, maatjie. Ek belowe om dit nie weer te sê nie, hoor. As dit jou sal pas, sal ek selfs by jou loseer ook. Ek het juis verlede week al besluit om hier in julle stad vir my werk te soek," glimlag sy.

"O, Rista, maar sal dit nie gaaf wees nie!" roep Brenda spontaan uit en val haar vriendin byna met geweld om die hals van blydskap. "O, ek kan dit skaars glo!" hyg sy opgewonde. Nog steeds oorstelp oor Rista se goeie nuus, merk Brenda weer op, met haar arm nog steeds om haar vriendin se skouers geslaan: "Dis werklik te goed om waar te wees, Rista! En hoe het Oumatjie jou besluit aanvaar?"

"Wel, sy is baie teleurgesteld, soos jy self kan begryp. Sy dring daarop aan dat ek net vir ses maande werk en dan teruggaan."

"Jou klein skelm, en jy vertel my nou eers daarvan."

"Wel, alles hang natuurlik daarvan af of ek in die volgende maand werk kry."

"Met Pieter en Jurie se hulp sal jy ongetwyfeld baie gou 'n betrekking vind, Rista."

"Nee, maatjie, as jy reken dat ek Jurie of meneer Myburgh daarmee gaan lastig val, begaan jy 'n groot fout. Ek is geensins van plan om vir iemand 'n las te wees nie en jy behoort dit immers te weet."

"Hemel, dié meisiemens," kla sy teenoor Jurie en Pieter. "Sy wil nou werklik ook nie eens dat 'n mens haar 'n guns bewys nie, begryp jou aan!"

"Ja, dis nogal jammer, nè?" sê Pieter.

"Maar kyk, julle vergeet blykbaar dat Rista oud genoeg is om haar sake self te reël en dat sy geen hulp van ander nodig het nie," berispe Jurie hulle goedig. Hy begryp volkome waarom sy ander se hulp afkeur. Noudat sy uit is onder die beskermde vlerke van 'n sorgsame Oumatjie wat gewoonlik alles vir haar doen en reël, wil sy graag op haar eie bene staan en dinge vir haarself doen.

"Jy het volkome gelyk, ou vriend," hoor hy Pieter weer sê. "Maar jy besef blykbaar nie dat my persoonlike assistent reeds kennis gegee het en die end van die maand my kantoor gaan verlaat nie, nè?"

"Maar dan is dit mos 'n gulde kans vir jou om self vir Rista te nader, Pieter."

"Juis, dis net wat ek beoog het. Maar toe weier sy mos ons hulp en jy sterk haar sowaar nog in haar kwaad."

"Nou ja, vriend, al raad wat ek jou nou kan verskaf, is dam haar by en praat die ou sakie uit. Ek is seker, indien jy haar baie mooi soebat en belowe om vir haar goed te wees soos 'n eie vader, of selfs soos 'n eie oupa, sy jou sekerlik sal bejammer en uit die verknorsing sal help."

In die kombuis is Brenda besig om koppies reg te sit terwyl Jurie die elektriese ketel half met water vul en dit aanskakel. Hy gaan sit op 'n stoel langs die tafel en kyk hoe sy vrou keurig versnaperinge in die vorm van soutigheidjies voorberei.

"Jurie," sê sy sag, vertroulik. "Het jy gemerk hoe bewonderend Pieter Rista aangestaar het nadat jy hulle aan mekaar bekendgestel het?"

"Ek het nou net oor dieselfde onderwerp sit en dink en tot die slotsom gekom dat hy bepaald 'n gelukkige vent sal wees indien hy beter vaar as Johan en sy voorgangers."

"Wat bedoel jy, my man?"

"Rista is nog glad nie ryp vir 'n man se liefde nie. Ek sê jou nou dat menige man nog dieselfde paadjie sal bewandel as Johan. Net, met sommige mag dit dalk slegter gaan. Almal het nie die innerlike krag wat Johan het nie – veral nie Pieter nie."

"Nou waarom vertel jy hom nie al hierdie feite nie, Jurie?"

"Moet jou nie daaroor ontstel nie. Pieter is g'n kind nie. Hy behoort immers self te kan sien dat Rista nog onvoorbereid is om enige man se liefde te aanvaar. Haar optrede spreek tog vanself. Sy behandel almal asof hulle haar broers is en dit is genoeg bewys dat sy nog nie reg is vir 'n verhouding nie."

Nadat Brenda en Jurie die eetkamer verlaat het, sit Pieter etlike sekondes lank swyend aan 'n sigaret en suig terwyl hy peinsend voor hom uitstaar. Dan draai hy hom half om, kyk Rista kalm aan en sê saaklik: "Juffrou, ek wil jou graag spreek in verband met die betrekking waarvan ek netnou gepraat het. Soos jy reeds weet, gaan my persoonlike assistent die einde van die maand weg. Nou het ek gewonder of jy boekhou ook kan doen, want tik en boekhou is eintlik 'n vereiste in my kantoor."

"Tik en boekhou is al wat ek kan doen, omdat ek nie juis vir enigiets opgelei is nie."

"Wel, as dit die geval is, is alles in die haak. Ons kan nog oor die salaris praat. Nou is die vraag nog net of jy bereid is om die pos te aanvaar. Jy gaan my tog seker nie teleurstel nie, juffrou.

Ek weet werklik nie of ek gou 'n plaasvervanger sal vind nie, want tot dusver het daar nog nie eens een kom aansoek doen om die betrekking nie."

"Wat my betref, meneer Myburgh, is jou betrekking net so goed soos enige ander. Dus sal ek my op die eerste van volgende maand in jou kantoor aanmeld. Ek hoop net dat jy my werk bevredigend sal vind. Jy begryp natuurlik dat ek nog nooit voorheen in 'n kantoor gewerk het nie en dat ek dus geen ondervinding het nie. Maar ek belowe darem om my bes te doen."

"Daaraan twyfel ek nie 'n oomblik nie, juffrou. Daar sal natuurlik die een en ander wees waarmee jy nie vertroud is nie, maar jy sal gou daaraan gewoond raak. Dit is nie so vreeslik moeilik nie." Hy druk die sigaretstompie in die asbakkie op die tafel dood. Dan neem hy weer langs Rista op die bank plaas. "Wel, juffrou, aangesien ons van volgende maand af gaan saamwerk, kan ons maar net so wel al begin vriende word. Dit sal tog uiters onaangenaam wees om op kantoor soos twee vreemdelinge in mekaar se teenwoordigheid te wees. Dink jy nie self so nie?"

"Ja, dit sal nogal ongesellig wees," glimlag sy toegewend. Hy kom vir haar voor as 'n goeie werkgewer, glad nie die soort wat heeldag opgeblaas agter 'n dik sigaar sit met sy hakke op die lessenaar gestut, net oorgehaal om fout te vind nie. Nee wat, ons sal goed oor die weg kom, besluit sy in haar enigheid.

"Gaaf," hoor sy Pieter dan weer sê. "As jy dan met my saamstem, stel ek voor dat ons mekaar in die vervolg op ons name noem. Solank ons mekaar die heeltyd 'juffrou' en 'meneer' sal nie een van ons regtig gemaklik en tuis voel in die ander een se teenwoordigheid nie. En dit is wat ek graag wil verhoed, Rista. Ek wil hê ons moet nog groot vriende word."

Sonder enige waarskuwing gaan die middeldeur skielik oop

en Brenda kom by die eetkamer in. Asof hy reeds jare al daaraan gewoond is om 'n skinkbord te dra, volg Jurie kort op haar hakke met 'n skinkbord wat vier koppies koffie en 'n bord met versnaperinge bevat.

Hy bedien eers die twee dames en dan sy vriend, Pieter. Nadat hy almal behoorlik oorlaai het met eetgoed, help hy homself en gaan dan langs sy vrou op die leuning van haar stoel sit.

"En toe," vra Jurie vir Pieter, "hoe ver het jy toe met Rista en die werkprobleem gevorder?"

"Gits, Jurie," begin Pieter luimig, "hoe sal ek nou sê, man? Dit was natuurlik 'n hele konsternasie en byna het dit nog op 'n tweegeveg ook uitgeloop. Sy was vasbeslote om nie kop te gee nie, en so ook ek. Maar sy het darem later ingestem om haar op die eerste van volgende maand in my kantoor te kom aanmeld. Nou is die vraag egter nog of sy haar in die môre gaan aanmeld of wel in die middag." Toe hy merk dat die twee dames hulle gesprek geniet, gaan hy voort: "Maar ek moes haar nou letterlik smeek, soebat, pleit – ag, ek weet nie meer wat nog alles nie. Uiteindelik val dit my by van die raad wat jy my vroeër gegee het. En jou waarlik, ou Jurie, toe ek haar belowe dat ek vir haar so goed sal wees soos haar eie oupa nooit vir haar kan wees nie, stem sy sowaar tot my grootste verbasing onmiddellik in."

Die twee dames lag lakker. Pieter sit hulle geamuseerd en aanstaar asof hulle die snaaksste verskynsels is wat hy nog ooit op aarde gesien het, terwyl Jurie hulle sydelings glimlaggend betrag.

"Ja-nee, as jy darem in so 'n stryd geslaag het, ou vriend, is die Kaap voorwaar Hollands," kom dit veelseggend van Jurie wat goed besef hoe geheg sy vrou aan Rista is en hoe verheug sy moet wees noudat Pieter Rista se verblyf by hulle moontlik gemaak het. Hy sal die eerste jaar van hulle huwelik darem nie vergeet nie. Brenda het byna meer getreur oor haar vriendin as oor haar eie moeder. Hoeveel kere het hy haar nie daardie tyd betrap met rooi gehuilde oë nie, en net hy het geweet dat dit na Rista was wat sy so verlang het. As ou Pieter nou maar net sy kaarte mooi speel, sit Jurie heimlik en dink.

Vir 'n halfuur is Jurie só verdiep in sy eie gedagtes dat hy totaal onbewus is van wat die ander drie om hom sit en gesels. Hy is dus aangenaam verras om te hoor dat Rista en Pieter mekaar reeds op hulle voorname noem. Nee, wag, besluit hy, Pieter ken sy storie.

Dan hoor hy Pieter weer sê terwyl hy opstaan en na sy horlosie kyk: "Mense, ek het die aandjie baie geniet, maar ek moet nou regtig gaan. Dis al verskriklik laat en ek moet môreoggend 'n uiters ingewikkelde saak in die hof verdedig."

"Wel, jy moet gou weer kom kuier, Pieter," nooi Jurie hom terwyl hy ook opstaan van die stoel se leuning.

"En wat makeer julle dat julle nie ook vir my kom kuier nie?"

"Kyk, Pieter, ek het jou reeds gesê dat my vrou . . ."

"Luister, Jurie," val hy hom goedig in die rede, "Brenda is nog glad nie 'n invalide nie, hoor. En dis verniet dat jy my dit wil probeer wysmaak net omdat ek 'n ongetroude kêrel is en veronderstel is om niks van sulke vroulike sake af te weet nie. Ek is seker die ritjie Waterkloof toe sal Brenda die wêreld se goed doen. Probeer dit gerus."

"Ons sal vir seker kom kuier, Pieter."

Hy bedank sy gasvrou vir die genoeglike aandjie en groet die twee dames voordat hy saam met Jurie die vertrek verlaat.

5

In die deftige kantoor met sy stinkhoutlessenaar, sagte tapyte en skilderye sit Pieter agter sy lessenaar. Hy het vanmôre vroeër gekom as ander oggende. Nou sit hy op Rista en wag.

Dis tien voor nege. Dan hoor hy 'n sagte kloppie aan sy kantoordeur. "Binne!" roep hy uit.

Geruisloos gaan die deur oop. In die oop deur staan Rista. Sy is geklee in 'n donkerrooi baadjiepak wat fraai afsteek teen haar raafswart krulle en besonderse roomwit vel.

Haastig staan Pieter op van waar hy die afgelope halfuur al sit, groet haar vriendelik en sê duidelik verlig: "Ek is bly jy het gekom, Rista. Reken, ek was nogal bevrees jy kom straks nie!"

"O, het jy gedink ek sal my eers in die namiddag kom aanmeld?" glimlag sy plaend.

"Wel, om die waarheid te sê, ek het gedink jy gaan glad nie kom nie."

"En wat het jou so laat dink, Pieter? Is ek laat?"

"Glad nie. Jy is nogal stiptelik. Dis net ... wel, julle vroumense kan so gou en op so 'n ongeleë tydstip van opinie verander dat 'n mens nie juis op julle kan peil trek nie."

"Jou kennis aangaande die vroulike geslag is maar beroerd, Pieter. As een jou 'n streep getrek het, kan jy tog nie teenoor almal wantrouig wees nie. Of verwag jy miskien dat al wat vroumens is moet boet vir een se sondes?"

"Glad nie. Vergeet gerus wat ek gesê het, Rista. Ek het dit darem werklik nie so erg bedoel nie. Ek was maar net ongeduldig om jou weer te sien, om te weet dat jy regtig in my kantoor is en dat ek jou voortaan elke dag by my sal hê." Dan merk hy dat hy te veel gesê het en verander gou die gesprek deur te vervolg: "Maar kom, ek wil jou graag al die kantore gaan wys."

Al geselsend verlaat hulle sy kantoor.

Eers neem Pieter haar na 'n klein kamertjie waar die mure feitlik net uit rakke bestaan en waar al die ou lêers gehou word.

Dan neem hy haar weer na die aangrensende kantoor waar haar lessenaar staan en wat langs sy eie geleë is, met 'n glasdeur wat die twee kantore verbind.

Op die hoek van haar lessenaar is daar 'n stapel lêers en langs die rekenaar staan die telefoon. Op die vensterbank pryk twee weelderige groen varings wat 'n bietjie kleur aan die vertrek verleen. Dan is daar ook 'n rusbank en twee gemakstoele wat besaai lê met tydskrifte. In die een hoek staan 'n klein kabinet wat veronderstel is om die tydskrifte te huisves.

In 'n paar oomblikke neem Rista die wanorde waar en besluit om gedurende die etensuur die vertrek 'n bietjie op te knap. Dat die kliënte nog nie verdwaal geraak het tussen die menigte tydskrifte nie, is vir haar 'n raaisel.

"Ek is bevrees die vorige tikster het die werk laat ophoop," hoor sy hom verskonend verduidelik terwyl hy die lêers op haar lessenaar deurblaai.

Agter die lessenaar met die hoop lêers voor haar, voel Rista eers bitter ontuis. Op die oomblik kan sy nie besluit of sy maar eers die dagvaardings moet tik of eers die petisies aan die hooggeregshof nie.

Toe Rista die opgehoopte werk byna voltooi het, hoor sy die klokkie wat haar na Pieter se kantoor ontbied. Natuurlik nog briewe, dink sy senuweeagtig. Nou is sy ineens bevrees dat sy dalk die regsterme en sekere Latynse woorde verkeerd mag spel, want sy het juis so lank laas briewe afgeneem. En om die naarheid te kroon, het sy Pieter vroeër met 'n ander man hoor praat van aktes waarvan sy ook geen kennis dra nie – sy begryp nie eens wat die woord beteken nie.

Met potlood en aantekeningboek in die hand tree sy Pieter

se kantoor binne waar hy doodkalm agter sy lessenaar sit, onbewus van die spanning waarin sy verkeer.

Nadat sy haar plek op die stoel teenoor hom ingeneem het, met haar aantekeningboek voor haar, is hy oorgehaal om te dikteer.

Terwyl hy dikteer, sit hy haar effens geboë kop met die golwende swart massa aandagtig en betrag sonder dat sy daarvan bewus is.

Vinnig en met 'n sagte geskraap gly haar potlood oor die papier.

Nou bewonder hy weer haar slanke vingers. Dan dwaal sy blik af na haar enkels en haar voetjies in die swart hoëhakskoene. Ja, alles wat die nooientjie Rista uitmaak, is fyn en delikaat.

Haar fynbesnede neus, haar oulike skulpoortjies, haar sagte donkerbruin oë, haar rooi lippies wat soos 'n pas ontluikte roosknop vertoon, hou Pieter se aandag gevange waar hy haar van agter sy lessenaar betrag.

Op die oomblik het hy net een begeerte – om daardie sagte, aanloklike lippies van haar teen syne te voel. En hy moet geweldig hard veg om dié drang te onderdruk. Hy kan dit nou eenmaal nie bekostig om hierdie sekretaresse te verloor nie, wat gewis die geval sal wees indien hy haar ineens oorweldig met sy liefkosings.

Terug in haar kantoor hoor Rista in die verte bo die gedruis van voortsnellende verkeer vaagweg 'n horlosie slaan. Werktuiglik kyk sy af na haar polshorlosie en merk dat dit al eenuur is. Tyd vir middagete, dink sy.

Dan maak Pieter ook sy verskyning in die deur en kuier langsaam in die rigting van haar lessenaar. "Gaan jy saam met my iets eet, Rista?" vra hy vriendelik.

"Ek glo nie, Pieter. Ek wil graag eers die kantoor 'n bietjie opruim. Dit lyk of 'n orkaan hierdie vertrek getref het."

"Ja, dit lyk nie te netjies nie, nè?" sê hy effens verleë en ongemaklik. "Maar jy kan altyd later opruim, Rista. Wat op die oomblik van meer belang is, is dat jy nou jou inwendige moet versterk. 'n Mens se brein kan nou eenmaal nie reg funksioneer op 'n leë maag nie."

Met 'n tegemoetkomende glimlaggie besluit sy om maar sy uitnodiging aan te neem. Dis mos nie elke dag dat 'n sekretaresse deur haar werkgewer genooi word vir middagete nie. Sy kan maar net sowel daarvan gebruik maak. Hulle was immers vriende voor sy vir hom kom werk het. Waarom nou skielik minderwaardig voel teenoor hom?

Pieter neem haar na een van Pretoria se deftigste restaurante. Net die allerbeste is goed genoeg vir haar, besluit hy.

Terug in die kantoor spring Rista dadelik aan die werk en begin die vertrek opruim. Vir haar wat van kindsbeen af gewoond is aan netheid, is dit pynigend om haar werkplek in so 'n warboel te sien. In die vervolg sal sy self toesien dat albei kantore netjies en aan die kant is.

Toe haar taak eindelik afgehandel is, staan sy haar handewerk krities en bekyk. 'n Vaas met blomme is al wat nog makeer, maar daarvoor sal ek môre sorg, besluit sy.

Agter haar lessenaar is Rista druk besig. Haar aandag is ten volle toegespits op die brief waarmee sy besig is. "So ja," sug sy van verligting toe sy dit afgehandel het. "Nou eers daardie hooggeregshofsaak."

Maar dan vind sy dat die dokument in die brandkas is waar al die belangrikste dokumente gehou word.

Nou sal sy eers na Pieter se kantoor moet gaan om die dokument te gaan haal, want dis noodsaaklik en moet vandag afgehandel word. Môre moet hy en 'n advokaat die saak in die hooggeregshof gaan verdedig.

41

Toe Rista haar werkgewer se kantoor binnetree, vind sy dat hy nog steeds besig is met sy onaansienlike, middeljarige kliënt.

Op die oomblik is die dame aan die woord. Toe sy Rista gewaar, hou sy dadelik op met praat. Onmiddellik voel Rista soos 'n indringer wat verbode grond betree het. Sy voel sy bloos tot in haar nek.

Maar tot haar grootste verligting snel Pieter haar te hulp deur te sê: "Gaan maar aan, mevrou. Dis my sekretaresse en jy kan maar gerus in haar teenwoordigheid praat. Sy is tog op die hoogte van elke saak wat deur my behartig word."

Met 'n dankbare blik in Pieter se rigting stap sy na die brandkas en vind die nodige dokument wat haar in so 'n verleentheid laat beland het.

Naby sluitingstyd voel dit vir Rista of haar kop draai van al die syfers en datums, en nou moet sy weer die kasboek naslaan, want êrens het sy 'n fout begaan. Sy voel meer lus om te huil as om verder met die kasboek te sukkel.

Pieter praat kort agter haar. "Hoe het dit toe vandag gegaan, Rista?"

Sy stem is sag en vriendelik en sy kan nie help om dankbaar teenoor hom te voel nie. Hy het haar die hele dag deur so verdraagsaam en vriendelik bejeën, ten spyte van al die foute wat sy begaan het. "Ek is bevrees ek het baie foute begaan, Pieter," antwoord sy byna verontskuldigend.

"Toe maar wat, die ou paar foutjies sien ons maar oor. Dit gaan gewoonlik so die eerste dag op kantoor. Wat ek eintlik wou vra, is hoe hou jy van die werk?"

"Dis verbasend interessant. Ek hou baie daarvan!"

"Ek is bly om dit te hoor. Nou is ek immers seker dat jy my nie gou sal verlaat nie."

"Nee, ek sal hierdie werk nie maklik laat vaar nie – tensy jy my natuurlik ontslaan," lag sy.

Hy glimlag. "Nou ja, as jy gereed is, kan ons maar gaan. Of het jy vanoggend met jou motor gekom?"

"Nee, ek was bang ek kry nie parkeerplek nie. En ek ken julle stad nog lank nie so goed om te weet waar die parkeerterreine geleë is nie."

"Skitterend, dan neem ek jou huis toe," besluit hy opgewek.

"Jy moet regtig nie moeite doen om my ontwil nie, Pieter. Ek kan maar 'n bus ook haal."

"Dis vir my geen moeite nie, Rista. Raai, ek hou nogal daarvan om sulke aangename moeite te doen."

"Dis sal my natuurlik niks baat om met jou te staan en redekawel nie."

"Gewis nie. Ek is nogal taamlik verwen, ten spyte van die feit dat ek een van 'n tweeling is."

" 'n Tweeling!"

"Ja, ek het nog 'n broer wat net drie ure ouer as ek is. En soos die ongeluk dit wou hê, was ek die swakker een van die twee, met die gevolg dat my moeder al haar tyd en aandag aan my moes bestee om die lewe in hierdie swak, brose liggaampie van my aan die gang te hou."

"Noem jy tog nie daardie vreeslike gestalte van jou swak en broos nie?"

Hulle glimlag vir mekaar terwyl hulle aanstap na Pieter se motor wat voor die gebou geparkeer staan.

"Waar woon jou broer?"

"Sy naam is Chris en hy het verlede week 'n pos aanvaar in Kroondal se hospitaaltjie."

"Het ek reg gehoor, Pieter? Het jy gesê Kroondal?"

"Jy het my heeltemal reg gehoor, meisie. Ek het gesê Kroondal, die dorpie van waar jy afkomstig is, nè?"

"Dan is hý die dokter Myburgh wat daar verwag word, oor

wie se koms daar so 'n ophef gemaak word dat selfs die jong dames met mekaar wedywer oor wie hom eerste gaan uitnooi vir tennis of 'n partytjie."

"En jy, het jy saam gewedywer?" terg hy laggend.

"Moet nou nie staan en laf wees nie, Pieter. Hoe sal ek nou opgewonde raak oor 'n man wat ek nog nie eens gesien het nie? En pasop, kyk waar jy bestuur. Jy het daardie groen motor rakelings gemis, weet jy?"

"Toe maar, moet jou nie ontstel nie. Ek sal nie 'n ongeluk maak nie."

Toe hulle voor die huis stilhou, sê Pieter: "Hier is ons nou voor jou deur." En vervolg dan meer besadig: "Kan ek maar vanaand vir jou kom kuier, Ristatjie?"

"As my geselskap jou nie sal verveel nie, is jy welkom."

Etlike sekondes staar hy haar aan en sê dan ewe kalm: "Jou geselskap sal vir my aangenaam wees. Verwag my dus om agtuur. Indien dit jou geval, kan ons 'n entjie gaan ry. Of verkies jy om te gaan fliek?"

"Wel, na 'n dag se gesit tussen vier mure sal ek 'n bietjie vars lug meer verwelkom, Pieter."

"Goed, dan is dit so afgespreek. Tot siens tot om agtuur."

"Tot siens, Pieter."

6

In Ouma se losieshuis veroorsaak die koms van die Myburghs 'n hele konsternasie. Die gesin word die volgende dag verwag en nou moet Ouma op die nippertjie besef dat sy geen vertrek beskikbaar het wat as dokter Chris Myburgh se spreekkamer kan dien nie. Sy voel juis so moeg en afgemat van al die voorbereidings wat vir die nuwe gaste getref moet word. En nou weer die kwessie van 'n spreekkamer. Haar probleme is veelvoudig.

Na etlike oorwegings besluit die ou dame om Rista se privaat sitkamertjie aan die dokter af te staan as spreekkamer.

Wat Rista daarvan gaan sê, weet sy nie. Al wat sy op die oomblik weet, is dat sy die Myburgh-gesin gerieflik moet huisves en van alle benodigdhede voorsien.

Aangesien die vertrek wat as spreekkamer moet dien eintlik 'n stoepkamer is, sal dit vir daardie doel ook veel geriefliker wees omdat dit totaal afgesonder is van die huis en sy bewoners.

Laat die middag het Ouma en die huishulpe uiteindelik alles in gereedheid vir die nuwe gaste en kan ook sy 'n rukkie ontspan.

In die badkamer wat uitsluitlik vir die Myburghs se gebruik aangebring is, is dokter Chris Myburgh besig om hom gereed te maak vir die nag.

Hy is aangenaam verras deur die gasvryheid waarmee hulle ontvang is. Hy het sulke hartlikheid nie verwag nie. Selfs die dorpie en die hospitaal, wat nie te groot is nie maar baie goed ingerig, het sy verwagtinge ver oortref.

Dan dink hy weer aan die gesellige aand wat hulle vanaand in die stadsaal deurgebring het. Só het hy dan ook terselfdertyd al die vooraanstaande inwoners van Kroondal ontmoet.

Môre sal hy maar vir eers net rondkuier in die hospitaal om gewoond te raak aan alles. Die dag daarna sal hy sy taak met alle ywer aanpak, sy lewenstaak wat hy eerste en bo alles stel, sy taak om die smartlike lyding van sy medemens te versag. Elke sieke wat die hospitaal gesond en vol lewenslus verlaat, is vir hom 'n pêrel in sy kroon.

Vir die armes wat dit nie kan bekostig nie, lewer hy sy diens gratis, want ook húlle is sy medemens. En al kan hulle hom nie in klinkende munt vergoed nie, is hulle opregte dankbaarheid vir sy dienste vergoeding op sigself en voel hy terselfdertyd ook ryklik beloon.

Die vertroue wat hy by kinders inboesem, is ook altyd vir die ouers verbasend om te aanskou. Ja, Chris is 'n liefhebber van kinders. Hulle sorglose bestaan was nog altyd vir hom 'n lus om te aanskou. Die bestaan van die mens was nog altyd vir hom die grootste wonderwerk van God.

Die geneeskundige beroep is vir Chris 'n edel beroep wat skoon gehou moet word – dit is sy lewensideaal – en daarom streef hy dag en nag om dit na die beste van sy vermoë te beoefen, want dan alleen sal sy lewe vir hom bevredigend wees.

In die operasieteater is daar 'n doodse stilte. Niemand praat 'n woord nie. Net 'n paar verpleegsters beweeg stilweg heen en weer terwyl die assistentgeneesheer en die suster aan weerskante van die operasietafel staan en wag, elk met 'n masker op die gesig en geklee in die gewone lang gewaad wat deur elke lid van die diensdoenende personeel in die teater gedra word.

Aan die bopunt van die tafel sit die narkotiseur. Sy oë is stip gevestig op die apparate langs hom wat die pasiënt se asemhaling en bloeddruk aandui.

Almal wag in spanning op die koms van dokter Myburgh, wat vandag 'n delikate operasie in Kroondal se hospitaaltjie sal waarneem.

In die waskamer is Chris druk besig om sy hande te skrop. Hy is heeltemal kalm, want die geringste bewing van die hand wat die ontleedmes hanteer, mag noodlottig wees vir die pasiënt wat so oneindig baie vertroue in hom het.

Hy besef wel deeglik dat dit 'n uiters gewaagde operasie is wat hy binne enkele minute moet gaan uitvoer. Maar hy deins nie terug nie. Hy moet net kalm bly. Dit mag nie misluk nie. Dit moet 'n sukses wees. Almal se hoop en vertroue is op hom gevestig. Hy sal met al sy krag veg om haar lewe te spaar. Sy is die moeder van drie kindertjies en daardie drie onskuldige kinders gaan nie moederloos wees nie – nie as hy dit kan verhelp nie. Hy moet haar gesond aan hulle teruggee. Daarom het hy die geneeskunde as lewensideaal aanvaar.

Dan trek hy haastig die gesteriliseerde handskoene aan wat die verpleegster vir hom reghou.

In sy groen gewaad en gemaskerde gesig gaan Chris die teater binne met vaste, veerkragtige tred. Hy merk die spanning op elke gesig teenwoordig, maar dit beroof hom nie van sy kalmte nie. Hy het al baie delikate operasies uitgevoer.

Langs die tafel aan die regterkant van die pasiënt neem hy sy plek in.

Etlike sekondes rus sy oë op die narkotiseur.

Met 'n knik gee die narkotiseur te kenne dat die pasiënt heeltemal verdoof is en dat die operasie nou maar 'n aanvang kan neem. Hy self stel groot vertroue in hierdie jong spesialis wat hom tot dusver uitstekend van sy taak gekwyt het.

Met 'n vaste hand neem Chris die vlymskerp ontleedmes van sy kollega en assistent. Dan maak hy die eerste insnyding vinnig en behendig.

Nou begin die stryd in alle erns. Selfs met die tyd moet daar rekening gehou word. Groot sweetdruppels begin later op Chris se breë voorkop pêrel. Dan verwyder 'n verpleegster dit liggies sonder om hom in die minste te steur in sy groot taak, waarmee hy onafgebroke voortgaan en waarop al sy aandag toegespits is.

Vinnig en behendig beweeg sy hande terwyl die horlosie bokant die deur se wysers stadig beweeg en die tyd aftik.

Eindelik is die gevaarlike gewas verwyder en moet Chris

47

weer eens 'n stryd teen die horlosie aandurf. Die pasiënt kan nie veel langer onder verdowing gehou word nie. Sy word elke minuut swakker.

Chris begin 'n wedloop teen die tyd, maar 'n knap en ervare chirurg soos hy ken die tempo waartoe sy hande in staat is. Toe hy die laaste steek bind, slaak hy saggies 'n sug van verligting. Weer eens het hy die horlosie uitoorlê. Sy taak is suksesvol afgehandel en nou kan hy maar net hoop dat daar geen komplikasies intree nie.

Nadat hy nog 'n keer in die rigting van sy pasiënt gekyk het, verlaat hy die vertrek sonder om 'n woord te sê om sy hande te gaan was en ook om van sy lang oorjurk ontslae te raak.

Terwyl hy besig is om sy hande te was, kom sy kollega, dokter Leon, en die suster die vertrek binne.

Toe dokter Leon sy stil en bedaarde kollega met bewondering aanstaar, merk hy trots op: "Geluk, dokter Myburgh, ek bewonder jou vernuf en knaphandigheid. Nou kan ek begryp hoe jy dit op so 'n jeugdige leeftyd so ver gebring en ook sulke roem oorsee verwerf het. Nogmaals geluk, hoor. Ek is baie dankbaar dat ons uiteindelik so 'n ervare en bekwame chirurg soos jy in ons midde het."

Met 'n opreg waarderende "Dankie, dokter Leon," beskou Chris die gesprek as afgehandel en stuur dit dan ook dadelik in 'n ander rigting deur te vra: "Hoe gaan dit nou met ons pasiëntjie van gisteroggend, kollega?"

"Nee, die kêreltjie lyk gaaf."

"Wel, ek sal hom graag eers wil sien voor ek my rondes in die ander sale doen."

"Die outjie sal vreeslik bly wees. Hy vra al juis die hele oggend by die verpleegsters of jy hom ook sal besoek. Die kind is gek na jou, dokter Myburgh."

Met 'n sweem van 'n glimlaggie stap Chris saam met dokter Leon die lang gang af na die kinderafdeling sonder om 'n woord te uiter.

"En toe? Hoe gaan dit vanoggend met die grootman?"

"As ek so stil lê, is dit glad nie seer nie, dokter," sê die seun-tjie. "Ek voel ook glad nie meer siek nie. Ek is so bly dokter het vir my ook kom kuier. Kyk hoe mooi het die suster my hare gekam, dokter."

"Dis mooi, Ronnie. En ek is so bly om te hoor dat jy beter voel. Probeer maar so min as moontlik rondspring, dan sal jy sien hoe gou jy gesond word. Voor jy nog daaroor dink, speel jy al weer met jou maatjies op julle grasperk. Jy moet die ver-pleegsters vra om jou hare elke môre so mooi te kam, hoor!"

"Ja, dokter. En wanneer ek weer by die huis is, sal ek vir dok-ter my groot voetbal en my treintjie gaan wys. Dis 'n blou trein met agt trokke. Mammie sê ek kan nie hier in die hospitaal daarmee speel nie, ek sal net die verpleegsters pla."

"Dit sal gaaf wees, Ronnie. Onthou nou, sodra jy weer tuis is, moet jy my daardie treintjie wys, hoor! Ek is nou baie nuus-kierig om dit te sien," glimlag hy.

"Dis 'n baie mooi trein, dokter," eindig hy trots.

"Ek sal dit graag wil sien, Ronnie. En onthou, jy moet jou nou mooi stil gedra, anders sal jy straks nie gou kan huis toe gaan nie en dan moet ek nog langer wag om die treintjie te sien. Soet bly en gou gesond word. Môre kom ek weer."

Só beweeg Chris van die een saal na die ander. Vir elkeen het hy 'n vriendelike glimlag, woorde van troos en bemoediging. Sy pasiënte, oud en jonk, het hom reeds innig lief. Hy is die lieflingdokter van Kroondal. En almal bejeën hom met eerbied en respek, want sy diens is te alle tye tot hulle beskikking.

Selfs in die middel van die koudste, reënerigste nag in Au-gustusmaand word hy onverwags en dringend ontbied om 'n kraamgeval op een van die naburige plase te gaan waarneem.

Ofskoon hy weet dat die mense baie arm is en nie sy rekening sal kan betaal nie, aarsel hy nie 'n minuut om te gaan nie. Twee lewens is in die weegskaal.

Ofskoon Chris al dertig is, het hy nog maar weinig aandag aan die vroulike geslag bestee. Om die waarheid te sê, het hy nog geen vrou ooit die hof gemaak nie.

Maar wat soms wel sy gedagtes in dié rigting dwing, is die foto van die fraai en alombekende Rista wat teen die muur van die ontvangskamer in die losieshuis pryk.

Haar uiterlike skoonheid is vir hierdie stil en besadigde geneesheer wat nog selde aangetrokke gevoel het tot 'n jong vrou, uiters aangrypend.

Etlike minute sit Chris nou al peinsend na die portret en kyk terwyl sy medeloseerders nog besig is met hul middagmaal. Hy het so baie van haar goeie hoedanighede gehoor dat dit vir hom kompleet voel asof hy haar al jare ken. Sy sal beslis 'n aanwins wees in enige man se huis, dink hy by homself. Sowel haar innerlike as haar uiterlike skoonheid is onverbeterlik. Dan sê hy hardop aan Ouma toe hy merk dat sy bewus is van sy bewonderende blik op die portret: "Jy het 'n baie mooi kleindogter, mevrou."

Ouma is aangenaam getref deur hierdie onverwagte opmerking van Chris. "Ja, ek is regtig verheug dat sy by jou broer werk. Ek voel nou meer gerus oor haar. 'n Mens weet nooit met watter soort mense sy straks in aanraking sou gekom het indien sy 'n betrekking elders aanvaar het nie."

"Ja, en volgens Pieter kom hulle twee nogal goed oor die weg. Hy sal jou dogter beskerm teen alle onheil, want hy klink selfs effens verlief op die swartkopnooi."

"Wel, hy sal 'n gelukkige man wees indien hy haar kry as vrou," laat sy vader veelseggend hoor.

"Vir my sal dit natuurlik die meeste beteken. Dan het ek tog uiteindelik die dogter wat ek my lewe lank na verlang en nooit gehad het nie," merk Chris se ma op, duidelik verheug oor so 'n moontlikheid.

"Dit wil ek glo, my ou moedertjie. Ek wens hom alle sukses toe."

"Nou toe nou," kom dit verbaas van sy vader. "Nou verstaan ek jou glad nie, Chris. Eers gee jy die indruk dat jy self 'n ogie op haar het, en in dieselfde asem wens jy Pieter alle sukses toe met sy hofmakery by haar."

"Ek sal nooit eens daarvan droom om Pieter se geluk in die wiele te ry nie, Pa. Ek sal dit ook nie duld dat iemand anders dit doen nie. Pieter se leed is ook my leed en sy geluk beteken ook my geluk."

"Jy is darem baie beskermend teenoor jou tweelingbroer, ou seun. Jy vergeet blykbaar dat hy net so oud en goed ontwikkel is soos jy en sy eie weg vir hom in die lewe moet baan."

"Nee, Pa. Pieter is nie halfpad so gesond en sterk soos Pa meen nie. Daardie laaste siekbed en toe kort op dié se hakke weer die operasie, het sy liggaamskragte totaal ondermyn. Pieter besit nie 'n kwart van die krag en uithouvermoë wat hy behoort te hê nie. En sy geweldige praktyk is ook so uitgebrei dat hy nooit die tyd vind om êrens 'n bietjie te gaan rus nie."

"Is jy bekommerd oor Pieter se gesondheid, my kind?"

"Ja, Pa. Pieter het 'n lang vakansie nodig. Dis hoog tyd dat hy verlof neem."

"Pieter sal wel gaan rus sodra hy voel dat die werk hom begin baasraak."

"Dis juis die ding, Pa. Pieter kan geen bekwame persoon vind om sy praktyk waar te neem nie. Almal is deesdae oorlaai met werk. As ék 'n prokureur was, sou ek sy praktyk 'n jaar lank oorgeneem en hom Europa toe gestuur het."

"Wel, dit sal jou niks baat om jou te staan en bekommer nie, Chris. Jou pligte is self so veeleisend dat dit jou ook straks een van die dae gaan ..."

"Dan het ek nog altyd my gesonde krag om op staat te maak, Pa," val hy die ouer man goedig in die rede. "My gestel is nog lank nie so swak dat my pligte my sal baasraak nie," glimlag hy.

Dan begin die telefoon in sy spreekkamer skril lui as teken dat sy dienste êrens dringend benodig word.

7

Een na die ander dreun die motors onafgebroke oor die wal van die Hartebeespoortdam. Van waar Rista op die brug gemaklik teen die tralies aanleun, het sy 'n onbelemmerde uitsig oor die water. Aan haar linkerkant is die tonnel waardeur hulle 'n rukkie gelede gery het en aan haar regterkant staar sy vas teen die ligbruin rotswand van 'n majestueuse krans wat deel van die ontsaglike damwal uitmaak.

"Waarom so stil, Rista?" kom dit van Pieter wat die uitstappie terdeë geniet.

"Die grootsheid van dit alles is asemrowend," sug sy hardop terwyl sy hom glimlaggend aankyk.

Weer eens bewonder Pieter die skoonheid van die meisie aan sy sy. Môre sal dit net mooi vier maande wees wat hy en Rista bevriend is. Sy werk al drie maande in sy kantoor – drie maande waarin die ure op kantoor vir hom 'n lus was en veels te gou na sy sin verbygesnel het. Pieter het al so geheg geraak aan Rista dat hy hom werklik nie meer kan indink hoe hy die ure op kantoor gaan verduur sonder haar sonnige teenwoordigheid nie.

Sy liefde vir haar het 'n punt bereik waar hy dit nie langer vir homself kan hou nie. Hy sal haar van sy groot liefde moet vertel. Sy is die enigste sonstraaltjie in sy lewe. Sonder haar sal sy bestaan koud en nutteloos wees.

Nee, hy wil liewer nie aan so 'n moontlikheid dink nie. En tog besef hy dat sy volgende maand met haar een en twintigste verjaardag tuis moet wees. Haar ouma verlang dit so. En niks wat hulle aan die saak kan doen, sal dit enigsins verander nie. Sy moet eenvoudig die volgende maand tuis wees.

As sy liefde nou net nie onbeantwoord bly nie, kan hy nog 'n plan beraam en die kantoor vir 'n week of twee sluit om sodoende haar verjaardagparty te kan bywoon. Miskien kan hulle dan selfs verloof raak, as Rista nou net nie vandag sy huweliksaanbod van die hand gaan wys nie. Hy hoop egter nie so nie. Sy is hom darem nie ongeneë nie. Dit het hy gedurende die afgelope drie maande al ontdek.

"Pieter, wat staan jy so droomverlore voor jou en uitstaar? Is jy ook onder die bekoring van die rotse?" vra Rista.

"Glad nie," glimlag hy.

"Gaaf, dan kan ons seker maar gaan. Ek wil graag na die waterval gaan kyk."

"Nou ja, kom ons verkas."

Dié Pieter is 'n eienaardige mens, dink Rista. In sy teenwoordigheid verveel die tyd 'n mens nooit. Daarvoor sorg hy altyd terdeë, dink sy toe hulle stadig die rantjie afklim na die waterval. Die klippe is egter so glad dat Rista bykans haar balans verloor en kennis maak met die harde oppervlakte van 'n groot, plat klip.

Pieter gryp haar egter betyds aan die arm en red haar sodoende van 'n onaangenaamheid. "Jy is baie onverskillig, Rista," betig hy haar sag. "As ek darem nie aldag my oog oor jou hou nie, was jy seker lankal 'n lyk."

"Haai, Pieter, só erg is dit darem seker nie, jong," glimlag sy noudat die ergste skok verby is.

"Nou ja, onthou, jy is nie 'n akrobaat nie. En moet asseblief in die vervolg nie weer probeer akrobatiese streke op 'n plat bruin klip uithaal nie, hoor!"

"Goed, ek sal dit nie weer probeer nie," glimlag sy.

"Kyk, hier is ons al by die waterval," sê Pieter toe hulle om 'n draai kom.

"O, maar dis pragtig!" roep sy bewonderend uit terwyl sy met opgehoue asem daarna staar en staar.

Die fyn druppeltjies wat soos silwer mis in die middagson glinster, hou vir die meisie 'n besondere bekoring in. Selfs die gedreun van die vallende waters klink vir haar soos veraf musiek.

Sy gaan sit op die naaste rotsblok aan die waterkant. Haar swart krulhare blink soos 'n kraai se vlerk in die koesterende strale van die son, maar Rista is onbewus van die aandag wat haar pragtige hare uitlok.

Geklee in 'n netjiese langbroek en 'n vrolike geblomde bloes, lyk sy soos 'n prentjie uit 'n boek waar sy nou gemaklik op die randjie van die rotsblok sit.

Vir etlike oomblikke staan Pieter hom en verlustig in die mooi toneeltjie. Sy is vir hom soos 'n rotsgodin – net veel mooier, want sy is nie hard en koud nie. Sy is 'n lewendige wese met warm rooi bloed wat deur haar are vloei, 'n meisie op wie enige man kan trots voel.

Met 'n hart wat oorloop van liefde, neem Pieter later sy plek langs haar op die punt van die rots in.

Op die oomblik sit hy en drome weef om 'n lewe met haar as lewensmaat aan sy sy. Net die gedagte daaraan dat hy na 'n besige dag so 'n allerbekoorlike vrou sal hê wat tuis op hom wag, laat sy hart vinniger klop van geluk.

Dat Rista 'n man se tuiste warm en huislik sal hou, val nie te betwyfel nie. Sy sal vir enigeen 'n ware moeder en huisvrou uitmaak. Daarvan is hy oortuig.

Langsaam stap hulle later in die rigting van Pieter se motor wat onder 'n groot, skaduryke boom geparkeer staan. Toe hulle die motor bereik, vly Pieter hom behaaglik op sy rug op die reisdeken neer wat hy en Rista vroeër onder die boom oopgegooi het. Dan gaan Rista ook sit met haar rug teen hom aangeleun en haar hande om haar knieë gevou.

Vir etlike minute het nie een 'n woord te sê nie. Die stilte van die natuur om hulle heen en die veraf gebabbel van jong mense en kinders werk kalmerend op albei in.

"Die stilte van die natuur is rustig en aangenaam," merk Rista tevrede op.

"Ja, dis heerlik om soms van die stadsgewoel weg te vlug na so 'n rustige plek." Dan raak hy ineens ernstig, plaas sy arm liefdevol om haar slanke middellyfie en druk haar effens stywer teen hom vas. "Luister, Rista, ek wil vandag ernstig met jou praat. Dis nou al 'n geruime tyd dat ek hierdie saak wil aanroer, maar ek kon ongelukkig nog nooit die geleentheid daarvoor vind nie. En juis noudat die tyd haas aanbreek dat jy teruggaan Kroondal toe, is dit vir my 'n saak van erns en wil ek dit graag vandag nog uitpraat. So 'n gulde geleentheid soos vandag sal ek seker nie gou weer vind nie."

"Goed, praat maar, Pieter, ek luister."

"Sal jy met my trou, Rista?" Dan kyk hy haar smekend, afwagtend aan terwyl hy in spanning op haar antwoord wag.

Op die oomblik het Rista geen antwoord nie. En selfs toe die strekking van sy woorde tot haar deurdring, antwoord sy hom nog nie.

Voor haar geestesoog sien sy weer die onplesierigheid die aand met Johan. Met skrik besef sy dat al die onaangenaamheid van nie so lank gelede nie besig is om op dieselfde wyse herhaal te word.

Ag, Vader, bid sy sag, smekend in haar binneste. Hoe is dit moontlik dat ek gedurigdeur almal wat my liefhet met pyn en smart moet vergeld? O, waarom kan ek hom tog nie ook liefhê nie? Of is ek miskien die soort vrou wat nooit 'n man se liefde kan beantwoord nie – nooit die liefde vir 'n man diep in my binneste sal voel opvlam nie?

Dan hoor sy Pieter weer sê: "Jy weet tog dat ek jou innig liefhet, Rista. Dit is nie eens nodig dat ek jou dit vertel nie. Van die eerste dag wat ek jou ontmoet het, het ek besef dat jy my hele hart in jou twee klein handjies hou, dat dit heeltemal in jou vermoë is om my hart te verbly of te vernietig."

Vir etlike sekondes staar sy by sy gesig verby na 'n paar groen grassprietjies wat duidelik tekens van lewe toon. Ja, na die koue winter kom daar altyd weer nuwe lewe in die natuur. Maar sal daar ooit weer nuwe lewe kom in hierdie man se hart nadat sy hom haar eerlike antwoord gegee het? O, waarom moet dit tog so wees? kerm dit in haar binneste.

Dan staar sy met oë wat dof is van pyn in Pieter s'n, wat haar vol afwagting aankyk.

"Waarom huiwer jy om my vraag te beantwoord, liefling van my hart?" vra hy teer en met 'n sagte stem. Dan druk hy haar styf aan sy bors. En terwyl sy lippe hare hongerig soek, fluister hy weer sag: "Jy is my nie ongeneë nie, my skat. Sê tog nou maar jy sal my vroutjie word. Ek kan die spanning nie langer verduur nie, liefste."

"Pieter, jy moet my 'n kans gee om hieroor te dink. Jou vraag is so onverwags . . . ek is totaal onvoorbereid. Gee my kans tot vanaand. Vanaand om tienuur gee ek jou my antwoord."

"My liefling, hoe kan jy sê dat my vraag jou onverwags getref het? Jy wil tog nie voorgee dat jy al die maande onbewus was van my liefde vir jou nie?"

"O, Pieter, jy begryp nie. Dis so moeilik om te verklaar. Jy mag miskien twyfel as ek sê dat ek wel onbewus was van jou liefde vir my, maar dit is die reine waarheid. Ek het nooit kon droom dat jy my werklik so liefhet nie. Ek het ons verhouding as bloot vriendskaplik beskou. Jy moet my 'n kans gee om hieroor te dink, Pieter."

"Dan sal ek natuurlik maar teen my sin moet wag op jou antwoord," merk hy teleurgesteld op. "Maar ek verseker jou ek gaan nie 'n minuut langer wag as tienuur vanaand nie!"

"Dankie, Pieter, ek verwag ook nie sulke geduld van jou nie. Ek verseker jou dat ek jou geduld nie op die proef sal stel nie," glimlag sy flou. "Sal jy my nie nou maar huis toe neem nie, Pieter? Ek wil graag alleen wees om oor jou vraag na te dink."

Dan druk hy haar weer eens hartstogtelik aan sy bors en sê duidelik teleurgesteld: "Dit is dan nog so vroeg, skat. Waarom moet ons al weer so gou van mekaar geskei wees? Ek sal nooit die lang ure tot om tienuur vanaand alleen kan verduur nie. Sonder jou sal die ure vir my gewis soos jare verbysleep. Bly nog net een enkele ou uurtjie by my – so, in my arms."

"Asseblief, Pieter, ek moet tyd hê om te dink. Ek hou nie van 'n haastige besluit nie. Laat ons liewer nou teruggaan."

Op pad huis toe is albei stil. Rista vrees die uitwerking wat haar antwoord op Pieter mag hê. Dit is vir haar duidelik dat hierdie opgewekte man langs haar haar hartstogtelik liefhet en dat haar antwoord hom diep gaan tref. Hy beskik nie oor Johan se kalm selfbeheersing nie. Die gedagte aan sy swak senuwees en die verwoesting daarvan wat haar antwoord mag veroorsaak, laat haar byna besluit om maar sy huweliksaanbod te aanvaar.

Maar nee, sy moet eerlik wees met hom. Sy durf hom nie

onder 'n verkeerde indruk laat nie. Hy is té edel en opreg. Sy mag nie oneerlik teenoor hom handel deur hom onder die indruk te plaas dat sy haar uit liefde met hom in die eg verbind, wanneer haar gevoel vir hom uitsluitlik uit vriendskap en jammerte bestaan nie.

Nee, sy sal hulle albei 'n verskriklike onreg aandoen deur so op te tree. Sy mag nie. Sy moet openlik aan hom beken dat sy nie die liefde vir hom koester wat hy van sy aanstaande bruid sou verwag nie. Maar ag, die wreedheid van sulke woorde!

O, die ironie van die lewe! Dat 'n mens se hoop en verwagtinge so ineens vernietig kan word.

Radeloos sit Rista met pynbelaaide oë voor haar en uitstaar. Dit is vir haar voorwaar moeilik om tot 'n besluit te kom, want die enigste man met wie sy nog ooit so 'n hegte vriendskap gesluit het, staan op die drumpel om deur haar wat hy so liefhet, wreed gekwets te word.

Vir Rista was dit besonder swaar toe sy aan Johan moes erken dat sy vir hom niks meer as net 'n vriendin kan wees nie. Maar om dieselfde aan Pieter te beken, is vir haar 'n duisend maal meer pynigend. Sy kan nie begryp waarom sy so 'n teer gevoel vir Pieter koester nie – byna soos 'n moeder teenoor haar kind.

Met sy oë strak voor hom op die pad gerig, bestuur Pieter werktuiglik aangesien sy gedagtes op die oomblik geensins by die voertuig is nie. Hy konsentreer op gewigtiger sake as die bestuur van 'n motor. Indien Rista hom die jawoord gee, sal hy so gou moontlik 'n ander tikster moet vind vir sy kantoor. Sy vrou sal hy geensins toelaat om kantoorwerk te doen nie. Sy moet haar regmatige plek in sy huis as vrou – en ook eendag as moeder van sy kinders – inneem en volstaan.

Dan dink hy aan wat sy lot sal wees indien sy huweliksaanbod straks van die hand gewys word. Maar hy verseg ten ene male om aan so 'n moontlikheid te dink. Dit mag nie gebeur nie! Hy het haar veels te lief om haar nou te verloor. Sy, die enigste meisie wat hy nog ooit as lewensmaat begeer het.

Nee, dit mag nooit met hom gebeur nie. As Rista sy liefde van die hand wys, sal dit sy algehele ondergang beteken. Sy lewe sal geruïneer wees. Daar sal absoluut niks meer wees om voor te lewe nie, want in sy lewe sal hy tog nooit weer 'n meisie so liefkry soos vir haar nie. Sy is sy uitverkorene onder alle vroue.

In sy gedagtes verlore, sit hy weer en wonder wat hy die hele middag met homself sal aanvang sonder haar geselskap. Hy is so gewoond om haar dag na dag in sy teenwoordigheid te hê, want selfs gedurende naweke is hulle meestal bymekaar.

Na 'n uur se ry bereik hy eindelik die pragtige woning van die Van Zyls.

Pieter se moed begewe hom ook sommer dadelik toe hy merk dat hulle al voor die hek van Rista se tuiste is en dat die uur van skeiding weer aangebreek het.

Maar sy verkies dit nou so. Hy sal sommer hier in die motor afskeid neem van haar, tot om tienuur vanaand wanneer hy sal kom vir die antwoord wat sy aan hom verskuldig is.

8

Toe die son se laaste strale agter die gesigseinder verdwyn, stap Rista na dieselfde ou boom waar haar en Johan se lewenspaaie vier maande gelede uitmekaar gegaan het.

Soos Johan die aand met sy rug teen die boomstam aangeleun gesit het, gaan Rista nou ook sit, ten spyte van die koue aandlug wat deur haar trui dring.

Veel eerder sou sy wegvlug as om vanaand daardie onaangename gesprek met Pieter te hê.

Sy het al selfs die moontlikheid oorweeg om haar antwoord op skrif te stel en dit aan hom te oorhandig. Maar so iets sal bepaald lafhartig wees, en lafhartig is sy nie. Dit is net dat sy dit nie sal kan verdra om die pyn in sy oë te sien nie – die pyn wat sy maar alte goed besef haar woorde gaan meebring.

"Ag, Vader," prewel sy, "waarom moet dit nou juis ék wees wat hom so moet folter? Hoe kan ek hom tog daardie pyn bespaar, hy wat my so liefhet? Sy liefde is so edel en opreg. Ek kan nie . . . nee, ek het nie die moed om hom so te pynig nie!"

Dan dink sy weer radeloos en verwytend: Waarom, o waarom moes ek ooit Pretoria toe kom en hom ontmoet? Het ek tog maar liewer tuis by Oumatjie gebly. Dan het nie een nou seergekry nie, want selfs vir my is dit pynigend om op sy vraag te antwoord.

Agtuur die aand vind Brenda haar nog net so teen die boomstam. Sy is hewig ontsteld om haar vriendinnetjie so laat in die koue nag buite te vind. Daar moet bepaald iets radikaals verkeerd wees met haar, dink Brenda angstig. Dit is mos nie Rista se geaardheid om sulke ongewone dinge te doen nie!

Soos Rista daar teen die boomstam aangeleun sit, lyk sy vir Brenda duidelik soos 'n kind wat straf gekry het.

Sy sak op haar knieë langs Rista neer, plaas haar arms beskermend om haar vriendinnetjie en sag, simpatiek vra sy: "Ag, ou maatjie, is daar iets wat ek vir jou kan doen?"

"Dankie, Brenda, maar op die oomblik kan jy vir my niks doen nie. Dis 'n saak waarmee niemand my kan help nie."

In haar stem is daar trane en dit ontgaan Brenda se oor nie. Vir die soveelste keer wonder sy wat met die fynbesnaarde Rista gebeur het om haar so te ontstel. Dan sê sy moederlik besorg: "Kom, maatjie, jy kan onmoontlik langer hier buite in die koue vertoef. Laat my toe om jou huis toe te neem, jy is al byna ver-kluim. In die sitkamer waar dit warm is, kan jy my alles vertel wat gebeur het, indien jy daaroor wil praat."

In die sitkamer voor die kaggel sit Jurie en koerant lees toe Brenda en Rista die vertrek binnekom. Een kyk na sy vrou se stroewe gesig laat hom gou begryp dat daar fout is met haar vriendin.

Haastig staan hy op en plaas nog twee stoele langs syne son-der om enige vrae te stel. Ook hy voel nou bekommerd oor Rista, want dat sy hewig ontsteld is, ly geen twyfel nie.

Waar Rista nou teenoor Jurie sit, lyk sy vir hom so verwese dat sy hart ineenkrimp van jammerte vir haar.

Dan begin Rista eindelik praat terwyl sy weemoedig na die gloeiende kole staar. "Ek weet nie hoe om julle te vertel nie . . . dis vir my uiters moeilik!" Sy swyg 'n wyle asof sy besig is om 'n besluit te neem en gaan dan op 'n sagte, weemoedige toon voort: "Ek moet Pieter se liefde van die hand wys. Hy het my vanmiddag gevra om met hom te trou . . . en tienuur vanaand moet ek hom antwoord."

Dan sit sy weer etlike sekondes strak voor haar en uitstaar. "Julle twee verag my seker al omdat ek al die mans se liefde van die hand wys. Maar ek kan julle verseker dat ek nie in die min-ste daarop uit is om hulle op my verlief te maak net om hulle met 'n voldane gevoel weg te stuur nie. Dit was nog telkens vir my 'n pynigende situasie . . ."

"Luister, Rista, jy moet nooit weer sulke gedagtes oor ons koester nie," val Jurie haar sag in die rede.

Sy sug. "Ag, Jurie, ek voel soms of ek myself kan haat. Die Vader weet, ek weet nie wat om vanaand vir Pieter te sê nie. Ek sal nooit die teleurstelling op sy gesig kan verduur nie. Waarom moet dit nou juis ék wees wat hom hierdie pyn moet besorg? Pieter sal my dit nooit kan vergewe nie!"

"Luister, maatjie, ek weet Pieter sal verskriklik teleurgesteld wees, want hy het jou ontsettend lief. Maar wat ek ook weet, is dat Pieter baie verstandig is. Hy sal verstaan. 'n Mens het tog immers geen beheer oor die drange van jou hart nie."

Terwyl Brenda vir hulle gaan tee maak, gaan Rista haarself opknap, want so kan sy tog nie voor Pieter verskyn nie.

Toe sy die kam deur haar krulle trek, dink sy weer hoe graag Pieter altyd met haar krulle speel. Selfs op kantoor is dit al sy gewoonte om spelend met 'n haarkrulletjie om sy vinger agter haar te staan terwyl sy besig is om te tik.

Ja, hulle was nog altyd sulke groot maats en nou moet sy hom ook prysgee, want na dese sal hy haar ook vermy, soos Johan en al die ander. 'n Vriendskap met haar bring net teleurstelling mee.

Saggies trek Rista haar slaapkamerdeur agter haar toe. Dan kyk sy op haar horlosie. Dis kwart voor tien. Pieter sal nou enige oomblik opdaag.

Nadat sy twee pilletjies saam met haar tee gedrink het, voel sy kalmer. Dan hoor sy die voordeurklokkie skril en dringend lui en weet onmiddellik dat dit Pieter is.

Na 'n opgewekte "Goeienaand", word sy koue hande speels in Rista se nek gedruk. Dan neem hy vir hom 'n stoel en plaas dit langs hare terwyl hy nog steeds in dieselfde luim sê: "Brr, maar dis deksels koud, mense. Ek is byna verkluim."

Almal skater dit uit van die lag en die atmosfeer is skielik vrolik. Waar Pieter binnetree, neem bedruktheid van enige aard gewoonlik die wyk.

Nadat Pieter ook met 'n koppie warm tee bedien is, neem Brenda en Jurie afskeid van die twee jong mense.

"Ou mense behoort op so 'n koue aand vroeg bed toe te gaan," werp Jurie sy vriend laggend toe terwyl hy ondeund in die rigting van sy swanger vrou knik.

Nadat Pieter sy leë teekoppie op die tafel geplaas het, skuif hy nader aan Rista en plaas sy regterarm liefkosend om haar smal skouertjies.

Sy staar egter stil en afgetrokke na die knetterende vuur.

Met sy linkerhand onder haar ken, draai Pieter haar gesig na hom en kyk liefdevol af in die dieptes van haar donker oë. "So, dan kry ek nie eens 'n soentjie nadat ek so ver in die koue gery het om by jou te wees nie, nè?" verwyt hy haar glimlaggend.

Sy glimlag stil terug.

Laer en laer sak Pieter se kop totdat sy lippe hare in 'n teer minnaarskus ontmoet. Dan vou hy haar styf in sy arms en druk haar hartstogtelik aan sy bors.

In haar binneste skroei dit van pyn toe sy dink aan die wrede ontnugtering wat nog op hierdie saggeaarde man wag.

Toe Pieter egter sy kop effens lig, staar hy afwagtend af in haar weemoedige oë onderwyl hy met sy asem warm teen haar gesig fluisterend sê: "Jy het nou lank kans gehad om te dink, skat. Ek verlang nou 'n antwoord. Gaan jy my vrou word?"

"O, Pieter, ek wens ek kon," sê sy sag en weemoedig en kyk dan weg om nie die pyn in sy oë te aanskou nie.

"Rista, my liefling, jy bedoel dit nie!" roep hy verbysterd uit. "Sê dat jy dit nie werklik bedoel het nie, my skat. Toe, sê dit, my dierbaarste! Nee, dit kan nooit wees nie. Ek droom seker." Hy is bleek onderwyl hy haar moedeloos en met pyn-belaaide oë aanstaar. "Ek kon my nie so misgis het nie. Sê dit, liefling . . . Sê dat jy dit nie werklik bedoel het nie."

Dan druk hy haar effens stywer teen hom aan terwyl hy haar strak en nog steeds met oë vol pyn en teleurstelling aankyk. Sy lippe is opmekaar geklem en in sy regterwang trek 'n spiertjie aanhoudend.

Rista is daarvan bewus dat haar woorde hom diep getref het en dat hy sy ewewig kwyt is. In die dieptes van haar hart voel sy innig jammer vir hierdie dierbare vriend van haar. Maar sy kan ook niks aan die saak verander nie, óf sy moet hom bedrieg deur 'n liefdelose huwelik met hom aan te gaan. En dit is teen haar beginsels om oneerlik te wees.

Toe Rista haar oë opslaan en weer eens die somber trek op sy gesig sien, spring warm trane in haar donker oë op.

Dan neem sy Pieter se gesig teer in haar twee handjies en sê stamelend, aangedaan, onderwyl groot traandruppels ongestoord oor haar wange rol: "Ag, Pieter, ek wens ek kon die liefde vir jou hê wat jy vir my koester . . . maar ek besit dit nie. En ek wil jou ook nie bedrieg nie . . . jy was altyd so 'n dierbare vriend vir my. Dit is vir my net so pynigend om jou so teleurgesteld te sien."

Dan druk hy haar vir oulaas styf aan sy bors en soen haar hartstogtelik op haar gloeiende, nat wange, en plaas dan 'n lang afskeidsoen op haar sagte lippe wat liggies bewe. Dan stamel hy sag en weemoedig. "Ek begryp, my liefling."

Hy los haar plotseling en verlaat die vertrek sonder om een keer terug te kyk.

Met die wegsterf van sy voetstappe hoor Rista die voordeur saggies toeklap en daarna weer vaagweg sy kragtige motor wat vinnig voor die deur wegtrek. Dan is alles ineens stil om haar.

Soos 'n veroordeelde sit sy droewig voor haar en uitstaar na die dooie kole wat vroeër die aand nog rooi en lewendig gegloei het. Nou is ook die lewe in hulle geblus, mymer sy verdwaas sonder om ag te slaan op die koue wat besig is om teen haar bene op te kruip.

Hoe lank Rista nog so in die koue vertrek gesit het, weet sy nie. Later hoor sy die huishorlosie slaan en toe eers besef sy dat dit al middernag is, tyd vir haar om bed toe te gaan.

Nadat sy die deure gesluit het, gaan sy saggies en met 'n loodswaar gemoed na haar slaapkamer.

Traag begin sy haar vir die nag verklee, want aan slaap kan sy nie dink nie. Haar gedagtes is gedurigdeur by die ongelukkige Pieter wat op die oomblik in 'n verskriklike stryd verkeer. Dit is al vir haar of sy iets vrees – of sy wag op iets om te gebeur. Selfs nadat sy die bedlamp afgeskakel het, rol sy nog onrustig rond en spits telkens haar ore om die geringste geluidjie wat sy hoor duideliker op te vang.

Twee-uur die môre het sy nog nie 'n oog toegemaak nie. En toe sy die horlosie drie-uur hoor slaan, besluit sy om op te staan en 'n slaapdrankie te drink. Só kan dit darem waarlik nie aangaan nie, besluit sy en skakel die lig voor haar bed aan.

Bibberend van koue gaan sy na die sitkamer om 'n bietjie water in die glas te tap. Dan meng sy die poeiertjie met die water en sluk dit haastig weg. Die koue water laat haar egter kouer voel.

Sy gaan op haar bed sit en wil net haar pantoffels uitskop toe sy die voordeurklokkie dringend en aanhoudend hoor lui.

"Ag, Vader, daar het tog seker nie iets met Pieter gebeur nie," kreun sy dit uit.

In die eetkamer loop sy haar byna in Jurie vas wat ook in sy kamerjas geklee is en op pad is na die voordeur waar die klokkie nog aanhoudend lui.

Dan neem sy hom senuweeagtig aan die boarm en sê angstig: "O, Jurie, ek hoop tog nie daar is iets met Pieter verkeerd nie, want dit sal alles net my skuld wees."

"Jy ontstel jou verniet, Rista. Daar sal hoegenaamd niks met Pieter gebeur nie. Hy is mos nie meer 'n kind nie," voeg hy haar bemoedigend toe, maar diep in sy binneste koester hy dieselfde vrees as sy.

Met 'n hand wat liggies bewe, skakel Jurie die stoep se lig aan en maak dan die voordeur oop.

In die oop deur verskyn 'n konstabel. Na 'n wedersydse

"Goeienaand", begin die geregsdienaar praat: "Meneer Van Zyl, ken jy miskien 'n prokureur met die naam Pieter Myburgh?"

"Alte seker, hy is 'n ou vriend van my en was nog vanaand hier by ons aan huis."

"Wel, dit spyt my om julle dit mee te deel, meneer Van Zyl, maar meneer Myburgh was vanaand, of sal ek liewer sê vroeg vanoggend, in 'n verskriklike ongeluk betrokke. Sy toestand is kritiek en hy word op die oomblik in die Algemene Hospitaal behandel. Hy het nog nie sy bewussyn herwin nie. Meneer Myburgh se motor het teen 'n trein vasgery op die eerste oorweg naby Pretoria-Noord."

"My hemel, wat vertel jy my nou, meneer?" roep Jurie geskok uit.

Rista uiter net een wanhoopskreet en sak langs die verbysterde Jurie inmekaar.

Later, in die sitkamer, skink Jurie vir hom 'n drankie en slaan dit met een teug weg terwyl die konstabel besig is om hom in te lig omtrent die ongeluk wat omstreeks eenuur die oggend plaasgevind het.

"Wat ons egter nie kan begryp nie," gaan die konstabel voort, "is dat so 'n nugter man soos hy so 'n ding gaan aanvang het. Dit is iets wat ons eerder van 'n dronk man sou verwag het."

"Ja, dit verbaas my self, want Pieter het nooit 'n druppel drank gebruik nie. Maar wat my meer verbaas, is dat hy in daardie deel van die stad verongeluk het. Dit is ook nie eens op sy pad huis toe nie, want hy woon in Waterkloof."

"Ons kan dit ook nie begryp nie, meneer Van Zyl. Volgens die masjinis het meneer Myburgh se motor reeds op die treinspore gestaan toe die lokomotief om die draai kom. Daar is ook vasgestel dat die enjin van sy motor al koud was. Selfs die motor se ligte was uitgedoof lank voor die ongeluk plaasgevind het, want alles aan die voertuig was koud."

"Maar dan het die man die ongeluk mos opsetlik bewerkstellig!" roep Jurie geskok uit.

"Juis, meneer, dit is ook ons mening . . . Het jy enige idee waarom hy so iets sou doen?"

"Wel, sover my kennis strek, sou ek sê dat hy hoegenaamd geen rede gehad het om 'n einde aan sy lewe te maak nie. Behalwe natuurlik . . . maar ek glo nie dit is juis ter sake nie. Dus, ons kan dit gerus maar laat links lê."

"Verskoon my, meneer Van Zyl, maar ek sou baie graag wil weet wat jy so pas wou sê. Sien, elke brokkie inligting, hoe gering ook al, mag ons help om die saak op te los. 'n Man moet tog immers 'n motief hê as hy opsetlik so iets aanvang."

"Wel, ek het maar net aan die moontlikheid gedink en selfs gewonder of dit straks die liefdesteleurstelling kan wees wat Pieter gisteraand ondervind het wat hom tot so 'n afgryslike daad kon gedryf het."

"Dit is nie onmoontlik nie, meneer," antwoord die konstabel effens ingedagte en vervolg toe saakliker: "Dat sommige mense 'n teleurstelling van so 'n aard darem so te harte kan neem, is werklik onbegryplik."

"Ja, nie almal kan so 'n terugslag verwerk nie."

"Wel, ek hoop meneer Myburgh se beserings is nie van 'n té ernstige aard nie."

Met daardie woorde staan die konstabel op om te vertrek. Hy kan merk dat Jurie haastig is om na sy ongelukkige vriend te gaan wat in die hospitaal lê en wie se kanse om die lewe te behou uiters gering is.

Nadat die konstabel weg is, trek Jurie haastig aan onderwyl Brenda besig is om 'n oproep na Kroondal te maak om Pieter se familie van die ongeluk in kennis te stel.

9

Jurie het nog nooit in sy lewe so vinnig gejaag soos vanoggend nie. Gelukkig is daar min verkeer op straat. Minute later draai hy by die hoofingang van die hospitaal in.

Vanoggend verloop alles veels te stadig na Jurie se sin, want hy moet byna 'n halfuur wag voordat hy die geneesheer in verband met Pieter se toestand kan spreek. Gelukkig is die geneesheer 'n ou universiteitsvriend van hom en Pieter, anders sou hy sekerlik nie vir Pieter kon besoek nie.

Eindelik bereik hulle die privaat kamer waar Pieter roerloos op die smal bed lê. Sy kop en linkerarm is heeltemal toe onder wit verbande en sy gesig sien daar wasbleek uit weens bloedverlies. Maar origens lyk dit net asof hy in 'n diep slaap verkeer.

Jurie gaan voor die bed op 'n stoel sit en neem die bleek, gesonde hand van sy vriend in sy eie. Hy voel asof hy aanhoudend kan bid, die Here aanhoudend kan smeek om tog hierdie lewe te spaar, om hierdie vriend wat vir hom soveel in sy lewe beteken het, tog nie van hom weg te neem nie.

Om die altyd opgewekte Pieter so stil en bleek te sien, pynig Jurie tot in die diepste van sy wese.

Dan gaan hy oor in stille gebed, met sy dierbare vriend se kragtelose hand nog steeds vasgeklem in sy eie sterk en gesonde hand.

Toe die dagbreek stadig nader kruip en die donker skaduwees van die swart nag verdryf, sit Jurie nog steeds met sy kop gebuig in gebed terwyl sy oë nat is van die trane.

Klokslag sesuur kom 'n verpleegster die kamer saggies binne en versoek Jurie vriendelik om die kamer te verlaat. "Jy kan meneer Myburgh enige tyd gedurende die dag weer kom besoek, meneer Van Zyl," sê sy simpatiek.

"Dankie, suster, ek sal seker weer kom," glimlag hy effens flou.

Nadat Jurie nog 'n paar vrae aan die suster gestel het en sy plegtig belowe het om hom dadelik te bel sodra Pieter sy bewussyn herwin, groet hy haar en verlaat die hospitaal.

Tuis wag Brenda en Rista angstig op hom. Rista is die meeste van die tyd in trane. Branda het net moeite om die meisie te kalmeer. Toe Jurie se motor voor die deur stilhou, is sowel Brenda as Rista by om te verneem hoe dit met Pieter gesteld is. Maar die stroewe trek op Jurie se gesig laat hulle dadelik terugdeins.

Jurie lê 'n simpatieke hand op Rista se skouers toe hy merk dat die trane al weer vrylik oor haar wange begin vloei en hy sê aangedaan: "Rista, dit gaan baie sleg met Pieter, maar ons moet sterk wees. Dit is al manier waarop ons hom van hulp kan wees – deur sterk te wees en vir hom te bid, want net die Almagtige Vader kan hom nou uit die kloue van die dood red. Die dokters staan magteloos."

"O, Jurie, dit kan nie waar wees nie. Pieter kan nie nou al sterf nie! Ag, die Here moet my genadig wees, want dit is my skuld. Ek sê julle, dit is alles my skuld! Ek het hom gisteraand na sy dood gestuur," kerm sy jammerlik.

Brenda kan Jurie net radeloos aanstaar en met haar oë om hulp smeek, want selfs sy weet nie wat om vir Rista te sê nie.

"Luister, Ristatjie," sê Jurie sag en besorg: "die weë van die Here is soms onbegryplik. Wat verlede nag met Pieter gebeur het, was ook maar die wil van die Here. En ek wil nie weer hoor dat jy jouself daaroor verwyt nie. Hoe dink jy sal Pieter voel as hy moet weet dat jy jouself verantwoordelik hou vir wat met hom gebeur het? Nee, kindjie, jy moet so iets nooit weer sê nie."

Dan neem hulle al drie op die rusbank in die sitkamer plaas.

"O, Jurie, as die Here tog maar net sy lewe spaar, sal ek selfs met hom trou as ek hom daardeur gelukkig kan maak. Ek sal enigiets doen om hom weer gelukkig te sien . . ."

"Daaroor kan jy later met Pieter praat, Ristatjie," val hy haar sag in die rede, want hy besef maar te goed in hoe 'n verskriklike stryd sy gewikkel is. "Op die oomblik moet ons sterk wees en bid dat die Here hom vir ons spaar . . . Kom, drink eers jou tee, dan voel jy weer beter. Ek laat jou geensins toe om Pieter te gaan besoek voor jy nie 'n bietjie meer krag in daardie liggaam van jou het nie. Droog nou af die trane en drink jou tee." Hy wend hom na Brenda en vra: "Het jy toe Kroondal toe gebel?"

"Ja, Jurie. Pieter se ouers en broer sal eenuur hier wees. Hulle kom per vliegtuig."

"Gaaf, ek sal hulle by die lughawe gaan ontmoet en dan sommer na die hospitaal toe neem. Ek hoop net Pieter het teen daardie tyd al sy bewussyn herwin."

Solank Jurie in die badkamer besig is om te bad en te skeer, is Brenda en Rista in die kombuis besig om ontbyt voor te berei.

Rista is stil en afgetrokke. Alles wat sy vanoggend doen, verrig sy werktuiglik. Sy kan haar gedagtes by niks anders bepaal as die ongelukkige Pieter in die hospitaal nie. Van die konstabel het sy vanoggend self verneem dat Pieter sy motor opsetlik op die oorweg in die pad van die aankomende lokomotief geparkeer het.

Nou eers kan sy begryp waarom sy verlede nag so bevrees was, feitlik gelê en wag het op iets om te gebeur. Dit was natuurlik 'n voorgevoel van die afgryslike ongeluk. Dit moes omstreeks daardie tyd van die oggend plaasgevind het.

Sy voel innig jammer vir Pieter se familie, want hoe 'n skok moes dit nie vir hulle gewees het om dié skrikwekkende tyding so vroeg in die môre te ontvang nie! Sy kan haar voorstel hoe vreeslik dit vir sy moeder moes gewees het, aangesien sy net die tweelingseuns het. Nou verkeer die een in die kloue van die dood.

O, Vader, moet hom tog nie wegneem nie. Spaar sy lewe vir sy dierbares, bid sy sag en weemoedig in haar hart.

Aan die ontbyttafel is Rista nie lus vir die heerlike gereg wat haar vriendin voor haar plaas nie. Maar ter wille van Brenda en Jurie wat so besorg is oor haar, wend sy 'n poging aan om te eet. Sy kry egter nouliks iets afgesluk.

Die maaltyd verloop in stilte, want elkeen se gedagtes is by Pieter en sy toestand wat onveranderd bly.

Dan verbreek Jurie later die stilte deur te sê: "Hoe lyk dit, Rista, sal jy vanoggend saam met my na Pieter se kantoor toe kan gaan?"

"Ja, Jurie, dis die minste wat ek nog vir hom kan doen. Gaan jy solank sy praktyk waarneem?"

"Dis my voorneme, ja. Ek hoop net dat ek in staat sal wees om albei praktyke waar te neem. Maar met jou hulp en bystand behoort ek dit te kan doen."

"My arme man, jy sal jou mos doodwerk," kom dit besorg van Brenda. "Weet jy hoe uitgebrei Pieter se praktyk werklik is?"

"Ja, my vrou, ek is deeglik bewus daarvan. Maar die Here sal my krag gee om sowel sy sake as myne te behartig. Ons mag nie Pieter se kantoor sluit nie. Ek en Rista moet sake aan die gang hou. Ek sal self sy sake in die hof gaan behartig en Rista moet die kantoorwerk behartig soos altyd, tot tyd en wyl ons 'n bekwame persoon vind om haar plek te vul."

"Ek sal vandag 'n advertensie in die koerant plaas vir 'n tik-ster, my man. Ons mag Ristatjie nie langer as die einde van die maand hier hou nie. Ouma sal baie kwaad wees vir ons."

"Ja, dis regtig jammer dat Rista nou moet gaan, juis noudat

sy so goed op die hoogte is van Pieter se sake. Dit is altyd so 'n beslommernis om 'n nuwe sekretaresse te leer."

"Moenie bekommerd wees nie, Jurie. Ek sal sorg dat sy eers goed op die hoogte is van alles wat van haar verwag word voor ek die kantoor verlaat. Ek sal julle nie in die steek laat nie, Jurie. Nie noudat Pieter in die hospitaal is en jy alles moet behartig nie."

Na ete vertrek Rista met haar eie motor, met Jurie kort op haar hakke. Sy kan haar egter nie indink hoe die kantoor daar sal uitsien sonder Pieter se opgewekte persoonlikheid nie. Sy is hom al so gewoond met al sy sonderlinge maniertjies.

Ineens voel sy weer die warm trane in haar oë opwel. Maar nee, sy mag nie nou weer huil nie. Sy moet sterk bly. Dit is al manier waarop sy Pieter op die oomblik van hulp kan wees – deur sterk te wees en Jurie sy sake te help behartig.

10

Dis vieruur in die oggend. Die hele losieshuis is stil en in duisternis gehul. Net in een vertrek brand daar 'n lig – in die badkamer van die Myburghs waar Chris, wat pas van die hospitaal af gekom het, besig is om 'n warm bad te neem.

Snaaks dat hy nie juis moeg is nie, aangesien hy van twaalfuur af op die been is, staan Chris en dink onderwyl hy hom vinnig droogvryf.

Toe hy in sy slaapklere en japon geklee is, trek hy sy pantoffels aan en gaan na sy slaapkamer. Hy weet goed dat hy 'n termofles gevul met heerlike warm tee voor sy bed sal aantref, want nog nooit het die liewe, goeie Oumatjie daardie liefdesdaadjie van haar vergeet nie. Sy het hom nou al eintlik verwen daarmee.

Hy het pas sy tweede koppie tee gedrink toe hy die telefoon in sy kantoor hoor lui. Op pad daarheen loop hy en wonder wie dit nou kan wees wat ernstig siek is, want dis gewoonlik net die ernstig siekes wat hom hierdie tyd van die môre ontbied. Saaklik neem hy die gehoorstuk op en sê kalm: "Hallo."

Dan hoor hy 'n dame wat op 'n effens hoë toon sê: "Kan ek met dokter Chris Myburgh praat, asseblief?"

"Dis hy wat praat."

"O, hallo, Chris. Dis Brenda hier."

"Goeiemôre, Brenda. Hoe gaan dit?"

"Sleg, Chris, hier het iets verskrikliks gebeur. Julle moet dadelik hierheen kom. Pieter was vannag in 'n motorongeluk en lê buite hoop hier in die hospitaal."

"Wat praat jy, Brenda?" roep hy verbysterd uit en laat val byna die gehoorstuk uit sy hand.

"Dis ernstig, Chris. Sy toestand is kritiek."

"Hoe en waar het die ongeluk plaasgevind, Brenda?"

"'n Lokomotief het in sy motor vasgery op die eerste oorweg naby Pretoria-Noord."

"Maar hoe kan dit wees? Het daar dan iets met sy motor verkeerd gegaan?"

"Dit kan ek regtig nie sê nie, Chris. Ek is nog nie op hoogte van die besonderhede in verband met die ongeluk nie. Maar ek meen jy sal dit alles by die hospitaal kan vasstel. Hulle behoort te weet hoe die ongeluk gebeur het."

"Dankie dat jy my gebel het, Brenda. Ons vertrek so gou moontlik. Ek sal jou binne 'n uur weer bel."

"Goed, Chris."

"Tot siens solank, hoor."

"Tot siens, Chris."

73

Toe Chris die deur van sy kantoor agter hom toetrek, ver-skyn daar 'n trek van uiterste kommer op sy gesig.

Toe hy voor die deur van sy ouers se slaapkamer staan, won-der hy ineens of hy hulle nou al van die ongeluk en van Pieter se toestand moet verwittig.

Na 'n paar sekondes se oorweging besluit hy om eers uit te vind hoe laat daar 'n vliegtuig Johannesburg toe vertrek en om eers Pretoria toe te skakel. Hy wil eers al die besonderhede weet voor hy sy ouers van die ongeluk vertel, want wat sal dit hom tog baat om hulle in hul slaap te steur? Op die oomblik kan hulle niks meer doen as wat hy reeds doen nie. Nee, laat hulle maar gerus nog 'n rukkie langer slaap. Hulle sal dit be-paald later nodig hê, besluit Chris.

Hy skakel eers die lughawe om te hoor hoe laat hulle 'n vliegtuig kan kry. Dan skakel hy Pretoria se Algemene Hospi-taal. Hy praat persoonlik met die dokter wat Pieter behandel.

"Maar dis ongelooflik!" roep Chris etlike minute later ge-skok uit. "Ek kan dit nou eenmaal nie glo dat Pieter opsetlik so 'n gruwelike ding sou gaan aanvang nie!"

"Dit is tog so, dokter Myburgh."

"Is jy vertroud met die rede waarom hy dit gedoen het, dok-ter?"

"Wel, ek het uit 'n betroubare bron verneem dat dit 'n lief-desteleurstelling is wat hom tot die daad gedryf het."

"Maar dis verskriklik!" antwoord Chris weer verbysterd. Al-les klink vir hom ongelooflik. Op die oomblik weet hy nie wat om daarvan te dink nie. Dan skakel hy weer Pretoria toe om Brenda en Jurie van hul koms in kennis te stel.

Chris staar verslae na sy horlosie en merk dat dit reeds sesuur is. Hy besluit om sy ouers te gaan vertel van die ongeluk en van Pieter se toestand.

Ja, hy sal niks sê van die liefdesteleurstelling nie. Hy sal hulle net van die ongeluk vertel. Met die dame wat verantwoordelik is vir Pieter se ongeluk, sal hy egter self afreken. Net 'n goedkoop flerrie sal 'n eerlike man soos Pieter op haar verlief maak en hom dan wegstuur wanneer hy sy rol uitgespeel het en sy vir hom moeg is, redeneer Chris en sweer wraak teen die meisie wat sy lieflingbroer so verlei het en hom soveel pyn besorg het.

Nadat hy aangetrek het, gaan hy na sy ouers se slaapkamer en klop saggies aan die deur. Hy hoor sy vader se stem wat hom binnenooi.

Na die gewone môregroet gaan sit Chris op die bed aan sy moeder se kant. Die stroewe trek op sy andersins aantreklike gesig maak die ouerpaar se gedagtes gou gaande en laat hulle bekommerd na hom opkyk.

Dan is dit sy moeder wat eerste praat: "Wat makeer, Chris? Jy lyk so of jy slegte tyding ontvang het, kind."

"Ek het, my ou moedertjie. Julle twee moet vanoggend sterk wees, want die tyding wat ek vir julle bring is nie aangenaam nie . . . Pieter was verlede nag met sy motor in 'n ongeluk en sy toetand is sorgwekkend. Ons sal binne enkele ure moet vertrek. Ek het reeds vir ons plekke bespreek op die vliegtuig wat vanoggend vertrek."

"Ag, Chris, wat vertel jy ons, my kind?" roep sy moeder verslae uit en bars in trane uit.

Sy vader aanvaar die nuus egter stil en gelate sonder om een woord te uiter. Maar Chris, wat al sy lewe lank so na aan sy vader leef, weet dat hy diep gewond is.

Hy kry sy ouers innig jammer, aangesien hy goed besef wat hierdie nuus vir hulle moet beteken, hulle wat so lief is vir hulle enigste twee spruite.

Dan is dit weer sy vader wat sag praat nadat Chris hom gehelp het om aan te trek. "Jy moet tog vir Oumatjie ook gaan verwittig van hierdie treurspel, my kind."

Toe Ouma die nuus verneem, haas sy haar dadelik na die moeder. Sy kan wel begryp hoe die ouerpaar vanoggend moet voel, aangesien sy self daardie beker al geledig het die tyd toe ook sy haar enigste kind en sy vrou moes afgee aan 'n afgryslike dood.

Selfs in Ouma se losieshuis verloop die ontbyt daardie môre in stilte. Almal is bewus van die tragedie wat hom die vorige nag in Pretoria afgespeel het en in hoe 'n mate die nuus die Myburgh-gesin moes getref het.

Met haar arms simpatiek om mevrou Myburgh se skouers, vergesel Ouma die vrou na die wagtende taxi wat die gesin na die lughawe moet neem.

11

Toe Rista by Pieter se lessenaar verbystap na die brandkas om vir Jurie die nodige lêers uit te haal, skiet haar oë opnuut vol trane. Die lessenaar lyk vir haar te verlate en leeg sonder die altyd opgewekte, netjies geklede Pieter daaragter. Net eergister het hy ewe opgeruimd op daardie selfde stoel agter sy lessenaar gesit.

Met 'n sakdoekie vee sy die trane haastig weg. Sy sluit die brandkas oop, onbewus daarvan dat Jurie haar met innige jammerte staan en betrag.

Jurie staan en wonder of Rista ooit hierdie tragiese treurspel te bowe sal kom indien Pieter dalk moet sterf. In sy hart bid hy vurig dat sy liewe vriend se lewe tog gespaar moet bly, ook ter wille van haar.

Met ses lêers voor hom, neem Jurie later agter Pieter se deftige lessenaar plaas terwyl Rista met haar tikwerk voortgaan. Maar nie een van die twee is in staat om op enigiets te konsentreer nie, aangesien Pieter se toestand op die oomblik alle ander belangrike faktore oorskadu.

Toe die horlosie twaalfuur slaan, staan Jurie op en gee die lêers weer vir Rista. "Ek sal nou moet gaan, Rista. Eenuur moet ek die Myburghs by die lughawe gaan ontmoet. As jy vandag nie lus voel vir werk nie, sluit maar gerus die kantoor en gaan huis toe. Ek sal jou nie in die minste kwalik neem nie, want selfs ek is nie by magte om vandag op enigiets te konsentreer nie."

"Goed, Jurie, ek wil net hierdie werkie afhandel en dan nog die vier afskrifte van daardie kontrak maak, dan sal ek maar toesluit en huis toe gaan."

Nadat Rista die laaste vel uit die drukker verwyder het, merk sy dat dit reeds halfvyf is. Dan besluit sy om ook maar huis toe te gaan, ofskoon dit nog 'n halfuur voor sluitingstyd is.

Nou sal sy net genoeg tyd hê om haar te verklee voor ete en dan hospitaal toe te gaan om Pieter te gaan besoek. Sy hoop net dat Jurie nie straks vergeet het dat hy haar en Brenda vanaand hospitaal toe moet neem nie. Wel, as hy sewe-uur nog nie tuis is nie, sal ek en Brenda maar alleen moet gaan, besluit Rista toe sy die deur van haar motor agter haar toeklap en vinnig wegtrek. Ek moet Pieter vanaand sien. Ek wil met my eie oë sien hoe dit met hom gaan.

Tuis staan Brenda reeds op haar en wag. "Vanaand is ek en jy alleen, ou maatjie," verduidelik sy aan Rista toe sy merk hoe laasgenoemde na die tafel staar wat net vir twee gedek is. "Jurie het gebel om te sê dat hy onmoontlik voor agtuur tuis kan wees, aangesien hy die Myburghs sewe-uur eers by hul blyplek wil besorg. Dus, ons twee sal maar alleen moet gaan. Dit sal hopeloos te laat wees as ons op Jurie moet wag."

"Ja, ek dink ook so," kom dit instemmend van Rista.

"Nou goed, gaan verklee solank. Ek sal in die tussentyd vir ons opskep, dan kan ons gaan sodra ons klaar geëet het."

Sewe-uur op die kop is die twee vroue gereed om te vertrek.

By die hospitaal aangekom, moet Brenda eers vra in watter kamer Pieter opgeneem is.

Vir Rista is dit hartroerend om Pieter so bleek en stil te sien met al die wit verbande om sy kop en arm.

Soos Jurie vroeër die oggend, gaan ook sy voor die smal bed sit, neem Pieter se gesonde hand in hare en druk dit teer teen haar wang. Met haar een hand streel sy liggies oor sy wang terwyl die trane vrylik oor haar wange rol.

Dis vir haar uiters pynigend om te dink dat hy haar liewer gehad het as selfs sy eie lewe, dat hy liewer dood wou wees as om die lewe deur te gaan sonder haar.

"O, as hy tog maar net gesond word," kreun sy dit saggies uit, "sal ek alles in my vermoë doen om hom weer gelukkig te maak. Ek sal my lewe opoffer vir sy geluk." Dan vee sy die trane af wat op Pieter se hand gedrup het.

Brenda sit swyend teenoor Rista aan die ander kant van die bed. Vir haar is dit net so pynigend om die opgewekte Pieter in 'n bewustelose toestand te aanskou. Hy wat so aktief en vol grappe was.

Na 'n halfuur moet Brenda en Rista vertrek om agtuur tuis te wees wanneer Jurie terugkeer van die Myburghs af.

Tuis gaan Rista sommer dadelik bed toe. Die gebeure van die vorige nag, en daarmee saam heeldag se werk op kantoor, het haar totaal uitgeput en sy raak byna onmiddellik aan die slaap.

Eers 'n dag na die aankoms van sy ouers en broer herwin Pieter sy bewussyn. In sy ylhoofdige toestand is die eerste woorde wat oor sy koorsige lippe kom 'n aanhoudende geroep na Rista.

Sy ouers en broer herken hy nie een nie, selfs nie vir Jurie wat saam met die Myburgh-gesin langs sy bed staan nie.

Gelukkig dat Jurie teenwoordig is, want hy ontbied Rista dadelik hospitaal toe.

Sy het nou skoon die bewerasie van angs by die gedagte dat sy weer eens met Pieter gaan praat. Net die wete dat hy eerste na haar verneem het, bring opnuut trane in haar oë.

Toe sy in die lang gang van die hospitaal afstap, voel haar gemoed so vol dat sy telkens moet sluk om die knop uit haar keel te kry. En toe sy eindelik die privaat kamer bereik, is haar oë weer so mistig van die trane dat sy die verpleegster langs Pieter se bed byna nie eens raaksien nie.

Dan hoor sy hoe hy sag en aanhoudend na haar roep.

Vinnig beweeg sy na die bed, buk vooroor en soen hom liggies op sy een brandende wang, terwyl sy met albei haar hande aan sy een hand vasklem.

"Ek het gekom, Pieter," sê sy met droefheid in haar stem. "Dis Rista wat met jou praat." Dan streel sy hom saggies oor sy regterwang en sê weer: "Pieter, kan jy my hoor? Dis Rista wat met jou praat, Pieter."

Stadig gaan sy moeë oë oop en hy kyk haar 'n wyle aan asof hy haar ook nie herken nie – maar net 'n wyle, want dan plooi daar meteens 'n flou glimlaggie om sy lippe terwyl hy swakkies sê: "Ek is so bly jy het gekom, my liefling . . . Ek het so oneindig baie na jou verlang . . . Jy moenie weer weggaan nie, skat, jy moet hier by my bly . . . Sal jy, my liefling?"

"Ek sal, Pieter. Maar maak jou oë toe en rus."

Na tien minute verval Pieter in 'n rustige slaap, tevrede in die wete dat Rista by hom is. En nog steeds sit Rista voor sy bed met oë wat dof is van trane.

Stadig sak haar donker kop af totdat dit voor hom op die bed rus. Toe bars sy eindelik in sagte snikke uit om uiting te gee aan haar oorstelpte gemoed.

Dit is vir Rista se oorlaaide gemoed te veel dat hy haar soos 'n kind soebat om hom tog nie alleen te laat nie. O, Pieter, roep haar hart verdrietig uit, ek sal jou nooit weer alleen laat nie, my dierbare vriend, nooit weer nie!

Byna 'n halfuur lank sit sy saggies by sy bed en huil. So tref Jurie en die Myburghs haar aan.

Met die eerste oogopslag merk Chris dat sy broer rustig slaap. Hy is Rista innig dankbaar daarvoor, want hy besef dat dit net haar teenwoordigheid is wat Pieter daardie rus verskaf.

Saggies neem Jurie die wenende meisie aan die arm en lei haar na haar motor.

Gedwee stap sy langs hom sonder om ag te slaan op die Myburghs wat hulle vergesel.

Toe hulle die motor bereik, help Jurie haar in asof sy 'n klein dogtertjie is, maak dan die deur toe en sê aan Chris: "Ou Chris, een van ons twee sal Rista se motor moet bestuur. Soos jy self sien, is sy op die oomblik in geen toestand om 'n voertuig te bestuur nie."

"Goed, Jurie, ek sal die juffrou se motor bestuur. Dit lyk my sy trek haar Pieter se toestand vreeslik aan."

"Ja, man, dis te begrype. Hulle was altyd sulke groot maats."

"Wel, as julle gereed is, kan ons maar gaan. Gee my net die motor se sleutel, Jurie. Jy kan voor ry, ek sal jou volg."

"Ek het nie die sleutel nie, Chris. Jy sal dit maar by Rista moet kry, ou maat."

Met 'n ligte tred stap Chris na Rista se motor, maak die deur oop en klim langs haar in.

Met haar kop agteroor geleun en haar oë gesluit, hou Rista die sleutel na Chris uit, menende dat dit Jurie is.

'n Wyle rus Chris se oë liefkosend op haar skone gelaat. Dan vou hy die klein wit handjie wat die sleutel na hom uithou in sy eie en sê besorg: "Luister, Rista, ek besef dat jy bitter jammer voel vir Pieter, maar jy moet jou regtig nie so oorgee aan jou verdriet nie. Jy maak jou net siek daardeur en Pieter sal jou vriendskap nog baie nodig hê."

Met 'n skok maak Rista haar oë oop en kom orent. Droom sy? Die stem is mos nie Jurie s'n nie!

Verbaas staar sy die man langs haar aan en stamel dan effens verleë: "O, ekskuus! Ek het my misgis. Ek het gedink dat Jurie my motor gaan . . ."

"Alles reg, Rista. Ek neem aan dat jy 'n hoofpyn het, daarom het jy jou oë gesluit," val hy haar sag in die rede, los dan haar hand en neem die sleutel.

Chris voel aangenaam verras noudat hy ook met die skone Rista kennis gemaak het. Wat hy hier voor hom sien, oortref daardie foto in Ouma se losieshuis ver. Dit laat eintlik sy hart vir die eerste keer in sy lewe woes in hom te kere gaan, want 'n beeldskoner vrou het hy nog nooit met sy twee oë aanskou nie.

Wat hy egter nie kan begryp nie, is dat Pieter wou selfmoord pleeg oor 'n ander meisie terwyl hy so 'n beeldskone meisie as vriendin het.

Dat daar 'n aantrekliker meisie bestaan as Rista, wil Chris nie glo nie. Vir hom is sy 'n meesterstuk uit die hand van die Skepper. En dat dit oor haar is wat Pieter sy lewe wou neem, kan hy nooit dink nie. Uit alles wat hy al van haar gehoor het, blyk dit geensins dat sy die soort meisie is wat 'n man op haar verlief maak net om hom vir die gek te hou nie.

Dan luister hy weer aandagtig na Rista se pragtige stem toe sy sê: "Jy is seker Pieter se broer, dokter Chris Myburgh?"

"Reg geraai. Ek ís Chris."

"Vertel my, dokter, sal Pieter ooit weer herstel met al daardie gebreekte bene in sy liggaam?"

"Waar daar lewe is, is daar hoop, Ristatjie. Ons sal eers oor 'n paar dae weet hoe sake met hom gesteld is. Die verpleegster vertel my dat hy jou herken het."

"Ja, hy het," antwoord sy sag en byt dan op haar onderlip wat al weer begin bewe.

Maar Chris se oë is noulettend en hy neem dadelik sowel die ligte bewing van haar lip as die gebaar om dit te stil, waar. Dan sê hy egter bemoedigend: "Nou ja, dit op sigself is al 'n goeie teken, Rista. Dit toon altans dat sy brein nie beskadig is nie."

Toe hulle later voor Jurie se huis stilhou, sê Chris weer met 'n besorgde stem: "Luister, Rista, jy het 'n paar vermoeiende ure agter die rug. Ek meen jy behoort nou eintlik twee hoofpynpille te drink en 'n bietjie te gaan rus, weet jy. Dit sal ook verkiesliker wees dat jy liewer nie vanaand hospitaal toe gaan nie. Jy kan Pieter maar môremiddag weer besoek. Ek sal hom vanaand sê dat jy nie te wel is nie."

Toe klim hy uit, maak die deur aan haar kant oop en help haar galant uit. Met een oogopslag neem Chris haar van kop tot tone waar. Hy trek sy asem vinnig in, want sy is vir hom verruklik mooi en begeerlik.

Nog nooit het hy aardse dinge begeer nie. Maar Rista begeer hy met elke asemteug, met elke klop van sy hart. Om haar te besit, sal vir hom louter geluk beteken. Dit sal sy beker van geluk laat oorloop. Dit sal vir hom die heuglikste dag van sy lewe wees, die dag as Rista sy eie vrou word.

Stadig stap hulle met die paadjie op wat na die voorste stoep lei, elkeen onbewus van die ander se gedagtes.

Rista het hom nog net deur betraande oë aanskou en kan nog geen opinie omtrent hom vorm nie. Wat haar wel aangenaam getref het, was sy diep, ryk gemoduleerde stem en die perfekte wyse waarop hy sy woorde uitspreek. Op sy persoon het sy feitlik nog geen ag geslaan nie. Sy het egter nog nooit 'n kans daartoe gehad nie, want met haar hele wese ly sy nog saam met die ongelukkige Pieter.

In die sitkamer val dit Jurie vir die eerste keer by dat hy Rista en die Myburghs nog nie aan mekaar bekendgestel het nie.

Weer eens word Rista se skoonheid deur twee Myburghs bewonder. Maar hierdie keer kan dit geen skade berokken nie, want dit is die ouerpaar.

So, sit mevrou Myburgh en dink, moes my dogter gelyk het, die een op wie ek al die jare gewag het en op wie ek nog steeds wag, 'n dogter om op trots te voel.

Dan wonder sy weer wie die gelukkige man gaan wees wat Rista eendag as vrou gaan kry. Sy hoop egter dat die geluk een van haar seuns gaan tref, want kyk net hoe mooi pas sy en Chris by mekaar, daar waar hulle langs mekaar op die bank sit – sy met haar raafswart krulle, donker oë en klein gestalte, en Chris met sy blonde krulkop, koringblou oë en forse gestalte. Hulle is ook albei stil en besadig van geaardheid en stel albei belang in die welvaart van hulle medemens. Volgens Ouma wou Rista 'n maatskaplike werker word. Hulle twee sal 'n ideale paar uitmaak, aangesien hulle feitlik alles gemeen het. Selfs haar eie lewenslange wens sal dan ook vervul wees as sy Rista as skoondogter kry.

12

Op kantoor die volgende oggend gaan die tyd veels te stadig na Rista se sin verby. Sy is haastig om haar besluit aan Pieter mee te deel – haar besluit om met hom in die huwelik te tree sodra sy toestand dit toelaat.

Maar dit is vir haar al of die gedagte aan 'n huwelik met hom haar weemoediger stem vanoggend.

Sy kan dit egter nie begryp nie, want so 'n gedagte behoort haar tog opgeruimder te laat voel – die gedagte dat sy hom daardeur gelukkig gaan maak.

Nee, nou begryp sy haarself ook nie meer nie. Dit is tog nie die geval dat haar gevoelens teenoor hom verander het nie. Inteendeel, dit het verdiep nadat hy in die ongeluk betrokke was.

Nee, sy moet hom so gou moontlik van haar besluit verwittig. Vandag nog moet hy dit weet.

Ofskoon sy hom nie liefhet nie, voel sy tog besonder teer teenoor hom. Haar eie geluk is nie op die oomblik ter sake nie. Dis sý geluk waarmee nou rekening gehou moet word, sy gevoelens wat sy in ag moet neem, want 'n herhaling van nou die nag se gebeurtenis wil sy tot elke prys vermy. Sy wil onder geen omstandighede aanspreeklik voel vir Pieter se dood nie.

Dan merk sy dat dit al elfuur is en sy besluit om Pieter dadelik te gaan spreek. Maar ineens val dit haar by dat sy Pieter nie bedags alleen sal vind nie, aangesien sy familie feitlik heeldag by hom vertoef. En sy sal hom alleenlik oor hierdie saak kan spreek sodra sy hom alleen te sien kry. Vir haar is dit 'n uiters delikate saak wat privaat bespreek moet word, omdat dit nie vir ander se ore bedoel is nie.

Plotseling word haar gedagtes gesteur deur die buitedeur van haar kantoor wat op knip gedruk word. Dan staak sy onmiddellik haar getik.

Toe sy vinnig opkyk, sien sy Brenda na haar lessenaar toe aangestap kom. Glimlaggend roep Rista uit: "Jy is net betyds vir tee!"

"Ja, tee sal nogal heerlik wees," glimlag Brenda terug en vervolg dan nadat sy teenoor Rista plaas geneem het. "Maar sê my eers, het die nuwe tikster dan nog nie opgedaag nie?"

"Nee, hier was nog geen lewende wese nie."

"Twee het vanoggend by Jurie op kantoor gaan aansoek doen om die vakansiebetrekking, en die bekwaamste een het hy toe hierheen gestuur."

"Wel, soos jy sien, het hier nog nie so 'n dame opgedaag nie. Maar laat haar gerus kom. Glo my, ek sal haar deeglik in die werk steek."

Brenda glimlag. "Luister, sy sal natuurlik nou enige oomblik hier aanland. En aangesien jy so vasberade is om haar goed in te span, sal ek dan maar wag tot sy aankom, dan kom jy saam met my inkopies doen."

"So, dan is dit waarom jy vandag in die stad is en my kom vereer met so 'n vriendelike besoekie . . ."

Maar voordat Rista nog haar sin kan voltooi, hoor hulle 'n klop en daarna word die deur saggies oopgestoot. Die nuwe tikster, 'n lang, skraal blonde meisie, kom huiwerig die kantoor binne en stel haarself aan Rista bekend.

"Aarde, ek was so bang dat ek dalk nie die regte plek sou vind nie, juffrou De Vos," sê Elise Marais later duidelik verlig.

"Vergeet die 'juffrou' en noem my Rista, Elise. Ons sal twee weke moet saamwerk. En as ons mekaar gaan 'juffrou' die hele tyd, sal die atmosfeer maar ongesellig wees," merk Rista vriendelik op en vervolg toe weer: "En wat meneer Van Zyl betref . . . Wel, jy sal hom maar moet vergewe dat hy so skandelik vergeet het om jou die nommers van ons kantore te gee. Jy weet natuurlik nog nie dat hy op die oomblik sowel meneer Myburgh as sy eie sake behartig nie. Hy het darem werklik nou sy hande so vol dat 'n mens hom ook nie juis kan kwalik neem as hy iets vergeet nie."

"Gits, maar dan moet hy mos verskriklik besig wees, Rista."

"Dit kan jy glo. Maar laat ek jou eers aan sy vrou bekendstel." Nadat Rista hulle aan mekaar bekendgestel het, voeg sy Brenda weer toe: "Luister, maatjie, is dit moontlik dat jy nog tien minute kan wag?"

"Wel, wat kan ek anders doen? Ek sal maar eenvoudig moet wag," lag Brenda.

Die kantoordeur gaan weer eens oop en 'n teemeisie kom die vertrek binne met twee koppies tee.

Nadat Rista haar gevra het om nog 'n koppie tee te bring, sê sy aan Elise: "Ek is bevrees ek gaan jou 'n uur of wat alleen laat, Elise."

"Dis alles in die haak, Rista. Sê my net wat ek moet doen terwyl jy weg is."

"Ek sal meneer Van Zyl eers moet bel en hoor of die dagvaardings van die getuies in die Schoeman-saak vandag al uitgereik moet word. Dan kan jy dit solank tik onderwyl ek mevrou Van Zyl stad toe vergesel."

Sy skakel Jurie se kantoor en sê: "Hallo! Kan ek meneer Van Zyl spreek, asseblief?" Na 'n tydjie hoor sy Jurie se stem. "Hallo, Jurie, dis Rista hier. Luister, wat omtrent die dagvaardings vir getuienis in die Schoeman-saak? Moet ek dit vandag laat uitreik? Goed . . . Ja, sy is al hier. Brenda is ook hier. Ons twee gaan juis nou stad toe. Maar sê my, het jy Pieter al vanoggend gesien? . . . Ek is werklik bly om dit te hoor. Gaan sy familie hom besoek? . . . Gaaf, nadat sy ouers hom vanoggend besoek het en Chris weer vanmiddag, sal ek hom vanaand gaan besoek . . . Maar dit maak mos nie saak nie, Jurie. Julle twee kan gerus maar gaan. Ek wil Pieter graag vanaand spreek

". . . Ag, nee wat, maak maar vir my verskoning, Jurie. Sê vir hulle ek kom hulle op 'n ander dag besoek . . . Dankie. Tot siens."

"Dis hoog tyd dat julle nou end kry," kom dit gemaak ongeduldig van Brenda, maar sy vra nietemin nuuskierig: "Wat klets julle so van besoeke en verskonings?"

Rista plaas haar arm om Brenda se lyf en sê ewe kalm: "Jurie vertel my nou dat die Myburghs ons genooi het om die aand by hulle te gaan deurbring. Maar ongelukkig kan ek julle nie vanaand daarheen vergesel . . ."

"En waarom kan jy nie saamgaan nie?" val Brenda haar effens streng in die rede.

"Luister, maatjie, ek moet Pieter vanaand gaan besoek. Daar is 'n sakie wat ek graag vanaand met hom wil bespreek."

"Maar, Ristatjie!"

"Nee, maatjie, ek weet wat jy wil sê. Maar glo my, ek kan dit nie langer uitstel nie. Daardie sakie moet vanaand in die reine gebring word."

"Rista, nee, jy mag dit nie doen nie. Jy sal tog nooit daardeur gelukkig wees nie. Jy gaan net jou eie geluk verongeluk," sê Brenda byna pleitend.

"Ek besef dit wel deeglik, maatjie. Maar mý geluk is op die oomblik vir my van minder belang."

"O, Rista, jy doen jouself 'n skreiende onreg aan."

"Moet jou nie so ontstel nie, my hartjie. Ek weet wat ek doen. Kom, ek is gereed, ons kan maar gaan."

Nadat Rista en Brenda die kantoor verlaat het, begin Elise in aller yl werk. Sy is werklik getref deur die wyse waarop Rista Jurie en sy vrou aanspreek, want nog nooit het sy 'n tikster so hoor praat met haar werkgewer se vriend nie. En uit hulle gepraat kan sy aflei dat die Pieter wat Rista vanaand in die hospitaal gaan besoek, hulle werkgewer moet wees. In die koerant is sy naam as Pieter Myburgh aangegee. So, dan noem Rista selfs haar werkgewer op sy voornaam! Wel, hulle is seker maar almal ou vriende, besluit sy. Maar sy is darem wraggies mooi, die mooiste mens wat sy nog gesien het. Sy wonder . . . Hemel, kan dit wees? Sou dit oor haar wees dat meneer Myburgh sy lewe wou neem? Wat het mevrou Van Zyl nou weer gesê van "jou geluk gaan verongeluk"? Dit moet seker wees. Wel, sy is darem wragtie ook so mooi dat enige man hom om die lewe sou bring vir haar. Dit verbaas haar nou glad nie meer dat meneer Myburgh so iets aangevang het nie. As sy 'n man was, sou sy net dieselfde gedoen het as sy haar nie kon kry nie.

Dan begin Elise weer haastig tik. Sy wil graag 'n klomp werk afgehandel hê voordat Rista terugkom. Sy is so gaaf en vriendelik, ek sal nie graag in haar onguns wil raak nie, dink Elise weer met 'n glimlaggie.

Toe die horlosie die middag vyfuur slaan, neem Rista en Elise hulle handsakke en verlaat die kantoor.

Nadat Rista die deur agter hulle gesluit het, sê sy aan Elise wat 'n entjie voor haar uitstap: "Waarom so haastig, Elise?"

"Wel, ek moet my maar haas, aangesien ek nog nie weet hoe laat daar 'n bus vertrek nie."

"Maar ek neem jou mos vanmiddag huis toe."

"Nee, Rista, ek gaan nie toelaat dat jy sulke moeite doen om my ontwil nie."

"Luister, Elise, jy sal saam met mý huis toe gaan en nie met die bus nie. Is dit duidelik?" sê Rista vasberade.

"As jy dan so daarop aandring, sal ek seker moet instem," glimlag sy dankbaar.

Toe hulle later in die motor klim, vra Rista: "Waar woon jy, Elise? Verbeel jou, ek is vasberade om jou huis toe te neem en ek weet nie eens waar jy woon nie," glimlag sy.

"In Beatrixstraat, Rista. Tussen Kerk- en Pretoriusstraat. Maar jy moet regtig nie hierdie moeite gedoen het nie, jong."

"Dit is vir my geen moeite nie, Elise. Weet jy, dit is nogal op my pad huis toe. Nee wat, jy kan maar gerus elke môre en middag saam met my ry."

"Wel, as dit nie vir jou 'n draai is nie, sal ek met graagte saamry. Dankie."

Met 'n laaste groet ry Rista se motor vinnig voor Elise se deur weg. Nou is sy weer die haastige Rista wat nog moet gaan klaarmaak om vanaand hospitaal toe te gaan.

13

In stilte sit Chris voor die bed van sy slapende broer. Om hom so bleek en kragteloos daar te sien lê, pynig hom geweldig. Hy wens net hy kan weet wie die vrou is wat verantwoordelik is vir sy lieflingbroer se lyding. Hy sal haar graag net so wil pynig. Maar ongelukkig weet hy nog nie wie sy is of waar sy haar op die oomblik bevind nie. Hy sal egter wel uitvind. Pieter sal hom nog alles vertel wat hier plaasgevind het. Hulle twee het geen geheime vir mekaar nie.

Dan sit hy weer droomverlore aan Rista en dink. Hy wou haar so graag vandag op kantoor gaan besoek het, maar hy was bang dat dit te voorbarig sou lyk, aangesien hy haar maar nou die aand eers ontmoet het.

In sy verbeelding sit hy lugkastele en bou oor 'n gelukkige toekoms saam met die bekoorlike Rista. Dan dink hy weer: Indien daar 'n hegter verhouding as vriendskap tussen haar en Pieter bestaan, sal hy nie sy lewe wil neem oor 'n ander meisie nie. Dus, daar is blykbaar net vriendskap tussen die twee. Ek sal Pieter geen leed aandoen deur haar die hof te maak nie. Tot dusver was dit net die gedagte aan hom – dat hý haar straks die hof maak – wat my daarvan weerhou het om in aller yl Pretoria toe te jaag en haar op te eis voordat iemand anders my voorspring.

Dan staan hy saggies op en stap uit op die ruim balkon voor Pieter se kamer om eers 'n sigaret te gaan rook.

Van waar hy nou staan, kan hy sy broer in die oog hou en sal hy gou kan sien wanneer hy wakker word.

In die heerlike sonskyn kan hy sy gedagtes vrye teuels gee om sy toekoms te beplan. Om Rista se hart te verower sal uiters verstandige beplanning en optrede verg.

Volgens wat hy tuis uit sy medeloseerders se gesprekke kon aflei, moet 'n mens met haar glo uiters versigtig te werk gaan om haar nie af te skrik nie. Sy is glo geweldig fynbesnaard, beskeie en soms effens teruggetrokke ook. Maar dit alles skrik Chris nog nie af nie.

Met die mening toegedaan dat Pieter haar die hof maak, het hy geduldig gewag op 'n geskikte lewensmaat vir homself. Maar noudat dit anders blyk, sal hy niks in sy pad duld nie.

Nadat Chris byna 'n halfuur in die koesterende wintersonnetjie gestaan en mymer het, merk hy dat Pieter wakker geword het. Hy gooi 'n halfgerookte sigaret weg en haas hom na sy broer toe.

Met 'n opgewekte glimlaggie groet hy Pieter, wat hom bly aanstaar.

Dan merk Pieter duidelik verlig op: "Ek is so bly jy het vanmiddag alleen gekom, Chris. Daar is so baie waaroor ek met jou wil gesels."

Dan swyg hy 'n tydjie, sodat dit vir Chris byna voorkom asof sy broer se gedagtes baie ver weg dwaal.

Later sê hy weer besorg: "Sit, Chris. Waarom staan jy so?"

Nadat Chris gemaklik voor sy bed plaasgeneem het, lê Pieter deur die venster die verte en instaar en begin asof hy meer met homself praat as met sy broer: "Miskien was dit kinderagtig om my kop so te verloor, maar jy moet haar self sien om dit te glo. Sy is mooi, ontsettend mooi, die mooiste wese wat ek nog ooit in my lewe aanskou het. Haar swart hare is 'n sagte, golwende massa. Haar oë is donkerbruin en sag waarin 'n mens baie drome verlore sien lê. Sy het hier in die stad by vriende van haar gekuier. En ek was omtrent elke dag daar nadat ek haar een aand by dié vriende, wat ook my vriende is, se huis ontmoet het. Ek het haar later oorgehaal om in my kantoor te kom werk, want selfs bedags was dit toe al vir my te veel om van haar geskei te wees. Die ure op kantoor was vir my soos 'n ewigheid sonder haar. En saans wanneer ek by haar was, het die ure weer te gou verbygesnel. Ons was later groot maats. Maar in my hart het ek haar hartstogtelik liefgehad, met 'n liefde wat my soos vuur wou verteer. Die situasie het later vir my ondraaglik geword. Ek kon die verskriklike onsekerheid wat soos 'n kanker aan my gevreet het, nie langer verduur nie. Die aand van die ongeluk het ek my liefde aan haar verklaar . . . haar gevra om my vrou te word. Die slag wat my getref het toe ek gehoor het dat my liefde tevergeefs is, moes my bepaald van my sinne beroof het, want vanaf daardie oomblik wou my gedagtes nie meer reg funksioneer nie. Al waarvan ek daardie nag bewus was, was dat ek nie meer wou lewe nie, dat die lewe sonder my dierbare Ristatjie vir my 'n hopelose mislukking sal wees, want nooit sal ek ooit weer iemand so liefkry soos vir haar nie . . ."

Verder hoor Chris niks nie. Die wete dat Rista verantwoordelik is vir sy broer se ongeluk, tref hom soos 'n koeël. Dit voel vir hom asof sy sintuie besig is om hom te bedrieg, want wat

hy nou uit Pieter se mond verneem het, klink vir hom onge-
looflik.

My hemel, kan dit wees . . . kan dit waar wees? het hy byna
uitgeroep. Dis so onmoontlik, so ongelooflik . . . Ek kan dit
byna nie van haar glo nie!

Dan hoor hy Pieter weer praat, maar die woorde klink vir
hom asof sy broer vanuit die verte met hom praat. "Die res
begryp jy natuurlik."

Nee . . . nee, ek kan dit nie begryp nie. Ek wíl dit nie begryp
nie . . . nie van haar nie, kerm dit aanhoudend in sy binneste. Sy,
die een wat ek so innig bemin . . . O, Pieter, as jy maar net kan
weet dat ek haar net so innig bemin soos jy, my broer!

Toe Chris later by die hotel aankom waar hy en sy ouers tuis
is, is hy stiller en meer teruggetrokke as voorheen.

Nadat hy sy ouers ingelig het in verband met Pieter se
toestand, gaan hy met 'n swaar gemoed na sy kamer toe. Op
die oomblik wil hy alleen wees met sy gedagtes. Hy voel ver-
skriklik geskok en teleurgesteld in Rista. Hy het dit nooit van
haar verwag nie. Alles wat hy tuis op Kroondal van haar gehoor
het, bots geweldig met die gedrag wat sy hier teenoor Pieter
openbaar het.

Op Kroondal praat almal met die grootste respek van die
stil en besadigde Rista wat nooit eens 'n vlieg sal kwaad doen
nie. In hulle oë word sy feitlik as 'n engel beskou. Maar hy wat
Chris is, het haar ware kleure ontdek. Vir hom sal sy nie so
maklik om die bos lei nie.

Hy sal sy arme broer se lyding wreek, al is dit nie vandag nie,
dan wel later. Maar sy sal daarvoor boet.

Dan roep sy hart dit in sy binneste uit: Maar sal jy dit ooit
regkry ten spyte van daardie geweldige liefde wat jy vir haar
koester? Sal jou liefde nie dalk later vir haar verskonings pro-
beer vind nie?

Nee, daardie liefde sal ek in die kiem smoor, totaal uit my hart verban, probeer hy in sy gedagtes teëstribbel. Hoe kan ek so 'n hardvogtige mens liefhê? Ek is ook nie meer so seker of ek haar wel nog liefhet nie. Ek wonder selfs of ek haar ooit liefgehad het!

Dan besluit Chris om haar in aller yl die hof te maak, want só alleen kan hy wraak op haar neem. Hy hoop egter sy onderneming slaag, sodat hy weer rus kan vind, want op die oomblik woed daar 'n geweldige storm in sy binneste. Sy verstand roep om wraak, terwyl sy hart pleit en verskonings opdiep vir Rista se gedrag. Hy voel asof hy kan gek word. Maar een ding staan vas: Hy moet sy broer se lyding wreek. Dit mag nie ongestraf bly nie. Hy het wraak gesweer en wraak sal dit wees . . .

Aan die etenstafel merk die ouerpaar dadelik dat daar iets met Chris skeel. Hy is gewoonlik nooit so afgetrokke nie. Hy het byna nog geen woord geuiter tydens etenstyd nie.

Sou hy dalk teleurgesteld wees omdat Rista nie vanaand die Van Zyls hierheen vergesel het nie? wonder sy moeder en skryf Chris se afgetrokkenheid daaraan toe. Dat hy geweldig baie van die swartkopmeisie hou, is vir albei ouers geen geheim meer nie.

Net sy vader kan hom maar nie vereenselwig met so 'n gedagte nie. Hy besef dat dit iets veel gewigtigers moet wees wat Chris so van sy ewewig beroof het.

Dat dit van teleurstelling is omrede Rista nie ook vanaand hier by hulle sal wees nie, lyk vir hom geheel en al onmoontlik. Daar moet bepaald iets anders skort.

Toe Chris sy koppie koffie geledig het, spreek hy sy ouers vir die eerste maal aan vandat hy aan tafel kom sit het. "Kan ek Pa en Ma 'n oomblikkie privaat spreek voordat die Van Zyls opdaag?"

In hulle sitkamer wag Chris eers totdat albei sy ouers plaas-geneem het voordat hy self ook gaan sit.

Dit is vir hom vanaand uiters swaar om hierdie onderwerp aan te roer, maar hy moet sy ouers daarvan verwittig. Hulle het tog seker al gehoor dat Pieter se ongeluk nie 'n gewone onge-luk was nie. Hy wou hulle dit self vertel, maar het nooit so ver gekom om dit te doen nie.

Dan begin hy op sy gewoon sagte toon praat: "Pa en Ma is seker al daarvan bewus dat Pieter die ongeluk opsetlik bewerk-stellig het, nie waar nie?"

"Ja, Chris, ek het die koerantberig gelees wat melding maak van 'n liefdesteleurstelling wat hom tot so 'n daad moes gedryf het," merk sy vader kalm op, maar tog angstig om te hoor wat nou gaan volg, want weet hy dan nie hoe sy broer se ongeluk Chris raak nie?

"Wel, dan sal Pa-hulle natuurlik begryp as ek sê dat ek ver-bitterd voel teenoor die meisie wat verantwoordelik is vir Pie-ter se ongeluk."

"Nee, Chris, jy mag nie verbitterd voel teenoor haar nie, my kind. Sy kan dit nie help as haar liefde nie vir Pieter bedoel was nie," val sy moeder hom sag in die rede.

"Luister, Ma, net 'n goedkoop flerrie sal met 'n man soos Pieter se liefde speel en hom vir die gek hou. Wat sou dit haar geskeel het of hy dood was of nie? Sy sou net geëerd gevoel het om te weet dat 'n man hom om die lewe gebring het vir haar. Maar sy gaan nie vrykom nie. O nee, ek sal sorg dat sy haar straf nie ontkom nie. Al die hartseer en lyding wat sy die arme Pieter besorg het, gaan ek nog op haar wreek. Al is dit nou ook die laaste ding wat ek hier op aarde doen!"

"Jy is te verbitterd, Chris!" roep sy vader geskok uit. "En jy is totaal verkeerd, ou seun. Maar sê my, weet jy wie die meisie is?"

"Ja, Pa, niemand anders nie as die wonderskone Rista," merk hy met spottende minagting op.

"Chris, wil jy my vertel dat jy jou gaan wreek op die onskuldige ou Ristatjie?"

"Ja, Pa. En glo my, sy is glad nie so onskuldig as wat sy voorgee nie. Ek het haar ware kleure vandag eers uitgevind. Sy sal my oë nie langer verblind met haar pragtige voorkoms nie. Sy is net daarop uit om te sien hoeveel mans sy op haar kerfstok kan kry. Maar hier is een man met wie sy haar gaan . . ."

"Luister, Chris," val sy moeder weer eens sy woordevloed in die rede, "jy gaan niks van die aard doen nie. Wil jy nou op ons oudag ons harte breek? Jy wat altyd so voorbeeldig was, wat ons net altyd plesier verskaf het . . . Gaan jy nou werklik ons harte breek deur so iets aan te vang? Nee, my kind, laat vaar daardie wrede gedagte. Ek sê jou ook, Ristatjie is onskuldig aan al jou verskriklike aantygings!"

Maar voordat Chris weer iets kan sê, hoor hulle 'n klop aan die deur wat die Van Zyls se koms aankondig. Dan word die gesprek tussen ouers en seun onmiddellik gestaak.

14

Tuis nuttig Rista eers 'n koppie warm koffie saam met Brenda en Jurie. Toe haas sy haar na die badkamer. Oor 'n uur is dit etenstyd en moet sy gereed wees.

Vinnig oorweeg sy watter rok geskik sal wees om aan te trek. Vanaand is mos vir sowel haar as Pieter 'n spesiale geleentheid, 'n aand wat vir hulle baie gaan inhou, en sy moet bepaald op haar beste lyk vir hom.

In haar verbeelding sien sy al hoe aangenaam die nuus hom gaan tref. Dan voel sy weer sy warm lippe liggies teen haar eie bewe die aand voor die ongeluk. Selfs die aangename geur van die skeerseep wat hy vroeër daardie aand gebruik het, kan sy ook nog onthou.

Met 'n kwistige hand strooi sy badsout in die water, klim in die bad en strek haar heerlik uit in die geurige, lou water.

Nou lê sy weer aan Chris en dink. Snaaks, maar sy kan haar nie juis voorstel hoe hy lyk nie. Dan val dit haar ineens by dat sy hom ook nog nooit werklik van naby beskou het nie. Behalwe vir een vlugtige blik gister in die motor, het sy nog nie weer die geleentheid gekry om sy gesig goed te betrag nie.

Wat haar wel opgeval het, was sy pragtige stem en sy goed gekose woorde. Sy fors gestalte in 'n donker pak het sy ook maar net terloops opgemerk.

Terug in haar slaapkamer besluit sy dat haar donkergroen rok net die ideale drag vir die aand sal wees.

Toe sy gereed is, sit sy haar motorsleutels in haar handsak, trek die kam nog 'n keer deur haar swart krulle wat tot op haar skouers reik en verlaat die vertrek haastig.

In die eetkamer sit Brenda en Jurie reeds op haar en wag. Nadat sy om verskoning gevra het dat sy hulle so lank laat wag het, neem sy plek in teenoor Brenda. Vanaand is al drie haastig om die maaltyd agter die rug te kry. Rista peusel net aan haar kos.

Nadat die maaltyd eindelik afgehandel is, sluit Brenda en Rista gou eers die deure terwyl Jurie uitstap na sy motor wat voor die deur geparkeer staan.

In 'n opgewekte luim waai Rista vir die Van Zyls. "Lekker kuier, hoor!" roep sy toe sy met haar motor wegtrek.

Snaaks, dink sy, nadat ek vanoggend so weemoedig was, voel ek vanaand nogal taamlik opgeruimd en sien ek betreklik baie uit na die kuiertjie by Pieter . . . O, wel, dis maar seker omdat ek so baie nuus het om hom mee te deel, want hy weet blykbaar nog nie van die nuwe tikster nie. Nog 'n brokkie nuus waarmee ek hom kan vergas.

Dan sê sy hardop aan haarself terwyl sy strak voor haar uitstaar: "Ja-nee, Pieter, jy weet nog glad nie watter goeie nuus ek jou vanaand bring nie, ou maat. Binnekort sal jy my moet aanspreek as 'my vrou' en nie sommer as 'Ristatjie' nie. Saam sal ons daardie droomhuis van jou met sy rots- en roostuine bewoon. En wanneer jy eers uit die hospitaal is, sal ek jou help om gou weer sterk te word."

Op sy beurt is Pieter weer so diep in sy gedagtes versonke dat hy Rista se sagte tred nie eens hoor toe sy die saal binnekom nie. Eers toe sy voor sy bed verskyn, word hy van haar teenwoordigheid bewus.

Toe hy haar sien, wel 'n innige blydskap in sy binneste op. Dan val dit hom skielik weer by dat sy nie vir hom bestem is nie en 'n neerslagtigheid oorval hom plotseling. Aan haar liefde durf hy nie meer dink nie. Dit sal nooit aan hom behoort nie. O, Rista, ek sal jou altyd bemin. Ja, tot my dood toe sal ek jou bemin en ook daarna, skrei dit weemoedig in sy hart.

Dan verwelkom hy haar vriendelik, dog effens afgetrokke, en sê: "Ek is jammer dat ek jou self nie 'n stoel kan aanbied nie, maar neem tog een en kom sit hier naby my. Daar is soveel vrae wat ek aan jou wil stel. Ek het eintlik gewens jy moet vanaand hiernatoe kom."

"Goed, Pieter, praat maar. Ek sit oorgehaal om jou vrae een vir een te beantwoord," merk sy effens lughartig op toe sy voor hom gaan sit. Sy het dadelik sy afgetrokkenheid opgemerk. Dus sal sy maar lughartig optree in die hoop dat sy hom in 'n opgewekter stemming kan bring. Neerslagtigheid pas hom tog glad nie.

Met sy gesonde hand streel hy liggies oor haar twee hande

wat op haar skoot gevou lê terwyl hy haar afgetrokke lê en aanstaar. Dan vra hy sag: "Wanneer gaan jy terug Kroondal toe, Rista?"

"Ek is nog nie seker nie, Pieter. Miskien oor twee weke, miskien eers later."

"Het Jurie al vir my 'n tikster gevind?"

"Ja, sy het vanoggend begin. Ek is juis besig om haar touwys te maak," sê sy.

Pieter voel hoe sy hart vinnig begin klop, maar hy onderdruk die gevoel gou en vra: "Hoe lyk dit, is sy darem bekwaam?"

"Wel, ja. Sy ken die werk, Pieter. Sy het tevore ook in 'n prokureurskantoor gewerk."

"Nou luister, Rista, as dit die geval is, wil ek hê dat jy dadelik Kroondal toe vertrek." Meteens neem hy albei haar sagte handjies in syne terwyl hy haar verlangend aankyk en pleitend sê: "Doen my vir oulaas hierdie guns, Ristatjie, en vertrek sommer môre."

"Pieter!" roep sy teleurgesteld uit. "Ek het nie geweet jy voel só teenoor my nie. Jy haat my seker met 'n verskriklike haat."

"Nee, my liefling, dis maar net omdat ek jou so liefhet. Ek sal jou nooit haat nie, my ou Ristatjie, jy is te eerlik en opreg. Ek sal altyd net met liefde aan jou terugdink. Maar jy besef blykbaar nie hoe swaar dit vir my is om jou daagliks te sien in die wete dat jy vir my onherroeplik verlore is nie . . . Ek moet jou liewer glad nie sien nie, my skat. Daarom vra ek jou weer om tog maar so gou moontlik te vertrek."

Rista voel die warm trane in haar oë opwel. In haar binneste voel sy so innig jammer vir hierdie ongelukkige man voor haar.

Dan buk sy vooroor, neem sy gesig teer tussen haar twee

hande en sê stamelend terwyl haar trane oor sy hande drup: "Nee, Pieter, ek gaan nie nou al weg nie. Wanneer jy eers uit die hospitaal is, vertrek ons twee saam, want sien, ek het nou besluit om jou vrou te word . . . as jy my nog wil hê, Pieter."

In 'n oogwink vou hy haar in sy gesonde arm toe, druk haar liggies aan sy bors en soen haar lank en innig.

Toe hy later tot verhaal kom, sê hy duidelik teleurgesteld: "Ek is jou innig dankbaar vir jou onselfsugtigheid en konsiderasie vir my. Maar ek durf jou onselfsugtige aanbod nie aanvaar nie, my skat. Ek kan jou jong lewe nooit so verwoes deur nou met jou te trou nie."

"Maar, Pieter, wat praat jy nou, ou maat? Jy gaan my tog seker nie mishandel as ons getroud is nie!"

"Nee, my liefling, dit sal ek nooit doen nie."

"Nou waarom praat jy dan van my lewe verwoes? Nie een van ons twee se lewe sal daardeur verwoes word nie."

"Luister, my skat, jy het my tog nie lief nie. Daarvan is ons albei oortuig. En wat gaan die lewe jou bied as die vrou van 'n man wat jy nie bemin nie? As my vrou sal jy tog intiem saam met my moet leef. Jy sal al die veelvoudige pligte van 'n vrou moet nakom, en elke regdenkende man verlang tog 'n kindjie. Dit sal mos nie regverdig wees teenoor jou nie, my liefling. Ek begryp wel dat jy vir my op die oomblik bitter jammer voel in daardie teer hartjie van jou. Maar jy begryp tog dat 'n huwelik nie gebou kan word op jammerte nie, maar alleen op egte liefde."

"Jou besware is veelvoudig. Maar ten spyte van dit alles is ek nog bereid om met jou te trou. Ek wil jou so graag weer gelukkig sien, Pieter."

"My skat, jy sal my nie só gelukkig maak nie. Alleen die wete dat jy nie gelukkig is nie, sal my altyd ongelukkig maak. Gaan maar gerus Kroondal toe sodat ek jou liewer nie meer sien nie. Dit sal vir my bitter swaar wees, want jy het so diep in my hart gekruip, Ristatjie. Maar dit kan nou nie anders nie – ons weë moet skei. Vir my is dit swaarder om jou elke dag te sien as wat dit sal wees indien ek jou glad nie sien nie. Jy moet liewer teruggaan, my liefling," verduidelik hy pleitend.

"Goed, Pieter, dan sal ek nou maar gaan," sê sy sag en staan op.

"Soen my nog net een keer voor jy gaan, Ristatjie . . . my eie liefling!"

"O, Pieter, ek sal jou altyd liefhê as 'n dierbare vriend," snik sy dit byna uit.

"En ek sal jou altyd bemin met die liefde van . . ."

Haar lippe doof sy laaste woorde uit.

Buite die hospitaal sit Rista minute lank in die motor sonder om enige aanstaltes te maak om te vertrek.

In stilte sit sy Pieter se woorde en besware en oorweeg. Wat hy alles daar binne aan haar verduidelik het, is wel oortuigend, al wou sy dit vroeër nie erken nie.

Afgesien daarvan dat hy aan haar verduidelik het wat 'n huwelik sonder liefde vir haar sal inhou, is sy tog oortuig dat sy 'n sukses sou gemaak het van 'n huwelik met hom. Sy was bereid om alles op te offer vir sy geluk. Maar Pieter is te edel om haar so 'n onreg aan te doen net om sy eie geluk te verseker.

Haastig sluit sy die enjin van haar motor aan en ry weg. Brenda en Jurie is seker al tuis, dink sy toe sy die motor se neus in die rigting van hulle huis stuur.

15

Drie dae nadat Rista Pieter die aand in die hospitaal gaan besoek het, besluit sy dat die nuwe tikster nou genoeg weet om sake alleen te behartig en dat haar hulp nie meer nodig is nie.

Met 'n vriendelike handdruk groet sy Elise die môre toe sy die kantoor verlaat.

Sy het klaar besluit om nog dieselfde middag Kroondal toe te vertrek. Net eers gou vir Jurie gaan groet en dan gaan inpak. Op pad sal ek sommer vir Oumatjie laat weet dat ek môremiddag tuis sal wees, staan sy en prakseer terwyl sy met die hysbak na die grondverdieping ry.

Dan wonder sy weer of sy Pieter ook moet gaan groet voor sy vertrek. Dalk sien sy hom nooit weer nie.

Maar sy besluit om dit liewer nie te waag nie. Teen hierdie tyd is hy straks al versoen met die gedagte dat hy haar nie weer sal sien nie en dan gaan krap sy net weer ou wonde oop.

Nadat sy Jurie gegroet het sonder om 'n verduideliking te gee vir haar skielike haas terug Kroondal toe, ry sy reguit huis toe. Nou is sy haastig om te gaan inpak.

Tuis is dit 'n gewoel en gewerskaf en Rista se slaapkamer lyk later soos 'n modewinkel. Oral lê kledingstukke en skoene rond. Rista voel skoon verdwaal tussen die menigte goed wat nog gepak moet word. Dit lyk vir haar of daar nooit 'n end gaan kom aan die pakkery nie, want so vinnig as wat sy die bed leegmaak, pak Brenda weer goed daarop.

Toe hulle egter die laaste reistas op knip druk, slaak sy 'n sug van verligting. "Wel, dit is ten minste nou afgehandel," merk sy verlig op toe sy die drie groot reistasse krities staan en betrag. "Nou kan ek my 'n bietjie gaan opknap. Dan is ek gereed om te vertrek."

"O nee, jy gaan eers eet voor jy vertrek, Rista," kom dit bevelend van Brenda. "Ek laat jou geensins toe om daardie lang pad aan te durf voordat jy eers geëet het nie."

"Maar ek kan mos altyd op pad in die een of ander kafee ook gaan eet, ou Brendatjie. Ek is regtig nou baie haastig, maatjie."

"Nee, jy gaan hier eet en nêrens anders nie. Dis nog vroeg. Dit was pas twaalfuur. Die middagete is ook al gereed. Jy sal nie nodig hê om lank te wag nie. Ons eet nou dadelik. Kom." Dan steek sy haar een arm deur dié van haar vriendin en ingehaak stap die twee na die eetkamer.

Noudat die skeiding nader, voel Brenda effens weemoedig toe sy dink aan al die maande wat sy nou weer sonder Rista sal moet klaarkom, dat sy in die vervolg weer net met die briewe sal moet tevrede wees wat sy weekliks van haar liewe vriendin sal ontvang.

Toe Rista later groet, moet Brenda al haar wilskrag byme-kaarskraap om haar onstuimige gemoed onder beheer te hou. Sy weet hoe klein Rista se hartjie is. As sy nou in trane gaan uitbars, sal sy Rista totaal ontstem. En Rista het nog 'n baie lang skof om af te lê.

Met 'n laaste wuif van die hand ry Rista by die hek uit. Die ervaring van die afgelope vier maande sal vir ewig in haar ge-heue afgedruk bly. En sommige daarvan sal haar altyd as soet herinneringe bybly. Sy het nooit kon dink dat 'n mens so on-eindig veel in vier maande kan beleef nie. En tog het sy dit deurleef.

Toe Rista later die buitewyke van Pretoria bereik, trap sy die versneller diep weg. Die motor skiet vinnig vorentoe. Sy raak nou haastig om weer tuis te wees.

Gewapen met Ouma se klein pistooltjie, 'n paar toebroodjies en 'n fles warm tee, besluit Rista om die nag deur te ry. Sy voel heeltemal uitgerus en gereed vir die lang pad wat nog voorlê.

Tuis sal sy weer genoeg tyd kry om vannag se verlore slaap in te haal.

Toe die son die volgende môre sy eerste strale ver en wyd oor die vlaktes uitskiet, ry Rista haar geboortedorpie binne.

In die vroeë môre lyk Kroondal stil en rustig en nog half aan die slaap. Hier en daar trek 'n rokie lui en traag uit 'n skoorsteen as teken dat daar darem al 'n paar inwoners aan die roer is.

Behalwe 'n paar arbeiders, is daar nog geen sterfling op straat nie. Maar Rista weet binne 'n halfuur sal die sypaadjies weer wemel van skoolkinders en werksmense. Dan is hierdie selfde ou hoofstraat wat nou stil en leeg is, weer gepak met voertuie en geselsende groepies mense.

Uitgeput hou Rista voor die losieshuis stil. Sy wonder wat Oumatjie gaan sê om haar hierdie tyd van die môre al tuis te sien. Na haar oproep gister moes hulle haar eers vanmiddag verwag het. Ja, ek wil nie sien hoe verras Oumatjie gaan wees nie, dink sy toe sy die motordeur hard agter haar toeklap en die treetjies van die voorstoep ophardloop.

Saggies draai sy die voordeur oop en tree die portaal binne.

Sy weet dat almal op die oomblik besig is om ontbyt te nuttig, daarom stap sy ook sommer eetkamer toe. Sy voel nou self lus vir 'n koppie sterk, warm koffie soos net Ouma dit kan maak.

Toe Rista die eetkamer binnekom, staar almal haar beurtelings verbaas en verras aan. Hulle kan byna nie glo dat sy al so gou tuis kan wees nie. Dan kom hulle tot verhaal, want almal groet haar nou opgewek en bly.

Nadat Rista almal met 'n stewige handdruk gegroet het, beweeg sy na die bopunt van die tafel waar Ouma haar bevind en omhels haar lank en innig.

Ouma is só verbaas dat sy byna nie 'n woord kan uiter nie. Eers later toe sy tot verhaal kom, sê sy byna betigtend: "Ek is seker jy het weer dwarsdeur die nag gery, Ristatjie. My ou dogtertjie, jy waag darem verskriklik baie. Sê nou net 'n klomp kwaaddoeners het jou daar op die eensame vlaktes aangeval? O, ek ys as ek dink aan wat alles met jou kon gebeur het!"

Dan gee Rista 'n klokhelder laggie en sê: "Waarom Ouma tog nou daaroor bekommer? Ek het mos niks oorgekom nie. Hier sit ek dan nou springlewendig langs Oumatjie. Vergeet dit maar gerus. Ek sou dit darem ook nie gewaag het sonder Ouma se pistooltjie nie." Sy haal die pistooltjie uit haar baadjiesak te voorskyn, plaas dit langs Oumatjie se bord en glimlag fyntjies in die ou dame se oë asof sy wil sê: Sien, ek is glad nie so waaghalsig soos Ouma dink nie!

Dan glimlag Oumatjie terug en Rista weet dat Ouma deur daardie glimlaggie nou haar goedkeuring te kenne gee.

"Jy is seker al byna dood van die honger, my kind. Wag, ek gaan haal eers vir jou iets om te eet," merk die ou dame op en maak sommer aanstaltes om op te staan.

Rista druk haar saggies terug in die stoel en sê: "Nee, Oumatjie, ek wil net 'n koppie koffie hê en dit kan ek immers self gaan haal. Eet gerus eers. Ouma se ontbyt word koud."

Rista staan op en gaan na die kombuis toe, waar ook Mina beurtelings verbaas en verheug is om haar so vroeg in die oggend al terug te sien.

"Mina, is jy bly dat ek terug is om jou siel te versondig?"

"Ai, juffrou Rista, ek is baie bly juffrou is weer by die huis."

"Nou ja, as jy dan so bly is, gee asseblief vir my 'n koppie lekker sterk, warm koffie," vra Rista laggend.

Nadat Mina die koffie geskink het, bedank Rista haar daarvoor en gaan terug om dit by Ouma aan die tafel te gaan nuttig. "Mina, kan julle my tasse uit die motor gaan haal en na my kamer toe neem?" vra sy voor sy by die kombuis uitstap.

"Hoe gaan dit nou met dokter Myburgh se broer, Ristatjie?" vra Ouma belangstellend toe Rista weer langs haar sit met die koppie koffie in die hand.

"Hy vorder baie mooi, Ouma, beter as wat die dokters verwag het."

"Jy het seker met die ander drie Myburghs ook kennis gemaak, nè?"

"Ja, ek het hulle by die hospitaal ontmoet toe ek Pieter gaan besoek het."

"En wat dink jy van die jong dokter Myburgh?"

"Wel, ek het nog nie juis 'n opinie omtrent hom gevorm nie, Ouma," glimlag sy die ou dame goedig toe.

" 'n Baie goeie man, daardie Chris Myburgh. Sy soort vind mens gewis nie elke dag nie," sê die ou dame meer aan haarself as aan Rista.

Vir Rista is dit duidelik dat haar ouma geweldig baie van die jong dokter hou. Hy moet bepaald 'n uitsonderlike mens wees om Ouma so te imponeer, sit Rista in haar enigheid en dink.

"Maar jy is seker baie moeg, my kind. Gaan neem nou 'n lekker warm bad, dan gaan rus jy maar. As jy eenuur nog slaap, sal ek jou nie wakker maak vir ete nie. Rus jou maar goed uit," sê Ouma besorg nadat sy nog die een en ander verneem het omtrent die Van Zyls en die Myburghs.

Nadat Rista 'n warm bad geneem het, trek sy haar slaapklere aan en klim in die bed. Sy is moeg en uitgeput van die hele nag se ry en raak sommer dadelik aan die slaap.

Toe Ouma later die slaapkamer binnegaan, vind sy Rista vas aan die slaap. Sy trek die kombers reg en vou dit effens onder Rista in sonder om die slapende meisie te steur.

'n Tydjie lank staan Ouma die pragtige blos op die meisie se gelaat en bewonder. Dan verlaat sy die vertrek net so stil as wat sy dit binnegekom het.

105

16

Toe Rista die volgende môre wakker word, skyn die son reeds helder by haar kamervenster in. 'n Wyle lê sy en luister na al die bekende huisgeluide. Dan val dit haar op hoe lank sy werklik geslaap het.

Haastig spring sy uit die bed. Terselfdertyd gaan haar kamerdeur oop en loop sy haar byna vas in Mina wat vir haar 'n koppie koffie bring.

Nadat sy die koffie gedrink het, stort sy vinnig en gaan dan 'n laat ontbyt nuttig.

Sy wonder waarom Ouma haar nie al vroeër kom wakker maak het nie. Sy wou spesiaal vroeg opgestaan het vanoggend, omdat sy graag vir mevrou Coetzee wil gaan besoek. Nou is dit al te laat. Sy twyfel of sy Brenda se moeder ooit vandag sal tuis vind.

Na ontbyt klim Rista in haar motor – wat Mina se man vroeër die oggend gewas en blink gevryf het – en ry na die landdros se huis in die hoop dat sy mevrou Coetzee tog tuis sal vind.

Op pad daarheen wonder sy hoe dit met Johan gaan. Dan dink sy meteens daaraan dat sy nog nie weet van watter dorpie Johan die beroep as leraar ontvang het nie, want na daardie onaangenaamheid van nie so lank gelede, het Brenda nooit weer 'n woord oor Johan gerep nie. Rista het haar swye verwelkom, want dit maak haar tog net seer om aan sulke dinge herinner te word.

Toe sy later aan die deur van die landdros se huis klop, is niemand tuis nie. Sy klim dus maar weer in haar motor en ry terug.

Voor die losieshuis hou sy stil. Dan sit sy 'n tydjie en staar na die massiewe kerkgebou aan die oorkant van die straat.

Ineens kry sy 'n bevlieging om die orrel weer 'n keer te gaan bespeel, maar dan val dit haar by dat sy nog laas vir Pieter op die kerkorrel in Pretoria gespeel het.

Nee, sy sal liewer nie vandag gaan speel nie. Dit sal haar te veel herinner aan die ongelukkige Pieter. En sy wil tog nie vandag aan sulke onaangenaamheid herinner word nie, nie wanneer die son so heerlik skyn en die mossies so vol vreugde in die dennetoppe tekere gaan nie.

In die oop deur van die stoepkamer wat eers haar privaat sitkamertjie was, steek Rista meteens vas.

Wat sy voor haar sien, is geensins haar gesellige sitkamertjie nie, maar die spreekkamer van 'n dokter. Oral is glasbuisies van verskeie groottes, instrumente en niervormige bakkies wat soos ornamente in die groot glaskabinet pryk. Die hele vertrek ruik na ontsmettingsmiddels en eter wat so eie is aan die mediese beroep en wat 'n mens onmiddellik aan 'n dokter herinner.

Dan begryp Rista meteens wat plaasgevind het gedurende haar afwesigheid, en sy stap weg om met Ouma te gaan praat. Dokter Chris Myburgh het Ouma so oorweldig dat sy selfs my ou sitkamertjie ook aan hom afgestaan het. In haar liefdevolle ou hart het hy natuurlik ook my plekkie ingeneem terwyl ek weg was, dink sy met 'n tikkie weemoed.

Teleurgesteld stap Rista na die vrugteboord, waar die bome op die oomblik besig is om te bot – 'n gewisse teken van lente en 'n naderende somer wat weer kleur aan elke boom sal gee.

Later ontdek Rista dat al die meubels van haar sitkamertjie na die groot ontvangskamer verskuif is.

Nou sal dit nie meer nodig wees om met Ouma daaroor te praat nie. Sy weet nou waar haar klavier is. En wat sal dit tog baat om verder daaroor te praat? Sy sal tog nie haar klein heiligdom daardeur terugkry nie. Die jong dokter beskou dit natuurlik nou as sy eiendom.

Die sewende dag na Rista se aankoms begin sy dit weer oorweeg om 'n betrekking te aanvaar.

In Pretoria het die tyd haar nooit verveel toe sy in Pieter se kantoor gewerk het nie. Maar hier op Kroondal weet sy nie meer wat om met haarself aan te vang nie. Alles lyk so vreemd noudat die huis verbou is, dat sy self soos 'n vreemdeling voel.

Hoewel sy baie lief was vir haar klavier, voel sy nou ook nie eens meer lus om dit te bespeel vandat dit in die ontvangskamer staan nie.

En saans wanneer al die huisgenote tuis is, word daar gewoonlik oor niks anders gepraat as oor die dokter se broer wat 'n ongeluk gehad het nie. Dan wonder almal net wanneer die Myburghs weer sal tuis wees.

Sodra die gesprek só 'n wending neem, onttrek Rista haar gewoonlik aan die geselskap, neem 'n boek en gaan lê op haar bed en lees.

Dit is vir haar duidelik dat die jong dames gretig is om die Myburghs weer in hulle midde te hê bloot net omdat hulle almal dol is oor die aantreklike jong dokter.

Sy wens eintlik al self dat die Myburghs terug is sodat hulle net oor iets anders kan praat. Sy moet gedurig aanhoor hoe 'n begaafde man die jong dokter is, hoeveel roem hy oorsee verwerf het en hoe 'n doring hy eintlik met 'n ontleedmes is.

Ja, vir Rista sal dit bepaald 'n seën wees om die Myburghs terug te sien in die midde van hulle bewonderaars. Sy voel al byna soos 'n indringer in die geselskap van die huisgenote.

17

Vandag is daar in die losieshuis weer 'n doenigheid, want binne enkele ure sal die Myburgh-gesin tuis wees.

Behalwe Rista, is almal baie opgewonde oor die koms van die gesin. Die meisies is maar te gretig om Ouma te help, want alles word mos vandag uitsluitlik net vir die Myburghs voorberei.

Aangesien dit Saterdag is, bied Rista aan om vir Ouma die groente op die mark te gaan koop. Sy wil tog nie die herontmoeting by die aankoms van die gesin aanskou nie. Al is dit teen Ouma se sin dat Rista afwesig moet wees wanneer die Myburghs daar aankom, laat sy haar tog maar uiteindelik gaan.

Toe Rista later by die hek uitry dorp toe, slaak sy 'n sug van verligting. "Dankie Vader," laat sy hoorbaar volg. "Nou is ek ten minste uit die gedrang. Dat die mense nou so laf kan wees! 'n Mens sou sê dis 'n koninklike gesin wat vandag verwag word."

Dan glimlag Rista toe sy daaraan dink hoe maklik sy die "opwindende" ontmoeting ontduik. Vandag ry sy stadig. Daar is geen haas nie. Ouma het tuis nog genoeg groente vir vandag.

In die dorp gaan nuttig Rista eers 'n koppie koffie en koeksisters in die weduwee Nel se kafee. Daarna staan sy nog 'n ruk met die weduwee en gesels, speel so 'n tydjie met laasgenoemde se tweejarige dogtertjie en verlaat dan die kafee.

By die mark beweeg Rista rustig tussen die veelkleurige stalletjies. Hier en daar groet sy 'n bekende en staan 'n wyle met elkeen en gesels. Toe sy later al die nodige groente en vrugte gekoop het waarvan Ouma sorgvuldig 'n lys gemaak het, soek sy vir haarself 'n bossie rose uit. Dan stap Rista tydsaam na haar motor wat voor die markgebou geparkeer is.

Met die bossie rose veilig langs haar, skakel sy die motor aan en ry weg. Op die oomblik voel Rista baie ingenome dat sy byna drie uur gebruik het om Ouma se inkopies te doen. Nou sal die ergste opgewondenheid tuis al oorgewaai het, dink sy en glimlag. Ouma sal beslis gesteurd wees omdat sy so lank gedraai het, maar dit maak ook nie saak nie. Dit sal nie die eerste keer wees nie. Sy weet goed Rista hou nie van so 'n gedrang nie.

Dan draai sy by die hek in en hou agter die losieshuis stil.

Sy word deur die ou dokter en sy gade gegroet. Sy bemerk dat die jong dokter nie teenwoordig is nie en gaan 'n wyle by die twee ouer mense sit en gesels om te hoor hoe dit nou met Pieter gesteld is.

"Rista, jou klein stouterd," kom dit ergerlik van Ouma wat net die portaal binnekom."Waar bly jy tog die hele tyd weg, kind?"

"Ag, Oumatjie, daar was soveel ou bekendes dat ek nie juis vroeër kon wegkom nie."

"Wel, ek stuur jou nie weer om vir my iets te gaan koop nie."

"Toe maar, Oumatjie-lief," paai Rista goedig. "Net volgende Saterdag gaan ek weer vir Ouma mark toe. Ek het mos nou uitgevind hoe lekker dit is om groente en goed te koop, en dan koffie en koeksisters in mevrou Nel se kafee te nuttig."

Die ou dokter en sy vrou lag so lekker dat selfs Ouma ook moet glimlag. "So, ek sit hier vir jou en wag en al die tyd sit jy doodluiters by mevrou Nel en koffie drink . . ."

"Hoekom het Oumatjie dan vir my gesit en wag?"

"Vir die groente, natuurlik."

"Nee, Oumatjie het nie die groente nodig gehad nie, want sien, ek het eers seker gemaak hoeveel groente Ouma nog in die kombuis het voordat ek mark toe is."

"Wel, laat ek jou dit vertel, meisiekind, dit sal die laaste keer wees dat jy vir my iets gaan koop."

Dan staan Rista op, plaas haar arms liefderik om Ouma se nek en vra kinderlik onskuldig: "Is Oumatjie nou kwaad vir haar stoute dogter?"

"Ek moes nou eintlik vir jou kwaad gewees het, jou klein vabond," voeg Ouma haar bestraffend, maar tog glimlaggend toe.

"Wel, as Oumatjie dan nie meer vir my kwaad is nie, gaan ek gou eers my rose in die motor haal. Julle sal my mos verskoon, nè?"

Maar voordat een kan antwoord, is Rista by die deur uit en op pad na haar motor.

"Jy het 'n liewe ou dogtertjie, Ouma," kom dit opreg van die ou dokter toe Rista se voetstappe wegsterf.

"O, Pappie, sê nou net sy was ons s'n!"

"Dan was jy natuurlik die trotsste moeder suid van die ewenaar, my ou vroutjie."

"O, ek sou nie net trots gewees het nie . . . Ek sou haar so verwen het. Sy sou alles gekry het wat haar ou hartjie . . ."

"Ja, maar dan sou sy nie vandag so 'n liewe geaardheid gehad het nie, vroutjie. Ook maar goed dat sy nie joune is nie," val ou dokter Myburgh sy gade laggend in die rede.

Dan maak Rista weer haar verskyning met die pragtige bos rose in haar hand. "Is dit nie mooi nie?" glimlag sy vir die drie ouer mense op die rusbank onderwyl sy die blomme na hulle uithou.

"Pragtig, my kind," kom dit van mevrou Myburgh wat ook 'n liefhebber van rose is.

"Dit is seker vir jou kamer," raai ou dokter Myburgh.

"Reg geraai, dokter. Hulle gaan op my kleedtafel pryk."

Onderwyl Rista in die kombuis die rose in 'n geslypte glas-

111

bak staan en rangskik, neurie sy sag. Dit is 'n werkie waarvan sy vreeslik baie hou. Sy streel eers liggies met haar hand oor die fluweelsagte blare voordat sy die laaste roos liggies tussen sy maats indruk.

'n Oomblik bewonder sy die sagte kleure voor haar in die bak voordat sy dit na haar kamer neem.

Deur haar kamervenster merk sy dat byna al die loseerders by die tennisbane vergader het. Sy bespeur die fors gestalte van die jong dokter ook in die groep. Sy sien dat hy nog in gewone drag geklee is.

Weggesak in 'n gemaklike leunstoel, sit Rista met 'n boeiende roman op die voorstoep in die sonnetjie en bak. Sy word so meegevoer en leef haar so in met die heldin in die boek dat sy nie eens die groep tennisspelers sien toe hulle by haar verbystap na hulle kamers nie.

Etlike minute lank staan Chris haar met gemengde gevoelens op 'n afstand en betrag. Waar sy met haar een been onder haar ingevou sit, lyk sy vir hom die onskuld self. Ja, haar uiterlike lyk bepaald onskuldig, maar wee haar innerlike wreedheid. Snaaks, maar wat sy Pieter aangedoen het ten spyt, kan hy tog nie sy oë van haar afhou nie. Dis of haar uitsonderlike skoonheid 'n mens soos 'n magneet aantrek, jou boei en jou totaal teen jou wil gevange hou, staan Chris en dink. Hy besluit om nader te stap en haar te groet.

Toe sy skaduwee oor die boek val, kyk Rista langsaam op. Dan ontmoet haar donker oë die blouste oë wat sy nog ooit aanskou het. Etlike sekondes lank hou hulle oë mekaar gevange. Dan laat sy hare stadig sak.

Hoflik buig Chris vooroor en reik haar die hand voordat sy opstaan. "Steur ek jou, Rista?" vra hy vriendelik toe hy skuins voor haar op 'n stoel gaan sit.

"Glad nie, dokter, sit maar gerus. Ek was juis van plan om my lesery te staak."

"Waar was jy vanoggend met ons tuiskoms?"

"Wel, ek moes vir Ouma gaan groente koop op die mark."

"En het dit jou toe so lank geneem net om 'n bietjie groente te koop?"

"Hoe weet jy hoe lank ek weg was, dokter?" glimlag sy geamuseerd.

"Ek het gesien hoe laat jy teruggekeer het. Waarom probeer jy ons vermy, Rista?"

"Ek probeer julle nie vermy nie, dokter."

"O ja, jy doen dit. Waarom het jy dan vanoggend so vroeg gaan groente koop wanneer jy dit net sowel 'n uur later kon gaan koop het?"

"Wel, dit was nie juis bedoel om jou en jou ouers te vermy nie. Ek hou net nie van 'n gedrang nie en ek het geweet dat die koms van die Myburgh-gesin 'n hele opgewondenheid gaan afgee. Daarom het ek 'n paar minute langer vertoef as wat nodig was – om die atmosfeer 'n kans te gee om weer normaal te word."

"So, dan hou die nooientjie nie van 'n gedrang nie! Wel, ek ook nie. Maar wat dan van jou een en twintigste verjaardagpartytjie volgende Saterdag? Sal dit dan nie ook 'n gedrang afgee nie?"

"As jy maar net weet hoe teen my sin ek daardie partytjie gaan bywoon. Maar ek moet dit doen net om Oumatjie nie teleur te stel nie," glimlag sy flou terwyl haar oë in die verte bly.

Beslis oë waarin 'n mens baie drome verlore sien lê, soos Pieter hulle beskryf het, dink Chris en weer vra hy: "Het jy planne om vanaand uit te gaan?"

"Wel, dit hang af of my vriendin nog daardie Afrikaanse

rolprent wil gaan sien. Ek het haar reeds gister belowe dat ek haar vanaand sal . . ."

"Jou vriend of vriendin?" val hy haar weer eens sag in die rede met 'n tikkie jaloesie in sy stem.

"Ek het gesê my vriendín, dokter."

"Hoe sal jy weet of jou vriendin nog vanaand daardie rolprent wil gaan sien, Rista?"

"Sy sal my later bel."

"Wel, ek hoop sy bel nie."

"Ek is bevrees jou hoop gaan verydel word, dokter. Sy sal my bel. Ons het gister so afgespreek."

"Sal jy dan môreaand tuis wees om vir ons 'n bietjie musiek te maak?"

"Jy vergeet dat dit môre Sondag is, dokter, en dat ek môreaand kerk toe gaan."

"Nou wat van oormôreaand?"

"Dan is dit kooroefening en moet ek weer die orrel speel."

"Maar sal daar ooit een aand wees wat jy sal tuis wees? Wat van Dinsdagaand?"

"Ook nie, dan moet ek na mevrou Coetzee toe gaan. Ons wil 'n naaldwerkklas organiseer."

"En Woensdagaand?"

"Wel, dan moet ek weer 'n debat bywoon."

"En Donderdagaand?"

"Donderdagaand is daar weer 'n Jong Dames Dinamiekvergadering."

"En Vrydagaand? Seker weer iets anders, nè?"

"Ja, dan moet ek Oumatjie help met die voorbereidings vir Saterdagaand se doenigheid."

"Ek het so kon dink," merk hy duidelik teleurgesteld op. Hy het so gehoop om haar vanaand al te hoor speel, aangesien Pieter hom vertel het van haar talentvolle klavier- en orrelspel.

Dan hoor hy die telefoon in die ontvangskamer lui. Hy weet dat dit Rista se vriendin is wat bel.

Na 'n oomblikkie maak sy moeder haar verskyning in die deur en ontbied Rista na die telefoon. Dan neem sy Rista se sitplek in en sê duidelik verheug: "Ag, Chris, is sy dan nie 'n liewe klein skat nie? Ek is tog so bly om te sien dat julle besig is om kennis te …"

"Toe maar, my ou moedertjie," val hy haar glimlaggend in die rede. "Dit is vir my heel duidelik wat Ma se hartsbegeerte is. Ma hoef dit nie eens te sê nie. Ek weet sy is mooi, besonder mooi, die mooiste meisie wat ek nog gesien het. Maar nou is die vraag nog: Is sy van binne net so mooi?"

"O, Chris, jy gaan my en jou pa nie teleurstel nie. Jy het haar tog lief, my kind, het jy nie?" vra sy ernstig en pleitend.

"Ja, my ou moedertjie, ek het haar so lief dat ek met elke druppel krag daarteen moet veg," antwoord hy effens afgetrokke terwyl hy strak na die kerkgebou oorkant die straat sit en staar.

"O, my kind, jy maak my hart so bly!" sê sy verheug.

Dan maak Rista weer haar verskyning, gaan sit op die leuning van die ouer vrou se stoel en plaas haar arm speels om laasgenoemde se nek.

Chris is die eerste wat weer praat. "Wel, wat sê die vriendin, moet jy haar nog vanaand vergesel om daardie rolprent te gaan sien?"

"Ja, dokter, ek het jou mos gesê ek is bevrees jou hoop gaan verydel word."

"Ag nee, jy gaan tog seker nie vanaand uit nie, kindjie?" kom dit teleurgesteld van die ouer dame.

"Ek is bevrees ek sal moet, mevrou. Ek het Elna gister belowe ons sal vanaand gaan fliek en ek kan onmoontlik nou kop uittrek. Ek hou ook nie daarvan om my woord te breek nie."

115

"Dis nou regtig jammer. Ek het so daarna uitgesien dat ons almal vanaand bymekaar gaan wees."

"Toe maar, mevrou," paai Rista terwyl sy een van haar bekoorlikste glimlaggies te voorskyn toor. "Môre is ons heeldag bymekaar en môremiddag gaan speel ek vir julle op die kerkorrel . . ."

"Maar het jy nie flussies belowe om môremiddag vir my te gaan speel nie, Rista?" val Chris haar sag, verwytend in die rede.

"Wel, dit maak mos geen verskil nie, dokter. Ek speel tog vir jou ook."

Dan kyk hy haar betekenisvol aan en sê: "Aan my maak dit tog wel saak, weet jy?"

"Goed, dan sal ek môremiddag vir jou speel. Ek het jou eerste belowe." Liggies streel sy met haar hand oor die ouer vrou se grys hare en sê verskonend: "Julle gee mos nie om as ek vir julle en die ander op 'n later geleentheid speel nie, nè?"

"Wel, aangesien jy Chris nou eerste belowe het, sal ek maar tevrede moet wees om te wag. Maar ek moet sê ek brand al om jou te hoor speel."

"Mevrou gaan straks teleurgesteld wees."

"Ek wonder, kindjie. Ek het 'n voorgevoel dat dit my verwagtinge gaan oortref."

"Wel, ons sal sien," antwoord sy beskeie.

Na ete, terwyl Rista haar gaan verklee, sit Chris stil en eenkant tussen die geselsende groep in die ontvangskamer.

Verskeie kere probeer 'n paar van die jong meisies om sy aandag te trek deur 'n geselsie met hom aan te knoop, maar al hulle pogings misluk hopeloos. Chris bly meer afgetrokke, want op die oomblik voel hy bitter teleurgesteld dat Rista vanaand moet uitgaan. Vanoggend toe hulle teruggekom het, was hy net so teleurgesteld toe hy vind dat sy nie daar is nie.

Hy kan sy eie gevoelens ook nie meer verklaar nie, want ten spyte daarvan dat hy nog sy broer se ongeluk op haar wil wreek, het hy haar innig lief.

Geklee in 'n netjiese langbroek en 'n bypassende warm trui, haar swart hare golwend en glansend tot op haar skouers, kom Rista die ontvangskamer binne.

Daar kom weer lewe in die afgetrokke Chris. Hy trek sy asem diep en hoorbaar in. Telkens dink hy dat sy nou op haar mooiste lyk, net om die volgende keer te vind dat sy werklik nog mooier lyk as die vorige keer.

Hy staan vinnig op, stap na haar toe en sê: "Gee jy om dat ek jou tot by jou motor vergesel, Rista?"

"Dankie vir jou bedagsaamheid, dokter," glimlag sy hom vriendelik toe.

Opgewek wens sy almal 'n goeie nag toe en saam verlaat sy en Chris die ontvangskamer.

18

Na middagete begin al die jong mense hulle gereed maak om mekaar op die tennisbane te ontmoet.

Toe Chris merk dat Rista ook begin aanstaltes maak om na haar kamer te gaan om haar te gaan verklee vir 'n paar stelle tennis, stap hy haastig na haar en sê duidelik teleurgesteld: "Jy gaan tog seker nie ook saamspeel nie, Rista?"

"En waarom moet ek nie ook gaan speel nie? Kom speel jy ook saam."

"Maar hoe het ek dit nou, Rista? Het jy dan nie gister belowe om vanmiddag vir my op die orrel te gaan speel nie?"

"Ag, ek is vreeslik jammer, dokter. Verskoon my tog. Regtig, ek het skoon vergeet. Natuurlik gaan ek vir jou speel. Sê maar net wanneer jy gereed is," sê sy verskonend.

"Ek is gereed. Ons kan nou maar gaan as dit jou pas."

Toe hulle by die voordeur uitstap, merk albei dat Oumatjie en Chris se ouers na die stoep gekom het en nou in die sonnetjie sit en gesels. Dat hulle al drie verheug is oor die vriendskap wat goed op pad is om tussen Rista en Chris te ontstaan, is duidelik te bespeur.

Hulle weet goed dat sy nou vir hom gaan orrel speel. En die gedagte verbly hulle, want waar hulle op die stoep sit, sal hulle die musiek duidelik kan hoor.

Voor die kerkdeur oorhandig Rista die sleutel aan Chris om oop te sluit. Dan tree hulle die stil, ruim gebou binne.

'n Oomblik bly sy stil staan om die byna tasbare stilte om haar in te drink. Dan sê sy sag: "Geniet jy nie ook gewoonlik die stilte in 'n kerkgebou nie, dokter?"

"Ja, en ek is bly om te hoor dat ek 'n maat gekry het wat ook daarvan hou," glimlag hy.

Dan beweeg hulle geruisloos oor die dik mat wat die paadjie tussen die banke bedek.

Voor die orrel gaan Rista sit. Sy kyk stil na haar hande wat op die toetse rus, asof sy diep ingedagte is, terwyl Chris gemaklik langs haar teen die orrel aanleun. Dan vra sy sag: "Wat sal ek eerste vir jou speel, dokter?"

"Enigiets. Ek laat die eerste keuse aan jou oor."

'n Paar oomblikke blaai Rista deur die musiekboeke totdat sy eindelik vind waarna sy soek. Sy begin sag speel – nie verhewe en klassieke werke van die groot meesters om haar kennis en tegniek ten toon te stel nie, maar sagte, strelende musiek wat soos 'n ligte windjie deur die leë gebou sweef.

Met bewondering duidelik op sy gesig, staar Chris haar aan.

118

Die musiekstuk wat sy gekies het is onoortreflik. En die goddelike klanke daarvan tref hom tot in sy diepste wese en voer hom na verre oorde. Sulke musiek het hy nog nooit voorheen beleef nie. Ja, dit is vir hom hemels. Hy sou ure lank daarna kon sit en luister sonder om moeg te word.

Toe die laaste klanke eindelik wegsterf, kyk hy haar sprakeloos aan. "Wonderlik," kom dit fluisterend toe hy eindelik weer tot verhaal kom. "Dit was volmaak, Rista. Speel nou 'n wiegeliedjie!"

Rista speel byna twee ure lank om aan al sy versoeke te voldoen. Hy is 'n groot liefhebber van musiek en sy kennis is taamlik wyd.

Toe Chris merk dat Rista wil aanstaltes maak om te gaan, vra hy weer pleitend: "Speel vir my nog net een liedjie voor ons gaan, Rista, sal jy?"

"Goed, dokter. Wat sal dit wees?"

Teer kyk hy af in haar donker oë wat hom afwagtend aanstaar en heel sag sê hy: "*In my hart sal ek jou altyd bemin.*"

Toe Rista die ou-ou liedjie begin speel, begin Chris saggies en gevoelvol saamsing, asof elke woord net vir haar bedoel word. In sy hart sing hy ook elke woord net vir haar, wil hy haar laat begryp hoe innig hy haar bemin, want alleen deur hierdie liedjie kan hy sy liefde op die oomblik aan haar openbaar. Hy durf nog nie sy gevoel in woorde aan haar verklaar nie, aangesien hulle kennismaking nog van té korte duur is.

Rista staan stil op, asof haar gedagtes saam met die laaste note uit die gebou gevlug het. Alles is nou leeg en stil in haar.

Dan hoor sy Chris langs haar sê: "Dankie, Rista, dit was wonderlik. Dit was die genotvolste tydjie wat ek nog op Kroondal beleef het. As jy maar net weet hoeveel plesier jy my vandag verskaf het."

"Ek stel jou waardering hoog op prys, dokter. Dit verskaf my net soveel genot. Maar wat ek eintlik wou sê, jy het 'n pragtige stem, dokter."

"Dankie vir die kompliment, Rista. Jy is die eerste een vir wie ek nog ooit gesing het."

Tuis sluit Rista en Chris by die drie ouer mense op die stoep aan. Saam geniet hulle nou die flou strale van die laatmiddagsonnetjie.

Sy moeder en vader kan Rista nie genoeg lof toeswaai vir die wonderlike klanke wat sy uit die orrel getower het nie.

"Wel, as my musiek dan so geslaag is soos almal vandag wil voorgee, sal ek maar Saterdagaand vir die jongklomp dansmusiek lewer op die klavier om hulle litte mee los te maak," glimlag sy mevrou Myburgh toe.

Maar voordat die ouer dame iets daarop kan sê, is Chris reeds aan die woord. "Maar dan sal jy mos nie kans kry om self te dans nie, Rista. Nee, ek stel voor dat Ouma 'n klein orkessie kry vir Saterdagaand se partytjie."

Sowel sy houding as sy woorde bewys duidelik dat hy Rista se voorstel ten strengste afkeur, dat hy dit geensins sal duld dat sy heelaand klavier speel nie.

"Ek glo nie daar is juis iemand wat Saterdagaand gretig sal wees om met my te dans nie, want ek is eintlik 'n ou tonetrapper," voeg sy Chris plaend toe. "Nee wat, ek dink tog ek moet klavier speel. Laat staan die orkes maar liewer, Oumatjie. Ek sal beter vaar voor die klavier as op die dansvloer."

"Wel, as jy dan daarop aandring om heelaand te speel, dink ek ek sal beter vaar in die hospitaal as op die dansvloer."

"Maar, dokter, hier is tog baie ander meisies met wie jy kan dans en wat meer as gretig sal wees om met jou te dans."

"En as ek sou verkies om nie met genoemde oorgretige dames te dans nie?"

"Wel, ek waarsku jou, ek is 'n tonetrapper van die eerste water," glimlag sy nog steeds tergerig. "Jy sal dit nie heelaand met my kan uithou nie."

"Dis vir my om te besluit of ek dit sal kan uithou of nie," merk hy nog effens gesteurd op. Hy weet sy kan dans. As sy nog nie voorheen saam met Pieter gaan dans het nie, sou hy dit miskien nog geglo het.

Dan snel Ouma hom egter te hulp deur te sê: "Ja, ek dink ook dat 'n klein orkessie die aangewese ding is vir Saterdagaand."

"Toe, sien jy nou, dis net jy wat ewig stroomop dwing," glimlag hy selfvoldaan. "Daar hoor jy nou dat selfs Oumatjie my voorstel sekondeer. So, vergeet nou asseblief van die tonetrappery. Ek glo dit tog nie. En as dit wel die geval is, is ek altyd gereed om my tone tot jou diens te stel, juffrou."

Dan skater Rista van die lag en sê: "Vanwaar die skielike 'juffrou', dokter?"

"Wel, jy 'dokter' my so dat ek nou maar verplig sal wees om jou ook in die vervolg aan te spreek as 'juffrou De Vos'."

"Asseblief nie, dokter. Regtig, as die mense in hierdie huis my moet begin aanspreek as 'juffrou', lag ek my skoon siek en dan is daar nog meer werk vir jou. My naam is Rista."

"Wel, my naam is Chris. En ek verkies ook dat jy my in die vervolg so sal aanspreek," sê hy met 'n ondeunde flikkering in sy oë.

"Maar nie een van die ander huisgenote noem jou op jou naam nie, dokter, behalwe Oumatjie."

"Ek het niks met die ander huisgenote te doen nie, Rista. Wat hulle doen of sê, kan my regtig nie die dikte van 'n haar skeel nie."

"Wel, ek weet nie . . . Ek glo nie ek sal dit ooit regkry om jou op jou naam te noem nie, dokter."

"En waarom nie? Jy het Pieter en Jurie tog altoos op hulle name genoem?"

"Ja, dis alles goed en wel, dokter, maar jy besef blykbaar nie dat ek voor Jurie grootgeword het nie. Ek het hom maar gewoonlik as 'n broer beskou. Selfs vandag nog beskou ek hom as die broer wat ek nooit gehad het nie."

"En Pieter? Jy het tog nie voor hom grootgeword nie, Rista."

"Jy het gelyk, dokter, ek het nie. Maar jy moet dit ook in aanmerking neem dat jy en Pieter hemelsbreed van mekaar verskil."

"In watter opsig?"

"Wel, eerstens jou karaktertrekke, jou geaardheid . . . Pieter is die grappige, opgewekte soort. In sy teenwoordigheid kan 'n mens nie lank vreemd voel nie. Hy laat jou altyd lag."

"Jy het hom reg opgesom, Rista. Dis net hoe Pieter is – vol plesier. En ek is natuurlik die dooierige soort, nè?" glimlag hy ondeund. Maar hy dink: Pas op, nooientjie, ek is glad nie so dooierig soos ek lyk nie. Jy moet jou geensins met my misgis nie. Ons ouens wat uiterlik kalm lyk, kan soms verbasend baie waag!

Dan hoor hy Rista weer praat, maar haar stem verraai duidelik haar verleentheid. "Wel, ek sal dit nie juis so stel nie, dokter."

"Nou hoe dan? As Pieter die opgewekte soort is, moet ek bepaald die dooierige soort wees. Jy het dan so pas gesê dat ons twee hemelsbreed verskil."

"Jy druk dit darem té kras uit, dokter," glimlag sy meer verleë.

"Nou vertel my, hoe sal jy dit dan uitdruk, Rista?" vra hy nuuskierig.

"Nee, dokter, vra my asseblief nie daardie vraag nie. Ek is nie bereid om dit te beantwoord nie," probeer sy Chris se vraag ontduik.

Hy kyk haar met 'n tergende blik aan en sê gemaak verontskuldigend: "Ek is jammer, Rista, ek wou jou geensins in die verleentheid plaas nie. Vergeet maar my laaste vraag. Maar moet my asseblief nie weer aanspreek as 'dokter' nie. Ek is 'n doodgewone man, net soos Pieter. Al lyk ek miskien vir jou so sedig, het ek darem 'n goeie sin vir humor. Ek is nog glad nie 'n gedroogde pruim nie, as dit miskien is wat jy dink."

Dan bars almal hardop uit van die lag, behalwe Rista wat net effens flou glimlag.

Sy staan op en gaan staan aan die oorkant van die stoep. Sy leun met haar arms gemaklik op die muurtjie terwyl sy strak na Ouma se blombeddings staar.

Sy kan werklik nie begryp wat haar vandag makeer nie, want die geringste woordjie van Chris bring haar in opstand. Soms is dit vir haar kompleet asof hy daarop uit is om die gek te skeer met haar. Dan voel sy 'n veglus in haar opstyg. Ja, sy voel so lus om hom seer te maak. En tog weet sy dat sy dit nie sal doen nie. Dis of iets haar daarvan weerhou om hom bytend te antwoord.

Nadat Rista opgestaan het, kyk Chris die drie ouer mense vraend en met opgetrekte wenkbroue aan. Toe staan hy vasberade op en sê sag: "Wag, hierdie nukke gaan ek nog uit haar haal."

Onderwyl sy nog sake so met haarself staan en uitspook, kom Chris agter haar staan, neem haar aan albei arms en swaai haar om. Dan kyk hy haar effens gekrenk aan en vra: "Waarom is jy kwaad, Rista?"

"Ek is nie kwaad nie, dok . . . Chris," sê sy berouvol en met 'n stygende blos.

Dan speel daar 'n glimlaggie van bevrediging om sy mondhoeke by die aanhoor van sy naam wat vir hom soos musiek klink uit haar mond. Ook die pragtige blos wat hy op haar gelaat bespeur, betrag hy met genoeë. "Nou goed, as jy dan nie vir my kwaad is nie, kom ry 'n entjie saam met my."

"Ons kan onmoontlik nou gaan, Chris, want dis byna tee-tyd."

"Toe maar, ek sal Oumatjie vra om nie vir ons tee te skink nie. Ons twee kan sommer iewers gaan tee drink. Kom."

Hand aan hand, soos twee jare lange maats, stap Rista en Chris om die huis in die rigting van die motorhuis waar Chris se motor staan.

Na 'n kwartier se ry nader hulle die kloof net buite die dorp. Chris ry tot by die ingang en hou daar stil.

Etlike minute lank sit en kyk albei na die prag van die bosse en varings in die begroeide kloof. Toe klim Chris uit en hou die deur vir haar oop.

Vraend kyk sy hom aan voordat sy self uitklim.

"Ons gaan so 'n rukkie in die kloof rondkuier," verduidelik hy glimlaggend. Toe neem hy haar arm en langsaam begin hulle tussen die bosse en rotsblokke deurvleg.

"Dit moet seker heerlik wees hier in die somer," merk Chris op toe hy die koelte om hom heen betrag en die sagte mostapyt onder hom voel.

"Dit is. Ons hou gewoonlik hier piekniek in die somer. Ons hou selfs vleisbraai-aande hier."

Na 'n halfuur se stap bereik hulle eindelik die bopunt van die kloof en kan hulle weer die koesterende strale van die sonnetjie op hulle voel neerskyn.

Op 'n tamaai ontwortelde boomstam gaan die twee sit en betrag die wêreld benede hulle. Dan haal Chris 'n klein dosie sjokolade te voorskyn.

"Jy is 'n bedagsame man, Chris. Hoe het jy geweet dat ek op die oomblik lus het vir sjokolade?" glimlag sy verras.

Dan glimlag hy ook en sê: "Ek het maar net geraai, meisie."

Aandagtig sit hy die bewegings van haar slanke vingers en dophou onderwyl sy die blinkpapier verwyder en die stukkie sjokolade fyntjies in haar mond steek.

Skielik neem hy haar klein handjie in sy hand en vra half ernstig: "Het iemand jou al gevra as dansmaat vir Saterdagaand se partytjie, Rista?"

"Nee, nog nie, Chris."

"Sal jy my maat wees?"

"Wel, as jy dit so wil hê . . . Ja."

Dan gee hy haar hand 'n sagte drukkie, bring dit na sy lippe en druk 'n ligte soen daarop. "Dankie, Rista," sê hy sag en met 'n uitdrukking in sy oë waaruit sy niks kan wys word nie.

Dan stamel sy laggend, vererg bewus van die ellendige blos wat haar altyd pla: "Ek hoop net ek trap nie jou tone blou nie."

"Jy kan maar trap, meisie."

Toe hulle merk dat die son al byna onder is, begin hulle aanstaltes maak om terug te gaan na waar Chris se motor is.

Tuis is hulle ook net betyds vir aandete, want Sondae word aandete gewoonlik vroeg bedien sodat almal gereed kan wees vir die aanddiens. Rista moet gewoonlik vroeër by die kerk wees omdat sy moet orrel speel.

Maar vanaand stap sy nie alleen nie, want toe sy die ontvangskamer binnekom, vind sy dat Chris reeds wag om haar te vergesel.

19

In die kombuis is Ouma en tant Aletta, soos Rista mevrou Myburgh begin noem het, druk besig om koek te bak vir die partytjie. Ou dokter Myburgh sit die twee genoeglik en beskou.

Dan kom Rista die kombuis binne met arms vol swaardlelies en lang donkergroen varingblare.

"Ja-nee, 'n klein bruidjie met 'n groot ruiker," kom dit skertsend van dokter Myburgh toe hy opstaan om Rista met haar vraggie te help.

Al geselsend gaan die drie vroue voort met hulle werk.

Toe Rista die tweede rangskikking voltooi het, stap Chris, wat pas van die hospitaal af gekom het, net die kombuis binne, sy bruin leertas in die hand.

'n Oomblik staan en kyk hy na die doenigheid voor hom en toe stap hy na Rista waar sy aan die bopunt van die tafel staan en blomme rangskik.

Die kombuis is deurtrek met die warm geur van varsgebakte koek.

Swyend gaan hy langs Rista staan en kyk beurtelings na haar effens rosige gelaat en die swaardlelies wat sy so kunstig in die blompot rangskik.

"Wat staan jy ons so en beskou, Chris? Maak jou liewer nuttig. Ons het nie toeskouers nodig nie," kom dit van Rista wat al weer die ellendige blos na haar gesig voel opstyg.

"Ag, toe nou, jong. Ek kyk maar net wie die mooiste is – jy of die lelies."

Dan knipoog sy moeder vir hom as teken dat hy sy tergery moet staak, want netnou het hy Rista weer kwaad en sy is juis vandag so opgeruimd.

"Loop, Chris, jy is vandag vreeslik laf. Kom help my liewer met die blomme."

"Luister, meisie, wat ek van blomme rangskik af weet, is gevaarlik. Vra my liewer om te help koek bak. Dit sal ek beter kan doen – as iemand net vir my die deeg aanmaak en in die panne sit, en dit dan weer later in die oond plaas en kyk dat dit nie brand nie."

Rista bars uit van die lag en sê: "O, jy is vol dinge, Chris. Loop liewer hier weg, want jy is tog van geen nut nie."

Sy neem twee rangskikkings en stap daarmee na die ruim sitkamer waar die partytjie vanaand gehou word, terwyl Chris laggend agterna stap en een rangskikking by haar probeer neem. "Gee, laat ek jou help, dan doen ek mos iets nuttigs."

"Nee, wag, netnou bederf jy al my handewerk. Ek sal dit maar liewer self dra. Jy kan vir my die deur oopmaak as jy regtig iets wil doen."

Toe elke blompot eers op sy regte plek pryk, sit Chris sy arm liggies om haar lyf en sê ernstig: "Kom 'n bietjie saam na my kantoor toe, ek wil jou graag 'n rukkie alleen . . ."

"Maar hier is ons mos alleen, Chris. Almal is stad toe. Hier is niemand naby nie," val sy hom in die rede en vervolg dan skertsend toe sy merk hoe ernstig hy werklik is: "Sê wat jy te sê het, dokter, en sê dit gou of ek loop."

"O nee, jy gaan nie." Dan sit hy skielik sy ander arm ook om haar lyf en druk haar liggies teen hom aan. "Kom saam met my, Ristatjie. Ek wil jou graag mý geskenkie aanbied."

"Jy maak my werklik nuuskierig, Chris. Nou kom, ek kan skielik nie meer wag om dit te sien nie."

Met sy een arm nog steeds om haar lyf, stap hulle sy kantoor binne. Dan stoot Chris die deur agter hulle toe en gaan staan langs haar voor die venster.

Uit sy baadjiesak haal hy 'n vierkantige, plat dosie. Hy gee dit aan haar met die woorde: "Ek hoop dit bring vir jou baie geluk, meisie."

Bly en verras staar Rista hom aan sonder om 'n woord te uiter.

"Gaan jy nie kyk wat binne-in is nie?" vra hy toe hy merk dat sy nie aanstaltes maak om te sien wat die dosie bevat nie.

Met 'n verleë glimlaggie laat sy haar oë sak en maak die dosie oop. Wat sy voor haar sien, slaan byna haar asem weg. Dit is 'n swaar, goue armband met vyf glinsterende saffiere daarin. "O, pragtig! Dis pragtig!" roep sy in ekstase uit.

Chris haal die kleinood uit die dosie en sluit dit om haar gewrig met 'n klein goue sleuteltjie wat eenkant in die dosie gelê het. Dan plaas hy die sleuteltjie terug in die dosie en sê: "Belowe my dat jy hierdie band nooit van jou arm sal afhaal nie, Rista."

"Ek belowe vir jou, Chris," sê sy sag onderwyl sy afkyk na die pragtige juweel. Toe kyk sy weer op in sy koringblou oë en sê stamelend: "Ek . . . ek weet regtig nie hoe om jou te bedank nie, Chris . . . Jy moes nie so 'n duur geskenk gekoop het nie. Ek . . . wel . . . ek kan maar net sê baie, baie dankie. Dis die mooiste geskenk wat ek nog vandag ontvang het. Baie dankie, Chris."

Liggies lê hy sy een hand op haar skouer en sê duidelik verheug: "Ek is bly dat jy daarvan hou, Ristatjie. En wat die prys betref . . . daaroor behoort jy jou nie te bekommer nie. Ek kan dit gelukkig bekostig." Hy kyk op sy horlosie en sê: "Ek sal nou dadelik weer moet gaan. Kom, stap saam met my na my motor toe. Ek moet Oumatjie ook nog gaan sê dat ek nie sal tuis wees vir middagete nie."

"Maar, Chris, jy sal mos vanaand totaal uitgeput wees as jy heeldag so aan die gang bly."

"Wat kan ek anders doen, my meisie, as die mensdom bly siek word? Ek kan hulle tog nie aan hulle lot oorlaat nie."

"Nee, jy kan nie, Chris. Ek sal darem vir jou duim vashou dat nie een jou vanaand ontbied nie, hoor."

"Jy moet, nooientjie, anders sal jy my vanaand moet vergesel indien dit die geval is. Ek gaan jou geensins agterlaat om met die ander kêrels te dans nie."

"Maar wie sê ek wil graag met die ander kêrels dans, dokter Myburgh?" vra sy skertsend.

Dan glimlag Chris betekenisvol af in haar donker, laggende oë wat hom amper uitdagend aankyk. "O, hulle sal jou nie met rus laat nie. Ek dink juis daar is talle wat my vanaand gaan beny."

"Ja, en ek weet dat menige mý vanaand gaan beny. Byna almal het met opgehoue asem gesit en wag dat jy een van hulle moes vra as maat," sê sy plaend.

"Wel, laat hulle ons gerus maar beny, my meisie. Ek het ten minste vroegtydig geweet wat ek wou hê. Maar sê my, sal jy my vanaand regtig vergesel indien ek ontbied word?"

Hulle bereik die kombuis waar dit nog altyd 'n doenigheid is voordat Rista sy vraag kan beantwoord.

Terwyl sy verbaas staan en kyk na al die koek wat gebak is gedurende haar afwesigheid, plaas Chris weer eens sy hand op haar skouer en herhaal sy vraag: "Sal jy my vanaand vergesel indien ek straks uitgeroep word?"

"Miskien, as jy my baie mooi vra," glimlag sy ondeund.

Hy loop tot by Ouma en sê: "Luister, Oumatjie, ek sal dalk nie tuis wees vir middagete nie. Moenie vir my wag nie." Dan trek hy Rista aan die arm en sê: "Kom, jy het belowe om saam met my kar toe te loop."

Na 'n opgewekte "tot siens" verlaat Chris die kombuis met Rista aan sy sy. By die motor plaas hy eers sy tas veilig op die voorste sitplek en klim toe self in.

Eers praat hy nog oor die een en ander, en toe sê hy weer tergerig terwyl hy die enjin aansluit: "Moet nou nie gaan ogies maak vir die ander kêrels terwyl ek weg is nie, hoor. Ek sal dit geensins duld nie." Dan pluk hy speels aan een van haar swart krulle en trek vinnig weg voordat sy nog iets kan sê of doen.

Tydens middagete is Ester, een van die jong onderwyseresse, die eerste wat Rista se pragtige armband opmerk, aangesien sy gewoonlik langs Rista aan tafel sit. "O, maar is dit nie pragtig nie!" roep sy met bewondering uit onderwyl sy dit van naby beskou. "Seker 'n verjaardaggeskenk?"

"Ja, jy het reg geraai," glimlag Rista goedig.

Toe word die armband deur almal bewonder – die ou dokter inkluis!

Ester is weer die eerste wat nuuskierig vra: "Vertel ons wie die ridder is wat sulke duur verjaardaggeskenke uitdeel, Rista?"

"Maar jy is darem nuuskierig, Ester! Sê eers waarom jy wil weet?"

"Wel, my verjaardag is ook al naby. En 'n mens weet nooit, miskien kan ek ook so iets van hom verwag."

"Wel, as dit die geval is, kan jy maar weet. Dis 'n geskenk van dokter Chris Myburgh."

Sy glimlag geamuseerd, want sy weet hoe hierdie nuus die jong meisies aan die tafel sal tref.

"Wel … ek kan maar net sê dat jy 'n gelukkige nooi is," kom dit duidelik teleurgesteld, omdat Ester weet dat sy nou geen kans meer het by die aantreklike jong dokter nie. En sy is nie die enigste dame aan tafel wat bitter teleurgesteld is nie.

Chris daag eers kort voor aandete op. Met 'n koppie koffie in die hand stap hy stadig na die ontvangskamer omdat hy weet dat hy Rista daar sal vind. Al wat vrou is in die huis, is op die oomblik daar besig met die laaste voorbereidings vir die partytjie.

Chris gaan in die deur staan om die doenigheid gade te slaan.

Dan sien hy Rista op die klein verhogie wat vir die orkes be-
doel is.

Toe sy die klavierstoeltjie voor die klavier geplaas het, gaan
sy self daarop sit en begin 'n opgewekte deuntjie speel – onbe-
wus van Chris se oë wat sag op haar rus.

Toe hy egter langs haar verskyn, hou sy onmiddellik op speel
en kyk hom glimlaggend aan. "Wat sal ek vir jou speel, Chris?
Maar onthou, dit moet 'n opgewekte liedjie wees, hoor."

Hy glimlag terug en sê: "Wel, wat is meer opgewek as *Suiker-
bossie?*"

"Gaan jy met my saamsing, Chris?"

"Nooit, my meisie. Ek sing nie sulke stuitige goed nie."

Dan glimlag Rista en speel die eerste akkoorde van *Suiker-
bossie.*

20

Geklee in 'n ligblou aandrok met 'n nousluitende lyfie en 'n
wye romp wat na onder uitklok, lyk Rista uiters sjarmant.

Om haar arm vonkel die vyf saffiere, terwyl sy 'n egte dia-
manthalssnoer wat nie minder skitter nie om haar slanke hals
dra. Die halssnoer is 'n erfstuk wat Oumatjie vanaand aan haar
leen.

Dan kyk sy na haar horlosie wat eenkant op die kleedtafel lê
en merk dat dit al byna tyd is vir die gaste om te kom.

Wag, sy sal darem nou moet roer. Chris is seker ook al ge-
reed.

Dan dink sy daaraan dat sy hom nog nooit in 'n aandpak
gesien het nie.

Vinnig trek sy die kam nog 'n keer deur haar krulle, draai 'n slag stadig voor die spieël in die rondte om seker te maak dat haar rok perfek pas, en verlaat dan haar slaapkamer.

Toe sy die deur agter haar toetrek, merk sy Chris op waar hy met die gang afstap in die rigting van die ontvangskamer. "Chris, wag vir my!" roep sy saggies uit.

Hy draai om en loop haar tegemoet.

Toe hy haar nader, strek hy sy hande uit en neem haar aan albei arms terwyl hy haar 'n oomblik lank vol bewondering aanstaar. Dan sê hy effens senuweeagtig toe hy galant by haar inhaak: "Jy is die bekoorlikste nooi wat ek nog aanskou het, Ristatjie."

"Toe maar, jou ou vleier! Jy lyk net so aantreklik in daardie aandpak van jou. Ek is bevrees die meisies gaan vanaand hulle bene breek – om nie eens van hulle harte te praat nie!"

Hulle bereik die helder verligte vertrek waar die orkeslede al besig is om hulle instrumente in te stem.

Vol bewondering staar almal haar aan toe sy die vertrek aan Chris se arm binnekom.

Nadat sy al die gaste wat reeds aangekom het, gegroet het, ontvang sy saam met Oumatjie die ander gaste by die deur.

Presies om agtuur begin die orkes die eerste wals speel.

Liggies en op maat van die musiek gly Rista in Chris se sterk arms oor die dansbaan. Sy is so kort dat haar kop tot net onderkant sy strikdas reik.

Vir haar is dit 'n wonderwerk dat Chris, wat so fris gebou is, so lig is op sy voete. Vir Chris is dit die heerlikste sensasie om die bekoorlike gestaltetjie van Rista in sy arms te hou.

Hoewel die ander jong mans brand om ook met Rista te dans, dans Chris die hele aand met haar asof sy aan hom behoort.

Terwyl die orkes 'n jakkalsdraf speel, druk Chris haar effens stywer teen hom aan en fluister: "Geniet jy dit ook, meisie?"

"Baie, Chris," glimlag sy gelukkig. "Ek voel net al 'n bietjie moeg."

Toe die dans ten einde loop, neem Chris haar aan die arm en stuur haar uit op die stoep. "Ons gaan sit nou êrens waar jy 'n bietjie kan rus," verduidelik hy toe sy vraend na hom opkyk.

"Dis lief van jou, Chris. Ek het juis al gewens dat ek 'n bietjie van die gedrang af kan wegkom. Waar sal ons gaan sit?"

"Op die bankie onder daardie ou groot peerboom met sy wit bloeisels."

Toe hulle die ou boom bereik, plaas Chris sy een arm liefdevol om haar slanke lyfie, kyk teer af in haar donker oë en sê sag: "Is dit nie nou die mees romantiese plekkie om te kom sit en rus nie?"

Rista glimlag net op daardie mooi manier van haar en kyk met haar sagte bruin oë in syne. Sy besef meteens dat daar op dié oomblik iets tussen haar en Chris ontwaak wat nog nooit tussen haar en enige ander man bestaan het nie.

Liggies trek Chris haar met sy een arm nader en fluister dan sag en teer terwyl hulle oë mekaar gevange hou: "Rista, my liefling, besef jy dat ek jou innig bemin? O, hoe lief het ek jou tog nie, my klein skat. Het jy my ook lief, Rista?"

"Ja, Chris . . . ek het jou net so lief," fluister sy sag, dog hoorbaar.

Oombliklik vou hy haar in sy arms toe en druk haar hartstogtelik aan sy bors. Dan soek sy lippe hongerig na hare. Lank en innig soen hy haar. Rista besef skielik dat die gevoel vir hierdie groot blonde man wat sy so in haar hart voel opbruis, liefde is! In haar binneste juig dit omdat sy nou ook eindelik ware liefde ontdek het.

Later die aand toe al die gaste weg is, vergesel Chris haar tot by haar kamerdeur. Dan neem hy haar weer in sy arms en weer eens vra hy, asof hy bevrees is dat sy ore hom vroeër die aand dalk bedrieg het: "Het jy my werklik lief, my klein skat? Sê dit weer, my liefling."

Liggies rus sy met haar donker kop teen sy haelwit, gestyfde borshemp. Dan sê sy sag: "O, Chris, as jy maar een enkele oomblik kan besef hoe lief ek jou het . . . Dit maak so seer hier binne, want my liefde vir jou is so geweldig groot. My hart is onvoorwaardelik joune."

Dan sak sy kop stadig af en word hulle groot liefde met 'n lang en teer soen verewig.

Terug in haar kamer staan Rista lank na haar armband en staar. Dan fluister sy sag: "O, Chris, ek het jou só lief . . . so baie, baie lief. Nou begryp ek eers waarom jy my vanmôre so mooi gevra het om tog nooit hierdie band van my arm te verwyder nie . . . Dit is jou liefde wat jy saam met die band om my arm gesluit het, Chris. En ek sal dit nooit verwyder nie, my skat. Ek sal jou liefde altyd in my hart bewaar. Niemand sal dit daar ooit kan aanraak of beskadig nie. Dit is daar heeltemal veilig, beminde van my hart."

Vergete is die wraak wat Chris byna twee maande gelede op die onskuldige Rista gesweer het. Met soet drome lê hy in sy bed aan haar en dink.

In sy verbeelding sien hy al haar swart krulkop hier langs hom op die kussing nestel. Dan onthou hy weer hoe sy vanaand elke soen van hom beantwoord het.

Hy lê en dink aan die huis wat hy vir hulle twee gaan laat bou. Ja, net die allerbeste is goed genoeg vir haar. En dit sal 'n pragstuk van 'n huis moet wees. Net môre sal hy die argitek gaan spreek, want hy weet reeds watter erf hy wil koop. Gelukkig kan hy haar net die beste gee.

Met al hierdie soet gedagtes raak Chris later aan die slaap.

In die vroeë ure van die môre ontwaak hy uitgeput en op sy breë voorkop pêrel groot sweetdruppels.

"O, my hemel, maar dit was verskriklik!" kreun hy dit uit. "So 'n verskrikking van 'n droom het ek nog nooit beleef nie. Is dit nou my sonde wat my begin inhaal? O, Rista, my liefling, moet ek nou ons pragtige liefde gaan verloën, noudat ons mekaar uiteindelik gevind het? Nee, ek kan nie!"

Dan speel sy hele droom weer soos 'n waarskuwing voor sy geestesoog af. En weer eens hoor hy die juigkrete van die klomp afskuwelike gedaantes wat hom in sy slaap omring het.

Toe, jy is mos 'n Christen. Jy beveg ons mos daagliks wanneer ons 'n lewe op ons eie manier wil neem. Jou broer het ons later met rus gelaat. Maar jy moet die wraak wat jy gesweer het, uitoefen, of jou broer is binnekort in 'n oord waar nie jy of enigeen hom weer sal kan red nie!

Dan hoor hy weer die onaardse, duiwelse gelag wat klink asof dit uit die dieptes van die hel kom.

Het jy dan nie geweet dat 'n Christen nie wraak sweer nie? Jy het haar baie lief, maar met jou eie hande sal jy nog daardie liefde in die kiem smoor. Sy sal nog met afsku van jou af wegvlug. Jy het destyds al besluit op die wyse waarop jy wil wraak neem. Doen dit en jou broer bly gespaar!

Dan sien hy weer die afskuwelike swart gedaantes laggend, koestend van hom af wegvlug. En in hulle plek sien hy weer Pieter voor hom op die wit hospitaalbed lê soos die eerste dag toe hulle in Pretoria aangeland het. Pieter se oë is nou net oop en hulle staar hom pleitend, weemoedig en vol pyn aan.

Rista kan ook nie slaap nie. Sy trek haar kamerjas aan en gaan saggies na Oumatjie se kamer. Ek sal by haar makliker aan die slaap raak. Sy weet mos hoe om 'n opgewonde mens te kalmeer, glimlag sy gelukkig.

Toe Rista Ouma se kamer binnekom, maak sy eers die deur agter haar toe en skakel dan die lig aan.

Van die bed af staar Ouma haar verbaas aan, kom dan orent en vra besorg: "Wat makeer, Ristatjie? Waarom slaap jy nog nie? Voel jy siek, my kind?"

Met 'n kinderlike gebaar slaan sy haar arms om Oumatjie se nek en fluister laggend: "O, Oumatjie, ek was nog nooit in my lewe só gesond en gelukkig soos vanaand nie. Wie kon nou olik voel as jy die liefde besit van die beste man op aarde?"

Dan glimlag die ou dame in Rista se oë op en sê selfvoldaan: "Jy het ook vanaand so pragtig gelyk, ek het dit haas verwag, my ou dogtertjie. Het jy Chris baie lief, my kind?"

"O, Oumatjie, so lief dat dit eintlik seermaak hier binne. Ek het nooit gedink dat 'n mens so gelukkig voel wanneer jy waaragtig liefhet nie. Ek bemin hom met my hele wese, Oumatjie."

"Ek is so bly, my kind, dat jy nou ook uiteindelik liefgekry het. Chris is een van die allerbestes. Hy sal vir jou 'n baie goeie man wees. Dit is my en sy ouers se innigste wens dat julle twee eendag moet trou. Ek wens julle baie geluk toe. Jy moet tog net vir hom ook 'n goeie vrou wees, Ristatjie."

"O, ek sal, Oumatjie. Ek sal alles in die lewe doen om hom te behaag."

"Wel, dan sal julle baie gelukkig wees, my ou dogtertjie. Maar kom, jy moet regtig nou slaap. Dis al baie laat."

Ouder gewoonte krul Rista haar weer langs Ouma op en na 'n halfuur is sy in soete droomland terwyl Ouma nog wakker lê.

Toe die ou dame later merk dat Rista aan die slaap is, staan sy saggies op en gaan skakel die lig af wat Rista in haar opge-wondenheid vergeet het.

Die volgende oggend toe Chris gereed is om na die hospitaal te vertrek, is Rista tot sy grootste teleurstelling nog steeds in droomland.

Hoewel hy hard teen sy teleurstelling veg, is dit tog duidelik by hom te bespeur. Hy sou haar opgewekte ou gesiggie tog so graag vanoggend wou gesien het voordat hy vertrek.

Maar nee, miskien is dit ook maar beter so. Jy moet jou gevoel vir haar onderdruk, Chris, ou kêrel. Moenie dat jou liefde vir haar die oorhand kry nie. Onthou, een van die twee sal jy moet verloën. En dit mag nie Pieter wees nie, dit sal sy moet wees. Onthou, jy het wraak gesweer op haar. Jy mag nie nou teruggaan op jou woord nie. Jou wou hê dat sy op jou verlief moet raak en sy het soos 'n oorryp peer in jou skoot geval. Moet nou nie dat dieselfde met jou gebeur as wat met Pieter gebeur het nie, staan hy met homself en redeneer, en stap dan sonder om 'n woord te sê na die motorhuis.

Vandag is Chris meer afgetrokke as gewoonlik. Waar hy gaan en wat hy ook al doen, sy angswekkende droom van die vorige nag bly hom by soos sy eie skaduwee. Hy voel soms of hy kan gek word daarvan.

Toe hy tuiskom vir middagete, vind hy tot sy grootste teleurstelling dat Rista nie tuis is nie. Nee, kyk, so kan dit darem nie aangaan nie. As haar afwesigheid my nou al so affekteer, hoe gaan ek ooit die taak wat nog voorlê, volvoer? Nee, kêrel, wees nou redelik met jouself en vergeet al die teleurstellings, want as jy nie mooi in jou spoor trap nie, gaan jou werk een van die dae daaronder ly. Probeer liewer en kry die ou sakie so gou moontlik afgehandel. Dit sal jou niks baat om dit langer uit te stel nie. Jy maak sake net swaarder vir jouself.

Meteens besluit Chris om sy wraak so gou moontlik te neem – vanaand nog.

Sy mooi drome van 'n pragtige huis met 'n skatlike ou seuntjie wat op die grasperk rondbaljaar, moet hy uit sy gedagtes verban. Dit is dinge wat hom tog nooit te beurt sal val nie, want die enigste liefde wat hy nog ooit vir 'n vrou gekoester het, moet hy vanaand wreed verloën. Dan sal sy in afsku van hom af wegvlug. Ja, sy sal hom dalk nooit weer in haar lewe wil sien nie.

21

Na ete roep Chris vir Rista eenkant toe. "Waar was jy heeldag?" vra hy verwytend.

"Ag, Chris, ek kon onmoontlik weier toe Elna se moeder my vanoggend bel en vra om tog gou daarheen te kom. Weet jy Elna is baie siek, Chris?"

"So . . .? Wel, afgesien van Elna se siekte, gaan ons 'n entjie ry?"

"As jy dit so verkies, kan ons maar gaan, Chris."

"Trek net eers vir jou 'n trui aan. Dis betreklik koel buite. Dan kan ons maar ry."

Chris se afgetrokkenheid in die motor stem Rista senuweeagtig. Sou hy nou vir haar kwaad wees omdat sy heeldag uithuisig was? vra sy haar af en besluit dan dat dit maar seker die oorsaak van sy houding is.

Chris is weer in 'n geweldige stryd gewikkel tussen sy liefde en die wraak wat hy as sy plig beskou.

Snaaks, dink hy, noudat die tyd byna daarvoor aangebreek het, voel dit glad nie meer soos 'n berg wat op hom rus nie. Dit moet bepaald die regte ding wees, daarom die skielike kalmte in sy binneste. Sy moet natuurlik nie haar straf vryspring nie. En hy is bepaald bestem om haar die straf toe te dien. Daarom moet dit so gou al geskied, voordat sy met hom dieselfde doen as met Pieter. Daardie droom van die vorige nag was niks anders as 'n waarskuwing nie.

Hulle bereik die voet van die kloof. Nou sal hy uiters versigtig te werk moet gaan, want hy móét slaag. En ook nie later as vanaand nie.

Dan bring hy die motor tot stilstand.

Met 'n liefdevolle gebaar neem hy haar in sy arms.

Effens verwytend en terwyl hy haar deurdringend aankyk, sê hy: "Ek wonder of jy my so liefhet as wat jy voorgee, Rista."

"Maar, Chris, hoe kan jy nog twyfel?"

"Luister, skat, indien jy my so liefhet, sou jy Elna mos nie vandag eerste in aanmerking geneem het nie. Jy het deeglik besef hoe dit my sou raak indien jy heeldag uithuisig is en tog het jy dit gedoen. Moet ek dit nou beskou as 'n bewys van jou liefde vir my?"

"Nee, Chris, jy neem dit heeltemal verkeerd op, my skat. Dit was glad nie my bedoeling om jou daardeur seer te maak nie. Ek het dit bloot my plig geag om my siek vriendinnetjie effens te gaan opbeur. Asseblief, laat ons nie oor sy 'n nietigheid stry nie. Jy moet ook nooit weer aan my liefde vir jou twyfel nie, Chris."

"Ek wonder, Rista ... Ek kan dit byna nie glo dat jy my werklik liefhet nie," sê hy gemaak ongelowig, ofskoon hy in sy hart weet dat sy wel die waarheid praat. Maar hy moet nou uiters versigtig wees. Sy mag nie sy ware voornemens agterkom nie.

Dan hoor hy weer haar sagte stem wat sê: "Jy durf nie aan my liefde twyfel nie, Chris."

"Nou goed, oortuig my en ek sal jou glo, liefste," sê hy verleidelik.

"Hoe sal ek jou tog kan oortuig, my skat, as jy nie my woord daarvoor aanvaar nie?"

139

"Woorde word soms lig en onbesonne geuiter, liefste. Ek sal jou sê hoe jy jou liefde aan my kan bewys, want dit is die enigste manier waarop jy my sal kan oortuig . . ."

Terwyl Chris aanhoudend soebat, oorval 'n eienaardige gevoel haar, 'n gevoel van onheil, van waarskuwing. Sy probeer weer teëstribbel en sê pleitend: "Nee, Chris . . . ek kan nie . . . ek durf nie, my skat. Moet dit asseblief nie van my vra nie."

Hy druk haar egter net stywer aan sy bors en sê dan streng: "Moet nou nie kinderagtig wees nie, liefling. Jy het my blykbaar nie lief nie, daarom hou jy aan om te weier."

"O, Chris, as jy maar net weet hoe lief ek jou het, my . . ."

"Dan sal jy jou liefde aan my toon sonder enige verdere teëstribbeling – ás jy my ooit liefhet, Rista," val hy haar in die rede.

"O, Chris, jy moet my glo!"

"Sodra jy jou liefde aan my bewys deur jouself siel en liggaam aan my te gee, sal ek jou glo. Voor dit, nie," sê hy kalm, dog beslis.

"Chris, jy vra so baie. Moet ek nou van alles wat vir my heilig is en van al my goeie beginsels afstand doen?"

"Is dit nie ons liefde werd nie?"

"O, my skat . . . ek . . . ek kan nie besluit nie. Gee my 'n kans," antwoord sy onseker.

Hy maak egter gou van haar onsekerheid misbruik deur te sê: "Kom, ek sal vir jou besluit, my liefling. Daar is werklik niks om onseker oor te voel nie. Jy het my tog lief, het jy nie?"

"Ja, Chris, ek bemin jou met my hele wese."

Vir Chris is dit die belangrikste oomblik in sy lewe. Maar binne-in Rista krimp haar hart ineen, want dit is teen haar beginsels. Sy word tot so 'n mate oorweldig deur sy fors manlikheid en teer beminlikheid, dat sy nooit besef dat hy besig is om haar te verlei nie – haar weg te lok van die eerlike paaie wat sy al die jare bewandel het.

Toe Chris in sy doel geslaag het, is sy kalmte byna onrusbarend. Hy kyk haar uitdagend aan en sê: "Dank die hemel, ek het Pieter se ongeluk nou gewreek!"

"Wat bedoel jy, Chris?" vra sy effens verward. Dit is vir haar nie heeltemal duidelik wat hy bedoel nie.

"Ek bedoel maar net dat ek jou nou uiteindelik terugbetaal het vir alles wat jy die arme Pieter aangedoen het. Want sien, nadat ek alles van Pieter gehoor het, het ek wraak gesweer op die klein flerrie wat hom so bedrieg en mislei het. En het ek nie pragtig daarin geslaag nie?"

Op die oomblik voel sy té geskok om te antwoord. Sy kyk hom net verwytend aan.

Met hoon, haat en afsku in sy blou oë sê hy weer toe sy hom nie antwoord nie: "Verbeel jou, dat ek ook op 'n tyd op jou verlief was – jy wat so 'n opperste flerrie is! Ek skaam my oë uit my kop om daaraan te dink dat ék ook gek verlief was op jou – op jou wat byna my broer se moordenares was."

Sy trek haar asem skerp en vinnig in terwyl haar oë vernou soos een wat pyn het. Vernedering stroom deur haar liggaam en sy is doodsbleek. Trane skiet oorweldigend en warm in haar oë op. En sonder om te antwoord, maak sy die motordeur oop, klim haastig uit en stap vinnig van hom af weg.

Sy weet dat hy haar nou venynig, vol minagting en walging agterna staar, maar dit kan haar nie skeel nie. Sy besef dat hy nou vir haar onherroeplik verlore is, dat hy nooit eens vir haar bestem was nie, dat selfs sy vurige liefdesverklaring van gisteraand net 'n klug was!

Toe Rista in die duisternis verdwyn, voel Chris geheel en al soos 'n uitvaagsel. O, my liefling, dink hy bitter. Hoe moes ek ons albei nie vanaand verneder nie. Mag God my dit vergewe, want ek sal in my lewe nooit weer op iemand wraak sweer nie. Hoe moet jou ou hartjie nie nou bloei nie. En ek durf niks

141

daaraan doen nie, want my wraak het my reeds verlede nag agtervolg. O, my liefling, moet dit nou al ou bietjie geluk wees wat ons deur die lewe sal ken, net hierdie een ou uurtjie wat ons vanaand bymekaar deurgebring het? As jy maar net weet wat dit my gekos het om al daardie lelike dinge vir jou te sê. Maar jy sal dit mos nie weet nie, my droombeminde. Hoe sal jy nou weet dat my hart ook vanaand aan stukke geskeur is en dat ek jou sal bemin tot die dag van my dood toe? Ek sal jou nooit kan vergeet nie, my liefling! Jy was en sal altyd myne bly. Ek het jou besit soos geen ander man jou nog ooit besit het nie. En dit sal my soetste gedagte wees . . . waaraan ek altyd met teer herinnering sal terugdink.

Dit val hom meteens by dat Rista alleen en te voet in die donker nag is, op pad huis toe. Haastig sluit hy die enjin aan en ry vinnig agter haar aan.

Voor hom in die lig van die motor sien hy 'n klein gedaan-tetjie in die pad en weet dan onmiddellik dat dit sy is. Toe hy regoor haar is, hou hy stil en klim uit. Hy besef dat sy nie gehoor sal gee as hy nou na haar roep nie. Hy sal haar bepaald moet dwing om saam te ry, want hy besef dat hy haar geweldig verneder het.

Saggies neem hy haar aan die arm en op sy gewoon sagte manier sê hy: "Kom, jy kan onmoontlik alleen in die donker huis toe stap. Dis veels te gevaarlik hier in die veld vir 'n meisie so alleen."

Met 'n vinnige plukkie ruk sy haar arm uit sy greep en staar hom met pyn in haar oë aan. Dan praat sy vir die eerste maal, maar haar stem is vol trane en dit laat Chris se hart ineenkrimp om haar naakte smart so te aanskou sonder om iets daaraan te kan doen.

"Ek smeek jou, moet asseblief nie weer aan my raak nie, dokter Myburgh. Ek sal dit vreeslik waardeer as jy my liewer nou met rus laat. Of wou jy my miskien nog meer verneder en verkleineer het?"

"Luister, Rista, moet nou nie kinderagtig wees nie. Jy kan onmoontlik . . ."

"Hoeveel maal gaan jy my nog daardie woorde toevoeg, dokter? Laat my asseblief nou met rus!'

"Kyk, jy sal saam met my huis toe ry, of jy nou wil of nie!"

En met dié woorde raap hy haar in sy sterk arms op en dra haar na die motor. By die motor moet hy haar dwing om in te klim. Dan trek hy vinnig weg voordat sy kans kry om weer uit te klim.

Styf teen die deur aangeleun, sit Rista die hele pad strak voor haar en kyk. Nie een enkele woord word tussen hulle gewissel nie, want die atmosfeer is swanger van bitter gedagtes. Elkeen hou hom besig met sy eie ongelukkige gedagtes totdat hulle later by die groot hek van die losieshuis indraai.

Voordat Chris nog behoorlik kan stilhou, is Rista reeds uit en hardloop sy die trappies op na die voorste stoep.

Sy voel sy kan dit uitskree van verligting toe sy eindelik in haar kamer is en die vier beskermende mure om haar sien.

Later, toe sy al in die bed is, val haar oog weer op die armband wat so uitbundig om haar arm skitter asof dit die spot met haar dryf. Dan staan sy haastig op, neem die sleuteltjie uit die dosie en sluit die band oop.

'n Wyle staan sy met 'n geboë kop met teer herinneringe na die goue band en staar en pak dit toe haastig in die dosie weg. Sy het klaar besluit om dit dadelik aan Chris terug te gee. Nie 'n minuut wil sy dit langer hou nie. Dit wek te veel herinneringe wat sy moet vergeet, en baie gou ook sal moet vergeet.

Met haar kamerjas oor haar slaapklere aan, klim sy saggies met die trap op na Chris se kamer. Onder die deur sien sy 'n strepie lig en dadelik weet sy dat hy ook nog nie slaap nie.

Saggies tik sy aan die deur en hoor Chris se sagte tred toe hy na die deur toe aangestap kom. Skielik is hy voor haar, ook met sy kamerjas oor sy slaapklere aan.

Vraend kyk hy na haar en toe na die dosie wat sy na hom toe uithou.

"Ek wil net die armband aan jou terugbesorg, dokter," verduidelik sy.

"Was dit nodig om die band van jou arm te verwyder, Rista? Ek het dit tog aan jou gegee as 'n verjaardaggeskenk," sê hy met 'n pyntrek op sy gesig sonder om die band van haar te neem. Dan val dit hom ineens op hoe bleek sy lyk en 'n oorweldigende jammerte vir haar styg in hom op.

"Nee, dokter, dit is vir my nou onmoontlik om hierdie kosbare geskenk te hou. Neem dit maar liewer terug. Jy het dit vir my tog maar net met wraakgedagtes gegee. Gaan en gee dit nou aan iemand anders met goeie gevoelens en voornemens. Miskien sal dit dan meer geluk bring vir daardie persoon, want vir my het dit net ongeluk gebring. Ek wil liewer niks van jou hê nie, dokter."

Liggies laat sy dit in sy kamerjas se sak gly en dan draai sy om en stap weg voordat hy nog iets daarop kan sê.

22

Rista beraam elke nag wilde, ondeurvoerbare planne om weg te kom. Af en toe gaan sy nog na die kloof, maar nooit soek sy die plekkies op wat intiem verbonde is aan Chris nie. Voor daardie pyniging stuit sy, want vir hom wat sy met haar hele wese bemin en vir wie sy haar lewe sou gee om weer sy liefde te besit, het sy onherroeplik verloor.

Agter die stuurwiel van haar motor bly sy sit en staar ver-
wese voor haar uit na die kloof wat nou donkergroen is. Die
toekoms doem soos 'n oneindige duisternis voor haar op. Sy sal
dit alleen moet deurworstel. Sy het alle lus vir die lewe verloor.
Paniek pak haar beet met die besef dat sy swanger is.

Die besef dat sy gaan moeder word en die wete dat daar
onder haar hart 'n onskuldige klein lewetjie lê, slaan soos 'n
reusebrander verpletterend oor haar. Toe breek die wal van haar
opgedamde verdriet en sy bars in rou snikke uit. "O, Chris, hoe
kón jy so wreed wees om my so 'n verskriklike ding aan te
doen?" kreun sy dit pynlik uit.

Later droog sy haar trane weemoedig af, sluit die enjin aan
en ry terug na die losieshuis wat vir haar op hierdie oomblik 'n
simbool van liefde én bitter smart is. Sy is stom voor die ont-
saglikheid van die ramp wat haar getref het en sy kan nie besluit
wat om te doen nie.

Toe sy later voor die deur stilhou, klim sy traag uit en dwing
haar bene om te beweeg.

In haar kamer gaan sy op haar bed lê om die situasie kalm te
oorweeg. Sy sal moet weggaan, ander sal sy later miskien nie die
drang kan weerstaan om haar eie lewe te neem nie.

Die dae wat op haar vreeslike ontdekking volg, is vir Rista
lank en onhoudbaar omdat sy nou nêrens heen kan gaan nie.
Sy vermy Chris en gaan met die grootste weersin tafel toe,
want etenstyd kan sy nie vermy nie. Dan sit hulle twee regoor
mekaar, soos vreemdelinge, sy met die bitterste vernedering in
haar hart en hy met jammerte en wrewel vervul.

Vanaand is dit al die tweede aand dat sy nie kans sien om met
rooi gehuilde oë aan die tafel te verskyn nie. Die omstandig-
hede hier by die huis die afgelope weke het vir haar ondraaglik
geword. Sy kan sterf van vernedering wanneer sy in Chris se
teenwoordigheid is.

145

Sy sal Ouma maar moet vertel. Langer kan dit nie so aangaan nie. Sy moet weg van Chris af. Maar wat sal sy tog aan Oumatjie sê? vra sy haar af. Sy kan haar tog nie die ware toedrag van sake vertel nie. Dit sal haar net graf toe stuur. Sy sal maar iets moet uitdink om haar mee tevrede te stel.

Haastig staan Rista van haar bed af op waar sy nog al die tyd volledig geklee gelê het. Sy moet nou dadelik met Ouma gaan praat, want môre wil sy vertrek. Ja, nie 'n dag langer as môre gaan sy nog in hierdie huis bly nie. Een van die dae mag Ouma straks onraad merk, want dit begin vir haar nou haas onmoontlik word om die sieltergende naarheid te verbloem.

Toe sy later langs Ouma op die bed sit, vertel sy die ou dame in alle mooiheid van haar besluit. "Dit is vir my heeltemal onmoontlik om langer hier te bly, Ouma. Ek moet weg . . . Later, wanneer ek eers vergeet het, sal ek terugkeer," sê sy met haar oë droewig op haar gevoude hande gevestig.

Snikkend pleit die ou moeder by Rista om tog gehoorsaam te wees en by haar te bly. Sy wil haar so graag met haar moederliefde beskerm teen die ongevoelige storms van die lewe. Sy moenie vir haar moeilikheid weghardloop nie. Sy sal tog net soos al die ander voor haar ook oor haar groot onbeantwoorde liefde vir Chris kom.

"Ag, my ou moedertjie, ek wil so graag gehoorsaam wees, maar ek kan nie – nie hierdie keer nie. Ouma begryp nie dat ek moet weg nie, dat dit noodsaaklik is . . . Ek het geen keuse nie, my ou moedertjie. Dit is noodlottig, want ek is genoodsaak om weg te gaan."

Snikkend beken sy hoe haar groot liefde besig is om haar lewe te verwoes. Saam huil hulle en swyg dan. Dis of die ou moeder met haar diep, liefdevolle aanvoeling die gekwetste gevoelens verstaan en berus in haar besluit.

Liggies streel sy haar hand oor die sagte swart krulle van die

146

meisie en sê dan sag: "Die weë van die Heer is onverstaanbaar, my ou kleinstetjie. Gaan, en mag die Vader jou altyd bewaar en die wonde in jou hartjie genees."

Terug in haar kamer begin Rista al haar besittings inpak. Net sy weet dat sy hierdie ou huis nooit weer sal sien nie, dat sy nie net tydelik verhuis nie, maar dat dit vir altyd gaan wees. Haar gruwelike drange om haar ongebore kindjie te vernietig, het sy totaal verban. In plaas daarvan het sy besluit om haar kindjie te ontvang en hom self op te voed sodat hy eendag net die goeie in die mens sal raaksien. Ja, sy sal al haar tyd net aan sy opvoeding wy.

Om twee-uur die nag is Rista se tasse klaar gepak. Sy gaan bad en kruip moeg in die bed.

Sy het nog nie besluit waar sy haar gaan vestig nie. Sy sal môre van dorp tot dorp ry totdat sy 'n huisie na haar smaak vind. Om te gaan loseer, is totaal buite die kwessie. Sy wil nie deur mense omring wees nie. Sy wil alleen wees in 'n huisie waar sy kan maak soos sy wil. Sy wil geen nuuskierige oë om haar hê nie. Dit sal tog net beteken dat sy later vrae sal moet beantwoord en sy stuit voor daardie vernedering.

Met al haar verwarde gedagtes raak Rista eindelik aan die slaap. Sy sal vir 'n paar uur lank ten minste rus hê vir haar gefolterde siel.

Terwyl Mina se man die laaste tas na Rista se motor dra, kom Chris uit sy kantoor gestap. Dan merk hy dat Rista gereed is om te vertrek en dat sy Ouma by die voordeur groet.

"Vergewe my, my ou moedertjie. Maar ek sal miskien eendag terugkom nadat ek rus gevind het."

Met 'n skok besef hy dat sy vir 'n onbepaalde tyd verhuis, want dat sy verhuis, bewys die groot reistasse. *Vergewe my, my ou moedertjie. Maar ek sal miskien eendag terugkom nadat ek rus gevind het*, maal dit deur sy brein. Dan dink hy bitter: O, my liefling,

147

ek besef dat ek die oorsaak is van jou vlug. Vergewe my wat ek jou aangedoen het, maar ek moes my broer se ongeluk wreek. En ongelukkig moes dit op jou gewees het, jy vir wie ek die liefste op aarde het!

Toe Rista omdraai en van Ouma af wegstap, kyk sy vas in Chris se blou oë wat haar weemoedig aanstaar. 'n Oomblik ontmoet hul oë. Diep in haar hart brand dit van verleentheid. Sy sluk. Sy voel sy gaan huil. Sy weet dat Chris met net een blik dinge gesien het waarvan sy nie wil hê dat ander moet weet nie. Dan laat sy haar oë sak en stap by hom verby sonder om 'n woord te uiter.

Goeie hemel, kan dit waar wees? dink Chris verbysterd onderwyl hy haar agterna staar. Waarom is haar gelaat anders so bleek en vervalle? O, Rista, mag die Vader gee dat my vermoedens ongegrond is, want ek sal myself nooit kan vergewe as ek jou dit ook nog aangedoen het nie.

Dan kry hy meteens die bevlieging om by haar die waarheid te hoor. Maar voordat hy nog sy motor kan bereik om haar agterna te sit, is sy reeds om die eerste draai en uit die gesig.

Ek sal maar by Oumatjie gaan hoor waarheen haar reis is, dink hy bekommerd en teleurgesteld.

Hy tref die ou dame in Rista se kamer aan. Hy kyk vraend na haar betraande oë en vra sag, met sy hand vertroostend op haar skouer: "Wat makeer, ou moedertjie?"

"Ag, Chris, my hart is sommer seer oor my ou dogtertjie wat nou weg is."

"Waarheen is sy, Oumatjie?"

"Dit weet g'n mens nie, Chris. Ek twyfel of sy self weet. Ek dink sy gaan sommer net swerf tot sy eers rus gevind het vir haar onstuimige gemoed."

"En Ouma laat haar toe om so 'n reis te aanvaar?" vra hy duidelik geskok.

"Jy vergeet blykbaar dat sy mondig en haar eie baas is, Chris. Hoe sou ek haar kon keer?"

"Wel, Ouma moes haar nie geld gegee het nie. Sonder geld kon sy tog immers geen reis aanvaar nie."

"Ek bestuur nie meer haar sake nie, Chris. Sy het volle beheer oor haar geld vandat sy mondig is."

"Wel, ek gaan die bank bel. Miskien het sy met hulle reëlings getref en straks nog 'n adres ook gelaat."

Nadat Chris gebel het, keer hy onverrigter sake terug na Oumatjie.

"Wat sê hulle, Chris?" vra die ou dame gretig.

"Net dat sy so pas 'n reusebedrag geld getrek het, Oumatjie," sê hy bekommerd.

"Ag, hemel, Chris, wat wil sy met soveel geld maak? O, my kind se lewe is in gevaar met 'n reusebedrag kontant in haar besit."

"Het sy nie 'n pistool nie, Ouma?"

"Nee, my kind. Sy neem maar gewoonlik myne wanneer sy op 'n lang rit gaan. Maar vanoggend wou sy dit nie neem nie, aangesien sy nie weet wanneer sy eendag weer sal terugkom nie."

"O, Ouma, as Rista iets oorkom, sal ek myself altyd daarvoor verwyt, want dit is deur my toedoen dat sy op so 'n wilde vlug geslaan het."

"Nee, Chris, jy mag jouself nie verwyt nie, kind. Die mens het tog geen beheer oor sy hart nie. Dis mos nie jou skuld dat jy haar nie liefhet nie."

"Wag, Oumatjie, ons praat liewer nie hieroor nie, want ek weet ek is verantwoordelik vir Rista se haastige vlug."

Dan hoor hy die telefoon in sy kantoor lui en stap haastig daarheen. "Hallo . . . O, dis jy. Goeiemôre, Pieter . . . Nee, so-so. En met jouself? . . . Wel, ek is bly om dit te hoor . . .

Maar natuurlik. Wanneer moet ek daar wees? . . . Gaaf. Wie gaan jou praktyk waarneem? . . . Dis uiters gaaf van Jurie . . . Nou goed, ek vertrek môre . . . Dis alles in die haak . . . Tot siens, Pieter."

Dan haas Chris hom na sy ouers om hulle te gaan verwittig dat hy môre Pretoria toe moet vertrek om Pieter te gaan haal vir 'n paar weke vakansie.

23

Toe Rista die eerste dorpie binnery, sien sy dat dit 'n baie klein plekkie is wat feitlik net een geteerde straat het – die hoofstraat. Dan besluit sy om maar liewer aan te ry en in die volgende dorpie te soek na 'n huisie.

Een na die ander dorpie ry sy deur sonder om enige navraag te doen na 'n verblyfplek. Nie een dorpie geval haar nie.

Teen vieruur hou sy op 'n hoogtetjie stil en sit en betrag die dorpie voor haar. Dan lees sy die naam op die uithangbordjie – *Soetendal* – en sowel die naam as die dorpie geval haar onmiddellik. Selfs die hoë kerktoring in die middel van die dorp lyk asof dit haar vriendelik welkom heet.

Toe Rista egter die dorpie binnery, merk sy tot haar verbasing op hoe 'n groot plek dit werklik is. Die hospitaal is die eerste groot gebou waarby sy verbyry.

By die eerste motorhawe hou sy stil vir brandstof. En terwyl sy wag, hou 'n groot motor voor haar stil – ook vir brandstof. 'n Lang, skraal man met 'n netjiese ligte pak klim uit. Toe hy regop staan, kan sy haar verbasing byna nie bedwing nie. Ook hy staar nou reguit na haar.

Sy kan merk dat hy haar herken het, want hy kom nou vinnig na haar toe aangestap.

"Rista!" sê hy verras toe hy langs haar oop venster kom staan. "Aarde, maatjie, waar gaan jy heen?"

"Ek sal eers groet voordat ek begin vrae stel, Johan," glimlag sy flou. "Ek . . . ek kom vir my 'n huisie huur op hierdie dorp, Johan. En waar gaan jy heen?"

"Wel, ek gaan nie juis êrens heen nie, maatjie. Ek is mos hier gevestig. Soetendal is my tuiste, meisie."

"Ek het dit nie geweet nie, Johan."

"Maar ek is nou regtig bly dat jy ook jou intrek hier wil neem. Ek weet juis van 'n ideale plekkie vir jou," sê hy effens aanmoedigend, want hy het dadelik gemerk dat daar iets verkeerd gegaan het met sy ou maatjie. Dat sy diep bedroef is, staan duidelik op haar hele wese afgeëts. En in sy hart voel Johan innig jammer vir haar wat hy so liefhet.

"Jy vra nie eens waarom ek so skielik hierheen verhuis nie, Johan."

"Nee, maatjie, ek weet dat as dit jou geval om daaroor te praat, jy my later self sal vertel sonder dat ek jou vra. My ou maatjie het mos nog nooit iets vir my geheim gehou nie."

Dan voel Rista die trane warm opwel by die aanhoor van Johan se teer woorde en bemoediging.

Vertroostend lê die jong man sy hand op haar skouer toe hy die trane bemerk. Hy besef dadelik dat sy uiters kwesbaar is. "Kom, maatjie, ek gaan jou nou dadelik daardie pragtige ou huisie wys. Ek weet jy sal daarvan hou, want dis 'n ideale plekkie om rus te gee aan 'n siel wat verdwaal is."

In die ry wonder Johan weemoedig oor die oorsaak van sy lieflingmaatjie se treurigheid.

Hy voel geweldig bly dat hy haar kan help. Op die oomblik besef hy dat die Here haar na hom toe gestuur het. Daarom moes sy juis Soetendal kies om haar te kom vestig. En wie is daar wat haar beter verstaan as juis hy?

Wat dit ook al mag wees, liewe maatjie, ek sal jou met die hulp van ons Almagtige Vader bystaan tot die einde toe, sê hy aan homself en hou dan stil voor 'n pragtige klein huisie wat uit klip gebou is en waarvan die voorstoep met groen klimop toegerank is.

Toe Rista saam met Johan die tuinpaadjie opstap na die huis, is dit of 'n wolk van swaarmoedigheid meteens oor haar toesak. Johan wat altyd soveel vertroue in haar gehad het, wat haar altyd as edel en opreg beskou het, hoe geskok gaan hy nie wees nie! O, sy begeer liewer om dood te wees as om aan hom haar tragiese geskiedenis te vertel.

Nadat hulle deur die huisie gestap het, kyk Johan haar vraend aan toe hy sê: "Hoe jou jy van hierdie oulike huisie, maatjie?"

"Dis pragtig, Johan, so stil en rustig. Wie is die eienaar?"

" 'n Vriend van my, Rista. Ek en hy was saam op universiteit en hier op Soetendal het ons mekaar weer na al die jare raakgeloop. Na sy vroutjie se dood het hy besluit om te gaan loseer."

Stadig beweeg hulle in die rigting van die sitkamer en maak hulle op die gemaklike rusbank tuis. Dan vra Johan gretig: "Gaan jy hierdie huisie huur, maatjie? Ek meen dis 'n sonde dat so 'n lieflike ou plekkie moet leeg staan. Kyk net hoe verwaarloos is alles. Die meubels is oortrek van stof en die tuin is oral vervuil van onkruid. Alles getuig van verwaarlosing."

"Ek weet nog nie, Johan. Ek kan nog nie besluit nie. Ek wou eintlik op 'n plekkie gaan woon het waar g'n mens my ken nie. Ek is nou eintlik op die vlug, ou maat." Haar glimlag kom gedwonge en die bruin oë kyk nie meer so vertroulik in syne soos voorheen nie, want hulle is vol weemoed wat sy vir hom probeer verberg.

"Wat maak dit saak as hier een mens is wat jy ken, maatjie?

Dis vir my heel duidelik dat daar iets gebeur het . . . en ek wil jou so graag help, Ristatjie," vervolg hy sag asof hy nie haar gevoelens wil seermaak nie.

"Ek is bevrees jy kan my nie help nie, Johan. Nie in hierdie geval nie," sê sy sonder om hom aanstoot te gee.

"Maar dink jy nie dis vir my om te besluit nie, maatjie? Miskien kan ek jou tog help."

Dan sê sy effens huiwerig: "Goed, Johan, as jy vanaand 'n kansie het, kan jy hierheen kom. Ek sal jou alles vertel, maar jy moet my belowe dat jy nooit aan Oumatjie of enigeen op Kroondal sal verklap dat ek my hier kom vestig het nie. Nie een van hulle weet waarheen ek is, of selfs die rede vir my vlug nie."

"Goed, maatjie, ek sal jou geheim altyd bewaar. Jy kan maar op my vertrou. Kom, dan bring ek eers jou tasse binne voordat ek gaan. Ek wil graag die water en elektrisiteit en ook die telefoon vir jou laat aansluit. Ja, en jy sal kruideniersware nodig hê. Maak 'n lys, dan kan ek sommer die bestelling plaas sodat die winkelier dit vir jou kan stuur."

"O, Johan, jy is so goed vir my. Wat sou ek vandag sonder jou aangevang het?" sê sy toe hulle die stoep bereik.

Op die rusbank wat voor die oop venster staan en waar die lentegeure deur 'n ligte windjie ingedra word, sit Rista en Johan later en tee drink.

Rista weet dat Johan op haar sit en wag om te praat. Maar sy weet nie waar om te begin nie. Dis so 'n lang, pynlike verhaal om oor te vertel en sy voel huiwerig om dit aan te roer.

Na vele oorwegings begin sy eindelik praat. Somtyds is dit so sag dat Johan byna nie kan hoor nie. En al die tyd wat sy praat, staar sy bedees voor haar uit terwyl Johan haar met pyn in sy oë aankyk. Dan daal haar stem totdat sy byna fluister: "Ek het hom só liefgehad . . . ek kan dit nie beskryf nie. Dit was of ek totaal van my sinne af was, of ek glad nie vir myself kon dink nie. En ek het my aan hom gegee . . . ek het hom alles gegee wat my liefde gebied het."

Sy swyg 'n wyle asof haar stem heeltemal weggeraak het en begin dan weer verder vertel, asof sy al haar krag moet inspan om voort te gaan. Nadat sy Johan van alles vertel het, sê sy weer baie sag: "Ek kon dit nog alles verduur, Johan, al sy walging, veragting en hoon. Maar toe moes ek vind . . . dat ek . . . dat ek 'n moeder gaan word."

Johan neem haar hand en druk dit saggies. Eers kan hy niks sê nie, want 'n swaarmoedigheid sak oor hom toe. Hy besef hoe swaar hierdie belydenis vir haar moet wees. Dan kyk hy haar bejammerend aan en sê sag: "Dít ook nog, maatjie. Mag die Vader sy siel genadig wees, want hy is 'n dwaas."

"Ek was so teleurgesteld in hom en sy gedrag . . . En ek was so bevrees dat Oumatjie sou uitvind van my toestand, dat ek Kroondal maar liewer vir goed verlaat het. Ek wou Oumatjie graag al die hartseer en vernedering spaar."

"Ek het dit nooit van die man verwag nie. Is hy bewus van die toestand waarin jy verkeer, maatjie?"

"Nee . . . ek weet ook nie, Johan. Miskien is hy."

"Waarom het jy hom nie daarvan verwittig nie?"

"O, Johan, hoe kon ek? Die afgelope weke was ons soos twee vreemdelinge vir mekaar. Nee, ek kon nie, ek wou nie met hom praat nie. Sy wraak was te bitter. Dit het my te swaar getref. En hy kan tog niks aan die saak verander nie, Johan."

"Nee, maatjie, hy kan baie aan die saak verander. Hy durf nie sy kind laat gebore word as 'n buite-egtelike kindjie nie. Ek sal self met hom gaan praat. Hy durf jou nie só in die steek laat nie. Hy moet sy verantwoordelikheid nakom."

"Asseblief, Johan, moet liewer nie met Chris gaan praat nie. Belowe my dat jy dit nie sal doen nie," pleit sy.

"Maar, Ristatjie, wat van jou naam wat daardeur beswadder word, en wat van jou kindjie wat gaan naamloos wees? Nee, maatjie, jy moet daaraan ook dink. As jy dan nie aan jouself wil dink nie, moet jy immers aan jou onskuldige kindjie dink wat die wêreld nog eendag in die gesig moet kyk. Laat my toe om met die man te gaan praat."

"Nee, Johan, nooit! Begryp jy dan nie dat dit wraak is wat hy geneem het nie? Nee, my vriend, Chris het dit blykbaar só bedoel. Dit sal hom tog net meer verheug. Laat hom maar liewer begaan, ek sal self na my kindjie kyk. Die Here sal my krag gee daarvoor."

"Wel, as jy weier dat ek met hom gaan praat, sal jy dan nie maar met mý trou nie, maatjie? Ek weet jy het my nie lief nie, maar ek kan jou en die kindjie darem my naam gee. En dit is juis wat julle albei in die toekoms so nodig sal hê om julle mee te beskerm. Laat my toe om julle hierdie beskerming te bied."

"Nee, Johan, daardie onreg sal ek jou nooit aandoen nie, my liewe vriend. Jy is 'n leraar, 'n dienskneg van God. Vir jou kan ek nooit so besmet met my sondes nie. Ek is jou uit die diepte van my hart dankbaar vir jou onselfsugtige aanbod, maar ek durf dit nie aanvaar nie. Ek is met sonde besmet en ook onwaardig om as predikantsvrou op te tree."

"Ek wil jou so graag help, Rista."

"Ek begryp, Johan, maar dit is heeltemal onmoontlik."

"Ek dink daar is mense op hierdie aarde wat bestem is om ander se lewe te versuur en te verwoes, maatjie. Maar om van 'n ander se rein liefde so misbruik te maak net om uiting te gee aan wraakgevoelens, behoort nie ongestraf te bly nie. Vertel my, wat is jou planne vir die toekoms?"

"Ek het nog nie planne nie, Johan. Ek sal my maar eers moet voorberei op die koms van my kindjie. Daarom wou ek graag 'n huisie gehuur het. Maar nou sal ek blykbaar ook nie hier kan bly nie, want dit mag jou as leraar in 'n moeilike situasie plaas om bevriend te wees met my."

"Nee, Ristatjie, jy plaas my glad nie in 'n moeilike posisie nie. Ek sal bly wees as jy liewer hier wil aanbly waar ek my oog oor jou kan hou en jou in jou moeilike dae kan bystaan."

"Dankie, Johan, jy is baie goed vir my. Die Vader weet, ek waardeer dit ten seerste."

24

In Pretoria wag Pieter in spanning op Chris om te kom en ook om iets in verband met Rista te verneem. Vir hom het die weke sonder haar sonnige teenwoordigheid soos jare verbygesleur. Soms is sy verlange na haar so oorweldigend dat hy die lewe net met 'n halwe wil kan aandurf.

Nou sit hy op Chris en wag, wat nou enige oomblik kan opdaag. Hy voel verheug om te dink dat hy ten minste vir 'n paar weke weer saam met sy dierbares sal verkeer. Hy verlang juis al so baie na hulle.

In die sonnetjie op die voorstoep sit Pieter weggesak in 'n leunstoel met sy oë gesluit teen die strale van die son wat dreig om hulle te laat traan.

So kan hy beter oor sy mistroostige toekoms sit en dink. Waarvoor hy nou eintlik in die toekoms gaan werk en leef, begryp hy nog nie. Hy het op die oomblik geen ideale nie. Soms dink hy dat dit vir hom beter sal wees om maar sy praktyk te verkoop en ook na Kroondal te verhuis. Daar sal hy immers by sy ouers en broer wees. Al is dit maar 'n klein dorpie, kan hy daar mos ook 'n praktyk begin net om hom bedags aan die gang te hou.

Maar dan dink hy weer aan Rista wat ook daar woon en be-
sluit om maar liewer vir eers net daar te gaan kuier. Later, wan-
neer sy miskien nie meer daar is nie, sal hy daarheen verhuis.

Toe hy later sy oë oopmaak, merk hy dat die sagte geruis wat
hy pas gehoor het, Chris se motor is wat by die hek indraai.

Op die stoep bedien die huishoudster hulle met tee en
vars beskuitjies. Vir haar is dit so mooi om die twee broers se
blye ontmoeting te aanskou. Sy voel self ook bly dat meneer
Myburgh tog uiteindelik besluit het om 'n rukkie vakansie te
gaan hou. Hy het dit bepaald nodig.

Later die middag kan Pieter nie meer sy nuuskierigheid be-
teuel nie. Hy moet weet hoe dit met Rista gaan. "Vertel my,
Chris," vra hy gretig, "hoe gaan dit met Rista?"

"Oor haar hoef jy jou glad nie meer te bekommer nie, Pieter.
Ek het haar op haar plek gesit – die klein flerrie! Sy sal darem
seker nie weer gou 'n man op haar verlief maak net om hom
vir die gek te hou, soos sy met jou gemaak het nie. Ek het haar
in eie munt terugbetaal. Sy het natuurlik nie geweet dat toe sy
met jou liefde gespeel het, sy besig was om met vuur te speel
nie. En wanneer 'n mens met vuur speel, brand jy gewoonlik."
Hy bemerk meteens die geweldige verandering wat Pieter on-
dergaan terwyl hy praat. Dit lyk vir hom of sy broer vreeslik
pyn verduur. Dan vra hy angstig: "Wat makeer, Pieter? Jy lyk so
asof jy . . ."

"Vertel my, Chris, wat het jy met Rista aangevang?" val hy
Chris in die rede.

"Sy het net haar verdiende loon gekry, Pieter. Haar soort wat
net daarop uit is om mans op hulle verlief te maak, verdien nie
beter nie. Ek het haar mooi op my verlief gemaak en haar toe
. . . Daarna het ek haar van my af weggejaag, net soos sy met
jou gedoen het."

"Chris!" roep Pieter geskok uit. "Het jy dit tog nie om my

157

ontwil gedoen nie? O, my broer, wat 'n verskriklike onreg het jy haar nie aangedoen nie! Weet jy dat sy totaal onskuldig is? Ag, Chris, wat het jy gaan aanvang, ou broer? Weet jy dat sy selfs na die ongeluk aangebied het om met my te trou, net om my weer gelukkig te sien?"

"Nou waarom het sy dan weggedros Kroondal toe terwyl jy nog so ellendig siek was?"

"Wag, Chris, ek sal jou liewer alles vertel, ou broer. Dan kan jy self begryp hoe verkeerd jy gehandel het teenoor haar," sê Pieter met pynbelaaide oë. En toe begin hy om Chris in te lig oor die gesprek tussen hom en Rista daardie laaste aand in die hospitaal. "Begryp jy nou, my broer?" vra hy nadat hy klaar vertel het. "Ek het haar self teruggestuur Kroondal toe, want dit was vir my gans onmoontlik om toe met haar te trou omdat ek daarvan bewus was dat sy my nie liefhet nie."

"Dan jy het jy gelyk, Pieter. Ek het Rista 'n onvergeeflike onreg aangedoen. Mag die Vader my dit vergewe, want ek het soos 'n dwaas gehandel. Ek wat al haar liefde besit het, het dit vermorsel en verwerp. Geen wonder dat sy soos 'n verskrikte bokkie van my af weggevlug het nie," sê hy sag en verwytend.

"Waarheen het sy gevlug, Chris?"

"Dit weet g'n mens nie, nie eens Oumatjie nie. Sy het 'n reusebedrag kontant onttrek en sommer 'n rigting ingeslaan."

"Wat sou sy met so 'n groot bedrag geld wou maak?"

"Dit, my liewe broer, weet net sy alleen."

"Chris, is Ristatjie nie dalk . . .?"

"Dis juis waaroor ek so bekommerd is, Pieter. Haar gesiggie het reeds vir my so bleek en vervalle gelyk daardie oggend toe sy vertrek het. Ek wou nog agterna jaag om uit te vind, maar ek was te laat. Sy was reeds weg. Ek sal myself nooit vergewe as dit werklik die geval is nie. Ek dink ons moet môre maar baie vroeg vertrek, ou broer. Ek wil Rista gaan opspoor. Ek moet haar vind. Ek moet die waarheid weet, want so alleen kan ek haar nie aan haar lot oorlaat nie. Ek sal sodra ek weer tuis is 'n soektog na haar op tou sit. Ek ken haar motor se nommer en 'n privaat speurder behoort haar gou daardeur op te spoor."

"En as jy haar opgespoor het en sy weier om met jou te praat?"

"Dáár is nou weer vir jou 'n ander ding . . . Wel, ek sal maar eers aan haar skryf. Dit kan sy immers nie weier nie, Pieter."

"Ek meen ook dit sal die beste wees, Chris. As jy haar ken soos ek, sal jy weet dat sy jou na dese nooit weer sal wil sien nie. Sy is 'n fynbesnaarde meisie en kry gouer seer as die gewone mens."

Vroeg die volgende oggend is die twee broers al op pad. Chris is nou haastig om tuis te wees en besluit om dwarsdeur die nag te ry. Hy het geen tyd om te verspil nie, want Rista moet onmiddelik gevind word. Hy moet haar so gou moontlik om vergifnis smeek en as sy hom dan nog liefhet, wil hy dadelik met haar trou.

Dan dink hy verbitterd: Dis daardie ellendige droom wat my aangespoor het om oorhaastig op te tree. Het ek maar nog 'n rukkie my wraakgedagtes opsy geskuif, was sy nou nie so gekwets nie.

Elke maal wend Pieter 'n poging aan om 'n gesprek met sy broer aan te knoop, maar al sy pogings misluk.

Chris is nie in 'n stemming vir geselskap nie. Die spoed waarteen hy jaag is lewensgevaarlik, maar dit kan hom op die oomblik nie skeel nie. Dan dink hy weer moedeloos: O, my liefling, as ek jou net vyf minute lank kan sien, net vir jou kan vertel hoe ek myself verag oor die onreg wat ek jou aangedoen het.

Later sit hy weer aan sy moeder, vader en Oumatjie en dink

wat totaal onbewus is van sy gedrag teenoor Rista. Dan wonder hy weer of hy hulle nie maar al drie in sy vertroue moet neem nie. Maar hy vrees die gevolge wat so 'n skok op Oumatjie mag hê. Sy is al baie oud. Haar hart sal dit nie kan verduur nie.

Nee, hy sal voorlopig maar niks aan Oumatjie sê nie. Net sy moeder en vader moet weet, want vir hulle hou hy gewoonlik niks geheim nie.

Toe Chris twaalfuur die nag voor die losieshuis stilhou, slaak hy 'n sug van verligting toe hy merk dat daar nog lig in die gebou brand. Hy voel vreeslik honger en weet dat dit met Pieter nie anders gesteld is nie.

In 'n paar minute maak Oumatjie en hulle moeder vir hulle iets gaar om te eet. Die ouers is so opgewonde om Pieter weer in hulle midde te hê dat hulle byna aaneen gesels. Selfs Oumatjie is bly om nou die hele Myburgh-gesin onder haar dak te hê, want sy hou sommer uit die staanspoor baie van die opgeruimde Pieter.

Net Chris is meer teruggetrokke as voorheen, want hy is geweldig bekommerd oor sy klein liefling wat hy so vals beskuldig en wat hy so 'n verskriklike onreg aangedoen het.

Dan staar hy weer na haar portret wat aan die eetkamermuur pryk en 'n swaarmoedigheid sak oor hom toe. Hy verlang vreeslik na haar – en nou nog boonop hierdie ewige verwyte en berou.

Vroeg die volgende oggend is Chris gebad en geskeer. Hy het vroeër opgestaan as ander oggende, want daar is vandag vir hom geweldig baie om te doen.

Eers moet hy sy ouers vertel van sy wraak op die onskuldige Rista. Dan wil hy die beste speurder op Kroondal gaan spreek, want sy liefling moet gevind word en gou ook. Hy gaan nie langer toelaat dat sy haar laste alleen dra nie. Hy wil al haar kommer

160

en sorge vir haar uit die weg ruim en met haar trou, want daar is nou niks meer wat hom verhoed om dit te doen nie.

Terwyl Chris so oor Rista sit en dink as sy vroutjie, trap hy die versneller dieper weg. Hy is haastig om die speurder se kantoor te bereik, want die speurder moet sommer vandag al aan die werk spring en begin werk.

In die kantoor praat Chris nie veel met die speurder nie. Hy gee hom net al die nodige besonderhede en verlaat die kantoor met 'n ligter gemoed. Hy hoop maar net die man doen goeie werk. Hy lyk immers bekwaam.

Soos die weke kom en gaan, word Chris al stiller en stiller. Hy wissel byna geen woord meer met die huismense nie en hy word heeltemal stroef, want die speurder kan Rista nie opspoor nie.

Selfs op Soetendal kan die speurder haar nie opspoor nie, want Rista gaan nou nooit meer êrens heen nie. Sy is te besig om voorbereidings te tref vir die koms van haar kindjie.

Ofskoon haar kindjie 'n naamlose wesentjie gaan wees, sal hy alles van die beste geniet. Wat geld kan koop, sal syne wees. En in haar hart bid sy dat dit 'n seun moet wees. Seuns gaan die wêreld tog makliker deur as meisies, dink sy weemoedig.

25

Vir Rista verloop die weke en maande stil en eensaam, want sy maak met niemand vriende nie. Bedags is Lettie al geselskap wat sy het en die hartseer en verlange dreig om haar te oorweldig.

Die aande wat Johan vry het, bring hy gewoonlik by haar deur. Later kom hy selfs in die dag ook 'n bietjie inloer om te sien of alles nog wel is met haar, want die laaste paar weke het haar gesondheid vir hom alte veel agteruitgegaan.

Hoewel sy 'n telefoon in die huis het, voel Johan nog maar altyd bevrees dat sy iets mag oorkom terwyl sy daar so alleen is met net Lettie om haar by te staan.

Vanaand is dit egter vir Johan al of iets hom dwing om na Rista toe te gaan. En tog kan hy nie, want hy moet die kerkraadsvergadering bywoon.

Dan besluit hy om na afloop van die vergadering daarheen te gaan.

Daar is nog lig in die huisie se sitkamer, merk Johan toe hy na die vergadering die hekkie oopstoot. Die hekkie piep hees asof dit te kenne wil gee dat besoekers oorbodig is.

Nadat hy herhaalde male geklop het, stoot hy die deur oop.

In die sitkamer lê Rista in 'n beswyming. Versigtig tel hy haar op en dra haar kamer toe.

Toe sy later bykom, kyk haar oë wild in die vertrek rond. Sy sien Johan, maar dit is of sy hom nie herken nie. Sy het koors en haar liggaam is gespanne van pyn.

Nou is Johan bang en hy stap haastig na die telefoon toe. Op 'n ingewing bel hy 'n vriend van hom, 'n geneesheer van die klein, maar goed ingerigte hospitaaltjie.

Terwyl hulle Rista die teater instoot, gaan Johan na die diensdoenende dokter se kantoor toe om hom 'n oomblik te spreek. "Wat is dit, dokter?" vra hy bekommerd.

"Net wat jy vermoed het, dominee."

"Sal dit nog lank duur?"

"Dis moeilik om te sê. Dit mag heel waarskynlik nog vannag verby wees, of dit mag môreoggend baie vroeg wees. Kwel jou maar nie, dominee. Sy sal die beste behandeling hier kry. Maar dit gaan 'n tweeling wees. Ek het so pas vasgestel dat daar twee hartjies klop."

Johan staar met verbystering duidelik op sy gesig afgeëts na die geneesheer en vra: "Dokter, is jy seker jou diagnose is korrek?"

"Waarom sou jy dink dat ek 'n fout begaan, dominee?" vra die jong geneesheer goedig.

"Wel, sy is so 'n klein en tingerige meisie."

"Jy sal verbaas wees as jy weet waartoe hierdie klein vroutjies werklik in staat is. Weet jy dat hulle meer kan verduur as groot, gesette vroue?"

"Wel, ek sal nie met jou stry nie, dokter. Jy sal beter weet as ek. Ek hoop maar net dat dit gou verby is."

"Ek sal jou bel sodra dit verby is, dominee. Gee my net jou nommer."

Johan rook eers sy sigaret tydsaam klaar voordat hy die hek agter hom toestoot en dan al langs die sypaadjie in die rigting van sy motor beweeg.

Toe die telefoon om vieruur die volgende môre skril deur die pastorie weergalm, het Johan nog nie 'n oog toegemaak nie. Met 'n sug van verligting tel hy die gehoorstuk op.

Dan hoor hy die dokter se stem. "Dit het alles goed afgeloop, dominee. Die moedertjie het die lewe geskenk aan twee pragtige seuntjies. Die een kêreltjie het 'n blonde krulkoppie, blykbaar soos die vader, en die ander outjie het weer sy moeder se swart krulkoppie. Jy moet hulle sien, dominee. Dis die pragtigste twee goedjies wat ons nog hier gehad het."

"Vertel my, dokter, hoe gaan dit met Rista?"

"Onder die omstandighede baie goed, dominee. Sy is natuurlik nog onder verdowing."

"Baie . . . baie dankie, dokter," stamel Johan dit uit.

163

Toe Rista die volgende oggend wakker word, val haar oë dadelik op die wiegie langs haar bed. Ja, nou is dit verby, dit moet verby wees, dink sy. En sy weet nie waarom die angs haar pak nie. Seker maar die wete dat hierdie twee wesentjies totaal van haar afhanklik is.

Liggies streel sy met haar hand oor die twee krulkoppies wat so bymekaar nestel. Dan sê sy sag en liefdevol: "Julle is al wat my groot liefde my gebied het. En op julle sal ek die liefde wat julle vader verwerp het, uitstort, want julle tweetjies is al wat ek oorhet van hóm wat ek so liefhet." Dan trek sy die kombersie liggies oor die tweetjies sonder om hulle te wek en sak terug teen die kussings wat agter haar opgestapel is.

Omdat Rista alleen in 'n kamer lê, word Johan toegelaat om haar te besoek. Hy gaan sit voor haar bed. Sy lyk vir hom rustig, ten spyte daarvan dat haar oë van die wêreld se weemoed getuig.

Op die oomblik weet hy nie wat om aan haar te sê nie, want sy kyk hom so bedees aan. "Hoe gaan dit, Rista?" vra hy eindelik.

"Ek voel heeltemal gesond, dankie. Ek weet nie waarom ek nie nou maar kan teruggaan na my eie huisie toe nie. Ek is mos nie siek nie."

"Jy raak nou te haastig, maatjie. Bly maar gerus hier tot hulle jou huis toe stuur. Vir die versorging van daardie twee knape sal jy bepaald al jou kragte nodig hê. Ek wonder of jy albei sal kan behartig, maatjie. Wil jy hulle nie liewer laat aanneem nie?"

"Nooit, Johan . . . moet dit nooit weer vra nie, my vriend. Niks sal my beweeg om van hulle af te sien nie. Dis nog al wat ek van Chris oorhet, net sy twee seuntjies. En ek sal hulle self grootmaak. Die Here sal my krag gee daarvoor, want ek sal hulle tog nooit afgee nie," sê sy effens opgewonde.

164

Tuis vervul Rista haar taak as moeder blymoedig, sonder om te kla, sonder ongeduld, sonder 'n enkele woord van verwyt. Sy doen vir haar twee seuntjies wat sy kan. En onder haar liefdevolle hande groei die twee knape geweldig vinnig.

Twee dae gelede het sy die kêreltjies geweeg en tot haar verbasing gevind dat albei vet geword het. In haar hart juig dit van geluk.

Wanneer sy bedags met hulle speel en hulle uiter sulke dierbare geluidjies, wens sy so dat Oumatjie hulle ook kan sien.

Menige dag besluit Rista om na al die maande maar vir Oumatjie 'n brief te skryf en haar van alles te verwittig. Verskeie male begin sy skryf, net om die brief weer op te skeur. Maar vandag verlang sy so na Oumatjie dat sy weer na die pen gryp en begin skryf:

Soetendal

Liewe Oumatjie

Ouma sal natuurlik verbaas wees om van my te hoor na soveel maande. Ek het al verskeie male aan Oumatjie geskryf en dan maar weer later die briewe vernietig. Nou het ek egter besluit om nie weer hierdie een te vernietig nie, maar om dit dadelik te pos.

Wat ek nou aan Ouma wil sê, is vir my bitter swaar. En ek weet Oumatjie gaan bitterlik teleurgesteld wees in my, maar ek moes Oumatjie van die begin af daarvan gesê het. Die wond in my hart was egter nog te rou. Daarom het ek maar liewer weggevlug na waar geen mens my ken nie. Maar vandag verlang ek so baie na Oumatjie en juis daarom wil ek Ouma vertel dat ek die moeder is van 'n tweeling: albei seuns. Vandag is hulle net ses maande oud en die vreugde van my lewe. Ek het Chris te liefgehad, my ou moedertjie, om ongeskonde daarvan af te kom. En teen sy wil sou ek ook nooit met hom getrou het nie, wat net sou gebeur het indien ek Ouma daardie laaste aand van my swangerskap vertel het.

Daarom het ek liewer gevlug, my ou moedertjie. Ek kon nie so 'n skande oor u huis bring nie.

Ek sal Oumatjie blykbaar nooit weer sien nie, want ek besef dat ek nie werd is om my voete oor Ouma se drumpel te plaas nie. Dit spyt my innig dat ek u vir al u liefde so moes vergeld. Maar ek wil Ouma smeek om my dit tog te vergewe as u enigsins kan. As u dit nie om my ontwil kan doen nie, dan tog om my dierbare en onskuldige ou kinder-tjies s'n. Ag, my ou moedertjie, moenie my onskuldige kindertjies haat nie. Hulle is nie verantwoordelik vir hulle bestaan nie. Haat my dan maar liewer as Ouma my nie kan vergewe nie, maar tog net nie my ou kindertjies nie.

Ek moet nou groet, Oumatjie. Maar ek sal in spanning wag op 'n antwoord as Ouma my kan vergewe.

U verlangende dogter,

Rista.

Ns. My telefoonnommer is boaan die brief as Oumatjie my miskien wil bel.

Haastig verseël Rista die brief voordat sy dit dalk weer vernietig soos sy voorgangers, en ontbied Lettie om dit dadelik te gaan pos.

"Wel, nou sal Oumatjie van alles weet. En as sy my na dese nog wil sien, kan sy vir my kom kuier. Al die loseerders is seker weg met vakansie, behalwe die Myburghs, natuurlik. En vir hulle drie kan tant Aletta mos maar self regstaan vir 'n paar dae," sê Rista aan haarself en die tweeling.

Dan kraai hulle dit uit van plesier om hul pragtige mammie weer by hulle te hê.

"Nou luister, kleingoed," sê sy glimlaggend aan die twee asof hulle alles kan verstaan wat sy praat. "Wanneer Oumatjie hier is, moet julle vir haar net so mooi lag soos julle altyd vir Mammie lag. Dan moet julle net sien hoe lief kry sy julle, hoor.

166

Julle moet nou mooi en soet speel. En jy, Gerhard, moet nou nie weer vir Chris in sy gesiggie krap nie, my ou swartkoppie. Mammie wil net gou vir omie Johan bel, hoor."

Toe Rista haar egter omdraai, merk sy dat Johan al die tyd in die oop deur na hulle drie gestaan en luister het.

Dan merk hy haar verleentheid en sê gerusstellend: "Hoe lyk dit vir my of jy nog al die tyd sonde het met die klein swartkoppie?" Dan stap hy na die tweeling se wieg en sê laggend aan die knaap: "So dan is jy eintlik die bakleiertjie, Gerhard? Jy beter daarmee uitskei, kêrel, of ek vat Chris vir my en dan het jy nie 'n maatjie nie." Aan Rista sê hy weer: "Jy kan trots wees op jou twee seuns, maatjie, hulle is pragtig. Ek wens soms hulle was myne, weet jy?"

"Dankie, Johan, ek hoop net dat Oumatjie ook sulke mooi gedagtes oor hulle sal hê. Ek het juis vanoggend 'n brief aan haar geskryf en haar alles vertel."

"Ek is bly jy het dit gedoen, maatjie. Jy sou dit tog nie altyd vir haar kon geheim hou nie."

Dan begin klein Chris weer droewig huil en Rista en Johan moet eers die gesprek staak sodat sy die vrede tussen die twee kan herstel.

Terwyl sy met die huilende bondeltjie in haar arms staan, rus Johan se oë verlangend op haar pragtige postuur wat nou effens voller vertoon.

Vir hom is sy nou mooier as ooit tevore, want haar gesiggie straal net gedurig van liefde vir haar kleingoed. In sy hart wonder hy waarom die geluk nie liewer syne was nie, in plaas van Chris s'n wat dit tog nie kan waardeer nie. Hoe trots sou hy nie op hulle drie gewees het as hulle aan hom behoort het nie!

26

Drie dae nadat Rista die brief aan Ouma geskryf het, is sy net besig om die tweeling pap te voer toe die telefoon meteens langs haar begin lui.

Haastig plaas sy die lepel neer en neem die gehoorstuk op. Dan hoor sy 'n manstem sê: "Hallo. Kan ek met juffrou De Vos praat, asseblief?"

"Dit is sy wat praat."

"Goeienaand, Rista, dis Chris hier. Luister, jy moet onmiddellik hierheen kom. Oumatjie moes 'n geweldige skok opgedoen het, want sy het gister skielik 'n hartaanval gekry. Sy is op die oomblik in 'n bedenklike toestand en wil jou graag sien. Sy het my juis jou nommer gegee en gevra dat ek jou dadelik moet ontbied. Jy moet onmiddellik kom, Ristatjie."

"Goed, Chris, ek vertrek nog vannag. Tot siens."

"Tot siens en alle voorspoed."

Met hande wat liggies bewe, plaas Rista die gehoorstuk terug. O, my ou moedertjie! Was die nuus vir jou te veel? dink sy hartseer. Dan val dit haar by dat Chris gesê het sy moet dadelik vertrek.

Haastig begin sy vir hulle klere inpak onderwyl Lettie die tweeling voer.

Dan skakel sy Johan se nommer en verwittig hom van Oumatjie se skielike siekte. "O, Johan, jy moet tog bid dat sy nie sterf nie," sê sy in trane.

"Toe maar, kleinding, die Here sal jou nie so ongenadig wees nie. Ek bid saam met jou vir 'n spoedige herstel. Luister, ek kom jou dadelik help, hoor."

Met bewende hande begin Rista haar aantrek vir die rit, terwyl Lettie besig is om die twee kleintjies te klee en Johan die tasse in die motor laai.

Rista stap die babakamer binne waar Lettie besig is om die parmantige klein Gerhard aan te trek. Dan neem sy die drastoeltjie waarin die tweeling gewoonlik sit wanneer sy hulle vervoer en plaas dit ook in die motor.

Toe alles in die motor is, maak Johan die vensters toe, sluit die deure van die huis en steek die sleutel in sy sak. "Ek sal die sleutel vir jou hou, maatjie," sê hy effens weemoedig. Dan groet hy haar met 'n broederlike soen en wens haar alles van die beste toe.

Toe haar motor by die hek uitry, stap Johan langsaam na sy eie voertuig wat voor die deur in die straat geparkeer staan. Ja, my ou maatjie, jou weg is voorwaar met dorings besaai, dink hy medelydend.

Op pad raak klein Gerhard en Chris later aan die slaap en kan Rista 'n bietjie vinniger ry. Sy wil graag baie vroeg die volgende oggend by Oumatjie wees. Wanneer al die inwoners van die huis nog slaap, wil sy alleen wees met Oumatjie.

Sonder om een maal te gaap of effens lomerig te voel, spoed Rista deur die donker nag met haar slapende kindertjies langs haar.

Vroeg in die oggend, toe Mina nog besig is om die voorstoep te vryf en die inwoners van die huis nog slaap, hou Rista voor die deur stil. Haastig draf die ou vrou na die motor toe sy merk dat dit haar kleinjuffrou is.

"Help my asseblief met die kleinspan, Mina," vra Rista sag nadat sy haar môregroet beantwoord het.

Met verbasing kyk Mina na die twee pragtige, slapende babas. "Ai, juffrou Rista, dis sulke mooi kinders. Hoekom het jy nie vir Oumevrou geskryf nie? Sy het só verlang!"

"Toe maar, Mina, ek is nou hier. Oumatjie sal nie weer verlang nie. Vat liewer een kant aan die drabedjie, dan neem ons die twee kleintjies kamer toe. Kyk net hoe lekker slaap

169

hulle, Mina. Is hulle nie die pragtigste twee goedjies wat jy nog ooit met daardie oë van jou aanskou het nie?" glimlag Rista en vervolg: "Jy kan later my tasse inbring, Mina. Maar moet tog asseblief nie 'n lawaai in die kamer maak sodat die kinders wakker word nie. Hulle is moeg van die lang rit en moet goed uitslaap."

'n Oomblik kyk Rista en Mina liefdevol na die slapende kindertjies met hulle rosige wangetjies.

Dan vra Rista sag: "Slaap Oumatjie?"

"Nee, juffrou Rista, sy is wakker. Sy wag op jou."

"En waar is mevrou Aletta?"

"Sy is ook siek in die bed. Die dokters het aan haar been gesny."

"En het jy toe vir hulle huisgehou, Mina?"

"Ja, ek en Klara het kos gekook en vir die siek mense en die twee mans gesorg," sê sy.

"Toe maar, Mina, van vandag af sal ek julle help, hoor. Ek wil net eers na Oumatjie toe gaan. Kan jy solank pap maak vir die twee kleintjies? Hulle pap moet baie lank en stadig kook."

Saggies draai Rista Ouma se kamerdeur oop en gaan binne. In die bed sit Ouma halforent teen vier kussings. Haar gesig het 'n geel kleur en onder haar oë lê swart kringe.

Rista sak op haar knieë voor Ouma se bed neer. Sy begin bitterlik huil onderwyl sy Ouma se geelbleek hande styf vasklem. "My ou moedertjie, wat het ek Ouma tog nie alles aangedoen nie?" snik sy en laat sak haar kop weer.

Liggies streel Ouma oor haar swart krulle en sê swakkies: "Jy moes Oumatjie van die begin af alles vertel het, my klein liefling. Oumatjie sou verstaan het. My ou hart voel seer wanneer ek dink dat jy alles alleen moes deurmaak. Jy moenie weer van Oumatjie af weggaan nie, my kind. My huis is ook jou en jou kindertjies se huis."

"O, dankie, my ou moedertjie! Ek verdien nie sulke goedheid nie," fluister Rista sag en dankbaar.

"Laat ons nou nie meer daaroor praat nie, my kindjie. Slaap die twee kleingoed?"

"Ja, Oumatjie, hulle is seker baie moeg van die lang rit. Dis die eerste keer dat ek hulle met die motor uitneem."

"Jy moet hulle later vir my kom wys, Ristatjie."

"Ek sal, Oumatjie, maar Ouma moet tog weer gou gesond word. Ek weet dis die skok van my brief wat Oumatjie hier in die bed laat beland het."

"Ja, my kind. Dit was vir my so verskriklik om te dink aan al die sielewroeging wat jy alleen moes trotseer."

"Dit is nou verby, my ou moedertjie, en my twee babas het deeglik daarvoor vergoed."

"Was Chris daarvan bewus dat jy swanger was, Ristatjie?"

"Ek weet nie, Oumatjie. Miskien was hy."

"Hy was vreeslik bekommerd oor jou, my kind. Hy het selfs 'n privaat speurder aangestel om jou te soek."

"Dat hy die moeite gedoen het, verbaas my werklik. Sy gewete het hom natuurlik begin pla."

Nadat Rista Ouma se beddegoed netjies reggetrek en die kussings agter haar rug gemaklik gemaak het, gee sy Ouma eers 'n dosis medisyne en verlaat toe die vertrek om haar kleinspan te gaan was en verklee voor die huismense begin wakker word, want sy sal tant Aletta later ook moet gaan bystaan.

Toe die tweeling haar egter sien, kraai hulle dit uit van plesier. Hulle weet al dat dit nou badtyd is en daarna etenstyd.

Eers word klein Chris gebad en aangetrek, dan weer die parmantige klein Gerhard. Rista kan haar lag soms nie hou vir die astrante klein Gerhard, wat altyd net bly gryp na die waslap en dit dan styf in sy vet handjies vasklem nie.

Toe al twee aangetrek is, neem Rista eers die drastoeltjies na die eetkamer en dan die twee kleingoed om hulle hul pap te gaan voer. Dan gaan sit sy voor die tweeling met die bord pap in die een hand en 'n lepel in die ander.

Beurtelings word 'n lepel vol pap in 'n wagtende mondjie gesteek, en so word die een lepelvol na die ander deur die hongerige knapies verorber terwyl hulle aanhoudend in hulle brabbeltaal met haar gesels.

Al die tyd staan Chris hulle van die oop deur af en dophou sonder dat Rista van sy teenwoordigheid bewus is. Dan voel hy 'n warm gevoel in sy hart opstyg, want sy is op die oomblik vir hom mooier as ooit tevore. En die toneel wat hy aanskou, is vir hom uiters aangrypend.

"Nee, Gerhard," sê Rista vir die outjie toe hy met sy vet handjie na die lepel gryp wat in die rigting van sy boetie se mondjie beweeg. "Jy is 'n regte klein vraatjie, kêrel. Jy kan mos nie alleen wil eet nie. Gee Chris darem nou ook 'n kans, jong."

Toe die outjie nie sy sin kry nie, gryp hy met alle geweld na sy boetie se gesig en druk byna sy vingertjies in Chris se blou ogies. Dan begin laasgenoemde weer droewig huil.

Haastig plaas Rista die bordjie pap op die tafel en tel die huilende kleintjie op haar skoot. Dan sê sy vertroostend aan hom: "Toe maar, my klein skat. Mammie sal die stoute Gerhard nog een van die dae 'n pak gee. Hy wil jou net altyd afknou en hy is baie stout, liefie. Kom, Mammie gaan nou vir haar klein skat alleen pap gee. Daardie klein vraat kan nou eers wag."

Met 'n geamuseerde glimlaggie staan Chris hulle en gadeslaan sonder om sy teenwoordigheid bekend te maak. Dan dink hy weemoedig: Só, dan is sy nou getroud. Dan het ek haar vir altyd verloor.

Toe Rista klein Chris klaar gevoer het, begin sy weer met Gerhard wat al die tyd 'n oorverdowende lawaai gemaak het. Dan betig sy hom goedig deur te sê: "Luister, grootman, jy is nou in Oumatjie se huis en jy mag nie so raas nie, my skat . . ."

Maar voordat sy nog haar sin voltooi, raap die kleinding een van Ouma se porseleinasbakkies op wat langs hom op die tafel pryk en begin hard daarmee op die tafel hamer.

"O, Gerhard, jy is 'n onwettige entjie mens!" roep Rista radeloos uit. "Ouma gaan raas, hartjie. Gee dit vir Mammie." Dan neem sy die asbakkie uit die kleinding se handjies en plaas dit terug op die tafel, dié keer buite sy bereik. "Ek weet nie waarom jy nie ook so soet kan wees soos Chris nie. Kyk hoe stil sit hy en speel."

Dan besluit Chris om sy teenwoordigheid darem nou bekend te maak. Met sy gewoon ligte tred stap hy na die drie en groet Rista vriendelik. Dan streel hy liggies oor die twee kleintjies se krulkoppies en sê effens weemoedig: "Jy het voorwaar twee pragtige seuns, Rista . . . Die hemel weet, ek is innig spyt oor wat ek jou aangedoen het. Jou liefde kon vir my soveel beteken het as dit nie was vir my verkeerde opvattings en oordeel nie."

"Dit maak nie meer saak nie, dokter," sê sy sag en bedees.

"Is jy en jou man darem gelukkig, ten spyte van alles wat tussen ons plaasgevind het, Rista?"

"My man?" hyg sy met verbasing. Dan herwin sy gou weer haar kalmte en vervolg: "Ek het nie 'n man nie, dokter."

Hy kyk haar verbysterd aan. "Wat bedoel jy, Rista?"

"Net wat ek gesê het," antwoord sy koel.

"En daardie pragtige twee kindertjies?"

"Dis die vrugte van jou wraak, dokter Myburgh!"

"Goeie Vader, wat praat jy, Rista?" vra hy skor en sy gesig word doodsbleek. Skielik neem hy haar aan die skouers met hande wat liggies bewe en sê bevelend onderwyl hy haar geskok aanstaar: "Vertel my die waarheid . . . vertel my alles. Ek moet alles weet, Rista."

173

Vir Rista is dit meteens of sy haar gevoel van vernedering verloor wat sy van daardie noodlottige aand teenoor Chris voel, dat sy nou weer in volle besit van haar eertydse vertroue is. Dis vir haar of hý nou die een is wat verneder is, noudat hy die vrugte van sy roekelose wraak aanskou en bewus is van die on-vergeeflike onreg wat hy haar en die twee onskuldige wesentjies aangedoen het. Op die oomblik is hulle albei bewus daarvan.

Dan antwoord sy met 'n koue stem: "Daar is niks te ver-tel nie, behalwe dat daardie twee onskuldige kindertjies hulle buite-egtelike bestaan aan jou te danke het − iets waarvoor hulle jou natuurlik baie dankbaar behoort te wees. Maar jy is blykbaar nou tevrede om die suksesvolle gevolge van jou wraak te aanskou, om te sien hoe jou roekelose wraak drie lewens verwoes het, nè? Nou ja, verheug jou maar daarin as jy kan, dokter Myburgh!"

Sonder om verder ag op hom te slaan, tel sy haar twee kin-dertjies op en beweeg haastig na haar slaapkamer asof sy bevrees is dat verdere onheil hulle dalk mag tref indien hulle langer in die teenwoordigheid van so 'n wraaksugtige man vertoef.

Met 'n baba in elke arm en oë wat mistig is van trane wat net dreig om te val, sukkel sy effens om die kamerdeur oop te kry. Liggies word klein Chris uit haar arm gelig. Deur traanbe-newelde oë staar sy vinnig op in Chris se blou oë wat haar vol droefheid en berou aanstaar terwyl hy die kleinding teer aan sy bors druk en vir haar die deur oopstoot.

Met 'n vinnige beweging gryp sy haar kind uit sy arm en strompel blindweg die kamer binne onderwyl sy Chris hoor sê: "My liefling, voor die hemel sweer ek dat ek dit nie so bedoel het nie."

Dan stoot sy die deur toe en sak met hartverskeurende snik-ke op haar bed neer. "O, Chris, sal my liefde vir jou dan nooit eendag sterf nie?" snik sy dit saggies uit.

Toe haar snikke later bedaar het, vind sy dat albei haar kindertjies vas aan die slaap langs haar lê, onbewus van die treurspel wat ook hulle lewetjies so intiem raak.

Nadat sy haar later opgeknap het, gaan sy na tant Aletta se kamer om te verneem of sy die ouer dame met iets behulpsaam kan wees.

Nadat sy 'n rukkie by tant Aletta en die ou dokter gesit het, kom Mina die kamer binne met die tweeling op haar arms. Van blydskap om haar weer te sien, val die twee ook sommer met hul betraande gesiggies in haar arms. En weer eens moet Rista dieselfde verhaal aan die verbysterde ouerpaar vertel wat sy 'n paar dae gelede aan Oumatjie meegedeel het. Hulle was egter nie onbewus van Chris se wraak, soos Oumatjie nie.

Met betraande oë druk tant Aletta en haar man elk 'n kindjie aan die bors. Dan sê die ou dokter aangedaan: "O, my kind, jy moes hier gebly het. Jy moes nie weggevlug het nie. Ons sou jou almal bygestaan het. Om te dink dat dit mý seun is wat jou so 'n gevoelige slag toegedien het."

Dan begin hy haar vertel van Chris se misverstand en hoe hy aan hulle gebieg het van die wraak wat hy geneem het op haar, onwetend dat sy onskuldig is.

Toe hy klaar vertel het, kan Rista net droewig voor haar uitstaar. Nou besef sy dat sy te haastig geoordeel het en juis daardeur haar dierbare twee kindertjies 'n groot onreg aangedoen het.

Toe sy merk dat dit al nege-uur is, staan sy op om haar tweeling aan Oumatjie te gaan wys. Tant Aletta is egter baie onwillig om hulle 'n paar minute lank af te staan. Maar toe Rista belowe dat sy hulle binne vyftien minute weer by haar op die bed sal hê, stem sy toe.

Later hoor Chris, wat die hele môre al lusteloos in sy kamer rondstaan, die opgewondenheid in sy ouers se kamer en weet onmiddellik dat dit sy twee seuntjies is wat so daar tekere gaan. Ineens besluit hy om ook daarheen te gaan, in die hoop dat hy Rista daar sal vind en om ook in sy twee kleingoed se pret te deel.

Maar toe hy die kamer inkom, vind hy tot sy teleurstelling dat sy moeder en vader alleen is, elk met 'n laggende baba op die skoot. Dan pak 'n geweldige jaloesie hom beet omdat hy nie ook so met hulle tweetjies mag speel nie − hy wat hulle pa is!

'n Oomblik staan en betrag hy sy twee seuns. Dan neem hy albei in sy arms en druk hulle teer aan sy bors terwyl hy sag prewel: "Pappa se skatlike kleingoed. Pappa sal sorg dat al die onreg wat teen sy twee groot seuns gepleeg is, in dubbele maat vergoed word. Pappa het tog nie geweet van julle tweetjies se onskuldige bestaan nie, my pragtige kleingoed."

Terwyl Chris nog hartstogtelik met die tweeling gesels wat hom so vertroulik aanstaar asof hulle besef dat hy hulle pa is, hoor hy sagte musiek wat liggies op die windjie deur die oop kamervenster na hom toe aangedra word.

Soos iemand wat gehipnotiseer is, plaas hy sy twee seuns op die bed by sy moeder en verlaat onmiddellik die vertrek om sy volgelaaide gemoed in die stilte van die kerkgebou te gaan kalmeer.

Toe hy die gebou nader, val dit hom op dat die musiek uit die kerkgebou afkomstig is. Hy gaan staan in die oop deur. Dan hoor hy die pragtige sopraanstem. Elke woord is soos balsem op sy gemoed. Hy voel 'n knop in sy keel wat hy nie kan afsluk nie.

Verbeel hy hom dit, of hoor hy 'n snik tussen die woorde? Só, dan is daar nog een wat soos hy voel, wat nie anders kan as om verligting in hierdie groot, stil gebou te kom soek nie.

Terwyl die pragtige vrouestem die laaste strofe sing, beweeg

Chris soos 'n slaapwandelaar na die orrel en die speelster. Die stem herken hy nou – daardie stem wat vir hom altyd so dierbaar was.

Toe die laaste orrelnote wegsterf, staan Chris langs Rista. Hy slaan sy arms liefdevol om haar en druk haar hartstogtelik aan sy bors. 'n Hele rukkie staan sy stil teen hom en snik. Dan vee hy haar trane met sy sakdoek af, lig haar ken op en soen haar op haar sagte lippe. "Rista . . . O, my liefling, hoe lief het ek jou tog nie!" kom dit eg en uit die diepte van sy hart.

"O, Chris, jy het gekom. Ek het so gewens dat jy moes kom!" Haar stem is net 'n snik.

Dan soen hy haar trane weg en vra sag en berouvol: "My liefling, kan jy my ooit die onreg vergewe wat ek jou en ons twee seuntjies aangedoen het?"

"Wie onwetend sondig, sondig nie, my skat. Daar is niks om te vergewe nie. Jou liefde vergoed 'n duisend maal daarvoor," glimlag sy gelukkig deur haar trane.

"Ek gaan die predikant vandag nog vra om ons môre in Oumatjie se kamer te trou. Ek gaan jou nie weer 'n kans gee om te vlug nie, my liefling. Die kommer en verlange wat ek moes uitstaan, was onbeskryflik. Maar vertel my, my liefste, was jy bewus daarvan dat jy gaan moeder word die oggend toe jy hier weg is?"

"Ja, Chris, dis juis waarom ek gevlug het."

"O, my liefling, jy moes dit nooit gedoen het nie. Al die tyd sit ek hier, onbewus van die vreeslike stryd wat jy alleen moes stry."

"Toe maar, my skat, dit was die moeite werd, want nou het ek nie net vir jóú nie, maar ook twee pragtige seuns, al is die enetjie nou wel 'n bietjie onhebbelik."

Sy glimlag en Chris druk haar weer styf teen hom vas. "Ja, hy is bepaald 'n onwettige entjie mens, die swartkoppie," glimlag hy en vervolg: "Maar kom, my liefling, ons gaan Oumatjie nou eers van ons geluk en planne vertel. Dan vir Moeder en Vader, en dan gaan ek die predikant bel. Verbeel jou, my liefling, môre is jy my eie vroutjie." Dan druk hy haar weer eens hartstogtelik teen sy bors vas en soen haar lank en innig.

Die eerste skakel

1

Op straat is dit 'n hele konsternasie en elke motoris in die stad wens dat hy of sy vandag op enige ander plek gewoon het, behalwe in Pretoria.

Vandag is dit die studente se dag – Jooldag.

Opgewonde bondel die voetgangers op 'n klomp al langs die sypaadjies om die lang optog te aanskou.

Op die voorpunt, op die eerste vlot, sit die joolkoningin fier en regop. Op haar sierlike donker kop pryk 'n kroon van bloedrooi rose. Haar gesig straal van vrolikheid en haar glimlag is bekoorlik.

"Pragtig!" roep die lang, skraal Tobie uit.

"Sy is voorwaar fraai," kom dit van 'n tweede wat effens kleiner gebou is as sy maat.

"Ja, Amanda is mooi. Vandag sal daar natuurlik vele bewonderaars wees wat haar gaan lastig val," kom dit van 'n derde persoon met die naam Paul.

"Dit kan jy wel glo, want ek wil haar ook graag ontmoet," merk Tobie op.

"Sluit my nie uit nie," gee Eddie antwoord. "Ek sal haar gesiggie graag wil skilder daar waar sy so omring is met rose."

"Peuter jy tog nie nog altyd met die verfkwas nie, Eddie?" vra Paul glimlaggend.

"Nog altyd, as ek net 'n kans kry," glimlag hy terug.

"In Kaapstad het jy natuurlik alles al geskilder wat daar te skilder is, nè?"

"Dit kan jy wel glo, Paul," gee Tobie antwoord. "Jy moet sy woonstel sien, ou vriend. Daar sal jy van ploegskaar tot vioolsnaar geverf en geraam sien."

Al drie lag heerlik en Paul voel besonder bly dat hierdie twee gewese universiteitsmaats van hom tog eindelik die moeite gedoen het om hom te kom besoek. "Vertel my, Eddie," vervolg Paul, "hoe gaan dit met die praktyk?"

"Beroerd. Dit lyk soms vir my of die mensdom besluit het om nie meer tandpyn te ontwikkel nie . . . Met Tobie gaan dit nogal voor die wind. In die ou Kaap het die mense mos nou besluit dat dit meer modern is om blindedermontsteking op te doen as om tandpyn te ontwikkel."

"Glo hom en jy is verlore, Paul," glimlag Tobie. "As ek jou moet sê wanneer ek laas 'n operasie uitgevoer het, sal jy my nie glo nie. Onder my pasiënte is daar werklik nie een wat regtig bekwaald is nie. Almal het die piep en verbeel hulle maar hulle is siek. Ek dink Eddie trek meer tande as wat ek operasies uitvoer . . . Maar vertel ons, hoe gaan dit met jou?"

"Niks beter as met julle nie, ou maat. As ek jou moet sê wanneer ek laas 'n saak in die hof verdedig het, sal jy my ook nie glo nie. Dit lyk my hier in Pretoria het die mensdom ook besluit om die wet nie meer te oortree nie."

Toe die laaste vlot – wat opgetooi is in die vorm van 'n reuseperd – by hulle verbyry, stap die drie jong mans langsaam in die rigting van Paul se motor wat 'n entjie laer af in die straat geparkeer staan.

"Wat dink julle van die jool?" vra Paul toe hulle later die voertuig bereik.

"Dit was goed," glimlag Tobie. "Die tweede vlot waarop die operasie uitgevoer is, het my lagspiere behoorlik geprikkel."

"Ek het van die dansende vlinders op die derde vlot gehou," sê Eddie.

Paul is verheug dat sy twee vriende die jool geniet het. "En die joolkoningin?" vra hy plaend. "Sy het natuurlik geen indruk gemaak nie, nè?"

"Gits, Paul, moet nou nie sulke onsinnige dinge praat nie, kêrel! Weet jy dat ek tot oor my ore verlief is?"

"Toe maar, Tobie, ek ken jou tog te goed om jou woorde ernstig op te neem. Onthou jy nog hoe verlief jy destyds was op daardie Engelse sangeressie? Wag maar net totdat jy Amanda se jonger suster ontmoet, jong. Sy het hare soos ryp koringare!"

"Ek is bevrees ek stel nie belang in die suster met blonde hare nie. Ek het self blonde hare. Ek hou van 'n swartkopnooi," val hy sy vriend vinnig in die rede.

"Wel, ek breek jou nek as jy Mandatjie se hart breek. Sy is 'n baie goeie kind, Tobie," glimlag hy.

"Hoe lyk dit of jy self 'n ogie op die nooientjie het, Paul?" verneem hy onderwyl hy hom vraend aankyk.

"Niks van die aard nie, Tobie. Ek dra maar net die dogters se belange op die hart. Want sien, hulle is my niggies. En ek moet sê, twee oulike goedjies."

"Nou toe nou, kon jy 'n mens nie lankal gesê het dis jou niggies nie? Vertel my, Paul, waarvoor studeer sy?"

"Vir onderwyseres. Dis juis haar laaste jaar. Haar vierde jaar. Hul eindeksamen begin volgende week. Verlede maand het sy ook haar laaste eksamen in musiek geslaag."

"So!"

"Ja, man, sy is nogal briljant soos jy haar daar tussen die rose sien," lag hy opgewek.

"Maar dis net wat ek wil hê, 'n briljante vrou om mee te spog . . . Ek sal regtig nou vir my 'n vrou moet soek, Paul. Ek is bevrees een van die dae is ek te oud vir sulke romantiese sake."

"Ja, dis vir my verbasend dat jy nog ongetroud is."

"En wat van jou en Eddie?"

"Ons twee is darem al verloof."

"Maar ook nog nie getroud nie," vul hy aan en vervolg: "Ek sal graag die nooi van jou keuse wil ontmoet, Paul."

"Is jy van plan om haar af te vry?" terg Paul goedig.

"Glad nie, my vriend, ek wil eenvoudig sien of sy jou liefde werd is. Moet nou nie dink ek wil jou vlei nie. Ek sê dit eenvoudig net omdat ek jou deugde en ondeugde so goed ken," lag Tobie. "Ek glo daar is nie een buitestander wat jou beter ken as ek nie ..."

"En daar is seker ook nie een wat jou beter ken as ek nie, Tobie," val Paul hom in die rede. "Ons het dan selfs eenkeer saam na 'n nooi gevry!"

"Ja, daardie jare was ons nog jonk en onbesonne. Vandag staan ons albei oukant toe. Ek word al twee en dertig en het sowaar nog nie eens 'n vrou nie."

"Wel, jy sal nou moet opskud as jy nie 'n eensame oujongkêrelbestaan wil voer nie. Ons hoop maar net jou sjarme bekoor Mandatjie ook ... Ek sal nogal daarvan hou om jou as neef te hê. Ons het darem ook al so baie dinge saam gedoen, dat dit nou hoog tyd is vir jou om 'n lid van die De Meyer-familie te word," werp hy Tobie plaend toe.

Paul ry met 'n draai voor die Uniegebou verby.

'n Wyle later hou Paul voor sy ouerwoning stil, ook net betyds vir middagete.

"Waar woon die joolkoningin, Paul?" vra Tobie onderwyl hy uitklim.

"Sy en Ria loseer by ons, maar hulle ouers woon in Noordwes, op 'n dorpie met die naam Krugersville."

"So, dan gaan ons die joolkoningin nog vandag ontmoet?"

"Ja, maar ek dink steeds jy gaan meer van haar suster hou. Mandatjie pas nie by jou nie, Tobie. Ria is jou tipe, lewendig en

184

sorgvry van geaardheid. Amanda is te stil en besadig vir 'n man soos jy. Het ek jou al vertel dat sy 'n tydelike pos aanvaar het as orreliste in Krugersville se groot kerk?"

"Nee, nog nie. Maar sy klink voorwaar interessant."

"Nie te interessant nie, ou vriend, deugsaam. Sy is nog die soort wat nie 'n ydele grap oor haar lippe sal laat kom nie . . ."

"Maar dis net wat ek wil hê, 'n deugsame vrou," val hy Paul op sy beurt in die rede.

"Dit begryp ek maar te goed. Elke man verlang 'n deugsame vrou. Maar die punt wat ek wil maak, is dit: Julle geaardhede verskil hemelsbreed en julle karakters is te uiteenlopend, my vriend. Jy sal nooit gelukkig wees met Amanda nie, want julle stel nie in dieselfde dinge belang nie."

"Nadat ek albei ontmoet het, sal ek liewer self oordeel, Paul, want daardie fraai gesiggie omring met rose sal ek in my leefdag nooit vergeet nie."

"Ons was nogal almal verbaas dat sy ingewillig het om haarself as joolprinses te laat nomineer. Die studente moes haar blykbaar vreeslik gesoebat het, want soos ons Amanda ken, sal sy haar nooit uit eie beweging so aan die publiek tentoonstel nie. Ria is die een vir sulke vermaaklikheid. Plesier van enige aard is so reg in haar kraal en sy is 'n opperste terggees. Net vir Amanda koester sy groot ontsag."

Al geselsend bereik hulle die sitkamer.

Na ete verdaag die drie jong mans na die ruim veranda, waar daar rottangstoele tussen die welige varings rondstaan.

Vir hulle is daar veel om oor te gesels, want dis etlike jare dat hulle mekaar laas gesien het.

Met halftoegeskroefde oë sit Eddie gemaklik agteroor geleun mevrou De Meyer se weelderige blomtuin en betrag. Op die oomblik dink hy aan Amanda en Tobie. Dat hulle, wat die uiterlike betref, perfek by mekaar pas, ly geen twyfel nie. Maar die moeilikheid lê by hulle persoonlikhede – sal hulle mekaar ooit kan aanvul? Nee, dink Eddie, 'n huwelik tussen twee sulke uiteenlopende karakters kan eenvoudig geen geluk bring nie. Iemand behoort Amanda daarteen te waarsku . . . Maar wie sê Tobie se sjarme gaan haar ook verblind? Sy aantreklikheid laat haar dalk totaal koud.

Ineens maak mevrou De Meyer haar verskyning op die veranda en bedien die drie jong mans met koeldrank. "Die twee meisiekinders is laat vandag," merk sy op.

"Hulle sal seker nou-nou hier wees, Moeder," stel Paul haar gerus.

"Ek hoop net Mandatjie het nie vergeet dat sy mevrou Naudé belowe het om vanmiddag die orrel te speel met Stella se troue nie."

"Waarom kan mevrou Naudé nie self die orrel speel nie, Moeder?" verneem Paul met 'n tikkie teleurstelling in sy stem omdat Amanda die middag nie sal tuis wees nie, en hy weet Tobie sal haar alte graag in hul geselskap wil hê.

"Sy het bepaald te veel ander pligte om na te kom, Paul, en 'n moeder voel eintlik ook nie daarna om vir haar eie dogter se troue te speel nie."

"Hoe laat is die troue, Moeder?"

"Om vieruur."

"Sal ons die huweliksplegtigheid van die landdros se dogter gaan bywoon?" verneem hy onderwyl hy sy twee vriende vraend aankyk.

"Waarom nie? Daar sal natuurlik vanaand 'n groot dans ook wees," gee Tobie antwoord.

"Dit kan jy wel glo," glimlag Paul. "Daar sal jy ook Pretoria se mooiste nooientjies ontmoet."

"Die mooiste nooientjie het ek reeds gesien. Ek moet haar nog net ontmoet."

"Jy het nog niks gesien nie, Tobie. Wag eers tot na vanaand se onthaal, dan praat ons weer. Ek is seker môre fluit jy 'n ander deuntjie. Pretoria het mooi nooiens, jong," lag Paul goedig.

Toe hou daar 'n volgepakte motor voor die deur stil en die oorverdowende lawaai van die insittendes laat die vier mense op die veranda vinnig opkyk.

"Daar is nou vir julle 'n illustrasie van Ria en haar vriende," merk Paul glimlaggend op.

Uit die voertuig peul daar jòng meisies en kêrels, en dit lag en gesels deurmekaar. Laggend en geselsend tou die jongklomp die stoeptreetjies op en maak hulle tuis op elke leë stoel, ook op die muurtjies wat die veranda omring.

Eers later, toe elkeen met 'n glasie koeldrank in die hand sit, neem die lawaai tot so 'n mate af dat Paul sy vriende aan die klomp kan bekendstel.

"Waar is Amanda dan, Ria?" vra die ouer dame.

"Hulle kom nog, tante."

"Wat bedoel jy met 'hulle'? Is julle van plan om ons vandag mal te maak?" val Paul haar laggend in die rede.

"Glad nie, Paultjie," lag Ria liefies. "Ons loop netnou weer. Hulle," en met 'n wye handgebaar dui sy haar vriende aan, "kom net swem. En *besides*, Amanda se vriende is so stil soos engeltjies. Ek is seker hulle sal jou nie steur nie . . . Hier is hulle nou net. Luister, so stil soos 'n grafkelder." Dan skater sy en haar maats dit heerlik uit van die lag.

Tobie sit later en dink aan die kontras tussen die tuiskoms van die twee geselskappe, en hy kan 'n glimlaggie nouliks bedwing.

Toe die vierstuks die veranda betree, word Amanda gelukgewens met die mooi vertoning wat sy gemaak het as joolkoningin. Paul stel hulle aan sy twee vriende bekend.

"Mandatjie, jy het nie dalk vergeet dat jy vanmiddag die orrel moet speel nie, kindjie?"

"Nee, tante. Ons kom juis nou van Stella af, daarom het ons later hier aangekom as Ria-hulle."

"Maar gaan ons dan nooit vandag swem nie, Ria?" verneem 'n forsgeboude kêrel.

"Maar natuurlik gaan ons swem, Johan. Wag, ek gaan haal net gou my baaikostuum."

Laggend, geselsend verdwyn die tiental om die huis se hoek en 'n doodse stilte sak op die veranda neer.

"Herinner daardie klomp jou nie baie aan die jare toe ons nog studente was nie, Paul?" glimlag Tobie.

"Ja, ek kan byna nie glo dat ons ook so 'n lawaai opgeskop het nie," lag Paul.

"Gelukkig het ek tog nie onder julle groep getel nie," kom dit veelseggend van Eddie.

"Vir jou was dit natuurlik sieltergend, want jy was ons kamermaat en moes dit alles teen wil en dank verduur het," glimlag Paul.

"Dit kan jy weer sê, want die hemel weet, julle was twee rakkers. Julle was eintlik die twee uiterstes," pla Eddie.

"Reken, dat ek sulke gruwelike dinge van jou moet hoor, Paul," terg Amanda. "Ek sou dit nooit van jou en dokter Bremer gedink het nie ..."

"Sy naam is Tobie, Mandatjie," val Paul haar in die rede.

"So het ek van jou gesprek afgelei," is haar antwoord.

"Nou waarom noem jy hom dan nie op sy naam nie?"

"Omdat dit nie 'n gewoonte van my is om vreemde mense op hul name te noem nie." Toe merk Amanda dat dit alreeds drie-uur is. "Ek is bevrees julle sal my nou moet verskoon. As ek nie nou dadelik gaan verklee nie, is ek nie betyds vir die troue nie, en ek moet voor vier in die kerkgebou wees."

"Ja, ons moet ook nou gaan, Amanda," merk haar vriendin Erna op. "Woon jy die onthaal vanaand by?"

"Natuurlik sal Amanda daar wees!" merk Victor op. "Waar dink jy gaan ek 'n maat kry as sy nou besluit om nie te gaan nie?" Aan Amanda sê hy: "Ek kom jou agtuur haal, meisiekind, en pasop as jy nie gereed is nie."

Toe Victor se motor wegtrek, haas Amanda haar badkamer toe.

2

Toe Amanda weer later op die veranda verskyn, kan Tobie en Eddie hul oë nie van haar afhou nie.

"Jy kan saam met ons ry, Amanda. Ons plan is ook om die seremonie by te woon. Ek wil hê hierdie twee moet hoor hoe mooi my niggie die orrel kan bespeel."

"Dan moet ons nou dadelik ry, Paul. Ek moet voor vier daar wees," merk sy op asof sy Paul se laaste woorde nie gehoor het nie. Sy weet hy pla haar sommer net.

"Ons ry nou, Mandatjie."

Toe Paul later voor die kerkgebou stilhou, staan daar reeds etlike persone buite rond.

Vlugtig groet Amanda die bekendes, dan tree sy die groot, stil gebou binne.

Ook Paul en sy gaste volg haar na binne en gaan sit op die tweede ry banke van voor af, reg agter die orrel.

Met 'n kalmte eie aan haar gaan Amanda voor die orrel sit, dan skuif sy die panele weg en trek die toetse oop.

Toe die bruid en haar pa die kerk instap, weergalm Mendelssohn se troumars deur die ruim, stil gebou. Amanda speel soos sy nog nooit tevore gespeel het nie . . . Sy speel vir Stella, haar intieme vriendin wat vandag 'n nuwe fase van haar lewe ingaan. Die indrukwekkende klanke vloei deur die gebou, al sagter en sagter totdat die laaste tone eindelik wegsterf en net 'n vreedsame stilte in die ruim gebou hang.

Eers toe die predikant sy eerste woorde uiter, draai Amanda haar effens in haar sitplek om en kyk af na die bruidspaar. Meteens voel sy die warm trane in haar oë opwel. Sy kan nie begryp waarom sy so droefgeestig voel nie.

Vir Tobie is dit 'n groot wonderwerk dat so 'n klein mensie sulke aangrypende klanke uit so 'n massiewe instrument kan lok, en dat sy goed geskool is in musiek, is vir hom nou heel duidelik.

Ook Eddie is aangenaam verras. Elke klank het strelend soos balsem op sy gemoed ingewerk. Hy besluit om Amanda te vra om later vir hulle 'n paar werke van ander meesters op die orrel te vertolk.

Eindelik is die seremonie afgehandel en vul die diep baritonstem van die predikant se seun wat die bruidspaar toesing, elke hoek en kant van die gebou.

Die lied wat Pieter sing, is so aangrypend dat Amanda haar oë nie 'n oomblik van die sanger kan wegneem nie. Toe sy laaste stemklank eindelik wegsterf, droog sy haastig haar trane af en begin outomaties weer speel.

Langsaam loop sy later met die trappies af ondertoe. Aan die voet van die trappies staan Paul en sy gaste vir haar en wag.

"Jou musiek was wonderlik, Amanda," voeg Tobie haar toe. Dan merk hy die spore van trane op haar gesig.

"Dit was onoortreflik, Amanda," spreek Eddie sy waardering uit. Ook hy merk dat sy vroeër trane gestort het.

Met 'n sagte stem en 'n gedwonge glimlaggie bedank sy die

twee. Dan beweeg hulle langsaam in die rigting van die groot deur om buite saam met die ander op die bruidsgroep te wag.

In die helder sonskyn maak Amanda se weemoed weer plek vir vrolikheid en kom haar glimlaggies weer spontaan en sonder inspanning.

Na die gelukwensing ry die De Meyers huis toe om te gaan verklee vir die onthaal.

Geklee in 'n ligpers aandrok met nousluitende lyfie en 'n wye romp wat in sagte voue na onder uitklok, lyk Amanda besonder aanvallig.

Tobie kan met die beste wil ter wêreld nie help om haar met bewondering aan te staar nie. Ook Ria dra sy bewondering weg, want sy lyk nie minder aanvallig nie. Op die oomblik kan hy nie met sekerheid sê wie van die twee vir hom die mooiste lyk nie, maar een ding is so seker as wat sy naam Tobie is: een van hierdie twee meisies gaan nog sy bruid word, en hy is ook nie van plan om nog eeue te wag nie.

Onder die helder elektriese lig skyn Ria se hare meer koper- as goudkleurig. En Tobie dink dat die sagte groen van haar aandrok besonder mooi harmonieer met die ryk kleur van haar hare.

Aangesien Ria geen maat vir die dans het nie, voeg sy haar by Paul en sy gaste.

Nadat Paul sy verloofde, Mona, gaan oplaai het, gaan hy eers weer huis toe om Ria en sy twee gaste te gaan haal. Tuis vind hy dat sy ouers reeds vertrek het.

Paul was ook net pas terug, toe hou Victor voor die deur stil.

In 'n opgewekte stemming trek die jongklomp by die huis weg op pad na die stadsaal waar die onthaal gehou word.

Ofskoon Amanda en Victor al etlike jare vriende is, bestaan daar niks meer as net 'n mooi kameraadskap tussen die twee nie.

"Ek sal jou volgende jaar ontsettend baie mis, Amanda," sê

Victor half ingedagte. "Ek wou jou al 'n paar keer vra om my nooientjie te wees, maar ek het besef dat ek so iets nie mag doen nie . . . Ek durf jou nie met 'n belofte bind terwyl ek nog twee jaar moet studeer nie. Maar sodra ek afgestudeer het en jy het jou nog nie aan iemand anders verbind nie, sal ek my seker na jou toe haas met 'n groot vraag. Tot dan sal ek maar op hoop moet leef," glimlag hy flou.

"Ja, ons weet nie wat die toekoms vir ons inhou nie."

"Jy sal darem seker my briewe gereeld beantwoord, nè?"

"Natuurlik, Vic! En sodra jy afgestudeer is en jy ontvang 'n beroep, moet jy my dadelik laat weet. Ek sal graag jou bevestiging en intreepreek wil bywoon."

"Ek sal dit met plesier doen, Mandatjie. Ek sal soveel meer gesterk voel daardie dag as ek weet jy sit in een van die banke."

"Dankie vir die mooi gedagte, Vic. Ek sal vir seker daar wees."

Toe hou hulle voor die stadsaal stil.

Binne-in die ruim saal is daar 'n skare mense. Dit lag en gesels, en almal is vrolik en opgeruimd.

Amanda wissel 'n paar woorde met Stella, dan draai sy om en wou net wegstap na waar Paul-hulle sit, toe sy Stella se stem hoor. "Julle kan gerus aan die bruidstafel sit, Amanda."

"Nee dankie, Stella. Die bruidstafel is uitsluitlik vir die familie bedoel," stribbel sy teë.

Maar Stella laat haar nie so maklik van stryk bring nie. "Maar jy is mos een van die Naudé-familie, Mandatjie. Die afgelope vier jaar is ek en jy dan al susters! Kom, jy gaan my sekerlik nie teleurstel deur te weier nie?"

"Wel, dan sal ons maar seker moet doen soos die bruid verlang, Vic," glimlag sy. Aan Stella sê sy egter: "Op een voorwaarde neem ek jou uitnodiging aan, mevrou, en dit is dat ook jy eendag aan my bruidstafel sal sit."

"Ek sal, Amandatjie, ek belowe jou dit. Ek spreek ook die hoop uit dat Victor die bruidegom gaan wees . . ."

"Stadig, stadig, Stella, nie so haastig nie," val Amanda haar laggend in die rede. "Jy moet Vic darem 'n kans gee om self te besluit of hy graag daardie posisie sal wil beklee."

"Wel, Vic," merk Stella se vader op. "Hoe lyk dit, het jy al besluit?"

"Tot my spyt moet ek erken dat ek binne die volgende twee jaar nog nie sulke besluite sal kan neem nie, meneer Naudé," voeg Victor hom in dieselfde luim toe. "Ek het twee jaar van harde studie wat nog voorlê, dus het ek waarlik geen keuse nie."

"Ja, jy het beslis geen keuse nie, Vic. Maar jy sal darem seker geen gras onder jou voete laat groei nadat jy klaar gestudeer het nie, nè?"

"Daarvan kan jy seker wees, as Mandatjie net nie in die tussentyd 'n ander bruidegom raakloop nie."

"O, maar sy moenie so gou staan en trou nie. Ek is julle twee saam al so gewoond dat ek my nooit sal kan versoen met die gedagte dat Amanda aan iemand anders behoort nie . . . Nee, waarlik, ek sien uit na 'n huwelik tussen julle twee."

"Wel, ek ook. Pappie moet net nie toestemming gee dat Amanda met iemand anders mag trou nie," kom dit skertsend van Stella. "Sy is mos Pappie se dogter ook."

"Maar natuurlik sal ek nooit my toestemming gee nie, Stella. Ek is seker jou moeder sal ook nie," skerts hy terug.

Al geselsend en skertsend loop die maaltyd ten einde en toe begin die orkes vrolike dansmusiek te speel.

Almal, behalwe Amanda, Vic en 'n paar ou mense, verdaag na die dansbaan. Amanda weet al dat Vic nie graag dans nie, daarom dring sy nie daarop aan dat hulle ook na die dansbaan moet gaan nie.

193

"Sal ons ook gaan?" verneem Vic 'n oomblik later. "Jy wil tog seker ook dans, Mandatjie?"

"Met wie sal ek nou dans, Vic ...? As jy met my sal dans, kan ons maar gaan," glimlag sy.

"Nou kom, sodra die orkes weer 'n wals aankondig, sal dit ons dans wees. Maar die eerste keer wat ek jou toontjies trap, hou ek onmiddellik op met dans."

"Gaan jy regtig een dansie met my waag, Vic?" verneem sy ongelowig.

"Ek sal enigiets doen om jou te plesier, Mandatjie, en jy weet dit al."

"Ja, ek weet regtig nie wat ek sonder jou sal aanvang nie, Vic," glimlag sy effens treurig.

Vic merk haar weemoedige glimlaggie op. "Bedoel jy waaragtig wat jy pas gesê het, Mandatjie?" Hy kyk haar vol afwagting aan.

Vlugtig kyk sy op na hom en hy merk dat haar sagte bruin oë hom vol teerheid aanstaar. "Ek het elke woord bedoel wat ek gesê het, Vic ... Jy sal nooit besef hoeveel jy werklik vir my beteken nie."

Teer plaas hy sy arm om haar skouers en stuur haar by die groot deur uit. "Ons gaan eers 'n rukkie buite staan. Daar is iets wat ek graag met jou wil bespreek, maar nie voor hierdie skare mense nie," verduidelik hy sag.

"Ek wil net een ding weet, Amandatjie," sê hy 'n oomblik later. "Vertel my net hoeveel ek werklik vir jou beteken, meisie?"

Etlike sekondes staar Amanda swyend voor haar uit, toe kyk sy op na Vic en sê sag: "Meer as wat enigeen nog ooit vir my beteken het, Vic. Soveel dat ek gewillig twee jaar sal wag totdat jy klaar gestudeer het."

Verras staar hy af in die twee donker poele wat haar oë is.

"My kleine Mandatjie," sê hy verheug, toe vou hy haar teer in sy kragtige arms en druk haar hartstogtelik aan sy bors. "Dan het jy my ook lief, my meisie?" kom dit sag.

"Ja, Vic," antwoord sy met 'n stem wat liggies tril van geluk. "Die afgelope vier jaar het ek jou al lief. Jy was maar net te blind om dit te merk, my ou Vic."

Toe sak sy bruin kop stadig af totdat sy lippe hare in hul eerste minnaarskus ontmoet.

"Besef jy ooit hoe gelukkig jy my gemaak het, my klein liefling?"

"Jou geluk kan onmoontlik groter wees as myne, Vic," glimlag sy liefdevol op na hom.

"O, my liefling, om te dink dat jou skone liefde aan my behoort! Ek kan dit byna nie glo nie, my meisie."

Toe druk hy haar weer eens aan sy bors en soen haar lank en innig.

Later sê hy: "Dan kan ons maar Desembermaand verloof raak, liefste?"

"Ja, Vic."

"Wel, hierdie verrassende nuus sal ons gewis aan die Naudéfamilie moet bekend maak, skat. Hulle was juis so bekommerd dat jy dalk 'n ander bruidegom raakloop," lag hy opgewek.

"Hulle was verniet bekommerd, Vic. Vir my sal daar nooit 'n ander bruidegom wees nie. Net jy kan daardie deel in my lewe vul ... 'n Ander sal my nooit in die lewe kan vervul soos jy nie. Jy verstaan my so goed dat dit soms vir my voel of jy my reeds in 'n vorige lewe geken het."

"Dis bloot omrede ons sielsverwante is, my meisie. Ek voel elke sielsbegeerte, elke sielsaandoening van jou aan asof dit my eie is, liefling. Ook vir my kan daar net een bruid wees, want jy vul my aan soos geen ander nie. En met jou lieftallige geaardheid weet ek jy sal 'n ideale pastoriemoeder uitmaak, my ou

Mandatjie. Ook jou liefde sal my inspirasie wees om my groot taak, my lewenstaak, blymoedig te vervul."

"Dankie vir die mooi gedagte en ook vir die vertroue wat jy in my het, Vic. Ek wil jou graag bystaan in jou groot lewenstaak. Ek twyfel ook nie daaraan nie dat jy 'n liefdevolle herder gaan wees vir jou skape, en as ek jou ooit tot inspirasie kan wees, sal dit my grootste geluk beteken. Ek weet ons sal albei baie gelukkig wees in die diens van die Skepper."

Toe die horlosie elfuur slaan, beweeg die twee weer langsaam in die rigting van die helder verligte saal. Vrolike dansmusiek begroet hulle toe hulle die groot deur betree.

"En waar loop julle twee rond?" verneem Stella, wat gemerk het toe hulle van buite af ingekom het.

"Sommer net 'n bietjie gaan gesels," merk Vic vriendelik op. "Jy vergeet blykbaar dat Amandatjie ons een van die dae gaan verlaat, nè?"

Toe neem hulle plek in op die naaste stoele onderwyl Stella weer sê: "Ja, ons sal haar voorwaar baie mis . . . Maar sê my, gaan jy dit waag om haar huis toe te laat gaan sonder om haar aan jou te bind, Vic?"

"Ons raak Desembermaand verloof," stel hy die jong vrou tevrede. Dan rus sy blik weer vol verering op Amanda se sag golwende swart kroontjie langs hom. "Sy het ingestem om haar aan my te verloof. Nou kan jy begryp dat ek op die oomblik die gelukkigste man op aarde is," vervolg hy glimlaggend.

"O, ek is bly vir jou part, Vic. Ek het altyd geweet dat Amandatjie die ideale vrou vir jou sal wees. Sy besit voorwaar al die eienskappe van 'n predikantsvrou. Ek voorspel ook my innigste wens," kom dit opreg eerlik van Stella.

Later sê sy weer: "Amandatjie, julle sal hierdie goeie nuus aan Mammie en Pappie ook moet meedeel. Jy weet hoe die twee ouers oor jou voel . . . O, ek dink hulle gaan vreeslik verheug

196

wees oor hierdie nuus. Hulle is juis so gek na Vic. O ja, jy is Pappie se witbroodjie, jong," voeg sy Vic laggend toe.

"Nou goed, dan gaan vertel ons hulle maar eers die nuus," sê Vic. "En die eerste wals wat die orkes nou weer aankondig, sal ons dans wees," voeg hy Amanda sag toe en vervolg dan glimlaggend: "Ek weet jy wil graag 'n bietjie dans."

Liggies haak Amanda by Vic in en geselsend beweeg hulle in die rigting van die landdros en sy vrou.

Toe die orkes weer 'n wals aankondig, maak Vic verskoning en lei Amanda na die dansvloer. "Onthou, my meisie, die eerste keer wat ek jou tone trap, staak ek onmiddellik die dansery," glimlag hy af in haar stralende gesiggie.

Later sê hy weer: "Jy weet, Mandatjie, jy sal darem 'n paar dansies met Paul se vriende ook moet dans."

"Ja, hoflikheidshalwe sal ek natuurlik maar moet, maar dit sal darem ook nie die eerste maal wees dat ek iets teen my sin doen nie," glimlag sy betekenisvol en Vic begryp dat die dansery met Paul se vriende haar glad nie aanstaan nie. Hy weet dat Amanda ook nie besonder lief is vir dans nie.

"Ai, maar julle is twee regte rondlopers," merk Paul op.

"Ons kon eenvoudig nie weier toe Stella daarop aandring dat ons by die bruidstafel moet aansit nie," maak Amanda verskoning oor hul afwesigheid.

"Wel, of Vic nou daarvan hou of nie, die volgende dans is myne, Amanda," kom dit van Paul.

Toe die orkes later 'n tango aankondig, vra Tobie haar weer vir die dans. Liggies, sonder enige inspanning, beweeg hulle op die slepende, ritmiese maat van die musiek. Dat Tobie 'n goeie danser is, is nie te betwyfel nie. Ook Amanda kan goed dans, ofskoon sy nie veel daarvan hou nie.

"Ek hoop nie dit gaan die laaste dans wees wat jy vanaand aan my toestaan nie, Amanda," merk Tobie op en sy oë blik sag in hare. "Of sal die kêrel dit nie toelaat nie?" vervolg hy.

"Vic sal geen beswaar daarteen maak nie, dokter Bremer. Hyself dans nie graag nie . . . Wel, en ek hou ook nie juis veel van dans nie."

"Ek hou nogal daarvan om so af en toe te dans. In my professie kry ek net nie veel tyd daarvoor nie."

"Ja, 'n geneesheer se tyd is mos gewoonlik uiters beperk," merk sy begrypend op.

"Kry jy ons arme goed darem so 'n bietjie jammer?" verneem hy skertsend.

"Nogal," werp sy hom in dieselfde luim toe.

"Sal jy jou darem oor my ontferm gedurende die tydjie wat ek hier is?"

"As dit nie sal bots met Vic se besoeke nie, doen ek dit graag, dokter."

"Beteken sy besoeke vir jou so baie?"

"Ons raak Desembermaand verloof, dokter."

"So!" sê hy duidelik teleurgesteld. "En wanneer volg die huwelik?"

"Eers oor twee jaar." Haar stem getuig van innige geluk.

"Maar waarom wag julle so lank met die huwelik?" kom dit verbaas, dog verlig.

"Vic moet nog twee jaar studeer, dokter. Jy weet seker hy is 'n teologiese student?"

"Ja, Paul het my vertel . . . Maar dink jy regtig jy sal gelukkig wees as predikantsvrou, Amanda?"

"Wat laat jou dink dat ek nie gelukkig sal wees nie, dokter?"

"Wel, die lewe, die pligte van 'n predikantsvrou is veelvoudig en ook veeleisend, weet jy?"

"Ek besef dit maar alte goed, dokter, maar ek is nogtans bereid om my aan dit alles te onderwerp . . . Dis omtrent die enigste lewenswyse waarin ek volkome gelukkig sal wees. Want sien, as predikantsvrou sal die mensdom dit nie snaaks vind as ek sê ek hou nie van dans nie, of ek hou nie daarvan om 'n drankie te neem nie."

"Ek begryp," sê hy. Toe eindig die musiek.

Nou eers begryp Tobie wat Paul bedoel het toe hy vroeër die dag gesê het dat Amanda en hy nie by mekaar pas nie, maar hy besluit dat hy nog glad nie die saak gaan gewonne gee nie. Hy kan haar altyd leer om in dinge belang te stel waarin ook hy belangstel, want ofskoon sy nie lief is vir dans nie, doen sy dit tog betreklik goed en hulle het ook nie nodig om altyd net te gaan dans nie.

Toe die orkes die volgende nommer, 'n jakkalsdraf, aankondig, vra Tobie haar weer vir die dans.

Vir hom is dit die heerlikste sensasie om haar sagte, jong liggaam in sy arms te hou en die ritmiese klop van haar hart teen sy bors te voel.

By homself dink hy: Vir jou gaan ek nog besit. Twee jaar is lank. In my gaan Vic 'n gedugte teenstander vind, maar 'n predikantsvrou gaan jy nie word nie, Amandatjie, jy gaan my vrou word. Ek gaan die man wees wat jou na hartelus sal liefkoos, nie Vic nie. Dis 'n vrou met jou intelligensie en mooi persoonlikheid wat ek wil hê. En noudat ek jou eindelik gevind het, gaan ek jou voorwaar nie weer prysgee nie. Vic is nog jonk, hy kan vir hom 'n ander meisie soek, maar jy gaan mý vrou word . . . Ek het nog nooit in my lewe iets so vurig begeer as wat ek jou begeer nie. Ek gaan nou behoorlik daarvoor sorg dat ek jou liefde wen. As dit nie nou is nie, sal dit wel volgende jaar wees.

Onverwags kyk Tobie af, vas in Amanda se donker oë.

Verleë vestig sy haar blik op die dansende pare om hulle en sy wonder wat die man van haar dink dat sy hom so skaamteloos staan en aangaap.

Om Tobie se mond speel daar nou 'n geamuseerde glimlag-

199

gie. Hy besef dat hy haar onverhoeds betrap het en hy dink: So, dan toon sy darem al tekens van belangstelling! Asof hy haar nuuskierige blik nie eens gemerk het nie, verneem hy: "Gaan jy môre vir my 'n paar stukke op die orrel speel?" Toe hy merk dat sy effens weifel om te antwoord, vervolg hy: "Ek glo nie Vic sal enige beswaar daarteen maak nie, of verwag jy môre 'n besoek van hom?"

"Dis presies net die moeilikheid, dokter, ek weet nog nie of hy my môre kom besoek nie. As hy nie kom nie, sal ek met plesier vir jou gaan speel."

Toe hou die orkes op met speel.

Die laaste dans is egter weer 'n wals, en weer neem Vic sy plek in as Amanda se dansmaat. "Ek dink ek het jou nou darem lank genoeg aan die kêrels geleen. Nou is dit weer my beurt," merk hy op.

"Ek wonder of jy ooit besef dat ek nie graag uitgeleen wil word nie?" glimlag sy liefdevol op na hom.

"Maar jy het darem lekker met daardie jong doktertjie gesels, stry?"

"Skaam jou, Vic. As hy met my gesels, kan ek my tog nie stom voordoen nie."

"Ek pla jou sommer, Mandatjie-lief," glimlag hy teer af in haar groot bruin oë wat hom sag aankyk.

'n Rukkie nadat Paul se motor vertrek het, trek ook Vic se motor weg voor die stadsaal op pad na die De Meyers se woning toe.

3

Met 'n moeë gebaar vee Amanda oor haar halfgeslote oë toe die huishulp die volgende oggend met haar en Ria se koffie die slaapkamer binnekom.

Ook Ria voel nog moeg en vaak van die vorige nag se vrolikheid, maar kom darem orent in die bed.

Toe Amanda haar weer behaaglik op haar ander sy draai, val dit Ria by van die uitstappie wat hulle gisteraand gereël het, en sonder meer gooi sy die laken van haar af en staan op. Nou voel sy ook nie meer moeg en vaak nie, want die vooruitsig van 'n lekker dag oorheers alle ander gevoelens.

Verbaas merk Amanda dat haar jonger suster besig is om op te staan en verneem met 'n vakerige stem: "Staan jy tog nie al op nie, Ria? Genugtig, jou energie ken ook geen perke nie."

"Jy het blykbaar vergeet van die uitstappie wat ons gisteraand gereël het, Mandatjie," herinner sy haar suster.

"Gits, ja ... Ek sal Vic eers moet bel en hoor of hy ook wil saamgaan. Hierdie reëlings is gisteraand getref nadat hy reeds weg was."

"My liefie, as jy wil hê Vic moet ook saamgaan, moet jy nou opstaan. Paul het gesê ons moet vroeg vertrek sodat ons vroeg by die berg is."

Amanda laat haar nou nie twee maal nooi nie. Haastig kom sy orent, dan soek-soek haar tone na haar pantoffels wat sy die vorige aand onder die bed uitgeskop het.

Vinnig skakel sy die nommer van die losieshuis waar Vic bly, dan deel die moederlike ou dame haar mee dat Vic nog in die bed is. Sy belowe egter om hom te gaan roep.

Na etlike oomblikke hoor sy Vic se diep stem sê: "Goeiemôre, meisie! Aarde, maar jy is 'n vroeë nooientjie!"

"As ek nie iets belangriks gehad het om vir jou te vra nie,

was ek sekerlik self nog in die bed," verseker sy hom opgewek.

"Wel, laat ek hoor wat is die belangrike vraag wat jou so vroeg uit die bed gejaag het? Ek vergaan nou letterlik van nuuskierigheid," pla hy goedig.

"So erg is dit darem nie, Vic," glimlag sy. "Ek wou jou maar net vra of jy saam met ons wil gaan. Die jongklomp het gisteraand besluit om vandag te gaan piekniek hou."

"Hoe kan jy my nou so iets vra, my meisie? Het jy dan vergeet dat ek 'n Sondagskoolonderwyser is?"

"Ag ja, ek het skoon vergeet, Vic," maak sy verskoning vir haar onbedagsaamheid.

"Ek sou baie graag wou meedoen aan die uitstappie, Mandatjie, maar nou is daar ander pligte wat my aandag en teenwoordigheid vereis. Jy begryp, nè?"

"Ek begryp, Vic."

"Ons kan volgende Saterdag 'n plan maak. Is dit in die haak?"

"Alles in die haak, Vic. Ek sien uit daarna . . . Nou, gaan slaap maar weer, Vic. Ek is jammer dat ek jou gesteur het."

"Dit was 'n plesier om weer jou stem te hoor, my meisie. Geniet maar die uitstappie, hoor!"

"Dankie, ek sal . . . Tot siens tot vanaand, Vic."

"Tot siens, my ou Mandatjie."

Liggies plaas sy die gehoorstuk terug en toe sy haastig omdraai om na haar kamer te gaan, loop sy haar vas in die lang, skraal gestalte van Tobie wat ook net die portaal binnekom.

Met 'n "allemensig!" vang laasgenoemde haar in sy gespierde arms. 'n Vlugtige oomblik druk hy haar teen hom vas, dan hou hy haar weer 'n entjie van hom af en sê in opgewekte luim: "Is jy nou van plan om my te verongeluk, Mandatjie?"

"Ek het byna ons albei verongeluk," lag sy effens verleë. "Jy moet my dit tog maar verskoon, dokter. Dit was eintlik van

haastigheid dat ek my so in jou vasgeloop het," maak sy versko-
ning oor haar gedrag.

"Maar gaan jy dan nie saam met ons piekniek maak nie?" vra
hy nou weer ernstig.

"Ek gaan, dokter. Ek het nou gou kom bel om te hoor of
Vic ook wil saamgaan."

"En . . .?"

"Hy kan ongelukkig nie gaan nie. Hy moet gaan Sondag-
skool hou."

"Wel, as jy wil saamgaan, sal jy jou darem nou moet roer.
Almal staan al op die punt om te vertrek en jy draf nog hier
rond in jou kamerjas," laat hy glimlaggend hoor, innig verheug
oor die feit dat Vic nie saamgaan nie. Nou sal hy haar vandag
ten minste vir hom alleen hê.

"As jy my arms so vashou, sal ek my gewis nie kan roer nie,
dokter," herinner sy hom daaraan dat hy haar arms nog steeds
vashou.

"Nou toe, gaan maak klaar, of ek sien gevaar dat jy vandag
tuisbly," laat hy goedig hoor.

"Herinner hulle tog daaraan om vir my te wag, dokter!" voeg
sy hom oor haar skouer toe.

"Moenie jou daaroor bekommer nie. As hulle nie vir jou wil
wag nie, sal ek vir jou wag. Maak net gou, hoor!"

Dis nou 'n geluk, staan hy en dink op die voorste veranda.
Die gode is jou voorwaar goedgesind, Tobie. Maak net gebruik
daarvan. Miskien kom jou sakies tog reg, wie weet? Toe kyk
hy op in die blou lug en ver in die suide merk hy 'n paar los
wolkies op. Dit moet nou om hemelsnaam net nie vandag gaan
staan en reën nie, dink hy weer eens. Toe kom Paul ook op die
veranda uitgestap.

"Ons sal vir Amanda moet wag. Sy trek nog aan." Toe vertel
hy Paul ook hoe sy haar in hom vasgeloop het.

203

"Sal jy graag met haar alleen wil ry?" verneem Paul betekenisvol.

"Ek sou dit met graagte wou doen, maar waarmee sal ons ry? My motor sal eers môre hier wees."

"Ons kan my pa se motor leen. Die oubaas sal nie vandag uitgaan nie; hy voel nie te wel na gisteraand se doenigheid nie."

"Weet Amanda waar die plek is?"

"Sy behoort te weet. Ons het verlede jaar ook daar gaan piekniek maak. Sê sy moet jou net beduie waar daardie bosbegroeide berg anderkant Warmbad is."

"Nou goed, kom ons gaan nader die oubaas. Jy is briljant om so iets uit te dink," merk hy op.

"Vergeet maar die briljantheid. Ek doen dit eenvoudig omdat jy my beste ou maat is en . . . wel . . . ek kan merk dat jy die skoot hoog deur het, want as daar nou op hierdie ou aarde 'n man is wat werklik verlief is, dan is dit gewis jy, Tobie. Ek het dit gisteraand al opgemerk," pla hy goedig.

"Dis gaaf dat jy dit weet. Ek het jou mos gisteraand al gesê dat hierdie liefde van my van geen verbygaande aard is nie, maar jy wou my mos nie glo nie," lag hy opgewek.

"Ek wens jou alle heil en seën toe, ou maat."

"Dankie vir die seënwense, Paul. Ek hoop net ek kry haar ook sover om so oor die saak te voel."

Onbewus dat Paul-hulle reeds vertrek het, soek Amanda haastig na 'n sydoekie om haar raafswart hare mee te bedek. Sy weet hoe sy gewoonlik daar uitsien nadat die wind 'n paar keer deur haar krulle gespeel het.

Eindelik is sy klaar en stap in die rigting van die woonkamer waar sy meen om Paul, Mona, Ria, Eddie en Tobie aan te tref. Toe sy niemand daar vind nie, stap sy haastig uit op die veranda.

"Is jy gereed, Amanda?" verneem Tobie wat vir haar staan en wag.

"Ja, maar waar is Paul-hulle?"

"Hulle wou nie wag nie en het solank vooruit gery. Ek het toe aangebied om vir jou te wag. Ons sal hulle volg in jou oom se motor. Paul sê jy weet waar die plek is. Julle het glo verlede jaar ook daar gaan piekniek maak," verduidelik hy.

"Daardie berg anderkant Warmbad?"

"Presies, nooientjie. Dis wat Paul gesê het – 'n bosbegroeide berg anderkant Warmbad. Jy weet natuurlik nog waar die plek is, nè?"

"Sal ek ooit die plek vergeet?" lag sy opgeruimd. "Dis mos daar waar Paul sy liefde aan Mona verklaar het. En weet jy waar het hy dit nogal gedoen? Nêrens anders as in ons almal se teenwoordigheid nie. En ons was ook ses soos vandag."

"Dit klink besonder interessant. Kom ons ry, dan vertel jy my daarvan."

Toe hulle voor die deur wegtrek, sê Tobie: "Ek ken die pad Warmbad toe, dus kan jy maar vertel hoe Paul sy liefde aan Mona verklaar het."

"Wel, ek kan nie meer onthou of dit tydens middagete was of met vieruur-tee nie . . . Nee, wag, dit was met middagete. Ons was besig om vleis te braai op die kole toe Paul sonder meer langs Mona gaan sit en sê: 'Jy weet seker, ou Monatjie, dat ek lankal 'n ogie op jou het, nè? Ag, toe maar, moet nou nie verbasing veins nie. Jy maak nou verniet of jy dit nog nooit gemerk het nie. Ek wil hê jy moet weet hê ek teenoor jou voel. En as jy my nou die jawoord gee, gaan koop ek net môre vir jou 'n ring met 'n yslike diamant. Maar ek verwag natuurlik nie jou antwoord hier voor die kinders nie.' Maar waar was jy, dokter? Ons was beurtelings verbaas en vol lag, en later het ons almal hardop uitgebars van die lag. Maar Paul het hom niks aan ons gelag gesteur nie, want dit was nie honderd jaar daarna nie, toe sê hy weer ernstig: 'Ek maak nie grappe nie, Mona. Ek wil jou netnou privaat spreek.' Die arme Mona was stom van verbasing, maar ek en Ria het geweet hoe sy oor Paul voel en ons het hulle ook sommer daar en dan gelukgewens."

"So, dan is Paul maar nog altyd vol streke," lag hy.

"Ja, maar Mona het hom darem al 'n bietjie ingebreek. Eers het hy haar sommer baie maklik voor ons almal omhels en ons net gewaarsku om ons oë toe te hou, maar nou doen hy dit gelukkig nie meer nie."

Al geselsend snel hulle in die rigting van Warmbad. Van Paul se motor is daar egter niks te sien nie.

Nadat hulle die poort deur is, draai Tobie links en hou later voor 'n kafee stil. "Kom, ek gaan vir jou sjokolade koop en vir my sigarette," sê hy vir Amanda.

Dan hou hy vir haar die deur oop om uit te klim onderwyl sy oë vol liefde op haar gerig is en elke gebaar van haar noukeurig waarneem.

"Wel, as jy so gaaf wil wees om vir my sjokolade te koop, sal ek dit nie weier nie," glimlag sy op na hom. "Maar ek waarsku jou vroegtydig, my smaak is duur, dokter. Sien, daar is eintlik net een soort waarvan ek hou."

"Ek sal dit vreeslik op prys stel as jy my liewer op my naam wil noem, Mandatjie. Laat die siek mense gerus maar aan my dink as dokter Bremer. My vriende noem my gewoonlik Tobie. En wat jou duur smaak betref . . . Wel, ek sal met plesier vir jou die duurste sjokolade koop, solank jy maar net daarvan sal hou."

In die kafee sê Tobie weer: "Ek dink ons moet vrugte ook koop."

"Dis regtig onnodig, Tobie. Daar is baie vrugte in die mandjie."

"Nou, wat sien jy hier waarvan jy nog hou?"

"Niks nie, dankie. Ek hou eintlik net van sjokolade," glimlag sy.

"Wel, as dit dan al is, kan ons maar weer ry."

Snaaks, dink Amanda later in die motor. Hy is nogal 'n gawe maat. Gister het hy so styf en hovaardig gelyk dat hy haar byna afgeskrik het.

"Waaroor dink jy nou, Mandatjie?" hoor sy hom langs haar vra.

"Hoe weet jy dat ek ingedagte was?" vra sy met 'n ligte blos.

"Ek het jou hier voor my in die spieëltjie dopgehou," bieg hy. "Waaraan het jy so pas gesit en dink, of mag ek dit nie weet nie?"

"Jy sal nooit kan raai wat ek gedink het nie, Tobie. Ek het aan jou gesit en dink."

"Aan my?" Hy kyk haar beurtelings verheug en verbaas aan. "En wat het jy nogal gedink?" wil hy nuuskierig weet.

"Wel, ek het gedink aan gister toe ek jou die eerste maal ontmoet het. Jy het vir my so styf en hovaardig gelyk dat jy my byna afgeskrik het. En vandag is jy skoon 'n ander mens."

"Wel, ek is bly om te hoor dat jy darem vandag van mening verander het. Ek is nie styf en hovaardig nie. Ek is eenvoudig net soos jy my vandag sien," glimlag hy.

Met haar fyn, slanke vingers verwyder sy die blinkpapier van 'n sjokolade en steek dit fyntjies in Tobie se mond onderwyl hy bestuur.

"Dankie, Mandatjie," sê hy kalm, maar in sy binneste voel hy meer lus en druk daardie handjie met die slanke vingers aan sy lippe.

'n Rukkie ry hulle in stilte. Toe merk Tobie op: "Paul vertel my gister dat jy 'n aanstelling ontvang het as orreliste in Krugersville se groot kerk?"

"Ja, maar dis net 'n tydelike aanstelling. Eintlik net vir twee maande, totdat die orreliste terug is van verlof."

Sy bied hom weer 'n sjokolade aan.

"Nie meer vir my nie, Mandatjie, dankie. Ek is nie so lief vir sjokolade nie."

"Bang vir tandpyn?" vra sy met 'n tergende blik op hom gerig.

"Gelukkig ken ek nie daardie pyn nie. Hoop ook om nooit eendag daarmee kennis te maak nie." Hy glimlag af in haar donker oë wat hom nou weer ernstig aanstaar.

'n Uur later bereik hulle Warmbad.

"Ek hoop ek onthou nog hoe ons verlede jaar gery het. Daar is 'n menigte sandpaaie en die goed is uiters bedrieglik, want die een lyk presies soos die ander," sê Amanda.

"Kan 'n mens tot by die berg ry?"

"O ja, die pad loop dood aan die voet van die berg. Dis eintlik 'n paadjie wat net na die berg toe lei. En hou dit asseblief in gedagte dat die berg nog wemel van bobbejane, hoor!"

"Is jy bang vir bobbejane?" wil hy laggend weet,

"Jy weet nog nie hoe astrant party van hulle is nie."

Later verneem hy: "Gaan jy een middag in volgende week saam met my uitry Hartebeespoortdam toe?"

"Ons kan so 'n plan maak. Ek was self lank laas by die dam . . . Was jy al by die Fonteine?"

"Nee, nog nie. Sal jy my gaan wys hoe dit daar lyk?" Hy kyk haar so pleitend aan dat Amanda geen keuse het as om maar ja te sê nie.

"Maar jy moet darem onthou, ons begin volgende week met die eindeksamen en ek sal streng by my studies moet hou as ek voornemens is om die paal te haal," verduidelik sy goedig.

"Dankie, Mandatjie, jy kan my net sê watter dae vir jou geleë sal wees. Ek wil jou nie graag in jou studie steur nie."

"Met die eerste uitdraaipad moet jy links draai, Tobie," merk sy 'n rukkie later op. "Kyk, sien jy daardie majestueuse berg links voor ons? Dis ons bestemming," vervolg sy.

"Gaan jy saam met my bergklim?"

"Hou jy van bergklim?"

"Baie. En jy?"

"Ek ook," antwoord sy.

"Maar jy het nog nie my vraag beantwoord nie," herinner hy haar.

"Dis tog vanselfsprekend dat ek vir jou sal gaan wys," lag sy. "Ek sal jou die ander kant van die berg ook gaan wys, maar dan sal ons middagete moet saamneem. Dit duur ure om die ander kant te bereik. Die bome, bosse en ander struikgewasse maak dit op sommige plekke moeilik vir 'n mens om deur te kom na die ander kant toe."

"Was jy al aan die ander kant?"

"Ja, maar dis ver om te stap."

"Ons sal 'n reisdeken saamneem. En waar ons moeg word, rus ons eers 'n bietjie," stel hy voor.

"Goed, ek sal die mandjie met ons middagete dra, dan dra jy die reisdeken."

"Ek is glad nie te swak om albei te dra nie," glimlag hy haar geamuseerd toe.

4

Tobie hou langs Paul se motor stil.

"Genade, maar julle twee kan lank draai. Ons het al gedink julle het verdwaal," merk Paul op en stap oor na die twee wat nou naderkom.

"Kom, Mandatjie, jy het seker ook lus vir 'n koppie koffie," kom dit besorg van Ria.

"Nee, dankie."

"En jy, Tobie?" verneem sy weer.

"Vra nou vir 'n vis of hy wil swem!" werp hy Ria toe.

"Nou toe, staan dan nader as jy wil koffie hê, kêrel."

"Jy moet maar koffie drink, Manda. Ons gaan nou die staptoertjie om die berg aandurf!"

"Dan sal julle iets moet saamneem om vanmiddag te eet," val Ria hom in die rede.

"Agterin my motor is 'n mandjie waarin jy hulle middagete kan pak, Ria," kom dit van Paul. "Jy sal daar ook 'n groot warmfles kry. Maak dit maar vol koffie. Tobie is geweldig lief vir koffie."

Onderwyl Ria die mandjie pak, vul Amanda die fles met koffie.

Eindelik is hulle gereed. Toe val dit Amanda by dat sy die doos met sjokolade in die motor vergeet het. Haastig draf sy na die motor en gaan haal dit.

Voor sy dit egter in die mandjie plaas, bied sy eers vir almal sjokolade aan.

"So, dan is dit waarom julle so laat hier aangewals gekom het. Eers 'n koffiedrinkery, en toe moes die dametjie natuurlik weer sjokolade kry," lag Paul en vervolg in dieselfde luim: "Terloops, die sjokolade smaak heerlik, Amandatjie. Dankie."

Uit Paul se motor haal Amanda 'n ligte reisdeken. "Ek sal dit self dra, Tobie," maak Amanda beswaar toe hy ook die reisdeken by haar wil neem. "Jy kan onmoontlik alles dra."

Met 'n laaste "tot siens" stap die twee langsaam in die rigting van die berg, onbewus van die wolke wat in die suide begin saampak. Weldra verdwyn hulle tussen die bosse en rotse.

"En wat gaan ons vier met onsself maak?" verneem Paul.

"Daardie twee het die regte piekniekgees, want voor hulle nog hier geland het, het hulle al geweet hoe hulle die dag gaan deurbring."

"Wel, ek weet nie wat Ria en Eddie wil doen nie, maar ek en jy gaan 'n bietjie swem hier onder in die rivier, Paul," kondig Mona aan.

"Dan sal ek en Ria ook maar die berg van naby gaan beskou. Maar ek moet sê, ek weier ten ene male om na die ander kant van die berg te gaan. So lief is ek waarlik nie vir bergklim nie. Ons sal net so 'n entjie teen die berg uitstap. Of het jy ander planne, Ria?"

"Nee, ek het nie ander planne nie, Eddie."

"Ja, as 'n mens die dag verlief is, besit jy gewoonlik die wêreld se energie," lag Paul, "want sover my kennis strek, is Tobie ook nie juis meer doodlief vir bergklim nie. Maar om saam met die bekoorlike Amandatjie te wees, sal hy natuurlik enigiets op aarde aandurf – selfs hierdie reuseberg ook . . . Ek hoop van harte Amandatjie raak op hom verlief."

"Ek twyfel sterk daaraan, Paul," merk Ria op. "Daar is net een man wat Amanda se hart bekoor, en dit is Vic. En soos ek Amanda ken, is sy nie die tipe wat vandag dié man liefhet en môre weer 'n ander een nie. En jy moet dit ook in gedagte hou dat dit al vier jaar is dat sy en Vic bevriend is."

"Vriende, ja, maar nog nie verloofdes nie, Ria. Tobie besit alle reg om met Vic te wedywer. Amandatjie behoort gelukkig nog nie aan Vic nie, en daarbenewens kan hulle ook nie binne die volgende twee jaar trou nie. Vic het nog twee jaar van studie voor hy aan 'n huwelik kan dink. Ek hoop van harte ou Tobie wen die rondte," laat Paul hoor.

"Ek dink jou hoop gaan verydel word, Paul. Amanda het Vic baie lief. Tobie sal toorgoed moet gebruik as hy Amanda se liefde wil wen."

'n Rukkie later kry elke paartjie sy eie koers.

Met 'n paar lemoene in 'n papiersakkie stap Ria geselsend langs Eddie in die rigting van die klofie reg voor hulle.

"Liewe aarde, nee, nou eers 'n rukkie rus, Amandatjie. Ek het jare laas berg geklim," sê Tobie na 'n uur se klim. "Gits, ek is al stokflou en jy sien nog so koel soos 'n komkommer daar uit," lag hy en vee die sweet met sy sakdoek van sy voorkop af.

"Jy het darem langer uitgehou as wat ek gereken het," glimlag sy terug.

Behendig sprei sy die reisdeken oop, dan strek albei hulle heerlik daarop uit om te rus.

Onderwyl Tobie vir hom 'n sigaret aansteek, lê Amanda op haar gemak sy lang, slanke vingers met hul goedversorgde naels en betrag. Aan sy hande is dit duidelik dat hy 'n geneesheer is. Dan dink sy daaraan dat Vic ook sulke mooi hande het. Net sy vingers is nie so lank soos Tobie s'n nie.

"Hoe het jy gisteraand gesê, wanneer raak jy en Vic verloof, Manda?"

"Die plan is Desember."

"Hoe lank ken jy Vic al?"

"Vandat ek op universiteit is, en dis nou al vier jaar."

"Is jy seker dat jy volkome gelukkig sal wees met Vic, Amanda?"

"Daarvan is ek heeltemal oortuig, Tobie," kom dit effens verleë onderwyl sy verby hom na die kranse hoog bokant hulle staar.

"Ek wou maar net sê, daar is ander wat jou net so gelukkig sal kan maak, Mandatjie," hoor sy Tobie weer sê.

Toe sy afkyk, is dit vas in Tobie se hemelblou oë wat diep in hare staar. Wat sy in daardie blou oë lees, tref haar soos 'n skok, want Tobie se oë getuig duidelik van sy diepste gevoelens, sy innige liefde vir haar.

'n Oomblikkie hou sy oë hare gevange, toe lê hy sy hand plotseling op hare wat langs haar op die reisdeken rus en sê met 'n sagte stem: "Nou weet jy dat ek jou ook liefhet, Mandatjie ... Vanaf die eerste oomblik toe ek jou gister op daardie vlot sien staan het in al jou glorie as rooskoningin. Dis soos 'n verterende vuur wat in my binneste brand ... Ek sal jou net so gelukkig kan maak soos Vic, Amandatjie!"

"Asseblief, Tobie," val sy hom met 'n sagte, pynbelaaide stem in die rede.

Die sagte, vroulike trekke op haar gesig het nou verdwyn en in die plek daarvan lees Tobie net pyn en jammerte oor sy onbeantwoorde liefde.

"Ek begryp, Mandatjie," sê hy 'n rukkie later. "Ek moes nooit aan jou gebieg het nie. Vergeet asseblief dat ek ooit so iets gesê het. Ek hoop nie jy gaan toelaat dat my liefde 'n einde aan ons vriendskap maak nie, Mandatjie?"

"Maar wat van jóú gevoelens, Tobie? Die Vader weet, ek is bitter spyt dat ek jou so moet terugbetaal vir die mooi vriend-skap wat jy my bewys het. Ek het vanoggend in die motor gesit en dink hoe 'n gawe maat jy werklik is. Ek nou is ek die een wat jou moet seermaak."

"Antwoord my vraag, Amandatjie," dring hy sag dog angstig aan. "Gaan ons vriende bly?"

"Altyd, Tobie, as jy dit so wil hê. Maar ek sal so selfsugtig voel deur jou mooi, skoon vriendskap te geniet terwyl ek niks in ruil kan bied nie ..."

Met 'n ligte handgebaar lê hy haar die swye op en sê: "Ek begryp, Mandatjie. Ek vra niks in ruil nie, ek verlang net jou vriendskap."

"Dankie, Tobie. My vriendskap gee ek jou in milde mate. Jy is so verstandig ... en ... begrypend," stamel sy effens en vee die trane uit haar oë.

Liggies trek Tobie haar in die ronding van sy arm en sê met 'n teer stem onderwyl hy diep in haar oë staar: "Kom, ek wil geen trane sien nie, Amandatjie." Hy voel egter hy kan die drang om haar te soen nie langer keer nie. Toe druk hy sy lippe liggies op hare.

Met skrik besef hy wat hy doen en laat haar plotseling vry uit sy omhelsing. Toe sê hy met 'n stem wat effens tril van emosie: "Ek is jammer, Amandatjie. Ek moes dit nie gedoen het nie. Ek weet nie wat my besiel het om dit te doen nie. Vergewe my asseblief. Ek verseker jou dit sal nooit weer gebeur nie. Ek het myself net 'n oomblik vergeet," pleit hy boetvaardig en Amanda weet dat hy opreg spyt voel.

Met 'n flou glimlaggie lê sy haar hand op sy skouer en sê: "Ek begryp, Tobie."

In die blik wat uit haar sagte bruin oë straal, lees die jong man dat sy hom tog sy oortreding vergewe het.

Na 'n halfuur se rus, stap die twee verder om die berg. Telkens wanneer hulle effens moeg voel, sit albei 'n oomblik op 'n rots en rus.

In Amanda se binneste brand die wete dat Tobie se liefkosing van so flussies haar nie die minste afgestoot het, soos dit eintlik behoort te wees nie. Die ligte aanraking van sy lippe het haar ook nie eens ontstel nie ... en tog is dit Vic wat sy liefhet, met haar hele wese bemin. Nee, nou verstaan sy haarself ook nie meer nie. Sy is van haar liefde vir Vic net so bewus as wat sy is van haar eie persoon, en tog het Tobie se liefkosing haar nie heeltemal koud gelaat nie.

Ook Tobie is bewus van die feit dat sy liefkosing haar nie koud gelaat het nie, want ofskoon sy hom nie teruggesoen het nie, het sy haar ook nie uit sy omhelsing probeer bevry nie. Al behoort haar liefde uitsluitlik aan Vic, laat die wete hom sommer beter voel.

214

Halfeen bereik hulle eindelik die plek wat Amanda in gedagte gehad het – die ingang van 'n grot.

Albei is moeg, honger en dors, en Amanda begin ook sommer dadelik die mandjie uitpak nadat hulle die reisdeken oopgesprei het.

"Allemintig, maar ek was nog nooit in my lewe so honger as wat ek op hierdie oomblik voel nie," merk Tobie op onderwyl hy behaaglik met sy rug teen 'n rots aanleun.

"Praat van honger – ek is nie minder honger nie," glimlag Amanda. "Vir my voel dit of ek jare laas geëet het."

Ook Amanda sit nou gemaklik met haar rug teen 'n rots aangeleun, heerlik aan 'n stukkie koue hoender en smul. Sy het reeds die serpie van haar hare verwyder en voel nou besonder koel.

Tobie het sy baadjie uitgetrek en voel 'n verfrissende luggie teen hom aandring. "Jy sê ons het nou die doelwit bereik wat jy beoog het?" verneem hy opgewek onderwyl hy self aan 'n stukkie hoender smul.

"Ja, en dink jy nie dis 'n pragtige gesig wat jy hier om jou het nie?"

"Wel, ja, die varings is fraai, maar na ete kan ons gerus 'n bietjie dieper die grot ingaan. Ek sal graag wil sien wat daarbinne skuil."

"Jy sal verbaas wees as jy die plek van binne beskou. Dis nie juis 'n grot nie, dis eintlik 'n kamer – die danssaal van die feetjies," merk sy glimlaggend op.

"Of die danssaal van die bobbejaantjies," vul hy laggend aan.

"Die bobbejane is veels te onnosel om die skoonheid daarbinne op prys te stel," werp sy in dieselfde luim teë.

"Wel, ons sal netnou gaan kyk of jy die waarheid praat."

Na ete, nadat elk 'n koppie heerlike, warm koffie gedrink het, steek Tobie vir hom 'n sigaret aan en sê: "Kom ons gaan kyk nou eers die feetjies se danssaal. Ek kan nie meer langer wag om dit van naby te beskou nie."

"So! Dan sê julle altyd dis net ons vrouens wat aan nuuskierigheid ly," werp sy hom toe. "Maar dit lyk my julle mans is maar net so nuuskierig."

"O ja, wat mooi tonele . . . en . . . wel, nooiens betref, openbaar ons nogal ook soms nuuskierigheid," sê hy.

Amanda bring 'n flitslig uit die mandjie te voorskyn.

"En dié? Wat wil jy daarmee maak, Amandatjie?" verneem hy en beduie in die rigting van die flitslig.

"Hoe dink jy gaan ons die feetjies se danssaal van binne beskou sonder 'n flitslig?"

"Jy is voorwaar 'n slim kind."

"Wat bedoel jy met die woord kind? Jy besef natuurlik nog nie dat ek met my volgende verjaardag een en twintig is nie, nè?" kom dit tergend.

"H'm, ja, 'n besonder hoë ouderdom," terg hy terug.

"Ek sou dink dit is."

Met die flits in sy hand, tree Tobie die grot binne met Amanda kort op sy hakke. 'n Stonde laat hy sy oë oor elke hoek van die grot dwaal, dan sê hy verras: "Jy het niks oordryf toe jy gesê het dis die feetjies se danssaal nie. Die varings lyk kompleet asof iemand dit so kunstig gerangskik het . . . As ek nou 'n swerwer was, het ek hierdie grot my tuiste gemaak."

"Regverdig hierdie gesig nou nie die hele voormiddag se swaar bergklim nie?"

"Ja, dis gewis die moeite werd. Maar kom, nou kan ons gaan rus tot vanmiddag."

Met haar een been onder haar ingevou en haar rug teen 'n rots aangeleun, sit Amanda besonder gemaklik.

"O, my grootjie, maar ek het nou waarlik spyt dat ek nie maar 'n kussing ook saamkarwei het nie . . . Mandatjie, hoe lyk dit, jong? Jou skoot is tog seker baie sagter as hierdie rotsvloer. Is daar nie net 'n klein ou plekkie waar ek my moeë kop kan neerlê nie?"

"Ai, maar jy hou darem besonder baie van gemak, nè?" terg sy goedig. "Nou toe, kom lê maar met jou kop op my skoot. Jy het weliswaar 'n bietjie gemak verdien, want jy het darem swaar aan daardie mandjie gedra."

"Jy is 'n engel so na my hart," sê hy, skuif nader en lê sy blonde kop behaaglik op haar skoot neer. "Dis baie beter. Dankie, Mandatjie-lief."

Dan glimlag hy liefdevol op in haar oë.

"Jy beter dankie sê," merk sy lighartig op, blykbaar om haar verleentheid te verberg.

Met sy kop op haar skoot, kan Tobie elke trekkie, elke gebaartjie van Amanda noukeurig waarneem. Opnuut tref haar skoonheid hom, dring dit tot hom deur dat sy die mooiste gelaatstrekke het wat hy nog ooit aanskou het. Haar gesiggie is hartvormig, haar neus is klein en pas perfek by die vorm van haar gesig. Die sagte trek om haar mooi gevormde mond gee 'n mens onmiddellik die indruk dat sy sag van aard moet wees. Haar gelaat is lelieblank en haar wange is van nature rosig. Haar donker oë en hare steek skerp af by die blankheid van haar vel en dit laat haar gewis nog aantrekliker voorkom. Haar postuurtjie is fyn en klein en besonder fraai.

In Amanda vind Tobie alles wat hy in 'n vrou begeer en diep in sy binneste voel hy bitter spyt dat haar liefde reeds aan Vic behoort. Haar liefde moes aan hom behoort het en nie aan Vic nie, want die liefde wat hy vir hierdie broos, ongekunstelde meisie in sy hart omdra, is so oorweldigend dat hy nie weet hoe hy dit langer gaan beteuel nie. Tog weet hy dat dit noodsaaklik is dat hy sy vurige hartstog in bedwang moet hou as hy ooit haar liefde wil verower, want alleen met geduld en teerheid sal hy haar miskien kan wen . . . Twee jaar is nog lank. Baie dinge kan in twee jaar gebeur, en as sy aan Vic verloof is, is sy nog nie met hom getroud nie. Verlowings word dikwels verbreek.

Besorg vra hy later: "Word jy nie moeg van so regop sit nie, Mandatjie?"

"Ek sit heeltemal gemaklik, dankie," glimlag sy oor sy teer besorgdheid.

"Jy moet jou gemaklik maak en rus, kindjie. Vanmiddag moet ons weer ver loop."

"Die teruggaan is nie so veeleisend nie, Tobie. Dit gaan ook heelwat gouer."

Onderwyl Tobie haar van Kaapstad, van Tafelberg en al die ander wonderskone natuurtonele vertel, vlieg die tyd verby.

"Nee, kyk, ek het my keel nou al droog gepraat. Skink eers vir ons koffie, dan vertel jy my weer van julle dorp, Krugersville."

"As jy wil koffie hê, moet jy jou oplig sodat ek kan opstaan. Die fles sal nie na ons toe aangeloop kom nie."

"Ek het nie juis lus om myself op te lig nie. Maar as ek koffie wil hê, het ek natuurlik geen keuse nie."

"Nee, maat, jy het geen keuse nie," glimlag sy.

Vlugtig kyk Tobie af na sy horlosie en sê: "Drie-uur sal ons weer aanstaltes moet maak om terug te gaan, ou Mandatjie."

"Hoe laat is dit nou?"

"Halfdrie."

"Nog 'n halfuur om te rus."

Onbewus van die dreigende, donker wolke wat oor hulle begin toesak, sit die twee houtgerus en koffie drink.

5

"Grote Griet, dis al twintig oor drie, Mandatjie. Kom, jong, ons sal ons nou moet haas." Met hierdie woorde kom Tobie vinnig orent. Haastig tree hy na waar sy baadjie aan 'n tak hang, maar 'n harde donderslag laat hom in sy spore vassteek. Ontsteld kyk hy die jong meisie langs hom aan. "Goeie hemel, kindjie, ons mag nie hier vasreën nie. Dit was baie dom van ons om nie op die weer te let nie. Kom, ons moet dadelik teruggaan voor die reën ons hier vaskeer."

Maar ineens begin dit hard te reën en spoedig is die hele berg in 'n digte reënsluier gehul.

"Ons sal nou moet wag totdat die reën verby is," sê Amanda met 'n bekommerde stem onderwyl sy uitkyk na die stortende reën, en 'n benoudheid omklem haar hart.

Dan dink sy aan iets wat haar hewig ontstem . . . As die reën die hele middag en nag aanhou, hoe gaan hulle die berg verlaat? Sy voel hoedat vrees in haar opkruip . . . Sy sal die hele nag hier alleen saam met Tobie moet deurbring. Net hulle twee alleen in die grot met die reën en die donker nag daarbuite. En Vic . . . wat sal hy daarvan dink as sy die nag saam met Tobie in 'n grot deurgebring het? Hy sal hom mos nooit aan haar verloof na so 'n voorval nie!

Tobie merk die spanning waarin sy verkeer en hy weet instinktief wat die oorsaak is van haar ontsteltenis. Hy besef terdeë die netelige posisie waarin sy geplaas sal word indien dit aanhou met reën. Op die oomblik voel hy innig jammer vir haar, maar hy kan niks daaraan doen nie. Hy voel self ook bekommerd, maar wat kan hy daaromtrent doen? Hulle moet eenvoudig maar net wag en sien wat gebeur.

Bemoedigend plaas hy sy hand op haar skouer terwyl hy ook na die digte reënsluier staan en kyk. "Ek glo nie die reën

sal meer lank aanhou nie, Amanda," probeer hy haar gerus-
stel, maar diep in sy binneste weet hy net so goed soos sy dat
sy voorspelling twyfelagtig is.

Radeloos stap Tobie op en neer in die donker grot. Hy wens
dat hy by magte was om die situasie te verander. Dit pynig hom
om Amanda so in spanning te sien. Dan dink hy weer aan Paul
en die ander drie wat vir hulle sit en wag.

Weer steek hy 'n vuurhoutjie aan en kyk na sy horlosie.
Alreeds vyfuur, dink hy. Netnou sal dit donker wees en hier
sit hulle vasgekeer in die grot. In die donker sal dit 'n onbe-
gonne taak wees om die terugtog te aanvaar. Daar bestaan
geen moontlikheid dat hulle ooit so iets kan waag nie – dit sal
selfmoord wees.

Met 'n paar treë is Tobie weer langs Amanda wat nog steeds
in dieselfde posisie staan. Sprakeloos staar hy in die verte. Buite
hang nog steeds 'n digte reënsluier. Die son is totaal uitgewis en
die wind wat die nat wolke meevoer, huil mistroostig deur die
bosse en om die kranse. Tobie se moed sak.

Dan besef hy dat die oorstelpte Amanda leiding en bemoe-
diging nodig het. Die gedagte vul hom weer met moed.

Vinnig tree hy nader en staan langs haar. Beskermend plaas
hy sy arm om haar. "Hou moed, Mandatjie. Ek ken jou nie as
'n swakkeling wat gou moed verloor nie." Hy praat sag, half plei-
tend.

Hy staan geruime tyd met sy arm vertroostend om haar. Die
stilte is oorweldigend. Die koue begin nou vinnig teen die berg
opkruip. As die wind net ophou met waai, sal dit glad nie koud
wees nie, dink hy.

Intussen het die donkerte reeds heeltemal toegesak en dit
hou maar steeds aan met reën. Tobie voel dat dit nou regtig
koud is. Hy kyk na die swygsame Amanda aan sy sy en merk
dat sy net in 'n dun rokkie geklee is.

Gou trek hy sy baadjie uit en oorhandig dit aan haar. "Trek dit aan, Mandatjie. Dit gaan vannag nog baie koud word hier in die berg." Sy stem is teer en sag.

Hy help haar om die baadjie aan te trek en dit lyk kompleet of sy wegkruipertjie speel, so groot is die baadjie vir haar. "Kom ons gaan sit, kindjie. Jy put jou onnodig uit deur so te staan."

Soos 'n slaapwandelaar laat sy haar deur Tobie lei. Dis of sy niks vir haarself kan uitdink nie. Al wat in haar gedagtes vasgesteek het en nog steeds daar hamer, is Vic se houding na hierdie voorval, hoe hy op al hierdie dinge gaan reageer.

By die kampplek tuur almal na die dreigende wolke, dan weer in die rigting van die berg waar hulle nou elke minuut verwag om Amanda en Tobie te sien afkom.

"Ek wonder darem regtig waarom draai daardie twee so lank? Gits, weet hulle dan nie dis lewensgevaarlik om met die berg af te kom in hierdie reën, of selfs na die reën nie?" kom dit ongeduldig van Paul.

"O wel, hulle sal darem seker nou enige minuut opdaag. Hulle is tog albei volwassenes en behoort vertroud te wees met gevare verbonde aan so 'n staptoer in die reën," merk Eddie weer op en vervolg dan gerusstellend: "Tobie was as student 'n ervare bergklimmer. Ek dink jy behoort nie bekommerd te voel oor Amanda nie. By Tobie is sy heeltemal veilig. Hy sal toesien dat sy haar nie aan gevaar blootstel nie."

"Ja, maar sê nou die storm bars los terwyl hulle op pad is? Die bosse en bome kan tog geen skuiling bied teen 'n geweldige storm nie. As ek net kan weet dat hulle nog in die grot is, sal ek my glad nie verontrus nie. In die grot is hulle heeltemal veilig teen enige storm."

"As die storm hulle nie halfpad oorval het nie, is daar niks om oor bekommerd te voel nie. Tobie sal dit nie die berg af waag in hierdie storm nie," laat Eddie weer eens hoor.

"As julle my vra, sit die twee vasgekeer in die grot. Van die ander kant van die berg af kon hulle onmoontlik gesien het toe die wolke begin toesak het. Hulle sou ook nie die berg verlaat het voor omtrent drie-uur of halfvier nie. En onthou, dit het tien oor drie begin reën. Dus moet hulle nog in die grot wees," merk Mona gerusstellend op.

"Jou logika is uitstekend, my skat. As dit maar net waar is, sal ek nogal verlig voel."

"Ten spyte van die feit dat hulle die hele nag in die grot sal moet deurbring?" val Ria Paul in die rede.

"Waarom so ernstig, Riatjie? Hulle sal tog niks daarvan oorkom as hulle een nag in die grot bly soos grotbewoners nie! En sover ek weet, het hulle kos en ook 'n reisdeken saamgeneem. Nou, wat wil hulle meer hê as kos en 'n kombers?"

Eers nadat Paul sy laaste sin voltooi het, vind hy hoe banaal sy woorde klink in hierdie uur van kommer en nood.

Ten spyte van hul kommer en onrus oor die twee in die berg, moet Mona en Eddie hulle inspan om nie uit te bars van die lag nie.

Ria se volgende woorde dwing hulle weer om die erns van die saak in te sien. "Ek dink nie een van julle sal besef in watter netelige posisie Amanda verkeer nie, ten spyte van die feit dat hulle beskermd is in die grot."

"Wat bedoel jy, Ria?" verneem Paul.

"Sy staan op die punt om haar aan Vic te verloof, en dink jy een oomblik dat Vic hom aan haar sal verloof nadat sy 'n nag saam met Tobie in die grot moes deurbring?"

"As Vic haar opreg liefhet, sal hy nie toelaat dat die insident hulle geluk verpletter nie, Ria."

"Jy vergeet blykbaar dat 'n predikantsvrou se lewenswyse onbesproke moet wees. Hoe dink jy gaan die publiek môre daarop reageer? Hulle gaan gewis hul neuse optrek vir die onskuldige Amandatjie . . . Ja, hulle sal op haar neersien asof sy uitgesak het uit die samelewing. Die publiek is wreed, Paul."

"Ek is bevrees dis alles waar wat Ria pas daar gesê het, Paul," merk Mona nou weer ernstig op. "Dis die arma Mandatjie wat sal deurloop en nie Tobie nie. Julle mans kom mos gewoonlik skotvry af terwyl die dame al die onaangenaamheid moet verduur."

"Ja, ek dink ook Amanda se posisie is glad nie benydenswaardig nie."

"Ek sal Vic self spreek en as dit blyk dat Ria gelyk het, sal Tobie gewis Amanda se goeie naam moet beskerm."

Sesuur die middag is dit 'n voldonge feit dat die twee in die berg sal moet oornag.

"Een van ons sal moet uitry Warmbad toe. Die huismense moet in kennis gestel word van wat gebeur het," merk Paul op. "Vir al wat ons weet, het een van hulle dalk nog verongeluk."

"Wel, jy sal moet gaan, Paul. Jy ken die plek immers beter as ek. Ria en ek sal solank in die motor gaan sit en wag. Miskien daag hulle tog later op."

"Nee, my vriend. Al sou dit ook nou ophou met reën, sal hulle nooit hul weg in die donker terugvind nie. Een ding troos ek my aan, Tobie is 'n verstandige ou. Hy sal hulle nie onnodig aan die reën en koue blootstel nie. Die berg is darem baie rotsagtig. Hulle sal wel skuiling vind as die reën hulle halfpad oorval het."

'n Rukkie later trek Paul weg en is dit net Ria en Eddie alleen by die kampplek met die donker nag om hulle heen.

"Jy moet jou nie so ontstel nie, Ria," sê Eddie 'n oomblik later. "Tobie sal na Amanda kyk asof sy sy eie kind is. Hy sal

223

hom eerder aan gevaar blootstel as om sy plig teenoor haar te versuim. Tobie is 'n gentleman, as jy dit nog nie weet nie."

"Ek bekommer my nie so erg oor haar veiligheid nie, Eddie. Ek weet sy is veilig, waar sy en Tobie ook al is . . . Dis oor haar goeie naam wat ek my verontrus, en oor haar verhouding met Vic. Julle besef nie een wat dit vir haar gaan beteken as Vic hulle verhouding verbreek nie. Ek ken vir Vic. Hy is uiters beginselvas, byna preuts sou ek sê. Hy sal so iets nooit duld nie, nie eens van Amanda nie. Ek kan jou vooraf sê dat hy môre hulle verhouding gaan verbreek as Amanda en Tobie nie vannag opdaag nie. Want oormôre sal dit die hele universiteit vol lê dat Amanda 'n nag saam met 'n ander man in die grot deurgebring het."

"Maar dis wreed om 'n blote insident in so 'n lig te beskou, Ria."

"Ek weet dis wreed, Eddie. Maar mense ken geen genade nie, altans nie daardie ou kliek van ons nie. Vir hulle sal dit 'n alte heerlike brokkie nuus wees om oor te klets."

"In daardie geval voel ek bitter jammer vir Amanda. Maar glo my, Tobie sal so iets nie duld nie. Hy sal nie toelaat dat Amanda se naam deur die modder gesleep word nie."

"Hoe sal hy die skinderbekke se monde kan snoer?"

"Deur met Amanda te trou. As sy vrou sal geeneen die reg hê om van haar kwaad te praat nie."

"Wel, ja, dit sal nogal 'n maklike uitweg wees as 'n mens Amanda se gevoelens nie in ag neem nie."

"In so 'n geval is nie een van die twee se gevoelens ter sake nie, Ria, want dis gewoonlik die enigste uitweg vir die betrokke persone."

'n Uur later merk Ria die skerp ligte van Paul se motor wat die donkerte met 'n lang streep deurklief.

Etlike minute later hou hy langs die ander voertuig stil terwyl die reënweer in strale oor sy motor se venster stroom.

Haastig klim Ria en Eddie terug in Paul se motor.

"Die ou mense is verskriklik ontsteld," sê Paul. "Hulle dring daarop aan dat ons hier wag totdat die twee terug is. Ek het hulle belowe dat ons ondersoek sal gaan instel sodra dit begin lig word. In die donker kan ons tog niks uitvoer nie. Hulle is gelukkig nie onredelik nie. Hulle verstaan die posisie heeltemal. Hulle dink ook dat die twee nog by die grot is, aangesien die reën so vroeg begin val het. Moeder se grootste onrus is dat hulle dalk honger en dors is ..."

"Gelukkig het ek vir hulle baie kos ingepak," val Ria hom gerusstellend in die rede. "Maar vertel my, het jy Vic ook gebel?"

"Ja, maar hy beskou dit nie in dieselfde lig as Moeder en Vader nie. Die kêrel is baie omgekrap. Hy sal natuurlik ook netnou hier opdaag; so het hy altans gesê."

"En Paul het hom gesê om vir ons lekker warm koffie saam te bring," vul Mona aan. "Ek het ook later probeer om hom gerus te stel, maar aan hom is daar geen salf te smeer nie. Amanda moes dan nou beter geweet het, sy is nie 'n kind om so onverantwoordelik te handel nie. En enigeen kon merk dat daar 'n storm aan die broei is ... Jy weet, in so 'n trant het hy gepraat. Later het ek gesê dat dit vir my regtig lyk asof hy die arma Amandatjie daarvoor blameer!"

"Wat was sy antwoord toe?" wil Ria weet.

"Hy het gesê dat hy haar wel in 'n mate verantwoordelik hou. Sy kon glo vanoggend gesien het dat dit vroegmiddag sou kon reën."

"So 'n ...! Gits, 'n mens sou sê Amanda is alwetend om die môre al te weet as dit die middag gaan reën!"

"Ja. 'n Mens kan nie met hom redeneer nie, Ria. Vra gerus vir Paul. As jy een woord sê, antwoord hy tien terug. Ek kry sy vrou bitter jammer, want sy sal soos 'n engeltjie moet wees, altyd in haar spoor trap – die spoor wat hy daar vir haar sal stel. Dank die hemel Paul het nie vir predikant gestudeer nie, want regtig, as alle predikante so streng moet wees soos Vic, gee ek die liefde prys."

"Jy bedoel ou Mandatjie sal beter daaraan toe wees sonder hom?" verneem Ria weer.

"Baie beter, my ou sussie. Hy sal haar gevoelens beslis meer kwets as iets anders. Mandatjie behoort eintlik bly te wees om die lot vry te spring as Vic se vrou. Vra gerus vir Paul of ek nou hier sit en onsin opdis."

Vraend kyk Ria hom aan.

"Mona het volkome gelyk, Ria," beaam hy. "Ek is bitter teleurgesteld in Vic. Ek het nooit kon dink dat hy hierdie insident in so 'n lig sal beskou nie. Dis nou alles goed en wel, ou Mandatjie is 'n goeie kind, dis nie te betwyfel nie. Maar geen mens is tog volmaak nie – nie eens 'n predikant nie. Ek dink hy is verskriklik onredelik. Ek het regtig beter oordeel van hom verwag."

Halftien die aand hou Vic se motor langs Paul s'n stil. Sy gesig is strak en hy uiter geen woord nie. Hy kan waarlik nie begryp wat in Amanda gevaar het om so onverantwoordelik te handel nie. Die weer het die oggend tog duidelik tekens getoon dat daar 'n storm aan die broei is, en sy weet ook dat dit totaal buite die kwessie is om die berg te verlaat in 'n storm. Nee, hy kan geen verklaring vind vir haar handelswyse nie. Sy plaas hom ook in net so 'n moeilike posisie met hierdie affère waarin sy haar laat beland het. Want om 'n nag saam met 'n vreemde man in 'n berg deur te bring, is iets wat in hulle kringe nie lig oor die hoof gesien kan word nie. Hoe verwag sy kan hy hom na dese aan haar verloof?

Dan dink hy weer aan sy oneindige liefde vir Amanda. Ja, dis net sy liefde vir haar wat hom vanaand hierheen gedryf het.

Was sy liefde nie so groot nie, sou hy geen moeite gedoen het om hierheen te kom nie. Nou kan hy net hoop en bid dat hulle voor twaalfuur opdaag.

Vinnig skakel Paul die lig in sy motor aan en beduie aan Vic om by hulle te kom sit.

Onderwyl die ander vier sit en gesels, sluit Vic sy oë en leun met sy kop agteroor sonder om aan die geselskap deel te neem.

"Jy moet jou hierdie besigheid glad nie so aantrek nie, Vic," merk Paul later op.

"Dit spyt my, Paul, maar ek kan dit nie in dieselfde lig beskou as julle nie. Dit raak my te intiem. Jy is natuurlik nog onbewus van die feit dat ons Desember verloof sou raak."

"En nou, gaan julle dan nie meer verloof raak nie?" vra Paul duidelik verbaas.

"Nie as Amanda met dokter Bremer in die grot oornag het nie."

"Ek dink jy is nou uiters onredelik, Vic. Dit was tog nie haar keuse dat sake so 'n wending moes neem nie!" merk Ria effens skerp op.

"Ek is jammer, maar ek kan haar nie vryspreek nie. Sy kon vanoggend gesien het dat die weer dreigend lyk, waarom het sy na die ander kant van die berg toe gaan sukkel?"

"Nie een van ons het gemerk dat die weer dreigend lyk nie. Ek is seker Amanda en Tobie het ook nie," laat Ria hoor.

"Ek moet sê ek het nooit geweet dat Amanda so onverantwoordelik sal optree nie."

6

Teen sewe-uur sê Tobie dat hulle iets moet eet.

Hoewel hy nie honger is nie, wil hy hê dat Amanda iets moet eet.

By die lig van die flits sit hulle en elkeen peusel net aan 'n toebroodjie.

Toe Amanda later die kos teruggepak het in die mandjie, doof Tobie die lig uit. "Ons sal die batterye soveel moontlik moet spaar," verduidelik hy.

Toe dit later te koud word by die ingang van die grot, merk Tobie weer besorg op: "Ons sal nou na binne moet gaan, Mandatjie. Hier sal jy 'n dodelike koue vat. Die koue begin al selfs hier in te kruip."

Gewillig laat sy haar deur Tobie lei sonder om een maal teë te stribbel.

Vreemd, dink sy toe sy saam met hom die grot binnegaan, die reisdeken oor haar arm, hy is 'n totale vreemdeling wat sy maar die vorige dag eers ontmoet het, en tog voel sy geen vrees om hier alleen in die donker saam met hom te wees nie. Inteendeel, sy voel veilig en beskerm in sy teenwoordigheid.

Dan wonder sy of sy in Eddie se teenwoordigheid ook so rustig sou gevoel het?

Toe dring Tobie se stem tot haar deur: "Dis nou tienuur en dit reën nog aaneen. Ek dink dis beter dat ons die feit in die gesig staar, Mandatjie, die feit dat ons hier sal moet oornag." Hy praat sag en teer, en dat daar kommer in sy stem is, merk Amanda nie eens nie.

Tobie plaas sy arm vertroostend om haar. "Ek is jammer dat dit so moes gebeur het, Amandatjie. Glo my, ek voel bitter jammer vir jou. Ek besef in watter netelige posisie jy geplaas is deur die feit dat jy die nag hier saam met my moet deurbring. Maar

ek sal jou geen leed aandoen nie. En as daar moeilikheid ont-
staan deur hierdie insident, sal ek jou getrou bystaan. Ek weet
hoe kleinlik en wreed die mensdom kan wees, maar daaroor
moet jy ook nie bekommerd wees nie. Ek sal nie staan en toe-
kyk dat jou naam beswadder word nie, Mandatjie."

"O, Tobie, ek ys as ek dink wat Vic hiervan gaan sê," snik
sy dit byna uit. "Hy sal my nooit oor die hoof sien nie. Ek ken
Vic. Hy sal ons verhouding dadelik beëindig as ek die nag hier
saam met jou deurbring."

"Maar, kindjie, dis tog gans onmoontlik vir ons om in hier-
die weer die terugtog aan te pak!" val hy haar sag in die rede.

"Ek besef dit, Tobie. Maar Vic sal dit nie duld dat ek 'n nag
in 'n vreemde man se teenwoordigheid deurbring nie. En die
feit dat dit vir ons gans onmoontlik was om die terugtog aan
te pak, sal hy nie eens in aanmerking neem nie. Dis die publiek
se geklets wat hy vrees, want dit sal sy loopbaan skade aandoen.
Jy weet die lewe van 'n predikantsvrou moet onbesproke wees,
en na hierdie insident mag die kerkraad en gemeente my dalk
onwaardig vind as predikantsvrou . . ."

"Asseblief, Amanda, moet nooit weer sulke woorde uiter nie.
Onwaardig se voet," val hy haar effens onthuts in die rede. "As
'n predikant jou dan nie op prys stel nie, sal 'n sekere genees-
heer wel weet hoe om dit te doen." Voordat Amanda weer iets
kan sê, vervolg Tobie besorg: "Kom, jy moet 'n bietjie rus. Tol
jou mooi toe in die reisdeken, dan probeer jy om te slaap. En
moenie bang wees nie, ek sal hier by jou sit. Ek sal jou nie al-
leen laat nie."

"En wat van jou, Tobie? Neem jy liewer die reisdeken, ek sal
jou baadjie aanhou."

"Nee, gee my die baadjie, dan maak jy jou warm toe met die
reisdeken."

"So selfsugtig kan ek nooit wees nie, Tobie," sê sy sag onderwyl sy die baadjie uittrek en aan hom oorhandig. "Ons maak ons albei met die reisdeken toe."

Met finaliteit in sy stem sê Tobie terwyl hy die reisdeken by haar neem en dit lossies om haar wikkel: "Ek wil nou niks verder van jou hoor nie. Jy gaan nou slaap."

En met hierdie woorde trek hy haar liggies langs hom neer en laat haar donker kop gemaklik op sy skoot rus.

Toe hy later self gemaklik sit, doof hy die lig uit en 'n byna tasbare stilte sak om hulle toe. Net die aanhoudende drup-drup van die water wat voor die grot van die rotse afdrup, is duidelik hoorbaar.

Albei is later diep in gedagtes versonke.

Amanda dink aan die onsekere toekoms wat op haar wag as Vic dalk hulle verhouding beëindig, en Tobie dink weer aan die gemene streep wat die noodlot hom nou getrek het. Want ofskoon dit sy innigste begeerte was om Amandatjie sy eie te maak, het hy nie bedoel dat dit op so 'n onnatuurlike wyse moes geskied nie. Hy het gemeen om eers haar liefde te wen en haar dan te vra om met hom te trou. Maar nou het die noodlot hom voorgespring en sal hy dalk wel met haar kan trou, maar sy het hom nie lief nie. Vic is die een wat sy bemin.

Toe Tobie later 'n sigaret aansteek, merk hy dat Amanda nog nie slaap nie. "Waarom slaap jy nie, meisie? Is die bed te hard en onaangenaam?" vra hy met 'n teer stem.

"Glad nie, ek lê heeltemal gemaklik, dankie. Dis net . . . Wel, ek kan eenvoudig nie aan die slaap raak nie," glimlag sy flou. "Kom ons gesels liewer, of wou jy miskien geslaap het?"

"Nee. Kom ons gesels. Was hier nou droë hout, kan ons 'n heerlike vuurtjie gemaak het."

"Voor die ingang van die grot waar ons na die reën gestaan en kyk het, het ek vroeër 'n paar droë takke gesien, Tobie."

"Dan gaan ons dit haal. 'n Vuurtjie sal besonder gesellig wees."

Buite is dit bitter koud, hoewel die reën en wind effens be-daar het.

"Sal ons dit nie nou maar terug waag nie, Tobie?" vra Amanda.

"Asseblief, Mandatjie, wees redelik. Jy weet net so goed soos ek dat daar nie sprake van so iets bestaan nie. Die batterye in die flits is al baie swak. Hoe, dink jy, gaan ons ons weg terugvind in hierdie stikdonker nag? As dit volmaan was, kon ons dit nog gewaag het, maar nie in hierdie donker nag nie."

Versigtig breek Tobie die takkies in klein stukkies, en later brand daar 'n heerlike vuurtjie binne-in die grot.

Dan val dit Amanda by dat daar nog koffie in die fles is. Sorg-vuldig skink sy dit vir Tobie.

Toe Tobie egter merk dat net hy koffie kry, verneem hy be-sorg: "Waarom drink jy nie ook koffie nie? Dit sal jou goed doen."

"Die fles is leeg. En buitendien is ek ook nie baie lief vir kof-fie nie. Ek sal sjokolade eet ..."

"Kom sit hier, dan drink jy die helfte van die koffie," val hy haar sag in die rede.

"Regtig, ek wil nie koffie hê nie, Tobie. Ek sê mos ek gaan nou sjokolade eet," glimlag sy flou.

"Maar kom sit dan hier by my, dan gesels ons. Só sal die ure gouer verbygaan."

Met albei haar arms om haar opgetrekte knieë geslaan, tuur sy diep ingedagte na die dansende vlammetjies.

Daar waar sy so diep ingedagte sit, lyk sy besonder kalm en rustig. Maar Tobie is bewus van die stryd wat in haar binneste woed.

Om haar gedagtes in 'n ander rigting te stuur, begin hy haar te vertel van sy vader se plaas waar hy grootgeword het, en van sy ouers, sy twee susters en twee broers. "Jy sal hulle eendag

231

ontmoet, Mandatjie. Dan sal jy self sien wat 'n vermaaklike klomp hulle werklik is."

Al geselsend snel die ure verby.

Teen twee-uur merk Tobie dat Amanda se oë begin toeval, maar hy gaan rustig aan met sy vertellings.

Toe hy later weer opkyk, sit sy vas aan die slaap met haar kop teen die rots aangeleun. "My arme klein liefling," fluister hy teer. Saggies skuif hy nader aan haar, stoot sy arm liggies agter haar verby en laat haar kop gemaklik teen sy skouer rus.

Met sy een arm beskermend om haar skouers, val ook hy later in 'n ligte sluimering, maar hy is deurentyd bewus van die slapende meisie in sy arm. En by die geringste beweging van die nagdiertjies is hy onmiddellik wakker. Dan luister hy na al die geluide van die nag, totdat hy later weer in 'n ligte slaap wegraak.

7

Toe die eerste flou strale van die son by die grot inskyn, skrik Tobie plotseling wakker. Amanda is egter nog vas aan die slaap met haar kop teen sy bors.

'n Teer glimlaggie speel om sy mooi, sterk mond toe hy afstaar in die slapende gesig van die meisie.

Onbewus druk hy haar liggies teen hom aan, dan gaan haar oë stadig oop.

Half verward kyk sy hom aan, kompleet asof sy Tobie se teenwoordigheid nie kan verklaar nie. Dan verskyn daar 'n glimlaggie op haar fraai gelaat. "Moet ek om verskoning vra oor ek my so skandelik verslaap het?" glimlag sy en merk toe dat sy met haar kop teen sy bors rus.

Verleë kom sy orent. Sy weet dat dit Tobie se werk is, dat dit hy is wat haar gedurende haar slaap in so 'n posisie geplaas het, want uit eie beweging sou sy nooit so iets gewaag het nie. Daarvoor voel sy te skugter teenoor hom.

Tobie merk haar verleentheid. "Is jy nou kwaad vir my, Mandatjie? Ek kon dit eenvoudig nie oor my hart kry om jou so teen die harde rots te laat sit en slaap nie," verduidelik hy.

"Nee, Tobie, ek is nie kwaad nie. Inteendeel, ek is jou innig dankbaar oor jou besorgdheid. En die feit dat jy heelnag so getrou oor my gewaak het, laat my voel dat ek baie aan jou verskuldig is."

"Jy is my niks verskuldig nie, meisie. Dit was my plig . . . en . . . wel, ook 'n plesier," merk hy goedig op.

"Sal ons nou maar teruggaan, Tobie? Ek is nou baie lus vir 'n sterk koppie koffie."

"Glo my, ek is nie minder lus vir daardie koffie waarvan jy praat nie. Ons kan nou dadelik gaan as jy gereed is."

Stadig daal hulle die berg af. Amanda dra die reisdeken terwyl Tobie die mandjie dra.

Hoewel sy kalm gesels, is dit vir Tobie duidelik dat sy senuweeagtig is. Hy weet instinktief dat dit die ontmoeting met Vic is wat sy vrees en wat haar so senuweeagtig stem. En hy staan magteloos om iets daaraan te doen. Hy het haar immers verseker dat hy haar te alle tye sal bystaan en beskerm. Meer as dit is hy nie by magte om te doen nie.

Halfpad teen die berg af, ontmoet hulle die ander vier wat al na hulle kom soek het.

"Goeie genugtig, is dit nou tyd vir julle om terug te kom?" verneem Paul gemaak kwaad. "Ek voel sommer lus en trek julle albei oor my skoot." Sy stem spreek egter van verligting.

Die ander drie lag verlig. Ook Amanda en Tobie moet maar saamlag.

Gemaklik neem almal plaas op 'n plat rots onderwyl Paul vervolg: "Ek wil nou eers weet waarom julle my sulke angs laat uitstaan het, voordat ek verder gaan."

"Nou ja, ons kan julle niks meer vertel as dat die reën ons daar vasgekeer het nie. Ons was heeltemal gereed en het net die mandjie opgeneem om terug te gaan, toe die eerste harde slag geslaan het . . . en met so 'n storm op hande het ek eenvoudig geweier om die terugtog te aanvaar. Ek het my verantwoordelik gevoel vir Amanda se veiligheid en dit sou tog baie swak van my gewees het om die terugtog te aanvaar en haar so bloot te stel aan gevaar. Soos julle self weet, het die reën en wind eers omstreeks elfuur bedaar. Toe was dit weer te nat en donker om die berg te trotseer. Ek het eintlik net gedoen wat ek vir ons albei die beste gevind het, Paul," merk Tobie kalm op. "Ons is natuurlik jammer dat julle sulke angs moet uitstaan, maar dit was vir ons gans onmoontlik om terug te kom."

"Ons begryp, Tobie," merk Paul nou laggend op. "Ek het maar net 'n grap gemaak, ou maat. Ek is jou innig dankbaar dat jy na Amanda gekyk het. Ek sou dit self ook nie gewaag het om in daardie storm met die berg af te kom nie . . . Ek hoop net dat jy jou plig sal doen en Amanda se naam sal red as die skindertonge bedrywig raak!"

"Moenie bekommerd wees nie, Paul. Ek het Amanda reeds verseker dat ek haar te alle tye sal bystaan en beskerm," val hy sy vriend kalm in die rede. "Ek besef die erns van die posisie waarin sy beland het."

Onderwyl Tobie gepraat het, staar Amanda stil voor haar uit. Almal besef dat daar 'n geweldige stryd in haar woed.

Eers toe hulle naby die kampplek is, praat sy, maar haar stem klink duidelik moeg en senuweeagtig. "Weet Vic al dat die reën ons in die grot vasgekeer het, Paul?"

"Ja, Mandatjie. Vic het gisteraand saam met ons gesit en wag om te sien of julle nie dalk nog sal opdaag nie. Hy het egter net gebly tot twaalfuur en toe terug huis toe gery. Hier is vir jou 'n brief wat hy by my gelaat het." Toe haal hy die brief uit sy sak te voorskyn en oorhandig dit aan haar.

Met 'n hand wat liggies bewe, neem sy dit by Paul. Op die eerste rots gaan sy sit, skeur die koevert oop en begin te lees:

Liewe Amanda

Ek wil jou net laat weet dat ek bitter teleurgesteld is in die gedrag wat jy vandag openbaar het. Maar dis natuurlik nie eens vir my nodig om dit aan jou te sê nie. Ek sal jou in elk geval môre om en by twaalfuur kom spreek. Ek verlang 'n verduideliking van jou gedrag – nie dat dit enigiets aan die saak kan verander nie, maar ek sal graag wil weet wat jou gister besiel het om so onverantwoordelik op te tree.

Tot siens,

Vic

Verward staar sy voor haar uit. Haar hande val slap in haar skoot, en Vic se brief fladder liggies grondwaarts en kom by Tobie se voete te lande.

Hy buk en tel dit op. Eers toe hy die brief aan Amanda oorhandig, merk hy hoe bleek en aangedaan sy daar uitsien. Dat sy baie bekommerd is, is vir elkeen duidelik. "Amanda," uiter hy besorg, dan vou hy haar in sy gespierde arms en druk haar teer aan sy bors.

Toe breek die spanning waarin sy al heelnag verkeer en bars sy in verdrietige snikke uit.

Nie een praat 'n woord nie. Diep in sy binneste verwens Tobie die jong teologiese student wat dit in sy mag het om haar so diep te kwets.

Hy streel vertroostend oor haar donker krulle terwyl sy stil teen hom staan en snik. Toe haar snikke later bedaar, droog hy haar oë met sy sakdoek af.

235

'n Oomblik rus sy met haar kop teen sy bors terwyl daar nog af en toe 'n snik uit haar bors ontsnap.

Onderwyl hulle stil terugstap na die kamp, gee Amanda die brief aan Paul.

Hy is voorwaar jou liefde nie werd nie, Mandatjie, dink hy gebelg nadat hy die brief gelees het.

By die kampplek is die atmosfeer heel anders as die vorige dag. Almal voel innig jammer vir Amanda en elkeen probeer sy bes om die swye te bewaar.

Die teerheid in Ria se stem toe sy haar suster 'n koppie koffie aanbied, laat Amanda se gemoed weer vol skiet.

Haar oë vol trane, begin sy sommer blindelings in die rigting van die rivier loop, onbewus van die menigte meerkatgate in die veld. Eers toe sy die geweldige pyn van haar voet af na haar enkel toe voel skiet, tref dit haar dat sy sommer die veld ingestap het sonder om eens ag te slaan op die gate waarin mens so maklik kan trap.

Sy probeer op haar voet trap, maar met 'n gil sak sy inmekaar.

Vinnig kyk Tobie in die rigting van waar die gil afkomstig is, dan haas hy hom na haar toe. Hy wonder wat haar oorgekom het. Het 'n slang haar dalk gepik? Vader, nee, nie dit nie. Wat sal hulle hier in die wildernis aanvang as dit dalk die geval is? Nee, dit mag nie wees nie. Sy het reeds so baie deurgemaak sedert gistermiddag.

Almal kom nou na haar toe aangestorm, want dis duidelik dat sy iets oorgekom het.

Tobie bereik haar egter eerste. Op haar mooi gelaat merk hy 'n trek wat getuig dat sy geweldige pyn verduur en dit lyk vir hom of sy enige oomblik gaan flou word.

Liefdevol lig hy haar op in sy arms en vra besorg: "Waar het jy seergekry, my meisie?"

"My voet ... My regtervoet," sê sy. "Ek het in 'n meerkatgat getrap."

Een blik in die rigting van die voet en Tobie is oortuig dat dit nie 'n verrekte spier in die enkel is nie. Hy laat egter niks van sy vermoedens blyk nie. Aan Paul sê hy net: "Ons sal haar so gou moontlik by 'n hospitaal moet kry. Intussen sal ek die pyn vir haar ligter probeer maak deur die voet te verbind. Het julle enigiets hier waarmee 'n mens verbande kan maak?"

"Behalwe my hemp, het ek niks. Maar ons kan 'n stuk van my hemp onder afskeur," stel Paul voor.

Mona bied haar syserp aan en ook Ria bied haar serp aan.

"Die voet moet stil en in posisie gehou word, dan sal dit nie so geweldig pyn nie," verduidelik Tobie onderwyl sy lang, slanke hande vlugtig beweeg.

Binne etlike oomblikke is sy taak volvoer en Amanda moet erken dat die pyn nou draagliker is.

"Ek sal haar die entjie na die motor moet dra," stel Tobie voor. "Ons sal haar net eers moet hospitaal toe neem."

"Ek bly nie by die hospitaal agter nie, Tobie. Ek gaan saam met julle huis toe." Haar stem klink duidelik vermoeid.

"Ons sal sien, Mandatjie," belowe hy en lig haar soos 'n veer-tjie in sy arms op. "Sit jou arms om my nek, dan leun jy op my skouer, Mandatjie. Dit sal vir ons albei gemakliker wees."

"Ek is jammer om jou so tot las te wees, Tobie," maak sy moeisaam verskoning.

"Jy s glad nie tot las nie, meisie. Moet dit asseblief nie weer sê nie, want dis vir my 'n plesier om jou te help."

Stadig beweeg hulle in die rigting van die kampplek en Amanda wens dat hulle reeds daar was, want haar voet pyn ge-weldig.

By die kampplek verneem Tobie dadelik of hulle 'n koppie warm koffie vir Amanda het.

Haastig skink Ria 'n koppie koffie in onderwyl Tobie die beseerde meisie versigtig op die agterste sitplek van haar oom se motor neerlê. "Stil lê, Mandatjie," maan hy besorg.

Ineens laat Tobie se tere besorgdheid warm trane in haar oë opwel, maar sy verwyder dit haastig. Sy wil nie hê dat hy moet dink sy is 'n babatjie wat net wil grens nie. Hy is so goed vir haar.

Ria gee vir haar 'n koppie koffie voor hulle vertrek.

Dankbaar glimlag sy vir haar suster. "Dankie, Ria, dit was heerlik," sê sy sag. "Neem my tog eers huis toe, Tobie. Ek kan nooit in hierdie toestand hospitaal toe gaan nie. My gesig is nie eens gewas nie en my hare ook nie eens gekam nie. En kyk hoe verkreukel is my rok ... My voet pyn nou nie meer so geweldig nie. Ons kan gerus eers by die huis aangaan."

"Goed, dan sal ek jou maar eers huis toe neem." Hy kyk haar met oneindige teerheid aan en vervolg: "Ek kan jou nie in woorde sê hoe bitter jammer ek is oor alles wat met jou gebeur het sedert gister nie, Amandatjie. Die Vader weet, ek sou alles doen om dit te verander, as ek maar net kon."

"Moet jou nie daaroor so verontrus nie, Tobie. Die mens wik, maar die Here beskik. In sy wil moet ons berus," laat sy met oneindige weemoed in haar stem volg. "Laat ons liewer nie meer daaroor praat nie. Die publiek sal genoeg daaromtrent te sê hê."

"Van die publiek gepraat – daar is 'n sakie wat ek nog met jou wil bespreek, Amanda, maar nie nou nie. Nou moet ons eers jou voet laat versorg."

Met dankbaarheid in hul harte wag Paul se ouers hulle op die veranda in.

Liggies, asof sy 'n veertjie is, dra Tobie haar die huis binne met die ou dame en Ria kort op sy hakke. "Ons sal haar moet hospitaal toe neem, mevrou," verduidelik Tobie aan die ou

238

dame op haar vraag of Amanda se voet ernstig beseer is. "Daar sal x-straalplate van die voet geneem moet word – dit mag wees dat daar 'n beentjie in die voet gebreek of gekraak is."

"Nadat Paul my vanoggend gebel het om te sê dat sy seergekry het, het ek haar ouers onmiddellik ontbied. Hulle sal vanmiddag hier wees."

"Ek is bly jy het dit gedoen, mevrou. Daar is 'n sakie wat ek graag met haar ouers wil bespreek."

Versigtig lê Tobie haar op die bed neer, dan verlaat hy die vertrek onmiddellik om homself ook te gaan opknap.

'n Wyle later voeg hy hom by die ander wat nou in die sitkamer vergader. Paul is aan die woord, besig om die ongelukkige insident aan sy vader te beskryf.

Toe haal hy die brief uit sy sak, die brief wat Vic geskryf het, en oorhandig dit aan sy vader. "Dis wat Vic vir haar nagelaat het nadat hy twaalfuur weer vertrek het," verduidelik hy.

"H'm, hy is uiters onredelik, om die minste daarvan te sê," snork die oubaas verontwaardig. "As hy reken hy alleen besit trots, begaan hy 'n geweldige fout, want ons De Meyers is net so trots. Ek sal hierdie brief aan jou moeder ook gee om te lees, Paul."

'n Rukkie later maak Ria haar verskyning in die sitkamer en kondig aan dat Amanda gereed is.

"Ons sal haar met my motor neem, Tobie," stel Paul voor.

"Dankie," glimlag laasgenoemde. "Ek hoop dis die laaste maal wat ek jou pla. My motor sal vanmôre elfuur by die stasie wees."

"Jy pla my glad nie, ou maat. Ek doen dit met plesier. Nadat ons Amanda by die hospitaal besorg het, kan ons eers jou motor by die stasie gaan haal. Dis reeds elfuur."

By die ongevalle-afdeling gee Tobie die ongelukkige jong meisie af aan 'n paar verpleegsters nadat hy kortliks verduidelik het wat gebeur het.

"Wie is dokter Bremer?" verneem die geneesheer weer.

" 'n Vriend van Kaapstad wat hier kuier," antwoord Amanda sag.

"Wel, dan kan jy hom maar hierheen ontbied, suster. Hy kan saam met ons die uitslag van die plate afwag."

'n Oomblik later kom die verpleegster weer die vertrek binne, met Tobie kort op haar hakke.

Vriendelik groet Tobie die jong geneesheer en stel homself bekend. "Ek stel jou vriendelikheid op prys, kollega. Ek sal graag die plate wil sien," merk hy op toe die jong geneesheer voorstel dat hy hulle vergesel na die x-straalkamer. "Is die voet baie pynlik, Mandatjie?" vra hy.

"Nie onuithoudbaar nie, Tobie." Haar woorde kom moeisaam en Tobie weet sy verduur geweldige pyn.

Sonder enige waarskuwing gaan die deur oop en twee verpleegsters maak hulle verskyning met 'n stootwaentjie.

Tobie lig haar netjies en versigtig van die tafel af en lê haar ewe versigtig op die stootwaentjie.

Vinnig kyk die twee verpleegsters hom aan asof hulle wil sê: En wie is jy om jou hier so kontant te gedra?

"Ek dra haar feitlik al die hele môre rond," merk hy met 'n fyn glimlaggie op toe hy die twee verpleegsters se verbaasde blikke op hom gewaar.

Toe hoor hy Amanda sê: "Onthou, Tobie, ek gaan saam met jou terug huis toe. Ek gaan nie hier bly nie."

"En as dit noodsaaklik blyk dat jy hier moet bly, Mandatjie?" verneem hy onderwyl hy liefdevol oor haar swart krulle streel.

"My mammie kan my tuis self versorg. Ek bly nie hier nie." Sy kyk hom smekend aan.

"Maar, meisie, as daar 'n beentjie in jou voet gebreek is . . ."

"Dit maak nie saak nie, Tobie. Ek kan mos tuis ook in die bed bly," val sy hom sag in die rede.

"Ek sal later besluit. Nadat ek die x-straalplate gesien het, sal ek jou sê of ek jou op my risiko sal huis toe neem. As daar net 'n beentjie gekraak is, belowe ek jou, gaan jy saam met my huis toe."

"Maar ek kan tog op my eie risiko ook huis toe gaan, kan ek nie?"

"In sommige gevalle wel. Maar ek gaan dit nie toelaat dat jy iets so onverantwoordeliks doen nie. Jy wil tog jou voet weer net so mooi en gesond hê soos dit voorheen was, wil jy nie?" Sy stem is sag en medelydend.

"Ja, Tobie."

"Wel, dan moet jy nie weier om hier te bly as dit noodsaaklik blyk nie."

Behendig plaas Tobie haar op die x-straaltafel, dan gaan staan hy en die jong geneesheer eenkant en gesels onderwyl die radiografis die voet in posisie plaas en die plate neem.

Die uitslag van die x-straalfoto's is ongelukkig nie in Amanda se guns nie, want dit dui aan dat daar drie beentjies in haar voet gebreek is.

Onderwyl haar voet later in gips geplaas word, is Tobie op pad stasie toe om sy motor te gaan haal.

Die geneesheer is ook net klaar daarmee, toe kom Tobie weer die vertrek binne.

Vandat hulle die x-straalkamer binnegegaan het, het Amanda nog geen woord geuiter nie. Met verdrietige oë staar sy na die plafon en sy voel totaal verlate tussen soveel vreemdelinge.

Tobie is die eerste wat haar met die vraag nader: "Wil jy in 'n privaat saal lê, Amandatjie?"

"Ek wil huis toe gaan, Tobie. Ek belowe jou, ek sal nie vir jou 'n las wees nie. Neem my net terug huis toe ..."

"Kom, kom, Mandatjie, ek het nooit gesê of bedoel dat jy vir my 'n las sal wees nie," val hy haar duidelik teleurgesteld in die rede. "Dis uitsluitlik vir jou eie onthalwe dat ek daarop aandring dat jy hier moet bly. Maar as jy nie wil nie, sal ek jou huis toe neem, hoewel ek nog sê dit sal vir jou veel beter wees om hier te bly."

"Dankie, Tobie," sê sy bly en die lig wat uit haar oë straal, spreek duidelik van innige dankbaarheid. "Ek sal jou nie weer een keer lastig val nie, al is my voet ook hoe pynlik."

"Kom, kom, Mandatjie, niks van die soort nie," glimlag hy af in haar donker oë. "Jy moet tuis my instruksies stiptelik nakom, en as daardie voet baie pynlik is, wil ek dit ook weet. Jy besef blykbaar nie dat jy my verantwoordelikheid gaan wees nie."

"Goed, ek sal jou bevele getrou nakom," glimlag sy flou.

Op pad huis toe is Amanda weer stil en teruggetrokke, en Tobie weet dat haar swye nie aan die pyn van haar voet te wyte is nie, maar aan die pyn wat so diep in haar hart setel: die pyn wat Vic se harteloosheid daargestel het. Die weemoedige trek op haar gesig verraai duidelik haar gevoelens, haar pynlike gedagtes aan hom.

"Sit jy gemaklik, Mandatjie?" verneem Tobie net om die stilte te verbreek, ook om haar gedagtes van daardie pynlike onderwerp af te bring.

"Ja, dankie, Tobie," antwoord sy van die agterste sitplek af waar sy met haar voet gemaklik gestut lê op een van die hospitaal se kussings.

Dan ry hulle weer in stilte voort.

"Waarom so stil, kindjie?" vra hy etlike minute later.

"Ek het gesit en dink aan die kontras tussen jou en Vic . . . die een so lig en die ander weer so donker. Die een oorlaai my met vriendelikheid en die ander doen my net pyn en leed aan," antwoord sy sag.

"Ek wens ek kon jou help om daardie pyn te dra, Mandatjie.

Ongelukkig kan ek net liggaamlike pyn versag. Maar ek sal tog probeer om jou te help in jou stryd."

"Dankie, Tobie," sê sy effens mistroostig. "Jy is so goed vir my, ek weet nie hoe om jou vir dit alles te vergoed nie . . ."

"Vriendskap kos niks, Amandatjie. Ek wens jy wil besef dat dit vir my 'n plesier is om jou van diens te wees," val hy haar in die rede.

"Ek sal probeer om dit te onthou, Tobie."

Tuis het mevrou Lidia de Meyer, Amanda se tante, reeds haar bed in gereedheid toe Tobie voor die deur stilhou.

Van die hospitaal af het hy die ou dame gebel om te sê wat die x-straalfoto's gewys het, en ook dat Amanda daarop aandring om huis toe te gaan.

Versigtig lê Tobie die jong meisie op haar bed neer, dan neem sy een van sy sagte hande tussen albei hare en sê dankbaar: "Jy is die beste vriend wat ek nog ooit gehad het, Tobie . . . Dankie vir al jou vriendskap. Eendag sal ek jou miskien kan terugbetaal."

In haar oë blink die trane helder en dit ontgaan die jong man nie. Sonder om 'n woord te sê, gee hy haar hand 'n sagte drukkie as teken dat hy haar dankbaarheid erken. "Amanda het nog niks geëet nie, mevrou," herinner hy tant Lidia.

"Jy bepaald ook nie, Tobie. Kom eet jy maar solank. Ek sal Amandatjie se ete nou bring."

In die eetkamer is dit besonder stil. Paul en sy vader is albei werk toe, Ria is universiteit toe en Eddie is Uniegebou toe met sy verfgereedskap.

Onderweg na die eetkamer kom Tobie die lang, donker gestalte van Vic teë. Hy groet hoflik. "Amanda is in haar kamer as jy haar wil spreek."

Met 'n saaklike dankie beweeg Vic met lang treë in die rigting van die siekekamer.

Na twee sagte kloppies verskyn mevrou De Meyer in die deur en nooi hom na binne. Toe haas sy haar kombuis toe om Tobie iets te ete te gaan gee.

Na 'n effens stroewe "goeiemôre" neem Vic op die stoel voor die bed plaas. Uiterlik is hy kalm, maar Amanda merk dat daar 'n onverbiddelike uitdrukking op sy gesig is.

Haar stem is sag en bedees toe sy sy môregroet beantwoord, maar haar hele wese toon tekens van die spanning waarin sy op die oomblik verkeer.

Stil tuur die jong man deur die venster onderwyl hy na haar welstand verneem.

Vir Amanda klink sy stem uiters onbelangstellend en die on- verskillige ondertoon daarin stuur opnuut 'n pyn deur haar binneste. Sulke onverskilligheid is sy nie van Vic gewoond nie en dis vir haar uiters pynlik om dit vandag te beleef.

Sy volgende woorde tref haar egter met 'n skok, hoewel sy dit tog verwag het. "Wat het jou nou eintlik gister besiel om die berg te gaan uitklim, Amanda? Regtig, ek het meer verant- woordelikheid van jou verwag as dit. Jy het tog seker nie ver- wag dat ek met so 'n handelswyse gedien moet wees nie?" Sy stem is koel, berekend, en Amanda is op die oomblik te oorbluf om iets te sê. Sy kyk hom egter net verwytend aan en haar blik sê meer as wat sy in woorde sou kon geuiter het.

Na 'n oomblik van stilte vra Vic weer: "Het jy niks tot jou verdediging te sê nie?"

"Ek sien niks in my optrede van gister wat enige verdediging verg nie, Vic. En as jy so kleinlik is om oor dié geringe gebeur- tenissie kwaad te wees, kan ek niks daaraan doen nie. Wat gister gebeur het, was heel toevallig en onvermydelik . . ."

"Amanda!" val hy haar geskok in die rede. "Noem jy dít 'n geringe gebeurtenissie? Ek het so iets die minste van jou ver- wag . . ."

"Ek wonder nou regtig wat jy eintlik van my verwag het, Vic," val sy hom weer onthuts in die rede.

"Dat jy darem berou sou hê oor jou onverantwoordelike optrede deur die berg uit te klim en daar die nag met 'n wildvreemde man deur te bring."

"Jy praat asof ek 'n vreeslike sonde daardeur begaan het, Vic, asof ek my aan iets verskrikliks skuldig gemaak het." Haar stem daal tot 'n sagte, maar besliste klank toe sy weer sê: "As dit is wat jy van my dink, kan ons verhouding gerus maar verbreek word. Die man met wie ek eendag trou, moet meer vertroue in my hê as dit, Vic. Jy het my duidelik nooit liefgehad nie, daarom kan jy so 'n vreeslike bohaai opskop oor so 'n nietigheidjie."

"As dit jou opvatting is, is dit veel beter dat ons verhouding verbreek word. Ek sien waarlik ook nie kans om na dit alles nog met die verlowing deur te gaan nie."

"Goed, Vic," kom dit sag, byna verwytend. Dan trek sy die seëlring van haar vinger af en gee dit aan hom terug. "Ek wil jou net dit sê, Vic . . . Ek het niks verkeerd gedoen toe ek gisternag saam met Tobie in die grot moes deurbring nie. Dus, wat jou oordeel ook al mag wees, dis totaal ongegrond."

Vinnig kom Vic orent waar hy voor die bed sit en met 'n haastige "tot siens, Amanda" verlaat hy die vertrek.

Met betraande oë staar sy na die deur wat Vic pas agter hom toegetrek het en dit voel meteens vir haar of die deur na haar hart ook nou vir ewig dig gesluit is vir die liefde.

Onderwyl Tobie besig is om sy maaltyd te nuttig, begin die foon skril en dringend lui. Aangesien tant Lidia op die oomblik by Amanda in die kamer is, staan hy op en beantwoord die oproep.

"Hallo!" hoor hy 'n vrouestem op 'n besonder hoë noot sê toe hy die gehoorstuk teen sy oor plaas.

"Hallo," antwoord hy kalm terug.

"O, Paul!" hoor hy die stem op 'n nog hoër noot sê. Maar voordat hy die dame kan reghelp deur haar te laat verstaan dat sy nie nou met Paul praat nie, gaan sy al weer soos 'n draaiorrel voort: "Maar is dit nie verskriklik nie? Ek hoor Amanda het heelnag saam met 'n vreemde man in 'n berg deurgebring! Gits, wie sou dit nou van haar kon dink? Jou moeder moes bepaald geskok gewees het, want die nuus het my so geweldig geskok . . ."

"Dit spyt my, mevrou, maar jy praat nie nou met Paul de Meyer nie, en wat jy so pas gesê het omtrent Amanda se verblyf laas nag in die berg saam met 'n vreemde man, is ook glad nie so verskriklik soos jy dit vertolk nie. Dit was 'n insident wat deur geeneen verhelp kon word nie en dit was ook 'n doodonskuldige voorval. Amanda weet gelukkig hoe om haar te gedra. Dus, ek waarsku jou, nog meer van hierdie geklets en ek doen verdere stappe teen jou. Want sien, ek is die vreemde man, dokter Bremer, saam met wie Amanda noodgedwonge die nag in die grot moes deurbring. En ek kan jou verseker dat Amanda verlede nag geen sedewette oortree het nie. Wees dus asseblief gewaarsku."

Onthuts plaas Tobie die gehoorstuk terug sonder om weer te luister na wat die aaklige stem te sê het.

Toe hy wegdraai van die instrument af, kyk hy in tant Lidia se oë vas.

"Ek is jammer . . . Dis nie 'n gewoonte van my om na ander se gesprekke oor die foon te staan en luister nie. Maar ek het so iets verwag. Dit gaan al die hele oggend so, Tobie . . . Dankie dat jy haar netjies op haar plek gesit het," stamel sy effens, want sy kan merk dat hy uiters onthuts voel.

"So 'n ellendige katwyfie," merk hy vies op. "Ek hoop Amandatjie bly so iets gespaar . . . Mevrou, jy laat geeneen toe om Amanda te besoek nie. Sê vir hulle dis die geneesheer se bevele as hulle straks daarop aandring. Ek gaan nou met Amanda praat. Daar moet 'n einde gemaak word aan hierdie onsmaaklike geklets."

Tobie draai die deur oop en gaan Amanda se kamer binne. Geluidloos stoot hy weer die deur agter hom toe, dan gaan sit hy voor haar op die bed.

Amanda merk die trek van onvergenoegdheid op sy anders vriendelike gelaat en sy wonder wat gebeur het om hom so te ontstel.

"Ek het nou net met een van Pretoria se katwyfies oor die telefoon gepraat . . ."

"Jy moet jou nie so ontstel oor hulle geklets nie, Tobie. Hulle is dit nie werd nie," val sy hom sag in die rede.

"Ek dink nie aan myself nie, Mandatjie, ek dink aan jou. Dis jou naam wat op die spel is, wat hulle besig is om deur die modder te sleep. Ons sal gewis iets daaraan moet doen. Hierdie geklets moet end kry en daar is net een manier hoe ons dit kan stopsit . . . Ons sal onmiddellik in die huwelik moet tree, Amandatjie. Sien jy daarvoor kans, meisie? Dit sal natuurlik 'n huwelik net in naam wees. Ek weet jy het my nie lief nie, daarom sal ek niks van jou verwag nie. Jy sal in werklikheid my suster wees wat vir my huishou en ek sal jou broer wees wat vir jou sorg. Voor ons familie en die publiek sal ons maar 'n gelukkige huwelik veins . . ."

"Nee, Tobie, dit kan ek nie ook nog van jou verwag nie. Jy het alreeds so baie vir my gedoen. Ek gaan nie toelaat dat jy jou hele lewe ongelukkig maak deur my nie," val sy hom in die rede. "Ek durf ook nie aanhou om op jou goedheid te teer nie . . . Baie dankie vir jou onselfsugtige aanbod, maar ek sal dit nie aanvaar nie. Dis nie jou skuld dat ek in hierdie situasie beland het nie. Dus, moet jouself asseblief nie daarvoor aan-

247

spreeklik hou nie. My lewe was maar bestem om so te wees
. . . so . . . soos dit nou is."

"Maar, Amandatjie, jy begryp nie! Almal verwag nou van
my om met jou te trou. Jy durf nie weier nie, meisie. Jy plaas
jouself daardeur in 'n verskriklike ongeleentheid."

"Maar, Tobie, dis tog nie jou skuld dat die reën ons daar vas-
gekeer het nie."

"Dit maak nie saak nie, Mandatjie. Die mense beskou dit nie
in daardie lig nie. Hulle verwag dat ek nou met jou moet trou.
Ek is seker jou ouers sal dit ook van my verwag . . . en ek voel
self dat dit my plig is, Mandatjie. Ek sal die predikant vanmid-
dag gaan spreek. Hy kan ons môre hier in jou kamer in die
huwelik kom bevestig. Dan sal jou ouers ook hier wees om die
seremonie by te woon."

"En wat van die pos as orreliste wat ek alreeds aanvaar het,
Tobie?"

"Jy sal dit maar moet bedank, meisie. Met daardie voet van
jou sal jy in elk geval nie gou die orrel kan bespeel nie, en daar-
benewens laat ek nie toe dat my vrou enige ander betrekking
beklee nie . . . Jy gaan mos nou my vrou word, al is dit ook net
in naam?" glimlag hy goedig.

"Ja, Tobie. Maar die vader weet, ek voel so selfsugtig om
hierdie aanbod van jou te aanvaar. Ek belowe jou egter om
alles in my vermoë te doen om jou gelukkig te maak. Later
miskien, mag ek dalk nog al die verpligtinge as jou vrou na-
kom . . . Later wanneer ek jou beter ken. Nou ken ek jou maar
twee dae."

"Ek begryp, Mandatjie. Daarom het ek die voorstel gemaak
dat ons huwelik net in naam moet wees. Dis moontlik dat jy
weer eendag mag liefkry. In daardie geval sal ek jou weer jou
vryheid gee om met die man te trou wat jy liefhet."

"Jy is te goed vir my, Tobie. Regtig, ek voel byna geneig om vir jou te sê dat ek al my pligte as jou vrou sal nakom, dat ons huwelik ook maar normaal moet wees soos enige huwelik …"

"Dit sal ek nooit toelaat nie, Amandatjie. Sonder liefde kan 'n vrou onmoontlik al die pligte nakom wat die huwelik daarstel. Dit sal heiligskennis wees," val hy haar sag in die rede.

Toe tant Lidia 'n wyle later haar verskyning in die kamer maak met drie koppies tee, is dit Tobie wat aan haar die nuus meedeel, die nuus dat hy en Amanda die volgende dag in die huwelik gaan tree. "Dit sal natuurlik 'n stil huwelik wees met net die huismense teenwoordig," laat Tobie daarop volg. "Ek is seker Amandatjie sal nie 'n gedrang om haar wil hê nie."

"Jy het gelyk, Tobie. Ek verkies ook 'n stil huwelik."

Voor Tobie na die pastorie vertrek, bel hy Paul om hom te verwittig van die huwelik wat die volgende dag sal plaasvind. Dan druk hy 'n ligte soentjie op Amanda se voorkop en verlaat daarna die vertrek met die woorde: "Versigtig wees, Mandatjie. Nie baie woel nie, hoor!"

Toe trek hy die deur agter hom toe en stap haastig na sy motor toe wat voor die deur staan.

Onderwyl Tobie besig is om die situasie aan die predikant te verduidelik en reëlings te tref vir die huwelik, daag Amanda se ouers op.

Nadat tant Lidia die ouerpaar omslagtig ingelig het omtrent die gebeure van die vorige dag, neem sy hulle na Amanda se kamer toe.

Stil groet hulle haar en Amanda voel innig jammer vir haar ouers. Sy weet hoe hierdie nuus hulle moes getref het, hoewel hulle niks sê nie.

"Hoe voel jy kindjie?" vra haar moeder besorg.

"Baie beter, dankie, Mammie," glimlag sy flou. "Hoe gaan dit met Mammie en Pappie?"

"Goed, Mandatjie. Ons het ons net byna lam geskrik toe ons

die tyding kry dat jy 'n ongeluk gehad het, maar tant Lidia sê dis darem nie te ernstig nie."

"Dit is nie ernstig nie, Mammie. Ek sal een van die dae weer kan loop. Tobie meen dat ons oor twee weke die rit na sy ouers se plaas sal kan aanpak."

"En waar is my aanstaande skoonseun dan?" wil haar vader ineens weet.

"Hy sal netnou hier wees, Pappie. Hy het net die predikant gaan spreek. Ons het besluit om môre in die huwelik te tree."

"Tant Lidia het ons daarvan vertel. Onder die omstandighede is dit die allerbeste wat julle kan doen. Maar sê my, Mandatjie, sal jy met hom gelukkig kan wees?"

"As Pappie hom eers self gesien het, sal Pappie weet dat dit onmoontlik is om saam met hom ongelukkig te wees. Sy bereidwilligheid om met my in die huwelik te tree, is alreeds 'n duidelike bewys van sy mooi en sterk karakter. Hy is opreg en eerlik van inbors. Pappie kan trots wees om Tobie as skoonseun te hê. Ek sal my bes probeer om hom gelukkig te maak, want hy verdien net die beste."

"Nee, kyk, as jy so voel oor die saak, is ek bly, my kind, want dan kan ons ten minste ook gerus voel oor jou toekoms."

"Pappie en Mammie moet glad nie verontrus voel nie. Tobie is die goedheid self. Ek is seker ons gaan baie gelukkig wees," stel sy haar bekommerde ouers gerus. Sy wil tog nie hê hulle moet bekommerd voel oor haar nie. "Tobie sal nou enige minuut terug wees, dan kan Pappie self oordeel of ek wel die waarheid gepraat het."

"Ek hoop hy kom gou, want ek is al haastig om die kêreltjie te ontmoet."

Toe begin Amanda heerlik lag.

Vraend staar almal haar aan.

"En nou, Mandatjie?" verneem haar vader in dieselfde luim.

"Ek lag sommer omdat Vader Tobie aanspreek as 'kêreltjie', en in werklikheid is hy lank en skraal met breë skouers . . . "Dit klink so snaaks om aan Tobie te dink as 'n 'kêreltjie'. Dink tant Lidia nie ook so nie?"

"Ja, dit klink voorwaar komieklik vir ons wat hom ken," glimlag sy goedig.

"Hier het nou 'n motor voor die deur stilgehou," kom dit sag van Amanda se moeder.

"Dan gaan Mammie en Pappie nou julle aanstaande skoonseun ontmoet," merk sy met 'n glimlaggie op. Sy weet albei haar ouers is gretig om met Tobie kennis te maak en sy weet ook dat hy hulle goedkeuring gaan wegdra.

8

Ligte, veerkragtige voetstappe in die gang laat almal afwagtend na die oop kamerdeur staar. Dan verskyn die atletiese gestalte van Tobie in die oop deur. Hy is geklee in 'n liggrys pak en sien daar besonder deftig uit.

'n Vlugtige oomblik gly sy oë oor die drie persone in die kamer, dan rus hulle eindelik op Amanda se klein, bleek gesiggie.

Toe tree hy vorentoe en groet Amanda se ouers elk met 'n stewige handdruk nadat tant Lidia hulle aan hom bekendgestel het. Dan wend hy hom weer tot Amanda en sê: "Hoe voel die voet, Mandatjie?"

"Baie beter, dankie."

"Jy is besonder bleek, meisie. Is jy seker jy voel nie sleg nie?"

"Regtig, ek voel nie sleg nie, Tobie," glimlag sy oortuigend.

"Voel die meisie lus om effens op te sit?" verneem hy weer.

"Asseblief. Ek word moeg om so in een posisie te lê."

Vlugtig kyk hy tant Lidia aan en vra: "Kan ek nog twee kussings kry, asseblief, mevrou?"

"Seker, Tobie." Haastig staan sy op om die kussings te gaan haal.

"En wat sê die predikant van die haastige huwelik?" wil Amanda weet.

"Hy sê jy is 'n stout dogter om saam met 'n vreemde man in die berge te gaan staan en rondklouter soos watter groot bobbejaan," glimlag hy.

Almal bars uit van die lag.

Ten spyte van die feit dat Amanda se hart dood voel in haar binneste, kan sy soms ook nie haar lag bedwing vir Tobie se sêgoed nie en sy weet dat, as daar ooit een is wat haar sal kan help om oor haar liefde vir Vic te kom, dit gewis hy sal wees. "Kom, Tobie, ek wil weet wat hy gesê het van die haastige huwelik," sê sy nog steeds vol lag.

"Hy wou weet of jy nie bang is om jou so halsoorkop aan 'n vreemdeling te bind nie. Hy sê hy voltrek g'n sulke haastige huwelike nie. Hy het ook onder meer gesê dat jy verniet so haastig is om 'n maat te soek, die winter is nog betreklik ver."

Heerlik skater almal dit weer uit van die lag.

"As jy my nie nou die waarheid vertel nie, Tobie, trou ek nie met jou nie," dreig sy glimlaggend.

"O nee, jy kan nie nou meer kop uittrek nie. Ek het klaar alle reëlings getref. Die huwelik word môreaand om sewe-uur voltrek. Na sewe-uur môreaand sal jy dus mevrou Bremer wees. Dominee meen ook dat dit die beste is wat ons kan doen . . . Ek het hom natuurlik eers van die hele voorval verwittig, want ek wil nie hê hy moet dieselfde gedagtes koester as die skinderbekke nie."

Tant Lidia kom die kamer binne met die twee kussings.

Behendig stoot Tobie sy arm agter Amanda se skouers verby. "Jy kan gerus maar om my nek vashou," glimlag hy. Met sy een arm stut hy haar en met die ander hand rangskik hy die kussings sodat sy effens regop kan sit. "Sit jy gemaklik, Mandatjie?" vra hy.

"Kan ek nie net effens opskuif nie, Tobie?"

"Wag, nie so haastig nie. Ek sal jou self in posisie plaas. Moet asseblief nie krag op die been van die beseerde voet uitoefen nie. Dis 'n vereiste dat die been absoluut bewegingloos moet lê." Met hierdie woorde plaas hy sy hande onder haar arms en trek haar liggies op. "Sit jy nou gemaklik, kleinding?"

"Ja, dankie," glimlag sy dankbaar.

"Mag ek hier langs jou sit?"

"Maar seker, Tobie! Jy moet darem regtig baie moeg wees. Verlede nag het jy feitlik niks geslaap nie en van vroeg vanoggend af spook jy al met my. Wil jy nie 'n bietjie gaan rus nie?" Haar stem klink duidelik besorg.

"Ek is al gewoond om sonder slaap klaar te kom, Mandatjie. 'n Geneesheer se nagrus is maar gewoonlik wisselvallig. Soms kry hy 'n paar uur slaap en somtyds net 'n uur. Daarom is dit noodsaaklik dat ons een maal 'n jaar vakansie neem en goed uitrus."

"Wel, ek moet sê jou vakansie het maar treurig begin."

"Daar is vir my nog baie tyd om te rus, meisie."

Toe maak hy by die ouerpaar verskoning vir sy en Amanda se onbedagsaamheid van die vorige dag deur hulle in die berg te laat vaskeer deur die reën.

Later sê die oubaas: "Vertel my, Tobie, ken jy dokter Koos Bremer? Hy is 'n man van omtrent my jare. Hy woon in Rondebosch."

"Dis my oom van wie jy nou praat, meneer De Meyer. Ken jy hom?"

"Maar alte seker ken ek hom. Ons was destyds saam op universiteit . . . Dan moet jy óf Tobie se seun wees óf Theunis s'n, want hulle is net drie broers."

"Ek is Theunis Bremer se seun, meneer De Meyer."

"Nou kyk, as jy Theunis se seun is, gee ek my dogter met 'n geruste hart aan jou. Ek hoop net julle kinders gaan nie so onhebbelik wees soos wat ons was nie," lag die oubaas. "Jy moet jou vader tog vra om jou 'n paar staaltjies uit sy jeug te vertel. Vra hom om jou te vertel van die aand toe ons droë perskes uit die doodkis op die solder wou steel . . . Maar van die os op die esel, leef jou oupa en ouma nog, Tobie?"

"My ouma leef nog, maar my oupa is etlike jare al oorlede. My vader boer op Wilgerspruit. Ek het eintlik op die ou familieplaas grootgeword."

"Hoeveel kinders is julle, Tobie?"

"Vyf . . . twee dogters en drie seuns. En ek kan nou ook wel begryp waarom die ander vier so onhebbelik is. Hulle aard bepaald dan maar na Vader," sê die jong man vriendelik. "Regtig, wanneer hulle met vakansietye by die huis is, neem hulle gewoonlik die hele plaas op horings. My jongste boetie versamel net insekte, en glo my, 'n mens is nooit jou lewe seker in die huis wanneer hy tuis is nie. Jy kan dit nie eens waag om op 'n stoel te gaan sit nie, want jy kom heel moontlik op 'n kartondoos vol spinnekoppe of skerpioene te lande."

"Wel, hy is voorwaar jou pa se seun," lag die oubaas.

Al geselsend snel die tyd verby en Ria kom ook later die kamer soos 'n jong orkaan binnegestroom. Sy het reeds haar vader se motor herken.

Met 'n uitroep van blydskap val sy haar moeder om die hals en soen haar lank en innig. Toe is dit weer haar vader se beurt om deur te loop. "Allemensig, maar ek is bly om julle twee ouens hier te sien," merk sy duidelik verheug op.

254

"Ons moes eenvoudig kom, ons een dogter wil dan trou," kom dit goedig van die vader.

"Wie? Amandatjie?" kom dit verras.

"Ja, Amanda en Tobie wil môre trou."

"Wel, wel, wel, dis die regte gees, Mandatjie. So hou ek van die lewe. Dit moet die ene verrassings wees. Ai, maar jy is 'n gelukkige mens om 'n man soos Tobie te kry," merk sy op.

"Ek het nog twee ander boeties as jy miskien 'n keuse onder hulle wil doen," terg Tobie terug. "Ek het 'n idee dat julle nogal goed sal aard."

"As hulle ook so vol verrassings is, sal ons bepaald goed aard," lag sy opgewek.

"My jongste boetie is 'n verrassing op sigself, om nie eens van sy streke te praat nie. Jy moet hom tog ontmoet, Ria. Ek sal graag die paar van julle saam wil sien."

"Gaan hy môre hier wees vir die troue?"

"Nee, maar jy kan met die vakansie op die plaas gaan kuier. Mandatjie en ek sal ook daar wees. Tussen hakies, dis die enigste tyd van die jaar wat die Bremer-gesin gewoonlik voltallig is."

"Ek kan gerus so 'n plan maak," verseker sy hom.

"Dan kan ek hulle tuis maar solank in kennis stel van jou koms?"

"Ja, Tobie. Ek moet eenvoudig met hulle kennis maak. Hulle klink vir my alte interessant."

"Tussen daardie vier sal jy jou vakansie terdeë geniet, want julle is eintlik voëls van eenderse vere."

Toe kom ook Paul en sy vader die vertrek binne.

Na ete verdaag Ria onmiddellik na haar en Amanda se kamer toe.

Amanda is bly, want Ria kan haar nou help om die goed bymekaar te kry wat sy aan Vic wil terugstuur.

Met die hulp van Ria het sy ook later alles in 'n bondel voor haar op die bed. Met diepe pyn en teleurstelling in haar siel-volle oë neem sy die armband van haar arm af en plaas dit terug in sy dosie. Ook dit stuur sy aan hom terug.

Ria merk die pyn in haar suster se oë, maar sy sê niks. Sy weet Amanda het Vic lief en sy weet ook hoe pynlik die ge-dagte vir haar moet wees, die gedagte dat alles tussen hulle nou tot niet is.

Dan dink sy weer aan Amanda en Tobie se huwelik wat môre voltrek word, en sy wonder onwillekeurig hoe haar sus-ter so 'n huwelik gaan ervaar?

Dat Tobie vir Amanda goed sal wees, ly geen twyfel nie. Maar daar is tog niks wat die liefde in Amanda se hart kan smoor, die innige liefde wat sy nog steeds vir Vic koester nie.

"Sal jy hierdie pakkie vir my môre pos, Ria?" verneem Amanda nadat sy alles in 'n netjiese pakkie toegemaak het en Vic se adres daarop geskryf het.

"Met plesier, my ou sussie. Vic sal die pakkie môre verseker ontvang." Dan verlaat sy die vertrek.

Etlike oomblikke lê Amanda agteroor met geslote oë. Haar gedagtes dwaal terug na twee aande gelede. Sy dink aan Stella se huwelikseremonie en daarna die onthaal . . . Hoe gelukkig was sy tog nie toe Vic sy liefde aan haar verklaar het nie! Hy het selfs twee danse daardie aand met haar gedans, iets wat hy uiters selde doen. "Ek sal enigiets doen om jou te plesier, Mandatjie, en jy weet dit al," was sy woorde aan haar . . . En nou het hy haar net hartseer en trane besorg, hulle verhouding verbreek asof dit nooit iets vir hom beteken het nie. Ja, hy beskou haar feitlik as iets wat besmet is. Hy het dit nou nie in soveel woorde gesê nie, maar dis tog wat hy bedoel het.

Tobie se binnekoms maak egter 'n einde aan haar pynlike gedagtes.

Hy kan merk dat sy weer in 'n weemoedige stemming verkeer en sy hart gaan uit na haar . . . Ja, hy weet ook hoe 'n geweldige skok Vic se hartelose brief vir haar was. Sy liefde het bepaald nie te diep gesetel nie, besluit hy in sy enigheid.

Tobie besluit om alles in sy vermoë te doen om Amanda te help vergeet – vergeet dat sy ooit so 'n persoon soos Vic geken het. Hy het tog duidelik bewys gelewer dat hy haar liefde nie werd is nie. Hy is nie 'n enkele traan van haar werd nie. As sy dit ook maar net wil besef.

Liefdevol streel hy oor haar donker kop. "Steur ek jou, Mandatjie? Wou jy miskien slaap?"

"Nee, Tobie," antwoord sy sag. "Sit maar gerus. Jy steur my nie in die minste nie. Ek voel ook nie nou al lus om te slaap nie."

"Gaaf, dan gesels ons 'n rukkie. Maar daarna moet jy regtig probeer om te slaap."

Uit sy sak haal hy 'n fraai doos sjokolade en sit dit langs haar op die tafeltjie neer. "Ek het skandelik vergeet om dit vanmiddag vir jou te gee," glimlag hy goedig en gaan langs haar op die bed sit.

"Dankie, Tobie," glimlag sy flou terug. "Jy verwen my totaal."

"Moet glad nie dink dit gaan altyd gebeur nie," terg hy. "Sodra jy weer op die been is, sal jy moet bakstaan en jou sout verdien, jong. Ek bederf jou nou maar so 'n bietjie bloot uit jammerhartigheid, as jy dit miskien nie weet nie."

Amanda kan 'n breë glimlag met die beste wil ter wêreld nie bedwing nie.

Met genoeë merk Tobie die glimlag wat nou weer om haar mond speel.

"Jou teenwoordigheid is strelend soos balsem op 'n oop wond, Tobie," sê sy en neem sy een hand tussen albei hare.

Hierdie gebaar van haar laat Tobie sy arm vertroulik om haar skouers plaas. "Ons sal vanaand moet verloof raak, meisie. Mens raak mos eers verloof voor jy trou, dan nie?"

Sy oë gly oor die donker krulkop wat langs hom op die kussing nestel en rus dan eindelik op haar effens blosende gelaat.

"Waarom wil jy geld mors op 'n verloofring, Tobie? Onthou, jy sal van môre af 'n vrou hê om voor te sorg. Spaar dus gerus elke sent," pla sy. "Maar ek sal darem my deeltjie ook bydra. Ek kan altyd 'n betrekking as musiekonderwyseres aanvaar, weet jy?"

"Dit, my liewe Mandatjie, wil ek nie hê nie. Jy koester tog seker nie die gedagte dat ek jou ooit so iets sal toelaat nie?"

"Waarom nie?"

"Omdat die vrou van 'n Bremer nog nooit nodig gehad het om 'n betrekking te aanvaar nie. En tweedens, omdat ek my vrou ruim kan voorsien van alles wat sy sal nodig hê . . . Ons sal nie jou deeltjie nodig hê nie, Mandatjie. My praktyk is gelukkig goed gevestig. Ek het reeds vir jou 'n diamantring gekoop. Dit sal jou dus niks baat om teë te stribbel nie. Ek weet net nie of jy daarvan gaan hou nie." Toe haal hy die dosie uit sy sak, maak dit oop en steek die ring aan haar ringvinger met die woorde: "Môreaand sal sy maat ook langs hom pryk."

'n Oomblik staar Amanda af na die groot diamant wat helder vonkel aan haar hand, dan lig sy haar gesig en bied Tobie haar lippe aan.

Vir Tobie is dit 'n hemelse oomblik toe Amanda uit eie beweging haar lippe vir hom aanbied om te soen.

"Dankie, Tobie, dis pragtig," fluister sy tussen sy soene deur, en weer eens tref dit hom dat sy hom nie heeltemal ongeneë is nie.

"Mag ek sien hoe die troupand lyk?" vra sy later. "Die twee ringe moes jou bepaald baie gekos het," laat sy hoor en plaas die troupand terug in die dosie.

"Sê my nou eers, Mandatjie, waar verkies jy om te woon – in 'n woonstel of in 'n huis?" vra hy.

"Daaroor moet jy maar self besluit, Tobie. Vir my maak dit geen verskil nie. Die een is so goed soos die ander."

"Aangesien ons nie 'n gesin beplan nie, kan ons maar gerus in my woonstel bly. Dis nie 'n besonder groot woonstel nie, maar dit is vir ons twee ruim genoeg. Dit bestaan eintlik uit 'n slaapkamer, sitkamer, kombuis, badkamer, en 'n klein balkonnetjie. Dis ook nie ver van die kerk af nie. Jy kan altyd die orrel gaan speel wanneer jy lus voel."

Al geselsend snel die tyd verby. Ria se binnekoms herinner Tobie meteens daaraan dat dit seker al tyd moet wees om bed toe te gaan.

"Kom, kom, alle geselsery nou op 'n end. Ek wil kom slaap," merk die jong meisie skertsend op. "Môreaand kan julle maar heelnag gesels as julle lus voel." Dan wonder sy of Tobie van môreaand af op haar bed gaan slaap, en verneem weer: "Vertel my, julle twee, waar dink julle gaan ek môreaand slaap as ek my bed aan Tobie moet afstaan?"

"Ek is bevrees jy sal by my voete moet slaap," terg hy. "Of anders op die matjie voor die bed. Dit hang net af waar jy verkies om te slaap."

"Nee, dan liewer maar op die rusbank in die sitkamer," lag sy opgewek onderwyl sy Amanda se verloofring van naby beskou. "Ek moet sê, dis 'n mooi ring, Mandatjie. Ek hou van Tobie se smaak. Maar sê my nou, sal ek môre my goedjies moet verwyder hier uit die kamer uit?"

"Dis nie nodig nie, Ria," merk Tobie op. "Ek het jou maar net gepla. Jy kan vanaand en elke aand in jou bed slaap."

"Nou begryp ek jou waarlik nie," val sy hom in die rede. "Jy en Mandatjie kan tog nie albei op daardie enkelbedjie slaap nie."

"Jy het dit volkome gelyk, ou Riatjie, ons kan nie. Daarom slaap ek weer môreaand en al die ander aande op dieselfde bed waar ek eergisteraand geslaap het," kondig hy glimlaggend aan.

"Nee, dit sal darem nie *fair play* wees nie," merk sy weer ernstig op. "Ek sal maar liewer môre padgee uit die kamer uit. 'n Man en vrou hoort bymekaar."

"Nou toe, as jy dan nou wil kom slaap, sal ek natuurlik moet padgee."

Vlugtig soen hy Amanda op die voorkop, wens Ria 'n rustige nag toe en verlaat dan die kamer.

9

Na ontbyt die volgende môre moet Tobie eers sy familie en vriende bel om hulle in kennis te stel dat hy vandag in die huwelik tree.

Hy bestel ook 'n menigte aronskelke en swaardlelies, en 'n ruiker vir sy swartoogbruidjie. Vlugtig skryf hy die adres neer waar dit afgelewer moet word, betaal die rekening en trek dan vinnig voor die winkel weg. Nou huis toe – na Amanda toe.

Met ligte tred bestyg hy die stoeptreetjies, dan merk hy sy aanstaande skoonvader wat eenkant op die veranda sit. Nou sal hy eers 'n oomblik met die oubaas moet gesels, dink hy.

"Allemensig, maar jy kan vroeg rondloop," voeg die oubaas hom toe. "Toe ons vanmôre hier na jou soek, is jy skoonveld en nie een weet waar jy is nie."

"Waarom is daar na my gesoek? Is daar iets verkeerd met Mandatjie?" vra hy half verontrus.

"Man, nee, ek glo nie. Dit lyk my altans nie so nie. Ek dink jou aanstaande skoonma en tante wou jou maar net oor iets spreek."

"Dan sal ek maar seker moet gaan verneem waaroor hulle my wou spreek," maak hy verskoning en stap die voorportaal binne.

In die huis is dit 'n drukke gewerskaf, want vanaand is dit mos die huwelik van die oudste De Meyer-dogter en hoewel die bruid in die bed lê, verander dit glad nie die moeder se wens dat sy in krans en sluier moet trou nie.

'n Oomblik staan Tobie die gewerskaf en betrag, dan merk hy dat die twee dames die voorste kamer met blomme wil op-tooi.

Meteens dring dit tot hom deur dat hulle daardie vertrek ge-reedmaak vir die huwelikseremonie, en daarna sal dit natuurlik die bruid en bruidegom se slaapkamer wees. Nee, besluit hy, dit mag nie gebeur nie. Hy sal dit ten alle koste moet verhoed. Dit sal beteken dat hy en Amanda in een bed moet slaap, en dit mag nie gebeur nie. Die arme Amanda is seker al doodbekommerd.

Haastig tree hy die vertrek binne en vra gemaak onskuldig: "En wat gaan hier aan, as ek mag vra?"

"Ons is besig om die bruid en bruidegom se kamer op te tooi vir die huweliksplegtigheid," kom dit vriendelik van tant Lidia.

Nes hy gedink het! "Net 'n oomblik voor julle dames verder gaan, tant Lidia," sê hy. Hy glimlag. "Julle besef blykbaar nie dat ons aan Amandatjie nie mag roer nie. Ons mag haar nie hier-heen oorplaas nie, tante. Ek is bevrees die seremonie sal daar in die ander kamer moet plaasvind. Vir twee weke altans, moet sy stil gehou word . . ."

"Maar julle twee sal tog nie op daardie klein bedjie kan slaap nie, Tobie!" val tant Lidia hom in die rede.

"Vir twee weke sal daar geen sprake wees dat ons bymekaar kan slaap nie, tante. Amanda moet ten alle koste stil gehou word."

"Dan sal ons maar daardie kamer gaan optooi, Elma," sê sy aan haar skoonsuster. "Ria se besittings kan ons na hierdie kamer oorplaas, dan kan Tobie haar bed gebruik."

Dis beter, dink Tobie. Hy het voorwaar net betyds hier aangekom. Byna het hy en ou Mandatjie in 'n lelike penarie beland.

Haastig stap hy na Amanda se kamer toe, draai die deur oop en tree binne. Op haar bleek gesiggie merk hy alle tekens van kommer en hy weet instinktief waaraan dit toegeskryf moet word.

Met 'n gerusstellende glimlaggie sê hy: "Moenie bekommerd wees nie, Mandatjie. Ek het gelukkig net betyds gekom om hulle gewerskaf daar in die gastekamer te keer. Ek sal nou noodgedwonge op Ria se bed moet slaap, maar dis immers beter as dat ons een bed moet deel. Daardie twee bedrywige vroumense het nou besluit om hierdie vertrek te kom optooi nadat ek hulle verseker het dat dit totaal buite die kwessie is om jou na daardie kamer oor te plaas."

"Dankie, Tobie," sê sy sag, en hy hoor die klank van verligting in haar stem.

Toe gaan die kamerdeur oop en hy hoor die stem van sy aanstaande skoonmoeder wat sê: "Tobie, het jy blomme bestel?"

"Aarde, ja, ek het skoon vergeet om julle te sê dat ek blomme bestel het vir die bruid," glimlag hy goedig. "Haar ruiker sal ook tussen die spul wees," voeg hy by.

"Juis daarom vra ek. Daar is 'n fraai ruiker van spierwit swaardlelies by," glimlag sy terug. "Gelukkige bruidjie wat so 'n fraai ruiker kan hê. Wil jy dit graag sien, Amandatjie?" verneem sy.

"Asseblief, Mammie!"

'n Wyle later verskyn Elma de Meyer weer in die kamer met die ruiker versigtig in haar arms. Dan plaas sy dit sorgvuldig voor Amanda op die bed.

"O, maar dis pragtig," laat sy gevoelvol hoor. "Dankie, Tobie, dis lief van jou om so aan alles te dink," kom dit sag.

"Het jy dan gedink jy gaan 'n bruid sonder 'n ruiker wees, Mandatjie? Nee, al is jy ook bedlêend, gaan ek dit nie toelaat dat my bruid sonder 'n ruiker is nie."

"Dis reg, Tobie," beaam Elma de Meyer sy woorde. "Ek stem volkome saam met jou. 'n Bruid moet haar ruiker, krans en sluier hê, anders is sy nie 'n bruid nie, en ek sal sorg dat jou bruidjie vanaand net so mooi daar uitsien soos enige gesonde bruid. Ons het selfs reëlings getref met die fotograaf ook. Hy sal julle foto's kom neem na die seremonie."

"Allemintig! Nee, maar dit klink waarlik na besigheid," merk hy lighartig op.

'n Oomblik later lui die etensklokkie wat middagete aankondig.

"Sê my eers, Mandatjie, is jy tevrede met die reëlings wat getref is in verband met ons huwelik?"

"Ja, Tobie," antwoord sy sag.

"Is jy seker, Mandatjie?"

"Heeltemal seker, Tobie," glimlag sy oortuigend.

Met 'n ligte gemoed verlaat hy die vertrek om die middagete te gaan nuttig. As Amandatjie tevrede is, is hy ook tevrede.

Tien minute voor sewe op die minuut klop dominee Cloete aan die voordeur, dan word hy na Amanda se kamer geneem waar almal nou vergader het.

In sy kamer is Tobie besig om sy netjiese, blonde krulle te kam, dan is hy gereed vir die seremonie. Hy is geklee in 'n donker pak en die snit daarvan is onberispelik. Ook die kleur staan hom goed. Dan voel hy of sy strikdas reg is en verlaat daarna die vertrek.

In die sitkamer staan Paul alreeds vir hom en wag. "Ons sal nou moet gaan, ou maat. Die predikant wag al op jou om die strop om jou nek te sit," merk Paul skertsend op en steek 'n lemoenbloeisel in die boonste knoopsgat van Tobie se baadjie. "Reken dat jy ook netnou 'n getroude man gaan wees," glimlag hy weer.

"Toe maar, jou troudag is self nie meer ver nie," lag Tobie onderwyl hulle in die rigting van Amanda se slaapkamer beweeg.

"Ja, dis maar die beloop van die lewe, nè?"

Saggies draai Paul die deur oop, dan staan hy opsy sodat Tobie kan ingaan.

Die vertrek is stampvol mense, maar Tobie sien hulle nie eens raak nie. Sy oë bly vasgenael op sy bruidjie wat daar allerbekoorliks uitsien waar sy orent sit in die bed.

Sy is geklee in 'n wit satynbedbaadjie wat presies lyk soos die bodeel van 'n bruidstabberd. Op haar donker kop pryk 'n fraai kransie van lemoenbloeisels en haar sluier wat kunstig om haar gerangskik lê, lyk kompleet soos 'n wit waas wat haar omhul.

Met 'n knik groet hy die predikant, dan beweeg hy in die rigting van Amanda wat hom met 'n goedkeurende glimlaggie aanstaar.

Fier en trots staan hy langs haar bed en wag vir die dominee om met die seremonie te begin.

In die kamer is dit doodstil. Net die diep stem van die leraar dreun voort terwyl hy die trouformulier voorlees.

Aandagtig luister Tobie na elke woord en antwoord paslik op die vraag wat aan hom gestel word.

Dan hoor hy weer die predikant se stem wat sê: "Gee mekaar die regterhand."

Met 'n teer blik op sy bruidjie gerig, neem hy haar fyn handjie in syne. Eindelik hoor hy weer die diep stem sê: "Nou verklaar ek julle man en vrou." En Tobie weet dat die seremonie nou ten einde gaan loop.

Met 'n stewige handdruk wens die leraar die egpaar geluk, dan lê hy die register voor Amanda om te teken en die gewigtige oomblik is verby.

Nadat Amanda die register geteken het, dwaal Tobie se oë vir die soveelste maal oor die groep wat in die kamer vergader is. Behalwe die huismense is daar etlike vriende van Ria en ook 'n paar van Amanda aanwesig. Ook meneer Naudé en sy gade het oorgekom om die plegtigheid by te woon. Selfs vir hulle was Vic se gedrag uiters skokkend.

'n Wyle later groet dominee Cloete elke persoon aanwesig met 'n ferm handdruk, dan verlaat hy die vertrek vergesel van Paul se vader.

Eers word die bruidspaar deur die ouer mense gelukgewens, dan tree die jonger geslag nader en dra ook hulle seënwense aan die paartjie oor.

Met paslike woorde stel meneer Naudé die heildronk op die egpaar in, dan klink hulle glase met vonkelende sjampanje en almal lag en gesels deurmekaar.

Minute later maak die fotograaf sy verskyning en word daar verskeie foto's van die bruidspaar geneem.

Vir Amanda voel dit kompleet of sy in 'n droom verkeer, of sy netnou sal ontwaak en vind dat dit alles maar net 'n klug was, dat sy nog steeds Vic se nooientjie is. Dit klink vir haar onmoontlik dat al hierdie dinge met haar kan gebeur, dat sy nou Tobie se vrou is in plaas van Vic s'n . . . Nee, sy sal seker netnou ontwaak uit hierdie droom. Laat die droom maar gerus voortgaan en sy klimaks bereik, die klimaks waar 'n mens gewoonlik ontwaak!

Tobie se stem laat haar vlugtig opkyk, toe merk sy dat hulle alleen in die kamer is.

"Waarom lyk jy so verslae, byna verwese, Mandatjie?" herhaal hy sy vraag en neem voor haar op die bed plek in.

"Ek . . . ek weet nie . . . dis vir my al of ek in 'n droom verkeer, Tobie," glimlag sy flou.

"Toe maar, outjie, dis geen droom nie. Dis 'n werklikheid. Jy is nou mevrou Bremer en nou wil ek jou graag my geskenk aanbied."

Uit sy sak haal hy 'n klein, plat dosie te voorskyn en maak dit vir haar oop.

Verras, vol bewondering staar Amanda die fraai borsspeld aan. Dis 'n vlieënde duif met sy tone netjies om 'n perkament- rol geslaan. Die duif is van goud vervaardig en die raamwerk daarvan is met klein, blou diamantjies besprinkel.

"O, dis lieflik, Tobie," sê sy sag. Dan plaas sy haar arms om sy nek en soen hom innig.

Stadig gaan ook Tobie se arms om haar skraal lyfie, dan druk hy haar krampagtig teen hom vas en soen haar hartstogtelik terug. Op dieselfde oomblik gaan die kamerdeur oop en Paul en Mona tree die vertrek binne.

"Nou toe nou, wat gaan hier met jou aan, Paul?" verneem sy moeder vol lag.

Paul bars ook uit van die lag. "Moeder vra nog! As Moeder en tant Elma darem gesien het wat ons twee netnou gesien het, sal my ou moedertjie nie nog vra nie!" Dan begin hy weer hartlik te lag en vervolg: "Monatjie en ek draai mos toe die deur oop, en daar vang ons die bruid en die bruidegom netjies in mekaar se arms, druk besig om te soen. En dis toe wat ek besluit dat Tobie nie alleen so bevoorreg kan wees nie en ek sê vir Monatjie sy moet kom, ek wil nou dadelik ook so gesoen

266

word. Nou ja, toe word ons weer deur Moeder en tant Elma betrap." Toe begin hy weer eens heerlik te lag.

So tussen die lag deur verwyder tant Elma die sluier van Amanda se kop. "Ek pak die sluier en krans vir jou solank in hierdie doos, Amandatjie," hoor sy haar moeder sê.

"Moeder kan dit gerus maar neem. Ek sal dit tog nie weer nodig kry nie."

"Die kransie nie, maar die sluier sal jy weer nodig kry, Mandatjie. Dis ideaal vir 'n baba se wieg, weet jy?"

Met 'n betekenisvolle blik kyk Amanda op na Tobie wat voor haar bed staan, dan merk sy dat daar 'n tikkie weemoed in sy oë skuil en sy weet instinktief waarom. Elke man verlang om 'n kindjie van sy eie te hê, en Tobie is ook maar 'n man en geen uitsondering op die reël nie.

Peinsend lê Amanda na die wit plafon en staar, onbewus van alles wat om haar aangaan. Sy is net van een ding bewus, en dit is dat Tobie baie dinge in die lewe sal moet ontbeer om haar ontwil ... Ja, sy sal direk die oorsaak wees van al sy ontberings en sy ongelukkige huwelikslewe, want haar liefde behoort uitsluitlik aan Vic.

Dan dink sy weer aan Vic en hoe volkome gelukkig sy vanaand sou gewees het as Vic die bruidegom was. Maar nou is Tobie haar bruidegom en Vic, die man wat sy so innig bemin, sien met veragting op haar neer ... Vier jaar se vriendskap en liefde het die noodlot met een slag verwoes ...

Sy hoor skielik vrolike musiek uit die woonkamer en besef dat die jongklomp besig is om te dans.

Met 'n wrang glimlaggie dink sy: Dis mos my huweliksdag, hulle moet mos vrolik wees! Almal kan tog nie in hul binneste voel soos ek nie!

Toe hoor sy Tobie se stem langs haar wat besorg vra: "Wat makeer, Mandatjie? Voel jy nie lekker nie?"

"Ek het 'n effense hoofpyn," sê sy sag, want sy het regtig hoofpyn van al die getob oor die haglike posisie waarin sy haar bevind.

"Ek sal vir jou 'n hoofpynpoeier gaan haal," stel hy voor.

'n Rukkie later is hy terug met 'n poeiertjie klaar aangemaak in 'n glas met 'n bietjie water. "Drink dit en probeer gerus om 'n bietjie te slaap," beveel hy. "Jy is verskriklik bleek. Natuurlik te veel opwinding vandag," vervolg hy.

Amanda is maar te bly dat sy haar 'n oomblik van alles en almal kan onttrek. Met haar oë gesluit, laat sy haar gedagtes vrylik hul gang gaan. Sy weet Tobie sal haar nie nou steur nie. Lank lê Amanda doodstil met haar malende gedagtes wat haar soveel pyn besorg, toe oorval die slaap haar eindelik.

'n Oomblik sit Tobie nog bewegingloos langs sy slapende bruidjie, dan kom hy saggies orent. Eers skakel hy die lig voor die bed af, dan verlaat hy die vertrek geluidloos.

10

Die dae wat op die huwelik volg, is vir Amanda soms besonder stil. Die tweede dag na die huwelik moes haar ouers terugkeer huis toe, en soms moes Tobie vir sake ingaan stad toe, dan het hy gewoonlik 'n draaitjie by Paul se kantoor ook gemaak. Daardie dae was vir haar stil en eensaam.

Gister het Tobie haar egter belowe dat sy vandag mag opstaan. Dit is mos nou al byna twee weke dat sy in die bed lê.

"Jy kan opstaan, maar geen rondlopery nie, Mandatjie," het hy effens streng gesê. "En as jy my bevele verontagsaam, gaan jy onmiddellik terug bed toe."

Nou lê sy en wag dat die son sy kop moet uitsteek. Tobie het mos gesê sodra die son warm skyn, kan sy opstaan.

Vlugtig dwaal haar oë na die ander bedjie waar hy nog rustig lê en slaap, onbewus van die spanning waarin sy verkeer. Dis mos vandag haar groot dag.

'n Sagte kloppie aan die deur laat Amanda vinnig opkyk. Geluidloos gaan die deur oop. In die oop deur verskyn Liesbet met haar en Tobie se koffie.

Beleef groet die ou huishulp en plaas die twee koppies op die tafeltjie tussen die twee beddens.

"Twee lepels suiker in elk, ou Liesbet," sê sy en kom orent. "Gee myne sommer aan, asseblief," voeg sy daaraan toe.

Toe Liesbet weer die deur agter haar toetrek, roep Amanda saggies: "Tobie!" Toe gaan sy oë oop. "Jou koffie word koud, kêrel," glimlag sy. "En ... wel ... jy het nie miskien vergeet dat ek vandag mag opstaan nie, Tobie?" vra sy angstig, bang dat hy dalk sy belofte vergeet het.

"Nee, Mandatjie, ek het nie vergeet nie," glimlag hy terug onderwyl sy oë liefdevol op haar rus. "Dankie dat jy my wakker gemaak het, hoor!"

Toe kom ook hy orent.

"En waarom is jy so besonder bly dat ek jou wakker gemaak het?"

"Ek het vandag dringende sake om af te handel in die stad. Jy vergeet blykbaar dat ons oor drie dae vertrek, nè?"

"Nee, ek het dit nie vergeet nie. Inteendeel, ek sien daarna uit om jou ouers te ontmoet. Net jammer dat my voet nog nie gesond is nie. Wat sal hulle daarvan dink as hulle skoondogter met so 'n voet daar aankom?"

"Niks, my liewe vroutjie. Hulle weet lankal dat jy jou voet beseer het. Tussen hakies, Moeder is al net so gretig om jou te ontmoet. Van Vader praat ek nie eens nie. Vandat ek vir hom geskryf het wie se dogter jy werklik is, is hy vuur en vlam om jou te ontmoet. Ons vaders was mos in hul jong dae boesemvriende!"

"Ja, en uiters onhebbelik ook," vul sy aan.

Nadat Tobie sy koffie gedrink het, steek hy 'n sigaret aan en lê dan behaaglik en rook onderwyl hy en Amanda oor algemene sakies gesels.

"Hoe lank gaan ons by jou ouers kuier . . .?"

"Jy bedoel by Ma en Pa Bremer, Mandatjie," val hy haar in die rede.

"Val my nou weer een keer in die rede, dan gooi ek jou met die teelepel," dreig sy half verleë.

"Ek help jou maar net reg, vroutjie-lief," terg hy voort. "Jy vergeet dis nou Ma en Pa Bremer, en Ma en Pa De Meyer," gaan hy voort.

"Nee, kyk, met jou weet ek geen raad nie," kom dit nog steeds verleë.

"Ek pla jou sommer, Mandatjie. Ons sal nie langer as 'n paar dae kan kuier nie. Ek moet die einde van volgende week terug wees in die Kaap. Miskien nog voor daardie tyd. Daar is 'n geval wat my persoonlike aandag vereis . . . Nie 'n geval van iemand wat piep het nie, maar 'n pasiënt wat werklik siek is."

"Het jy dan pasiënte wat aan piep ly ook?" verneem sy laggend.

"Vele, my ou Mandatjie. Jy sal jou verbaas hoeveel daar werklik is wat net aan piep ly!"

"O, Tobie, jy is die vreeslikste dokter wat ek nog ontmoet het. Verbeel jou, dat die meeste van jou pasiënte net aan piep ly . . . en watter soort medisyne skryf jy voor in sulke gevalle, Tobie?"

"O, enigiets wat onskadelik is en wat besonder sleg smaak," glimlag hy.

"En hulle kla nie oor die slegte medisyne nie?"

"O ja, hulle kla. Maar dan verduidelik ek eenvoudig dat hulle suikerwater self tuis kan aanmaak."

Heerlik begin Amanda lag. "Wel, dis nog die beste wat ek gehoor het. Arme pasiënte!"

"Jy bedoel arme dokters. Dis die geneesheer wat jy moet bejammer en nie daardie tipe pasiënte nie. Menigmaal word die arme dokter om twaalfuur die nag in die hartjie van die winter ontbied, en as hy die siekekamer binnetree, sê die pasiënt doodluiters met 'n glimlag: 'O, dokter, ek het so 'n verskriklike hoofpyn gehad en ek was so koorsig. Maar dis nou darem al weer beter.' Hemel, Mandatjie, 'n geneesheer maak nie graag gebruik van onkiese taal nie, maar die hemel weet, op daardie oomblik voel jy baie lus en vertel die pasiënt net wat jy van hom of haar dink."

"Skaam jou, Tobie," terg sy. "Hoe moet die arme pasiënt nou weet dat 'n hoofpyn gepaard met koorsigheid nie lewensgevaarlik is nie?"

"Kyk, my liefie, as die mensdom darem nie nou al weet dat hulle in so 'n geval 'n paar aspiriene moet wegsluk nie, sal hulle dit in der ewigheid nooit weet nie. Nee, kyk, hierdie tipe pasiënt stel net 'n geneesheer se geduld op die proef. Met hulle het ek voorwaar geen simpatie nie."

"Arme pasiënte!" merk sy weer eens op.

"Amanda, jy moet staan en simpatiseer met daardie tipe mens. Sowaar, ek kom gee jou netnou 'n pak slae daar in die bed!" dreig hy goedig.

"Ek is nie bang vir slae nie," glimlag sy tergend.

"Ek sal jou bang maak, as jy nie is nie!"

"Probeer gerus. Ek skrik nie maklik nie."

"Wag, laat ek net klaar rook. Vanmôre gaan jy darem regtig verjaar onder die platriem."

Vlugtig kyk Amanda af na haar polshorlosie en merk dat dit al byna agtuur is. "Hoe lyk dit, Tobie, dis al byna agtuur. Kan ek nou maar opstaan?"

"Volstrek nie voor nege-uur nie."

"Maar, Tobie, dis mos nie koud nie. Nee, jong, ek gaan nou opstaan."

En met hierdie woorde neem sy haar kamerjas wat langs haar oor 'n stoel hang en trek dit haastig aan.

Versigtig stoot sy haar bene onder die komberse uit en laat hulle stadig van die bed af sak totdat sy op haar een been staan.

"Amanda!" En Tobie staan voor haar. "Wat probeer jy nou doen?" Soos 'n veertjie lig hy die verskrikte Amanda op en sit haar netjies terug op die bed.

Nou eers merk Amanda hoe bleek hy daar uitsien. "Wat makeer jou nou, Tobie?" verneem sy verleë.

Sonder om op haar vraag te antwoord, verwyder hy haar kamerjas en stop haar netjies terug in die bed. "Nou bly jy daar totdat ek sê jy kan opstaan, begryp?" merk hy streng op en begin dan sy eie kamerjas aan te trek.

Toe hy eindelik sy pantoffels ook aanhet, gaan sit hy voor haar op die bed en sê weer kalm: "Ek wil hê jy moet nou mooi begryp, Amandatjie, op die beseerde voet mag jy glad nie trap nie. Is dit duidelik? En as jy nie bereid is om te doen soos ek sê nie, gaan ek jou glad nie vandag laat opstaan nie. Volg jy?"

"Ek volg ja," antwoord sy nog steeds verslae. "Maar hoe gaan ek dan loop?"

"Met twee krukke."

"Met krukke!" kom dit verbaas. "En waar is die goed?"

"In my motor."

"O, Tobie, ek sal nooit met sulke goed oor die weg kom nie," sê sy moedeloos.

"Kom, kom, nie so moedeloos nie. Jy sal baie maklik met die krukke oor die weg kom."

"Hoe lank is ek veronderstel om met die goed aan te sukkel?"

"Wel, omtrent twee weke."

"Dan beteken dit ek sal in die Kaap ook nog gebruik moet maak van die goed?"

"Wel, wat anders kan jy doen? Jy moet die beentjies in jou voet 'n redelike kans gee om te genees."

"O, Tobie, dit sal darem te vreeslik lyk . . ."

"Dit sal glad nie vreeslik lyk nie, Mandatjie," val hy haar sag in die rede. "Jy is nie die eerste persoon wat met krukke sal loop nie, onthou dit asseblief."

'n Wyle later sê hy weer: "Ek gaan nou eers skeer en aantrek. Na ontbyt kom ek jou help. Intussen bly jy in die bed soos 'n soet dogtertjie."

Voordat hy die vertrek verlaat, plaas hy haar kamerjas eers ver buite haar bereik.

Na ontbyt maak hy weer sy verskyning in die kamer. In sy hand dra hy twee krukke en lê hulle versigtig op die bed neer. "Ek gaan tant Lidia nou eers vra om jou te kom help aantrek," sê hy weer.

'n Oomblik later maak tant Lidia alleen haar verskyning in die kamer. Al geselsend help sy Amanda en eindelik is dié gereed om haar eerste treë met die krukke te gee.

Op die voorste veranda sak sy uitgeput op 'n gemakstoel neer. "Jy sê ek sal twee weke so moet aansukkel?" vra sy toe Tobie die krukke by haar neem en hulle langs haar stoel plaas.

"Moenie so moedeloos klink nie, Mandatjie. Twee weke is gou verstreke. Voor jy daaroor dink, is die tyd verby en loop jy weer soos 'n normale mens."

"Sal jou susters en broers ook tuis wees?"

"Maak dit saak as hulle tuis is?"

"Wel, ek moet sê, ek sal uiters selfbewus voel tussen hulle."

"Daardie klomp woelwaters sal jou gou laat vergeet dat jy 'n beseerde voet het, Mandatjie. En basta nou daarmee. Ek verseg ten ene male om langer na sulke onsin te luister. Dis tog nie dat jy gebreklik is nie! Ek kan regtig nie begryp waarom jy selfbewus moet voel nie. Vertel my liewer wat ek vir jou van die stad af kan bring."

" 'n Tydskrif om te lees," glimlag sy.

" 'n Tydskrif en sjokolade?"

"Net soos jy wil."

"Wel, ek sal nou moet gaan. Maar belowe my jy sal nie in my afwesigheid probeer om rond te loop nie, Amandatjie?"

"As jy weer heeldag in die stad gaan bly soos ander dae, gaan ek dit gewis doen," merk sy kalm op.

"Maak dit dan saak as ek heeldag weg is?"

"Wel . . . nogal," stamel sy met 'n verleë laggie. "Ek is nou so gewoond om jou altyd by my te hê . . . en . . . wel, dis tog nie aangenaam om hier so alleen te sit nie. As ek nou kan beweeg, is dit 'n ander saak."

"H'm, ek sien," is al wat hy sê onderwyl hy haar ondersoekend betrag. "Ek sal probeer om so gou moontlik terug te wees, Mandatjie," glimlag hy goedig.

"Jy sal, as jy net nie by Paul gaan kuier nie," antwoord sy weer.

"Dit mag wees dat ek dalk genoodsaak sal wees om daar aan te gaan, meisie, maar ek sal tog probeer om vroeg terug te wees."

"So! En wie is nogal die trekpleister? Paul of daardie sjarmante sekretaresse van hom?" kom dit tergend.

"Raai, ek het nog nooit probeer uitvind nie," terg hy saam. "Ek sal verplig wees en vind vandag uit."

"Pasop, jy kry slae, jong," merk sy laggend op.

274

Toe Tobie haar later groet met 'n ligte soentjie op die voor-kop, neem sy hom vertroulik voor aan die baadjie en sê sag: "Belowe my jy sal nie lank wees nie, Tobie."

Met 'n hart wat vinnig klop, staar hy af in haar donker oë wat hom pleitend aankyk. "Ek sal probeer om gou terug te wees, my meisie." Dan soen hy haar weer op haar sagte rooi lippies.

"Soet bly, hoor!" roep hy haar opgewek toe uit die motor.

"Ek sal, as jy voor middagete terug is!" antwoord sy.

Dan wys hy 'n waarskuwende vinger in haar rigting en trek dan vinnig weg.

Vanmôre voel hy so opgewek soos nog nooit voorheen nie, want die feit dat Amanda na sy teenwoordigheid verlang, toon dat hy darem al iets vir haar moet beteken; dat sy diep in haar binneste tog 'n geringe gevoel vir hom koester.

Dan val dit hom by dat sy in die jongste tyd ook nie meer so dikwels van Vic praat nie. Dit lyk byna of sy nou besig is om hom te vergeet.

Droomverlore staar Amanda na die hek waar Tobie se motor pas verdwyn het. Snaaks, dink sy, in my hart weet ek dat ek Vic liefhet, en tog hou ek ook besonder baie van Tobie. Hy is so goed vir my, en sy handelswyse is altyd so teer en besorg. Dit sou gewis nie swaar gewees het om hom lief te kry nie, as ek Vic net nie so lief gehad het nie!

Met hul elfuurtee tree tant Lidia uit op die veranda en merk hoe diep ingedagte Amanda daar sit. " 'n Sent vir jou gedagtes, kindjie," lag sy opgewek en vervolg: "Jy sal vandag moet begin inpak, Mandatjie. Tobie het my gister verwittig dat julle oor-môre vertrek. Daar is glo 'n dringende saak wat sy aandag in die Kaap vereis."

"Hoe sal ek kan inpak, tante? Ek kan myself skaars oor die weg help!"

"Ek sal dit vir jou doen, my kind. Ria kan vanmiddag hand bysit, want ons sal Tobie se klere ook moet nasien en inpak."

Al geselsend snel die tyd verby en Amanda merk dat dit al byna eenuur is. Tyd vir middagete, dink sy, en Tobie is nog nie tuis nie!

Die gedagte dat Tobie juis op die oomblik in die geselskap van Paul se sjarmante sekretaresse verkeer, laat 'n tikkie jaloesie in haar opvlam. Sy kan egter nie begryp waarom so 'n gedagte haar pyn aandoen nie. En tog weet sy dat dit geen verbeelding is nie, want die pyntjie is daar. Diep in haar binneste het dit sy verskyning gemaak.

Nadat tant Lidia die leë koppies na binne geneem het, is Amanda weer met haar gedagtes alleen. Met haar kop agteroor geleun, dring vele gedagtes tot haar deur.

Sy dink aan Tobie se toegeneentheid jeens haar, aan haar lewe saam met hom as sy vrou, en sy wonder of sy hom ooit sal kan gelukkig maak. Hy verlang so min van haar, en tog gee hy so baie! Durf sy aanhou neem sonder om ooit een keer terug te gee? En wat het sy hom per slot van sake nog gegee behalwe vriendskap? Sal hy altyd tevrede wees met net vriendskap?

Toe hoor sy 'n sagte gedruis en merk dat dit Tobie se motor is wat by die hek inkom. Voor die veranda hou hy stil en klim haastig uit.

Liggies bestyg hy die stoeptreetjies en kom reguit na haar toe aangestap met die beloofde tydskrif en sjokolade in sy hand. "Is ek darem betyds, of het ek te lank weggebly?" glimlag hy af in haar donker oë wat hom sag aankyk.

"Net betyds," glimlag sy terug. "Ek was net van plan om Paul se kantoor te bel en te verneem of jy daar is," terg sy.

"Ek is nou waarlik spyt dat ek nie daar aangedoen het nie," gaan hy steeds glimlaggend voort. "Ek sou graag wou hoor wat jy oor die foon sou gesê het, Mandatjie-lief."

"Jy sou raas gekry het, jong."

"Sou ek? Ek twyfel of jy ooit in staat sal wees om met iemand te raas."

"Maak my net kwaad en jy sal sien hoe jy jou met my misgis het," lag sy. "Ek het nogal 'n verskriklike humeur, as jy dit nie weet nie."

"Skaam jou om so te jok, Amandatjie."

Dan lag hulle albei heerlik.

Na ete begin tant Lidia dadelik met die inpakkery. Sy weet dat Amanda haar nie kan help nie, daarom begin sy vroegtydig.

Met gemengde gevoelens sit Amanda haar tante se bedrywigheid en dophou. Sy voel jammer om so 'n las te wees vir haar huismense, maar Tobie verseg ten ene male dat sy die ligte werkies van die pakkery moet doen.

"Daar is nog baie tyd vir jou om bedrywig te raak. Wag maar net totdat jy eers tuis is en die krukke nie meer gebruik nie. Maar nou moet jy versigtig wees en nie te veel verwag nie," het hy na ete vir haar gesê.

"Gaan jy nie vir jou 'n paar nuwe rokke koop nie, Mandatjie?" hoor sy haar tante vra.

"Nie op die oomblik nie, tante. Sodra ek ontslae is van die krukke, sal ek winkels toe gaan."

Toe kom Tobie die vertrek haastig binne met 'n telegram in die hand en hy oorhandig dit aan sy vroutjie. "Ek is bevrees ons sal môre baie vroeg moet vertrek," kondig hy aan nadat sy die inhoud van die telegram gelees het. "Sien jy kans vir 'n motorrit Kaap toe, of wil jy maar in Pretoria bly totdat jou voet eers heeltemal herstel het?"

"Wat stel jy voor, Tobie?"

"Nee, Mandatjie, ek laat die keuse aan jou oor. Jy moet self besluit of jy môre wil saamgaan of later wil kom."

Besluiteloos staar Amanda deur die venster met die telegram nog in haar hand.

'n Oomblik later gee sy dit aan Tobie terug. Sy het klaar besluit. Sy is nou eenmaal met hom getroud en 'n vrou se plek is immers by haar man. En wat gaan sy vriende en kennisse daarvan sê as hy in die Kaap aankom sonder sy vrou? Hulle weet natuurlik almal dat hy getroud is . . . Nee, sy mag nie agterbly nie. Dis die minste wat sy vir hom kan doen om saam met hom terug te gaan Kaapstad toe.

Dan merk sy dat beide haar tante en Tobie op haar antwoord wag. Haar tante omdat sy wil weet of sy moet aangaan met die pakkery, en Tobie omdat hy haar man is en verpligtinge het teenoor haar.

"Ek gaan môre saam, Tobie," sê sy met finaliteit in haar stem. "My plek is by jou in Kaapstad en nie meer hier nie."

"Maar sien jy kans vir so 'n lang motorrit, Mandatjie?"

"Ek moet eenvoudig daarvoor kans sien, Tobie,"

Liefdevol plaas hy sy hand op haar skouer en sê: "Voel jy sterk genoeg, Mandatjie? Begryp my mooi, dis nie dat ek jou wil afraai om te gaan nie; ek sal maar te bly wees om jou by my te hê. Maar ek sien ook nie kans om jou gesondheid in gevaar te stel nie, my meisie. Dink jy nie jy moet maar eers bly totdat jy sterker is nie?"

"Moet jou nie daaroor verontrus nie, Tobie. Ek voel sterk genoeg," stel sy hom gerus met een van haar allerbekoorlikste glimlaggies wat sy hart wild in sy binneste laat klop.

"Wel, as jy graag die rit met my wil aanvaar, sal ek jou nie teëgaan nie. Ek stel jou gewilligheid hoog op prys."

"Mag ek tant Lidia help deur my eie klere in te pak? Jy kan vir ons sit en kyk."

'n Wyle later daag Ria op en begin haar tante help met die pakkery.

Kort voor aandete is beide Amanda en Tobie se koffers gepak en gereed om die volgende môre gelaai te word.

Op Tobie se bevele is Amanda net na ete bed toe.

"As jy môre daardie lang rit wil aanpak, sal jy vroeg moet gaan slaap en goed uitrus," het hy besorg gesê. "Dis g'n kinderspeletjies om van Pretoria af te ry Kaap toe nie."

Sonder enige teëstribbeling het sy aan Tobie se versoek voldoen.

Eers nadat sy in die bed is, dring die volle besef tot haar deur, en die gedagte aan Vic se onverbiddelikheid laat die trane warm en oorweldigend in haar oë opstoot. Haastig vee sy die trane af, maar sy besef dat sy magteloos is om langer teen hulle te veg, want hulle begin alreeds weer stadig oor haar wange biggel.

Met haar gesig in die kussing verberg, snik sy saggies haar hartseer en verlange uit. "O, Vic, ek sal my liefde vir jou nou uit my hart moet ban," sug sy nadat haar snikke later bedaar het.

Toe Tobie die kamer later binnekom, is Amanda reeds vas aan die slaap, maar die geoefende oog van die geneesheer het reeds die trane op haar slapende gelaat bespeur en 'n innige jammerte vir haar wel in hom op.

Saggies, sonder om haar te wek, klim hy in die ander bed langs hare en skakel die lig af.

Met gemengde gevoelens lê hy in die donker na die plafon en staar, totdat die slaap hom ook later oorweldig.

11

Met die opgewekte voëlsang wat op 'n ligte windjie deur die oop venster na binne gedra word, maak Amanda haar oë oop en merk dat dit buite nog skemer is.

Dan kyk sy op haar polshorlosie. Dis sesuur. Almal slaap nog, net sy is wakker. Van die ander bed af hoor sy die reëlmatige asemhaling van Tobie. Ja, ook hy verkeer nog in droomland.

Saggies trek sy haar kamerjas aan, dan laat sy haar bene liggies langs die bed afgly.

'n Oomblik sit sy die slapende man op die ander bed noukeurig en dophou. Met sy deurmekaar kuif lyk hy vir haar soos 'n skoolseun wat daar rustig lê en slaap.

Toe gly sy stadig van die bed af en staan op een been. Versigtig neem sy die twee krukke, en wou net na die venster beweeg toe Tobie se oë plotseling oopgaan.

Vinnig kom hy orent en gaap haar verbaas aan. "Ek sou reken dat dit te vroeg is vir jou om nou al op te staan, Amanda," voeg hy haar sag, dog beslis toe. "Kom, klim gerus maar terug in die bed, jong."

"Ek wil net 'n oomblikkie voor die venster gaan staan, Tobie," merk sy half pleitend op.

"Goed, ek gee jou net drie minute voor die venster, dan moet jy terug wees in die bed," glimlag hy toegewend.

"Regtig, as jy net een oomblik kan besef hoe moeg ek al vir die bed is, sal jy glad nie so streng teen my optree nie, Tobie," probeer sy haar handelswyse regverdig onderwyl sy na die venster beweeg.

"Ek bedoel nie om streng te wees nie, Mandatjie. Ek voel maar net besorg oor jou. Jy wil tog nie nou 'n koue ook opdoen nie, wil jy?"

"Dis die laaste ding wat ek graag wil opdoen, Tobie, want dit sal my net terugjaag bed toe, en ek is juis so lief vir die bed," glimlag sy floutjies.

"Nou wel, wees versigtig," antwoord hy. Hy rus gemaklik met sy rug teen die kussings onderwyl hy Amanda se bekoorlike postuurtjie beskou. Jy is waarlik die mooiste meisie wat ek ken, dink hy. Ek sal enigiets doen om jou liefde te wen . . . Vir my sal dit gewis die saligste oomblik van my lewe wees, die oomblik wanneer ek jou liefde kan smaak . . . die liefde wat Vic so wreed vertrap het!

Toe hoor hy haar plotseling sê: "Dis heerlik buite, Tobie. Kom, ruik gerus eers die heerlike naeltjiegeur wat van die angeliere af opstyg na die venster toe."

"Skaam jou, Mandatjie. Moet ek nou net opstaan om 'n bietjie angeliergeur in te asem?"

"Aarde, maar jou belangstelling in die natuur is hopeloos verroes, Tobie."

"Kyk, kleinding, ek hou nogal besonder baie van die natuur buite, maar tog nie op my nugter maag nie, jong. En om dan nog boonop uit die bed geboender te word om dit te aanskou! Nee, soveel liefde koester ek voorwaar nie vir die prag van die natuur nie. Kom sit liewer hier by my. Die drie minute wat ek jou voor die venster toegelaat het, is ook al verstreke."

Met 'n glimlag draai sy van die venster af weg en kom in die rigting van Tobie se bed geloop.

Op daardie oomblik kom die ou huishulp die kamer met hulle koffie binne.

Fyntjies gooi Amanda suiker in en oorhandig een koppie aan Tobie met die woorde: "Moet nou nie vir my vertel dis ook te veel moeite om koffie te drink nie, hoor!"

"Glad nie, my vroutjie, dis 'n plesier," terg hy glimlaggend en vervolg: "Maar waarom kom sit jy nie hier by my nie? Is jy bang vir my? Ek byt nie."

"Gelukkig is ek nie bang vir jou nie, Tobie. En wat die byt betref . . . Wel, ek glo dit sal ook te veel moeite wees om dit te doen," is haar antwoord.

Toe neem sy voor hom op die bed plaas en begin haar koffie doodluiters te drink asof daar nie so 'n persoon soos hy bestaan nie.

"H'm, maar die koffie smaak vanmôre ekstra lekker. Ek wonder of dit jou teenwoordigheid is wat daarvoor verantwoordelik is?"

"Dit moet seker wees," spot sy terug en kyk hom met 'n laggie aan. "Myne smaak vanmôre net so lekker. Seker oor jou teenwoordigheid wat daarvoor verantwoordelik is?"

"Presies," kom dit gemaak ernstig.

Toe Amanda die koppies op die tafeltjie terugplaas, steek Tobie 'n sigaret aan.

"Toe, toe, klim nou uit daardie bed uit, jong. Ons gaan mos vandag Kaap toe!" merk sy plaend op.

"Allemensig, maar jy is 'n verskriklike stukkie mens! Verbeel jou, om my hier soos watter groot dame uit die bed te wil boender!"

Na ontbyt dra Tobie die koffers na die motor toe en stap dan weer die huis binne om die familie te gaan groet.

In die voorportaal kom hy Amanda teë. "As jy gereed is, kan ons maar gaan groet, my meisie," merk hy op, en Amanda weet dat hy nou haastig is om te vertrek.

"Ek is gereed, Tobie," sê sy en beweeg langsaam met die krukke met hom in die rigting van die woonkamer waar die familie rondstaan . . .

So teen tienuur die oggend trek Tobie se groot roomkleurige motor by die hek uit en verdwyn 'n rukkie later uit die gesig.

"Wel, mevrou Bremer," spot hy liggies, "hoe voel dit om saam met 'n vreemde man in die wapad te wees?"

"Presies soos wat dit voel om met 'n vreemde vrou in die wapad te wees," spot sy terug.

"Wel, dan behoort dit darem nie vir jou te onaangenaam te wees nie."

Al geselsend nader hulle Johannesburg.

"Sal ons eers 'n koppie koffie gaan drink?" wil hy weet.

"Ons het 'n groot fles koffie en 'n fles tee hier in die motor, Tobie. Tant Lidia het ook vir ons 'n mandjie gepak vir die pad," deel sy hom mee. "As jy dus lus het vir koffie, kan ek altyd vir jou ingooi."

"Dankie, maar ek het nie op die oomblik lus vir koffie nie. Ek wou maar net weet of jy nie dalk 'n koppie koffie wil drink nie. Jy is mos nou my verantwoordelikheid en as ek nie goed vir jou sorg nie, mag jy straks by jou moeder gaan huil," pla hy.

"Skaam jou om sulke goed van my te sê. So sal ek jou darem nie in die pekel laat beland nie," glimlag sy goedig.

"Wel, dis mooi. Dis hoe ek dit graag wil hê. My vroutjie moet altyd my kant kies in enige saak ..."

Onder 'n digte plaat doringbome hou Tobie eenuur die middag die eerste keer langs die pad stil.

"Nou kan ons gerus iets eet. Ek voel nou so honger soos 'n bees," merk hy op, maak die deur oop en klim uit om sy litte los te maak. Hy voel styf van die lang ure se sit agter die stuur en verwelkom 'n bietjie oefening.

"Sal ons daar onder die bome gaan eet, of hier in die motor?" wil Amanda weet.

"Liewer in die motor. Ons het nie te veel tyd tot ons beskikking nie en daarbenewens sal dit ook te ongemaklik wees vir jou om op die grond te sit met jou beseerde voet."

In 'n opgewekte luim sit die twee later en smul aan die inhoud van die mandjie.

"Waar slaap ons vannag, Tobie?" verneem Amanda terloops onderwyl sy 'n koppie koffie aan hom oorhandig.

"As ek alleen was, het ek glad nie vanaand geslaap nie . . ."

"Maar jy sal dit mos nooit kan volhou nie, kêrel!" val sy hom besorg in die rede.

"My gestel is verbasend sterk, my meisie. Maar om jou ontwil sal ons op Colesberg oornag."

"As jy kans sien om sonder slaap te bly, is dit nie noodsaaklik dat ons op Colesberg oornag nie, Tobie. As ek vaak word, kan ek mos slaap. Ek bestuur mos nie."

"Dit sal jou net ongerief verskaf, Mandatjie," stribbel hy teë.

"Jy bekommer jou gans te veel oor my, Tobie. Ek stel voor dat ons die nag deur ry. Ek besef dat jy haastig is om in die Kaap te wees en ek gaan nie toelaat dat jy deur my vertraag word nie."

Na vele teëstribbeling van Amanda willig Tobie eindelik in dat hulle maar deur die nag ook sal ry. Dus ry hulle laat die middag by Colesberg verby.

'n Paar kilometer anderkant die dorp hou Tobie weer stil sodat hulle aandete kan geniet.

Om hulle is net die stil en eensame vlaktes van die Karoo te sien, en die wêreld om hulle is so gelyk dat hulle ver kan sien.

Toe merk Tobie hoe die wolke in die suide begin saampak. "Ek hoop nie ons ry 'n storm tegemoet nie," merk hy onrustig op. "Kyk net hoe steek die weer daar in die verte op!"

"Is dit gevaarlik om in 'n storm op pad te wees?"

"Nie juis nie, maar daar bestaan gevaar dat die paaie vorentoe verspoel mag wees en selfs vol riviere wat ons mag vertraag."

"Ek sien darem nie blitse nie," probeer sy hom gerusstel. "Dus kan dit nie 'n storm wees nie."

"Dis te hope," glimlag hy nou weer, want ook hy het noukeurig gelet op tekens van blitse.

284

"Wanneer sal ons Kaapstad bereik, Tobie?" vra sy weer 'n rukkie later.

"As niks voorval nie, kan ons teen laat môreoggend daar wees, Mandatjie."

Stadig sak die skemering toe oor die vlaktes en die sterre begin een na die ander aan die wye hemelgewelf te skitter soos klein diamantjies wat versprei lê op 'n ruim, swart fluweeldoek. Die maan is nog nie uit nie en die nag is gitswart. Net die twee sterk ligte van die motor klief deur die swartheid van die nag.

'n Rukkie ry hulle in stilte en telkens moet Amanda vir Tobie 'n sigaret aansteek.

"As ek net hierdie spoed kan volhou, is ons môre voormiddag by ons bestemming," sê hy.

Hoewel Tobie vroeër 'n storm gevrees het, het hy nie 'n enkele reëndruppel sien val nie. Die reën moes elders verbygetrek het, dink hy en staar af na Amanda wat opgekrul soos 'n katjie nou rustig langs hom lê en slaap.

Die volgende môre hou hy stil vir brandstof. Met 'n lang gaap maak Amanda haar oë oop en kyk verleë op na Tobie se afgematte gelaat en na sy groot blou oë wat strak voor hom uitstaar na die pad wat soos 'n lang luislang voor hom uitkronkel.

Hy moet voorwaar uitgeput wees, dink sy en 'n innige jammerte vir hom wel in haar op.

Liggies streel sy met haar slanke vingers oor sy ken en sê besorg: "Jy moet uitgeput wees, Tobie."

"Nie te erg nie," glimlag hy gerusstellend af in haar donker oë wat hom vol teerheid aanstaar. "Ek het nogal 'n besonder sterk gestel."

"Wel, ek skaam my dood as ek dink hoe heerlik ek gelê en slaap het onderwyl jy al die tyd moes bestuur."

"Daar is werklik niks om oor skaam te voel nie, Mandatjie. Vertel my liewer, het jy baie ongemaklik geslaap?"

"Nie in die minste nie. Ek het heerlik geslaap, dankie. Die sagte gewieg van die motor het my heerlik aan die slaap gesus, kompleet soos my moeder my aan die slaap gesus het toe ek 'n baba was."

"Jou geheue moet baie goed wees om te onthou hoe jou moeder jou baie jare gelede aan die slaap gesus het, Mandatjie," lag hy opgewek. "Ek kan glad nie meer onthou of my moeder my ooit aan die slaap gesus het nie."

"Ek kan jou verseker sy het, Tobie. Alle moeders doen dit."

"Nie almal nie, my ou Mandatjie. Die moderne moeders glo daaraan om die baba in sy wieg te lê en daar moet die arme wesentjie hom maar aan die slaap huil."

"O nee, dis darem te wreed," merk sy ernstig op. "Ek sal my kleinspan maar liewer aan die slaap sus, al is dit nou ook outyds."

Toe begin Tobie hartlik te lag en verneem pleitend: "En hoeveel gaan die kleinspan nogal tel, as ek mag vra?"

"O, so 'n halfdosyn. Ek wil 'n huis vol kinders hê," laat sy met 'n goedige glimlaggie hoor.

"Wel, ek wens jou alle sukses toe met jou halfdosyn kinders. Ek hoop net ek kom nooit in hul nabyheid nie, want die lawaai sal natuurlik genoeg wees om enigeen gek te maak."

"Skaam jou, Tobie. As jy nou so 'n toon gaan inslaan, sal ek mos nooit eendag my wens verwesenlik sien nie!" merk sy tergend op.

"Maar jy bedoel tog seker nie dat ek die vader van die spul moet wees nie?" kom dit laggend.

"Maar natuurlik gaan jy hulle vader wees, Tobie. Wie anders het jy gedink gaan daardie geëerde posisie beklee?" lag ook sy nou hartlik.

"Wag, my ou Mandatjie, daardie sakie bespreek ons liewer op 'n ander geleentheid," glimlag hy flou, maar in sy oë is daar geen glimlag te bespeur nie – net pyn, duidelike pyn.

Amanda wonder of hulle huwelik ooit eendag iets tasbaars sal oplewer, en of dit maar altyd net 'n huwelik in naam sal wees ...

Tobie kan weer nie die pyn verban wat sy oë duidelik weerspieël nie. Hy wonder waarom Amanda nou juis vanoggend oor so iets moet praat. Sy behoort tog te weet dat elke reggesinde man 'n familie van sy eie verlang, en by hulle sal daar in elk geval nooit sprake van 'n eie kindjie wees nie ... Nee, aan so iets gaan hy hom vervlaks nie skuldig maak nie. Dit sal heiligskennis wees, want haar liefde behoort nie aan hom nie, hoe kan hy ooit die vader van haar kinders wees? Nee, hoe graag hy ook al 'n kindjie van sy eie begeer, sien hy darem ook nie kans om hom aan haar op te dring nie. Hulle huwelik sal maar 'n kinderlose huwelik moet wees. Amanda sal ook haar wens moet prysgee, want hy sal so iets tog nooit toelaat nie. Sy kan haar maar met ander se kinders vermaak. Onder sy eie vriendekring is daar vele jong moeders wat soms hulle babas aan ander leen, veral wanneer hulle sake in die stad het om te verrig. Daar sal voldoende geleentheid wees om haar met die klein mensies te vermaak en ook om moedertjie te speel.

Moeg en afgemat ry hulle vroeg die middag die eerste voorstad van Kaapstad binne. 'n Rukkie later bereik hulle die middestad.

Voor 'n luukse sesverdiepinggebou hou Tobie oomblikke later stil. "Eindelik is ons tuis, Mandatjie," merk hy glimlaggend op. "Ek hoop jy gaan van ons woonstel hou. Dis op die eerste verdieping," vervolg hy.

Op 'n sierlike boog oor die hoofingang is die naam *Lyniehof* aangebring.

12

Met 'n sagte geruis styg die hyser op na die eerste verdieping.

Met noulettende oë betrag Tobie sy jong vroutjie en hy kan sien dat sy besonder afgemat is. Hy help haar uit die hyser en merk dat sy die krukke nou met groot moeite hanteer.

Vinnig sluit hy die deur oop, dan neem hy haar teer in sy gespierde arms en dra haar na die sag gestoffeerde rusbank in die ruim sitkamer. " 'n Mens dra mos jou bruid oor die drumpel," merk hy laggend op onderwyl hy in die rigting van die rusbank beweeg.

Liggies, asof dit geen kraginspanning verg nie, sit hy haar op die bank neer. Dan draai hy om en gaan haal haar twee krukke voor die deur. "Ek sal nou ons koffers gaan haal," verduidelik hy en plaas die krukke binne haar bereik.

"Gaaf, ek sal solank vir ons gaan koffie maak, maar ek wil darem eers my hande en gesig gaan was. Ek voel of ek jare laas gewas het."

"Ek kan jou verseker ek voel niks beter nie. Maar kom, dan neem ek jou eers deur die woonstel."

Langsaam beweeg sy saam met hom in die rigting van die slaapkamer, wat net so ruim is soos die sitkamer. 'n Fraai stinkhoutkamerstel waarvan die oppervlakte blink soos glas, is die enigste meubels wat die vertrek versier.

Die deken oor die dubbelbed en die gordyne voor die ruim venster is van dieselfde liggroen materiaal gemaak. Ook die dik, sagte mat wat die hele vloer bedek, is dieselfde kleur as die gordyne.

"Hou jy van jou slaapkamer?" hoor sy Tobie se stem langs haar.

"Dis pragtig, Tobie. Maar waarom sê jy mý slaapkamer? Dis tog jou kamer ook."

"Nee, in die vervolg is dit jóú kamer, Mandatjie. Ek sal my saans op die rusbank tuismaak."

"Jy laat my nou verskriklik selfsugtig voel, Tobie. Laat mý liewer toe om op die rusbank te slaap. Ek sal tog veel gemakliker daarop slaap as jy," merk sy ernstig op.

"Dis mos 'n man se plig om sy vrou se gemak eerste te plaas, is dit nie?" vra hy plaend.

"Nie wanneer 'n man reeds so baie vir sy vrou opgeoffer het soos jy nie."

Liefdevol plaas hy sy arm om haar en sê sag: "Dis pure onsin, Mandatjie. Ek het nog niks vir jou opgeoffer nie. As jy miskien na die huwelik verwys, kan ek jou maar net sê dat dit vir my geen opoffering was nie. Jy weet tog dat ek jou innig liefhet . . . Hoe kan 'n huwelik met jou 'n opoffering wees, meisie? Jy weet net nie hoeveel geluk dit my besorg het nie . . ."

"Nee, Tobie," val sy hom sag in die rede. "Ek sal glo dat dit jou nog geen geluk gebring het nie. Ek sal glo dat dit jou nog net ongelukkig gemaak het . . . Geen man kan gelukkig wees met 'n huwelik soos ons s'n nie. Jy sal my nooit daarvan oortuig nie. Ek sal glo dat jy gelukkig is die dag wanneer ek my regmatige plek inneem as jou vrou. Ek glo dit eenvoudig nie."

"Tog is ek gelukkig, my ou Mandatjie," glimlag hy af in haar ernstige gesiggie. "Jy weet net nie hoe gelukkig ek werklik is nie, my liefling. As ek nie hierdie huwelik met jou aangegaan het nie, sou ek nooit getrou het nie, want ek sal tog nooit weer 'n meisie so liefkry soos wat ek jou het nie, my klein skat. Jy is die enigste meisie wat ek nog ooit werklik bemin het. En om jou so in my arms te hou, verskaf my volslae geluk. Ek verg niks meer van jou nie . . . Later, as jy my miskien leer liefkry het, sal ons weer oor hierdie saak gesels, maar voorlopig laat ons dit net daar." Toe sak sy kop af en soen hy haar lank en innig op haar aanloklike lippe.

"Sien, jy is tog my eie vroutjie, al is daar nou sommige pligte wat jy nie kan nakom nie. Ek kan jou ten minste in my arms hou en jou soen wanneer my liefde te oorweldigend raak," lag hy opgewek en streel liggies oor haar swart krulle wat vir hom soveel aantrekkingskrag besit. "Moet glad nie so sleg voel nie, my vroutjie. Jy maak my besonder gelukkig. Glo dit asseblief."

Met sy een arm om haar skouers beweeg hulle in die rigting van die kombuis.

In die kombuis is alles ook modern en luuks, en Amanda sien haar al in die kombuis besig om Tobie se etes voor te berei.

Nadat hy haar gewys het waar die badkamer is, verlaat hy die woonstel om hulle koffers te gaan haal.

Haastig spoel Amanda die twee dae se stof van haar gesig en hande af en trek die kam deur haar hare, dan beweeg sy langsaam in die rigting van die kombuis.

Nadat sy die elektriese ketel aangeskakel het, neem sy die vertrek deeglik in oënskou. Ook hier is alles onverbeterlik nes in die ander vertrekke. Sy besef dat sy niks in die woonstel hoef te verander nie, alles is keurig en met besonder goeie smaak gekies.

Eindelik kook die water en sy maak vir hulle koffie. Op dieselfde oomblik gaan die voordeur oop en Tobie kom met die tasse in.

Nadat Tobie die koffers na die slaapkamer toe geneem het, sit hulle gesellig in die sitkamer en koffie drink.

"Wat moet ek vanaand vir jou kook vir ete, Tobie?" verneem sy terloops.

"Niks, absoluut niks, my meisie. Vandag rus jy. Die hotel langsaan het al baie maal vir my etes na die woonstel toe gestuur. Hulle kan dit vanaand weer doen. Môre sal ek jou kookkuns op die proef stel."

"Dan sal ek solank ons koffers gaan uitpak . . ."

"Volstrek nie. Vandag gaan jy rus, of jy dit nou wil weet of nie. En bewaar jou as jy my bevele verontagsaam," val hy haar vinnig in die rede.

"Wel, as ek dan niks mag doen nie, sal ek maar 'n bad gaan neem," stel sy voor. "Of mag ek dit ook nie doen nie?"

"Nie eintlik nie. Ek wonder net hoe jy alleen gaan regkom in die badkamer met jou beseerde voet?"

"O, ek sal wel regkom. Ek moet eenvoudig regkom."

"Ek sal vir jou 'n stoel in die badkamer sit. En moet asseblief nie die deur sluit nie. 'n Mens weet nooit wat kan gebeur nie."

Met groot gesukkel is Amanda eindelik klaar gebad. Al die tyd wat sy in die bad was, het Tobie soos 'n besorgde ou hen heen en weer voor die badkamer se deur gekuier uit vrees dat sy straks iets mag oorkom en haarself nie sal kan help nie.

Maar sy vrees was ongegrond, want 'n rukkie later kom Amanda, geklee in haar kamerjas, langsaam uit die badkamer gesukkel op die krukke.

"Het jy reggekom, Mandatjie?"

"Ja, en dankie vir jou besorgdheid," lag sy. "Ek het gehoor hoe jy op en af marsjeer voor die badkamer se deur."

"Nie te danke nie, kleinding," glimlag hy terug. "Ek het maar net my plig nagekom deur 'n ogie oor jou te hou. Maar sê my, sal jy sonder hulp kan aantrek?"

"As ek alleen kan bad, sal ek myself seker verder ook kan help, Tobie."

"Dan gaan ek nou gou stort. Skree maar net as jy hulp nodig het," stel hy voor.

Toe Tobie later uit die badkamer kom, vind hy Amanda in die sitkamer waar sy gemaklik op die rusbank sit. Sy lyk koel en uiters aantreklik in die ligte, geblomde rok wat sy aanhet.

"Jy lyk uiters bekoorlik in daardie rok, Mandatjie. Presies soos 'n prentjie uit 'n boek."

"Soos 'n spotprentjie, nè?" terg sy liggies.

"Nee, nie soos 'n spotprentjie nie, maar soos 'n lieflike prentjie uit 'n modeboek."

"Dankie vir die kompliment. Dis gewis nie aldag dat 'n mens se man jou so 'n kompliment maak nie," glimlag sy fyntjies. "Ek wonder nou net of jy weet hoe besonder aantreklik jý lyk met daardie deurmekaar boskasie van jou? As jy dit weet, kam jy nooit weer jou hare nie."

"O nee, so laat ek my nie flous nie, meisiekind. Geen mens het nog ooit aantreklik gelyk met 'n deurmekaar boskasie nie," kom dit opgewek.

"Regtig, ek maak nie 'n grap nie, Tobie. Jy lyk besonder aantreklik met jou hare so deurmekaar."

"As ek weet dat jy ernstig is, kam ek nooit in my lewe weer my hare nie, liefie," merk hy op en verdwyn in die kamer.

Etlike minute later maak hy weer sy verskyning in die sitkamer. Hy is netjies geklee in 'n donkerbruin pak en sy golwende hare is glad gekam.

"Jy moet 'n rukkie gaan rus, Mandatjie. Ek moet gou eers hospitaal toe om die pasiënt te spreek op wie ek môre 'n operasie moet uitvoer. Ek het vier jaar gelede 'n operasie op die kêrel uitgevoer. Nou het hy 'n splinternuwe kwaal ontwikkel wat gevaarlik lyk," verduidelik hy.

"Gaan, Tobie, en moenie oor my bekommerd voel nie. Ek sal môre vir jou duim vashou terwyl jy daardie operasie uitvoer."

"Dankie, my ou Mandatjie," glimlag hy goedig. "Dis lief van jou . . . ek bedoel die duim vashouery. Dis 'n uiters gewaagde operasie wat ek môre op die kêrel moet uitvoer en hy verseg ten ene male dat iemand anders die operasie moet waarneem. Die Here moet my genadig wees, want dit mag nie misluk nie. Die kêrel wil nie hê dat dokter Jooste, een van ons beste snydokters in Kaapstad, die operasie moet waarneem nie. Ek voel nie opgewasse daarvoor nie."

"Maar, Tobie, as die vorige operasie 'n sukses was, waarom sal hierdie een dit nie ook wees nie?"

"Jy begryp nie, kleinding. Die vorige operasie was 'n geringe sakie in vergelyking met die een wat hy môre moet ondergaan."

"Die Here sal jou genadig wees, Tobie. Vertrou net op Hom. Hy sal nooit sy kinders versaak nie. Ek sal vanaand in my gebed aan jou dink, Tobie."

"Dankie, my ou Mandatjie. Ek weet jou vertroue in Hom is onwrikbaar. Nogmaals dankie, hoor!"

Toe soen hy haar liggies op haar donker kroontjie en verlaat die woonstel haastig.

Dis sewe-uur die aand en Tobie is nog nie tuis nie. Nou begin Amanda erg bekommerd raak. Sy wonder wat met hom gebeur het? Hy sou haar tog gebel het as dit sake is wat sy aandag dringend vereis!

Met kommer duidelik op haar wese afgeëts, beweeg sy stadig in die rigting van die kombuis. 'n Koppie tee sal nie onwelkom wees nie, besluit sy.

Agtuur kan sy die spanning egter nie meer verduur nie en besluit om die hospitaal te bel. Sy moet Tobie se stem hoor en weet dat daar niks met hom gebeur het nie.

Eienaardig, dink sy, dat sy so bekommerd voel oor hom en hom so geweldig mis wanneer hy uit is op sake. Sy het hom tog nie lief nie, want sy ken net een liefde, en dit is vir Vic. Dis maar seker omdat sy sy teenwoordigheid al so gewoond is . . . Hy is ook so 'n gawe maat dat 'n mens hom onwillekeurig mis as hy nie teenwoordig is nie, besluit sy later en skakel die nommer van die Groote Schuur-hospitaal.

Op haar vraag of dokter Bremer daar is, vra die meisie aan die ander kant van die lyn dat sy nie moet neersit nie.

'n Wyle later hoor sy weer die meisie se stem: "Net 'n oomblik, dame, dokter Bremer sal nou hier wees."

Na etlike oomblikke hoor sy Tobie se bekende stem: "Hallo."

"O, Tobie!" slaak sy 'n sug van verligting by die aanhoor van sy sagte, diep stem. "Ek was al so bekommerd oor jou, toe besluit ek maar om te bel en te verneem of jy nog daar is."

"Ek is waarlik jammer dat ek jou kommer besorg het, vroutjie, maar ek het regtig nog geen kans gehad om jou te bel nie. Sake het veel ernstiger geblyk as wat ek verwag het en ek moes onmiddellik die operasie uitvoer. Jammer, my ou Mandatjie, maar dis die lewe van 'n geneesheer. Ek is binne tien minute tuis, hoor."

Nadat sy vir hom tot siens gesê het, plaas sy die gehoorstuk liggies terug, gaan dan na die kombuis en skakel die elektriese ketel aan om vir hom 'n koppie koffie gereed te hê wanneer hy tuiskom.

'n Wyle later hoor sy hoe die buitedeur oopgedraai word. Aan die veerkragtige tred weet sy dat dit Tobie is wat binnegekom het.

Met 'n breë glimlag groet hy haar en raap haar dan in sy kragtige arms op. "So!" sê hy onderwyl hy diep in haar sagte, donker oë staar. "Dan was my vroutjie darem bekommerd oor my lang afwesigheid. Dis nogal glad nie 'n slegte teken nie," glimlag hy en soen haar liggies op die voorkop. "Luister, my ou Mandatjie," vervolg hy nou weer ernstig, "as ek soms laat is, moet jy tog nie bekommerd wees nie, kleinding. 'n Geneesheer se hele lewe bestaan net uit werk en nogmaals werk. Vir ons bestaan daar nie vasgestelde werksure nie, want nie een van ons kan bepaal wanneer mense gaan siek word nie.

En as 'n geneesheer ontbied word, moet hy te alle tye gereed wees om sy diens te lewer, maak nie saak of dit middernag is of in die vroeë ure van die môre nie. Jy moenie weer onrustig voel nie, vroutjie."

"Vertel my, hoe het die operasie afgeloop, Tobie?"

"Bo verwagting goed, my skat," glimlag hy gelukkig. "As daar nou net nie komplikasies intree nie, behoort hy binne enkele weke weer op die been te wees."

Toe wens sy hom geluk, en saam stap hulle na die kombuis toe waar sy vir hom 'n koppie koffie skink.

Na die ete wat Tobie vir hulle by die hotel langsaan bestel het, sit hulle soos ou getroudes sake en bespreek.

Vir Amanda is dit duidelik dat die tyd haar in die woonstel gaan verveel, en hoe sy Tobie ook al soebat vir sy toestemming dat sy 'n betrekking mag aanvaar, bly hy onverbiddelik.

"As jy dan so graag iets wil doen, kan jy gerus vir my 'n trui brei vir die naderende winter," skerts hy. "Dit behoort jou immers besig te hou."

"Gaaf, maar dan neem jy my môre na 'n winkel toe om die wol te koop. Of nee, jy kan die wol ook maar self gaan koop. Ek voel tog nie lus om op krukke by 'n winkel ingesukkel te kom nie," verander sy van gedagte. "Sal ek darem nie bly wees die dag as ek heeltemal ontslae is van die krukke nie!" merk sy effens mismoedig op.

"Kom, kom, Mandatjie, so erg is dit waarlik nie. Binne 'n week neem ek jou hospitaal toe, dan verwyder ons die gips en neem sommer ook weer x-straalplate van jou voet om vas te stel of alles in die haak is . . ."

"O, Tobie, dit sal te salig wees om weer soos 'n normale mens te kan beweeg," val sy hom kinderlik opgewonde in die rede. "O, ek sien uit na daardie dag . . . Dan kan ek tog weer klavier en orrel speel."

"Raai, noudat jy daarvan praat . . . ek sal gewis vir my vrou 'n klavier moet koop. Weet jy dat ek jou nog net een keer hoor speel het, Mandatjie? Die dag met juffrou Naudé se troue."

"Toe maar, ek sal nog baie vir jou speel, Tobie. Verwyder net hierdie gips van my voet af," belowe sy plegtig. "Ek sal vir jou speel net wanneer jy wil hê ek moet speel."

"Gaaf, dan koop ek sommer nog daardie selfde dag vir jou 'n klavier. Maar ek moet sê, ek hou besonder baie van jou orrelspel ook."

"Dankie, Tobie. Ek verkies mooi orrelspel altyd bo enige ander musiek. Sodra ek toegang het tot die kerkorrel, sal ek soms vir jou daarop gaan speel."

"Om toegang tot die kerkorrel te kry, is baie eenvoudig, Manda. Ek sal jou môreaand aan die dominee en sy gade bekendstel. Hulle is albei nog jonk soos ons, en ek is seker jy gaan baie van ons predikantsvrou hou. Haar geaardheid is baie soos joune. Ou Frik, ek bedoel dominee Graaff, was saam met ons op universiteit. Ons moet regtig sommer môreaand by hulle gaan kuier."

"Maar, Tobie, kan ons hulle nie liewer hierheen nooi nie?"

"Ek glo nie. Linda kuier nie meer nie. Hulle verwag binne twee weke hul eersteling. Ou Frik het my juis bespreek vir sy vrou se bevalling, daarom weet ek presies dat daar nog twee weke van wag vir hulle voorlê. Dus sal ons liewer môreaand soontoe gaan. Ek reken Linda gaan besonder bly wees om jou te ontmoet. Sy is mos die een wat altyd aan my gesê het: 'Luister, Tobie, dis nou hoog tyd dat jy trou. Maar sorg asseblief dat jy met 'n vrou trou wat vir my 'n maat kan wees.'"

Teen elfuur kondig Amanda aan dat dit tyd is om bed toe te gaan. Sy rep egter geen woord van haar besluit van die middag om op die rusbank te gaan slaap nie.

Onderwyl Tobie gaan toesien dat sy motor se ruite opgedraai

is en dat die voertuig gesluit is, verklee sy haar haastig, neem die nodige beddegoed en stryk haastig aan sitkamer toe.

Toe Tobie later by die sitkamer inkom, lê sy reeds gemaklik op die rusbank onder 'n ligte wolkombers uitgestrek.

Met 'n geamuseerde glimlaggie staan hy haar 'n oomblik en betrag. "Kyk, ou Mandatjie," sê hy waarskuwend. "As jy nie in die kamer op die bed gaan slaap nie, kom kruip ek sowaar hier langs jou in. Jy weet natuurlik dat daardie bank verander kan word in 'n dubbelbed, nè? Dus, as jy jou nie wil blootstel aan gevaar nie, moet jy liewer in die kamer gaan slaap, meisiekind. Ek is ook maar net 'n man, met al die swakhede en gebreke van 'n man. Saam met my in een bed is jy glad nie veilig nie."

Toe draai hy om en stap na die kamer toe om sy slaapklere te gaan haal.

"Ek is nie van plan om jou van jou bed te beroof nie, Tobie," merk Amanda op toe hy weer later die vertrek binnekom. Sy weet dat hy nie sy dreigement sal uitvoer nie, daarvoor is hy te edel en opreg.

"Jy beroof my glad nie van my bed nie, Mandatjie. Ek staan dit met plesier aan jou af."

"Maar ek verkies om hier te slaap, Tobie," stribbel sy teë.

"Nee, kyk, nou is ek raadop met jou," sug hy hoorbaar, en met hierdie woorde raap hy haar in sy arms op en dra haar na die kamer toe.

Op die bed plaas hy haar neer en sê half verwytend: "Dink jy nou een oomblik dat ek jou op die bank sal laat slaap, Amanda? As jy so dink, ken jy my nog glad nie, maar jy sal my wel later leer ken. Ek het jou netnou gesê dat ek ook maar net 'n mens is, met al die emosies en drange van 'n man. Jy besef natuurlik nie hoe 'n geweldige stryd dit vir my is om daagliks teen my drange te veg nie, die drang om jou waaragtig as vrou te besit! As ek jou weer een aand so moet bed toe dra, weet ek regtig nie of ek my sal kan teësit nie. Die hemel alleen weet hoe lank ek dit nog sal kan volhou. As ek jou nie so oneindig liefgehad het nie, sou die stryd nie vir my so swaar gewees het nie . . ."

"Ek is jammer, Tobie," val sy hom sag, berouvol in die rede. "Ek sal jou help om die stryd vir jou ligter te maak, ek belowe jou dit."

Liggies soen hy haar op die voorkop en dan met 'n "dankie, Mandatjie" verlaat hy haastig die vertrek.

13

Onderwyl Amanda sag neurie, skink sy vir haar 'n koppie koffie.

Tobie slaap nog en sy wonder of sy hom moet wakker maak. Hy het verlede nag so laat tuisgekom en in die vroeë ure van die môre het sy weer die telefoon hoor lui, en daarna sy sagte voetstappe toe hy die woonstel verlaat het. Sy besluit sy gaan hom nie nou al wakker maak nie.

Stil gaan sy terug na die kamer toe, stoot die deur saggies toe en begin om die vertrek op te ruim.

Vanoggend voel sy besonder opgewek. Dis mos vandag 'n groot dag vir haar. Tobie gaan die gips van haar voet verwyder. Ja, na vandag sal sy weer soos 'n normale mens kan voel en beweeg.

Maar die gedagte aan Tobie se eienaardige gedrag die afgelope week stem haar meteens weer weemoedig. Van daardie aand af toe hy haar bed toe moes dra, is dit vir haar al of hy haar probeer vermy . . . Ja, van daardie aand af is hy ook nie meer so eie met haar soos voorheen nie.

Verlore staar sy deur die venster na die geboue aan die oorkant van die straat. Die gedagte dat sy vandag weer sonder krukke sal kan loop, kan haar ook nie eens opbeur nie, want net die gedagte dat Tobie dalk al sy haastige huwelik betreur, stuur onwillekeurig 'n pyn in haar binneste op.

Sy kan haar eie gevoelens ook nie meer verklaar nie, want ofskoon sy besonder baie van hom hou, weet sy dat sy hom nie liefhet nie. En tog kan sy ook nie van hom afsien nie. As hy heeldag uit is, voel dit vir haar byna of sy na hom verlang. Dan voel sy rusteloos en wens dat hy al tuis is . . . Nee, hierdie gemengde gevoelens van haar kan sy voorwaar nie verklaar nie.

Dan dink sy aan Vic, maar sy beeld kan sy nou net vaagweg onthou en heel gou verdring die beeld van Tobie die vae beeld van haar eertydse geliefde. Snaaks, dink sy, die laaste tyd dink sy ook nie meer aan Vic nie. Dis of sy hom totaal vergeet het. Sy kan nie eens meer sy beeld duidelik in herinnering roep nie.

Dan val dit haar weer by dat sy die kamer wou opruim en sy begin haastig haar taak verrig. Ja, dink sy weer, van môre af sal dit ook nie meer so swaar gaan om die bed op te maak nie.

Toe hoor sy die sagte gekraak van die bank en sy weet dat Tobie besig is om op te staan, of anders het hy net omgedraai op sy ander sy. Nou kan ek gerus vir hom 'n koppie koffie gaan gee, besluit sy.

Toe sy later met die koffie die sitkamer ingesukkel kom, spring Tobie haastig op en neem die koppie by haar. "Waarom het jy my nie geroep om dit self te kom haal nie, Amanda?" verneem hy. "Die Vader weet hoe jy dit regkry om alles te behartig."

"Gelukkig is dit vandag die laaste dag. Jy het mos gesê die gips word vandag verwyder?"

"Ja, en ek het dit al weer totaal vergeet. Ek sal jou elfuur kom haal."

Onderwyl Amanda besig is om ontbyt voor te berei, staan Tobie op uit die bed. Tot sy verbasing vind hy dat Amanda reeds die kamer opgeruim het.

Dan val dit hom by dat sy verlede nag nog wakker was toe hy tuisgekom het, en hy wonder wat dit is wat haar so hinder dat sy nie kan slaap nie. Die feit dat haar kamer reeds opgeruim is, getuig dat sy vroeg moes opgestaan het. Hy neem hom voor om haar later daaroor te spreek.

Maar na ontbyt is hy so haastig daar weg dat hy totaal vergeet het om die saak aan te roer. Eers op pad hospitaal toe val dit hom weer by.

By die hospitaal is al Tobie se kollegas besonder opgewonde om die jong mevrou Bremer te ontmoet, want Tobie het hulle reeds met sy aankoms verwittig dat hy getroud is met die mooiste vrou onder alle vroue. Selfs die verpleegsters wat daarvan te hore gekom het, sien daarna uit om die jong vroutjie te ontmoet.

"Sy moet bepaald seldsaam wees," het hulle onder mekaar geredeneer, "want so baie mooi meisies het al hulle flikkers vir die aantreklike jong dokter gegooi, maar nie een kon daarin slaag om hom te vang nie, dus moet sy keuse gewis iets besonders wees."

Elfuur op die minuut hou Tobie voor die gebou stil soos hy belowe het.

In die sitkamer sit Amanda alreeds op hom en wag.

Eers nadat hy 'n koppie tee geniet het, verlaat hulle die woonstel en stap langsaam in die rigting van die hyser.

By die motor help hy haar hoflik om in te klim.

"Vertel my, Amanda," vra hy 'n oomblik later, "wat is dit wat jou so hinder dat jy snags so min slaap? Is dit nog steeds die verlange na Vic wat so seermaak?"

"Nee, Tobie, ek . . . wel . . . dis tog snaaks, maar ek verlang

300

nie meer na Vic nie," stamel sy effens verleë. "Ek dink ek het hom nou heeltemal vergeet, want hy kom nooit meer in my gedagtes op nie."

"Dis vir my besonder aangenaam om dit te hoor . . . Maar wat is dit dan wat jou so hinder? Ek weet hoe laat jy gisteraand aan die slaap geraak het, dus het jy nie nodig om te stry nie," waarsku hy haar vroegtydig.

"Daar is regtig niks wat my hinder nie, Tobie. Dis maar net dat ek nie vroeg aan die slaap kan raak nie," jok sy, want hoe kan sy ooit aan hom sê dat dit die gestremde atmosfeer in hul huis is wat haar haar slaap ontneem?

"Waarom jy jok, weet ek natuurlik nie, maar ek glo jy het 'n goeie rede daarvoor. Ek is egter nie gewoond daaraan dat jy vir my jok nie," merk hy sag op en Amanda kan duidelik merk dat hy teleurgesteld is in haar.

'n Oomblik spoed hulle in stilte voort. Tobie is egter weer die eerste wat die stilte verbreek, deur te vra: "Verlang jy na jou moeder, Amanda?"

"So 'n bietjie, maar nie genoeg om my uit die slaap te hou nie," glimlag sy flou.

"Dan weet ek waarlik nie wat die rede kan wees nie. Jy lyk tog ook nie siek nie."

"Moet jou nie oor my bekommer nie, Tobie. As ek vaak is, sal ek saans wel gou aan die slaap raak. Dis maar net dat ek nie gou vaak word nie . . ."

"Wil jy graag vir jou moeder gaan kuier, Amanda?"

"Maar, Tobie, ek het Mammie dan pas drie weke gelede gesien!"

"Dit maak nie saak nie. Ek het jou gevra of jy graag vir haar wil gaan kuier?"

"Nie nou nie. Na Linda se bevalling sal ek graag gaan."

Toe hou Tobie voor die hospitaal stil.

Langsaam beweeg hulle met die lang gang op, en die soet reuk van eter hang swaar in die lug en dit prikkel Amanda se neus.

In 'n klein teater help Tobie haar op 'n hoë stoel, dan maak hy verskoning en verdwyn by die deur uit.

Etlike oomblikke later verskyn hy weer in die geselskap van twee ander geneeshere, 'n suster en 'n verpleegster.

Nadat hy haar aan die twee geneeshere bekendgestel het, begin hulle om die gips van haar voet te verwyder.

Vir Amanda is dit byna snaaks om weer na haar voet te kyk sonder om teen die onooglike wit gips vas te kyk.

"Roer jou tone, Amanda!" beveel Tobie.

Sonder inspanning roer sy haar tone en Tobie lyk besonder tevrede. "Is dit nie pynlik as jy dit doen nie?" wil hy weet.

Nadat Amanda hom verseker het dat dit glad nie pynlik is nie, besluit hy dat dit nie nodig sal wees om weer x-straalplate te neem nie.

"Wel, mevrou, as jy jou skoen en kous saamgebring het, kan jy hulle gerus maar aantrek. Met jou voet skort daar niks meer nie," stel een van die geneeshere voor.

"Het jy dit saamgebring, Amandatjie?" wil Tobie weet.

"Ja, maar ek het die pakkie ongelukkig in die motor vergeet," merk sy verleë op oor haar onbedagsaamheid.

"Ek sal dit gou gaan haal," bied hy aan.

Etlike minute later sukkel Amanda saam met Tobie en sy kollegas na die geneeshere se sitkamer.

Hoewel Tobie en Amanda reeds tee gedrink het, moet hulle maar weer elk 'n koppie tee saam met die ander nuttig en aan elkeen wat die vertrek binnekom, stel Tobie haar bekend. Hy voel besonder trots as hy die bewondering in elke blik bespeur wat op haar gevestig word. Hy weet ook dat daar vele jong geneeshere is wat hom sy posisie beny.

Sommiges begin selfs gesprekke met haar aanknoop bloot net om weer haar sagte, musikale stem te hoor.

Twaalfuur maak hulle aanstaltes om te vertrek.

"Julle twee kan gerus Saterdagaand na ons partytjie toe kom, kollega," merk dokter Wessels vriendelik op. "Dis eintlik my verjaardag en die vrou dring daarop aan dat ons die geleentheid moet vier."

"Dankie," glimlag Tobie goedig. Hulle groet en vertrek.

"Moet ek jou na die woonstel toe neem, of wil jy eers jou voet op die kerkorrel gaan uittoets?" verneem hy toe hulle later die kerkgebou nader.

"Dis nogal nie 'n slegte plan nie," glimlag sy flou. "Ek dink ek sal maar eers my voet so effens op die orrel gaan uittoets; ek voel al juis verroes. Maar ons sal eers my musiekboeke moet gaan haal. Dan kan ek sommer ook sien hoe dit met Linda gaan."

"Jy skyn baie van Linda te hou?"

"Ja, sy't 'n aangename persoonlikheid. Ek glo daar is nie 'n persoon wat nie van haar hou nie. As ek haar lewenswyse sien, besef ek eers hoeveel ek werklik tekort skiet. Sy is so ver verhewe bo ..."

"Jy skiet absoluut niks tekort nie, Mandatjie. Glo my, jy het nie nodig om vir Linda agteruit te staan nie," val hy haar vinnig in die rede.

"Jy begryp nie wat ek bedoel nie, Tobie. Sy is so ver verhewe bo alle kleinlikheid, byna soos 'n engel. Het jy al die atmosfeer aangevoel wat in die pastorie heers? Dit voel vir my byna of ek heilige grond betree wanneer ek by die pastorie ingaan. Ook haar verhouding met haar man het 'n onuitwisbare indruk op my gemaak. Dis kompleet of sy hom verafgod. Dis of hulle in die ware sin van die woord een persoon is."

"Kom, kom, Mandatjie, jy verbeel jou al hierdie dinge. Dat

hulle huwelikslewe besonder gelukkig is, sal ek natuurlik nie betwis nie. Hulle het mekaar innig lief, dis duidelik, en hulle het ook nie ons soort huwelik aangegaan nie. Dis maar net hul liefde wat hulle huis warm en huislik maak. En noudat jy weer op twee bene staan, sal ons woonstel ook warm en huislik wees, want net 'n vrou kan daardie atmosfeer in 'n huis skep. En as ek sê "n vrou', bedoel ek 'n vrou wat op twee bene loop en nie met twee krukke nie," voeg hy grappig daaraan toe, en Amanda kan nie help om te lag vir sy opmerking nie.

"Jy het jou roeping gemis, Tobie. Jy moes 'n advokaat gewees het," glimlag sy goedig.

"Dankie, maar ek is heeltemal gelukkig in my huidige roeping," is sy antwoord. "Daardie roeping wat jy so pas gemeld het, laat ek met my beste wense oor aan een van jou ses kinders."

"H'm, ja, ek sal my doodgelukkig en ryklik geseën voel as ek maar net een van die ses het . . ."

"Aan sulke weelde-artikels moet ons liewer nie nou dink nie Mandatjie," val hy haar sag in die rede. "Ons sal ons maar vir eers met ander se kleingoed vermaak. Ek is seker Linda sal hare altyd vir ons leen."

" 'n Baba is nie iets wat 'n mens uitleen nie, Tobie. As ek een het, sal ek hom nimmer en nooit uitleen nie."

"En as jy die dag inkopies in die stad moet gaan doen?"

"Dan neem ek die baba eenvoudig saam. Daarvoor is 'n babawaentjie gemaak – om jou baba saam met jou rond te neem."

"Jy sal 'n goeie ma wees, Amanda. Gelukkige kinders wat jou as moeder sal hê."

Toe hou hy voor die pastorie stil.

In die kombuis tref hulle Linda aan waar sy druk besig is om koek te bak.

"Hoe laat verwag jy Frik tuis, Linda?" verneem Tobie later.

"Nie voor vanaand nie. Hy en die ouderling is uit op huisbesoek."

"So! Wel, sê vir Frik hy moet geen huisbesoek by my gaan afle in my afwesigheid nie. Ek vertrou hom glad nie by my vrou nie. Terloops, ek vertrou hom net so ver as ek hom sien," merk hy skertsend op.

"Goed, ek sal hom dit tog sê, Tobie," lag sy opgewek.

"Jy moet Tobie se woorde tog nie ernstig opneem nie, Linda. Waarlik, hy is 'n regte heiden," maak Amanda verskoning vir haar man se woorde.

"As ek hom nie so goed geken het nie, sou ek dalk regtig sy woorde ernstig opgeneem het, Amanda, maar ek en Frik ken hom al baie jare. As jy weet watter rakker hy op universiteit was, het jy nooit met hom getrou nie, jong. Hy en Paul de Meyer was die twee uiterstes . . ."

"Verskoon my dat ek jou in die rede val, Linda," lag hy. "Jy weet natuurlik nie dat Paul de Meyer Amanda se neef is nie, nè? Hulle is eie bloedneef en -niggie. Amanda was self 'n De Meyer, hoewel sy nie die De Meyer-streep het nie. Sien, sy is een van die besadigde De Meyers. Aard blykbaar na haar moeder."

Nadat elkeen 'n koeldrankie gedrink het, stap hulle geselsend in die rigting van die kolossale kerkgebou wat langs die pastorie staan.

Tobie draai die sleutel in die slot en stoot dan die massiewe deur oop.

Dof val hulle voetstappe op die sagte, dik mat wat die paadjie tussen die banke bedek, dan loop hulle die trappe op wat na die orrel toe lei.

Amanda skuif voor die orrel in. Met hande wat liggies bewe, skuif sy die panele weg en trek die sleutels oop. Sy voel effens opgewonde. Sy het so lank laas gespeel, en nou gaan sy weer al haar geliefkoosde stukke speel.

Sy slaan die eerste blad oop en begin speel. Sagte orreltone bloei meteens deur die stil kerkgebou. Sy voel hoe haar siel langsaam saamsmelt met die lieflike klanke wat eers sag is en dan al harder, totdat elke hoek en kant met die soet melodie gevul is.

In sy hart voel Tobie besonder trots op sy vrou en hy weet dat Linda nie minder trots op haar voel nie.

Toe die laaste klanke van die lied sag wegsterf, vou Tobie Amanda in sy arms toe en druk haar hartstogtelik aan sy bors. "Dit was eenvoudig wonderlik, Mandatjie. Jou gawe het jy gewis van jou Skepper ontvang," fluister hy sag en ontroerd. Toe ontmoet sy lippe hare en druk hy 'n innige soen op haar sagte lippe.

Met 'n ligte blos op haar gelaat wikkel sy haar los uit sy omhelsing en sê effens verleë: "Skaam jou om so toe te gee aan jou emosies in Linda se teenwoordigheid, Tobie!"

"Mandatjie, as Linda nie self 'n man gehad het nie, kon jy my betig het," glimlag hy vermakerig, "en onthou, in die vervolg stoot jy my nie weer weg as ek jou soen nie, begryp? Dis 'n bevel."

Amanda, met haar beskeie geaardheid, kan nie begryp wat hom besiel het om op te tree nie, dis tog nie 'n gewoonte van hom nie. En na die afgelope week! Nee, sy verstaan hom nou minder as ooit.

Nadat sy nog 'n paar van haar geliefkoosde stukke gespeel het, pak sy haar musiekboeke terug in hul tassie. En met die belofte dat sy weer gou sal kom speel, groet hulle Linda en vertrek onmiddellik.

Op pad na hulle woonstel merk Tobie ernstig op: "Ek voel byna geneig en koop vir ons ook 'n orrel, Amanda. Die hemel weet, jy het my 'n uiters genotvolle uurtjie verskaf. Dit sal mos veel aangenamer wees as ons self 'n orrel besit en jy saans vir my daarop kan speel."

"En waar gaan die orrel geïnstalleer word?" wil sy weet.

"Wel, ja, daarvoor sal ons 'n huis moet hê . . . O wel, ons sal ook nie altyd in 'n woonstel kan bly nie."

"Jy is tog seker nie ernstig nie, Tobie?"

"Ek was in my lewe nog nooit so ernstig nie, vroutjie. Dit sal tog 'n aanwins vir ons huis wees, sal dit nie?"

" 'n Orrel is 'n baie duur instrument, Tobie."

"Aangesien ons nooit kinders sal hê nie, kan ons maar daardie duur instrument koop, Mandatjie."

"Is jy dan nie ook lief vir kinders nie, Tobie?"

"Baie, Amandatjie. Besonder baie . . . so baie dat ek soms lus voel om kinderspesialis te word."

Voordat Amanda weer iets kan sê, hou hulle voor die woonstelgebou stil.

Haastig trippel sy na die slaapkamer toe, neem een van haar vrolik geblomde voorskootjies en stap daarmee na die kombuis toe.

Nou eers iets voorberei vir middagete, besluit sy en begin dan ook sommer dadelik doenig raak, onbewus van Tobie wat haar van die deur af met 'n goedkeurende glimlaggie staan en betrag.

"Jy is nie net 'n ware moedertjie nie, maar ook 'n egte huisvrou, Amanda," merk hy glimlaggend op en gaan dan weer ernstig voort: "Is daar iets waarmee ek jou kan help?"

"Dankie, dokter Bremer, maar ek sal maklik alleen regkom. Ek het mos nou al twee my bene tot my beskikking," lag sy opgewek.

"Ja, en vandag lyk jy presies weer net soos die eerste dag toe ek jou ontmoet het. Daardie middag toe jy die rooskoningin was," lag ook hy opgewek. "En weinig het ek daardie môre geweet dat ons paaie bestem is om op so 'n eienaardige wyse te kruis, dat jy 'n rukkie later my vrou sou wees."

"Ja, dis ook maar 'n goeie ding dat die mens onbewus is van die toekoms wat op hom wag . . ."

"Jy bedoel jy sou nie saam met my gaan bergklim het as jy vooraf geweet het wat die toekoms vir jou inhou nie?" val hy haar in die rede onderwyl hy haar deurdringend aankyk.

"Wel, dis tog natuurlik dat ek dit nie sou gedoen het nie," glimlag sy flou en vervolg dan plaend: "Dan sou jy noodge-dwonge nou self jou maaltyd moes voorberei het."

"Ja-nee, ek stem volmondig saam. Dis goed dat die mens nie sy toekoms vooraf kan bepaal nie, want ek is 'n hopelose kok. En wat van die ander ou dingetjies wat jy daagliks vir my doen? Nee, dis regtig 'n genot om jou as vrou te hê. Ek is innig bly dat jy daardie dag saam met my gaan bergklim het. Ons kan dit altyd herhaal," lag hy vrolik.

"Sodat ek weer my voet kan beseer, nè? Nee, dankie. Ons is ook nie bobbejane om so in die berge te staan en rondklouter nie," lag sy saam en vergeet totaal van haar hartseer wat die og-gend gedreig het om haar te oorweldig.

14

Onderwyl die wind 'n troostelose deuntjie deur die hoë krui-ne van die bome sing, sit Amanda heerlik opgekrul op die rusbank aan Tobie se trui en brei. In die een hoek van die vertrek staan die CD-speler en sagte musiek kom oor die lug na haar toe aangesweef.

Angstig sit sy en wag op Tobie se bekende voetstappe, wat sy nou enige oomblik verwag.

Dan dink sy weer aan Linda wat op die oomblik in ontsettende pyn verkeer en sy voel hoe die trane warm in haar oë opskiet.

In die twee maande wat sy hier in die Kaap is, het sy Linda innig leer liefkry en sy voel bitter jammer vir haar vriendin wat nou in lyding verkeer. 'n Uur gelede het Frik gebel en Tobie na sy vrou se bed ontbied, en Amanda weet instinktief dat dinge verkeerd geloop het met Linda.

O, as die wind maar net wil ophou waai, dink Amanda geïrriteerd. Die spanning, gepaard met hierdie weemoedige gekla deur die boomtoppe, is genoeg om enigeen rasend te maak!

Eindelik hoor sy die voetstappe waarop sy die hele tyd sit en wag het.

Toe Tobie die deur agter hom toedruk, val sy byna in sy arms van opgewondenheid. "Vertel my gou, Tobie. Is dit verby?" vra sy angstig, en hy kan merk dat daar trane in haar stem is.

"Ja, my ou Mandatjie. Linda en Frik is die trotse ouers van 'n yslike seun," glimlag hy haar gerusstellend toe, want die spanning waarin sy verkeer is duidelik op haar wese afgeëts.

"O, Tobie!" Haar antwoord is net 'n snik. "Ek . . . ek . . . was so bevrees . . . vir . . . vir wat met haar mag gebeur," snik sy onafgebroke.

Styf omvou sy arms haar. "Daar is niks meer te vrees nie, my meisie. Alles is verby. Linda is al weer die ene glimlaggies daar waar sy in die bed lê," stel hy haar gerus en streel kalmerend oor haar donker krulkop wat so vertrouend teen sy bors nestel.

Met sy eie sakdoek droog hy haar trane af en lei haar na die rusbank toe.

Uit dankbaarheid haal hy 'n bottel Martini en twee kelkies te voorskyn. Behendig skink hy twee drankies in en oorhandig een aan haar.

Toe gaan sit hy op die bank langs haar. "Op Frik en Linda se geluk," glimlag hy en ledig die inhoud van sy kelkie. "Amandatjie, jy moes die twee se gesigte gesien het toe ek aankondig dat dit 'n seun is! Dit was eers verbasing, toe verrukking, toe diepe tevredenheid. So 'n vlugtige afwisseling van emosies het jy seker nog nooit aanskou nie," glimlag hy tevrede en plaas die leë kelkie op die tafeltjie langs die bank.

"O, Tobie, ek wens ek kan die klein skat sien wat my so baie kommer besorg het."

"Jy kan hom môre sien, Mandatjie. Maar ek waarsku jou, hy is glad nie 'n klein skat nie. Hy is 'n lelike klein bobbejaantjie," lag hy weer.

"Jy moet dat Linda en Frik jou so hoor praat van hulle klein juweeltjie, hoor!" maan sy.

"O, ek het dit vir hulle ook gesê," sê hy vinnig.

"Wel, hulle het blykbaar so iets van jou verwag. Dit sal mos nie jy wees as jy nie met so iets vorendag kom nie," lag sy.

"Ja, hulle het dit nogal nie ernstig opgeneem nie. Ou Frik sê dat ek maar net jaloers is omdat ek nie 'n seun het nie. Maar ek het hom gou laat verstaan dat ek nog dosyne gaan hê; 'n hele voetbalspan, genoeg om aan hulle ook 'n paar uit te deel."

Amanda lag. "O, Tobie, jy is voorwaar die snaaksste mens wat ek nog ooit ontmoet het. Jy is net die regte medisyne vir my bekommerde gemoed."

Meteens kom die ritmiese klanke van I want to be with you always oor die radio. Liggies, asof sy 'n veertjie is, lig Tobie haar op in sy arms en beweeg grasieus met haar op die maat van die musiek oor die vloer.

Vir Amanda is hierdie gedrag van Tobie nie meer iets nuuts nie. Sy is al gewoond aan hierdie gril van hom. Dit gebeur byna elke aand dat hy 'n paar passies met haar uitvoer, en sy verskoning is altyd dat hy sy litte 'n bietjie oefening moet gee.

Na ete stel Tobie voor dat hulle gaan fliek. "Om die sakie af te rond, kan Eddie en daardie rooikopnooi van hom ons verge-sel," voeg hy daaraan toe.

Maar voordat Tobie sy tandartsvriend kan bel, lui die foon reeds en word hy dringend na die hospitaal ontbied.

"Nou is ons hele ou aandjie in sy peetjie," merk Tobie teleur-gesteld op. "Ons sal dit maar op 'n ander aand hervat," glimlag hy, maar Amanda kan duidelik merk dat hy diep teleurgesteld is.

'n Rukkie nadat Tobie vertrek het, hoor sy 'n klop aan die buitedeur. Haastig staan sy van die bank af op waar sy gesit en brei het, en gaan maak die deur oop.

Voor die deur staan twee vroue en 'n lang, skraal man. Vriendelik groet hulle Amanda en verneem of dit dokter Bre-mer se woonstel is. Nadat Amanda bevestigend geantwoord het, vervolg die kêrel weer: "Dan is jy seker mevrou Amanda Bremer?"

Weer eens antwoord sy bevestigend en wou net verneem of daar iets is wat sy vir hulle kan doen, toe hoor sy weer die jong kêrel se stem: "Amanda," sê hy saaklik, "of jy dit nou wil glo of nie, maar ek is Tobie se voorbeeldige broer, Hennie. En met dié twee moet jy jou tog glad nie misgis en dalk reken hulle het uit die dieretuin ontsnap nie, want hulle is eintlik ons enigste twee sussies, Marie en Ella."

Spontaan bars Amanda uit van die lag en reik hulle haar hand. Toe nooi sy hulle vriendelik na binne.

"Ek is waarlik spyt dat Tobie uitgeroep is, maar hy sal seker nie lank wees nie," merk sy later op toe hulle in die sitkamer sit en tee drink.

"Raai, ons is glad nie gretig om Tobie te sien nie, Amanda. Ons het eindelik gekom om sy vrou te ontmoet," merk Hen-nie op.

"Noudat die skole en universiteit weer geopen het, sal ons

julle dikwels kom besoek," kom dit van Marie, die oudste van die twee susters. "Ons is al drie hier in Kaapstad gevestig. Hennie is natuurlik nog op universiteit, al het hy so 'n groot mond," lag sy en vervolg: "Verbeel jou, ek en Ella lyk of ons uit die dieretuin ontsnap het!"

Toe lag almal weer onbedaarlik.

"Wel, julle dink tog seker nie julle is twee rose nie?" laat hy weer hoor.

"Nee, nie rose nie, maar seer sekerlik ook nie diere nie. Om die waarheid te sê, jy lyk meer of jy in een van daardie bobbejaanhokke tuishoort," werp Ella teë.

"Nou kyk net vir so 'n juffroutjie se skerp tong! Die arme weerlose kindertjies in jou klas het al my simpatie, Ella. Dank die vader jy is nie mý onderwyseres nie . . ."

"Dan het jou nerwe lankal gewaai," val sy hom goedig in die rede.

Vir Amanda is die oor-en-weer stryery besonder interessant en sy geniet dit om na hulle te luister.

"Dié lummel studeer mos vir veearts, Amanda," hoor sy Marie weer sê. "Wel, hy is die einde van die jaar afgestudeer – so sê hy altans. Maar weet jy hoe 'n goeie veearts is hy nogal? Pappie vra hom mos nou die dag om saam te stap en na een van die siek koeie te gaan kyk, en wil jy glo, toe die ou koeitjie sy gesig sien, sterf sy onmiddellik. Nou vra ek jou hoe 'n soort veearts gaan hy uitmaak?"

"Ja-nee, dit klink nie te rooskleurig nie," merk sy laggend op.

"Arme diere," kom dit lakoniek van Ella.

"Julle verwag tog seker nie dat ek wondere moet verrig nie! Daardie ou koeitjie het maar lus gehad om af te klok. Ek is seker as een van julle voor haar verskyn het, sou sy in trane uitgebars het. Vir my het sy nog respek getoon deur my

312

verskonend met haar groot koei-oë aan te kyk asof sy wou sê: Verskoon my, meneer, maar ek het glad nie meer lus vir hierdie ou aarde nie."

"Het sy jou nie miskien aangekyk nie asof sy wou sê: Moenie aan my vat nie, want jy kielie my?" lag Ella. Dan dreun dit weer soos die viertal lag.

Op dieselfde oomblik kom Tobie die vertrek binne en kyk hulle beurtelings verbaas en verras aan.

Onderwyl die drietal groet, verdaag Amanda kombuis toe om water op te sit vir tee. Sy weet Tobie sal 'n koppie tee verwelkom.

Toe Amanda 'n rukkie later die sitkamer binnekom met hulle tee, staan Hennie vinnig op en neem die skinkbord by haar.

Etlike oomblikke later is die vier Bremers weer heerlik aan die skerts. Geamuseerd luister Amanda na hulle sêgoed. Soms lag sy dat die trane oor haar wange rol, maar aan hulle vrolikheid is daar geen einde nie. Dis vir haar egter duidelik dat hulle groot ontsag koester vir Tobie, hoewel hulle saam met hom skerts.

"Amanda," kom dit later van Tobie, "sal ons hierdie rakkers van slaapplek kan voorsien?"

"Mak skape gaan baie in 'n kraal," haal Ella aan.

"Jy tel jou tog seker nie onder die mak skape nie, Ella!" werp Hennie teë.

"Presies. Dis eintlik vir jou wat ek nie tel nie . . . Amanda, Hennie sê hy gee glad nie om op die matjie te slaap nie."

"En waar het jy miskien gedink gaan jy slaap? Tog seker nie gedink Amanda en Tobie gaan hulle bed vir jou opgee nie?"

"Glad nie, jou groot bobbejaan. Ek en Marie slaap op die bank en jy slaap op die matjie voor die bank."

"Nee, ek dink dit sal regverdiger wees as ek op die bank slaap en julle twee op die matjie," stribbel hy teë.

"Daar sal niks van kom nie, ons het klaar die bank bespreek," kom dit van Marie.

"Wel, dal sal ek maar by Tobie en Amanda se voete gaan slaap."

"Jou plek is klaar op die maatjie bespreek, jong. Daar sal geen voetgeslapery wees nie," weerspreek Ella hom. "'n Mens doen ook nie jou oudste broer en skoonsuster sulke ongerief en ongemak aan nie. Versoen jou nou maar gerus met die gedagte dat jy 'n lekker harde ou slapie gaan hê."

Al skertsend snel die tyd verby en hulle moet later merk dat dit alreeds eenuur is.

Onderwyl Amanda en haar twee skoonsusters na die kamer verdaag, maak Tobie en Hennie hulle tuis op die bank waar Amanda en Marie vir hulle 'n dubbelbed opgemaak het.

Vroeg die volgende môre staan Amanda op om koffie te gaan maak. Etlike minute later bedien sy almal in die bed met stomende warm koffie.

"Waarom dan so vroeg op, Mandatjie?" verneem Tobie en neem die koppie wat sy aan hom oorhandig.

"Gits, van gisteraand se lag het ek so 'n ellendige pyn op my maag vanoggend," glimlag sy flou.

Nou eers merk hy hoe bleek sy daar uitsien. "Nee, my skat, dit kan onmoontlik van die lag wees. Daar moet beslis iets anders skort. Waar voel jy die pyn?" vra hy besorg. Nadat sy aan hom verduidelik het waar die pyn is, beveel hy haar om dadelik terug te klim in die bed.

"Wat vermoed jy, Tobie?" verneem Hennie nadat Amanda die kamerdeur agter haar toegestoot het.

"Dit klink taamlik baie na blindedermontsteking," sê hy bekommerd.

'n Wyle later maak hy sy verskyning in die kamer. Na 'n

deeglike ondersoek slaak hy egter 'n sug van verligting. "Gits, jy het my laat skrik, Mandatjie, maar gelukkig is dit niks ernstigs nie," glimlag hy verlig. "Net 'n geringe kouetjie."

Na ontbyt neem Tobie die drie na hulle afsonderlike tuistes en 'n doodse stilte sak oor die woonstel toe. Vir Amanda is daar nou niks om te doen nie, want Marie en Ella het haar reeds gehelp met wat daar te doen was. Meteens val dit haar by dat dit vandag Sondag is en dat sy kerk toe moet gaan.

Vlugtig stap sy na die badkamer toe en neem 'n koue stortbad, dan begin sy haar haastig te klee. Sy wil graag die oggenddiens bywoon. Sy hoop Tobie is betyds terug.

Wel, besluit sy, as hy nie betyds terug is nie, sal ek vir hom 'n briefie laat om te sê dat ek kerk toe is. Vlugtig trek sy die kam nog 'n keer deur haar krulle.

Toe sy eindelik gereed is om te gaan, is Tobie nog nie terug nie. Haastig skryf sy 'n paar reëls op 'n stukkie papier en plaas dit op die tafeltjie in die sitkamer, dan trek sy die deur agter haar toe.

Etlike minute later kom Tobie tuis en vind die deur gesluit. Met die sleutel wat hy gewoonlik in sy sak dra, sluit hy die deur oop en stap in die rigting van die sitkamer. In die woonstel is dit besonder stil en hy wonder waar Amanda is.

Met vaste treë stap hy na die slaapkamer, maar ook daar is niks van haar te sien nie. Dan wonder hy weer wat van haar geword het. Sy is seker in die badkamer, besluit hy.

Toe hy egter by die slaapkamer uitstap, val sy oog op die notatjie wat sy vir hom gelos het. Vlugtig stap hy nader, neem die stukkie papier op en begin die inhoud te lees.

So, dan is sy kerk toe, sê hy in sy gedagtes aan homself. Jy is voorwaar 'n goeie vrou, Amanda . . . Net jammer dat jy nooit werklik my vrou sal wees nie. Ek weet jou hart behoort nog altyd aan Vic en die ding wat jou snags so uit die slaap hou,

315

is maar nog steeds jou liefde vir hom wat nie gesmoor wil wees nie. Dis verniet dat jy my probeer oortuig dat jy hom al vergeet het. Ek weet dat jy my maar net nie wil seermaak nie, daarom word die waarheid verbloem. Maar ten spyte van al hierdie dinge het ek jou lief, Amandatjie. God weet hoe innig ek jou bemin. Ek bid daagliks dat jy my ook moet liefkry soos ek jou het . . . Maar ek sal geduldig wag. By ons Skepper is niks onmoontlik nie. Ek sal my hele lewe trag om jou liefde te wen. Die Here sal my eendag genadig wees!

Toe besluit hy om ook kerk toe te gaan. Verlede Sondag kon hy die diens nie bywoon nie omdat hy uitgeroep is, maar van-môre is daar niks wat hom verhinder om te gaan nie.

Vlugtig kam hy sy hare, dan verlaat hy die woonstel en stap vinnig in die rigting van sy motor wat voor die gebou gepar-keer staan.

Voor die kerk bring hy sy motor tot stilstand en merk dat almal reeds binne is.

In die deur bly hy staan onderwyl sy oë oor die menigte dwaal wat in die banke sit, maar Amanda se figuurtjie kan hy nie raaksien nie.

Met 'n knik ontbied Frik een van die diakens en stuur 'n boodskap aan Tobie dat Amanda in die tiende bank in die mid-delry sit.

Toe Tobie opkyk, ontmoet sy oë Frik s'n. Met 'n fyn glim-laggie spreek hy sy dank aan hom uit en beweeg dan ligvoets in die rigting van die bank waar Amanda sit.

Verras kyk sy hom aan toe hy langs haar kom sit.

Tobie het ook pas gesit, toe word die diens met gebed ge-open.

Op Amanda, sowel as Tobie, maak die preek 'n geweldige indruk. Dit laat hulle albei besef hoe nietig die mens is en hoe afhanklik hulle is van hul Skepper.

Toe die laaste psalm gesing is, sluit die dominee die diens af met gebed.

Saam met die ander beweeg Amanda en Tobie na buite. Dan staan hulle op Frik en wag. 'n Oomblik later maak hy sy verskyning.

Amanda wens hom geluk met sy groot seun en saam stap hulle in die rigting van die pastorie.

"Ek is al byna dood van nuuskierigheid om die baba te sien, Frik," glimlag sy hom toe.

"Ek hoop net jy vind hom nie so lelik soos Tobie nie," lag hy hardop.

"Van hom moet jy maar liewer nie notisie neem nie, Frik. Ek dink hulle Bremers is maar almal in 'n geringe mate van lotjie getik."

"Skaam jou, Mandatjie, om so sleg te praat van jou man en sy half getikte familie," merk Tobie gemaak verontwaardig op. "Hiervoor gaan jy nog duur betaal, jong. Wag maar net tot ons eers tuis is."

"Pasop, jou lewe is in gevaar, Amanda," merk Frik skertsend op.

"Ja, ek sal maar moet lig loop vir Tobie."

Hulle bereik die voordeur van die pastorie. Uit die voorste slaapkamer kom die skril stemmetjie van Linda en Frik se seuntjie, en Amanda haas haar daarheen.

Met 'n opgewonde blos wens sy haar vriendin geluk en vra gretig: "Mag ek die kêreltjie optel?"

"Ek sal so baie bly wees as jy dit wil doen, Mandatjie. Hy sit so 'n geweldige keel op dat ek al begin bang word," sê sy.

Versigtig tel sy die skreeuende baba in haar arms op en begin hom moeilik te sus.

Met oë vol moederlike trots staar die ma haar baba aan wat liefdevol deur Amanda vertroetel word.

317

Vir Amanda is dit ook nie eens nodig om te verneem hoe dit met haar vriendin gaan nie, want Linda skyn in blakende gesondheid te wees.

'n Oomblik is die klein kêreltjie stil, maar begin dan opeens weer uiters droeweig te huil.

"Ag, Amanda, kyk tog of sy doek nie nat is nie. Ek vind dat hy 'n geweldige keel opsit as dit die geval is."

"So, dan weet die kêreltjie ook al wanneer daar iets skort," lag sy opgewek.

Behendig verwissel sy die baba se doek. Onderwyl sy besig is, kom Tobie en Frik die kamer binne. Liefdevol lig sy die kêreltjie weer in haar arms op en gaan voor Linda op die bed sit.

Vriendelik groet Tobie sy pasiënt en verneem skertsend: "Hoe lyk dit, het die kêrel al 'n bietjie mooier geword oornag?"

"Skaam jou om my seun so af te haal, Tobie," glimlag Linda goedig. "Wag maar, jy sal nog sien hoe 'n fraai seun hy gaan wees. Gee hom maar net 'n paar maande kans. Jy sal nog wens dat hy jou seun is," terg sy.

"Toe maar wat, Linda. Ek het hulle reeds gister al gesê dat ek nog dosyne van die goed gaan hê. En mooi goed, hoor!"

"Ek sal graag 'n spruit van jou wil sien, Tobie," terg Linda terug. "Ek dink die ou dingetjie sal so onooglik wees dat 'n mens seer oë sal kry net om na hom te kyk."

"Dis wat jy jou verbeel," lag hy. "Die Bremer-kinders is oor die algemeen besonder mooi."

"Ai, hoe prys jakkals sy eie stert," laat Linda weer hoor.

Toe laat die mannetjie weer sy kwaai stemmetjie hoor en Amanda moet hom weer liefdevol sus om hom tot bedaring te bring.

Met liefde en teerheid in sy mooi blou oë kyk Tobie haar

aan. Op haar gelaat lees hy duidelik moederlike geluk en dit laat sy hart vinnig klop. Maar ook net 'n oomblik, dan plooi daar weer 'n trek van innige verlange, ja, byna afguns om sy ferm mond.

Amanda merk dit en haar hart gaan uit na hom. Sy weet dat ook hy, net soos sy, 'n kindjie begeer, maar dat hulle abnormale huwelik dit belet. Hulle mag nie, soos ander getroude pare, die geluk van 'n eie kindjie smaak nie. Die intense lewe van man en vrou is vir hulle die verbode vrug wat nie aangeraak mag word nie.

Peinsend staar sy af na die onskuldige wesentjie in haar arms, dan hoor sy Tobie sê: "Bêre nou maar daardie speeldingetjie, Amanda. Dis tyd vir ons om huis toe te gaan."

Op pad na hul woonstel gesels Amanda aaneen oor die baba wat vir haar soveel bekoring inhou, onbewus van die pyn wat sy haar man aandoen. As sy maar net geweet het dat elke woord van haar sy hart soos 'n dolk sou deurpriem, sou sy gewis nie so opgewonde uitgewei het oor die baba se goeie hoedanighede nie. Maar te laat vind sy dat haar woorde hom pyn besorg.

Vertroulik plaas sy haar hand op sy arm en sê met diep berou in haar stem: "Ek is jammer, Tobie. Ek het nie bedoel om jou seer te maak nie. Ek belowe jou dit sal nie weer gebeur nie."

"Jy moenie die kleinmensies so begeer nie, Amanda. Ek doen dit uitsluitlik om jou eie ontwil aan die hand, want dit gaan jou net pyn besorg. Jy weet tog reeds dat ons geen gedagtes en verlange in daardie rigting mag koester nie. Ek dink dis baie ongesond vir jou om Linda se baba so te vertroetel en te liefkoos. Jy moet dit liewer nie weer doen nie, Mandatjie. Daar kan niks goeds van kom nie. Jy doen jouself net pyn aan deur so te handel."

319

Swyend spoed hulle voort en 'n wyle later hou Tobie voor die gebou stil.

Amanda haas haar na die kombuis om middagete voor te berei.

Ook Tobie maak later sy verskyning, maar bly in die deur staan. "Ek het netnou oor sake gesit en nadink, Amanda. Ek reken dit sal jou goed doen om 'n tydjie by jou ouers te gaan kuier. Ek sal môre vir jou plek bespreek op die vliegtuig."

"Wil jy so graag van my ontslae wees, Tobie?" vra sy met pyn in haar stem. Sy staan met haar rug na hom gekeer en hy kan nie die pyntrek op haar gelaat merk nie.

"Amanda!" Tobie is by haar. Hy neem haar aan albei skouers en swaai haar vinnig om. Sy oë kyk haar gekrenk en vol pyn aan, maar sy stem is sag toe hy vervolg: "Ek wil daardie woorde nooit weer uit jou mond hoor nie, Amanda. Ek vra jou nou asseblief, moet my nie weer so seermaak nie."

Toe los hy haar plotseling en verlaat die vertrek.

Die naakte pyn in sy oë laat Amanda hartseer voel. Sy kan nie begryp waarom dit altyd sy moet wees wat hom so kwets nie. Hy is so oneindig goed en liefdevol teenoor haar, waarom moet sy alewig iets sê of doen wat hom pyn besorg?

Ongemerk vee sy die verblindende trane uit haar oë. As dit sy wens is dat sy 'n tydjie moet weggaan, sal sy nie teëstribbel nie. Sy sal gaan. Miskien sal dit hulle albei goed doen om 'n rukkie van mekaar geskei te wees.

"Hoe lank moet ek by my ouers gaan kuier, Tobie?" vra sy later aan tafel met 'n stem vol weemoed.

Tobie kyk vinnig op. Hoewel sy nie opkyk nie, weet hy dat daar ook trane in haar oë is, maar hy antwoord kalm: "So 'n maand of twee, Mandatjie. As jy lus voel, kan jy langer kuier."

"Wie gaan vir jou sorg in my afwesigheid?"

320

"Moet jou nie daaroor bekommer nie. In Kaapstad is hope eetplekke. Geniet jy maar net jou kuiertjie. Jy kan selfs 'n rukkie by my ouers ook gaan kuier. Hulle sal maar te bly wees om jou 'n rukkie te leen."

"Goed, ek sal eers 'n paar weke by jou ouers gaan kuier, dan weer 'n paar weke by myne."

"Ek sal môre vir jou plek bespreek en Vader laat weet om jou op die lughawe te ontmoet. Jy sal hom darem seker herken as jy hom sien. Jy het mos al baie foto's van hom gesien."

"Toe maar, as ek hom nie herken nie, sal hy my darem seker herken," glimlag sy flou.

Na ete word Tobie na 'n plaas ontbied en Amanda is heeltemal alleen in die stil woonstel.

Eers skakel sy die radio aan, dan besluit sy om maar solank te gaan inpak vir die vakansie wat sy eintlik teen haar sin moet aanvaar.

15

Twee dae later staan Amanda langs Tobie op die lughawe. Haar hart voel loodswaar in haar binneste en sy moet met al haar mag veg teen die trane wat nou baie naby is.

Sy kan haar eie gevoelens nie verklaar nie, en op die oomblik voel sy ook nie lus om sake uit te pluis nie. Die vakansie sal daar genoeg tyd voor wees. Al waarvan sy bewus is, is dat die afskeid vir haar besonder swaar is.

Dan hoor sy Tobie se stem langs haar. "Bel my sodra jy op George afklim, Mandatjie. Ek moet weet of jy goed daar aangekom het."

"Ek sal, Tobie . . . en . . . jy moet gereeld bel, laat weet hoe dit met jou gaan," sê sy effens weemoedig.

"Maar natuurlik sal ek bel, my skat. Ek sal elke aand bel," glimlag hy af in haar donker oë.

Toe kom die aankondiging dat Amanda moet instap. Haastig neem Tobie haar in sy arms, dan soen hy haar verskeie male.

Dan draai Amanda om en loop deur die uitgang. Sy voel hoe haar oë brand van ongestorte trane.

Toe sy in die vliegtuig sit, blaai sy deur een van die tydskrifte wat Tobie vir haar gekoop het, maar haar gedagtes verseg op die boek te konsentreer.

'n Wyle staar sy peinsend deur die venster na buite en sy voel hoe daar 'n geweldige knop in haar keel vorm. Met die beste wil ter wêreld kan sy die knop nie afsluk nie. Sy voel hoe die trane oor haar wange begin rol en sy is nie in staat om hulle te keer nie.

O, Tobie, dink sy droewig. Waarom moet ons tog nou geskei wees? Ek het jou so lief . . . so innig lief . . . ek kan nie al hierdie maande van jou geskei wees nie.

Verlore tuur sy deur die venster na buite en haar hart brand nou om by Tobie te wees. Hoe en wanneer dit gebeur het, kan sy nie verklaar nie. Al waarvan sy op die oomblik bewus is, is dat sy Tobie innig bemin, dat haar liefde vir Vic niks in vergelyking was met die liefde wat sy vir Tobie koester nie. En sy verlang bitterlik om nou by hom te wees. Nou eers begryp sy waarom sy so teësinnig gevoel het om weg te gaan met vakansie. Maar toe het sy nie besef dat dit liefde vir hom is wat haar so weemoedig gestem het nie. Noudat sy van haar liefde bewus is, kan sy al haar gevoelens van die afgelope paar weke ook verklaar. Waarom was sy tog so onkundig dat sy nie kon besef het dis liefde wat sy in haar binneste vir hom voel nie? skrei dit in haar hart.

Vol hartseer en verlange klim Amanda sowat 'n uur later op George af.

Net soos Tobie voorspel het, herken sy haar skoonvader toe hy haar bly tegemoet stap. Tobie se moeder is by. Liefdevol groet die egpaar haar, dan vra hulle hoe dit met Tobie gaan.

Later in die motor op pad Wilgerspruit toe vertel sy haar skoonouers van Marie, Ella en Hennie se besoek aan hulle. "Ek het so gelag dat ek die volgende môre eintlik pyn op my maag gehad het," eindig sy.

Tuis wag daar 'n warm maal op hulle, maar Amanda het nie lus vir al die lekkernye nie.

"Jy moet eet, Amanda," merk haar skoonvader op. "Ek wil nie hê Tobie moet dink ons het sy vrou nie kos gegee nie."

"Maar sy is seker moeg, Theunis. Hoe kan jy haar dwing om te eet as sy nie lus het vir kos nie?" kom die moederlike ou dame haar te hulp. Aan Amanda sê sy egter: "Sodra ons klaar geëet het, kan jy maar gaan rus. Ek weet jy is moeg van die vlug."

Dus gaan Amanda na ete dadelik kamer toe in die geselskap van die ou dame.

Toe die tante later die kamerdeur agter haar toetrek, slaak Amanda 'n sug van verligting. Nou is sy eindelik alleen en kan sy haar gedagtes vrye teuels gee.

Hoewel sy haar vroeër opgewek voorgedoen het in die teenwoordigheid van haar skoonouers, het haar hart aanhoudend na Tobie verlang. Al hulle opgewekte vriendelikheid kon nie die pyn in haar binneste verdring nie.

Met al haar gedagtes en verlange na Tobie raak sy eindelik aan die slaap.

Laat die môre skrik sy wakker en haar eerste gedagte is maar weer aan Tobie. Hy is seker lankal op, dink sy, of miskien het hy eers die vorige aand tuisgekom en slaap hy nog.

Dan wonder sy of hy ook na haar verlang, en haar gedagtes aan hom bring weer trane in haar oë.

Onverhoeds gaan die kamerdeur oop en haar skoonmoeder kom die vertrek met 'n koppie koffie en beskuit binne.

Ongemerk verwyder Amanda die trane uit haar oë, maar die noulettende oë van die ou dame het dit reeds opgemerk en sy het gewonder wat die rede kan wees vir hartseer so vroeg in die môre.

"Vader sê jy moet na die tweelingkalfies kom kyk sodra jy jou koffie gedrink het, kindjie," kom dit vriendelik. "Dis die pragtigste goedjies wat ek in 'n lang ruk gesien het," glimlag sy.

So gou as wat sy die warm koffie kan inkry, ledig Amanda die inhoud van die koppie. Dan trek sy haar haastig aan, was haar gesig, trek die kam met lang hale deur haar swart krulle en stap saam met die ouer dame in die rigting van die koeistalle.

"Môre, jou laatslaper," groet die oubaas haar opgeruimd. "Allemensig, maar julle dorpsjapies kan laat slaap. Ek brand al die hele oggend om jou die twee nuwe lede van die Bremer-gesin te wys, en jy slaap asof jy nog nooit in jou leefdag geslaap het nie."

"Ek het nie geweet Vader het sulke verrassings vir my nie. Stel my gerus volgende keer vroegtydig in kennis dat daar iets verrassends aan die kom is, dan sal ek nie weer so laat slaap nie," skerts sy terug.

Toe stap hulle nader aan die tweeling wat op waggelende bene die wêreld om hulle staan en bekyk.

"O, maar hulle is fraai!" roep Amanda spontaan uit en streel met haar hand liggies oor die naaste een se sagte nekkie. Maar gou-gou gee die outjie pad vir die hand wat hom aanraak.

"Regtig, hulle is mooi, Vader," merk sy weer later op.

"As julle die kleingoed klaar bewonder het, kan ons gerus

eers gaan eet," merk die ou dame laggend op. Sy weet dat sy Amanda en die oubaas nie maklik hier sal wegkry nie.

Aan tafel is Amanda weer stil en byna afgetrokke, en die ouerpaar weet instinktief dat daar iets is wat haar kwel.

"Jy moet al die kos opeet, of ek gaan vir Tobie sê dat jy nie wil eet nie," dreig die oubaas.

Met 'n flou glimlaggie kyk Amanda haar skoonpa aan, maar lewer geen kommentaar nie.

Na ontbyt help Amanda haar skoonmoeder met etlike takies, dan kondig sy aan dat sy eers vir Tobie wil bel.

"Nee, kind, as jy nou al so na Tobie verlang, moet jy maar met die eerste vliegtuig teruggaan Kaapstad toe. Jy sal nooit kan uithou om nog by jou ouers ook te gaan kuier nie," sê die oubaas wat net ingekom het.

Onwillekeurig voel Amanda hoe die trane weer warm en oorweldigend in haar oë opstoot. "Ek het van plan verander, Vader. Ek gaan nie meer by my ouers kuier nie," antwoord sy sag sonder om die ou man aan te kyk. Sy is bevrees dat hy die trane in haar oë sal merk.

"Maar kindjie, jy kan dit mos nooit doen nie," kom dit sag van die moederlike ou dame. "Jou ouers sal bitter teleurgesteld wees, Mandatjie."

"Ek weet, Moeder, maar ek kan dit eenvoudig nie help nie . . . Ek sal vir hulle maar op 'n later geleentheid gaan kuier. Ek sal maar Vader se raad aanneem en met die eerste vliegtuig teruggaan Kaapstad toe. Sodra Tobie weer verlof neem, kom ons saam vir julle kuier . . . Ek het gister op die vliegtuig al geweet dat my kuier van korte duur gaan wees," glimlag sy flou, maar in haar donker oë lees albei ouers die oneindige verlange wat in haar siel skuil.

"Ek sal môre vir jou gaan plek bespreek, kindjie," merk die oubaas begrypend op. "As jy voel dat jy moet teruggaan, sal ons jou nie keer nie. Dit doen ons harte darem goed om te weet dat jy Tobie so liefhet, hoewel ons natuurlik bitter jammer is dat ons jou nie nog langer hier kan hou nie. Maar ons begryp, kindjie."

Toe wend sy haar tot haar skoonmoeder en sê: "Ek is regtig jammer, Moeder. Maar volgende keer kom ek vir 'n lang tyd kuier."

"Daar is niks om oor jammer te voel nie, Amandatjie. Jy sal tog nie jou vakansie hier kan geniet met al daardie verlange in jou hart nie, kind."

Nadat die oubaas weg is lande toe, verdaag Amanda en die ou dame na die voorste veranda, en Amanda moet alles omtrent haarself en haar familie aan die ou dame meedeel.

Op aandrang van laasgenoemde is sy later verplig om 'n paar stukke op die klavier te speel.

"Dit was wonderlik, Amanda," merk die moeder op toe Amanda van die klavier af opstaan. "Tobie het vir ons vertel van die wonderlike klanke wat jy uit die orrel lok. Jy moet nooit jou musiek verwaarloos nie, my kind. Dis 'n groot gawe wat jy ontvang het, om musikaal te wees."

"Wel, aangesien ek nou aan Moeder se wens voldoen het, moet Moeder nou weer vir my die rivier en die klein eendjies gaan wys," glimlag sy vriendelik en sy weet dat sy besonder baie van haar skoonouers hou. Was dit nou nie dat sy so oneindig baie na Tobie verlang nie, sou sy haar kuiertjie by hulle geniet het.

Dan hoor sy haar skoonmoeder sê: "Dit doen ek met plesier. Ek moet juis gaan kyk of die eende al kos gehad het."

Al geselsend stap die twee dames af in die rigting van die rivier wat net 'n klein entjie onderkant die huis is.

Toe hulle eindelik die rivier nader, vlieg 'n swerm geel en rooi vinke op uit die rietbos wat 'n deeltjie van die rivierbedding beslaan.

"O, maar is dit nie pragtig nie, Moeder?" roep Amanda in

ekstase uit terwyl sy die gevleuelde bosbewoners vol bewonde-ring agternastaar.

Etlike minute staan Amanda stil om die skoonheid en die bekoring van die natuur om haar in te drink. Behalwe die op-gewekte gesing van die bosbewonertjies, is daar geen ander ge-luide hoorbaar nie. Selfs die rivier vloei geluidloos.

Die ou dame merk dat die rivier vir die jong vrou 'n ge-weldige bekoring besit en dit doen haar hart goed om die op-gewonde blos op haar wange te sien. Sy voel besonder trots op Tobie se keuse van 'n lewensmaat en sy weet dat Amanda in haar binneste 'n hart van goud huisves. Ja, sy hou ook van die jong vrou se stil geaardheid. Sy is voorwaar geen ligsinnige modepoppie nie, besluit die moeder.

Toe dink sy weer aan 'n paar reëls in Tobie se eerste brief na hul huwelik. *Sy was amper predikantsvrou, maar die geneesheer het tog gewen!*

Onwillekeurig plooi daar 'n glimlaggie om haar mond as sy dink aan die kontras tussen hierdie stil, besadigde vroutjie en haar eie vyf rakkers wat gewoonlik die plaas op horings neem wanneer hulle tuis is. Saam met hierdie stil vroutjie is jou toekoms verseker, Tobie, dink sy weer, toe hoor sy Amanda se mooi musikale stem wat sê: "Is die natuur darem nie wonderlik nie, Moeder? Ek sal my lewe maklik langs 'n rivier met sulke aangrypende tonele kan slyt."

"Ja, die rivier en sy omgewing is mooi in die somer. Maar in die winter is alles hier droog en verlate. Dan wys die ou wilgers se kaal arms beskuldigend na 'n mens, asof jy verantwoordelik is vir hul naaktheid."

"Ja, die winter met sy verlatenheid en stowwerige winde stem my altyd weemoedig. Dis of ek dan na iets onbereikbaars verlang, iets wat nie bestaan nie. Sulke oomblikke neem ek ge-woonlik my toevlug na die klavier."

Al geselsend beweeg hulle in die rigting waar die eende gewoonlik op die water rondbaljaar.

Soos geel, ronde balletjies dryf die klein eendjies op die stil water en Amanda kan 'n uitroep van genoegdoening nie onderdruk nie. "Regtig, Moeder, sodra Tobie weer verlof neem, wil ek sommer 'n paar weke op die plaas kom bly. O, dit sal te heerlik wees," merk sy warm op.

"Ek sien self uit na 'n ordentlike lang kuier van julle," glimlag die moeder tevrede, dan begin hulle langsaam terugstap huis toe.

Tot laat daardie aand sit Amanda en haar skoonouers en gesels, en toe sy om elfuur in die bed klim, neem sy haar skryfblok saam met haar in die bed om vir Tobie te skryf.

Sy besluit om nie te skryf van haar voorneme om vroeër terug te gaan Kaap toe nie. Nee, sy sal maar net 'n vriendelike briefie skryf en hom alles vertel wat sy vandag gedoen en gesien het, die res moet vir hom dien as verrassing.

Eindelik is sy klaar en word die brief verseël. Dan draai sy die lamp dood en lê maar weer soos die vorige aand aan hom en dink.

'n Sagte klop aan die kamerdeur wek haar die volgende oggend uit haar slaap en sy merk dat die son al helder skyn buite. "Binne!" roep sy uit.

"Slaap jy tog nie nog altyd nie, Amanda?" groet die oubaas pleitend. "Gits, nee, julle dorpenaars sal ook nooit leer om vroeg op te staan nie, daarvoor het julle gewis julle ou slapie te lief."

"Nee, kyk, ek sal glad nie met Vader wedywer om vroeg op te staan nie," lag sy goedig.

"Jy hoef ook nie, want jy sal telkens aan die kortste ent trek . . . Het jy toe gisteraand aan jou geliefde geskryf?" wil hy weet.

"Ja, Vader," kom dit effens verleë.

"Waar is die brief? Ek gaan nou in dorp toe. En ... e ... moet ek nog vir jou 'n plek bespreek, kind?"

"Asseblief, Vader, as dit nie te veel moeite is nie."

"Dis geen moeite nie, Amanda," verseker hy haar, neem die brief wat op die tafeltjie lê en verlaat die vertrek weer haastig.

'n Wyle later kom die ou dame die kamer binne met koffie en beskuit.

"Moeder verwen my totaal deur my so te bedien. Regtig, ek voel al skaam oor my luiheid. Maar ek kan hier eenvoudig nie vroeg wakker word nie. Tuis is ek elke môre vyfuur wakker ..."

"En waarom wil jy hier vyfuur opstaan?" val die moeder haar sag in die rede.

"Ek hou daarvan om vroeg op te staan, Moeder."

"By jou huis kan jy maar opstaan so vroeg as jy wil, maar hier gaan ek dit volstrek nie toelaat nie, Amandatjie. Slaap dus gerus maar so laat soos jy wil. 'n Mens staan nie vroeg op as jy met vakansie is nie. Marie en Ella geniet gewoonlik ontbyt in die bed wanneer hulle tuis is," glimlag sy.

Al geselsend drink Amanda haar koffie en toe die ou dame die vertrek verlaat, trek sy haastig haar kamerjas en pantoffels aan en stap na die badkamer toe om 'n stortbad te neem.

Dan dink sy weer daaraan hoe lekker sy hier sou gekuier het as sy net nie so ontsettend baie na Tobie verlang het nie. Maar nou wil sy liewer terug. Sy verlang eenvoudig te veel om langer van hom geskei te wees. Ja, sy moet terug. Hy moet weet dat hy uiteindelik al haar liefde besit, dat haar gevoel vir Vic totaal gesterf het, dat dit vir haar kompleet voel asof sy Vic nooit bemin het nie, asof hy maar net een van haar kennisse was.

Na ontbyt verdwyn Amanda stil na die sitkamer waar die mooi, ou klavier in die een hoek van die vertrek staan. Heel sag begin sy speel. Sy speel vir Tobie wat daar ver in Kaapstad is. Al haar liefde en verlange stort sy uit in die klaende klanke van die musiek. Dis die enigste wyse waarop sy kan uiting gee aan al haar opgekropte verlange, die verlange wat telkens dreig om trane na haar oë te bring.

In die kombuis waar die ou dame besig is, hoor sy die roerende klanke wat die jong vrou uit die klavier tower. Instinktief besef die moeder dat daar 'n geweldige storm in die jonger vrou se binneste woed, want die musiek openbaar haar gevoel alte duidelik.

Haastig verwyder die moeder die trane uit haar oë toe die huishulp die kombuis binnekom.

"Ouk, maar die jong vrou hy speel darem mooi," merk die ou vrou meewarig op.

"Ja, Maraai, haar hart is baie seer as sy so speel."

"Ouk, nee, die vrou se hart moet nie seer wees nie. Sy maak Maraai se ou hart ôk seer sôs sy speel," sug sy hoorbaar.

"Die kind kan nie help nie, Maraai. Haar hart is baie seer. Sy verlang baie na Tobie. Sy gaan weer môre of oormôre terug Kaap toe. Maar die end van die jaar kom sy en Tobie albei vir ons kuier. Dan sal haar hart ook nie meer seer wees nie."

"Tobie het darem 'n goeie vrou gekry. Darem die Here Hy het hom die goeie vrou gegee."

"Ja, hy moet die Here daarvoor baie dankbaar wees."

Al geselsend luister die twee na die klanke van Amanda se spel. In die Bremer-gesin is ou Maraai al byna 'n lid van die familie, want van die dag af toe die ou dame na Wilgerspruit gekom het as bruid, is ou Maraai al hier. Al haar vreugde en smart het sy met haar huishulp gedeel. Selfs haar vyf woelwaters was ou Maraai se verantwoordelikheid sowel as hare. En noudat haar skoonmoeder by die ander kinders gaan kuier het, is ou Maraai maar weer bedags haar enigste geselskap.

Dan hou die musiek op en 'n wyle later kom Amanda die kombuis binne.

Sy gaan op die punt van die tafel sit en help haar skoonmoeder met die ertjies wat dié besig is om uit te dop. "Gaan ons netnou die eende kosgee, Moeder?" verneem sy en steek 'n ertjiekorrel in haar mond.

"Die eende het reeds kos gehad, my kind, maar ons kan later 'n bietjie afstap rivier toe as jy lus is," kom dit begrypend van die moeder.

"Nou, waarmee kan ek Moeder intussen help?"

"Jy kan die kuikens gaan kosgee, my kind." Sy weet dat daardie werkie so reg in Amanda se kraal is.

Met 'n emmertjie mielies in die hand stap sy flink in die rigting van die hoenderkamp, onbewus van haar skoonvader se motor wat voor die deur stilhou.

Opgeruimd groet die oubaas sy vrou en neem die koppie koffie wat sy na hom uithou.

Haastig ledig hy die inhoud van die koppie, dan haal hy 'n brief uit sy sak te voorskyn en oorhandig dit aan sy vrou met die woorde: "Vernietig gou hierdie brief, ou vrou. Amanda moenie weet haar brief is nie gepos nie."

"Theunis, wat het jy weer aangevang?" kom dit half bestrawwend van sy wederhelf.

Toe lag die oubaas. "Jy het tog nie gedink ek sal ons ou skoondogtertjie so gou laat teruggaan nie, vrou? Ek weet hoe jy oor haar voel, ons voel albei dieselfde. Sy het 'n aangename persoonlikheid."

"Kom, my man, wat het jy nou aangevang? Het jy nie vir haar plek bespreek nie?"

"Nee, vrou. Ek het vir Tobie laat weet om dadelik te kom, Amanda is ernstig siek. En jy kan daarvan seker wees hy is vanaand hier ... Ek wil die kinders darem ook 'n rukkie hier by ons op die plaas hê," bied hy aan as verskoning. "Sê maar niks aan Amanda nie, vrou. Ek sal aan haar sê dat daar vir haar plek bespreek is vir Vrydag."

Toe begin die ou dame ook lag. "O, Theunis, jy en jou vyf kinders verskaf my darem die grootste vermaak van my lewe. Voorwaar, 'n mens kan sommer sien wie hulle vader is. Goed, ek sal niks aan Amanda sê nie. Haar hart was juis vanoggend weer so seer. Hoe laat dink jy sal Tobie hier wees?"

"Wel, hy moes die boodskap omstreeks tienuur ontvang het en jy kan daarvan seker wees dat hy soos 'n besetene sal jaag om vroeg hier te wees – sy liefling is mos siek," lag die oubaas heerlik. "Hy behoort sesuur hier te wees, vrou."

"Nou kyk, ek gaan nie die een wees wat hom moet inlig omtrent jou skelmstreek nie, Theunis. Dit sal jy maar self moet doen, jong."

"Verontrus jou nie daaroor nie, vrou. Dink liewer hoe lekker dit gaan wees om die kinders hier by ons te hê. Die plaas is juis so stil nadat die ander klomp hier weg is." Toe verdwyn die oubaas in die slaapkamer om hom in sy werksklere te gaan verklee.

Haastig verlaat Tobie die hospitaal. Dis al byna tienuur en hy het nog nie vanoggend geëet nie. Hy moet 'n paar pasiënte gaan besoek, maar besluit om eers huis toe te gaan. Hy moet darem nou iets gaan eet. Miskien is daar nuus van Amanda ... Maar nee, dis darem veels te gou. Sy het kwalik twee dae gelede vertrek.

Vir Tobie voel dit asof Amanda reeds maande weg is. Die woonstel is vir hom stil en leeg sonder haar, en die stilte dreig al om hom te oorweldig.

Menigmaal het hy al gewonder of hy die regte ding gedoen het deur haar weg te stuur vir vakansie ... Moes hy haar nie maar liewer tuis by hom gehou het nie? Sy was tog duidelik onwillig om te gaan!

Dan dink hy weer hoe weemoedig sy gelyk het die môre op die lughawe, en hy verlang ineens weer ontsettend baie na haar.

'n Oomblik later hou hy voor die gebou stil.

Traag stap hy uit die hyser en in die rigting van sy woonstel. Eers die hotel bel vir ontbyt, besluit hy toe hy sy tas op die naaste stoel neersit.

Toe skakel hy die hotel en plaas sy bestelling.

In die kombuis is hy net besig om water in die elektriese ketel te tap, toe hy 'n harde klop aan die voordeur hoor. H'm, hulle stuur my ontbyt vanoggend gou, dink hy en gaan maak die deur oop.

Met skrik merk hy dat dit nie die kelner met sy ontbyt is nie, maar die telegrambode wat 'n oranjekleurige koevert na hom uithou.

Haastig teken hy die strokie en skeur dan die koevert oop met hande wat liggies bewe. *Kom dadelik . . . Amanda ernstig siek,* lui die telegram. Verbysterd staar hy daarna en lees dit dan weer 'n keer.

"Ek kom dadelik, my liefling," sê hy hardop.

Haastig stap hy na die telefoon en skakel dokter Johan Erlank se nommer en tref reëlings met sy kollega om weer sy praktyk vir 'n paar dae waar te neem.

Toe hy die gehoorstuk terugplaas, hoor hy weer 'n klop aan die deur en hy weet dat dit nou die kelner is met sy ontbyt . . .

'n Uur later sit Tobie agter die stuur van sy motor op pad Wilgerspruit toe.

Hy jaag soos 'n besetene en dit is vir hom al of sy motor nie vinnig genoeg na sy sin wil ry nie. In sy hart bid hy vir die behoud van sy mooi, jong vrou.

Ofskoon sy vader nie gemeld het wat die aard van haar siekte is nie, voel hy geweldig bekommerd. Sy is so fyn en broos, sy sal nooit 'n ernstige siekbed oorleef nie, dink hy bekommerd en trap die petrolpedaal onbewus dieper weg ...

Vyfuur die middag ry hy deur Oudtshoorn. Hy voel honger en dors, maar hy gun homself nie tyd om eens 'n koppie koffie te gaan drink nie.

Twintig oor vyf merk die oubaas die stoffie wat bo-op die bult uitslaan en hy weet dat dit sy oudste seun is. Haastig stap hy na sy vrou toe wat in die kombuis besig is. "Waar is Amanda, vrou?" vra hy opgewonde.

"Sy is by die rivier, ou man. Sy het die eende gaan kosgee."

"Wel, hou die koffie reg. Hier kom ons seun."

Met 'n lang streep stof wat agter hom in die pad opborrel, hou Tobie minute later voor sy ouerwoning stil. Haastig klim hy uit en stap in die rigting van die voorste veranda.

Op sy gesig lees sy vader duidelike kommer en hy voel in-eens spyt oor die poets wat hy Tobie gebak het.

"Allemintig, maar jy kan jaag, Tobie," merk hy laggend op en groet hom hartlik. Die moeder se welkomsgroet is nie minder hartlik nie.

"Hoe gaan dit met Amanda?" vra hy besorg.

"Nie te goed nie, Tobie," merk sy vader kalm op. "Haar hart-jie is baie seer, my kind. Sy het haar al byna doodverlang na jou. Sy het my gister gevra om vandag vir haar 'n plek te bespreek op die eerste vlug terug Kaap toe, maar in plaas van plek te bespreek vir haar, het ek jou liewer ontbied. En behalwe dat sy ontsettend baie na jou verlang, makeer sy in werklikheid niks, my kind," lag die oubaas vrolik.

"O, maar Vader is 'n regte ou skelm," lag Tobie nou saam. "En waar is Amanda?" verneem hy opgewonde.

334

"Sy is by die rivier. Jou moeder sê sy het die eende gaan kosgee."

"O, dan is sy nogal 'n samesweerder in hierdie komplot wat Vader-hulle teen my gesmee het!" lag hy.

"Glad nie, kind. Amanda weet niks hiervan af nie, Tobie. Sy is nog onder die indruk dat sy Vrydag teruggaan Kaap toe. Sy weet glad nie dat ek jou ontbied het nie," verduidelik die oubaas.

"Ja, en ek wil nie praat hoe 'n verrassing dit vir haar gaan wees nie," vul sy moeder aan. "Sy het regtig bitterlik na jou verlang, Tobie. Sy het haar uiterste probeer om opgeruimd voor te kom, maar die trane was maar altyd naby."

"Wel, as sake so erg is, moet ek haar nou maar dadelik gaan opsoek, want sien, dis nie net sy wat verlang het nie," glimlag hy betekenisvol, dan begin hy haastig aanstryk in die rigting van die rivier. Gelukkig weet hy waar die eende se broei- en swemplek is en sal hy nie nodig hê om na die plek te soek nie.

'n Oomblik later staan hy op die rivier se wal en kyk af op Amanda wat op 'n droë boomstam sit. Langs haar staan 'n leë emmertjie. Haar hande is om haar knieë geslaan en haar oë is droomverlore op die eende gerig.

Opgewonde staan Tobie die toneeltjie voor hom en betrag, dan loop hy saggies nader en gaan staan agter haar. "Hallo, my ou Mandatjie," sê hy sag, maar sy stem verraai duidelik sy opgewondenheid.

"Tobie!" roep sy oorstelp van blydskap uit, dan val sy letterlik in sy arms. "O, my ou Tobie, ek is so bly jy het gekom," lag sy deur die trane, trane van geluk.

Liefdevol staar hy af in haar stralende gesiggie en verneem sag: "Is jy regtig bly om my weer te sien, my liefling?"

"O, Tobie, as jy maar net weet hoe ek al na jou verlang het, sal jy nie nog vra nie," glimlag sy bekoorlik op in sy sagte blou oë.

335

"Dan het my vrou my darem al 'n bietjie lief?"

"Nie net 'n bietjie nie, Tobie. Die liefde wat ek vir Vic gehad het, is niks in vergelyking met die liefde wat ek vir jou koester nie, my man . . . My liefde vir jou is onbeskryflik groot. Ek glo daar is nie nog 'n vrou wat haar man so liefhet soos wat ek jou het nie, my ou Tobie. Van vandag af sal ons huwelik ook 'n normale huwelik wees, soos dit behoort te wees. En ek waarsku jou vroegtydig, ek gaan saam met jou terug Kaap toe. Niks ter wêreld sal my langer hier hou wanneer jy teruggaan nie. Ek het te veel na jou verlang."

"En wat van die kuiertjie waarop jou ouers wag?"

"Ons kan die einde van die jaar vir hulle gaan kuier, my skat. Ek gaan eenvoudig nie weer sonder jou kuier nie. Hierdie twee dae was vir my presies soos twee jaar."

"My liefling, dan was al my gebede tog nie verniet nie, dan behoort jou liefde nou eindelik aan my!" kom dit verheug. Toe druk hy haar hartstogtelik aan sy bors en soen haar vurig op haar sagte lippe.

"Ek wonder of jy ooit besef hoe gelukkig jy my nou gemaak het, my vrou?"

"Ek is bly as jy gelukkig is, my man, want my eie geluk ken geen perke nie," lag sy gelukkig onderwyl haar donker kop liefdevol teen sy bors rus. "Ek het nooit geweet dat 'n mens so gelukkig kan wees nie, Tobie."

"Dankie, my liefling, dit doen my hart voorwaar goed om sulke woorde van jou te hoor. Ek hoop net ek sal jou altyd gelukkig kan maak."

Toe vertel hy haar van die poets wat sy vader hom gebak het met die telegram, en hulle lag heerlik en uitgelate oor die oubaas se streke.

"Hoe gaan dit met Linda en die baba, Tobie?" verneem sy 'n oomblik later.

"Baie goed, my skat. Sy is nou éérs trots op haar spruit. Hy begin mos nou darem al 'n bietjie na 'n mens lyk," lag hy opgewek.

"Laat hulle gerus maar trots wees, my man. Ons beurt kom ook en ons gaan sommer baie hê," kom dit opgeruimd.

"O nee, daar gaan ek 'n stokkie voor steek. Twee is heeltemal voldoende, my skat. Genoeg vir ons twee vir plesier en verdriet."

"En as daar meer is?" verneem sy plaend.

"Dan verkwansel ons hulle aan die eerste ou *bottle-bag* wat verbykom."

Toe begin Amanda weer heerlik te lag. "Jy is voorwaar jou pa se seun," merk sy nog steeds vol lag op.

Met sy arm liefdevol om haar skouers geslaan, kuier hulle langsaam in die rigting van die huis.

Later plaas ook Amanda haar een arm om sy lyf. Sy voel besonder gelukkig en tevrede om naby hom te wees, en sy weet ook dat sy nooit weer van hom geskei wil wees nie.

Toe hulle die huis nader, vra Tobie: "En wanneer het my vroutjie toe uitgevind dat sy haar man liefhet?"

"Presies twee minute nadat die vliegtuig in Kaapstad opgestyg het," bieg sy verleë.

"Kyk, my skat, as ek dit darem geweet het, het ek sowaar George toe gejaag en jou gaan opeis, want die Vader weet, ek het net so bitter na jou verlang."

Toe hulle by die kombuis inkom, skink die ou dame reeds vir hulle koffie. "Aarde, maar kyk net hoe straal so 'n dogter se gesig noudat Tobie hier is!" terg die oubaas. "Ek het jou mos gesê dis al medisyne wat sy nodig het, vrou," lag hy goedig en vervolg: "Liefde is maar 'n pynlike ding, nè, Amanda?"

Maar voor sy iets tot haar verdediging kan sê, gaan die oubaas voort: "Jy moet haar nie weer alleen wegstuur met vakansie nie,

Tobie. Sowaar, die dogter sal haar nog doodtreur oor jou. Vra vir jou ma, sy wou nie eens eet nie."

"Ja-nee, ek sal voorwaar nie weer so iets waag nie, Vader. Een van die dae is ek my vrou kwyt en dit mag nie gebeur nie, want wie gaan dan vir my op die orrel speel?"

"Dis glad nie die vraag nie, my kind. Dis vraag is, waar gaan ons 'n erfgenaam vir Wilgerspruit kry? Jy weet mos Wilgerspruit is 'n erfplaas en dit gaan gewoonlik na die oudste Bremer-seun."

"Oor 'n erfgenaam vir Wilgerspruit moet Vader glad nie bekommerd wees nie," lag Tobie opgewek. "Mandatjie sê sy wil ses kinders hê en onder die ses sal daar darem seker een seun wees as erfgenaam vir Wilgerspruit."

Na ete moet Amanda eers vir Tobie op die klavier speel. Hy sit langs haar op die bankie en sy speel al sy geliefkoosde stukke vir hom.

Onderwyl Tobie sy koffer uit die motor gaan haal, verklee Amanda en klim dan in die bed.

Na 'n warm bad kom kruip Tobie langs haar in en skakel die lig af. Liefdevol trek hy haar nader totdat haar donker krullebol behaaglik in sy arm nestel. Dan soen hy haar met vuur en hartstog, en Amanda moet hom weer eens verseker dat sy hom waaragtig liefhet . . .

Toe ou mevrou Bremer die volgende môre om sewe-uur aan die deur klop om hulle koffie in te bring, lê Amanda nog steeds in Tobie se arm, vas aan die slaap.

Teer kyk Tobie na sy slapende vroutjie en sê sag: "Is sy nou nie 'n liewe mensie nie, Moeder?"

"Sy is, my kind. Jy kan die Here nie genoeg dank dat Hy haar aan jou gegee het nie. In die paar dae wat sy hier is, het sy reeds diep in ons harte gekruip. Jy moet baie mooi na haar kyk, Tobie. Sy het 'n hart van goud."

"Ek sal, my ou Moedertjie. Sy is my grootste skat wat ek besit. Sonder haar sal my lewe gewis koud en doelloos wees." Dan streel hy liggies oor haar raafswart krulle wat oopgesprei op sy arm lê.

Met 'n sagte sug maak sy haar oë oop.

"Lekker geslaap, my liefling?" verneem Tobie en sy oë is gevul met liefde vir haar.

"Heerlik," glimlag sy en soen hom teer op sy wang. Toe eers merk sy dat daar nog 'n persoon in die kamer is. Met 'n blos van verleentheid op haar gesig wens sy haar skoonmoeder 'n goeiemôre toe en gee dan Tobie se koffie vir hom aan.

Nadat sy moeder die vertrek verlaat het, vou Tobie sy jong vroutjie in sy arms toe en sê sag: "Jy gaan nie nou al opstaan nie, skat. In hierdie huis slaap die Bremer-kinders gewoonlik tot tienuur. Om voor daardie tyd op te staan is 'n oortreding."

"Wêreld, maar julle is 'n lui klomp," terg sy. "Jou ouers het julle totaal verwen."

"Nie verwen nie, my liefste. As ons plaas toe kom, kom ons om te rus."

"Ja-nee, aan jou is daar ook geen salf te smeer nie, soos Linda destyds gesê het," terg sy voort. "Om die waarheid te sê, ek dink daar is nie aan een van die Bremer-kinders salf te smeer nie!"

"So, dan ken jy die Bremer-kinders darem al. Moet net nie vergeet dat jy nou self 'n Bremer is nie, my hartjie," glimlag hy.

"Nie so 'n onhebbelike een nie," antwoord sy.

Eers nadat sy saam met hom in die bed ontbyt genuttig het, laat hy haar toe om op te staan. Geklee in haar kamerjas met haar badhanddoek oor haar arm, verlaat sy die vertrek. Ook Tobie begin nou aanstaltes maak om op te staan.

'n Uur later stap die twee soos uitgelate kinders in die rigting van die rivier.

"Het jy jou swemklere saamgebring?" vra Amanda.

"Nee, my skat. Ek was so bekommerd oor jou wat veronderstel was om siek te wees, dat ek nooit eens aan swemklere gedink het nie," lag hy.

Al geselsend bereik hulle die rivier en Tobie moet haar elke plekkie wys waar hy as kind gespeel het. Hy vertel haar menige staaltjie onderwyl hy aan haar elke speelplekkie van die Bremer-kinders toon.

"Hier het ons die grootste vrees van ons lewens ondervind, want dis eintlik die plek waar elke Bremer-kind moes leer om te swem," verduidelik hy. "Hier het ons voorwaar benoude ure deurgemaak."

Halftwaalf stryk hulle weer aan huis se kant toe.

Hulle kuier agt dae op Wilgerspruit en vir Amanda is dit die aangenaamste agt dae van haar lewe. Bedags stap hulle soos sorgelose kinders op die plaas rond en saans vergader hulle gesellig in die sitkamer of buite op die stoep in die maanlig, waar die oubaas hulle gewoonlik met staaltjies uit sy kinder-dae vermaak. By menige van die staaltjies is Amanda se vader ook betrokke.

Maar soos daar aan alle goeie dinge 'n end kom, loop hulle kuier op Wilgerspruit ook ten einde en moet hulle al weer klaar-maak om te vertrek. Met die belofte dat hulle weer die einde van die jaar kom kuier, neem hulle afskeid van die ouerpaar.

16

Dis vier maande later.

Geklee in 'n warm trui, sit Amanda weggesak in 'n leunstoel voor die elektriese verwarmer en brei. Vandag is die klavier stil, want sy is druk besig om aan 'n nuwe erfgenaam van Wilgerspruit se uitrusting te brei.

Droomverlore sit sy onderwyl haar hande die breipenne outomaties hanteer. Af en toe word die sagte geklik van haar breipenne gehoor tussendeur die strelende musiek wat oor die radio kom.

Amanda sit en dink aan al die fraai kleertjies wat sy nog vir haar en Tobie se kindjie gaan maak, ook aan die moontlikheid dat dit dalk 'n seuntjie gaan wees. Sy hoop van harte dat dit 'n blonde krulkopseuntjie gaan wees . . . Ja, hy moet ook net soos Tobie lyk. Dieselfde blou oë hê.

Al hierdie gedagtes laat 'n soet glimlaggie om haar sagte mond plooi.

Amanda is so meegevoer deur gedagtes dat sy nie eens hoor toe Tobie die woonstel binnekom nie, en merk nie dat hy haar al die afgelope twee minute met 'n geamuseerde glimlaggie staan en dophou nie.

"En wat is nogal die rede vir daardie allerbekoorlike glimlaggie, vroutjielief?"

"Gits, maar daardie oë van jou moet ook alewig alles raaksien," glimlag sy effens verward. "Kan 'n mens nou nie eens jou gedagtes vir daardie oë van jou verberg nie, Tobie?"

Hy kom glimlaggend nader en neem op die leuning van haar stoel plaas. "Nee, my skat, vir my kan jy niks verberg nie. My oë dring soms deur tot in jou diepste wese, jou innerlike persoon. Weet jy dat ek soms elke gedagte van jou kan lees, my liefling? Jou gesiggie is vir my soos 'n oop boek. Dit weerspieël soms elke wens, elke gedagte wat jy in jou binneste omdra. Maar vertel my, wat was die aangename gedagtes van so flussies, my skat?"

"Ek het regtig nie geweet ek het so 'n nuuskierige man nie," voeg sy hom toe.

"Dis nie nuuskierigheid nie, my skat. Dis uit liefde en belangstelling dat ek graag elke gedagte van jou wil deel."

"Goed, ek sal jou vertel," glimlag sy bekoorlik. "Ek het aan ons kindjie gesit en dink, eintlik gewens dat dit 'n blonde krulkopseuntjie moet wees . . . Ja, en ook gewens dat hy net sulke sagte blou oë moet hê soos sy pappie."

Liefdevol plaas hy sy arm om haar skouers, druk haar liggies teen hom aan en sê: "Haai, ek het weer gedink dat jy graag 'n dogtertjie sal wil hê, 'n dogtertjie met net so 'n mooi swart krulkoppie soos haar mamma s'n."

"Nee, my ou man, ons eersteling moet 'n seun wees. Die tweede outjie kan maar 'n dogtertjie wees."

Meteens is daar 'n sagte geklop aan die voordeur, gevolg deur voetstappe wat met die gang opkom.

'n Oomblik later verskyn Linda in die sitkamer. In haar arms hou sy haar baba wat nou vier maande oud is. "Is dit nou 'n getroude paar of is dit 'n verliefde paar wat daar voor die verwarmer sit?" pla sy.

"Eintlik 'n getroude paar wat dolverlief is," antwoord Tobie in dieselfde luim.

Toe staan Amanda en Tobie op om eers die baba weer van naby te besigtig.

Met trots duidelik op haar gesig te lees, vertel Linda van die tandjie wat die kleinman ryker geword het.

Vandag beny Amanda haar vriendin nie meer haar groot geluk nie, want onder haar hart voel sy die ligte bewegings van haar en Tobie se klein liefling.

342

Ja, binne enkele maande sal ook sy haar baba in haar arms aan almal kom toon.

"Nou kyk, julle twee moet my asseblief verskoon. Ek moet nou weer dadelik ry," kondig Tobie aan.

"Gaan jy nie eers 'n koppie tee saam met ons drink nie, Tobie?" verneem Amanda.

"Ek het regtig nie nou tyd om nog te wag nie, my skat. Oor 'n uur mag ek dalk hier aandoen vir daardie koppie tee."

Toe druk hy 'n ligte soentjie op haar lippe, roep Linda tot siens toe en verlaat die woonstel.

Gesellig sit die twee voor die verwarmer. Buite waai daar 'n geniepsige wind en Amanda dink aan haar man wat op hierdie koue nag van die een pasiënt na die ander moet ry. Ja, en dalk nog vannag ook in die koue uitgeroep word.

"Jy waag regtig baie om met die kleinding uit te gaan in hierdie koue weer, Linda," voeg Amanda haar besorg toe.

"Hy was darem sorgvuldig toegedraai in sy kombersies, Amandatjie. Ek sal my klein skat nooit opsetlik blootstel aan 'n koue nie, jong."

"Jy moet versigtig wees. Die outjie is nog bitter klein," maan Amanda weer.

Kort voordat Linda weer vertrek, moet Amanda haar eers alles wys wat sy reeds gebrei het. Ook die wiegie wat versier is asof dit vir 'n koninklike baba bedoel is, wil sy sien.

"O, maar dis alles so fraai, Amanda. Wat 'n gelukkige baba is dit tog nie!"

Etlike minute later neem die twee vriendinne afskeid en Amanda beloof om een dag in die week weer 'n besoek aan Linda te bring.

Behaaglik lui lê Amanda op die rusbank uitgestrek deur 'n tydskrif en blaai. Sy dink aan die somer wat nou weer op hande is, aan die vorige aand se besoek van haar twee skoonsusters en Hennie, en ja, aan die koms van haar baba wat sy nou enige dag verwag.

Die gedagte aan Tobie wat so besorg is oor haar en haar toestand, en wat elke uur van die dag kom inloer of alles nog wel is met haar, laat haar liggies glimlag.

Met 'n ligte gebaar stoot sy 'n krulletjie terug wat oor haar wang geval het, toe voel sy meteens hoe 'n dowwe pyn haar oorval. Met skrik staar sy die werklikheid in die gesig . . . Dis nou die groot dag wat eindelik aangebreek het, die dag waarna sy so gretig uitgesien het.

Met koorsagtige haas bêre sy die tydskrif, toe gaan sy na haar kamer. Op die randjie van die bed neem sy plaas en wonder wanneer sy Tobie moet bel.

Maar toe die tweede pyn sy verskyning maak en heelwat erger blyk te wees as sy voorganger, besluit Amanda om hom dadelik te bel.

Tien minute later stap hy die woonstel binne.

Hoewel hy niks sê nie, verraai sy gesig duidelik die kommer wat in sy binneste woed. Teer omhels hy sy vrou en voeg haar 'n paar woorde van bemoediging toe. Dan lei hy haar na die kamer.

Na 'n deeglike ondersoek stel hy vas dat dit geen gewone geval gaan wees nie. In sy hart voel hy innig bly dat dokter Joubert toe nie weg is met vakansie nie, want dit gaan gewis 'n geval vir 'n ginekoloog wees. Hy het egter groot vertroue in sy vriend, dokter Joubert.

Haastig stap hy na die foon en ontbied die spesialis na sy woonstel toe.

Na 'n deeglike ondersoek wink dokter Joubert Tobie na die sitkamer. "Ek is bevrees jou vermoedens was reg, Tobie. Net 'n keisersnee kan albei lewens red. Bly jy maar by haar,

344

ek sal alle reëlings met die kraaminrigting vir die gebruik van die teater tref. Ek sal jou later bel om te sê hoe laat jy haar moet inbring. Intussen moet jy maar die nuus aan haar meedeel, ou kêrel. Ek hou nie daarvan om my pasiënte te ontnugter nie."

Hoflik bedank Tobie hom en vervolg: "Ek het groot vertroue in jou, Ben, daarom wil ek hê dat jy die operasie persoonlik waarneem."

"Ek verseker jou ek sal my bes vir jou vrou doen, Tobie." Toe trek hy die deur saggies agter hom toe.

Dis tienuur. 'n Doodse stilte heers in die privaat saal waar Amanda wasbleek op die hospitaalbed lê. Langs haar staan Tobie en Ben, albei besig om haar pols te neem. Tobie se gesig is strak van kommer.

"Moed hou, ou kêrel, sy kom by," voeg Ben hom saggies toe. "Sodra sy by is, is alle gevaar verby."

"Sy is verskriklik swak, Ben," kom dit sag van Tobie.

"Toe maar, my vriend. Dis gelukkig nie lewensgevaarlik nie. Al wat Mandatjie vorentoe nodig het, is rus en stilte. En dit weet jy, jy is self 'n geneesheer."

Etlike minute later gaan Amanda se donker oë stadig oop. Sy kyk Tobie aan en 'n flou glimlaggie speel om haar mondhoeke.

"Is dit 'n seun, my skat?" verneem sy swakkies.

" 'n Knewel van 'n seun, my liefling," glimlag hy teer. Toe buk hy af en soen haar liefdevol op haar bleek lippe. "Dankie vir die groot seun, my skat," fluister hy teer. "My beker van geluk is nou tot oorlopens toe vol."

"Laat die verpleegster hom bring, my man. Ek kan nou nie meer 'n oomblik langer wag om ons seun te sien nie," kom dit nog steeds swakkies.

"Bly jy gerus by haar, Tobie. Ek sal die verpleegster gaan sê

om die baba te bring," bied Ben aan nadat hy ook Amanda ge-
lukgewens het met die groot seun.

'n Oomblik later lê die verpleegster die klein bondeltjie in
Amanda se arms en verlaat die vertrek weer dadelik.

Amanda trek die kombersie van die klein rooi gesiggie weg,
dan staar sy vol moedertrots af na haar eie seuntjie. "Is hy nou
nie te fraai nie, my man?" kom dit teer. "Hy is die eerste ska-
kel in ons huwelik, die skakel wat ons huwelik soveel hegter
sal bind."

"Ja, en daarby is hy ook 'n besonder mooi skakeltjie," glim-
lag hy liefdevol af na sy vrou en kind, en hy weet dat hy hier
op aarde geen groter geluk kan smaak as wat hy op die oom-
blik ken nie.

Die rooikop van Sonnerus

1

Deur die oop venster word 'n louwarm luggie op 'n ligte wind-
jie na die twee en twintigjarige, lewenslustige Elise Veldman
gedra waar sy stil in die hoë hospitaalbed lê. Sy lê gretig en
wag op die koms van haar besoekers.

Dis alreeds ses dae dat sy hier in die hospitaalbed lê na 'n
noodoperasie vir 'n gebarste blindederm. Sy voel vies en onge-
duldig, want met al hierdie dae in die bed gaan die skoolwerk
skandelik agteruit . . . en binne drie weke moet die kinders
eksamen skryf.

Sy verlang ook na haar dierbare ouers wat so inskiklik was
om aan haar toestemming te verleen om onderwys te kan gee.
Dis alreeds twee jaar dat sy hier op Sonnerus onderwys gee en
net naweke huis toe gaan.

Aanvanklik was die gemeenskap van Sonnerus bitter skep-
ties en gekant daarteen dat die welvarende Hendrik Veldman se
dogter onderwyseres wou word, en almal was van mening dat
dit maar net 'n nuwe metode van mansoek is.

Maar algaande het hulle hul fout uitgevind en al meer res-
pek en toegeneentheid getoon jeens die rykmansdogter wat
in alle opsigte besonder bekwaam en pligsgetrou is. Ook haar
opregte vriendelikheid, nederigheid en bedagsaamheid jeens
die minderbevoorregtes het die gemeenskap met nuwe oë na
haar laat kyk.

En nou, na twee jaar, is sy die liefling van hul dorpie. Deur
oud en jonk word sy geëer en gerespekteer. En alles wat Elise

349

doen of voorstel, word in 'n goeie gees aanvaar en goedgekeur – ou ryk Hendrik Veldman se dogter kan in die oë van hul klein gemeenskap niks verkeerd doen nie.

Gedurende die ses dae wat sy nou al hier in die bed lê, was sy ook nog nooit een dag sonder besoekers nie. As dit nie een of meer van die dorpie se inwoners is wat haar kom besoek nie, is dit iemand van die omliggende plase, want Hendrik Veldman is oral in die distrik bekend en bemind. En die operasie wat sy oudste kind ses dae gelede ondergaan het, was die nuus van die dag en dit het soos 'n veldbrand versprei.

Hoewel Elise 'n lewenslustige, lieftallige meisie is, bly die feit nie agterweë dat sy so effens verwen is en 'n wil van haar eie besit nie.

Van die dorp en die omliggende plase se jongmense hou sy besonder baie. Hulle het almal saam op die skoolbanke gesit, saam kattekwaad aangevang en saam slae gekry. Maar wee die vreemdeling wat te vrypostig raak. Dis nie verniet dat sy so 'n fraai bos kastaiingbruin hare besit nie, of 'n rooikop soos die ouer geslag dit noem.

Maar wat die ouer geslag van die ryk, warm kleur van haar hare dink, skeel Elise min. Sy het lankal tot die slotsom gekom dat hulle uit die oude doos is en tog nie weet wat die regte naam van haar haarkleur is nie.

Sy voel egter besonder trots op haar rooibruin hare wat in sagte krulle tot by haar skouers reik, asook haar groot groen oë wat die kleur van haar hare so treffend aksentueer.

"Middag, Elise," groet die nuwe jong dokter haar met 'n warm glimlaggie. Vir die eerste maal in dae het die werk darem tot so 'n mate afgeneem dat hy 'n paar oomblikke met hierdie pasiënt van hom kan staan en gesels. "Reken, ek het so 'n spesmaas dat jy Vrydag losgelaat gaan word uit die gevangenis," vervolg hy bedaard.

'n Vrolike laggie borrel oor haar lippe.

"Dokter Beukes, is dit hoe jy die hospitaal en jou werk beskou?"

Hy neem haar koorskaart en bestudeer dit terwyl hy onverstoord sê: "Hoegenaamd nie. Dis julle ondankbare pasiënte wat dit so beskou! En terloops, hoeveel maal moet ek nog sê my naam is Piet, P-I-E-T, hè? 'n Mens sal nooit sê ek en jy het in dieselfde buurt grootgeword nie, Elise. Jy spreek my alewig aan asof ek 'n vreemdeling is, en nie die seun van oom Lang-Hans Beukes van Bloukrans nie! En boonop vergeet jy hoe ek as jong student 'n standerdsessie eendag 'n oorveeg gegee het omdat hy jou 'n rooihaar-katwyfie genoem het, nè? Nou is ek ewe skielik vir jou dokter Beukes!"

Hy kyk haar berispend aan en Elise bars hartlik uit van die lag.

"Jy lag verniet, meisiekind. Ek kom een van die dae met jou afreken; sommer vir die slaaplose ure ook wat jy my die nag van jou operasie besorg het!"

Hy hang die koorskaart terug aan die voetenent van die bed en kom langs haar bed staan.

"Het iemand jou al ooit vertel dat jy 'n dekselse mooi nooi is, Elise?" vervolg hy op sy gewone bedaarde toon.

'n Glimlaggie pluk om haar mond toe sy sê: "Maar natuurlik, dokter . . . ag, ek bedoel Piet! As my ma dit nie elke dag persoonlik vir my vertel nie, vertel sy my dit oor die foon."

"Ek praat nie van tant Irma nie, meisiekind, en jy weet dit," knip hy haar kort. "Ek wil weet hoeveel aspirantvryers jou dit al vertel het . . . insluitend ons nuwe Don Juan, natuurlik!"

"Sulke goed soos aspirantvryers ken ek nie, en ons nuwe Don Juan van De Wilgers nog minder. Maar al my ou skoolmaats vertel my dit gewoonlik by elke ontmoeting. Ek is al so gewoond daaraan dat hulle my net sowel kan vertel hulle hou van my haarstyl of die geur van my reukwater. Ek beskou dit nie eens meer as 'n kompliment nie, maar veel eerder as 'n vorm van groet, weet jy?"

"H'm, ja, ek hoor jy is so populêr in die buurt en onder die jongmense," glimlag hy geamuseerd.

"Populêr se voet, man," glimlag sy terug. "Jy weet tog ons het almal saam soos een groot familie opgegroei!"

"En die nuwe Don Juan?" Hy kyk haar agterdogtig aan, want hy het al klaar besluit dat Elise die nooientjie is met wie hy eendag wil trou. Hy ken haar nie verniet vanaf die oomblik wat sy haar eerste waggelende treetjies gegee het nie, en hy was ook nie verniet haar beskermheer toe sy nog 'n snuiter in die laerskool was nie! Die sewe jaar van sy mediese studie, en toe weer die twee jaar wat hy in die buiteland studeer het, het hul weë nou wel laat skei, maar nou gaan dit weer goed – veral noudat die noodlot hom so begunstig het met haar operasie en dat sy juis sý pasiënt moes wees. Hy voel net 'n bietjie lugtig vir die nuwe eienaar van De Wilgers. Volgens wat hy al verneem het, is Armand van Rijn glo 'n regte haan onder die henne.

"Sowaar, ek ken die Romeo nie, Piet," lag sy geamuseerd. "Ek het hom nog nooit eens van naby gesien nie. Jy moet weet, ek was twee maande in Durban met siekverlof, en ek was nog nie eens behoorlik 'n week in die tuig nie, toe jy my weer soos 'n wafferse slagter onder hande neem met jou ontleedmes. Wanneer moes ek nou eintlik met hom kennis gemaak het? Jy weet tog dis nou maar drie maande sedert hy hom hier op De Wilgers kom vestig het, kêrel!"

Hy kyk haar onverstoord aan en merk ewe bedaard op asof hy die weer bespreek: "Wel, bly in elk geval in jou pasoppens, meisiekind. Ek wil geen stories of klagtes omtrent jou hoor nie. En as jy jou baie soet gedra, sal ek jou môre self tuis besorg. Jou skoolhoof het die voorstel gemaak dat jy nog 'n week moet rus om aan te sterk, en moenie met die Van Rijn-kêrel gaan staan en sukkel nie, hoor!"

Die laaste twee sinne voeg hy haar in een asem toe, en vir Elise klink dit so komieklik dat sy sommer weer klokhelder uitbars van die lag.

"Ai, Piet, die jare het aan jou waarlik niks verander nie," en sy vee die trane uit haar oë. "Jy is nog steeds dieselfde ou Pieta van ouds! En dankie dat jy my môre plaas toe sal neem. My ryding is juis op die plaas."

"Aan jou het die lewe ook niks verander nie, Elise. Jy lag nog steeds so lekker aansteeklik soos altyd," glimlag hy terug. "Maar sê my, is jy nog steeds so 'n klein kat . . . ek bedoel rissiepit soos in die ou dae?"

"Ja, toe, sê maar katwyfie," lag sy. "Dit is tog wat jy wou sê!"

Toe lui die klok wat die besoekuur aankondig en Piet moet van sy pasiënt afskeid neem.

Hy was ook net by die deur uit toe Anette, Marie en Bettie, drie van haar gewese skoolmaats, die klein privaat saaltjie binnestap. Die hele vertrek word gevul met 'n atmosfeer van vrolikheid.

Met vriendelike uitroepe en baie komplimente word Elise gegroet, en elkeen kom druk 'n soentjie op haar wang.

"Ek merk hier is net twee stoele, julle!" laat Anette ongeërg hoor. "Een van ons sal sommer by Elise op die bed moet sit. Dit sal ek wees!"

"Anette," lag Bettie, "wanneer het jou maniere so skandelik verswak, jong? Moenie vir my sê tant Lenie het jou nie van kleins af geleer dat 'n mens nie op 'n bed sit nie, hoor! Nee, jong, ek vrees jy sal moet staan."

"Haai daar! Moet julle twee altyd staan en stry?" kom dit gemaak streng van Marie wat so 'n rapsie ouer is as die ander twee. "Toe, kry jou sit, Anette. En jy ook, Bettie. 'n Mens sal sweer julle het hier in 'n voëlhok aangeland. Onthou, Elise is 'n siek mens."

"Toe, jong, basta nou met jou vroom siekbedmaniertjies," knip Bettie haar kort. "Laat ons Elise liewer vertel van gister-aand se doenigheid op Donkerhoek!"

Die drie bars heerlik uit van die lag en dit maak Elise se nuuskierigheid werklik gaande.

"Kom, staak nou dadelik julle lawwigheid en vertel my wat is dit," gebied Elise duidelik nuuskierig.

"Man, dis hierdie Romeo wat ek jou die ander dag van ver-tel het," kom dit nog effens vol lag van Anette.

"Watter Romeo?" glimlag Elise geamuseerd.

"Daardie Van Rijn-knaap, man, jou pa se buurman," vervolg sy. "Sy verhouding met Christel is ook al weer iets van die ver-lede. En glo my, hy voer reeds splinternuwe planne in die skild. Raai net vir wie slyp hy nou weer sy tande?"

"Nee, ek sal nie kan sê nie. Wie?"

Anette raak ineens ernstig en dit lyk selfs of sy bekommerd voel ook.

"Jý, my liewe Elise," antwoord sy.

"Maar jy is aan die dwaal, Anette," lag Elise. "Gits, mens, is jy seker jy voel heeltemal gesond?"

"So! En waarom die twyfel wat my gesondheid betref?"

"Luister hier, julle drie. Daardie ... e ... Romeo van julle kan niks in die skild voer wat my insluit nie, want sien, die kêrel ken my van geen kant af nie. Hy het my nog nooit in sy lewe gesien nie! Nee, ek kan julle die versekering gee dat julle hierdie keer 'n verkeerde berig ontvang het."

"Nee, man, jy verstaan nie," probeer Bettie op haar beurt ver-duidelik. "Hy het dit natuurlik nie in soveel woorde gesê nie. Sien, daar was gisteraand so 'n klein onthaaltjie op Donkerhoek, natuurlik ter ere van die nuwe intrekker. Jy het mos al gehoor hoe die aspirant-skoonmoeders wedywer om hom te onthaal! Hy en Neels het later sommerso eenkant gestaan en aan die gesels geraak. En dis mos toe dat hy vir Neels vra wat 'n man in hierdie kontrei maak as die asters begin lastig raak. Maar bid jou aan, in dieselfde asem sê hy aan Neels dat hy hoor sy buurman, oom Hendrik Veldman, het so 'n mooi, hubare dogter!"

"Is dit maar al?" wil Elise nou duidelik vol lag weet. Dan vervolg sy ernstiger: "Luister, outjies, ek koester geen planne om my met so 'n verwaande vent te bemoei nie. Span dus gerus maar julle nette vir hom. Van my kant sal daar geen mededinging wees nie. Ek het 'n idee dat ek niks van die man gaan hou nie!"

"H'm, dis waar wat jy nou sê, ou sussie," snuif Marie beterwetend. "Wag maar tot jy hom eers ontmoet het, dan sal ons sien of jy nie 'n ander deuntjie gaan sing nie. Ek sê jou, die man besit 'n aantrekkingskrag soos min. Hy is ongetwyfeld die aantreklikste man suid van die ewenaar. En ek weet ook nie of 'n mens hom juis as verwaand kan bestempel nie. Ek sal eerder sê hy het 'n groot mate van selfvertroue, juis omdat hy bewus is van sy aantreklikheid."

"Jong, Elise, daardie galante heer weet hy het die mag om enige nooi op hom verlief te maak, dis daarom dat hy so selfversekerd en vol selfvertroue is," vul Anette aan.

"En jy, Bettie," wil Elise met 'n fyn spotlaggie weet, "is jy ook beenaf soos Marie en Anette, of beïndruk die heer se sjarme jou nie?"

"Gits, ek twyfel of daar een hubare jong dame in die omtrek is wat nie op hom verlief is nie, Elise. Jy moet hom self sien om 'n opinie van hom te kan vorm. Ek is seker die oomblik as jy hom ontmoet het, bedank jy onmiddellik jou pos hier as onderwyseres om naby hom op die plaas te gaan woon."

"Nee, kyk, nou praat jy die grootste onsin wat ek nog gehoor het. Kom ons verander liewer die onderwerp. Terloops, ek gaan môre huis toe, ingeval julle dit miskien nie weet nie."

"Wat? En jy sê ons nou eers daarvan!" roep Anette gemaak verontwaardig uit. "Weet jy, Elise, 'n mens weet ook nie aldag hoe jy dit met jou het nie. Jy is die eienaardigste skepseltjie met die eienaardigste idees wat ek nog teëgekom het. Maar so was jy selfs op skool ook."

Met 'n menigte grappies en gelag verwyl hulle die tyd totdat die klok weer lui en aankondig dat die besoekuur verstreke is. Die drie vriendinne groet haar en verlaat die vertrek met nog veel onderlinge gespot.

2

Geklee in 'n vrolik geblomde rokkie, lyk Elise die bekoorlikheid self. Net soos haar moeder skiet sy effens tekort aan lengte, maar aan haar sjarme en aanvalligheid doen dit geen afbreuk nie.

Met 'n kritiese oog betrag sy haar fynbesnede beeld in die handspieëltjie, dan plaas sy dit bo-op in die gepakte tas en klap die deksel toe. Op dieselfde oomblik stap Piet die vertrek binne.

"Laat ek die tas vir jou dra, Elise," bied hy aan. Hy tel die tas op, dan gly sy blik waarnemend oor haar. "Jy lyk weer pure perd, Elise," glimlag hy goedkeurend. "Maar kom ons loop. Tant Irma en oom Hendrik hou seker al die pad dop. Hulle het juis vanoggend teenoor my gekla omdat jy meer as twee maande laas tuis was."

Hy lei haar met die lang, breë gang af, en eindelik stap hulle by die hoofingang uit.

"Ja, toe, kapittel my maar," antwoord sy goedig. "Was jy al ooit tuis gedurende die drie maande wat jy nou al hier op Sonnerus praktiseer?"

"Met my is dit totaal anders gesteld." Hy hou vir haar die motordeur oop, plaas die tas op die agterste sitplek en gaan klim dan self in. "Ek is 'n hardwerkende man," laat hy weer bedaard hoor, skakel die motor aan en trek weg. "As julle mense nie so vol piep en ipekonders is nie, sal ek ook soms 'n tydjie kan afknyp om my ouers te gaan besoek. Ek kan jou verseker dis vir my glad nie so aangenaam om te weet hulle woon net hier agter die tweede bult en nogtans kan ek hulle nie gaan besoek wanneer ek wil nie!"

"Jy praat asof jy almal se piep en ipekonders alleen moet behandel," glimlag sy. Dan gly haar blik stadig oor die karaktervolle lyne van sy gesig, oor sy blonde hare wat glad na agter gekam is, na sy lang kunstenaarshande wat ferm op die stuur rus, en eindelik sy atletiese skouers.

Wat Elise hier langs haar sien, dra beslis haar goedkeuring weg, hoewel sy darem ook nie daaroor in vervoering sal raak nie. Piet is geensins 'n figuur wat 'n nooi se asem wegslaan en haar drome laat droom nie. Hy is 'n doodgewone, alledaagse man wat op sy stil manier aantreklik is. Eintlik is dit 'n innerlike aantreklikheid wat uit sy hele wese straal en 'n mens teen wil en dank boei.

"Dis presies hoe sake staan. Almal se piep en ipekonders moet ek omtrent alleen behandel, want bedags is ou dokter Uys nie juis 'n groot hulp nie, en snags verseg hy ten ene male om 'n voet uit sy huis te versit. Ek weet nie wat sal gebeur as hier 'n epidemie moet uitbreek nie. In elk geval, ons gaan nie nou al die moeilikheid agter die bult haal nie. Vertel my

357

liewer of my besoeke aan jou voortaan welkom gaan wees of nie."

"Piet, jy gaan nou regtig aan asof jy 'n vreemdeling is," lag sy saggies. "Natuurlik sal jou besoeke welkom wees, jy is dan een van ons, een van die groot familie!"

"Dankie, ek sal dit onthou," antwoord hy stil en tuur diep ingedagte voor hom uit na die pad wat soos 'n vaal streep oor die bult lê.

Al geselsend spoed hulle voort en binne 'n uur hou hulle voor die ruim woning op Vergesig, die erfplaas van die Veldmans, stil.

Op die voorstoep wag tant Irma, oom Hendrik en die twintigjarige Hennie hulle reeds in, en Elise en Piet word hartlik gegroet.

"Kom, kinders, die koffie wag al vir julle," nooi tant Irma gul en lei hulle na die sitkamer.

"Elise, maar jy het maer geword, my kind," vervolg die moeder later besorg toe elkeen met 'n koppie stomende koffie en 'n heerlike stuk melktert in die hand sit.

"Ja, raas met haar, tante," gee Piet antwoord en vervolg met fyn spot: "Hulle leuse is mos deesdae: liewer dood as uit die mode. En glo my, hulle sal hemel en aarde verskuif as hulle maar net 'n dun middellyf kan hê."

"Nou praat jy, broer," gee die terglustige Hennie antwoord. "Ek sweer as 'n kêrel my ousus so 'n rapsie te hard druk, is die ou lyfie morsaf."

"Luister, boetie," glimlag Elise liefies. "Met daardie bonkige arms van jou sal jy selfs die frisste nooi middeldeur druk, weet jy?"

"Boet, jy moenie Elise so sit en versondig nie. Ek sien sy klap jou netnou," merk die oubaas laggend op, want ken hy dan nie hierdie rooikopdogter van hom nie!

Vir Piet voel dit of hy na 'n lang omswerwing eindelik tuisgekom het hier saam met die opgeruimde Veldmans. Oom Hendrik is net so vrolik en terglustig soos sy twee spruite. Wanneer hulle drie bymekaar is, is daar geen einde aan hulle dinge nie. Daarom dat tant Irma ook altyd sê dat daar met hulle geen huis te hou is nie. Maar wanneer een van die drie afwesig is, kla sy weer steen en been dat die huis te stil is.

Tot laat die middag kuier Piet op Vergesig, en Elise moet omtrent die hele middag vir hom klavier speel. Teen sesuur maak hy egter aanstaltes om te ry. Met die belofte om weer te kom kuier sodra hy 'n middag vry het, vertrek hy.

Die voëls het alreeds lustig in die boomtoppe tekere gegaan en die son het ook al ver op die baan gevorder, toe Elise die volgende môre ontwaak.

'n Rukkie lê sy deur die oop venster na die sonneweelde en kyk, toe klim sy haastig uit die bed en draf met haar kaal voete na die badkamer om haar gesig te gaan afspoel. Toe sy later geklee is, stap sy na die kombuis om vir haar 'n koppie koffie te skink.

Met 'n liefdevolle blik op haar oudste, groet tant Irma die meisie en vervolg: "Wat knyp jy daar onder jou arm vas, Elise?"

"My swemklere, Mammie!" sê sy. "Ek wil darem eers 'n koppie koffie drink voor ek gaan swem. Nee, wag, Mammie, ek sal dit self skink," maak sy beswaar toe haar moeder met 'n koppie en piering begin doenig raak. "Gaan gerus aan met Mammie se werkies. Ek is mos nie meer 'n baba om so deur Mammie bedien te word nie."

"Maar, Elise, dink jy nie dis te gou na jou operasie om nou al te gaan swem nie, my kind?" vermaan die moeder besorg.

"Nee wat, Mammie. Die afgelope twee dae al het ek glad nie meer in die bed gelê nie. Ek het so 'n suspisie dat Piet my die laaste twee dae slegs daar gehou het vir geselskap, want siek was ek beslis nie."

'n Glimlag plooi om die ouer vrou se mond.

"Toe maar, my kind, Piet het geweet wat goed is vir jou. Ek hou nogal besonder baie van die seun," laat sy stil hoor.

"H'm, ja, hy is glad nie onaardig nie," beaam sy en doop 'n stukkie droë beskuit in die koffie. "Hy sê hy kom my een van die dae regsien, Mammie," vervolg sy met 'n geamuseerde laggie, en die moeder kan nie anders as om saam te glimlag oor Elise se ongeërgde uitlating nie. Sy wonder hoe sal Piet voel as hy moet weet dat Elise daardie een sin van hom met haar moeder bespreek het, want dit was blykbaar nie vir ander se ore bedoel nie. Maar hiervan sê sy niks, want tussen haar en Elise was daar nog nooit enige geheime nie.

"Hy bedoel dit goed met jou, Elise," laat sy weer hoor.

"Ek weet, Mammie," sê sy en plaas haar leë koppie op die kombuistafel. "Wel, ek gaan nou swem," kondig sy aan. Met hierdie woorde stap sy by die agterdeur uit na waar Pronk voor die stalle opgesaal staan.

Binne enkele minute galop die groot wit hings oor die werf en kies koers in die rigting van die rivier wat deur albei plase, Vergesig en De Wilgers, vloei.

Langs 'n rondaweltjie op die oewer van die rivier hou Elise later stil en gly grasieus uit die saal. Sorgvuldig haak sy die teuels aan die naaste mik, dan draf sy die rondawel binne en verskyn enkele oomblikke later geklee in 'n groen swempak. Sy gooi die handdoek in 'n bondeltjie op die gras neer, dan verdwyn sy met 'n sierlike boog in die water.

Met lang, kragtige hale swem sy met die sterk stroom af na waar 'n enkele smal rots soos 'n vinger bo die oppervlakte van die water uitsteek. In haar kinderjare het sy hierdie rots altyd Vinger genoem. En dis op hierdie einste rots waar sy gewoonlik haar dinkwerk kom doen het en ook vele gewigtige besluite geneem het.

Sy klouter teen die gladde rots op en eindelik sit sy met haar opgetrekte knieë soos 'n dassie in die son en bak.

Met haar arms om haar knieë geslaan, sit sy haar op haar gemak en verlustig in die weelde van die natuur om haar. 'n Paar meter van haar af wieg dosyne vinknessies soos miniatuurmandjies oor die stilvloeiende water. Tussen die welige groen wilgers roep 'n paar bosduiwe hul maats, en om haar is die mistieke refrein van kabbelende water. Toe neem haar gedagtes wye vlugte na die twee maande wat sy in Durban vertoef het, en daarna die ses dae in die hospitaal.

Die sonnetjie maak haar later lomerig en sy laat haar kop gemaklik op haar knieë rus. Hierdie stille rustigheid duur egter nie lank nie, want 'n kwaai stem vanaf die wal ruk haar uit haar salige mymeringe.

"Haai daar, dogtertjie!" hoor sy die stem. "Met wie se toestemming het jy hier in die rivier kom swem? Weet jou ouers dan nie dat die stroom hier ontsettend sterk is nie, of handel jy sonder hulle wete?"

Vir 'n enkele sekonde lig Elise haar kop effens op en met haar oë op skrefies getrek, bekyk sy die vreemdeling wat daar soos 'n vors op sy swart perd sit. Dan laat sy haar kop terugsak op haar knieë en steur haar nie verder aan die vreemdeling nie.

So 'n verwaande en opdringerige vent! Wat het dit met hom te doen as sy hier in die rivier swem? dink sy vies, want sy hou niks van mense wat hul neuse in ander se sake steek nie. En hierdie kêrel moet ook nie met haar praat asof hy met 'n kind te doen het nie!

Sy wonder nietemin wie die aanmatigende vent is, want die eienaar van De Wilgers kan dit beslis nie wees nie. Hierdie man is gans te gestewel en gespoor om 'n plaasboer te wees. In 'n omtrek van negentig kilometer is daar ook nie een boer wat hierdie tyd van die môre so fyn uitgedos in sporthemp, rybroek en kamaste sal rondry nie.

Sy besluit dat hy 'n besoeker aan De Wilgers moet wees.

"Haai! Het jy nie ore as 'n mens met jou praat nie, of wil jy hê ek moet jou die loesing gee wat jy verdien?" hoor sy die kwaai stem weer en nou vervies sy haar sommer behoorlik vir die vreemdeling.

Langsaam kom sy orent. En toe sy eindelik in haar volle lengte van een komma ses meter op die rots staan, gee sy hom 'n giftige kyk en skree bitsig: "Haai jouself en loop na die hoenders, man! Gaan help liewer jou gasheer en gee vir die varke kos!"

Sonder om verder ag op hom te slaan, duik sy van die rots af en begin met lang hale terugswem na die rondawel, onbewus van ruiter en perd wat haar al met die rivier langs volg.

So 'n verbrande klein snip! dink Armand van Rijn gebelg terwyl hy en sy perd haar op 'n slakkepas volg. Sy is die parmantigste entjie mens wat hy nog ooit teëgekom het! Te groot vir haar skoene! Maar so gaan dit deesdae. Die goedjies is nog nie eens droog agter hul ore nie, dan verbeel hulle hul ook dat hulle die wêreld se wysheid in pag het. Hy wens net hy kon weet wie se dogter sy is. Verbeel jou, sy is seker maar kwalik veertien jaar oud en sy praat sowaar met hom asof hy haar maat is! Sy oë is donker van verontwaardiging.

Eindelik bereik Elise die plek waar sy flussies ingeduik het en klouter rats teen die wal uit. Vinnig en skerp trek sy haar asem in, want nie vyf meter voor haar nie staan die swart perd en sy ruiter soos 'n standbeeld.

Vinnig tel sy haar handdoek op en hang dit om haar skouers, dan blits haar groen oë in sy bruines wat nou byna swart vertoon.

"Presies wat verlang jy van my?" slinger sy hom met 'n kwaai stem toe en beweeg in sy rigting.

"Wat? Sou jy jou miskien met die gedagte vlei dat ek iets van jou verlang?" werp hy smalend terug. "Wel, jy begaan 'n fout, jou klein rissie. Ek is glad nie geïnteresseerd in so 'n jong snuiter soos jy wat te groot is vir haar skoene nie. Maar ek wil jou net dit sê: Gaan huis toe en gaan knap jou maniere op, sodat jy in die vervolg 'n volwassene met meer respek en agting . . ."

"Maniere! Wat praat jy tog van maniere? 'n Ongeskikte man soos jy!" val sy hom met 'n vernietigende blik in die rede en haar stem bewe van woede. "Wie is jy miskien om my hier te kom staan en hiet en gebied en te beledig soos jy wil? As jy maar net van daardie perd wil afklim, sal ek jou wys wat ek met sulke onbeskofte mans soos jy maak!"

Met een beweging wip hy uit die saal en kom reg voor haar staan. Sy donker oë boor in hare toe hy sag, onheilspellend sê: "Toe, hier is ek. Wys my nou wat jy my so graag wil wys. Maar ek verseker jou, vandag is die dag wat jy jou lewe lank gaan berou."

Verder kom hy nie, want Elise se fyn handjie skiet uit en klap hom netjies deur sy mond. Soos blits sluit sy kragtige vingers om haar pols, en nou is hy bleek van woede.

"So, dan dink jy jy kan my klap en daarmee wegkom!" sis hy. "Jou klein vuurvreter! As jy 'n seun was, het ek jou nou hier uitgelooi dat jy vir dae nie kan sit nie. Maar nou is jy 'n meisiekind. Ek voel lus en skud jou dat jou tande klap!"

Maar in plaas van haar te skud, stoot hy haar van hom af weg. "As ek jou ooit weer voor my oë sien, breek ek jou dun nekkie in twee," waarsku hy bars.

'n Oomblik lank dink Elise die man gaan haar oor sy skoot trek en haar 'n loesing gee. Maar noudat hy blykbaar nie sulke planne koester nie, voel sy dat sy haar vroulike geslag 'n bietjie meer kan laat geld. Sy pluk haar baaipet af en wou hom net 'n tweede oorveeg daarmee gee, toe sy merk hoe sy blik ineens op haar rooibruin krulle verstar.

"Ek ... ek is jammer, juffrou," stamel Armand opvallend verleë, want dis vir hom nou baie duidelik wie die nooientjie is. Daar is inderdaad net een meisie in die hele kontrei met sulke fraai kastaiingbruin hare. "Regtig, ek is baie jammer ..."

"Jammer se voet," val sy hom in die rede. "Maak liewer dat jy wegkom voor my oë, jou ... jou ..." Maar in haar woede kan sy geen geskikte benaming vir hom vind nie, dus draai sy plotseling om en stap driftig na die rondawel om haar te gaan verklee.

Toe Elise in die rondawel verdwyn, plooi daar ineens 'n glimlaggie om die jongman se mond. Hy dink nou daaraan dat hy Hennie en sy suster vanoggend per telefoon genooi het vir vanaand se partytjie, en hy wonder geamuseerd wat haar optrede sal wees as sy vanaand moet uitvind wie hy is. Sy glimlag verbreed toe hy op sy vurige swart hings klim en al langs die grenslyn terugry.

Minute later kom Elise by die rondawel uit en stap na die boom waar Pronk nog steeds geduldig op haar staan en wag. Sy gooi die teuels oor sy nek, plaas haar voet in die stiebeuel en hys haar met gemak in die saal.

Met donderende hoefslae stuur sy Pronk in die rigting van Vergesig se werf en voor die stalle gly sy liggies uit die saal. Op die voorstoep tref sy haar moeder aan waar sy besig is om die varings water te gee.

"Jy is net betyds vir tee, Elise," merk haar moeder op. "Gaan vra tog Marja moet vir ons tee maak en dit hier na die stoep bring, my kind."

Met 'n "Goed, Mammie," begeef sy haar na die kombuis om

die opdrag te gaan uitvoer. Sy kom dadelik terug na waar haar moeder alreeds gemaklik op die bank sit.

"Kom sit hier langs my, Elise," beduie sy. "Ek wil graag 'n rukkie met jou gesels. Jy was so lank weg . . . meer as twee maande. Ek het al so dikwels gewens jy wil die skoolhouery staak en huis toe kom, my kind."

Sy neem langs haar moeder plaas en sê sag: "My ou moedertjie, wat sal ek tog met myself aanvang hier op Vergesig? Laat ek maar aanhou onderwys gee. Ek hou daarvan en dit hou my ten minste besig. Watse bouery is daar teen die koppie op ons buurman se plaas aan die gang?"

"Armand van Rijn laat vir hom 'n nuwe huis bou, Elise. Terloops, hy het Hennie vanmôre gebel en gevra of julle twee vanaand sy gaste sal wees. Daar gaan glo 'n informele partytjie wees."

"Maar, Mams, ek het mos nie lus om nou al partytjies by te woon nie," stribbel sy teë. "Hennie kan gerus maar alleen gaan. Ek het regtig nie lus vir sulke doenighede nie!"

Van haar ontmoeting met die vreemdeling onder by die rivier meld sy niks.

"Ek vrees jy kan nie nou uitdraai nie, Elise. Hennie het alreeds die uitnodiging namens julle albei aangeneem. En ek is seker ons buurman sal verstaan as jy nie wil deelneem aan die dansery nie. Almal weet tog dat jy gister eers uit die hospitaal ontslaan is."

"Watter tipe persoon is hierdie buurman van ons nou eintlik, Mammie? Ek het die afgelope ruk al so baie van hom gehoor. Soos dat hy so 'n haan is onder die nooiens," glimlag sy goedig. "Net gister is ek weer daarvan verwittig dat hy so 'n onweerstaanbare bekoring het."

"Dit sal 'n ou vrou soos ek nie weet nie, Elise," antwoord haar moeder met 'n spotlaggie. "Jy sal maar self vanaand moet gaan vasstel hoe onweerstaanbaar sy bekoring werklik is, my kind. Hy kom nogal dikwels met Hennie en jou pa gesels."

"Waar het hy geboer voor hy De Wilgers gekoop het, Mammie?" wil sy verder weet.

"Nee, kind, hy het nie voorheen geboer nie. Sy vader boer glo in die Vrystaat, maar hy was 'n advokaat totdat sy gesondheid hom gedwing het om plaas toe te vlug."

"Is hy dan 'n sieklike man?" verneem sy verbaas.

"Wel, nee, nie nou meer nie. Hy het glo voortdurend brongitis opgedoen totdat die een of ander dokter hom aangeraai het om Johannesburg te verlaat."

"Hoe oud is hy, Mams?" hou sy aan uitvra.

"So twee en dertig, of drie en dertig jaar."

"En was hy nog nooit getroud nie?"

"Nee, maar van sy praat het ek afgelei dat hy 'n nooientjie of 'n verloofde in die Vrystaat het."

"En hy flankeer so rond met die meisies!" roep sy verontwaardig uit.

"Elise, laat Mammie nou vir jou die waarheid vertel. Hierdie dinge wat jy gehoor het van sy rondflankeerdery met die nooiens is nie waar nie. Hy, net soos enige jongman, soek slegs geselskap. Die fout lê by die nooientjies, my kind. Dis hulle wat sy vriendskap verkeerd vertolk, te ernstig opneem, en dan meer van hom verwag as wat hy bereid is om te gee. Sy vriendskap met die teenoorgestelde geslag is heeltemal onskuldig. Ek het al self gemerk dat daar by hom geen aansien des persoons is nie. Hy behandel almal met dieselfde hoflikheid en respek. Maar wag, hier kom jou pa en Hennie al. Ek sal moet gaan kyk of daar tee vir hulle is."

Met hierdie woorde kom haar moeder orent en stap die huis binne. Langsaam volg Elise haar voorbeeld. As sy en Hennie dan vanaand 'n party moet gaan bywoon, sal sy beslis inspeksie moet gaan doen in haar hangkas om te sien wat geskik sal wees vir so 'n informele geleentheid.

3

"Is jy al gereed, ousus?" bulder Hennie se diep stem voor haar kamerdeur.

"Ek kom, boetie!" roep sy terug, raap haar handsak op en verlaat die vertrek. "Waarom jaag jy my so aan, jou ongeduldige mansmens? Dis mos nog vroeg!" raas sy.

"Kyk, ousus, ek wil nou nie snaaks wees nie. Maar ek meen te sê, 'n ou wil darem nog sy nooi ook gaan oplaai!"

"So! Is dit nog steeds Estelle Meyer?" glimlag sy tergend.

"Reg geraai, oor 'n rukkie Estelle Veldman."

"H'm, jy is glad nie haastig nie, nè?" spot sy weer.

"Luister, ousus, jou broer is nie 'n man wat hom met 'n jare lange vryery ophou nie. Maar kom ons gaan groet eers vir Ma en Pa. Ek vermoed hulle sit maar weer op die stoep soos gewoonlik."

Met 'n "Tot siens, Ma! Tot siens, Pa!" draai Hennie om en stap uit na waar sy motor voor die deur geparkeer staan.

Elise, egter, gee albei 'n vlugtige soentjie en volg Hennie dan.

"Ousus, ek wil jou nie vlei nie, want soos jy self weet, pas vleitaal my nie," sê hy en hou vir haar die motordeur oop. "Dink jy nie daardie geel rokkie wat jy aanhet, is 'n bietjie deftig nie? Begryp my mooi, ek hou daarvan om voor ander ouens met my ousus te spog, maar jy weet ons is maar 'n eenvoudige spul in hierdie kontrei en glad nie so geleerd en wêreldwys soos jy, Armand en 'n paar ander nie."

"Boetie, loop, jy spot nou," lag sy hom uit. "As jy weet hoe min lus ek vir vanaand se doenigheid het, sal jy nie nog spot nie! En wat my rok betref, kan jy jouself maar gerusstel, dis glad nie te deftig nie. Inteendeel, dis bedoel vir sulke informele partytjies."

Hy klap die deur langs haar toe, dan stap hy voor om die motor en klim self in.

In stilte spoed hulle voort en etlike minute later hou hulle voor die Meyers se huis stil.

Hennie klim uit die motor en stap haastig in die rigting van die voordeur. Hy gee twee harde kloppe, draai die deurknop en stap binne. Estelle moes klaarblyklik al op hom gewag het, want dit duur nie lank voordat hulle te voorskyn kom en na die motor aangestap kom nie. Elise groet haar vriendelik en weldra is hulle, laggend en geselsend, op pad na De Wilgers.

Hoe nader hulle aan De Wilgers kom, hoe teësinniger raak Elise vir die hele gedoente. Sy weet die moontlikheid is groot dat die vent wat haar vanmôre by die rivier so diep beledig het, ook teenwoordig mag wees. En daardie gedagte stem haar glad nie gelukkig nie. Dit bederf die hele vooruitsig vir 'n aangename aand.

As hy egter dan nou moet teenwoordig wees, kan sy niks daaraan doen nie. Hy moet net sorg dat hy uit haar pad bly en nie opdringerig raak nie, besluit sy later toe Hennie tussen die ander voertuie stilhou en die motor afskakel.

Terwyl Hennie en Estelle liggies met mekaar skerts, stap die drie stadig in die rigting van die voordeur wat wawyd oop staan. Ook die sitkamer se vensters staan oop, en Elise merk dat daar al groepies binne rondstaan.

Die gasheer moes blykbaar die harde geklap van hul motordeure gehoor het, want toe die drie die ruim, helder verligte stoep bereik, staan hy hulle alreeds en inwag.

Oombliklik herken Elise sy gesig en sy lang, breedgeskouerde gestalte wat nou in 'n sportbaadjie en sajetbroek geklee is, en terstond voel sy weer hoe die wrewel teenoor hierdie man in haar begin oplaai.

Met 'n vriendelike "Welkom, mense!" groet hy die drie, en Elise hoor byna onmiddellik daarna haar broer se stem: "Armand, ontmoet my ousus. Haar naam is Elise. Ousus, dis Armand van Rijn. Noem hom maar sommer op sy voornaam. Dis mos ons gewoonte in hierdie kontrei, ingeval jy miskien vergeet het."

Vinnig en skerp trek sy haar asem in, dan voel sy hoe die bloed vinnig uit haar gesig sypel. Haar hart klop snel en dis asof sy gaan flou word.

Maar van haar ontsteltenis merk Hennie niks nie, want byna onmiddellik nadat hy haar aan hul gasheer bekendgestel het, neem hy Estelle se arm en stap na binne.

"Aangename kennis, juffrou Veldman," hoor sy Armand onverstoord sê, maar om sy sterk, aantreklike mond speel daar 'n openlik geamuseerde glimlaggie. Hy reik haar sy hand, maar hierdie gebaar ignoreer sy totaal.

"Jy!" hyg sy toe sy eindelik tot verhaal kom. Dan ontmoet hul oë vir 'n breukdeel van 'n sekonde. Hare blits groen vonke van diep verontwaardiging en syne vonkel van pure pretlus.

"Ja, ék, juffrou Elise," laat hy geamuseerd hoor. "Jy het natuurlik nie verwag dat ek vanaand die gasheer gaan wees nie, nè?" Sy oë fynkam haar bekoorlike gestalte.

"As ek dit geweet het, sou ek beslis nie nou hier op jou stoep gestaan het nie, meneer Van Rijn!" werp sy bitsig terug. "Dis ongelukkig dat ek die pret vir 'n paar minute kom bederf het, maar ek gaan nou dadelik. Maak asseblief vir my verskoning by my broer. Jy kan maar die ou resep gebruik – hoofpyn."

Met hierdie woorde draai sy vinnig om en wil net wegstap

toe sy die ferm greep van 'n hand op haar arm voel, wat haar in haar vaart stuit en haar half terugdwing.

Sy kyk op, en weer is dit in daardie onverstoorde bruin oë wat haar soos 'n onvolwasse kind laat voel.

"Nie so haastig nie, juffroutjie," hoor sy Armand sag sê, en nou klink sy stem geensins geamuseerd nie, maar duidelik onheilspellend. "Kom, as jy 'n bietjie buitelug wil skep, sal ek jou vergesel." Met haar arm nog steeds in sy sterk vingers vasgeklem, lei hy haar om die hoek van die huis totdat hulle buite hoorafstand is.

Sonder om sy greep op haar arm te versag, vervolg hy streng: "Luister, as jy dink ek gaan dit duld dat jy ander se pret verongeluk deur nou op die vlug te slaan, begaan jy 'n geweldige fout. Ek weet natuurlik jy is 'n rissie, maar ek het nie geweet jy is ook lafhartig en selfsugtig nie. Ek sê jou nou en hier – vir die ontwil van Hennie en Estelle sal jy nou saam met my na binne gaan en hier bly totdat hulle besluit om huis toe te gaan."

"Jy magtig jouself danig baie aan om my so aan te spreek!" voeg sy hom sarkasties toe.

"Dis jy wat my daartoe dwing met jou lafhartigheid, om soos 'n verslane soldaat op die vlug te wil slaan! Dus, as jy enigsins my agting wil verkry, moet jy na my luister en nou saam met my na binne gaan. Jy behoort jou werklik te skaam oor jou selfsugtigheid, Elise. Jou broer aanbid jou. Vir hom is jy die volmaakte onder alle vroue, en nou wil jy sy plesier bederf deur huis toe te vlug!"

"Ek kan nie juis sien hoe ek sy plesier daardeur sal bederf nie," antwoord sy hom met duidelike wrewel in haar stem.

"Nee, natuurlik sal jy nie. Jy was mos nie vanmôre teenwoordig toe ek met hom oor die foon gepraat het nie. Natuurlik sal jy nie weet hoe opgewonde hy was omdat hy vanaand met sy ousus kan kom spog nie! Maar kom, ek merk daar het al weer gaste opgedaag."

Hy weet dat hy nou 'n besonder teer snaar aangeroer het, want sy en Hennie is baie geheg aan mekaar. Hy wil haar ook graag self beter leer ken, dus tree hy beslis nie net vir Hennie as kampvegter op nie, maar ook vir eie gewin.

"Goed, ek sal bly," sê sy stuurs. "Vir Hennie se ontwil, maar geensins om jou agting te verkry nie. Wat jy van my dink, kan my bitter min skeel, meneer Van Rijn!"

Hy verslap sy greep op haar arm en lei haar na die sitkamer waar die gaste reeds in gesellige groepies gesels.

Met tevredenheid kyk hy na sy gaste. Dan kyk hy weer af na Elise hier langs hom en sê: "Ek neem aan jy ken al die gaste teenwoordig."

Sy antwoord hom met slegs 'n knik van haar kop, toe word sy met groot lawaai en geskerts van alkante gegroet, want almal is opreg bly om die bekoorlike nooientjie weer in hul midde te hê.

"Mense, ek glo glad nie dit sal te veel gevra wees as ek voorstel dat Elise elkeen met 'n soen groet nie!" doen Herman van oom Gert Rooibult aan die hand, tot groot vermaak van almal teenwoordig.

Met 'n geamuseerde glimlaggie om sy sterk mond, staan Armand die vrolike geskerts vanaf die sitkamerdeur en aanhoor terwyl sy oë elke beweging van Elise met heimlike bewondering volg.

"Sies vir jou, ek gaan dit sowaar nie duld dat julle Elise aan so 'n pyniging onderwerp nie!" tree Anette as kampvegter vir haar vriendin op.

"Ja, en wat meer is," werp Marie ook haar stuiwer in die armbeurs, "as Piet van oom Lang-Hans Beukes van Bloukrans julle so hoor praat, slaan hy sowaar tonnels deur julle!"

371

"Ai, ek sien al hoe lekker karnuffel Piet Beukes julle!" skater Bettie van die lag. "Boeties, na julle elkeen 'n soen van Elise gesteel het, sal julle nooit kan waag om siek te word nie. Ek sien al met watter behae sny hy julle oop en hoe vleg hy sy lang vingers deur julle ou deurmekaar draadwerk!"

'n Lagbui bars weer tussen die jongklomp los en ook Elise lag nou dat daar trane in haar oë kom.

"Maar hoe is dit moontlik dat ek die gevaarlike Piet Beukes nog nie ontmoet het nie, of het ek al?" verneem Armand nadat almal se gelag weer bedaar het.

"Nee, jy het ons beroemde dokter Piet Beukes nog nie ontmoet nie," kom dit weer ewe bedaard van Neels. "Sien, hy is al byna 'n vreemdeling onder ons ou spul weens die feit dat hy sewe jaar weg was vir sy mediese studie en toe weer twee jaar in die buiteland was. Hy het maar drie maande gelede hier op ons dorpie kom praktiseer. Jy sal hom nog ontmoet. Hy is 'n besonder gawe ou . . . miskien effens te besadig vir ons klomp, maar jy sal in elk geval van hom hou."

Toe die gaste later voltallig is, word daar aan elkeen 'n drankie bedien.

Die lede van die orkes, wat uit 'n trekklavier en twee kitare bestaan, neem hul plekke in op die ruim stoep.

Eers word die snaarinstrumente ingestel, en dis 'n pyniging om aan te hoor. Later gaan dit beter, en eindelik hef die trekklavier die eerste note van 'n bekende liedjie aan.

"Toe, toe, Armand, skraap vir jou 'n nooi," roep Jan Verster vrolik uit en dam daar en dan die vroom Christel Duvenhage by wat nog nooit in haar lewe so 'n wilde dans probeer het nie.

Laasgenoemde voel innerlik vies dat die stuitige Jan nou juis vir haar moes kies vir die dans. Sy sou veel eerder met Armand wou dans. Haar volgende woorde stel haar wrewel ook duidelik ten toon.

"Kyk, as jy soos 'n barbaar wil dans, doen jy dit asseblief nie met my nie, Jan Verster! Jy weet ek hou my nie met sulke stuitigheid op nie!" trap sy hom uit toe hy 'n paar ingewikkelde draaie en passies met haar wil uithaal.

Hy bars net heerlik uit van die lag en verklaar met ligte spot: "Dis so tipies van jou, Christel, my hart. Ek meen te sê, dis nou maar van jou: as jy jou sin nie kry nie, word jy beslis so effe katterig!"

'n Giftige blik van haar snoer sy mond, oombliklik, maar in sy oë huiwer daar nietemin 'n glimlaggie.

Op die maat van die musiek vergeet die lewenslustige Elise totaal dat sy onlangs 'n operasie ondergaan het. Heen en weer word sy deur Neels oor die dansvloer gepluk, en dis duidelik dat hulle dit baie geniet. Uit die hoek van haar oog merk sy dat Armand haar en Neels se bewegings met lewendige belangstelling volg, maar op sy gesig is daar 'n vae trek van kommer wat sy nie kan peil nie.

Op die oomblik is sy weer die laggende, opgeruimde Elise van weleer wat so diep in elkeen se hart gekruip het; veral in die harte van hierdie klomp gewese skoolmaats van haar.

Toe die musiek eindelik ten einde loop, gloei haar wange en haar lewendige groen oë van skone pretlus.

Die nommer volg byna onmiddellik op die eerste, en haar dansmaat is Jan Verster. Ook hierdie dans geniet sy ten volle, want Jan is 'n vaardige danser, 'n man wat ingewikkelde passies met gemak uitvoer. Sy, wat goed geskool is in die danskuns, vind dit besonder prettig en aangenaam.

Die derde en vierde danse het Elise verkies om uit te sit, want dit het eindelik tot haar deurgedring dat sy nog lank nie sterk genoeg is om so aanhoudend op die dansvloer te bly nie.

Stil verdwyn sy van die stoep af, menende dat niemand haar afwesigheid sal merk nie. Maar een persoon het gesien hoe sy stilletjies in die swart skaduwees van die sierbome verdwyn, en dit het hom laat wonder.

Toe sy na 'n hele paar danse nog nie terug is nie, begin Armand bekommerd raak oor Elise se lang afwesigheid, te meer omdat sy alleen daar buite in die donker tuin is. Hy besluit om na haar te gaan soek, en stil verdwyn hy ook in die donker skaduwees van die bome wat aan die voorkant van die huis pryk.

Nadat hy omtrent vyf meter gevorder het, merk hy ineens iets op die bankie aan die verste punt van die tuin en intuïtief weet hy dat dit Elise moet wees.

Met lang treë stap hy op die wit voorwerp af. Toe hy eindelik die bankie bereik, merk hy dat dit wel sy is wat op die naat van haar rug uitgestrek op die bankie lê.

Sonder meer gaan hy voor haar op sy hurke sit en verneem merkbaar besorg: "Wat makeer, Elise? Het jy jou seergemaak met daardie wilde danse? Ek het my die hele aand al daaroor bekommer . . ."

"Nee, ongelukkig nie, meneer Van Rijn," onderbreek sy hom smalend. "Dus is daar hoegenaamd niks om jou oor te verheug nie. Ek voel 'n bietjie moeg."

Hy ignoreer egter haar sarkasme en gaan voort: "As jy moeg voel, wat wel te verstane is, waarom gaan rus jy nie op my bed nie? Waarom hier in die donker op die harde bankie?"

"Dit pas my beter en ek verkies dit so," antwoord sy kortaf en vervolg 'n oomblik later: "Gestel jy laat my nou met rus, noudat jy alles weet."

"Sulke kinderagtigheid kan jy gerus maar staak, Elise," antwoord hy kalm. "Ek is nie in die minste geïnteresseerd in jou kinderagtigheid of jou sarkasme nie. Kom, as jy moeg voel, is daar 'n beter plek waar jy kan rus."

"Ek het jou alreeds gesê ek verkies dit om hier te bly."

"En ek het jou gesê dat ek nie van jou kinderagtigheid hou

nie. Dus, as jy nie uit vrye wil met my wil saamkom nie, sal ek verplig wees om jou huis toe te dra!"

"As jy weer 'n klap van my verlang, meneer Van Rijn, doen dit gerus!" sê sy kwaai en kyk hom koel aan.

"In daardie geval laat jy my geen keuse as om met Hennie te gaan praat . . ."

"Laat staan jy vir Hennie," val sy hom vinnig in die rede. "My broer het niks hiermee te doen nie. Gaan gerus na jou gaste toe, meneer Van Rijn, ek sal aanstons kom."

"O nee, so maklik laat ek my nie deur jou om die bos lei nie. Kom, jy stap nou saam met my huis toe."

Vir Elise is daar nou geen ander uitweg as om Armand te gehoorsaam nie, want wat sal Hennie en die ander daarvan dink as hulle die rede moet weet waarom sy hul gasheer so bitter vyandiggesind is? Nee, daardie vernederende episode langs die rivier mag nooit rugbaar word nie! Sy skaam haar dood as hierdie klomp dit moet weet.

Sonder 'n enkele woord kom sy orent, en saam stap hulle in die rigting van die stoep.

Die orkes het net 'n tango begin speel toe hulle die stoeptrappie opklim, en sonder meer neem Armand haar in sy arms en stuur haar behendig tussen die dansende pare deur.

Sy donker oë vonkel van pretlus en oorwinnaarstrots, maar hy sê niks nie. Hy kan merk dat sy bitter ontsteld is omdat hy nog telkens vanaand die oorwinning oor haar behaal het. Maar hy weet ook dat sy te fyn opgevoed is om hom voor al hierdie jongmense in te vlieg oor sy vermetelheid om haar nie eens te vra vir die dans nie.

'n Oomblik kyk hy af in haar kwaai gesiggie, dan sê hy sag: "Jammer oor my onhoflikheid, nooientjie. Maar indien ek jou wel gevra het, soos dit 'n opgevoede jongman betaam, sou jy gewis die een of ander verskoning uitgedink het om nie met my te dans nie. Ek vrees met jou sal ek maar voortdurend eie reg moet gebruik, totdat jy my nie meer so vyandiggesind is nie."

"Jy praat asof ons mekaar voortaan baie dikwels gaan sien!" laat sy op 'n sarkastiese toon hoor.

"Dis glad nie onmoontlik nie; ons is bure," glimlag hy half spottend en geniet haar magteloosheid terdeë.

"Ek kan jou die versekering gee, meneer Van Rijn, dat daar nooit weer 'n ontmoeting tussen jou en my sal plaasvind wat jou die geleentheid sal bied om my so te verneder soos vandag nie. Ek verlang ook geen ontmoeting ooit weer met jou nie, meneer ..."

"My naam is Armand, Elise," onderbreek hy haar woordevloed glimlaggend en dit lyk nie juis of al haar versekerings en wense wat sy pas uitgespreek het, hom enigsins beïndruk nie. Andersins amuseer dit hom net geweldig.

"Dis 'n gewoonte van my om vreemdelinge formeel aan te spreek, meneer Van Rijn," sê sy vies.

"Ek kan natuurlik nie 'n uitsondering op die reël wees nie, nè?" Hy kyk haar aan en 'n glimlaggie speel om sy mond.

"Nee, beslis nie," kom dit nou baie kortaf.

"Jy is my voorwaar baie vyandiggesind, nooientjie, maar ek sal jou nog mak maak."

Voordat Armand verder kan praat, hou die orkes op met speel. Die betekenisvolle blik wat hy na Elise werp, sê duidelik: Toe maar, nooientjie, die orkes het my nou wel onderbreek, maar glo my, ek is nog lank nie klaar met jou nie. Jy ken Armand van Rijn nog nie!

Later die aand word daar verversings bedien. Almal staan op die stoep rond en gesels, maar Elise sorg dat sy die res van die aand buite Armand se bereik bly. Sy voel bitter spyt dat sy ooit hierheen gekom het. Aangesien sy egter wel hier is, moet sy maar probeer om nie Hennie en Estelle se plesier te bederf nie.

Die hele tyd wens sy egter dat dit al tyd is om huis toe te gaan.

Ongemerk staan sy Armand se fors, breedgeskouerde gestalte en betrag. Sy soepel liggaamskrag is bestem om oral indruk te maak. Sy hare is swart en effens krullerig. Sy oë is donkerbruin en lewendig. Sy neus is goed gevorm, byna aristokraties. Sy mond is sterk, maar het tog 'n sagte trek en lyk besonder sensitief. Sy ken is ferm en sy moet ruiterlik erken dat Armand besonder aantreklik is. Sy weier egter om vir 'n oomblik te dink dat hy haar belangstelling gaande gemaak het.

Elise is so ingedagte terwyl haar oë hom met stille konsentrasie opsom, dat sy nie eens bewus is van die geamuseerde glimlaggie om sy mond terwyl hy elke beweging van haar oë vanaf die ander punt van die stoep volg nie.

Dat sy besig is om 'n opsomming van hom te maak, is vir die jongman baie duidelik. Hoe graag hy ook al wil weet wat in haar gedagtes omgaan, amuseer haar waarnemende blik hom nietemin.

Vir etlike sekondes rus Elise se oë op sy breë bors, dan skuif sy haar blik weer na sy gesig asof sy wil seker maak dat sy nie 'n enkele deeltjie oorgeslaan het nie. Plotseling ontmoet hul oë oor die lengte van die stoep.

'n Stonde hou sy oë hare gevange, dan laat sy haar blik sak en sy voel hoe 'n warm blos van diep verleentheid en ook van verontwaardiging in haar nek opstoot.

So 'n verwaande vent! dink sy, en nou vervies sy haar sommer weer as sy aan die uitdrukking in sy oë dink. Dit was so 'n selfvoldane uitdrukking. So asof hy wou sê: Toe maar, dis nie nodig dat jy my so tersluiks bespied nie. Ek ken die resep. Binne 'n dag of twee is jy mak en eet jy uit my hand, juffroutjie!

Sy voel hoe die drif al weer in haar begin oplaai, en sy verwens haarself omdat sy die man so ingedagte staan en betrag het. Hy is beslis nou van mening dat sy in hom geïnteresseerd is en sy aandag wil trek! En dit is die laaste ding wat sy beoog het!

"Hoe staan jy so beteuterd hier eenkant, Elise?" onderbreek Herman van oom Gert Rooibult haar gedagtegang. "A, nee a, kom ons dans, jong! Kyk, daar staan Klasie ook al nader aan sy trekklavier. Maar intussen sal ek vir ons twee 'n tango fluit. Toe, kom, wat staan jy my so en bekyk asof ek iets uit die onbekende is en glad nie hier tussen julle tuishoort nie?"

Elise begin heerlik te lag en sonder meer baan hy vir hulle 'n weg na die dansbaan.

Presies om twaalfuur hou die orkes op met speel, want hoewel hulle almal besonder opgeruimd en plesierig van aard is, is hulle almal ook streng Christelik opgevoed en nie een sal ooit droom om die Sabbat te ontheilig deur na twaalf te dans nie.

Tot om eenuur staan hulle die volgende partytjie en bespreek, wat by Neels se ouerhuis sal plaasvind. Daar word ook besluit dat die besige dokter Piet Beukes sy bedrywighede vir daardie aand sal moet probeer staak sodat hy ook daar kan wees.

Dan begin almal aanstaltes maak om te vertrek en die groetery gee weer aanleiding tot 'n vrolike geskerts.

4

Met sy lang bene voor hom uitgestrek, sit Hennie heerlik agteroor geleun in 'n gemakstoel op die stoep in die halfskemering van die aand. Hy voel verfris na 'n vinnige swem in die koel blou seekoeigat daar onder waar die rivier so 'n halwe elmboog vorm.

Elise kom haastig by hom verby en voor hy sy bene kan intrek, val sy in haar volle lengte op die vloer oor hulle.

Vinnig kom sy orent, gluur hom vies aan en sê: "Ek het mos gesê dat iemand nog eendag sy nek oor jou ellendige bene sal breek!"

Met 'n kragtige beweging raap hy homself van die stoel af op. "Jammer, ousus," begin hy berouvol, maar hy kan nie help nie om by te voeg terwyl hy haar nek liggies masseer: "Maar ek moet sê, jy sien daar nog besonder viets uit met 'n gebreekte nek!"

Sy gee hom 'n klap teen sy kop en verklaar driftig: "Jy dink dis 'n grap, nè? Wel, dit is nie!" Haar groen oë vlam van verontwaardiging.

"Maar ousus, ek het mos gesê ek is jammer!" sê hy lakonies en vryf ingedagte oor die kant van sy kop waar sy hom geklap het.

"Jammer! Met daardie grynslag op jou bakkies lyk dit beslis of jy jammer voel!"

"En watse stryery is nou hier aan die gang?" onderbreek 'n diep stem plotseling haar heftige woordevloed, en vir Elise voel dit kompleet of daar 'n ysige stroompie water agter haar rug afloop.

Sy wil nog 'n bytende antwoord gee, maar Hennie is reeds aan die woord.

"Naand, Armand. Staan nader, jong. Hoe lyk dit vir my of jy bang is!" Hy gee 'n verleë laggie. "As ons geweet het jy is in aantog, sou ons jou darem nie met so 'n . . . e . . . interessante vertoon verwelkom het nie. Sit gerus en verskoon tog dat ek nog so half deur die wind is. Maar jy moet weet, ek het so pas 'n klinkende klap van my ousus weg."

Albei mans begin heerlik te lag en Elise vervies haar oombliklik weer vir Hennie se lawwigheid.

Toe Armand se lagbui bedaar, groet hy Elise met vonkelende oë wat duidelik sê: Jy is geskool in die kuns om klappe uit te deel, nè? Maar toe maar, jy sal nog regkom!

Armand neem op die naaste stoel plaas, steek sy pyp aan en verneem duidelik geamuseerd: "En wat het jy gesondig dat jy so 'n klap verdien het?"

"Man, dis hierdie lang bene van my wat alewig in die pad is en waaroor my ousus so geneig is om te val."

"Hennie, as jy nie nou dadelik jou stuitigheid staak nie, kan jy straks weer 'n oorveeg kry!" dreig Elise en kyk hom met vlammende oë aan. Met 'n "Goeienag, meneer Van Rijn," draai sy om en stap die huis binne met 'n fier en trotse houding.

"Nou het jy haar die hoenders in, maat," lag Armand saggies en gee 'n trek aan sy pyp.

"Dis waar, maar môre het sy al weer van die ou rusietjie vergeet," glimlag Hennie terug. "My ousus en ek loop dikwels so 'n potjie, want ek kan maar nooit die regte ding doen of sê nie."

"Dis jammer dat dit nou juis vanaand moes gebeur het," verklaar die ouer man half teleurgesteld. "Ek het gehoop dat ons drie 'n bietjie dorp toe kan gaan om die opening van die jaarlikse asbaanwedrenne by te woon. Die koerant verklaar dat hier vanaand twee nuwe oorsese jaers gaan wees, en die twee jaag glo woes."

"Kyk, Armand, die asbaanstadion is omtrent die enigste opwinding wat ons ou dorpie bied. En vir geen geld ter wêreld loop ek 'n wedren mis nie. Kom ons gaan praat met Elise. As sy dan nie geïnteresseerd is nie, gaan ons alleen."

In die sitkamer tref hulle haar saam met haar ouers aan.

Vriendelik groet Armand die twee ouer Veldmans en ewe

ongeërg neem hy langs Elise op die rusbank plaas. Hy merk dat sy haar bitterlik vererg oor hierdie vrypostigheid van hom, maar daaraan steur hy hom min. Inteendeel, hy begin homself vervies vir haar kinderagtigheid. 'n Mens sou sweer hy het 'n onvergeeflike sonde begaan toe hy haar nou die dag by die rivier aangesien het vir 'n veertienjarige dogtertjie! Verbrands, hy kan mos nie help dat sy nog soos 'n skooldogter lyk nie – en nou gedra sy haar boonop soos een!

Gesellig sit die drie mans eers oor die weer en die boerdery en gesels. Toe besluit Armand dat hy nou die sakie van vermaak sal moet aanroer, want dit begin laat word en dan kry hulle dalk nie geskikte sitplekke nie.

Hy kyk op sy horlosie, draai na Elise toe en sê saaklik: "Ek het eintlik 'n draai hier gemaak om te verneem of jy en Hennie nie wil saamry dorp toe nie. Dis vanaand die openingsaand by die asbaanstadion, en daar gaan glo groot dinge plaasvind!"

Sy kyk hom uit die hoogte aan en sê liefies: "Dis besonder vriendelik van jou, meneer Van Rijn, maar ek vrees jy en Hennie sal maar alleen moet gaan."

"Ag, kom, ousus, jy is tog seker nie nog altyd kwaad vir my nie!" soebat Hennie, want weet hy dan nie hoe teleurgesteld Armand flussies was toe sy hom so eensklaps goeienag toegewens het nie. Op die partytjie nou die aand het hy al gemerk dat hulle buurman baie geïnteresseerd is sy ousus is. En nou ja, hy sal dit verwelkom as hy sy swaer word. Dis ook hoog tyd dat Elise aan trou begin dink. Een van die dae beland sy dalk op die rak deur hierdie kieskeurigheid van haar wat by die dag erger word.

"Ontspan, boetie, ek is nie meer vir jou kwaad nie," stel sy hom gerus. "Ek voel maar net nie vanaand lus vir die dorp nie."

"Ag, gaan tog maar saam, my kind," probeer tant Irma haar oorreed. "Aangesien Armand nou die moeite gedoen het om hier aan te kom, kan jy hulle gerus maar vergesel. Ek is seker die uitstappie sal jou die wêreld se goed doen, veral omdat jy mos versot is op asbaanwedrenne!"

'n Warm blos kleur die jongmeisie se wange rooi. Sy wou nie graag hê dat Armand moet weet hoe versot sy op asbaanwedrenne is nie. Maar sy huiwer nog, want net die gedagte dat sy vir ure in sy geselskap sal moet verkeer – hy wat so 'n gawe besit om haar toorn ten hemele te laat opvlam – stem haar uiters versigtig.

"Toe, ousus, gaan trek gou 'n ander rok aan," doen Hennie opgewonde aan die hand. Hy sal so graag wil sien dat daar 'n hegter verstandhouding tussen sy geliefde ousus en hierdie gawe vriend van hom ontwikkel. Hulle is albei ontwikkelde en belese mense. Hulle pas volmaak by mekaar.

Toe sy glimlaggend die stryd gewonne gee, verander die atmosfeer ook dadelik en Armand beskou die eiesinnige nooientjie met nuwe oë. Dis of sy iets onkeerbaar in hom aanwakker, want benewens haar vrolikheid en opgeruimdheid, is daar by haar 'n verfyndheid wat by ander jongmense ontbreek. Hy hou van haar. Ja, hy hou besonder baie van haar; miskien meer as wat goed is vir hom!

'n Paar minute later is sy terug, geklee in 'n ligbruin rok wat fraai harmonieer met haar rooibruin krulkop.

Toe sy die vertrek binnestap, voel dit vir Armand kompleet of iets warms om sy hart vou, iets wat sy hart eienaardig vinnig laat klop wanneer hy na haar kyk.

"Wel, ek is gereed!" kondig sy ongeërg aan, onbewus van die fraai prentjie wat sy skep en die wilde emosies wat haar voorkoms in Armand opjaag.

"Nou ja, weg is ons. Nag, Ma. Nag, Pa," sê Hennie. Ook Armand en Elise groet die twee ouer mense en saam verlaat die drie die sitkamer.

Hoflik hou Armand die motordeur vir haar oop. Toe hy merk hoe huiwerig sy is om voor in te klim, sê hy bedaard, dog met 'n duidelike spotklank in sy stem: "Jy kan maar met 'n geruste hart langs my sit. As bestuurder kan ek jou onmoontlik byt. Ek is nogal behoorlik opgevoed, weet jy?"

Sy werp hom 'n giftige blik toe en klim sonder meer in. Toe hy 'n oomblik later langs haar agter die stuurwiel van sy lang swart motor inskuif, voeg sy hom met sarkasme toe: "Raai, ek dra nogal kennis van hóé behoorlik jy opgevoed is, meneer Van Rijn!"

Hy kyk vinnig na haar en dis baie duidelik dat sy donker oë met haar spot. Sonder om haar te antwoord, skakel hy die voertuig aan en trek weg. Om sy mond plooi 'n eienaardige glimlag wat sy nie kan verklaar nie.

Op pad dorp toe is dit net Hennie en Armand wat gesels. Elise het reeds tot die gevolgtrekking gekom dat sy en Armand allergies vir mekaar is en dat, indien hy haar langer sou uittart, sy daardie haatlike spotlaggie op sy gesig met die plathand sal afvee. Sy gaan beslis geen verdere uittarting van hom duld nie.

Dis reeds laat toe hulle by hul bestemming aanland, en in die kuipe word die motorfietse reeds opgewarm en nagegaan vir die eerste wedren.

Sitplekke om van te kies en te keur, is daar nie meer nie en dié waarin hulle hul uiteindelik moet wikkel, is baie ongerieflik, omdat dit reg op 'n draai en ook te na aan die baan is.

"Vanaand gaan ons al die koolgruis van die baan in ons oë kry," voorspel Elise waar sy vasgedruk tussen Hennie en Armand sit. Terwyl sy praat, bly haar oë op die groot hek voor die kuipe waar die werktuigkundiges die vier motorfietse begin uitstoot met elkeen se jaer in die saal.

Die 'n oorverdowende gedreun toe hulle op 'n streep aantou

na waar die wit lint gespan is en elkeen volgens kleur sy plek aangewys word.

Onafgebroke brul die masjiene, en almal sit met opgehoue asems en wag dat hulle moet wegtrek. Dan word die hoofligte afgeskakel en net die enkele ligte om die baan bly aangeskakel. Dan word die teken gegee waarop almal gewag het.

Met 'n oorverdowende gebrul en teen 'n woeste snelheid trek die vier jaers soos een man weg, en elkeen probeer op gevaarlike wyse om by die een voor hom verby te glip. Om elke draai skuif die motorfietse oor die baan sodat die koolgruis oor die toeskouers reën wat die naaste aan die baan sit.

Die voorste jaer is alreeds besig om sy vierde en laaste ronde af te lê teen 'n lewensgevaarlike snelheid.

Twee van die jaers het in die vorige ronde teen mekaar vasgejaag en is sodanig beseer dat hulle inderhaas hospitaal toe vervoer moes word. Nou is daar nog net twee motorfietse, blou en rooi, wat wedywer om die eerste plek.

Teen 'n ongelooflike snelheid nader die voorste jaer die wenpaal en 'n oorverdowende juigkreet gaan van die skare op. Die hoofligte word aangeskakel en die aankondiger kondig die punte en die tyd van die twee jaers oor die luidsprekers aan. Dan breek die nuutste Amerikaanse dansmusiek oor die luidspreker los terwyl 'n verdere vier motorfietse opgewarm word vir die volgende wedren.

Met 'n hand wat liggies bewe van opgewondenheid, teken Elise die jaers se tye en punte op haar program aan. Hennie en Armand bespreek die twee jaers wat beserings opgedoen het en sy dink meteens daaraan dat Piet Beukes nog 'n aand se pret misloop omdat plig voor plesier gestel moet word.

Die musiek word plotseling gestaak en weer kom die aankondiger se stem met die nuus dat die tye van die twee oorsese jaers eers bepaal gaan word.

"Boetas, nou gaan julle 'n ding sien!" bulder Hennie dit op-
gewonde uit. "Volgens die koerant is hulle twee wilde kêrels!
Daar word een nou uitgestoot. Mense, kyk net hoe sit die kêrel
op sy ryding. Ek sê julle, daardie kêrel is 'n wonderwerk. Kyk,
'n mens kan dit sommer aan sy manier van sit sien. Hy is beslis
oorgehaal vir die ding!"

Die hoofligte word weer afgeskakel en 'n afwagtende stilte
daal oor die skare neer. Die eerste jaer trek weg, die motorfiets
brul om die baan en 'n uitstekende rekord word aangeteken. 'n
Uitbundige gejuig gaan op en almal besef dat die lang, skraal
kêrel 'n uitmuntende jaer is.

Die tweede besoeker teken 'n tyd van net een sekonde sta-
diger aan, en die skare raak bitter ongeduldig om die twee te
sien meeding.

Na die vyfde wedren is dit pouse, en haastig kom Hennie
orent om vir hulle elkeen 'n koeldrank te gaan koop.

"Wat dink jy van die twee?" probeer Armand 'n gesprek met
Elise aanknoop.

"Uitmuntend . . . eenvoudig wonderlik!" merk sy op. "Ek
dink die lang skrale is onoortreflik . . ."

"Haai, kyk 'n bietjie wie tel ek hier voor by die hek op!"
onderbreek Hennie se laggende stem haar. "Laat my toe om
julle aan mekaar bekend te stel. My buurman, Armand van
Rijn. En hierdie lang kêrel wat jy hier voor jou sien, is ons
besige dokter Piet Beukes — nie dat hy werklik besig is nie!
Dis maar net nog 'n titel wat ons aan hom toegeken het, ho-
pende dat hy die waarde daarvan sal besef en dit as 'n ideaal
sal uitleef."

Almal begin heerlik lag, en Elise voel bly oor Piet se ge-
selskap. Armand voel egter glad nie so gelukkig oor die jong
dokter se teenwoordigheid nie. Hy was nou net mooi op stryk
om 'n geselsie met Elise aan te knoop.

Na 'n wedersydse "Aangename kennis," draai Piet hom na Elise en groet haar met 'n vriendelike glimlaggie. "H'm, jy lyk weer springlewendig!" laat hoor hy en kyk na haar met sy deurdringende blou oë.

"Ja, danksy jou slagtersmes," spot sy liggies. "Maar waarom staan jy so? Sit, man, jy het alreeds daar voor by die hek betaal!" Sy skuif op en maak vir hom plek tussen haar en Armand – iets wat laasgenoemde glad nie aanstaan nie.

Entoesiasties begin Hennie die jong arts vertel van die twee oorsese jaers se voortreflikhede. "Glo my, ek het soveel vernuf nog nie gesien nie. Jy moet hulle self in aksie sien om hulle te waardeer, Piet!"

"Nee, Hennie, ek kan sowaar nie opgewonde raak oor die ou spul nie," verklaar hy, en in sy oë is daar nou 'n somber uitdrukking. "Maak een van hulle 'n blaps hier op die baan, is ek die een wat my nagrus moet opoffer vir sy waaghalsigheid. Nee, ek sê jou, dis 'n gevaarlike speletjie hierdie. Julle moet gaan kyk hoe lyk daardie twee in die hospitaal. In elk geval, kom ons gesels liewer oor iets anders. Ek het waarlik nie lus om verder oor daardie twee roekelose waaghalse te gesels nie – hulle het my lank genoeg besig gehou."

'n Geamuseerde glimlaggie huiwer om Armand se mond by die aanhoor van Piet se woorde. Aan homself moet hy erken dat die jong arts 'n aangename persoon is wie se sterk persoonlikheid 'n mens beïndruk. Hy het al so baie van hom gehoor, van sy toegewydheid en voortreflikheid, maar dis vir hom nou baie duidelik dat Piet die sterk en onverstoorbare tipe is wat met die wêreld se geduld na sy pasiënte se klagtes sal kan luister.

Almal vertel dan ook dat geneeskunde nie net 'n beroep vir hom is nie, maar wel 'n roeping, 'n lewenstaak. En sy skynbare ontevredenheid oor sy nagrus wat altyd verstoor word, is ook maar net ligte spot, want die ywer waarmee hy sy pligte uitvoer en die feit dat hy sy lewensideaal bo enigiets anders stel – sy nagrus inkluis – is baie duidelik.

'n Snaakse beklemming neem ineens van Armand besit toe hy Piet aan Elise hoor sê: "Hoe lyk dit, is jy gereed om Maandag weer die tuig op te neem?"

"O ja," glimlag sy, en Armand moet aan homself erken dat hy haar nog nooit so mooi sien glimlag het nie. "Ek moet erken ek het nou lank genoeg leeggelê. Jy kan my môre terugverwelkom as jy nie besig is nie!"

"Hoe laat?"

"Wel, so tussen twee- en drie-uur. Ek sal net na middagete van Vergesig af vertrek sodat ek my woonstel nog kan gaan opruim. Sal jy my kom help?"

"As ek nie uitgeroep word nie, doen ek dit baie graag . . ."

"Dokter Beukes! Ons roep dokter Beukes!" onderbreek die luidspreker hulle gesprek plotseling. "U word dringend by die hospitaal benodig!" Dan word die boodskap herhaal.

Piet kom vinnig orent en met 'n haastige "Tot siens, mense," draf hy na die hoofingang.

5

Kwart oor tien loop die laaste wedren ten einde en almal begin aanstaltes maak om die perseel te verlaat.

"Wel, aangesien dit nog gans te vroeg is om nou al huis toe te gaan, stel ek voor dat ons eers 'n drankie by my huis gaan drink," kom dit van Armand toe hulle sy motor bereik. Hy is glad nie van plan om so gou weer van Elise afskeid te neem nie.

"Luister, julle twee moet my nou mooi verstaan," laat Elise hoor en haar stem klink effens streng. "As julle twee 'n drankie wil drink, moet julle asseblief gou maak. Ek wil geensins een-uur vannag in die bed kom nie!"

"Ek kan jou verseker dit sal nie ure neem nie," antwoord Armand. Hy moet al sy aandag by die bestuur van die motor bepaal aangesien die tou voertuie teen 'n slakkegang aankruie na die groot hek.

"Ons is nie van plan om te veel te drink nie, Elise. Ons gaan elkeen slegs één drankie geniet," vervolg hy toe hulle eindelik uit die gewoel van die verkeer is. "Na al die opwinding van vanaand sal 'n drankie net die regte medisyne wees om 'n mens te laat ontspan."

Al geselsend spoed hulle voort deur die donker nag.

Dit is net Hennie en Armand wat gesels en nou eers merk Elise dat die lug betrokke is en dat blitse deur die lug klief.

Toe hulle voor Armand se woning stilhou en uitklim, het 'n ligte rukwindjie opgesteek. Aan hierdie rukwindjie weet Elise en Hennie uit ondervinding dat daar 'n storm aan die kom is.

Dat die storm egter baie vinnig in aantog is, besef nie een van hulle nie.

"Kom binne, mense," nooi Armand gulhartig en lei hulle deur die gang na die sitkamer. "Wat sal julle drink?" verneem hy nadat albei plaasgeneem het.

"Ek sal niks neem nie, dankie, meneer Van Rijn," bedank Elise koel, onpersoonlik. "Dis nie 'n gewoonte van my om sterk drank te gebruik nie."

"Kom, kom, ousus, dis ook geen gewoonte van óns nie. Maar 'n drankie so af en toe het geen mens nog ooit kwaad aan-gedoen nie," knip Hennie haar kort. Hy kan sien dat hoewel Armand niks sê nie, hy glad nie gelukkig voel met Elise se houding nie.

"Ek sal liewer net 'n koeldrank . . ." begin sy, maar hierdie keer is dit Armand wat haar in die rede val.

"Ek gaan vir jou 'n martini skink, Elise. Ongelukkig het ek geen koeldrank van enige aard nie."

Toe elkeen later met 'n glasie in die hand sit, bars die storm los.

Die eerste weerligstraal klief deur die swart hemelruim, gevolg deur harde donderslae wat die vensters laat ratel.

Elise ruk soos sy skrik en sy stort die helfte van haar drankie op haar rok uit. Met groot, beangste oë kyk sy na haar broer, dan vra sy met 'n stem wat effens tril van skok: "Boetie, hoe op aarde gaan ons ooit vanaand by die huis kom? Ek dink ons moet dadelik ry, want na die storm sal die drif heeltemal onbegaanbaar wees."

"Onmoontlik, totaal onmoontlik," antwoord Armand beslis. "Net 'n dwaas sal dit op so 'n verskriklike nag buite waag. Besef jy hoe dit op hierdie oomblik buite lyk, Elise? Stap gerus uit op die stoep en oortuig jouself."

Sonder om 'n enkele woord te sê, kom sy orent en stap by die sydeur uit, bly om 'n rukkie van Armand se geselskap ontslae te wees. Sy verwyt haarself dat sy ingestem het om saam na Armand se huis te kom.

Buite stort die reën neer. Weerligstrale verlig die hemelruim en kartel slingerend aarde toe. Diep, rammelende dreunings kan gehoor word. Oor die hele omgewing hang 'n digte grys watersluier.

Elise staan lank teen die houtpilaar aangeleun na die woeste geweld van die elemente en kyk. Die hewige lawaai van die storm doof op die oomblik alle ander geluide uit en sy hoor nie die voetstappe wat oor die stoep in haar rigting beweeg nie. Eers toe sy Armand se stem agter haar hoor, besef sy dat sy nie meer alleen is nie.

"Waarom bly jy so lank hier buite in die koue staan, Elise?" Sy stem is sag en effens besitlik, en Elise vervies haar onmiddellik. Sy hou glad nie baie van hom nie en duld nie dat hy op so 'n wyse met haar praat nie.

Vinnig swaai sy om, kyk hom kwaai aan en sê koud: "Meneer Van Rijn, dis op jou uitnodiging dat ek my op hierdie oomblik in jou huis bevind, dus is ek seker geregtig om hier te staan so lank ek verkies. Gaan gesels gerus met Hennie en laat my met rus."

"Luister hier, Elise, ek is nou net mooi sat van al jou bogtery, verstaan jy?" Sy stem is streng en beslis. "Vanaand gaan jy vir 'n verandering stilbly en na my luister." Die volgende oomblik sluit sy gespierde arms om haar en druk hy haar met mening teen hom vas. Hy kyk haar deurdringend aan en vervolg: "Daardie aanloklike mondjie van jou is nie gemaak vir sulke snydende, sarkastiese woorde nie, ou kleintjie. Laat ek jou eerder wys wat daarmee gedoen moet word. Kyk, so," en sy lippe sluit oor hare in 'n vurige soen wat haar plotseling van haar ewewig beroof, haar denkvermoë uitwis en haar op die wieke van ekstase lig.

Armand se blitsvinnige optrede het haar geen kans gebied vir teëstribbeling nie. Sy lippe wat so vurig op hare beslag lê, verkrummel al haar weerstand en sy bly verslae in sy omhelsing staan.

"Sien, dis hoe ek jou gaan mak maak, nooientjie," hoor sy hom eindelik weer sê en dis of sy stem van ver af op die wind na haar gedra word. Hy laat haar gaan en staar met 'n fyn spotlaggie af op haar bedeesde gesiggie. Dan kom sy tot verhaal en voel hoe haar wange rooi word van skaamte en vernedering. Sy lig haar hand en klap hom deur sy gesig.

"Jou gemene . . . gemene ding," sis sy stamelend, "om jou so skaamteloos aan 'n jong dame op te dwing!"

"Jy is 'n eienaardige mens, Elise," lag hy hardop en raap haar weer met mening in sy arms op.

Met al haar mag veg sy om haar uit sy staalsterk arms te bevry, maar teen sy krag is sy glad nie opgewasse nie en hy druk haar net stywer teen hom aan.

"Laat my nou dadelik gaan, jou buffel!" snou sy hom kwaai toe.

"Wat ek nog wou sê," gaan hy laggend voort: "Eers verlustig jy jou in 'n man se liefkosing en dan vergoed jy hom met 'n klap! Maar jy sal nog regkom, Elise. Ek voorspel jy is sommer een van die dae reg. Nee, moenie so worstel om los te kom nie, nooientjie, ek sal jou aanstons self laat gaan – sodra ek my sê gesê het."

"Wat jy nog wil sê, kan jy gerus in jou sak steek," roep sy driftig uit. Maar as antwoord druk hy haar weer net stywer teen hom vas totdat haar rooibruin krulkop liggies teen sy bors nestel. "Ek is nie die minste geïnteresseerd in wat jy te sê het nie," raas sy hier dig teen sy bors voort. "As jy dink jy gaan van my 'n speelbal maak soos wat jy van Christel en die ander gemaak het, begaan jy 'n groot fout. Jou sogenaamde sjarme laat my totaal koud, en niks wat jy sê of doen sal my ooit beïndruk nie. So, moet glad nie dink jy kan met jou harlekynstreke by my ook aangesit kom nie! Iemand behoort jou nooientjie in die Vrystaat in te lig oor welke soort verloofde jy is. 'n Regte Don Juan . . ."

"Vir hierdie onwaarhede wat jy nou kwytgeraak het, gaan jy boet," glimlag hy. "En jy gaan nóú daarvoor boet. Ek gaan jou soen soos jy in jou lewe nog nie gesoen is nie."

"Nee! Jy gaan dit nie weer doen nie. Jy mag nie!"

Sy lippe sluit weer met al die vuur en krag van sy driftige emosies oor hare. Hy voel hoe die bloed snel deur sy are pols, en dit tref hom dat hy die meisie in sy arms hartstogtelik bemin.

Dis soos vuur wat plotseling in hom opgevlam het. Hy druk haar stywer teen sy bors vas en voel of hy haar nooit weer wil laat gaan nie. Sy veg ook nie meer nie, maar staan net stil in sy arms wat haar soos twee staalbande omklem.

Eindelik lig hy sy kop en kyk vol bewondering na die beeldskone gelaat wat vir hom soveel bekoring inhou. Toe sê hy sag, gevoelvol: "Elise, klein liefling, ek wens ek kan jou altyd so in my arms hou!"

"Volg jy nou die resep wat Christel en die ander so beïndruk het?" verneem sy smalend en kyk hom met duidelike spot aan. Sy sal nooit weer so 'n gek wees om haar deur hom te laat meesleur soos flussies nie! Sy sal hom wel deeglik toon dat sy liefkosings vir haar absoluut niks beteken nie. Toe hy haar die eerste keer omhels het, het hy haar onverhoeds betrap, daarom dat sy haar so skaamteloos daaraan oorgegee het.

Hy stoot haar van hom af weg asof haar nabyheid hom geskroei het. "Elise, hoe durf jy?" uiter hy diep seergemaak. Sy stem verteder ineens toe hy sag vervolg: "Besef jy dan nie dat ek jou liefhet nie, Elise? Eerlik en opreg? Besef jy nie dat jy die nooientjie is na wie ek my lewe lank al soek nie? Sê dat jy my ook liefhet, Elise. Ek weet jy het my ook lief, maar ek wil dit uit jou mond verneem. Jou liefde het jou flussies gedwing om my liefkosings te beantwoord, daarom weet ek dat jy my ook liefhet!"

Sy voel hoe haar hart wild in haar binneste ruk van suiwer geluk. Sy voel duiselig van blydskap en diep tevredenheid, want in haar eie hart het sy vurige, hartstogtelike liefkosing 'n gevoel laat opvlam wat sy nog nooit in haar lewe ervaar het nie. Sy hoor hoe hy pleit vir haar liefde, en dis vir haar geen geheim meer dat sy hom wel liefhet nie. Wat vir haar egter net so duidelik is, is dat sy hom nie mag liefhê nie, want eerstens het hy 'n nooi of verloofde in die Vrystaat en tweedens is hy 'n Don

Juan wat besonder lief is om met nooiens se harte te speel. Haar moeder se verdediging van Armand se motiewe en karakter vroeër blyk verkeerd te wees. Sy optrede van so pas het alles bevestig wat sy van hom verneem het.

Hierdie laaste gedagte laat 'n onkeerbare drif in haar oplaai, want dis vir haar baie duidelik dat hy besig is om van haar ook 'n speelbal te maak.

"Meneer Van Rijn," sê sy koel, "as jy miskien dink dat ek jou liefhet, begaan jy voorwaar 'n geweldige fout. 'n Man soos jy, wat net daarop uit is om meisies op jou verlief te maak en hulle dan soos stukke vodde van jou af weg te werp, laat my totaal koud. Jy is volkome reg, ek het lief. Maar nie vir jou nie. Piet Beukes is die man wat ek liefhet, die man wat ek gekies het as lewensmaat. Ons raak eersdaags verloof. Dus, moet glad nie dat 'n soentjie jou van stryk bring nie, want vir my het dit absoluut niks beteken nie," jok sy sonder om te blik of te bloos, en sy verlustig haar in die ongeloof wat sy in sy donker oë bespeur.

Plotseling verander sy blik en dis of sy oë regdeur haar boor, haar uitdaag om haar liefde vir hom te ontken. Hy neem haar byna ru aan albei skouers en sê sag, onheilspellend: "So, dan dink jy jy gaan met dokter Piet Beukes trou! Wel, laat ek jou dít vertel, nooientjie, jy kan gerus weer 'n keer dink. Jy gaan met niemand anders as met my trou nie. Net oor my dooie liggaam sal jy met Piet Beukes trou." Sy stem versag effens. "Dis verniet dat jy jou met die gedagte probeer flous dat jy Piet liefhet, Elise. Ek, wat jou in my arms gehou en jou geliefkoos het, weet dat jy hom nie liefhet nie. Ek is die man wat jy liefhet, en 'n mens kan onmoontlik twee persone terselfdertyd liefhê."

"Maar jy is ontsettend vermetel, weet jy? Of anders het jy net 'n onuitstaanbare hoë dunk van jouself!" knip sy hom kort.

"Jy maak 'n fout, Elise, want ek besit geeneen van daardie

eienskappe nie," laat hy onverstoord hoor. "Jy is myne, en jy moet dit mooi begryp. Daardie een soen het jou onherroeplik my eiendom gemaak, die nooientjie wat nou aan my behoort, die nooientjie wat eersdaags my bruid gaan word. Dus kan jy gerus nou maar van Piet vergeet, want jy behoort aan my – jy en jou liefde. Ek sal jou self terugneem dorp toe en jou help om jou woonstel weer in orde te kry. Ons kan my huishoudster saamneem . . ."

"Dankie, maar ek het nie jou hulp nodig nie. Ek ry met my eie motor, en Piet sal daar wees om my te help," onderbreek sy hom met intense behae. Sy weet sy moet net sterk wees en haar verhard, dan sal hy wel gou besef dat sy geensins bereid is om vir hom as 'n speelbal te dien nie. Maar sy volgende woorde skok haar geweldig.

"Ek sal Piet môreoggend bel en sake aan hom verduidelik," vervolg hy nog steeds kalm en onverstoord. "Hy sal nou moet besef dat jou woonsteldeur voortaan vir hom gesluit sal wees. Ek gaan dit ten ene male nie duld dat my nooientjie met ander mans flankeer nie."

"As jy dit durf waag om vir Piet te bel, Armand van Rijn, sal ek jou 'n klap gee dat jy sterre sien!" dreig sy nou behoorlik kwaad en totaal magteloos.

"My liewe kind," lag hy, "dink jy miskien vir een oomblik dat ek 'n klap van jou vrees? Jou handjies is te klein en te sag, Elise. En jy weet tog ook al dat ek 'n soen eis vir elke klap wat jy my toedien!"

Sy voel magteloos en woedend, en weer eens verwens sy haarself omdat sy nie maar liewer tuisgebly het nie. Sy het hom so hopeloos lief, maar sy is bang dat sy maar net 'n tydverdryf vir hom sal wees. Hy praat met so 'n gladde tong van liefde, maar wat presies weet hy daarvan af? Aan die ander kant moet hy darem seker weet wat liefde is, hy het mos 'n nooi in die

Vrystaat. Maar het hy daardie meisie lief? Is hy regtig in staat tot liefde? 'n Man wat liefhet, sal mos nie soos hy handel nie. Sy is oortuig dat hy niks anders is as 'n lighartige Don Juan wat van die een blom na die ander vlieg en nooit een sal vind wat hom behoorlik behaag nie.

"Jy kan my gerus jou verloofde se adres gee," laat sy weer koel hoor. "Ek sal haar graag wil inlig oor hoe jy jou hier met die nooiens vermaak sonder haar wete."

"Ongelukkig het ek nog nie iets soos 'n verloofde nie, maar dit sal nou nie meer lank wees voordat ek so 'n verhoogde status sal beklee nie. Ek gee jou op die uiterste drie maande kans, Elise, dan kom eis ek jou op as my verloofde. En 'n maand later gaan maak ons 'n afspraak met die dominee."

"Jy is gek, Van Rijn, stapelgek, sê ek jou! En ek weier beslis om 'n oomblik langer na sulke onsin te luister. As jy nie omgee nie, kan jy ons gerus huis toe neem!"

"Van huis toe gaan kan jy vanaand maar vergeet, nooientjie. Daar is geen sprake van nie. Miskien môre. Ek dink Hennie slaap al. Hy het julle ouers reeds gebel en die situasie verduidelik. Kom, dan gaan wys ek jou waar jou kamer is."

Hy staan opsy sodat sy by hom kan verbykom en merk dat sy hom onrustig aankyk. "Waarom kyk jy my so vreesbevange aan, Elise?" vra hy glimlaggend. "As ek jou leed wou aandoen, het ek reeds 'n gulde geleentheid deur my vingers laat glip, weet jy?"

"Ek het nie gesê jy koester gedagtes om my leed te berokken nie," snou sy hom half driftig toe en stap na binne. Buite reën dit nog onafgebroke.

"Jy het dit nie gesê nie, maar jy het dit in elk geval gedink," help hy haar met 'n spotlaggie reg. "Hier," sê hy en stoot die kamerdeur vir haar oop. "Maak jou tuis vir die nag. En indien jy dalk iets nodig kry, staan maar net in die deur en skree na my.

Ek sal jou wel hoor. Die badkamer is langsaan," en hy knik in die rigting van die deur net langs die kamerdeur.

Dan wens hy haar 'n rustige nag toe en stap terug na die sitkamer waar hy hom op die bank inrig vir die nag.

6

Toe Elise die volgende oggend wakker word, reën dit nog steeds en die wolke hang swaar en grys in die lug. 'n Oomblik lank wonder sy waar sy haar bevind, maar dan onthou sy alles wat die vorige aand plaasgevind het.

Met 'n ligte frons tussen haar donker wenkbroue kyk sy op haar polshorlosie en merk dat dit alreeds halfagt is.

'n Sagte klop aan haar kamerdeur laat haar daarheen kyk. Op haar sagte "Binne!" gaan die deur oop en Liesbet, die huishoudster, kom die vertrek binne met 'n koppie stomende koffie op 'n klein skinkbordjie.

Beleefd groet sy Elise en vervolg dan: "Meneer Armand het gevra dat ek hierdie briefie saam met die koffie vir jou moet bring."

Sy oorhandig die brief aan Elise en verlaat die vertrek byna onmiddellik.

Elise drink eers die koffie, dan vou sy die enkele vel skryfpapier oop

Goeiemôre, nooientjie

Jammer om jou so vroeg die onaangename nuus mee te deel dat ek en jy vanmôre alleen ontbyt sal nuttig — dis natuurlik hoe ek dit verlang en hoe dit in die toekoms gaan wees. Hennie is vanoggend vroeg te perd deur die drif, omdat hy dit nie kan bekostig om te lank van die

boerdery afwesig te wees nie. Ek sien jou dus om agtuur met ontbyt,
dan kan ons saam 'n plan prakseer om jou deur die vol drif te kry.
Armand

Met gemengde gevoelens gaan staan Elise voor die venster na die vallende reën en kyk. Diep ingedagte skeur sy Armand se notatjie in stukkies. Sy dink aan al die gebeure van die vorige aand, aan die liefde vir hom wat so ongevraag by haar hart ingesluip het, en aan sy besliste voorneme om ook háár gebroke hart op sy kerfstok te kry.

'n Weemoedige trek verskyn om haar mond by die gedagte dat sy hierdie eerste liefde van haar, wat so fel in haar hart woed, inderdaad in die kiem sal moet smoor.

Dis ongelukkig dat dit nou juis liefde vir 'n man moet wees wat dit nie waardig is nie en dit nooit sal beantwoord nie. Vir hom sal dit maar net nog 'n nuwe speletjie beteken, 'n aangename tydverdryf.

Dan besluit sy dat dit haar niks sal baat om haar daaroor te staan en verknies nie. Die noodlot het dit ongelukkig so bestem dat ook sy op hom moes verlief raak, en die minste wat sy nou kan doen, is om dit as 'n geheim te bewaar en haar voortaan te staal teen sy niksbeduidende vleiery.

Drie minute voor agt stap sy die eetkamer binne. Sy merk die forse Armand, soos altyd netjies geklee in 'n sporthemp, ligte sportbaadjie en sajetbroek, voor die oop venster op. Sy swart krulhare blink soos satyn en ten spyte van die feit dat hy met sy rug na haar gekeer staan, weet sy dat sy gesig glad geskeer is. Sy het hom nog nooit slordig of onversorg gesien nie.

Haar sagte "Goeiemôre" laat die jongman voor die venster vinnig omswaai.

'n Stonde rus sy blik goedkeurend op haar, dan beantwoord hy haar môregroet met 'n vriendelike glimlaggie. "Het jy rustig geslaap?"

"Ja, dankie," antwoord sy stil.

"Nou kom, dan is jy seker net so honger soos ek."

Met hierdie woorde trek hy vir haar 'n stoel onder die tafel uit en ontbied die huishoudster deur die klokkie op die tafel te lui.

"Ek sal seker ook te perd deur die drif kan gaan, nè?" merk sy later op onderwyl sy met die lepel in haar papbord sit en speel.

"As jy 'n baaikostuum byderhand het, kan jy seker," laat hy ongeërg hoor. "Dis presies hoe Hennie vanmôre deur die vol drif is," vul hy aan toe hy die vraende uitdrukking in haar oë merk. "Maar ek vrees jou broer is met my sterkste perd weg. Nie een van my ander perde sal dit maak nie. Die drif is te vol en die stroom is te sterk."

"Nou hoe kom ek vandag by die huis?" vra sy verslae. Skielik dring die gedagte tot haar deur en haar oë begin weer lustig vonkel. "Toe maar, ek sal Pappie aanstons bel," laat sy nou weer vol moed hoor. "Hy sal beslis 'n plan maak om my deur die drif te kry."

"Ja, hy sal seker 'n plan kan beraam, maar ongelukkig het die storm die telefoondrade so beskadig dat jy glad nie sal kan deurkom nie. Hennie kon vanmôre nie deurkom na Vergesig nie. Ek het darem met hom gereël om jou tasse vanmiddag te perd deur te bring. Ek sal jou met my motor wegbring dorp toe; jy moet mos weer môreoggend in die klaskamer wees, of hoe?"

"Ja, ek moet môre weer begin werk," antwoord sy stil. Dan kyk sy hom effens bekommerd aan en vervolg: "Is dit heeltemal onmoontlik vir my om deur die drif te kom?"

"Dis hopeloos, Elise, jy sal nooit deurkom nie. Jy kan gerus maar berus by die reëling wat ek met Hennie getref het. Jy moet tog vanmiddag teruggaan dorp toe en geen voertuig sal ooit vandag of môre deur die drif kom nie. Dus sal ek jou in elk geval moet dorp toe neem, al sal jy ook te perd deur die drif kan gaan!"

"Ek kan Piet bel om my te kom haal."

"Jy vergeet die telefoon is buite werking." Dan kyk hy haar met 'n onpeilbare blik aan en vervolg: "Is jy nou besig om my uit te tart met Piet Beukes?"

"Presies waarom sal ek jou met Piet probeer vermaak? Ek is niks aan jou verskuldig nie en my doen en late gaan jou nie aan nie."

"Dit is wat jy dink," glimlag hy. "Ek weet van beter. Onthou net dat ek elke woord bedoel het wat ek gisteraand gesê het. Nie Piet Beukes of enige ander man gaan jou kry nie. Een van die dae is jy mevrou Armand van Rijn."

'n Oomblik kyk sy hom onthuts aan, maar besluit dan om hom nie te antwoord nie, hoewel dit op die punt van haar tong is om hom te vra of hy dit aan Christel en die ander ook gesê het.

Toe Armand weer na haar kyk, besef hy dat sy al weer omgekrap is. Dit verbaas hom dat sy haar so ontstel oor sy woorde wat tog die waarheid is. Of sou sy dalk regtig dink dat hy die Don Juan is waarvoor sy hom die vorige aand beskuldig het? Elise kan tog onmoontlik onder so 'n verkeerde indruk verkeer, want sy verhoudings met die ander meisies was bloot vriendskaplik. Kan hy dit help as hulle meer daarvan verwag het?

En die storie omtrent die nooientjie in die Vrystaat is totaal ongegrond. Tersia is sy ouers se keuse vir hom as lewensmaat en dit is nie te sê dat sy daarom ook sy keuse is nie. Hulle het wel saam grootgeword en albei families het dit as vanselfsprekend aangeneem dat hulle vir mekaar bedoel is. Maar dit is nie hoe hy dit sien nie. Tussen Tersia en hom is daar net 'n gevoel van vriendskap – van sy kant is dit in elk geval beslis so.

Hy merk dat Elise haar ontbyt genuttig het en weer eens kan hy nie help om haar te bewonder waar sy regoor hom aan tafel sit nie. Sy het vir hom die mooiste hare wat hy nog gesien het en daardie sensitiewe mond van haar lyk vir hom so uiters kwesbaar. 'n Warm gloed sprei oor sy liggaam en laat sy hart snel klop as hy dink aan die paar oomblikke die vorige aand toe hy daardie lippies van haar geliefkoos het en die sagtheid en warmte daarvan teen sy eie gesmaak het.

"Ons kan binnekort gaan kyk hoe ver die bouers met die nuwe huis gevorder het," doen hy versigtig aan die hand, want sy is so gou om die hoenders in te raak vir hom. Hy het nog skaars vir haar gekyk of sy is gereed om haar te verdedig. Soms lyk dit vir hom werklik of sy hom glad nie vertrou nie.

"Maar dit reën buite!" maak sy beswaar.

Sy voel nie lus om na die huis te gaan kyk wat hy vir die Vrystaatse nooientjie laat bou nie, en buitendien wil sy so min as moontlik alleen met hom wees. Sy besef wel deeglik dat sy haar nie altyd suksesvol sal kan staal teen sy oorweldigende liefkosings nie. Hierdie kleed van ongeërgdheid waaragter sy skuil, mag nooit wegskuif en haar ware gevoel ontbloot nie.

"Ons kan met my motor gaan," stel hy haar gerus, stoot sy leë koffiekoppie agteruit en kom orent. "Gaan wag solank vir my op die voorstoep, ek gaan net gou my motor haal."

Sy huiwer egter om aan hierdie versoek van hom te voldoen, en hy merk haar duidelike onwilligheid. "Moet tog nie vir my sê jy is bang om saam met my te gaan ry nie, Elise!" laat hy met opgetrekte wenkbroue hoor en 'n geamuseerde glimlaggie pluk-pluk aan sy mondhoeke.

"Bang . . . nee . . . ek is maar net versigtig," stamel sy effens, vies daaroor dat hierdie eenvoudige versoek van hom haar so duidelik in die verleentheid gebring het.

Pasop, Elise, vermaan sy haarself, jy is besig om 'n gek van jouself te maak. Volgende keer moet jy jou verleentheid beter verbloem!

Etlike minute later ry Armand se luukse motor deur die misreën oor die plaaspad in die rigting van die koppie waarteen die halfvoltooide tweeverdieping-siersteenhuis pryk.

Diep in haar binneste voel Elise 'n tikkie jaloesie by die gedagte dat Armand hierdie kasteel van 'n huis vir 'n vreemde vrou laat bou. Maar sy onderdruk die gevoel van jaloesie terstond en herinner haarself daaraan dat Piet Beukes die man is vir haar — Armand is 'n wolf in skaapklere.

Sy lig haar kop en deur die grys reënsluier sien sy die ligbruin siersteenhuis. Sy wens sy kon haar gedagtes ook met 'n grys sluier bedek, want sy wil nie meer dink nie. Van Armand en daardie vreemde vrou van die Vrystaat wil sy liewer vergeet, en om die een of ander rede ook van haarself en Piet Beukes. Sy voel half vies dat Armand haar hierheen gelok het, tog het sy geen grondige rede gehad om sy versoek te weier nie.

Hulle nader die halfvoltooide gebou, en eindelik hou Armand voor die ruim leiklipstoep stil. Die mure en dak is reeds voltooi en nou is die bouers besig om binnenshuis te pleister.

"Wag, Elise!" roep hy uit toe sy die deur aan haar kant oopmaak. "Jy gaan natreën. Hang my reënjas om!"

"'n Paar druppeltjies reën het niemand nog ooit kwaad gedoen nie," werp sy kortaf terug en klim sonder meer uit.

Haastig klim Armand ook uit en volg haar. Toe Elise haar voet op die eerste trappie plaas, gly die ander een onder haar uit. Was dit nie vir Armand se vlugge optrede nie, het sy met die stroompie modderwater kennis gemaak. Sy een arm skiet vinnig uit en sluit beskermend om haar dun middellyfie.

Sy voel hoe sy opgelig word en netjies op die stoep op haar voete geplaas word. Sy arm bly steeds om haar lyf en sy voel skaam verleë oor haar lompheid en vies oor sy arm wat haar so vertroulik en sag omsluit. Sy probeer haar daaruit loswikkel, maar haar poging skyn vrugteloos te wees.

Sy kyk op, vas in die donker oë wat haar met 'n onpeilbare uitdrukking aanstaar. Dit laat haar selfbewus en senuweeagtig voel.

"Dankie dat jy my van 'n onplesierige modderbad gered het, meneer die ridder," voeg sy hom blosend toe en in haar stem is daar 'n klank van ligte spot, spot waarmee sy haar selfbewustheid probeer bedek. "Jy kan my gerus nou maar laat gaan. Ek is heeltemal in staat om op my eie bene te staan."

Aan haar dank en opmerkings steur hy hom egter nie. Die volgende oomblik sluit ook sy ander arm om haar en trek hy haar dig teen hom aan met nog steeds daardie onpeilbare uitdrukking in sy donker oë.

'n Lang ruk kyk hy stil af na haar beeldskone gelaat. Dan sê hy plotseling: "Ek gaan jou nou soen, Elise, en dit gaan nie wees as vergoeding omdat ek jou van 'n modderbad gered het nie. Ek gaan jou soen omdat ek lus het om jou te soen. Niks wat jy sê of doen, gaan my daarvan weerhou nie."

Voordat sy iets kan sê, druk hy haar styf teen sy bors. Toe lê sy lippe terstond beslag op hare.

Eers spartel sy om los te kom uit sy hartstogtelike omhelsing.

Dan, asof in 'n droom, gee sy haar oor aan sy soen. In haar ekstase hoop sy dat hy nooit sal ophou om haar te soen nie, te soen met 'n vuur wat emosies gloeiend deur haar liggaam laat brand. Hoe lank sy so in algehele oorgawe in sy arms gestaan het, weet sy nie. Vir haar het die tyd stil gaan staan. Skielik kom sy tot verhaal, plaas albei haar hande teen sy bors en probeer met al haar mag om hom van haar af weg te stoot.

"Elise, liefling, waarom veg jy tog so teen jou liefde vir my?"

kreun hy dit byna uit. "Kom, maatjie, moenie langer veg nie. Kom, rus hier teen my bors en sê dat jy my ook liefhet!"

"Nee . . . nee, Armand," stamel sy half verward en dit val haar nie eens op dat sy hom nou vir die eerste keer op sy naam noem nie. "Laat my asseblief gaan. Ek het jou nie lief nie en ek mag jou ook nie liefhê nie. Nee . . . moet my asseblief nie weer soen nie, Armand," pleit sy en dis duidelik dat sy baie ontsteld is. "Jy moet my nooit weer soen nie, nooit, nooit weer nie!"

"Maar, Elise! Jy bedoel dit nie werklik nie! Jy kan dit nie bedoel nie, my liefling. Die hemel weet, ek is daarvan oortuig dat jy my ook liefhet!" Sy donker oë rus sag, pleitend op haar en sy stem is vertroulik.

"Nee, Armand, jy misgis jou. Ons paaie was nie bestem om op hierdie manier te kruis nie. Ek . . . ek hou ook nie van goedkoop flirtasies nie . . . Ek kan alleen 'n vriendin vir jou wees indien jy my as sulks behandel en nooit weer 'n poging aanwend om my die hof te maak nie."

"Maar, Elise!"

"Nee, Armand," en met 'n ligte handgebaar lê sy hom die swye op, "daar is geen maars nie. Alleen op hierdie voorwaarde kan ek vir jou 'n vriendin wees. Jy moet dit asseblief so aanvaar."

'n Lang ruk kyk hy haar ondersoekend aan, dan val sy hande slap langs sy sye en dis baie duidelik dat hy bitter ongelukkig voel.

"Ek kan dit nie so aanvaar nie," laat hy stil hoor, maar daar is 'n nuanse in sy stem wat van vasberadenheid getuig. "Dis jou liefde waarna ek smag, Elise, nie jou vriendskap nie. Glo my, ek gaan die stryd nie gewonne gee nie. Jy is nog nie verloof aan Piet Beukes nie, dus is die weg selfs vir my nog oop. En ek sal nie rus alvorens jy aan my behoort nie. Kom, laat ek jou die huis van binne wys, die huis wat jy saam met my vir Piet Beukes wil versmaai. Jy sal dit nie regkry nie, maatjie, en dit sal jou niks baat om daarteen te stry nie."

"Kom, Armand, wys my hoe die huis van binne lyk. Van buite lyk dit presies soos 'n kasteel," probeer sy 'n ander wending aan die gesprek gee wat na haar sin te persoonlik raak. Dit dien geen doel dat hy hom so verlief voordoen nie. Almal weet dat hy 'n nooi in die Vrystaat het en dat hy hom maar net amuseer met die nooiens van die omtrek. Ja, sy ken hierdie resep van hom, want dis al so oud soos die berge.

"Nou kom, laat ek jou gaan wys," sê hy en lei haar na binne.

Teen drie-uur die middag sif die reën nog steeds op die dorstige aarde neer.

Terwyl Elise voor die venster van die sitkamer staan en kyk hoe Armand se duur motor deur die modder en water ploeg in die rigting van die drif waar Hennie besig is om haar tasse te perd deur te bring, dink sy aan baie dinge. Sy weet dat sy alle gedagtes aan Armand moet verban omdat hy haar niks anders as trane sal besorg nie. Maar haar gedagtes weier ten ene male om aan bande gelê te word. Dan verseg hierdie warm gevoel van liefde wat sy vir hom in haar hart omdra ook beslis om op die agtergrond geskuif te word.

Met geweld dwing sy haar gedagtes in 'n ander rigting en nou dink sy weer aan Piet, en sy weet dat sy baie gelukkig sal wees met hom as lewensmaat.

As sy nou net van Armand en van haar liefde vir hom kan vergeet, want met hierdie oneindige liefde in haar hart lyk dinge effens deurmekaar en baie onseker.

Sy wonder of 'n vrou met een man kan trou en gelukkig kan wees terwyl haar hele hart aan 'n ander behoort. Sal dit regverdig wees teenoor Piet om met hom te trou, of moet sy liewer haar lewenspaadjie alleen bewandel?

Hierdie twee vrae, besef sy, sal sy nog deeglik moet deurdink, want die liefde wat 'n mens maar net een maal in 'n leeftyd ondervind, voel sy alreeds vir Armand van Rijn.

Met troebel oë staar sy na die swart motor wat nou gly-gly sy weg terug baan na die opstal. Toe dit voor die deur tot stilstand kom, stap sy langsaam uit op die stoep.

Armand hardloop die stoeptrappies op en kom staan langs Elise. Hy kyk glimlaggend na haar.

"Mense, maar so 'n reën is darem waarlik verfrissend!" roep hy uit en dis duidelik dat hy die koel, nat weer baie geniet. Dan is dit of iets hom skielik byval en hy vervolg: "Jou tasse is almal in my motor. Gelukkig kon Hennie hulle darem droog deur die drif vervoer."

Hierop antwoord Elise nie, en 'n oomblik later sê hy weer: "Ons kan nou eers gaan koffie drink. Daarna moet ons maar begin aanstaltes maak om te ry. Jy wil mos nog jou woonstel gaan opknap, of hoe?"

"Ja, ek sal moet. Die spinnekoppe en muise het seker al hul intrek geneem in my woonstel," glimlag sy flou. Dis die eerste maal wat sy hom met 'n glimlag vereer.

Hierdie geringe gebaar van vriendskap laat die bloed sommer wild deur sy are bruis. Met alle mag moet hy veg teen die drang om haar daar en dan in sy arms op te raap en haar te soen totdat sy stil en bewend teen hom rus. Hy plaas egter sy arm teer om haar skouers en lei haar in die rigting van die sitkamer.

"Ons kan Liesbet saamneem sodat sy kan help met die skoonmaak en opruim."

"Dankie, ek sal jou voorstel maar moet aanvaar, want dis nou reeds te laat vir my om alleen die plek op te knap," antwoord sy stil. Dan tel sy die koffiekan op en skink vir hulle elkeen 'n koppie koffie.

Pas nadat hulle koffie gedrink het, vertrek hulle dorp toe.

Ofskoon die pad nat en glad is, lê hulle tog die afstand verbasend vinnig af.

7

In stilte klim hulle met die trappe op na die eerste verdieping van die woonstelgebou. Voor haar woonstel kom Elise tot stilstand, sluit die deur oop en nooi Armand binne.

"My tasse kan jy maar na die slaapkamer neem," sê sy vriendelik en begin om die groot vensters van die sitkamer oop te maak.

"Tot dusver het ek darem nog nie 'n muis of 'n spinnekop gewaar nie!" kom dit van Armand nadat hy hom gemaklik op die rusbank gevly het. Sy oë dwaal goedkeurend deur die vertrek. In die een hoek pryk 'n vleuelklavier van donker okkerneuthout, in 'n ander hoek 'n hoëtroustel. Onder die venster staan 'n pragtige klein lessenaartjie. Twee gestoffeerde banke rond die smaakvolle vertrek af. Ook die paar skilderye aan die mure getuig daarvan dat Elise oor besonder fyn smaak beskik.

"Moet glad nie te gerus wees nie," hoor hy haar sê: "Die goed skuil dalk nog onder die banke. Liesbet sal maar eers die suier moet neem om die stof en ongediertes onder die banke uit te suig. Intussen sal ek begin afstof en . . ."

"Nee, wag," onderbreek hy haar. "Ek sal afstof terwyl jy vir my klavier speel. Toe, ek maak die klavier solank oop. Gaan haal jy vir my 'n stoflap."

Sy wil haar net weer vervies vir sy bevelende toon, maar dan bedink sy haar. Sy het mos vanoggend belowe om 'n vriendin vir hom te wees mits hy hom gedra en haar nie weer die hof probeer maak nie, en tot dusver het hy hom goed gedra. "Nee, laat dit maar staan, Armand," glimlag sy vriendelik. "Ek weet nie so reg of 'n man daardie werkie behoorlik kan doen nie. Pappie sê altyd 'n man is 'n nul op 'n kontrak wat huiswerk betref, en ek voel geneig om met hom saam te stem. Maar ek sal in elk geval vir jou iets speel voordat ek begin afstof, want ek het al baie daarna verlang om weer te speel."

"Nou kom, ek het die klavier al vir jou oopgemaak," spoor hy haar aan. Hoewel hy nie veel kennis van musiek het nie, is dit vir hom besonder strelend om daarna te luister.

Sonder enige teëstribbeling neem sy voor die instrument plaas en dan begin haar vingers oor die klawers gly. Sy vergeet van alles om haar en haar nuutgevonde geluk word in die musiek wat sy speel, uitgejubel.

Die dringende gelui van die voordeurklokkie bring haar terug na die werklikheid en sy kom met 'n kortaf verskoning orent om die deur te gaan oopmaak.

Die vervoering waarin haar musiek Armand geplaas het, is ineens verbreek, en hy voel vies vir die indringer wat op so 'n ongeleë tyd kom kuier.

"Hallo, Piet!" hoor hy haar opgewek sê. "Kom binne. Wat staan jy so in die wind en weer?"

"Ek hoop nie ek het jou gesteur nie, Elise," sê hy en tree die klein portaaltjie binne. "Ek het 'n rukkie hier buite gestaan en luister na jou musiek en glo my, ek het dit vreeslik geniet."

"Dankie vir die kompliment," glimlag sy. "Maar stap binne. Armand van Rijn is ook hier. Die spreekwoord sê mos: hoe meer siele, hoe meer vreugde!"

Ten spyte daarvan dat hy diep teleurgesteld voel oor Armand se ongewenste teenwoordigheid, laat hy niks blyk nie. Hy slaag selfs daarin om die ouer man met 'n vriendelike glimlaggie te groet.

Armand, op sy beurt, voel net so teleurgesteld oor die jong dokter se ontydige tussenkoms. Hy het so gehoop om Elise die hele dag net vir homself te hê. Hy het opsetlik met Hennie gereël om haar tasse eers teen drie-uur deur die drif te bring, in die hoop dat die jong arts intussen voor dooiemansdeur sou opdaag.

Maar nou het sy fyn uitgewerkte plan deur die mat geval en dit lyk vir hom baie na 'n geval van twee honde wat oor 'n been baklei!

Hy slaag daarin om niks te toon van sy innerlike wrewel nie en hy begin selfs 'n gesprekkie met die arts aanknoop.

Elise maak verskoning en gaan na die kombuis om vir haar gaste tee te maak.

Etlike minute later verskyn sy weer in die sitkamer met die tee.

Armand neem die skinkbord uit haar hande. "Kry maar eers vir jouself, maatjie," sê hy sag en op 'n vertroulike toon, dog hard genoeg vir Piet om te hoor.

Wel, dink sy met verligting, Armand het darem gelukkig nie sy dreigement van gisteraand uitgevoer nie en dit lyk nogal asof hy en Piet vriende gemaak het!

'n Oomblik vergelyk sy die twee mans met mekaar en in haar gedagtes weeg sy hulle teen mekaar op. Maar ook net 'n oomblik lank, dan stoot sy die gedagtes doelbewus opsy. Waarom hierdie paar oomblikke saam met hulle bederf met sulke gedagtes?

So tussendeur hoor sy hoe Armand aan Piet vertel dat sy en Hennie verplig was om by hom te oornag weens die vorige aand se verskriklike storm, en dat Hennie vanmiddag haar bagasie te perd deur die drif moes karwei.

Om die een of ander rede voel sy vererg oor hierdie mededeling van Armand. Miskien is dit omdat sy skuldig voel teenoor Piet, of miskien oor die besitlike toon in Armand se stem.

Terstond besluit sy om die besitlikheid en eiegeregtigheid van hom die nek in te slaan deur heel opgewek aan te kondig: "Ek vrees jy sal maar weer 'n plan moet maak om my Vrydag huis toe te neem, Piet, want my motor het al weer op die plaas agtergebly. Jy gee mos nie om nie, nè? Armand was so gaaf om my vandag dorp toe te bring, maar ek wil hom nie weer lastig val met my probleme nie en jy help my tog al van kindsbeen af uit die moeilikheid!" Sy glimlag vir hom op haar bekoorlike manier en haar lewendige groen oë sê duidelik: Jy en ek verstaan mekaar, ou maat, en hy is per slot van rekening nog 'n vreemdeling hier in ons midde!

'n Aangename, warm gevoel vul Piet se hart en dis vir hom op hierdie oomblik baie duidelik dat sy nog steeds aan sy vriendskap voorkeur gee, nieteenstaande hierdie ander jongman se donker aantreklikheid en onweerstaanbare sjarme.

Maar wat die donker, aantreklike jongman daarvan dink, is 'n ander saak; 'n saak waarmee die lewenslustige Elise in die vervolg rekening sal moet hou. Haar voorstel aan Piet strek hom glad nie te gelukkig nie. Inteendeel, dit het 'n onkeerbare verset in hom laat opwel.

En nou, meer as ooit tevore, is hy vasberade om Elise vir homself te wen. Nog nooit het 'n meisie hom so bekoor, so 'n onuitwisbare indruk op hom gemaak soos hierdie beeldskone nooientjie nie. Hy is dolverlief op haar.

"Maar, my liewe Elise," glimlag Piet selfvoldaan, "natuurlik gee ek nie om nie! Sorg jy maar net dat jy so teen vieruur se kant gereed is. En terloops, ek het jou lankal gesê jy moenie huiwer om te praat indien jy my diens verlang nie."

Sy glimlag stralend toe sy sê: "Dis darem vreeslik aangenaam om twee sulke gawe vriende soos julle te hê. Net jammer ek besef dit nie aldag nie. Maar sê my, hoe gaan dit met Neels, of het jy hom nog nie die afgelope week gesien nie?"

"Ek het hom eergister gesien. Die ou was so 'n bietjie vol piep, maar hy is nou weer pure perd."

"Skaam jou, Piet, jy spot nou. Ons weet almal dat Neels nie iemand is wat maklik siek word nie. Maar vertel ons, wat het hom makeer?"

"Hy het geval en sy been seergemaak. Dit was nogal 'n diep sny en ek het hom 'n paar steke gegee. Hy het my die verse-kering gegee dat ek 'n opregte perdedokter is en glad nie in 'n hospitaal tuishoort nie."

"Foei, jy het hom seker bitter seergemaak," skerm sy vir Neels, maar kan 'n geamuseerde glimlaggie ook nie bedwing nie.

"Elise, hy is nog lank nie dood nie, dus kan jy gerus jou sim-patie spaar," glimlag hy goedig. "Glo my, hy het gister al weer lekker tande getrek!"

"Nietemin, so 'n wond kan bitter pynlik wees," werp sy te-rug. "Kyk," roep sy dan skielik uit, "die reën het opgehou en die son skyn weer!"

Sy kom orent en gaan voor die oop venster staan. Armand volg haar voorbeeld en gaan staan langs haar. Dan trek hy sy asem diep en behaaglik in.

"Werklik, daar is darem niks so aangenaam soos die skoon, vars geur van nat grond nie," laat hy stil hoor, en vir die meisie klink dit kompleet of dit 'n intieme gedagte is wat hy per on-geluk hardop uitgespreek het. Met 'n onpeilbare uitdrukking in sy donker oë kyk hy haar aan en vervolg: "Kan jy dit ruik, Elise, die geur van dennenaalde, bloekomblare en nat grond?"

"Ja . . . ek ruik dit ook, Armand," antwoord sy stil, sag. "Kom ons gaan sit op die balkon. Dis vir my die heerlikste tyd om buite te wees, na so 'n bui reën, en my dan te verlustig in

410

die skoon geur van elke plant, boom en struik . . . Kom, Piet. Nee, moenie vir my 'n stoel bring nie, Armand, ek staan so 'n bietjie . . ."

Die skril gelui van die telefoon onderbreek haar. Met 'n sagte verskoning stap sy vinnig daarheen.

'n Oomblik later verskyn sy weer op die balkon.

"Dit was 'n oproep van die hospitaal," sê sy aan Piet. "Hulle het jou glo dringend nodig. Kan jy dit glo, dat 'n mens op so 'n heerlike middag kan gaan staan en siek word? Ek is jammer dat jy nou al weer moet gaan. Die middag het so belowend gelyk."

"Dis maar die lewe van 'n geneesheer, Elise," glimlag hy flou. "Ek sien jou in elk geval weer later."

Met 'n vlugtige "Tot siens, meneer Van Rijn," stap hy saam met Elise na die voordeur.

"Hoe laat of hoe vroeg gaan jy gewoonlik saans slaap, meisie-kind?" verneem hy terwyl hy in die oop deur staan.

"Nooit voor elfuur nie. Waarom vra jy?"

"Nee, sommer. As ek vroeg klaarkry by die hospitaal, sal ek gou 'n koppie koffie kom drink. Reg?"

'n Fraai glimlaggie plooi om haar mond oor die saaklikheid wat hy aan die dag lê.

"Reg, Piet, El sal die teetjies gereed hê. Sorg jy net dat jy iets bring om saam met die tee te eet, want my kaste is op die oom-blik nog dolleeg. Van môre af sal ek weer die eetware aanvul."

"Goed, ek sal so maak. Tot siens, meisiekind," laat hy haastig hoor en begin dan vinnig in die rigting van die trappe stap.

Op die balkon vind sy 'n ongeduldige Armand wat op die muurtjie vir haar sit en wag.

"Genugtig, maar die kêrel neem 'n ewigheid om vir jou tot siens te sê, Elise!" laat hy half beskuldigend hoor en kyk haar met kwalik bedekte agterdog aan.

Hy staan vinnig op en kom reg voor haar staan. Hy neem haar hande teer in syne, en kyk diep in haar groen oë waarin daar 'n tikkie pyn te bespeur is en pleit sag, liefderik: "Ek is jammer as my voortvarende woorde jou seergemaak het, meisie. Maar ek het jou so lief. Ek kan jou geselskap haas nie met 'n ander man deel nie. Asseblief, maatjie, moenie Piet aanmoedig nie. Ek weet hy is 'n besonder gawe vriend van jou, maar diep in jou hart weet jy tog dat jou liefde nie aan hom behoort nie."

"Wie sê vir jou dat ek hom nie liefhet nie?"

"Nee wat, maatjie, moenie my in die rede val of probeer stilmaak nie. Laat ek asseblief klaar praat."

"Maar wie sê vir jou my liefde behoort nie aan Piet nie, Armand?" dring sy op 'n antwoord aan. "Ek het jou tog verskeie male al gesê dat Piet die man is wat ek liefhet!"

"Dis wat jy sê, maar ek weet van beter. Kyk, meisietjie, jy verbeel jou maar net dat jy Piet liefhet. Luister nou wat ek vir jou sê: jy het hom nie lief nie."

"Maar waar kom jy daaraan, Armand? Wat op aarde laat jou dink dat ek Piet nie liefhet nie?" Haar oë is troebel en sy laat haar blik sak. Om in daardie geliefde oë van hom te kyk met 'n leuen op haar lippe, begin nou haas te veel word vir haar eerlikheid en fyngevoeligheid.

"Ek dink dit nie, Elise-kindjie, ek weet dit," sê hy sag. "Weet jy wat het my daarvan oortuig? Jou liefkosings. Jy kon onmoontlik my liefkosings so met volle oorgawe en gevoel beantwoord het as Piet die man is wat jy bemin. Dus, moet jouself dit nooit weer probeer wysmaak nie. Dis tog nie waar nie!"

'n Warm blos van verleentheid kleur haar wange, dan trek sy haar hande vinnig uit syne en draai haar rug op hom.

"Jy redeneer nie nou met 'n kind nie, Armand," laat sy streng hoor en tuur strak na die verkeer onder in die straat.

"Ek mag miskien vir jou na 'n dogtertjie van veertien jaar lyk, maar glo my, ek is dit nie. Op twee en twintigjarige leeftyd behoort 'n meisie tog seker haar eie hart te ken!"

Saggies neem hy haar aan albei skouers en draai haar om totdat sy weer voor hom staan.

"Kyk na my, Elise," gebied hy sag. "So ja. Sê nou weer dat dit Piet is wat jy bemin. Nee, moenie jou oë laat sak nie. Kyk in my oë en sweer dat dit waar is!" Hy druk haar liggies teen hom aan en voel hoe sy hart swel van liefde vir die klein mensie wat voor hom staan.

"Maar, Armand, 'n mens sweer tog nie oor sulke dinge nie!" maak sy magteloos beswaar en probeer haar loswikkel uit sy hande wat nog steeds op haar skouers rus.

"Toe maar, ek sal jou nie dwing om te sweer nie, my meisie. Ek besef maar te goed dat jy dit nie kan doen nie."

Sy kyk hom half verward aan en sê: "Ek bedoel dit glad nie soos wat jy dink nie ..."

"Kan ek maar een soentjie steel, Elise?" onderbreek hy haar met 'n glimlaggie wat duidelik sê: Jy lyk verniet so verontwaardig. Ek weet dat jy my liefhet, en jy weet dit ook!

"Nee, Armand, asseblief nie," uiter sy ontsteld en beur met al haar mag om uit sy greep los te kom.

"Moenie so spartel om los te kom nie, kleintjie," glimlag hy half weemoedig af in haar pragtige groen oë wat hom nou kwaai aankyk. "Sê my net dit: is jy bang om my 'n soentjie toe te laat?"

Sy donker oë boor in hare, en sy laaste woorde, sowel as sy deurdringende blik, laat haar ineens soos 'n soldaat voel wat in die middel van die slagveld sonder 'n wapen staan.

Sy sluk. Sy voel desperaat, en sy weet dat hy op 'n antwoord van haar wag.

"Ek is nie bang nie, Armand," kry sy dit eindelik uit. "Ek

dink net nie dit is reg nie. Sien, jy het 'n nooi in die Vrystaat, en ek . . . nou ja, ek het vir Piet."

'n Stonde kyk hy haar met oë vol pyn aan, dan sê hy sag: "Waarskynlik besef jy dit nie, Elise, maar dis vir jou wat ek bemin. Daar is geen nooi in die Vrystaat nie. Teen liefde was ek al jare bestand, immuun, totdat ek jou ontmoet het."

"Jy verwag tog nie dat ek dit moet glo nie!" Sy gee 'n siniese laggie. "Ons kan hoogstens vriende wees, Armand, en niks meer nie."

"Ek sal wag, Elise," sê hy stil dog vasberade. Dan laat hy haar vry uit sy greep en vervolg op dieselfde sagte toon: "Eendag sal jou oë nog oopgaan vir die werklikheid. En ek kan slegs hoop dat dit nie te laat sal wees nie. Intussen sal ons dan maar net vriende wees."

"Kom sit in die sitkamer, dan gaan maak ek vir ons weer iets te drinke," stel sy voor in 'n poging om die onderwerp te verander. Die blik waarmee Armand na haar kyk, laat haar verleë, skuldig en kinderagtig voel.

"Dis onnodig om van my te probeer weghardloop, Elise," sê hy met 'n spotlaggie. "Ons twee is mos vriende, en ek beloof om my sodanig te gedra. Kom sit liewer hier, dan gesels ons oor ander dinge. As jy werklik lus het vir tee, kan ons hier onder in die kafee gaan drink."

"Nou maar gaaf," glimlag sy met 'n geheimsinnige glinstering in haar oë. "Kom ons gaan drink tee, en daarna gaan kyk ons hoe vol is die dorp se dam. Het jy die dam al gesien?"

"Nee, nog nie. Maar ek sal graag saam met jou gaan kyk."

Hy het reeds klaar besluit dat hy iets sal moet doen om haar oë oop te maak vir die werklikheid, naamlik haar liefde vir hom. En hy weet presies wat hom in die vervolg te doen staan. Om telkens sy liefde aan haar te verklaar, baat hom absoluut niks nie. Hy sal haar beslis van nou af op 'n ander manier moet benader.

"Nou kom ons loop," sê sy weer en kyk op haar polshorlosie. "Dis waarlik al byna vyfuur!"

In 'n vrolike stemming stap die twee 'n kwartier later met die hoofstraat af tot waar dit in die laaste dwarsstraat doodloop. Dan draai hulle regs en stap nog twee blokke verder aan.

"Kyk, daar is die dam," sê sy en wys met haar vinger in die rigting van die reusedam wat soos 'n klein meertjie in die laatmiddagson glinster.

"En hoe kom ons daar?" wil hy weet, want hy sien geen pad van hulle kant af wat daarheen lei nie.

"Ons kruip hier deur die draad, dan loop ons sommer deur die veld," verduidelik sy op 'n ongeërgde wyse.

"Maar, meisiekind, ons mag nie hier deur die draad kruip nie! Kyk, dit staan tog duidelik op daardie bord."

"Man, privaat eiendom ofte nie, ek kruip altyd hier deur," stribbel sy teë, trap met haar voet op die onderste draad en lig die boonste een met albei haar hande vir hom op. "Kruip deur," gebied sy.

"Nee, kruip jy maar eerste deur," stel hy hoflik voor.

"Man, kyk, in gevalle soos hierdie geld hoflikheid nie. Ek sê: kruip deur!" gebied sy weer.

Armand het geen ander keuse as om haar te gehoorsaam nie.

"Elise, besef jy dat ons op hierdie oomblik oortree?" vra hy en glimlag geamuseerd toe hulle oor die groen veld stap.

"Moet jou nie daaroor bekommer nie. Ek belowe om ook jou boete te betaal indien ons vandag hier aangekeer word," lag sy hartlik, sonder om Armand te vertel dat die paar hektaar grond eintlik aan haar vader behoort. "Weet jy, ek en ons plaaslike verkeersinspekteur is alreeds groot vriende vanweë al my oortredings op die pad . . . Kyk, ons is nie die enigste twee wat besluit het om na die dam te kom kyk nie. Dit wemel van mense!"

"Ja, dit lyk waarlik of ons ons by 'n gewilde strandoord bevind," glimlag hy flou, diep teleurgesteld, want hy het so gehoop om hier alleen met haar te wees. En nou sal hy haar natuurlik met hierdie klomp moet deel.

Skielik besef hy dat Elise hierdie uitstappie met opset voorgestel het. Sy het blykbaar geweet dat hier ook ander mense gaan wees. Maar waarom? Is sy dan bang om met hom alleen in die woonstel te wees? Waarom is sy nou ewe skielik vir hom bang? Sy was dan byna die hele dag alleen saam met hom op De Wilgers!

Dan dring die besef skielik tot hom deur: sy is bang, maar nie vir hom nie. Dis vir haarself wat sy bang is. Dus is sy ook bewus van haar liefde vir hom! Maar waarom dit op so 'n subtiele wyse probeer verbloem en doodsmoor? Nou is hy doodseker dat Elise hom liefhet.

Hy sal egter haar wens eerbiedig. Hy sal haar nie weer die hof maak nie. Nee, hy ken 'n ander resep wat al baie welslae behaal het!

Sy donker oë vonkel van onderdrukte opgewondenheid toe hy later ongeërg verneem: "Is hier altyd so baie mense?"

"Wel, nie só baie nie. Maar vandag is dit mos 'n spesiale geleentheid na al die baie reën wat ons gehad het. Kyk hoe vol is die dam!"

H'm, ja, dink hy en sy tevredenheid neem toe. Sy gevolgtrekking was dus heeltemal korrek. Die nooientjie is beslis bang vir haarself, bang dat haar liefde dalk weer die oorhand oor haar mag kry!

Hulle bereik die reusedam en word opgewek deur die jongklomp begroet. Ook etlike kinders kom nader om hulle juffrou, wat hulle so lank nie gesien het nie, dag te sê.

8

'n Aangename atmosfeer heers by die dam en Elise stel Armand hier en daar aan iemand bekend. Van die groep jongmense wat daar is, is net Bettie en Neels aan hom bekend. Vir Armand, wat van nature vriendelik van aard is, neem dit egter nie lank om met die ander bevriend te raak nie. Voor hy weet waar hy is, staan hy heeltemal afgesonder, omring deur 'n paar aantreklike dametjies.

Elise merk dit met 'n tikkie jaloesie op. Sy onderdruk dit egter en besluit om nie van hom en sy aanhangers notisie te neem nie.

Die opgewekte nooientjies amuseer Armand, maar meteens merk hy die klein gestaltetjie van Elise wat 'n ent van hulle af langs Paul, die seun van die plaaslike leraar, staan.

Hy merk hoe Paul sy arm vertroulik om Elise se middellyfie slaan, en dit ruk 'n onkeerbare jaloesie in hom los. Neels is op die oomblik aan die woord, en hy kan Elise se aansteeklike laggie duidelik tussen die ander s'n hoor.

'n Rukkie bepaal hy sy aandag by die geselsende meisies wat 'n kring om hom vorm, maar dan merk hy weer uit die hoek van sy oog hoe Elise met haar kastaiingbruin krulkop baie naby aan Paul staan. 'n Bitter wrewel teenoor die jongman neem van hom besit. Hy voel 'n drang in hom opstuif om haar met geweld van Paul te gaan wegpluk.

Maar sy ingebore hoflikheid belet hom om die dametjies by hom aanstoot te gee deur sommerso goedsmoeds van hulle pad te gee.

Met moeite dwing hy sy blik weg van Elise, maar die geweldige opstand in sy hart kan hy nie bedwing nie. Dit verteer hom van binne soos 'n vuur. Van hom, wat sy liefhet, duld sy geen toenadering of liefkosings nie, dink hy opstandig, maar kyk nou net hoe naby staan sy aan hierdie vent met haar dierbare krulkop! En asof dit nie genoeg is nie, glimlag sy sowaar boonop so stralend vir hom dat dit byna lyk asof hy sy asem gaan kwytraak!

Met 'n troebel blik kyk hy op sy polshorlosie en sê gemaak opgewek: "Mense, ek vrees ons sal moet begin aanstryk. Dit word laat en ek moet nog teruggaan De Wilgers toe!"

Vrolik en laggend kuier hulle langsaam aan na waar Elise en die ander nog druk in gesprek verkeer.

"Nee, kyk hier, Armand," groet Neels hom, "as ek eendag 'n nooi het, sal ek haar sowaar nie aan jou bekendstel nie. Jy loop gans te maklik met 'n ander se nooi weg. Hier staan ons almal verwaarloos en alleen, en jy kuier ewe met 'n oorvloed aan jou sy rond!"

'n Hartlike gelag klink op. Ook Armand lag saam, maar besluit egter om terug te antwoord, en in dieselfde ligte luim sê hy: "Man, ja, in hierdie verligte eeu – of is dit 'n donker eeu? – waarin ons vandag leef, moet elke man vir homself sorg. Maar ek het die astertjies darem ongeskonde aan julle terugbesorg!" Hy glimlag goedig, draai hom na Elise en vervolg: "Maatjie, ek vrees ons sal moet begin aanstaltes maak om terug te gaan. Dit word laat en ek moet nog teruggaan De Wilgers toe."

"Moenie so haastig wees nie," keer Neels. "Ons het nou net 'n ou vermaaklikheidjie hier gestaan en bespreek. Hoe lyk dit, het jy nie ook lus vir 'n lekker piekniek nie?"

"Maar jy praat mos nou van 'n lekker ding, Neels! Laat ek eers hoor hoe, waar en wanneer?"

"Ons het gedink om almal Saterdagmôre om agtuur op die markplein bymekaar te kom – elkeen natuurlik met 'n motor vol kos – dan sit ons af Sandrivier toe. Terloops, die kurpers dryf daar sommer op die water rond, moet dus nie jou visstok vergeet nie. Ek sal oom Lewies se groot tent leen vir die meisies om in te slaap, dan kom ons eers Sondagmiddag terug. Glo my, dis 'n ideale plek vir piekniek hou. Jy kan daar swem, visvang en bergklim na hartelus. Die natuur daar is ook nog heeltemal ongeskonde. Ek is seker as ons mooi kyk, sal ons vind dat daar nog 'n vuilbaard of twee in die bosse skuil. Maar voor ek vergeet, en om die meisies meer gerus te stel – ek sal tant Breggie oorhaal om ons te vergesel net om so 'n ogie te hou. Hoe lyk dit, is julle dit almal eens met my voorstel?"

'n Koor van: "Ja! Seker!" klink op.

"Gaan jy Piet Beukes ook vra?" wil Elise skielik weet, onbewus van die pyntrek op Armand se gesig wat haar vraag veroorsaak.

Maar Neels merk dit, en hy vervies hom sommer vir Elise se onbedagsaamheid. Sy weet tog seker dat die man beenaf is op haar. Waarom nou so 'n opmerking maak? dink hy.

"Kyk hier, meisiekind," raas hy goedig. "Moenie my in die rede val nie, hoor! En wat Piet Beukes betref, hy bly presies waar hy is. Die siek mense hier op Sonnerus het hom meer nodig as ons. Ek stel voor dat jy jou flikkers vir 'n verandering in my of in Armand se rigting gooi!"

'n Lagbui bars onder die jongklomp los en uitroepe soos "Hoor-hoor!" en "Bravo!" klink op.

"Luister hier, jou uitgesproke mansmens," val sy hom aan. "Ek sal jou voorwaar nie vra vir wie ek my flikkers moet gooi nie. Bepaal jou liewer by die reëlings vir die uitstappie."

"Rissiepit! Ons sal jou hare 'n ander kleur moet verf om jou reg te kry," lag Neels haar uit. "Maar ek herhaal, en ek is ernstig, jy sal jou flikkers maar hierdie naweek vir my of Armand moet gooi."

"Kom, kom, staak jou stuitigheid nou dadelik en gaan liewer voort met die reëlings vir die piekniek," beveel sy nou, effens vies oor Neels se lawwigheid.

419

Hulle bespreek nog die eetgoed wat saamgeneem moet word en die voertuie wat nodig sal wees vir die uitstappie. Toe word daar oor en weer gegroet, en elkeen kies sy eie koers. Elise en Armand kies weer die kortpad deur die veld dorp toe.

"Ek hoop nie jy is nou baie teleurgesteld dat Piet nie ook saam kan gaan piekniek hou nie," begin Armand, maar hy kan nie help om by te voeg terwyl hy vertroulik by haar inhaak nie: "Ek voel nogal verheug daaroor, want Piet is gans te geneig om in my slaai te krap!"

Sy kyk verstandig na hom en verklaar duidelik onvergenoeg: "Ek sal dit vreeslik waardeer as jy en Neels julle neuse uit my sake wil hou, weet jy! Bemoei julle asseblief in die vervolg met julle eie probleme. As ek van Piet hou en hom graag op die piekniek wil hê, het dit absoluut niks met jou of met enigiemand anders te doen nie!"

"A nee a, kleintjie, hoe kan jy dan nou so iets beweer? Die sake tussen jou en Piet gaan my wel deeglik aan. Jy weet tog dit raak my in 'n groot mate en . . ."

"Asseblief, Armand," val sy hom sag in die rede. "Laat ons nie weer daaroor praat nie. Ons het die saak reeds klaar in my woonstel bespreek. Laat dit nou daar."

"Maar, Elise, ek kan tog nie staan en toekyk dat jy jou eie lewe sowel as myne verwoes en daar niks aan doen nie!"

"Moenie, Armand, moet dit nooit weer sê nie," uiter sy byna wanhopig. "My vriendskap met Piet verwoes niemand se lewe nie. Laat my tog begaan, en laat sake asseblief soos dit is!"

"Ek wens ek kan met jou saamstem dat jou vriendskap met Piet niemand se lewe verwoes nie, Elise," laat hy moedeloos hoor en kyk haar met oë vol pyn aan. "Ek sal in elk geval probeer. Ek sal vir jou wag, Elise. Die een of ander tyd moet jy dinge in perspektief sien. Jy moet, Elise, want anders gaan jy my en jou eie geluk vernietig. 'n Mens kan die liefde nie probeer dooddruk nie. Dat ek en jy mekaar liefhet, is 'n feit. En daardie feit is so deel van ons dat ons dit onmoontlik kan verontagsaam."

"Ek verontagsaam geen feite nie, Armand," onderbreek sy hom stil, want in haar hart is daar 'n groot, eindelose pyn. Sy woorde klink so eg en oortuigend dat sy hom met haar hele hart wil glo. En tog . . . "Ek volg maar net my eie hart," vervolg sy sag en tuur met intense weemoed oor die uitgestrektheid van die veld.

"Elise! Elise! Waarom is jy tog so blind, nooientjie?" kreun hy dit byna uit. "Jy weet dis nie waar nie. Jy volg nie jou hart nie. Jy is doelbewus besig om alle mooi en eerlike gevoelens in jou hart dood te smoor. En dis onnodig, my liefling."

'n Lang ruk swyg albei, en dis of die stilte elkeen afsonderlik met 'n mistieke waas omhul, elkeen se gedagtes in 'n geheimsinnige sirkel laat beweeg.

Elise is die een wat die stilte eerste verbreek.

"Kyk tog hoe pragtig gaan die son onder, Armand," merk sy gevoelvol op. "O, ek wens ek kon skilder, net om daardie lieflike karmosyn op 'n doek vas te lê!"

Sy blik volg hare en die goddelike mengelmoes van kleure daar op die verre horison aan die weste laat onwillekeurig die kunstenaarsdrang in hom ontwaak. Maar van die feit dat hy in sy vrye tyd skilder, rep hy nie 'n woord nie.

"Ja, 'n sonsondergang is altyd mooi om te skilder – alles vuur en goud!" Die laaste sin uiter hy half ingedagte.

Hierdie keer help hy haar om deur die draad te klim, en weldra nader hulle die woonstelgebou.

Tuis vind Elise dat Liesbet die hele plek netjies opgeruim het. Alles blink en daar is nie 'n stoffie te bespeur nie.

"Jy is 'n regte staatmaker, Liesbet," prys die meisie met 'n vriendelike glimlaggie. "Hiervoor gaan jy 'n baie mooi geskenkie kry. Net sodra ek weer plaas toe gaan, bring ek dit vir jou saam."

"As juffrou my net kom wys waar alles in die kombuis is, sal ek gou vir juffrou en meneer Armand koffie maak."

Sy wys vir Liesbet waar die koppies en ander benodigdhede is, dan skakel sy die ketel aan en stap weer na die sitkamer waar Armand voor haar boekrak staan, verdiep in 'n boek wat oor die ou meesters in die skilderkuns handel.

"Waar het jy hierdie boek gekoop, Elise?" verneem hy toe sy langs hom kom staan.

"Kan nie meer onthou nie. Maar jy kan dit leen as jy dit graag wil lees."

"Dankie, ek doen dit graag," sê hy en klap die boek toe.

"Ek het nie geweet jy stel belang in die skilderkuns nie," sê sy weer en kyk hom met meer belangstelling aan terwyl hy die boek eenkant op die boekrak plaas.

"Behalwe my eindelose liefde vir jou is daar baie dinge aangaande my waarvan jy nog totaal onbewus is, nooientjie," glimlag hy, plaas sy arm speels om haar skouers en druk haar teer teen hom aan. Sy oë kyk sag en betekenisvol in hare toe hy vervolg: "Maar jy sal nog wel alles mettertyd uitvind."

Skertsend merk sy op: "Dit klink alles baie geheimsinnig," en wikkel haar ongemerk los. "Ek hoop net nie jou geheime bedrywighede skok my te veel nie!"

"Ek glo darem nie," lag hy terug, maar voel heimlik opstandig omdat sy haar so doelbewus uit sy arm losgewoel het. "Ek is 'n knaap wat behoorlik opgevoed is en my ten alle tye behoorlik gedra!" vervolg hy.

"Dit klink goed. As dit maar net alles waar was," terg sy liggies en haar oë vonkel ondeund.

Die warm, terglustige vonkeling in haar mooi oë stuur die bloed weer wild, polsend deur sy are en laat sy hart snel klop. Sy arm skiet na haar uit, maar sy ontwyk hom netjies. Die hartstog wat uit sy donker oë straal, maak haar onrustig, want sy weet dat sy nooit daarteen bestand sal wees nie. Dit lok haar aan soos 'n magneet, en dit sal elke druppel weerstand in haar wat sy met soveel sorg probeer opbou het, laat verkrummel.

Sy sal altyd moet probeer om uit sy omhelsing te bly. Daardie warm blik in sy oë is gewis 'n gevaarteken vir haar kalm gemoed en rustige bestaan. Sy arms het 'n onverklaarbare towerkrag wat al haar emosies en goeie voornemens in so 'n vreemde harwar jaag dat sy van alles om haar vergeet en soos 'n stukkie klei in sy hande is.

"Kom sit, Armand," nooi sy effens verward. "Liesbet bring aanstons vir ons koffie."

"Dankie. Ek vrees ek sal net koffie kan drink, dan moet ek dadelik ry. Oom Dawie, my voorman, sal ook nie weet wat vandag van my geword het nie."

Hy gaan sit langs haar op die rusbank en die volgende oomblik kom Liesbet die vertrek binne met twee koppies koffie op 'n skinkbord.

Pas nadat hulle koffie geniet het, maak Armand aanstaltes om te vertrek. Elise vergesel hom tot by sy motor.

"Tot siens, maatjie," sê hy en sy oë kyk verlangend in hare toe hy haar sagte hand in syne neem.

"Tot siens, Armand," antwoord sy. "En baie dankie vir al die moeite wat jy om my ontwil gedoen het. Wees verseker dat ek dit baie waardeer."

"Dit was geen moeite nie, Elise. Inteendeel, dit was vir my 'n groot plesier en ek doen dit graag." Hy skuif agter die stuur van die motor in en vervolg: "Ek sien jou weer in die loop van die week en moenie my intussen vergeet nie." Sy oë kyk haar pleitend aan.

"Ons sal sien," antwoord sy ontwykend.

"Tot siens, juffrou!" roep Liesbet uit die motor.

"Tot siens, Liesbet," glimlag Elise gemoedelik. Dan trek die swart motor weg en weldra verdwyn dit uit die gesig.

Na 'n ligte aandete bad Elise en trek 'n vrolik geblomde rok aan. Daarna neem sy 'n boek uit die rak en vly haar behaaglik op die rusbank neer. Oor die radio kom sagte, strelende musiek aangesweef en dit laat haar gedagtes onwillekeurig wye vlugte neem, sodat sy vergeet van die boek.

Sy word teruggebring tot die werklikheid deur die skel gelui van die voordeurklokkie wat deur die woonstel weergalm. Sy plaas die ongeopende boek terug in die rak en gaan maak die deur oop.

"A, ek het gehoop dat jy nog nie slaap nie," groet Piet in 'n opgewekte luim, maar op sy gesig is daar duidelik spore van afgematheid.

Met 'n vriendelike glimlaggie nooi sy hom binne.

Hy gaan plaas die pakkie wat hy saamgebring het op die kombuistafel en volg haar na die sitkamer.

In die middel van die vertrek gaan hy staan, kyk haar deurdringend aan en sê op 'n half spottende toon: "So, dan is Casanova eindelik weg!"

"Om te spot pas jou nie, Piet," betig sy hom. "Soos jy weet, is almal my vriende – Armand van Rijn inkluis," vervolg sy met 'n besliste houding en kyk hom uitdagend aan. "En wat meer is, ek hou van sy geselskap. Hy is 'n nugterdenkende persoon wat nie veel tyd aan bogtery bestee nie, en verder is hy goed opgevoed en wydbelese."

"H'm, ja, hy is voorwaar 'n gelukkige kêrel om jou as kampvegter te hê," antwoord hy haar met ligte spot in sy stem en kom tot by haar. "Hoe lyk dit vir my of hy jou ook oorrompel het met sy forse manlikheid en fyn sjarme?" Hy kyk haar stil, ondersoekend aan, maar kan niks van haar diepste gevoelens peil nie. Dis vir hom asof haar hele wese ineens geslote is, of sy blindings oor die vensters van haar siel getrek het en weier om enigeen 'n kykie daaragter te gee.

"Is dit so verbasend dat sy hoflikheid, sy forse manlikheid en sy fyn sjarme indruk maak?" antwoord sy hom met 'n teen-vraag.

"Nee, seker nie. Maar dit verbaas my dat julle almal so blind is en nie eens merk dat hy julle gebruik vir sy eie vermaak en tydverdryf . . ."

"Kom sit, Piet," val sy hom in die rede en neem self op die naaste stoel plaas. Sy kyk hom nou ondeund aan en vervolg: "Hoekom sal ons staan en argumenteer? Ek is nie gretig om met jou te stry nie, want ek sien waarlik geen sin daarin om langer oor Armand 'n argument te voer nie. Soos ek reeds gesê het, ek hou van hom as vriend en basta nou met jou bogtery. Vertel my liewer hoe dit met jou ouers gaan."

"Gaaf! Hulle stuur baie groete, liefde en soentjies wat ek nog sal oordra," probeer hy haar uitlok.

Verbasing skuif oor haar gesig en dis duidelik dat sy so 'n eerlike en reguit verklaring van sy gevoel nie verwag het nie.

Sy het nog altyd aan hom gedink as die saaklike, streng, on-verstoorbare, praktiese geneesheer wat van binne net so koud is soos die glimmende instrumente wat hy daagliks hanteer. Nou wil hy, wat in sy lewe seker nog nooit 'n nooi gesoen het nie, liefde en soentjies aan haar oorhandig – aan haar, Elise Veldman, wat hom so dikwels ontstig het met haar humeur!

'n Sweem van 'n glimlaggie huiwer om sy mondhoeke, want hoewel sy aan Armand in 'n oomblik van woede verklaar het dat sy Piet liefhet en aan hom gaan verloof raak, het sy haar verhouding met hom nog nooit in 'n ernstige lig beskou nie. Die gedagtes wat sy tot dusver aan hom as minnaar geskenk het, was bloot om haar gevoel vir Armand mee te verdring. Dat Piet wel van haar hou, besef sy lankal, maar weens die feit dat hy haar as kind so dikwels geterg het, kon sy nog nooit juis sy woorde met erns bejeën nie. Sover sy kan onthou, het hy nog nooit 'n poging aangewend om haar te liefkoos nie.

Vanaand is dit egter 'n vreemde Piet wat haar kom besoek het, 'n man wat nie skroom om sy saak reguit te stel nie, sonder enige bogtery soos in die verlede altyd die geval was.

"Ek is bly dat dit nog goed met jou ouers gaan," kry sy dit eindelik uit. "Ek het hulle maande laas gesien."

"As jy nie iets besonders aan die gang het nie, kan jy Saterdagaand saam met my daarheen gaan," stel hy saaklik voor en kruis sy bene behaaglik waar hy op die rusbank sit.

"Nee . . . wel . . . nie Saterdagaand nie, Piet," begin sy huiwerig. "Maak dit liewer een aand in die loop van volgende week."

"Waarom nie Saterdagaand nie?" verneem hy en kyk haar berekenend aan. In sy stem is daar duidelik 'n nuanse van agterdog.

"Neels het 'n uitstappie vir die naweek gereël," probeer sy verduidelik. "Ons vertrek glo Saterdagmôre en kom nie voor Sondagmiddag terug nie."

"Maar, Elise, dis mos ongehoord vir julle jongklomp om 'n volle naweek te gaan kamp! Is Neels nou van plan om julle almal se goeie naam deur die modder te sleep?" vra hy diep verontwaardig. "Nee, kyk, ek gaan met jou ouers oor hierdie ding praat. Neels weet net so goed soos ek hoe nougeset en preuts ons gemeenskap is, en nou wil hy julle opsetlik aan 'n klomp onaangenaamheid blootstel!"

"Dit sal nie net ons jongklomp wees wat sal gaan nie, Piet. Tant Breggie gaan saam om toesig te hou," verduidelik sy geduldig.

"Nietemin, ek hou niks daarvan dat julle vir twee dae gaan uitkamp nie, Elise. Ek wens liewer jy wil nie daaraan meedoen nie."

"Kom, kom, Piet, jy gedra jou nou presies soos 'n praatsieke ou tannie. Probeer liewer om die naweek vry te kry sodat jy kan saamgaan. Ek is seker jy sal dit baie geniet."

"My liewe Elise, dis totaal onmoontlik en ek sal dit nie eens oorweeg nie. Kom sit liewer hier langs my op die bank en laat ons oor iets anders gesels," stel hy voor.

"Nou wag, ek gaan maak eers vir ons iets te drinke."

Met hierdie woorde kom sy orent en gaan kombuis toe waar sy die ketel aanskakel. Terwyl sy wag vir die water om te kook, sny sy die roomkoek wat Piet gebring het en sit die koppies reg.

Kort daarna sit hulle gesellig langs mekaar op die bank en tee drink. Maar met haar fyn aanvoeling en waarnemingsvermoë is Elise bewus daarvan dat Piet glad nie so onverskillig en ongeërg is soos wat hy hom voordoen nie.

"Waar en wanneer het jy Neels gesien, Elise?" wil hy 'n oomblik later weet.

"Ek en Armand het vanmiddag na die dam gaan kyk en daar het ons vir Neels en die ander klomp raakgeloop," antwoord sy en plaas haar leë koppie terug op die skinkbord.

"Die Armand-vent, Elise – vertel my presies hoeveel hy vir jou beteken."

"Maar is dit nie 'n baie persoonlike en eienaardige vraag wat jy my nou stel nie, Piet?" skerm sy om tyd te wen, want hoe op aarde kan sy nou aan hom sê dat sy die man liefhet? Nee, 'n mens openbaar nie jou teerste gevoelens so prontuit nie – nie eens aan 'n ou vriend soos Piet nie.

"Ek het nie bedoel om persoonlik te wees nie, nooientjie," glimlag hy verskonend. "Maar 'n man wil darem weet waar hy staan by 'n nooi, en of daar vir hom miskien 'n kans is. Hoe lyk dit, Elise, is my kanse nul of is daar darem 'n sprankie hoop?" Hy neem haar hande teer in syne en kyk diep in haar groen oë wat soos kosbare juwele vonkel.

"Ek weet werklik nie, Piet," antwoord sy huiwerig, bang om hierdie jare lange maat van haar seer te maak. "Miskien is daar hoop vir jou. Ek weet nog nie. Ek sal nog eers klaarheid moet kry oor die saak. Op die oomblik het ek julle almal lief soos wat 'n mens jou jare lange vriende liefhet, maar ek hou tog van jou die meeste, seker maar omdat jy so besadig en stabiel is."

"Jy klink so onseker, Elise. Waarom? Is daar miskien iemand anders wat jy liefhet?"

'n Oomblik aarsel sy, dan stamel sy sag, huiwerig: "Ja . . . daar is iemand anders, Piet. Maar . . . wel . . . maar hy is nie vir my bedoel nie. Hy behoort reeds aan iemand anders. Hy . . . hy is 'n verloofde man."

Sy kyk op na hom met die wêreld se weemoed in haar oë. Die volgende oomblik sluit sy arms sag om haar en hy druk haar teer teen sy bors aan.

"Ek is jammer, Elise, jammer dat die lewe so skeef teen jou gedraai het," fluister hy met sy mond in haar geurige hare. "As my liefde ooit iets vir jou kan beteken, is dit joune om mee te maak wat jy wil. Jy is my eerste liefde, en jy sal ook my laaste liefde wees, Elise. Vir my sal daar nooit 'n ander wees nie, want daar is maar net een soos jy."

Toe sak sy blonde kop sonder waarskuwing af en sy lippe sluit teer oor hare.

Vir Elise is sy soen soos die sagte aanraking van 'n vlinder se vlerkies teen 'n geurige blom se blare. Aan haarself erken sy dat Piet se liefkosings haar nie afstoot nie. Dit is so teer, so sag, en in sy arms ondervind sy die stille rustigheid wat gewoonlik uit elke beweging van hom straal.

"Hoe lief het ek jou nie, Elise!" fluister hy later en stryk liggies met sy lippe oor haar satynsagte wang. "Sal jy nie maar probeer om my ook lief te kry nie, my meisie? Ek wil jou so graag met my liefde beskerm soos toe jy nog 'n klein dogtertjie was, en ek wil jou ook so bitter graag gelukkig sien, Elise. Daardie weemoed wat ek flussies in jou lieflike oë opgemerk het, wil ek met my liefde uitwis sodat hulle weer kan lag en vonkel van pretlus!"

"Ek sal probeer, Piet," sê sy sag en nestel met haar kastaiingbruin kop teen sy bors. Die bekende geur van eter wat sy klere so sterk aankleef, herinner haar opnuut aan die ses dae in die hospitaal en aan sy toegewydheid en bedagsaamheid teenoor haar as pasiënt.

Hy is voorwaar 'n man uit een stuk. Dit behoort glad nie moeilik te wees om hom lief te kry nie. As sy net van Armand kan vergeet! Sy sal Armand beslis minder moet sien. Piet is reg, sy behoort nie mee te doen aan die naweek se uitstappie nie. Daar kan hoegenaamd niks goeds van kom om so gedurig in Armand se teenwoordigheid te verkeer nie. En hoe op aarde kan sy ooit hoop om hom te vergeet as sy hom so dikwels sien? Sy moet hom glad nie meer sien nie. Dit sal die beste ding wees om te doen!

"Dit behoort nie so bitter moeilik te wees om my lief te kry nie, my nooientjie," lag hy hoopvol en druk 'n ligte soen op haar voorkop. "Jy het reeds gesê dat jy van my hou, en daarbenewens is ons geen vreemdelinge vir mekaar nie. Inteendeel, ek ken jou vanaf die dag van jou geboorte."

Die herinnering aan twee en twintig jaar gelede laat 'n teer glimlag oor sy gesig sprei. Hy dink aan die dag toe sy moeder ou dokter Uys gaan help het met tant Irma se bevalling, en aan die middag toe hy en sy pa sy ma moes gaan haal. Saam met sy pa en oom Hendrik het hy tant Irma gaan groet. En daar, langs haar bed, het die klein mensie in 'n menigte wit kombersies toegewikkel gelê. Almal moes tant Irma en oom Hendrik se eerste spruit besigtig – hy, 'n knaap van byna nege jaar, inkluis.

En nou is sy groot, 'n beeldskone vrou wat sy hele hart in die palms van haar fyn handjies hou! dink hy effens weemoedig.

"Ja, dit behoort nie moeilik te wees om jou lief te kry nie, Piet," stem sy saam en glimlag innemend vir hom. "Ek hou so vreeslik baie van jou, en ek voel altyd so diep rustig en tevrede by jou."

"Dis 'n wonderlik goeie begin, my klein Elise," glimlag hy en druk haar teer teen sy bors aan. "Ek sal vir jou wag, meisie, al is dit ook jare. En wat ook al gebeur, ek sal jou altyd bemin."

Toe die kerkhorlosie 'n oomblik later elf slae slaan, merk Piet half onwillig op: "Dis hemels om jou so in my arms te hou, dierbare nooientjie, maar ek vrees ek sal nou moet gaan. Môre lê daar 'n besige dag vir ons albei voor en dis nie goed vir jou om so laat wakker te bly nie. Jy moet begryp dis nog maar 'n week sedert jy uit die hospitaal ontslaan is!"

"Toe maar, moenie bekommerd wees nie," glimlag sy en streel sy gesig met haar fyn, sagte handjies. "Ek sal na myself omsien."

'n Stonde kyk hy diep, verlangend in haar oë, dan laat hy haar vry uit sy arms en albei kom orent.

Stil vergesel Elise hom na die voordeur en in die klein portaaltjie neem hy haar weer in sy arms en soen haar lank en innig.

"Nag, my klein liefling," fluister hy met sy lippe op hare, gee haar weer 'n vlugtige soentjie en laat haar dan gaan.

"Nag, Piet," sê sy sag. Toe maak sy die deur oop en die aandlug is koel teen haar gesig.

9

Met 'n sug van verligting stop Elise die stapel opstelboeke in haar tas, sak moeg op haar stoel neer en staar met nikssiende oë oor die rye leë banke.

Die genadige stilte, noudat al die kinders huis toe is, sak om haar toe.

"Dankie tog dis môre 'n vakansiedag!" sug sy hardop en sluit haar oë om die stilte van die paar oomblikkies in te drink. Dis vandag eers twee dae dat sy terug is in die tuig, maar dit het dol gegaan, want die kinders is so bitter agter met hul skoolwerk!

'n Sagte klop aan die deur laat haar vinnig regop sit. "Binne!" roep sy en kyk afwagtend na die deur wat stadig oopgaan.

In die oop deur staan die lang, atletiese gestalte van Piet.

"Middag, Elise!" groet hy en kyk haar ondersoekend aan.

"Hallo, Piet!" groet sy terug en nooi hom na binne.

Hy gaan sit op die hoek van die tafel en verneem besorgd: "Waarom sit jy nog hier, Elise? Die skool is mos lankal uit."

"Ek rus net 'n oomblikkie," glimlag sy flou en kyk op in sy skraal gesig.

"Jy lyk skoon kapot, meisie," laat hy weer besorgd hoor, want op haar fynbesnede gesiggie is uitputting duidelik sigbaar. "Waarom put jy jouself so uit deur onderwys te gee, Elise? Jou ouers is sulke welvarende mense, dis mos nie nodig vir jou om te werk nie!"

"Ek weet, Piet. Mammie en Pappie kla elke dag oor dieselfde ding. Maar ek sien werklik nie kans om met gevoude hande op Vergesig te gaan sit nie. En nou ja, ek hou daarvan om onderwys te gee. Soms is dit 'n bietjie vermoeiend, soos vandag byvoorbeeld. Maar sodra al die agterstallige werk ingehaal is, sal dit weer 'n lus wees om voor die klas te staan. Ek het hierdie jaar 'n besonder aangename klas. Glo my, ek sal die kleingoed vreeslik mis indien ek moet ophou onderwys gee."

"Jy kan altyd 'n span kleingoed van jou eie hê, weet jy!" sê hy weer en lig hom rats van die tafel af.

"Dit weet ek, ou maat. Maar daaraan sal ek op die oomblik liewer nie dink nie. Daar lê nog baie jare voor waarin ek aan sulke dinge kan dink. Maar kom ons loop, dit lyk my of jy haastig is. As jy my met jou motor woonstel toe neem, sal ek jou beloon met 'n koppie tee en 'n ete daarna."

"Ek het klaar geëet, dankie, maar 'n koppie tee sal baie welkom wees. Gee daardie tas, ek sal dit vir jou dra," bied hy aan en neem die tas uit haar hande.

"Maar jy het my nog nie gesê wat jy daar in die klaskamer kom soek het nie," laat sy weer hoor toe hulle sy motor wat voor die hoofingang van die skool staan, bereik. "Ek is mos nie aan sulke onverwagte besoekies van jou gewoond nie!"

"Gits, ja, jou moeë gesiggie het my so ontstel dat die rede vir my besoek my skoon ontgaan het," glimlag hy flou en hou vir haar die deur oop om in te klim. Toe hy agter die stuur inskuif en die voertuig aanskakel, vervolg hy bedaard soos altyd: "Armand van Rijn het my vanoggend gebel en uitgenooi na die doenigheid wat môre op De Wilgers gaan plaasvind. Sy ouers en 'n vriendin uit sy jeugjare is glo daar op besoek en nou gaan daar môre sommer groot dinge plaasvind. Terloops, hy en die vriendin kom vanmiddag dorp toe, en jou moeder het gevra dat hy jou sommer moet saambring plaas toe."

"So, dan het die nooientjie eindelik kom kyk wat hy hier aanvang!" merk sy lig spottend op, maar in haar binneste is haar hart loodswaar en bittersoet.

Indien hulle dan nog nie verloof is nie, gaan dit blykbaar môre plaasvind, dink sy afgetrokke. Om watter rede is die meisie dan hier, en waarom die groot doenigheid môre op De Wilgers?

432

"Jy lyk so moeg, meisie," hoor sy Piet ineens langs haar sê. "Ek dink jy moet liewer vanaand gaan rus. Jy kan môre saam met my plaas toe ry. Of jy dit nou wil weet of nie, jy is beslis besig om jou kragte te ooreis. Dit sal nooit deug nie. Jy moet liewer maar vroegtydig rem aandraai."

"Jy is reg, soos altyd, ou maat," sê Elise en knik bevestigend. Sy skuif digter teen hom aan, kompleet asof sy by hom beskerming soek teen die pyn wat so fel in haar hart brand. "Ek sal maak soos jy sê, Piet, want ek voel werklik moeg."

Teer plaas hy sy een arm om haar en druk haar styf teen hom vas. Op hierdie oomblik voel hy diep gelukkig, want hy het haar geringe gebaartjie van toegeneentheid opgemerk. Voor die gebou hou hy stil en al geselsende klim hulle die trappe op na haar woonstel.

"Laat staan maar die voordeur oop, Piet, en gaan sit solank. Ek gaan skakel net gou die ketel aan," sê sy toe hulle haar woonstel instap.

"Nee, wag, Elise, gaan sit jy. Ek sal die ketel aanskakel. Ek weet mos darem hoe om dit te doen!"

"H'm, 'n mens sou sê jy is nie ook moeg nie," stribbel sy teë en stap by hom verby om self die ketel te gaan aanskakel. "Gaan sit, ou maat, dit sal my net 'n minuut neem om die tee te maak."

Hulle het pas klaar gedrink toe Armand en 'n blonde dame hulle verskyning in die oop voordeur maak.

"Kom maar binne!" nooi sy vanuit die sitkamer, kom orent en loop hulle tegemoet.

'n Stonde rus haar blik op die blondine terwyl Armand hulle aan mekaar bekendstel. Ofskoon sy nie bevooroordeeld teenoor die meisie is nie, moet sy nietemin aan haarself erken dat die blondine geen gunstige indruk op haar maak nie. Eerstens is haar gesig te swaar gegrimeer en tweedens is haar oë te

433

koud om 'n vriendelike indruk te skep. Haar houding is ook styf en hovaardig. Dit lyk kompleet of sy op alles en almal om haar neersien; asof sy in alle opsigte hulle meerdere is.

'n Glimlaggie speel om Elise se mond toe sy vriendelik sê: "Aangename kennis, juffrou Dreyer. Sit asseblief. Sal jy miskien 'n koppie tee drink?"

Met net 'n knik van haar kop erken Tersia Dreyer die bekendstelling, antwoord toe koel en uit die hoogte: "Dankie, juffrou Veldman, maar ons het 'n rukkie gelede tee gedrink."

"Sal jy 'n koppie tee drink, Armand?" verneem sy en kyk hom onpersoonlik aan.

"Ja, dankie, maatjie. Dis te sê as dit nie vir jou te veel moeite sal wees nie en ook nie te lank sal neem om te maak nie. Ek is 'n bietjie haastig. Ek hoop jy is gereed om saam te gaan?" Hy kyk haar ondersoekend aan, want ook hy het met die eerste oogopslag die moeë lyne op haar beeldskone gelaat gemerk.

"Gaan sit gerus, Armand. Dit sal beslis nie lank neem om een koppie tee te maak nie. Terloops, dit sal ook nie vir jou nodig wees om vir my te wag nie. Ek gaan nie vanmiddag al huis toe nie . . ."

"Maar ek begryp nie," val hy haar teleurgesteld in die rede en kyk haar met 'n frons aan. "Jou ouers verwag jou vanmiddag tuis."

"Ek sal my moeder later bel en vir haar verduidelik," laat sy ongeërg hoor, maak verskoning en verdwyn in haar klein, maar netjiese kombuisie.

Met 'n ongelukkige trek om haar sagte mond skink sy vir Armand 'n koppie tee. Toe sy omdraai om die teepot in die opwasbak te plaas, loop sy haar vas in hom waar hy stil agter haar staan. Sy een arm skiet uit en vou om haar slanke middellyf in 'n poging om te keer dat sy haar balans verloor.

"Ekskuus tog! Ek . . . ek het jou nie hoor binnekom nie!"

stamel sy verleë, half verward met die teepot nog steeds in haar hand. "As jy nie omgee nie . . . ek wil die teepot in die opwasbak plaas."

"Gee, ek kan dit ook doen," en hy neem die teepot uit haar hande sonder om sy greep in die minste te verslap.

"Dankie. Wat soek jy hier in die kombuis? Ek het mos gesê dit sal nie lank neem om een koppie tee te maak nie!"

"Ek het nie ondersoek kom instel of die tee al gemaak is nie, ek het hierheen gekom om jou 'n oomblik alleen te spreek."

"Wat is dit wat jy wil weet? Ek moet teruggaan na my gaste toe," antwoord sy hom met 'n koel stem.

"Jou gaste is druk besig om 'n interessante gesprek te voer en sal jou nie eens mis nie, Elise. Wat ek wil weet, is waarom lyk jy so moeg? Waarom sorg jy nie vir jouself nie? Jy is mos nie meer 'n kind nie, jy weet tog van beter!" Hy stryk met sy een hand liefderik oor haar glansende rooibruin hare en kyk diep in haar oë.

Sy byt op haar onderlip, dan dwaal haar oë weemoedig deur die venster na die hoë kerktoring met sy groot, ronde horlosie.

"Dis maar net skoolwerk wat my vandag 'n bietjie uitgeput het," antwoord sy afgetrokke en probeer haar loswoel uit sy greep.

Hy druk haar egter stywer teen hom vas en verneem sag: "Waarom wil jy nie saam met my plaas toe gaan nie, maatjie? Jou moeder het my vanoggend gevra om jou saam te bring aangesien ek dorp toe moes kom. Ek vrees sy gaan bitter teleurgesteld wees oor hierdie besluit van jou. Ek is ook baie teleurgesteld."

"Jy is die laaste een wat teleurgesteld behoort te voel, Armand," val sy hom effens smalend in die rede. "Ek wonder wat juffrou Dreyer van hierdie verklaring van jou sal sê!"

"Tersia het absoluut niks met my verklarings te doen nie,

outjie," glimlag hy goedig en druk 'n ligte soentjie op haar voorkop.

"O, ek sien, dan is sy maar net nog een van jou vele bewonderaars!"

"Verkeerd, nooientjie," antwoord hy haar en sy glimlag verbreed. "Tersia is die Vrystaatse nooientjie wat my ouers reeds jare gelede vir my as lewensmaat gekies het."

"Wag, Armand, laat my nou asseblief gaan," voeg sy hom beslis toe.

"Sê my eers wanneer moet ek jou kom haal, aangesien jy nou nie vandag saam met my wil ry nie?"

"Dit sal nie nodig wees om my te kom haal nie, dankie. Piet sal my môre plaas toe neem. Ons het alreeds so afgespreek."

"So? En waarom kan jy nie vandag saam met my ry nie?" Hy kyk haar streng aan en dis baie duidelik dat hy afgehaal voel omdat sy verkies om liewer saam met Piet te ry.

"Omdat ek totaal pootuit voel en nog 'n hele hoop skoolwerk het wat vandag afgehandel moet word."

"Ek sien," laat hy betekenisvol hoor en kyk haar nou skepties aan. "Jou verskoning klink maar bra flou, veral as 'n mens in aanmerking neem dat jy op die plaas sal kan rus en ook jou skoolwerk daar in stilte sal kan verrig," vervolg hy en laat haar vry uit sy arms. "Ek verwag jou in elk geval môre op De Wilgers, as dit nie te veel gevra is nie."

Met hierdie woorde neem hy die koppie tee en sonder om op 'n antwoord van haar te wag, begin hy vinnig aanstryk na die sitkamer. Elise volg hom swyend.

Die koue blik wat Tersia haar toewerp toe sy die sitkamer binnetree, veroorsaak dat sy haar oombliklik bitterlik vir die blondine vererg.

Wat verbeel Tersia haar miskien? dink sy opstandig en neem sonder meer langs Piet plaas. Met so 'n hooghartige houding sal sy beslis nie vriende hier op Sonnerus maak nie. Dis vir Tersia ook nie nodig om so geraak te voel net omdat Armand die sitkamer vir 'n oomblik verlaat het nie, as dit miskien die rede is vir die koue blik! Indien sy reeds gekies is vir hom as lewensmaat, waarom vrees sy haar, Elise, se vriendskap met hom? En wat gaan sy môre aanvang wanneer die meisies soos gewoonlik om hom saamdrom en beslag op hom lê? 'n Glimlaggie van genoegdoening verdryf spoedig al die wrewel uit Elise se hart, en sy begin nou selfs uitsien na die volgende dag. Hoewel sy nie jaloers of afgunstig van aard is nie, hoop sy nietemin nou vuriglik dat Sonnerus se nooiens daardie hovaardige blondine môre van haar troontjie gaan lig.

"Ek sal nou weer moet gaan, Elise," hoor sy Piet sê, en dit laat haar diep skuldig voel omdat sy so ingedagte was en totaal van sy teenwoordigheid vergeet het.

Hy kom orent en sy volg sy voorbeeld. Hy groet Tersia en Armand, draai om en saam stap hulle na die voordeur. Net om Armand te toon dat daar wel 'n verstandhouding tussen haar en Piet bestaan, en dat sy verhouding met Tersia haar nie in die minste hinder nie, haak sy vertroulik by Piet in en glimlag bekoorlik vir hom.

Op hierdie oomblik besluit sy in alle erns om van Armand te vergeet, en dat Piet die regte lewensmaat vir haar is. Hy is so stabiel, so betroubaar, 'n vrou behoort saam met hom baie gelukkig te wees. Ja, sy moet net al haar aandag en gedagtes op hom toespits, dan sal sy gou van Armand vergeet!

"Dis regtig jammer dat jy weer so gou moet gaan, Piet," sê sy sag, dog hard genoeg vir Armand om te hoor. "Ek het regtig gedink dat ek jou die hele middag vir myself gaan hê."

"Jy het rus nodig, Elise. Maar ek sal jou sê, gaan rus nou 'n rukkie. Om vieruur moet ek 'n pasiënt in die distrik gaan besoek en as jy dan heeltemal uitgerus voel, kan jy saam met my gaan."

"Nou goed, dan maak ons so," stem sy vriendelik in.

In die klein portaaltjie trek hy haar nader en druk 'n vlugtige soentjie op haar sagte, rooi lippies, onbewus van Armand en Tersia wat in die middeldeur verskyn het.

"Tot siens, my meisie," sê hy teer. Dan laat hy haar gaan en stap sonder meer by die voordeur uit.

Dis eers toe Elise omdraai om terug te gaan na die sitkamer, dat sy haar twee gaste in die middeldeur opmerk.

"O! Dit lyk byna of julle ook reisvaardig is," glimlag sy lighartig, maar in werklikheid voel sy uiters verleë. Armand se verontwaardigde blik wat op haar rus, spreek openlik van sy misnoeë oor haar gedrag teenoor Piet en dat sy hom soveel vryheid toegelaat het. Hy voel reeds nie gediend met die gier van haar om die middag saam met hom te gaan ry nie, en nou nog hierdie teer omhelsing ook!

Met 'n ligte blos op haar wange vervolg sy: "Dit lyk my almal het nou skielik haastig geword!"

"Ek vrees ons moes lankal reeds vertrek het. Armand se moeder verwag ons vroeg tuis," laat Tersia koel hoor en haak ewe besitlik by Armand in. Die blik wat sy na Elise werp, sê duidelik: Hy is myne, en onthou dit.

'n Fyn spotlaggie plooi om Elise se mond toe sy die blondine half uitdagend aankyk en in 'n onpersoonlike stem sê: "As jy reeds besluit het om te gaan, sal ek jou natuurlik nie verhinder nie, juffrou Dreyer. Ek besef wel deeglik dat Armand werk op die plaas het wat sy aandag vereis."

Sy draai om na Armand en vervolg met 'n vriendelike glimlaggie: "Ek sien jou in elk geval môre, Armand, as hier nie iets voorval wat Piet dalk verhoed om te gaan nie."

"In daardie geval bel jy my net en ek sal jou self kom haal," laat hy nog steeds gesteurd hoor, onbewus van die koue misnoeë wat sy woorde in Tersia ontlok.

"Ek vrees jy sal nie jou gaste in die steek laat om my ontwil nie," glimlag sy liefies, hoog in haar skik oor die gekrenktheid wat sy in die ander meisie se koue, ysblou oë merk. "Ons hoop maar hier val niks voor wat Piet verhoed om mee te doen aan môre se doenigheid nie."

"Jy doen soos ek sê, Elise, en basta nou met jou bogtery, hoor!" voeg hy haar streng toe, en sy donker oë kyk haar bevelend aan.

"Ek sal môre daaroor besluit," antwoord sy met 'n geheimsinnige laggie.

"Kom, Armand, dit word laat," jaag Tersia hom aan. "Jou moeder is seker al bekommerd omdat ons nog nie tuis is nie!"

"Ja, ons sal beslis nou moet gaan," beaam hy.

Tersia groet Elise met 'n kopknik en 'n selfvoldane glimlaggie.

Vies stoot Elise die voordeur op knip toe haar twee gaste met die trappies afstap en dis baie duidelik dat al haar wrewel op die hooghartige meisie met die heuningkleurige hare gemik is. Hoe aangenaam sal dit nie wees om haar van daardie selfvoldane glimlaggie te beroof nie, dink Elise met groeiende wrewel, want nog nooit het iemand haar met sulke koue hooghartigheid bejeën nie. Sy kan haar sterre dank dat Piet haar die volgende dag sal vergesel. Sy is geen flerrie nie, maar sy sal daardie hoogmoed van Tersia met groot genot tot 'n val wil bring! Ja, dit is maar goed dat Piet haar maat gaan wees, anders sou Tersia môre meer dikwels sonder haar dierbare Armand wees as mét hom!

Gevul met diep verontwaardiging oor die blondine se openlike vyandigheid, raak Elise later aan die slaap.

Geklee in 'n modieuse groen somerrokkie en fyn skoentjies sien Elise uiters sjarmant daar uit.

Met 'n vrolike vonkeling in haar lewendige groen oë haal

sy 'n sonhoed uit die kas, en sy weet dat sy nie vandag vir die hooghartige en deftige Tersia Dreyer sal hoef agteruit te staan nie. Dit lyk of die vroumens haar verbeel sy is een van Dior of Chanel se mannekyne. Almal weet tog dat sy net so 'n plaas-japie is soos hulle ander. Hulle kan ook deftig wees as hulle wil. En hulle dra net soveel kennis van die allernuutste modes, dus het sy waarlik niks om hoogmoedig oor te wees nie!

Sy plaas die hoed op haar bed en haal 'n vleiende geel baai-pak uit die laai. Saam met 'n oulike strandjakkie pak sy die baaipak, baaipet en handdoek in 'n klein leertassie.

Sy kyk op haar polshorlosie en merk dat dit alreeds tienuur is.

In 'n heel opgewekte stemming stap sy na die sitkamer.

Sy verwag Piet nou enige oomblik en besluit om maar op die balkon te gaan staan waar sy die verkeer onderin die straat kan dophou.

Voordat sy die balkon bereik, lui die telefoon ineens skril en sy haas haar terug om dit te beantwoord.

"Hallo. Elise Veldman hier," sê sy saaklik en trek figuurtjies met haar duimnael teen die muur. "O, dis jy, Piet . . . Maar dis jammer . . . Natuurlik verstaan ek . . . Toe maar, handel maar eers die operasie af, ek sal Hennie vra om my te kom haal . . . Goed . . . Nou ja, dan sien ek jou vanaand om sewe-uur . . . Tot siens, ou maat!"

Sy druk die mikkie van die telefoon met haar vingers af en skakel Vergesig se nommer.

Haar moeder beantwoord die telefoon. Sy verwittig Elise dat Hennie reeds na De Wilgers vertrek het, neem die telefoon-boek en soek die nommer van De Wilgers op.

Enkele oomblikke later skakel Elise die plaas en tot haar diepste ontsteltenis antwoord Armand self die telefoon.

"Elise hier!" sê sy kort en saaklik.

"Goeiemôre, maatjie!" roep hy opgewonde uit. "Maar hoe is jy dan nog op die dorp, of praat jy nou van Vergesig af?"

"Nee, ek praat van die dorp af."

"Maar ek het dan gedink julle is al op pad hierheen," val hy haar teleurgesteld in die rede.

"Piet kan nie kom nie. Hy moet binne 'n halfuur 'n noodoperasie uitvoer. Is Hennie miskien al daar?"

"Ja, hy en Estelle het 'n rukkie gelede gekom!"

"Kan ek asseblief met hom praat?"

"Sekerlik, kleintjie. Hou net 'n oomblikkie aan, ek gaan roep hom gou."

'n Rukkie later hoor sy haar broer se stem.

"Kan jy my asseblief kom haal, boetie?" vra sy nadat sy Piet se oponthoud aan hom verduidelik het. "Jy sal my vanaand moet terugbring ook, want omdat Piet nie plaas toe kan kom nie, het ek hom belowe dat ek vanaand om sewe-uur by die woonstel sal wees. Sal jy dit kan doen?"

"Maar natuurlik, ousus! Gooi solank jou klere bymekaar, ek is nou daar!"

"Dankie, boetie," en sy glimlag oor sy eienaardige manier van praat. Sy groet hom en plaas die gehoorbuis terug op die mikkie.

Terwyl sy vir Hennie wag om te kom, gaan sy voor die klavier sit en begin saggies speel. Nie die klassieke werke van groot meesters nie, maar sagte, strelende musiek wat soos 'n ligte lentewindjie deur die vertrek sweef.

Een na die ander stuk speel sy, en ongemerk snel die tyd verby.

Sy was net halfpad met een liedjie, toe die voordeurklokkie se gelui hard deur die vertrek weergalm.

"So 'n ellendige mansmens!" sê sy hardop. "Kan hy nie self binnekom nie? Waarom die klokkie staan en lui?"

Sy maak die deur oop en wou hom net vra hoekom hy nie self kan binnekom nie, toe haar oog op die forse gestalte van Armand val waar hy in die oop deur staan.

"Jy!" sê sy half deur die wind.

"Die einste, maatjie, en jy lyk glad nie eens bly om my te sien nie! Wie anders het jy eintlik verwag?" verneem hy met 'n spotlaggie en stap die vertrek ongenooid binne.

Saam stap hulle na die sitkamer.

"Maar . . . e . . . Hennie moes my kom haal het!" stamel sy, en op die oomblik kan sy nie besluit of sy bly of vies moet voel nie.

In die middel van die sitkamer gaan Armand plotseling staan en kyk haar met opgetrekte wenkbroue aan. "Is jy nou vreeslik spyt dat ek nie Hennie is nie?"

"Maar wat van jou gaste . . . jou nooi? Dis mos nie hoflik . . ."

"My liewe mensie, wanneer gaan jy dit eendag begryp dat ek net een nooientjie het en dis jy?" val hy haar laggend in die rede. Dan vervolg hy ernstig: "Weet jy, my geduld begin al stadigaan opraak met jou!"

"Kom, kom, Armand, moenie weer met jou harlekynstreke begin nie," bestraf sy hom goedig, maar diep in haar hart juig dit oor hierdie oorwinning wat sy oor die hovaardige Tersia behaal het. "Ek weet nie wat jou verskoning aan Tersia was nie, maar aangesien jy nou hier is, kan ek maar net sowel saam met jou plaas toe ry. En daarby bedoel ek Vergesig, sodat ek my eie motor kan gaan haal. Ek begin nou so stadig moeg word daarvan om altyd van julle mans afhanklik te wees."

"Elise, wil jy my nou selfs ook die bietjie plesier ontsê om jou weer tuis te besorg?" Sy oë ontmoet hare, en dis duidelik dat hy baie teleurgesteld voel.

"Jy sou my in elk geval nie tuis kon besorg het nie," antwoord sy. "Indien Piet vroeg klaarkry by die hospitaal, kom hy self De Wilgers toe."

"Luister hier, Elise," en sy donker oë kyk haar streng, waarskuwend aan, "ek gaan daardie Piet-vent nie meer baie lank hier by jou duld nie, verstaan jy? En aan daardie gesoenery om die hoekies moet ook dadelik 'n einde kom. As jy lus het vir 'n behoorlike soen, praat net. Ek is enige tyd gereed om aan so 'n wens van jou te voldoen. Maar ek waarsku jou, daardie doktertjie se kom en gaan hier by jou woonstel gaan ek voortaan streng inkort. Die mannetjie raak alte kontant deesdae!"

"Moenie gek wees nie, Armand van Rijn!" bestraf sy hom vererg. "Jy het absoluut niks oor my doen en late te sê nie, en ek weier beslis om langer na sulke onsin te ..."

Voordat sy egter haar sin kan voltooi, sluit sy arms om haar en druk hy haar liefdevol teen sy bors aan.

"Elise, dis nie onsin nie en jy weet dit. Wat moet ek tog doen om jou van my liefde te oortuig, my liefling?" Sy stem is byna smekend en dit maak die jongmeisie bang vir die vernedering wat seker en gewis op haar wag indien sy toegee aan haar liefde vir hom.

"Laat my asseblief dadelik gaan, Armand," beveel sy hom streng. "Jy kan my nooit oortuig van iets wat nie bestaan nie. Jou mooi woordjies beïndruk my ook glad nie. Ek weet Tersia is jou aanstaande lewensmaat. En boonop weet ek hoe jy hier met ander nooiens in die omtrek geflankeer het. Jy kan my glad nie flous nie. Onthou dit asseblief. Wat Piet betref ... wel ... ek het jou alreeds gesê dat ons verloof gaan raak."

Hy kyk haar deurdringend aan. Plotseling sak sy kop af en sy lippe smoor alle ander besware wat sy nog wou opper.

Hy voel hoe sy haar driftig teen sy omhelsing verset, en dit verskaf hom heimlik genot om haar drif so te tem.

Langsamerhand smelt alle weerstand in haar egter weg onder

die vuur van sy lippe, en koester sy haar in sy hartstogtelike omhelsing.

Lank en innig rus sy lippe teen hare, toe lig hy sy kop en kyk af in haar oë.

"Weet jy, Elise, jy maak my so briesend kwaad as jy ewig en altyd ophaal dat jy verloof gaan raak aan Piet Beukes!"

Sy woorde laat haar oombliklik weer tot verhaal kom en onverwags glip sy uit sy arms en gaan eenkant staan.

"Wel, ek moet sê jy lyk nie te onaardig as jy briesend kwaad is nie!" spot sy liggies. Maar diep in haar binneste voel sy glad nie so lighartig as wat sy haar voordoen nie. Sy voel skaam en verneder dat sy so 'n gek van haarself gemaak het om weer eens toe te laat dat haar gevoelens met haar op loop jaag. Sy hoor die harde slae van die kerkhorlosie wat elfuur aankondig en vervolg op ernstiger toon: "Kom, ons sal moet gaan. Laat ek net gou my tassie in die kamer gaan haal."

Sy verdwyn in die kamer en binne oomblikke is sy terug met die klein tassie in haar hand.

"Laat ek dit vir jou dra," bied hy aan en neem die tassie uit haar hand. Hy voel diep seergemaak oor die ligsinnige houding wat sy vaneffe aangeneem het toe hy ernstig met haar wou praat, maar van die seer in sy binneste laat hy niks blyk nie. Sy verhouding met haar het nou 'n ernstige probleem geword. Hy sal 'n oplossing moet probeer vind, want so kan dit net nie langer aanhou nie. Sy probeer hom op elke denkbare manier uittart. Maar hy gaan dit nie langer verduur nie. Hierdie bogtery van haar moet nou endkry!

10

Voor die deur, onder die bome op die kweekgras, wemel dit van jongmense wat vrolik lag en gesels toe Armand en Elise langs die huis stilhou.

Met kwistige kwinkslae, gevatte sêgoed en raak aanmerkings word hulle begroet. Vrolike dansmusiek klink in die agtergrond op.

Tersia, wat maar nie sover kon kom om deel te neem aan die jongklomp se uitgelate vrolikheid nie, groet Elise met 'n stywe kopknik. Daaraan steur die rooikop haar min. Sy het reeds besluit dat sy die verwaande blondine nie gaan toelaat om haar pret te bederf nie. Vandag is sy gelukkig nie weer die gasvrou wat met haar opgeskeep hoef te sit nie. Vandag is sy self 'n gas en kan ook sy haar sê sê wanneer sy daarna voel.

Tersia was net weer oorgehaal om op haar besitlike manier by Armand in te haak, toe Bettie, wat dit sien kom het, hom netjies voor haar wegraap met 'n: "Kom ons gaan dans, Armand! Hoor net die vrolike musiek!"

Uit die hoek van haar oog merk Elise hoe bloedig die blondine haar vir Bettie vererg en met die beste wil ter wêreld kan sy dit nie verhelp om haar te verheug oor die vreemde meisie se ontsteltenis nie.

"Ek vrees jy sal Bettie maar moet verskoon, juffrou Dreyer," kan Elise nie help om te sê nie, en om haar mond speel 'n breë glimlag. "Jy sien, die jongmeisies is al gewoond om beslag op hom te lê. En vandag is vir hulle natuurlik geen uitsondering op die reël nie, aangesien hulle deeglik bewus is van die feit dat Armand nog nie 'n verloofde man is nie."

"Ek dink sy het baie on . . . onmanierlik gehandel, want Armand en ek is byna verloof," kom dit uit die hoogte en die warm blos op die wange spreek duidelik van ingehoue woede.

"Ek dink jy begaan 'n fout, juffrou. Al hierdie jongmense is besonder fyn opgevoed! Wanneer jy hulle beter ken, sal jy vind dat hulle almal baie gaaf is."

"En toe, wat klets julle twee so?" kom Neels tussenbeide. "Kom, jong, my tone jeuk al om op getrap te word." Met hierdie woorde neem hy Elise se hand en lei haar na die stoep waar etlike paartjies al besig is om te dans.

Hy neem haar in sy arms en stuur haar behendig tussen die dansende paartjies in.

"Elise, waarom het jy vir Tersia so uitgetrap?" verneem Neels 'n oomblik later.

"Wat laat jou so iets vermoed, Neels?" lag sy. "Ek weet regtig nie waarvan jy praat nie, ou maat!"

"Toe maar, jy kan my nie flous nie. Daardie groen oë van jou het nie verniet so geblink nie. Terloops, ek het die hele insident aanskou, maar kon ongelukkig nie hoor wat daar gesê word nie." Hy kyk haar deurdringend aan en sy grys oë dwing haar om alles te vertel.

"Ag, nou ja, ek het maar net vir Bettie verskoning gemaak, en toe moes ek haar, en julle ander almal, later soos 'n geleerde advokaat staan en verdedig."

Neels sug en merk op: "Wat Armand darem met so 'n koue brokkie hoogmoed wil maak, gaan my verstand te bowe."

"O, smaak verskil," antwoord sy gemaak lighartig. "As hy kans sien vir haar, gaan dit ons nie aan nie! Daar vra Herman haar nou vir die dans!"

"Ja, en sy het blykbaar geweier, in haar verwaandheid natuurlik onbewus van die feit dat hy haar bloot uit hoflikheid gevra het en nie soseer omdat hy graag met haar wil dans nie," spreek hy sy gedagtes hardop uit, want ook hy het al vroeër met haar aanstellerigheid te doene gekry.

"Ja, Neels, sy pas maar sleg aan by ons eenvoudige ou

klomp," glimlag sy droog. "Sy was gister saam met Armand in my woonstel."

"So! Dan het jy seker ook al met haar giere en grille kennis gemaak?" Hy kyk haar vraend aan, want hy weet Elise is nie iemand wat bogtery van ander duld nie.

"Nou ja, sy is beslis nie een van die vriendelikste meisies wat leef nie. As 'n mens in haar guns wil bly, moet jy net jou oë en jou hande van Armand afhou," lag sy geamuseerd en haar groen oë vonkel van pretlus.

"Elise, daardie duiweltjies in jou oë vertel my sommer dat jy die vroumens se siel wil versondig," lag hy saam.

"Dink jy nie iemand behoort haar van haar troontjie af te stoot nie?" glimlag sy geheimsinnig.

"Luister, Elise, jy het sulke pragtige oë, moenie dat daardie vroumens hulle uitkrap nie," vermaan hy goedig.

Die musiek hou op en almal lag en gesels weer deurmekaar. Ook Elise en Neels kuier saam met die groep onder die bome op die gras, en Elise merk dat Armand soos gewoonlik omring is deur 'n hele paar aantreklike meisies.

Ongemerk soek haar oë na Tersia se sierlike gestalte. Sy is vanmôre geklee in 'n deftige poeierblou somerrok. Eindelik merk sy haar waar sy alleen op 'n bankie sit, heeltemal afgesonder van die jongklomp se vrolike geskerts. Op haar gesig is daar geen teken van belangstelling in wat om haar aangaan nie. Dis of alles haar verveel en Elise vind dit eienaardig.

Dit lyk asof die dinge wat ander jongmense amuseer vir haar geen bekoring inhou nie. Elise wonder wat sy die hele dag gaan doen. Dit sal tog baie vervelig wees om heeldag op die bankie te sit.

Dan merk sy die koue oë soos twee blou vure op Armand en sy bekoorlike aanhangers vlam, en met 'n skok tref dit Elise dat daardie hovaardige meisie innerlik verteer word deur 'n onkeerbare jaloesie. Gister in haar woonstel was dit net 'n vermoede, maar nou is dit 'n sekerheid. Tersia haat almal wat enige teken van belangstelling in Armand toon. Sy wil hom uitsluitlik vir haarself hê en kan dit nie duld dat ander ook sy aandag geniet nie.

Elise kry Tersia amper jammer. Sy behoort 'n sielkundige te gaan spreek, want jaloesie wat sulke afmetings aanneem, is beslis abnormaal.

"Kyk hier, jy moenie vir my sê jy staan al helder oordag oor Piet en droom nie, meisiekind!" bestraf Neels haar goedig. "Gits, jy is so versonke in jou drome dat jy nie eens hoor as 'n mens met jou praat nie."

"Ag, ekskuus tog, Neels," glimlag sy verskonend. "Praat maar, ou maat, ek luister."

"Ek wil weet wanneer gaan jy en Piet eendag verloof raak?"

"Wanneer julle dit die minste verwag," skerm sy en kyk hom ondeund aan.

"Moenie glo wat sy jou nou daar vertel nie," kom dit plotseling van Armand wat na die gesprek tussen die twee gestaan en luister het. "Hier is die man aan wie Elise eersdaags verloof gaan raak," basuin hy dit uit en druk met sy wysvinger op sy eie bors. "Piet behoort sy sterre te dank dat ek haar so af en toe aan hom leen vir geselskap, en hy moenie probeer om 'n verlowing uit te kuier nie!"

Almal bars heerlik uit van die lag, en Armand kyk Elise vlugtig, oorwegend aan. Sy lyk vir hom omgekrap. Almal beskou dit as 'n grap, maar hy en sy weet dat hy dit nie so bedoel het nie.

"Jou nare mansmens!" snou sy hom kwaai toe. "Jy beter jou woorde tel indien jy nie in die moeilikheid wil beland nie!"

"O, ek sien, jy wil hê ons moet dit nog 'n rukkie langer geheim hou!" tart hy haar verder met 'n goedige glimlaggie. "Ek is jammer dat ek my mond verbygepraat het, nooientjie!"

Voor Elise mooi besef wat sy doen, staan sy reg voor hom en sy gluur hom aan. Sy voel bitter verontwaardig dat hy haar so verneder voor daardie hooghartige vroumens aan wie hy heel moontlik vandag nog verloof gaan raak. Nou dink Tersia seker dat sy smoorverlief is op haar aanstaande verloofde!

"Hier is my wang as jy enige planne koester om my 'n klap te gee, maatjie," glimlag hy onverstoord voordat sy iets kan sê, en vervolg met 'n betekenisvolle blik: "Onthou net, ek eis vergoeding vir elke klap wat jy my gee, en jy weet al wat my prys is, nè?"

Elise se gesig verbleek. Haar asem versnel en haar oë spat vonke. Sy is woedend. Armand se laaste sin het haar behoorlik die harnas in gejaag.

'n Stonde kyk sy hom met vlammende oë aan, maar sy oë wyk nie voor hare nie.

"Ek het altyd geweet dat jy verwaand is, Armand, maar nie dat jy gemeen is ook nie!" slinger sy hom toe, en haar gesig is byna vertrek van bitterheid en teleurstelling in die man wat haar hele hart in die holte van sy hand hou.

"My liewe Elise, in liefde en oorlog is alles geregverdig," paai hy goedig en glimlag nog steeds onverstoord af in haar vlammende groen oë.

"Ek het my lewe nog nooit met 'n slagveld vereenselwig nie," laat sy weer driftig hoor. Sy draai om en met haar trotse kop fier orent, stap sy haastig van hom af weg.

In die verbygaan merk sy Tersia se koue blik en smalende glimlaggie en dis of haar wrewel sommer toeneem. Dis op die punt van haar tong om vir die selfvoldane blondine te sê: Steek jou smalende glimlaggie in jou sak en loop na die hoenders. Jy hoort in elk geval glad nie hier tussen ons nie!

Vir die res van die oggend sorg sy dat sy buite Armand se bereik bly. Maar gedurende die middagmaal wat 'n buffetete is,

449

is dit vir haar totaal onmoontlik om te volhard in haar voornemens omdat sy en 'n paar van haar vriendinne aangebied het om mevrou Van Rijn in die kombuis te help met die laaste voorbereidings.

Elise is dus een van die laastes wat vir haar gaan kos inskep. Toe sy met haar bord by Armand verbyloop om op 'n bankie te gaan sit en eet, keer hy haar voor deur sy hand vertroulik op haar arm te plaas en berouvol te sê: "Ek is jammer as ek jou vanoggend kwaad gemaak het, Elise. Kan ek jou netnou 'n oomblik alleen spreek?" Sy oë is vol vrae en boodskappe, maar sy ignoreer sy blik heeltemal.

"Nee, beslis nie," antwoord sy kortaf. "Ons het absoluut niks vir mekaar te sê nie. En laat my nou asseblief met rus, of ek ry op hierdie oomblik huis toe," dreig sy, kyk koel na hom en stap sonder meer weg.

Op 'n bankie naby Tersia gaan Elise sit om te eet.

Armand, wat ook al hierdie rooikopnooi se temperament ken, besluit wyslik om haar maar vir eers met rus te laat totdat haar bui gesak het. Hy merk dat Tersia heeltemal alleen sit en eet en met 'n ligte frons stap hy in haar rigting.

"Waarom sit jy so alleen hier?" wil hy weet en kyk haar vraend aan.

"Omdat jy heeldag nog te besig was om 'n paar oomblikkies by my te kom sit," voeg sy hom stroperig toe. "Sit 'n oomblikkie, Armand!" beduie sy.

"Jy praat asof ek jou opsetlik vermy het," lag hy en stryk liggies met sy hand oor haar heuningkleurige hare.

Op dieselfde oomblik kyk Elise op na die twee wat so intiem naby mekaar sit, maar laat haar blik onmiddellik weer sak.

Daardie liefkosende gebaar van Armand, en daardie sagte blik in sy oë toe hy Tersia aangekyk het, laat 'n ontsettende pyn deur haar binneste skiet en sy voel hoe 'n knop in haar

450

keel vorm. Dit is so erg dat sy nie in staat is om verder te eet nie.

Sy kom orent en plaas haar byna onaangeraakte bord kos terug op die tafel. Sy voel nie in die minste meer honger nie, net lus om weg te kom na 'n stil plekkie waar sy alleen kan wees met haar pyn, haar gedagtes en haar vernedering.

Stilweg glip sy om die huis se hoek, onbewus van 'n paar donker oë wat haar bewegings met belangstelling volg.

Sy stap langsaam met die laning dennebome langs tot waar sy later by 'n dammetjie kom. Die water is bruin en modderig, maar dit hinder die eende wat daar soos wit skepies ronddryf blykbaar nie. Telkens verdwyn een se kop onder die water op soek na iets wat die modderige water mag oplewer om te eet.

Sy gaan sit op die gras langs die dammetjie en tog besef sy dat dit nie so behoort te wees nie.

Om haar lê die veld groen en wyd, en die lug is lieflik blou. Die sneeuwit wolkies lyk soos wit geborduurde kant.

Sy behoort nie so ongelukkig te voel nie, sy het tog uit die staanspoor geweet dat daar alreeds iemand anders in sy lewe is en dat sy aandag, liefkosings en mooi woordjies maar net vir eie vermaak bedoel was! Met die agterkant van haar hand vee sy die trane af wat soos doudruppels aan haar lang, donker wimpers hang. Sy moes haar liefde sommer die eerste dag al in die kiem gesmoor het. Maar in plaas daarvan het sy heimlik bly hoop dat sy gevoel vir Tersia sou verander. Wat het dit tog alles gebaat? Gister het hy self erken dat Tersia reeds vir hom as lewensmaat gekies is — en 'n rukkie gelede het sy self sy teer optrede teenoor Tersia gesien. Sy sal haar liefde vir hom moet onderdruk. Waarom is die lewe so wreed?

'n Lang ruk sit sy bewegingloos na die eende en kyk. Later kom sy moeisaam orent om terug te stap voordat die jongklomp van haar afwesigheid bewus raak. Maar die volgende oomblik staan die forse Armand voor haar.

"Nie so haastig nie, Elise," hoor sy hom sag sê, en sy voel sy vingers wat om haar boarm sluit. "Kom, sit maar nog 'n rukkie. Ek wil graag alleen met jou gesels."

Willoos gaan sy sit, want sy voel te verward om logies te dink of te handel.

"Wat . . . wat maak jy hier?" kry sy dit eindelik uit na hy langs haar gaan sit het.

Van haar ongelukkige gesiggie kan hy aflei dat alles nie pluis is nie. Van die ware rede vir haar sielewroeging is hy egter heeltemal onbewus. Hy verkeer nog steeds onder die indruk dat sy vies is vir hom oor sy uitgesprokenheid van vroeër en in sy binneste begin hy 'n wrok koester teen die stil, waardige Piet Beukes wat verantwoordelik is vir hierdie toedrag van sake. As hy nie op die toneel verskyn het nie, was Elise seker nou al sy, Armand, se verloofde.

"Vergeef my as ek jou in die verleentheid gebring het, nooientjie," begin hy en vou haar een fyn, slanke handjie in syne. "Ek sweer ek het dit nie bedoel nie. Ek . . . ek het maar net gehoop dat my woorde dalk 'n werklikheid mag word!"

"Wat? 'n Werklikheid?" hyg sy opnuut van verontwaardiging en stik byna in haar woorde. "Wat jou besiel en wat jy met sulke woorde bedoel, sal net jy weet, Armand. Ek kan slegs my eie gevolgtrekking maak, my eie mening vorm. En glo my, dis glad nie gunstig nie. Daarom gaan ek jou weer vra om my nou, en ook in die vervolg, met rus te laat. My vriendskap met jou het my nog niks anders as vernedering besorg nie. Dus, gaan asseblief en laat my alleen."

Sy voel dat die trane baie naby is, maar sy staal haarself teen hierdie swakheid. Voor Armand mag sy nie huil nie, nooit nie. Dit sal haar vernedering net groter maak.

"Elise, nooientjie, waarom sê jy al hierdie aaklige dinge?" verneem hy sag, gee haar hand 'n liefdevolle drukkie en kyk haar met bekommerde oë aan. "Ek is seker jy bedoel dit nie werklik nie. Jy kan dit nie bedoel nie, Elise. Ons vriendskap beteken vir my so oneindig veel. Jy kan dit nie so eensklaps met 'n paar onsinnige woorde vernietig nie. Ek kan dit nie toelaat nie, maatjie!"

"Nee, Armand, jy moenie teëstribbel nie. Jy moet doen soos ek verlang. Jy kan nie altyd net aan jouself, jou eie gerief en jou eie plesier dink nie. Daar is ander wie se gevoelens jy ook in aanmerking moet neem."

"Kom, Elise, ons moet teruggaan. Die jongklomp wil gaan swem," beveel hy met 'n besliste stem en om sy mond is 'n vasberade trek. Hy kyk haar berekenend aan en vervolg dan effens kortaf: "Verwyder al daardie onsinnige gedagtes uit jou kop. Kom," en hy help haar galant orent.

"Gaan jy maar solank. Ek sal later agternakom," sê sy in 'n klein stemmetjie.

"En waarom nogal?" wil hy met 'n frons tussen sy oë weet.

"Maar jy weet tog dit sal nie goed lyk as ek en jy soos twee weglopers daar aangesit kom nie. En buitendien, wat . . ."

"Genoeg, heeltemal genoeg van hierdie bogtery, Elise," onderbreek hy haar bars. Toe voeg hy streng en kortaf by: "Kom, laat dit lyk soos dit wil."

Swygend stap hulle deur die dennelaning, elkeen besig met sy eie gedagtes. Armand loop en prakseer hoe hy hierdie ontembare rooikop langs hom tot 'n ander insig kan bring. Elise loop weer en wens dat Piet haar moet vra om verloof te raak, want dan sal Armand sy aandag aan haar moet staak en sal sy 'n beter kans staan om van haar verliefdheid ontslae te raak.

By die huis vind hulle dat die ander alreeds weg is rivier toe.

"Gaan haal gou jou baaipak," beveel hy. "Ek gaan solank

myne haal. As ons gou speel, haal ons hulle dalk nog in voordat hulle die rivier bereik."

Etlike minute later stap hulle met die voetpaadjie in die rigting van die rivier. Af en toe word daar 'n aanmerking oor die skoonheid van die natuur gemaak, andersins wissel hulle nie veel woorde nie.

Halfpad kry hulle die ander klomp in sig. Met luide uitroepe en veel gebare kry Armand hulle eindelik om vir hulle te wag.

Hy is natuurlik haastig om by Tersia aan te sluit en voel blykbaar bekommerd oor wat sy gaan sê van sy lang afwesigheid en die feit dat hy al die tyd by háár was, dink Elise hartseer en draai haar blik weg sodat Armand nie die pyn in haar oë moet merk nie. As hy nou boonop haar gevoel vir hom moet raai, sal dit vir haar voorwaar 'n ondenkbare vernedering wees.

"Toe, toe, wat is julle twee so stadig?" word hulle luidrugtig deur Jan Verster begroet.

"Hou jou groot snater, Jan," bestraf Bettie hom en kyk kwaai na hom. "Jy is maar net jaloers en buitendien vergeet jy dat Elise maar tien dae gelede uit die hospitaal ontslaan is, nè?"

'n Vrolike gelag volg op Bettie se vermaning. Net Tersia lag nie saam nie, want diep in haar binneste koester sy 'n naamlose wrok teenoor die beeldskone Elise wat die mag besit om Armand om haar pinkie te draai. Sy, Tersia, het met sulke groot verwagtinge na De Wilgers gekom, hopende dat Armand haar, noudat hy gevestig is, sou vra om met hom te trou. Maar tot dusver het hy nog geen woord omtrent 'n verlowing gerep nie. Sy optrede teenoor haar is ook nog steeds soos altyd: baie hoflik. Maar noudat sy Elise ontmoet het, besef sy waaraan sy traagheid met 'n huweliksaansoek te wyte is.

Elise is niks anders as 'n opperste flerrie nie, dink die trotse blondine vol wrewel terwyl haar ysblou oë vuur blits. Haar ouers mag nou wel geëerde en gesiene mense wees, maar as 'n vriendin sal sy haar nooit kan aanvaar nie. Elise se duur klere maak ook geen indruk op haar nie. Haar eie ouers is welgesteld, maar sy vind dit nie nodig om voortdurend met duur klere indruk te probeer maak nie. Wat haar totaal dronkslaan, is dat Armand se liewe, goeie ouers so blind kan wees om hulle so deur Elise te laat beïndruk. Die twee oues se gesigte het letterlik gestraal toe Armand die klein flerrie aan hulle bekendstel. Sy kan regtig nie verstaan waarom hulle so beïndruk was nie.

"Nou kyk, as julle almal nou julle sê gesê het en klaar gelag het, kan ons seker weer begin aanstryk," laat Neels op sy beurt hoor en begin sonder meer aanstap.

Soos wat dit 'n gasheer betaam wanneer daar 'n vreemdeling in die groep verkeer, gaan sluit Armand by Tersia aan wat soos 'n verstoteling onder die klomp vertoon. Heimlik voel hy vies omdat sy haar so afsydig hou en geen poging aanwend om vriendeliker te wees en deel te neem aan die vrolikheid nie.

Elise gaan haak ewe gemoedelik by Jan Verster in. Laggend tou die groep af rivier toe.

By hulle bestemming aangekom, word daar gou besluit waar elke groep kan verklee en etlike minute later wemel dit van baaiers in die breë, stilvloeiende stroom. Party neem sonbaddens, ander jaag resies, duik, druk mekaar se koppe onder die water en speel ander speletjies. So groot is die lawaai dat al wat vink en bosduif is haastig op die vlug slaan.

Tot om vieruur word daar lustig en luidrugtig in die water baljaar, en al die tyd bly Armand so na as moontlik aan Elise. Nou voel almal hoe die honger en dors begin knaag, en daar word eenparig besluit dat dit tyd is om huis toe te gaan vir ligte versnaperings en iets om te drink.

Enkele minute later is almal gereed om terug te stap huis toe, en hierdie keer sluit Armand by Elise aan ten spyte daarvan dat Tersia 'n vreemdeling onder die klomp is. In die water het hy gesien dat sy opsetlik, en uit pure moedswilligheid, nie vriende met die ander wou maak nie. Hulle was almal bereid om haar in hul kring op te neem, maar dis sy wat hul vriendelikheid telkens van die hand gewys het.

Nou kan sy maar tevrede wees met haar eie geselskap, besluit hy vies. Hy het haar in elk geval nie De Wilgers toe genooi nie. Sy het haarself genooi toe sy verneem het dat sy ouers planne het om hom te kom besoek.

Tuis bied Elise en vier van die ander weer hul hulp aan met die bediening van die tee. Binne 'n halfuur sit almal op die gras en smul aan die heerlike eetgoed.

Halfsewe kondig Elise aan dat dit tyd vir haar is om te vertrek.

"Ek wil net eers Armand se ouers gaan groet," sê sy en stap in die rigting van die stoep waar die twee hulle sit en verlustig in die jongklomp se uitbundige vrolikheid.

Armand kom ook orent en volg haar na die stoep. Vir almal is dit duidelik dat hy diep teleurgesteld is omdat Elise al weer so gou wil vertrek.

Voor sy die stoeptrappies bereik, haal Armand haar in. "Net 'n oomblikkie, asseblief, Elise!" sê hy, neem haar saggies aan die arm en stuur haar 'n entjie weg totdat hulle buite hoorafstand is. "Waarom hierdie haas?" wil hy met 'n agterdogtige blik weet en gaan reg voor haar staan. "Jy kan nie nou al gaan nie."

"Kom, Armand, ons kan onmoontlik hier staan en redekawel. Kyk hoe staar almal na ons!"

"Maar my liewe genugtig, Elise, wat gee ek om of almal na ons staar of nie?" roep hy ergerlik uit. "Ek voel op die oomblik glad nie lus om met jou te staan en stry nie, hoewel dit tog vir my wil voorkom of ons nooit kan gesels sonder om te baklei nie! Ek het jou 'n vraag gestel en ek verlang 'n redelike antwoord." Sy donker oë kyk haar deurdringend aan, en weer vervies Elise haar vir sy aanmatiging.

"Nou goed, meneer Van Rijn."

"Skei maar uit met die 'meneer', my naam is Armand," sê hy kortaf.

Elise se groen oë begin al weer klein vonkies spat.

"Nou goed, Armand van Rijn," snou sy hom toe, "as jy dan wil weet, ek het 'n afspraak met Piet, en wat daarvan?" Sy kyk hom uitdagend aan.

'n Oomblik kyk hy stil, ergerlik na haar.

"Dus verkies jy Piet se geselskap bo die vrolikheid van 'n vleis-braai en 'n dans?" Sy stem versag ineens toe hy vervolg: "Asse-blief, Elise, moenie dat ons weer stry nie. Bel vir Piet en verdui-delik aan hom dat jy graag wil bly vir die vleisbraai en die dans. Jy weet tog die ander gaan bitter teleurgesteld wees as jy nou al vertrek, en van my ouers praat ek nie eens nie. Kom." Hy plaas sy arm om haar skouers en stuur haar in die rigting van die stoep. "Gaan bel nou eers. Ek wag solank vir jou hier op die stoep."

Gewillig laat Elise haar lei, want sy is besonder lief vir haar gewese skoolmaats en buitendien het sy nie geweet dat daar nog 'n vleisbraai en dans gaan wees nie.

Terwyl sy vir Piet bel, gaan sluit Armand by sy ouers aan. Met 'n selfvoldane trek om sy mond sak hy langs sy moeder op die bank neer en begin om sy pyp met diep konsentrasie te stop en aan te steek.

"Hoe lyk dit vir my of jy het 'n ogie op jou buurman se mooi rooikopdogter, Armand?" wil sy vader met 'n plaende glimlaggie weet.

"A, nou praat Pa!" laat hy met 'n geheimsinnige laggie hoor. "Dis presies hoe die vurk in die hef steek. Het Vader beswaar daarteen?"

457

Die oubaas kug, klop sy pyp teen sy skoen se hak uit en vervolg stil: "Wel . . . nee . . . maar wat van Tersia?"

"Tersia! Maar my liewe pa, al die jare was Tersia julle keuse, nie myne nie!"

"Sy kom uit 'n goeie familie, my seun."

"Wil Vader nou insinueer dat Elise nie ook uit 'n goeie familie kom nie?" vra hy met 'n ongeduldige stem. "Haar ouers is van die mees gesiene mense in hierdie omtrek, en boonop is haar vader 'n ouderling in ons kerk ook!"

"En daarby skatryk, anders sal haar broer nie so 'n luukse motor besit nie," lag die oubaas.

"Hulle rykdom beïndruk my nie. Gelukkig het ek genoeg aardse besittings om nie hulle s'n te begeer nie," glimlag hy. "Dis die nooi, wat so verbrands moeilik is om hok te slaan, wat my geweldig beïndruk. Sien, sy staan so te sê op die punt om verloof te raak aan 'n ou skoolmaat van haar, Piet Beukes, ons plaaslike geneesheer."

"Dus is dit twee honde om een been," spot sy moeder liggies.

"Ja, maar gelukkig is daar nie 'n derde wat met die been kan wegkom nie," spot hy saam. "Die beslissing lê tussen my en Piet."

"Ou vrou, in daardie geval sal jy maar solank my kispak moet regkry vir die troue. Dit lyk vir my hierdie seun van ons voer groot planne in die mou. Maar ek wil darem sê sy is pragtig, Armand, en dit lyk my sy het geen hoogmoedige haar op daardie rooikop van haar nie!"

"Sy is 'n lieftallige kind, my seun," lug sy moeder ook haar opinie. "Ek verkies haar bo Tersia as 'n skoondogter, want sy is altyd so opgeruimd en behulpsaam."

Elise se verskyning op die stoep maak 'n einde aan die gesprek.

"O, daar is jy," roep sy uit en gaan sluit by hulle aan. "Ek vrees ek sal moet gaan," vervolg sy en plak haar op die rand van die stoepmuurtjie neer. "Ek kan Piet glad nie in die hande kry nie. Tien teen een sit hy dalk al voor my woonstel en wag."

"En hy kan natuurlik nie teleurgestel word nie," merk Armand diep teleurgesteld en half verontwaardig op.

"Nee, onder geen omstandighede nie. Sou jy daarvan gehou het as jy in Piet se plek was?" Sy kyk hom stil, berekenend aan.

"Jy is reg, Elise," glimlag hy suur. "As ek in Piet se skoene was, sou ek jou nekkie omgedraai het indien jy my verniet laat wag het!"

Sy kom grasieus orent. Hoflik bedank sy haar gasheer vir die genoeglike dag en hulle almal se vriendelikheid. Sy groet sy ouers elk met 'n stewige handdruk voordat sy saam met Armand teruggaan om vir die jongklomp op die gras ook tot siens te sê.

11

Met haar raket onder haar arm vasgeknyp, sluit Elise die voordeur van haar woonstel oop en stap binne.

Soos gewoonlik sluit sy die deur agter haar. Terwyl sy kamer toe stap om haar tennisrok uit te trek, neurie sy 'n vrolike deuntjie.

Haar ouers sien seker al uit na haar tuiskoms. Hulle wonder stellig waarom sy vandag so laat is, want ander Vrydae ry sy gewoonlik net nadat die skool gesluit het.

Sy moet Neels ook nog bel om te sê dat sy nie die volgende

dag saam sal kan gaan piekniek hou nie. Dan besluit sy om gou na sy spreekkamer te ry aangesien dit so naby is.

Haastig trek sy die kam deur haar rooibruin krulle, vee 'n slag met haar hand oor haar rok asof sy 'n paar onsigbare kreukeltjies uitstryk, dan verlaat sy die woonstel en draf met die trappe af.

Enkele minute later hou sy voor Neels se spreekkamer stil en stap die wagkamer binne.

"Hallo, Bets. Hoe lyk dit, is Neels nog so 'n slawedrywer?" vra Elise opgewek.

"O, jittetjie, as dit nie Elise is nie!" roep Bettie bly uit en groet haar vriendelik met 'n susterlike soen. Sy steek haar kop om die middeldeur en roep luid: "Neels! Kom kyk gou wie is jou volgende pasiënt!"

"Haai, jou voortvarende meisiekind, ek is nie 'n pasiënt nie!" keer sy Bettie laggend.

Die volgende oomblik verskyn Neels se lang, witgeklede gestalte in die oop deur. Met 'n breë glimlag groet hy Elise en vervolg: "Hoe interessant! Van waar?"

"Nie vir tande trek nie, ou maat," lag sy en gaan doodluiters op die punt van Bettie se lessenaar sit. "Ek kom jou eintlik net sê dat ek nie kan saamgaan op môre se uitstappie nie."

"Wat? Jy waag dit om sulke onsin aan my te kom staan en opdis, Elise!" roep hy vererg uit. "Presies waarom het jy nou ewe skielik van besluit verander?" Hy kyk haar deurdringend aan en Elise, wat hom al van kindsbeen af ken, weet dat Neels nou baie omgekrap is.

"Moenie my so boosaardig aangluur nie, ou maat," glimlag sy ongemaklik. "Dis Piet wat beswaar maak teen die uitslapery en ... nou ja, hy weet tog seker al dat hy eersdaags my heer en meester gaan ..."

"Heer en meester se voet, man," onderbreek hy haar met 'n

kwaai frons tussen sy lewendige grys oë. "Verbrands, Piet is al net so nougeset en preuts soos daardie ma en pa van hom!"

"Sjuut, jy praat nou van my aanstaande skoonouers," verneem sy hom goedig.

"Kyk hier, Elise, ek gaan nou sommer padlangs met jou praat. En jy kan maar kwaad word as jy wil. Dink jy miskien vir een oomblik dat jy gelukkig sal wees met 'n man soos Piet? Begryp my mooi, ek het niks teen sy karakter nie, want dit was tot dusver nog altyd onberispelik. Ek is ook oortuig daarvan dat hy 'n uitmuntende lewensmaat sal uitmaak – maar nie vir 'n nooi met jou temperament nie!"

"So! En wat is miskien verkeerd met my temperament?" Haar oë vonkel en haar wenkbroue vorm 'n duidelike vraagteken.

"Niks, absoluut niks nie, Elise," verklaar hy ernstig. "Ek bedoel maar net dat jy en Piet twee uiteenlopende persoonlikhede het en glad nie by mekaar pas nie. Met jou temperament sal jy beslis baie beter by Armand pas." Dan vonkel sy oë ondeund en 'n glimlaggie pluk-pluk aan sy mondhoeke. Hy slaan op sy bors en vervolg: "Maar wat van my? Is ek nie ook goed genoeg nie?"

Heerlik bars die twee meisies uit van die lag.

"Neels, skaam jy jou nie om Elise sommer hier in die openbaar 'n huweliksaanbod te maak nie? Jou opvoeding laat veel te wense oor, mansmens!" Bettie kyk hom gemaak bestraffend aan.

"Nou praat jy, Bettie," laat Elise nog steeds laggend hoor. "Dis omtrent tyd dat iemand hom dit aan die verstand bring, want hy raak deesdae alte uitgesproke!" Sy draai haar weer na Neels en vervolg: "Ek en jy sal mekaar vernietig, vriend, want jou humeur pas mos eintlik beter by my rooi hare."

"Mense, werk julle dan nooit in hierdie kontrei nie?" word

461

hulle gesprek deur 'n diep manstem onderbreek. "A nee a, watse leeglêery en geselsery is dit alewig met julle? Ai, ons ou nasie is darem maar lief vir sy geselsie. Sowaar, julle drie sal nooit by ou Slavinsky kan kers vashou wat werk betref nie. Op die oomblik is die ou druk besig om hom oor 'n mik te werk, en hier staan julle drie ure met gesels en verwyl. Nee, kyk, ek maak kapsie teen sulke leeglêery!"

"Toe maar, jy lyk op die oomblik self nie vreeslik besig nie," kap Neels in dieselfde luim terug.

Hulle groet Armand en laasgenoemde plak hom sonder meer langs Elise op Bettie se lessenaar neer.

"Ek was vaneffe net besig om Elise uit te trap," gaan Neels voort en werp 'n beskuldigende blik na die rooikop.

"So, en wat het sy nou weer gesondig?" verneem Armand en kyk na die meisie aan sy sy.

"Glo my, ek is totaal onbewus van die feit dat ek gesondig het. Dus, steur jou nie aan Neels se praatjies nie. Hy is deesdae nie net 'n tandetrekker nie, maar ook 'n huweliksburo."

"So?" Hy kyk vraend na Neels en vervolg: "Wat gaan vandag hier aan, Neels? Hoe lyk dit vir my of daar al weer oorlog tussen jou en Elise is?"

"Man, ja, ek het maar net 'n paar waarhede kwytgeraak en nou wil die meisiekind my kop afbyt."

"Hy jok vir jou, Armand," val Elise hom in die rede. "Ek het hom net gou kom sê dat ek nie môre kan saamgaan nie, en dis toe hy hom so vervies."

"Maar waarom trek jy dan nou ewe skielik kop uit? Kan 'n mens dan nie peil trek op jou woord nie?" val hy haar aan en dis duidelik dat hy ook nou baie verontwaardig voel oor hierdie nuwe besluit van haar. Hy het so uitgesien na die twee dae langs die rivier waar hy haar elke oomblik naby hom sal hê, en nou hierdie teleurstelling.

462

"Man, nee, dis glo Piet wat beswaar maak teen die slapery daar in die veld," tree Neels vir haar in die bresse.

"Maar wat gaan dit hom aan wat Elise doen? Hy is mos darem nog nie met haar getroud nie!" laat Armand nou duidelik vies hoor.

"Dis waar, hulle is nog nie getroud nie, maat. Maar Elise beweer dat hy eersdaags haar heer en meester gaan word en dat sy woord net sowel nou al vir haar wet kan wees."

"Nee, wag," val sy hulle in die rede en kom haastig orent. "As julle van plan is om Piet op so 'n manier agter sy rug te bespreek, sal ek maar liewer gaan. Ek moet nog in elk geval 'n tas gaan pak vir die naweek."

"Gaan jy Vergesig toe vir die naweek?" vra Armand.

"Ja, my ouers verwag dat ek elke naweek tuis moet deurbring."

"Dan het jy finaal besluit om nie mee te doen aan môre se uitstappie nie?" Hy kyk haar met 'n smeulende uitdrukking in sy donker oë aan en sy mond lyk streng en onverbiddelik.

"Ja, dis finaal, Armand," antwoord sy gemaak ongeërg. Hoeveel moed hierdie besluit werklik van haar geverg het, sal nie een van die drie aanwesiges ooit raai nie; ook nie die pyn wat Armand se skielike verskyning weer in haar binneste laat opvlam het nie.

Sy kyk op haar polshorlosie en vervolg: "Julle sal my nou moet verskoon, want ek moet dadelik gaan."

Met haar gewone vriendelike glimlaggie wens sy hulle almal 'n aangename naweek toe, sê haastig tot siens en stap uit na haar motor. Sonder om een maal om te kyk, klim sy in, skakel die enjin aan en trek vinnig weg. Dis alreeds vieruur en sy moet nog Vergesig toe ry.

Voor die woonstelgebou hou sy stil, spring rats uit en draf met die trappe op na haar woonstel. Sy vergeet om die voordeur toe te maak en begin in aller yl 'n tas pak vir die naweek.

Nadat sy eindelik alles afgehandel het, draf sy weer na die sitkamer om Piet te gaan bel. In die middel van die vertrek steek sy egter skielik vas. Daar op die rusbank, gemaklik agteroor geleun, sit-lê Armand met 'n ongenaakbare uitdrukking in sy oë.

Sy voel hoe haar hart wild aan die klop gaan en om dit tot bedaring te bring, trek sy haar asem diep in en sê gemaak ongeërg: "Ek het nie geweet ek het 'n besoeker nie! Waarom het jy nie geklop nie? Dan het ek mos geweet jy is hier!" 'n Sweem van 'n glimlaggie plooi om haar sagte lippe, maar haar oë is vol pyn.

"Maak dit dan saak of ek hier is of nie?" vra hy byna bars, kom orent en gaan staan reg voor haar. "Ek vra jou, maak dit miskien enige verskil aan jou of ek wel hier is of nie? Toe maar, dis nie nodig om so naarstiglik 'n antwoord te soek nie. Ek weet dit maak aan jou geen verskil nie. Al wat deesdae by jou van enige belang is, is Piet Beukes, sy besoeke en jou afsprake met hom. Jou ander vriende is van veel minder belang. En of jy hulle gevoelens daardeur seermaak, is vir jou van net so min belang."

"Jy praat nou in raaisels, Armand, en ek gaan nie eens probeer om te begryp wat jy met hierdie insinuasies bedoel nie." Haar warm, opstandige blik ontmoet syne. Op 'n onverklaarbare wyse is haar belangstelling tog geprikkel.

Senuagtig byt sy haar onderlip vas en hy weet dat sy aanval goed gemik was. Sy donker oë vonkel onheilspellend toe hy weer sê: "Kom, bog! Jy weet goed genoeg wat ek bedoel. Dit pas jou maar net om dit nie te erken nie."

'n Oomblik lank is Elise uit die veld geslaan en dit verg inspanning om die kunsmatige, sorgelose stemming te behou. Om haar mond speel 'n stywe glimlaggie terwyl daar in haar oë 'n diep, naamlose pyn skuil. Sonder dat sy daarvan bewus is, het daardie donker, oplettende oë reeds elke emosie, elke roering in haar gemoed waargeneem.

Half verward vee sy met haar hand oor haar gesig. Wat moet sy antwoord? Wat kan sy aan Armand sê wat haar met eer uit hierdie geveg kan laat tree?

Sy skraap al haar moed en durf bymekaar en voeg hom met 'n traak-my-nieagtige houding toe: "Sou jy dink dat ek my vriende verstoot net omdat ek besluit het om nie môre aan die uitstappie deel te neem nie?"

Hy kyk haar 'n oomblik lank verwytend aan, maar dan vou hy haar in sy arms toe. Met sy gesig naby hare sê hy: "Ek dink dit nie, Elise, dis 'n onomstootlike feit. Jou vriende beteken vir jou deesdae absoluut niks nie, want Piet skyn jou alfa en omega te wees. Eergisteraand het jy geweier om vir die vleisbraai en die dans te bly, net omdat Piet nie daar was nie. En vandag het jy weer jou woord en jou beloftes aan jou vriende verbreek omdat Piet dit so verlang. Dink jy dis reg, dink jy jou vriende gaan daarmee gedien wees om so op die agtergrond geskuif te word? Nee, jy begaan 'n fout, Elise. Laat ek jou dit vertel: beide Neels en Bettie voel bitter teleurgesteld oor hierdie optrede van jou. Hoe ek daaroor voel, sal jou natuurlik nie interesseer nie. Ek is mos nie 'n jare lange vriend nie, dus is my mening seker nie van waarde nie."

"Jy vind skynbaar groot behae daarin om my te verkleineer en gemeen te laat voel, nè, Armand?" 'n Magteloosheid skemer deur haar woorde, en dit ontgaan hom nie.

Liggies druk hy haar teen hom vas en staar diep in die groen oë, dan sê hy op 'n sagte toon: "Ver daarvan, Elise. Ek probeer maar net verhoed dat jy 'n ramp tegemoet gaan. Jy is so stralend, so vol lewenslus – ek kan nie met gevoude hande staan en toekyk dat dit alles vernietig word nie, maatjie. Sal jy nie maar hierdie een keer jou vriende in ag neem en môre saam met hulle gaan uitkamp nie?"

Hy kyk haar so pleitend aan dat sy voel hoe elke bietjie weerstand in haar wegkrummel. Dis eintlik haar groot liefde vir hom wat maar nie gesmoor wil wees nie wat die deurslag gee.

"Ek weet nie. Ek . . . ek sal Piet eers moet bel," stamel sy.

En haar mooi oë is momenteel dof van tweestryd en twyfel.

"Gaan bel hom dan, nooientjie," sê hy sag gebiedend. "Ek sal solank die ketel gaan aanskakel vir tee." Hy gee haar 'n piksoentjie op die voorkop en stoot haar saggies in die rigting van die telefoon.

Ofskoon sy weet dat sy nie moet toegee aan hierdie wens van Armand nie aangesien dit Piet diep seer gaan maak, is dit asof 'n onsigbare mag haar dryf om die gehoorbuis op te lig en Piet se nommer te skakel.

Haar stem klink moeg en sonder krag toe iemand die gehoorbuis aan die ander kant optel en sy sag sê: "Hallo, Elise hier."

Met 'n warm stem groet Piet haar en vra: "Van waar praat jy, Elise?"

"Van my woonstel af," antwoord sy sonder enige geesdrif.

"Moes jy dan nie vanmiddag huis toe gegaan het nie, Elise?"

"Wel . . . ja . . . ek moes . . ."

"En so, waarom het jy nie? Voel jy nie gesond nie, nooientjie?" val hy haar sag in die rede.

"Ek voel heeltemal gesond, dankie. Maar ek weet waarlik nie wat my te doen staan nie, Piet. Die ander voel teleurgesteld omdat ek nie meer wil saamgaan op die uitstappie nie. Hulle dring daarop aan dat ek hulle môre moet vergesel."

"Hoegenaamd nie, Elise. Dis verregaande, en ek gaan dit beslis nie duld dat jy jou in so iets begeef nie."

Hierdie laaste woorde van hom wakker 'n sluimerende duiweltjie in haar aan, en teenkanting teen die besitlike toon in sy stem.

"Ek het alreeds belowe om hulle môre te vergesel, Piet," jok sy met 'n warm, opstandige blik in haar groen oë.

"Elise, wat sê jy daar?" kom dit nou skerp.

"Net dat ek hulle alreeds belowe het om saam te gaan op die uitstappie," herhaal sy.

"Gee ons vriendskap my dan nie die reg om jou so iets te verbied nie, nooientjie?" wil hy weer weet en dis duidelik dat hy bitter teleurgesteld is.

"Ek vrees die antwoord is nee, Piet."

"O, ek sien," sê hy kortaf. "Maak dan maar soos jy verkies. Ek sal probeer om in die vervolg nie weer met jou sake in te meng nie."

"Is . . . is jy nou kwaad vir my, Piet?" verneem sy, ineens berouvol dat sy hierdie jare lange maat van haar nou seergemaak het met haar opstandigheid.

"Nee wat, Elise, nie kwaad nie, net teleurgesteld," antwoord hy. "In elk geval, jy is reg, ek het geen reg om jou enigiets te verbied nie. Dis maar net . . . wel . . . ek het gehoop dat jy na my sou luister. Jy weet, soms praat die mense nie, maar dan dink hulle weer baie."

"Aan 'n geskinder het ek my nog nooit gesteur nie, Piet. Inteendeel, ek ag sulke dinge ver benede my."

"Geniet maar die naweek, Elise," sluit hy die gesprek af en sê tot siens. Elise groet en plaas die gehoorbuis terug op die mikkie.

In die kombuis tref sy Armand aan waar hy druk, en ook onhandig, besig is om tee te skink.

"Ek het vir ons tee geskink, maar die spulletjie lyk bra sterk," maak hy met 'n glimlaggie verskoning en plaas die teepot eenkant op die stoof.

"Is daar nog kookwater?" wil sy weet en onderdruk 'n glimlaggie terwyl sy na die donker gekleurde tee staan en kyk.

"Genoeg om nog twee potte tee te maak."

"Gaaf, gaan sit jy dan maar in die sitkamer, ek bring die tee."

Met 'n sug van verligting begeef hy hom na die sitkamer. Hy het nooit geweet dat dit so 'n ingewikkelde kuns is om 'n behoorlike koppie tee te maak nie!

Hy sal haar beslis moet vra hoe dit gedoen word, besluit hy en sak neer op die rusbank. Sê nou net sy en Liesbet besluit dalk eendag om gelyk siek te word, wie gaan dan vir die kind 'n behoorlike koppie tee maak? Die kind? Hy glimlag. Nee, sy sal dan nie meer 'n kind wees nie, sy sal dan mos mevrou Armand van Rijn wees!

Elise se binnekoms bring 'n einde aan sy salige drome.

"Kom sit hier," nooi hy en wys na die sitplek langs hom.

"Jy moet my nog vertel hoe jy dit regkry om sulke heerlike tee te maak, nooientjie," vervolg hy later en proe-proe aan die geurige tee.

"Ek sal jou môre langs die viswaters vertel."

"Dan . . . gaan jy?" Hy kyk haar stil aan, maar sy donker oë vonkel van blye verwagting.

"Ja, danksy jou geneul," glimlag sy flou. "Neels en Bettie het voorwaar 'n getroue kampvegter in jou."

"Dis wat jy dink! Soms veg 'n kampvegter ook vir eie gewin," glimlag hy stil, maar sy blik is dié van 'n oorwinnaar.

"Ek kan nie juis sien wat jy daarby gaan baat nie."

"H'm, 'n mens weet nooit nie," onderbreek hy haar met 'n geheimsinnige blik en sy glimlag is nie minder geheimsinnig nie. "Het jy miskien vergeet dat aanhouer wen?"

"Vergeet hierdie bogtery van jou en drink jou tee, Armand. Daarna moet jy asseblief dadelik gaan sodat ek my sakies in orde kan kry vir môre se uitstappie – Tersia wag seker ook al gretig op haar geliefde se tuiskoms."

Met hierdie woorde kom sy orent en plaas haar leë koppie op die teetafeltjie, onbewus van die begrypende lig wat skielik in die jongman se donker oë verskyn.

'n Voldane glimlaggie speel om sy mond. Kan dit wees dat sy vriendskap met Tersia vir Elise hinder? As dit waar is, is sy saak reeds gewonne en kan Elise maar solank haar trourok gaan uitsoek en die troukaartjies laat druk!

"Meisiekind, jy herinner my nou aan iets wat ek totaal vergeet het," lag hy met vonkelende oë en kom self orent. "Ek het belowe om Tersia saam te neem wanneer ek vanmiddag gaan kyk hoe dinge by my nuwe huis vorder, en sy is 'n nooientjie wat 'n belofte nie maklik vergeet nie," jok hy sonder om te blik of te bloos, want hy het nooit so 'n belofte aan die blonde nooi gemaak nie. "Dus sal ek nou moet aanstaltes maak om te gaan as ek nie uitgetrap wil word nie," vervolg hy.

Hoeveel pyn hierdie verklaring van hom die rooikop besorg, sal Armand nooit kan raai nie, want soos gewoonlik laat sy niks blyk van wat in haar binneste omgaan nie. Sy wuif hom 'n vriendelike groet toe terwyl hy in die gang wegstap.

12

Die twaalf motors parkeer in 'n halfmaan op 'n oop, sanderige kol langs die rivier wat al met die vallei af kronkel tussen die bosagtige berghange deur. Oorkant die rivier, aan die linkerkant, troon die naakte kruin van die hoogste bergspits in die fel môreson.

Almal staar na die oorweldigende grootsheid van die natuur, na die majestueuse ou bergreus wat oor dit alles troon soos 'n magtige vors, en voel soos klein, nietige wesentjies. Die fris klaarheid en skoonheid van die môrestond stuur 'n stille versugting deur almal en laat hulle vir 'n oomblik roerloos in die voertuie bly sit.

Jan Verster is die eerste wat uit sy motor klim en die stilte verbreek. "Haai daar! Is julle bang om uit te klim? Hierdie ou bergreus lyk maar so gevaarlik, maar glo my, dit sal julle nie regtig hier in die vallei vasdruk nie!"

Hierdie woorde van hom laat almal ineens tot die werklikheid terugkeer.

"Loop, jou stuitige mansmens," sê Marie, wat saam met hom gery het. "G'n wonder jy het veearts geword nie, jy hoort tog net tussen die diere tuis!" Sonder om verder ag op hom te slaan, klim sy uit en staan die wêreld om haar met blye opgewondenheid en betrag.

Tant Breggie en haar wederhelf, oom Lewies, wat saam met die jongmense gekom het, klim tydsaam uit hulle antieke ou Fordjie wat reeds baie beter dae geken het.

Uitgelate pyl almal na die oewer van die rivier wat breed en stil vloei, en die twee ouer mense volg teen 'n meer beskaafde pas.

Elise merk hoe bedagsaam Armand die hooghartige blondine oor die los sand help en gou draai sy haar oë weg, want sulke tere besorgdheid van hom teenoor iemand anders voel soos 'n dolksteek deur haar hart.

Moes sy hierheen kom om 'n toeskouer van Armand se liefde vir Tersia te wees? 'n Hewige opstand neem ineens van haar besit en sy besluit terstond dat sy haar nie langer aan die verliefde paar gaan steur nie en ook nie gaan toelaat dat hulle openlike hofmakery die uitstappie vir haar bederf nie. En as

Armand miskien dink hy vermaak haar, gaan hy sy fout gou agterkom. Sy laat haar nie deur so 'n Casanova soos hy vermaak nie, en nog minder deur so 'n hoogmoedige wese soos Tersia!

Sy stoot doelbewus alle kwelgedagtes opsy en sluit by Neels en Bettie aan wat eenkant staan en gesels.

"Aha, jy kom asof jy geroep is," groet Neels haar met laggende grys oë. "Bets en ek het 'n verrassende brokkie nuus om jou mee te deel."

Elise se oplettende oë merk die ligte blos op Bettie se mooi gelaat en dit laat haar wonder. Maar ook nie vir lank nie, want Neels se volgende woorde gee die rede vir Bettie se skielike blos. "Bets en ek het besluit om verloof te raak, en sodra die juwelier Maandagmôre oopmaak, koop ons 'n ring," vervolg hy.

"Hoe gaaf! En julle vertel my nou eers daarvan!" roep sy verras uit met 'n stralende glimlag. "Wêreld, ek sal nou my riete moet roer as ek met julle wil tred hou," spot sy liggies, "want Marie en die malkop Jan Verster het mos ook eergister verloof geraak."

Van die ander begin hulle ook by die drie skaar, en nie lank nie of Neels en Bettie se komende verlowing is aan almal bekend.

"Wanneer word dit gevier, Neels?" roep een van die jong kêrels luid uit.

"A, nou vra jy die vraag, Gert!" antwoord Neels laggend. "Glo dit as jy wil: ek het 'n paar bottels sjampanje saamgebring spesiaal vir hierdie geleentheid. Maar eers gaan ons 'n paar tamaai kurpers aankeer, en nadat ons hulle op die kole gebraai het, spoel ons dit met sjampanje af."

"Dis die gees, Neels," roep Armand vrolik uit. "Kom, kêrels, kry julle visstokke en laat ons daardie kurpers gaan aankeer!"

"Haai, wag 'n bietjie!" beveel tant Breggie in 'n regte piekniekstemming. "Daar moet eers vuur gemaak en koffie gedrink word voordat julle enigiets gaan aankeer! Toe, gaan soek julle jongmans hout en kom maak vir ons 'n vuur. Die meisies kan solank die goed van die motors afpak!"

Nadat almal koffie gedrink het, skraap elkeen sy hengelgereedskap bymekaar en sit af water toe. Ook Elise, wat 'n geesdriftige hengelaar is, gaan haal haar visstok, erdwurms en blikkie pap wat sy sorgvuldig agterin haar motor geplaas het.

Met 'n kennersoog betrag sy die rivier en die rotse, dan gaan neem sy 'n entjie hoër op stelling in op 'n tamaai rots. Sy kry haar visstok in gereedheid en met 'n wye swaai gooi sy die hoek in die water.

Van Armand se blik wat telkens op haar rus, is sy totaal onbewus. Daar waar sy langs Neels sit en wag op 'n vis om te byt, rus sy donker oë goedkeurend op haar pragtige jong liggaam, haar beeldskone gelaat, haar fier houding en die sagte vroulikheid wat sy uitstraal. Hy wens vuriglik hy kan saam met haar op die rots sit en hengel, maar besef ook dat hy nie nou sy goed uitgewerkte plan omver mag gooi nie, want om Elise te verower, sal hy fyn taktiek moet gebruik. En dis presies wat hy gedurende hierdie uitstappie gaan doen. Tot dusver het hy nog net sy liefde aan haar voete gewerp, maar nou gaan hy die nooientjie op 'n beter manier benader, want daardie paar woorde wat sy gister so ongeërg gebesig het, het boekdele gespreek. Hy is nie verniet al byna drie en dertig jaar oud nie. Die lewe het hom al baie dinge geleer; dinge wat die rooikopnooi nie maklik vir hom kan verbloem nie.

Geduldig sit Elise haar lyn, wat nog doodstil daar hang, en oppas. Dan gewaar sy 'n ligte roering en besef dat 'n vis besig is om aan die aas te byt. Enkele oomblikke later voel sy 'n ruk aan haar lyn en hoe die vis spook om weg te kom. Maar daardie kans bied sy dit nie. Ervare, en met verdrag, katrol sy dit in. Toe die vis eindelik op die oppervlakte van die water verskyn, kan sy 'n uitroep van opgewondenheid nie onderdruk nie, want dis 'n knewel!

Al die hengelaars storm op haar af om te verneem waaroor die opgewondenheid gaan. Neels en Armand is eerste by. Toe sy die bielie van 'n vis aan sy stert hou vir hulle om te sien, is trots, gemeng met opgewondenheid, duidelik in die groen skittering van haar oë te lees.

Armand gee 'n lang fluit, wens haar geluk met die eerste vangs van die dag en vervolg: "Jy moet afklim van hierdie rots, ou kinta. As hier sulke groot visse rondswem, sien ek gevaar dat jy aanstons saam met hulle in die water gaan beland!"

"Moenie onsinnig wees nie," voeg sy hom met 'n onpersoonlike glimlaggie toe. " 'n Mens sou sê dis die eerste groot vis wat ek in my lewe uit die water getrek het!"

"Armand, jy ken ons Elise nog sleg. Ek sê jou, so klein as wat sy is, is sy 'n unieke persoon," lag Neels goedig. "Sy het verlede jaar die hengelkompetisie by hierdie einste rivier gewen en toe het die knaap byna agt kilogram geweeg . . ."

"Geen wonder sy het hier kom stelling inneem nie," val Armand hom in die rede. "Sy weet blykbaar waar die grotes boer!"

"Die rivier is vol groot visse," help sy hom reg. "Hierdie rots is maar my geliefkoosde vangplekkie. Maar aangesien jy so skepties lyk omtrent die hele saak, sal ek met jou ruil. Gooi maar jou hoek hier in, ek sal daar by Neels gaan hengel."

Met daardie woorde skraap sy haar vangs en haar hengelgereedskap bymekaar en begin saam met Neels terugstap na waar sy en Armand se lyne nog roerloos in die water lê. Sy gooi haar hoek tien meter van Neels s'n af in.

Sy voel hoe die son later op haar kaal arms begin brand en verskuif na die skadu van die naaste boom.

Diep ingedagte sit sy na die lyn en kyk. Sy dink aan Piet en wonder of hy nog kwaad is vir haar. Sy wonder selfs of dit die moeite werd was dat sy teen sy wense opgetree het. Is hulle vriendskap dan nie meer werd as 'n naweek se pret en plesier nie? vra sy haarself af.

Dit was egter ook nie net vir die pret en plesier wat die uitstappie bied dat sy teen sy wense gehandel het nie! Dit was ook om hierdie vriende van haar tevrede te stel!

'n Skuldgevoel teenoor Piet begin langsamerhand van haar besit neem. Hy offer so oneindig baie op vir sy medemens en sy raak sommer opstandig by die geringste teken van teenkanting. Voortaan kan hierdie klomp gerus maar teleurgesteld wees in haar, besluit sy. In die vervolg gaan sy Piet meer in ag neem. Sy sal selfs aan hom verloof raak as dit sy wens is. Daardie praatjies van Neels dat sy en Piet uiteenlopende persoonlikhede het en dat hulle nie sal stryk nie, is alles pure onsin. Sy hou juis van hom omdat hy so anders is, so stil en besadig. Dis altyd asof sy sterk persoonlikheid vertroue inboesem. Hy is ook glad nie preuts nie. Hy probeer maar net om haar te beskerm teen die praatsieke dorpenaars wat altyd iets soek om te bespreek.

"Haai, jy sit so diep in jou drome versonke dat jy nie eers merk dat daar iets aan jou lyn is nie!" roep Armand vlak langs haar uit en raap haar visstok op net voordat dit oor die wal verdwyn.

Met die slag van 'n ervare hengelaar katrol hy in, maar hierdie keer is dit nie weer so 'n knewel nie.

"Mag ek maar 'n rukkie hier by jou sit en hengel?" vervolg hy en plaas die vis by die ander een wat langs Elise lê.

"Dit staan elkeen vry om te hengel waar hy wil, dus waarom vra jy?" antwoord sy byna kortaf en daar is 'n diep frons tussen haar wenkbroue.

Hy het nou net weer by haar kom sit om haar gemoed te

versteur, dink sy. Maar sy gaan hom nie weer toelaat om al haar goeie voornemens om te krap en in die war te jaag nie.

Hy kyk haar 'n oomblik stil, nadenkend aan en sê dan versigtig: "Ek vra nie die gebruik van hierdie stukkie water nie, maar wel of ek jou geselskap 'n rukkie kan geniet?"

"My geselskap moet bepaald baie waardevol wees as daar so ernstig om gevra word," laat sy hoor en gaan ongeërg voort om aas aan die hoek te sit.

Die katrol sing toe sy met 'n behendige swaai die hoek reg in die middel van die breë stroom gooi. Dan gaan sit sy weer ewe op haar gemak op die wal.

"Terloops, ek hou nie van geselskap terwyl ek hengel nie," sê sy weer. "Dit jaag net die visse weg."

Sonder om haar hierop te antwoord, gooi hy sy eie hoek in en neem langs haar plaas.

Met diep konsentrasie stop hy sy pyp en steek dit aan. Hy draai hom na haar en kyk haar weer 'n rukkie stil, oorwegend aan.

"Waaraan het jy flussies so ernstig gesit en dink, Elise?" verneem hy uit die bloute en merk die ligte wolkie wat skielik oor haar beeldskone gelaat trek.

"Waarom wil jy weet?" verneem sy op haar beurt en kyk hom behoedsaam aan. Sy het al geleer om van Armand van Rijn enigiets te verwag.

"Wel, nie juis om enige spesifieke rede nie," stel hy haar met een van sy innemendste glimlaggies gerus. "Ek het maar net gewonder. Vandat ons hier aangeland het, het ek jou nog nie een keer spontaan hoor lag nie. Jy is vandag so stil en afgetrokke, Elise, ek ken jou mos nie so nie! Kom, vertel my waaraan jy flussies so ernstig gedink het."

"Ek glo nie my gedagtes sal jou interesseer nie, Armand," merk sy stil op en luister na die sagte suising van die windjie deur die wilgers, die jubellied van die vinke, die veraf gekoer van 'n bosduif, die kabbeling van vlak water oor die klippe, die klotsing van klein golfies langs die oewer van die rivier en die helder gelag van die jongklomp laer af. Dit alles klink soos 'n soet refrein, 'n melodie van die veld.

"Waarom sê jy dit, Elise? Het ek miskien iets gesê of gedoen wat jou aan my vriendskap laat twyfel?"

Vlugtig vee sy met haar hand oor haar beswete voorkop en skuif dieper in die skadu van die boom in.

"Kom, skei uit met hierdie ondervraery, Armand," laat sy half ergerlik hoor en skop haar skoene uit om met haar tone in die koel sand te speel. As sy in sy oop, eerlike oë kyk, voel sy egter weer daardie pyn van verlange deur haar binneste skiet.

"Is dit 'n geheim, Elise?" hoor sy hom weer vra, en sy besluit om sy nuuskierigheid te bevredig, want belangstelling is dit tog sekerlik nie. Waar sal dit so skielik vandaan kom? Die hele dag het hy haar omtrent nog nie raakgesien nie, want Tersia neem al sy aandag in beslag.

"As jy dan so graag wil weet waaraan ek gedink het, sal ek jou sê," laat sy hoor. "Ek het aan Piet gedink. Eintlik meer gewonder waarom ek so dwaas was om hom seer te maak ter wille van hierdie plesiersugtige klomp se giere en grille. Elke oomblik van sy lewe sloof hy hom af vir sy medemens. Selfs sy eie plesier offer hy op vir dié wat hom nodig het. En ek, wie se lewe hy onlangs gered het met sy vaardigheid, stel hom so dikwels teleur en neem nooit sy posisie in aanmerking nie."

"Maar, my liewe mens, niemand het hom gedwing om medisyne as 'n professie te kies nie! Die keuse was tog seker sy eie!"

"Nietemin, ek moes nie geluister het na jou en Neels se gepleit nie. Julle almal sou hierdie uitstappie net soveel geniet het sonder my teenwoordigheid."

"Kom, jong, jy is vandag net swartgallig. Katrol jou lyn in

en laat ons by die ander klomp gaan aansluit. Dit lyk my jy het gans te lank hier alleen met jou gedagtes verkeer." Vinnig katrol hy sy eie lyn in. "Piet sal dit natuurlik vreeslik waardeer as hy moet weet dat hy hierdie uitstappie vir jou bederf het," laat hy duidelik sarkasties hoor, want net die noem van Piet se naam laat hom klaar voel of hy moord kan pleeg. "Kom," sê hy weer en lei haar na die kampterrein waar die mans al besig is om vuur te maak terwyl die meisies, onder tant Breggie se toesig, die vleis voorberei wat gebraai moet word.

Van alle kante word Elise gelukgewens omdat sy, die enigste vroulike hengelaar, die grootste vis gevang het.

"Maar kind, kyk net hoe het jy gebrand daar in die bloedige son!" raas tant Breggie. "Nee, regtig, daardie vis is dit nie werd nie. Kom, laat ek room aan jou arms smeer, anders sien ek jy gaan vanaand les opsê."

Met 'n gemoedelike glimlaggie laat Elise die ou dame toe om haar arms met room te smeer. Vanaand sal sy weer room aansmeer om die brand te verkoel.

Nadat almal later reg laat geskied het aan die gebraaide vleis, vars brood en vrugte, besluit hulle om die berg te gaan verken. Net Elise, wat 'n ligte hoofpyn opgedoen het van die lang sit in die son, besluit om nie mee te doen aan die verkenningstog nie. Nadat sy twee hoofpynpille gedrink het, gaan strek sy haar op 'n reisdeken uit en raak byna onmiddellik aan die slaap.

Vir Armand is dit 'n bitter teleurstelling dat Elise nie ook onder die groep verkenners tel nie. Hy was van plan om haar vandag te toon dat daar ander ook is wat hom die liefde kan bied wat sy hom om die een of ander rede nog steeds ontsê. Dit, het hy gedink, is die enigste manier om haar tot haar sinne te bring, haar te laat besef dat daar in die stryd van liefde ook opposisie is.

Maar met hoofpyn en sulke dinge het hy nooit rekening

gehou nie. Ook nie met die feit dat sy hier tussen die vrolike klomp oor Piet sal sit en tob nie en van hom, Armand, nie die minste notisie sal neem nie.

Sy onsekerheid word al knaender. Hy voel half verward en weet ook nie juis wat hom nou te doen staan nie. Dis vir hom 'n pyniging om haar so doelbewus op 'n afstand te hou, en nou wonder hy of dit wel die regte ding is om te doen. Sy het hom alreeds by 'n vorige geleentheid as 'n Don Juan bestempel. Wat gaan haar opinie van hom wees na dese? En handel hy reg teenoor die verliefde Tersia deur soveel aandag aan haar te skenk en haar doelbewus onder die verkeerde indruk te bring? Hoe gaan hy later sy optrede aan haar verduidelik?

Dis 'n stil en teruggetrokke Armand wat saam met die uitbundige klomp in die rigting van die berg stap. Tersia, net soos die ander, tas in die duister rond aangaande sy afgetrokkenheid.

Die aand om die braaivleisvuur is almal weer besonder opgewek. Selfs Elise het uit haar dop gekruip en doen mee aan die vrolikheid wat daar heers. Vroeg die middag is al die bossies van die strokies kweekgras verwyder, en nou dans hulle op die maat van vrolike musiek op die grastapyt wat verlig is met vier gaslampe.

Eenkant sit tant Breggie en oom Lewies die vrolikheid en aanskou. Oom Lewies se een voet hou op die vrolike maat tyd. Albei se gedagtes dwaal terug na hulle jongdae, toe daar nog tente opgeslaan is tydens Nagmaal en die jongmans net soos nou hul flikkers vir die nooientjies gegooi het.

Elise merk dat Armand weer met Tersia dans, en dit tref haar dat hy feitlik elke tweede dans nog met haar gedans het. 'n Snaakse krieweling begin al weer in haar binneste roer, maar sy onderdruk dit gou.

Elise, bestraf sy haarself, jy sal moet gewoond raak aan die gedagte dat hy nie vir jou bedoel is nie.

478

Sy besef dat sy dit moet staak om Armand so dop te hou. Hy kan tog dans met wie hy wil. Sy besluit dat sy net in haar eer gekrenk voel en miskien 'n bietjie jaloers op die ander meisie is omdat sy self al so baie jare die middelpunt van almal se aandag is. Nou skielik vind sy dat Tersia met haar koue hooghartigheid dít gewen het wat sy so intens begeer.

Die musiek loop ten einde. Almal lag en gesels en enkele oomblikke later staan elkeen met iets te drinke in die hand.

Uit die hoek van haar oog merk Elise dat Armand na haar kant toe staan. Onmiddellik gee sy pad en gaan staan by Bettie, Anette en Marie wat soos drie voëltjies kwetter.

Sy merk dat Armand in sy spore vassteek en haar met 'n ergerlike frons agterna staar. Daaraan gaan sy haar nie steur nie. Laat hy gerus na Tersia toe gaan, hy hoort by haar. Sy, Elise, was lank genoeg sy speelbal.

Vrolike musiek klink skielik op en haastig word daar na dansmaats gesoek.

Voordat Armand by Elise kan uitkom, vra Herman van oom Gert Rooibult haar reeds vir die dans en met genoeë merk sy die verontwaardiging op Armand se gesig toe hy kort omdraai en hom in Tersia se rigting begeef.

Dit sal hom 'n les leer, besluit Elise. Hy was lank genoeg haantjie onder Sonnerus se nooiens. Nou moet hy hom maar by sy eie nooi bepaal!

Toe Elise en Herman een keer by Armand en Tersia verby-dans, kan eersgenoemde nie help om Armand se skerp, verwy-tende blik op haar te merk nie en onmiddellik vervies sy haar weer vir hom.

Wie dink hy is hy miskien? Kan hy nie tevrede wees met een nooi se aandag nie? Niemand het hom tog gedwing om Tersia te kies nie!

Al die plesier van die aand is nou vir Elise bederf, want dis vir haar baie duidelik dat Armand van haar verlang om tweede viool in sy lewe te speel. Sodra Tersia se geselskap hom begin verveel, moet sy seker gereed wees om hom met oop arms te ontvang. Piet se liefde en toewyding moet sy prysgee om vir hom die begeerde handperdjie te wees! Sy voel verneder.

Die res van die aand probeer Elise haar bes om buite Armand se bereik te bly. Sodra sy merk dat hy na haar kant toe staan, gee sy haastig pad. Noudat sy sy ware bedoeling met haar ontdek het, sal sy dalk nie haar humeur kan beteuel indien hy haar vir 'n dans vra nie. Watter verduideliking sal sy kan bied sonder om haar eie gevoel vir hom te verraai?

Sy besluit dat dit die beste sal wees om hom maar doelbewus te vermy. Sy voel ook nie vanaand lus vir 'n rusie nie, want die hoofpyn van vanmiddag klop al weer dof agter in haar slape.

Toe die musiek weer later ten einde loop, glip Elise ongemerk om die een tent en gaan strek haar in haar motor uit. Sy het behoefte daaraan om 'n rukkie alleen te wees. Miskien sal die stilte die dowwe hoofpyn ook verdryf.

Ten spyte van haar gebelgdheid en ongelukkigheid raak sy later aan die slaap, onbewus van die opskudding wat haar verdwyning veroorsaak en die soektog na haar wat op tou gesit word.

Neels besluit skielik om te gaan kyk of haar motor nog tussen die ander staan.

"Kom," sê hy aan die bekommerde Armand. "Dis moontlik dat sy dalk skielik besluit het om huis toe te gaan. As jy Elise so goed ken soos ons, sal jy weet dat 'n mens enigiets van haar kan verwag."

"Maar sy sal tog seker nie teruggaan sonder om ons daarvan te verwittig nie," maak Armand beswaar teen Neels se voorspooksels.

"Armand, jy ken ons beeldskone Elise nog nie. As sy 'n ding

in daardie rooikop van haar kry, sal sy ons beslis nie kom vra of dit ons goedkeuring wegdra nie. Sy is daaraan gewoond om te maak soos sy wil. Net vir haar ouers koester sy groot ontsag."

Al geselsend stap hulle in die rigting van die motors en dis vir Neels duidelik dat Armand baie meer ontsteld is oor Elise se verdwyning as wat hy wil laat blyk.

"Wel, sy is ten minste nie terug Sonnerus toe nie," slaak Armand hoorbaar 'n sug van verligting toe hy haar motor tussen die ander bespeur. "Maar kom ons gaan kyk, dalk lê die meisiekind en slaap. As sy dan so 'n onmoontlike brokkie is soos wat jy sê, kan 'n mens so iets mos ook van haar verwag, of hoe?"

"Van haar kan jy enigiets verwag," laat Neels hoor.

Nuuskierig loer Armand deur die voorste venster en gee 'n uitroep van verligting. Vinnig pluk hy die motordeur oop en skud die slapende Elise wakker.

Neels staan sy vriend se hardhandige optrede geamuseerd en betrag.

Swaar gaan Elise se groen oë oop, dan merk sy die twee mansgestaltes in die flou strale van die maan en vlieg verskrik orent.

"Hou jou hande van my af!" waarsku sy en duik af op soek na 'n voorwerp om die dreigende gestalte mee te lyf te gaan.

"Die jou verdiende loon dat jy so skrik," raas Armand met haar. "Jy het ons almal 'n doodse bekommernis op die lyf gejaag deur so te verdwyn!"

Met verligting herken Elise sy stem en sy vlieg weer orent. Nou voel sy egter nie meer verskrik of verward nie, maar net boos oor die aanmatigende toon in Armand se stem.

"Niemand het jou opinie gevra nie," val sy hom bitsig aan, tot groot vermaak van Neels vir wie die spulletjie nou interessant begin raak. "En as ek jou, van alle mense, miskien die skrik

481

op die lyf gejaag het, is ek oneindig verheug daaroor. Dis net jammer dat die skrik nie groot genoeg was om jou mond te snoer nie!"

Neels, wat merk dat hierdie gesprek besig is om op 'n woorde-wisseling af te stuur, tree vinnig tussenbeide en verneem sagweg: "Waarom het jy sommerso verdwyn en hier in jou motor kom lê en slaap, Elsie?" Sy blik rus nietemin beskuldigend op haar. "Weet jy dat ons die afgelope uur al naarstiglik na jou soek?"

"Maar waarom het julle na my gesoek, Neels? Ek is mos nie 'n onverantwoordelike kind wat nie na myself kan kyk nie!" Haar gesig is rooi van verontwaardiging. "Kan ek nooit iets doen sonder om my julle gramskap op die hals te haal nie?" Sy klim uit die motor en klap die deur hard agter haar toe. "Ek het hoofpyn gehad, daarom het ek hierheen gekom," sê sy byna kortaf.

Sy wil vinnig wegstap, maar Armand lê sy hand op haar arm.

"Nie so haastig nie. Ek wil jou graag 'n oomblikkie spreek as jy nie omgee nie," sê hy kortaf en kyk haar streng aan.

Neels, wat Armand se blik opgemerk het, ag dit gerade om hom uit die voete te maak. Hierdie doelbewuste, vasberade op-trede teenoor die eiesinnige rooikop dra Neels se goedkeuring weg en hy wens van harte dat daar iets meer as blote vriendskap tussen die twee ontwikkel. Sover hy die jongmans deurgekyk het, is Armand omtrent die enigste wat Elise in toom sal kan hou. Al wat jongman is, draai sy met gemak om haar pinkie, maar dis duidelik dat sy dit nie met Armand sal regkry nie.

"Dis slapenstyd en nie tyd vir kletspraatjies nie," antwoord sy koel en probeer haar arm uit sy greep bevry. Maar dit laat hom net meer beslis optree.

"Of dit nou slapenstyd is of nie, jy sal luister na wat ek te sê het," ontplof hy en sy oë boor in hare. "Vanaand gaan ek jou die waarheid vertel. Vanaand wil ek jou vertel dat jy my nie ook om jou pinkie kan draai nie. Al is jy ook hoe beeldskoon, is ek heeltemal bewus van al jou swak punte – jou verwaandheid, jou selfsugtigheid, jou . . .”

“Bly stil!” skree sy dit byna uit en werp 'n vernietigende blik na hom. “Jy moet glad nie reken omdat ons twee op die oomblik alleen hier in die donker veld is, kan jy my beledig soos jy wil nie!” Haar oë vlam van woede. Voor hy reg besef wat met hom gebeur, klap sy hom deur sy gesig. “Dis vir jou ongeskiktheid omdat jy 'n dame so beledig het,” snou sy hom toe.

Drif en woede spoel soos 'n golf deur hom en dis met die grootste moeite dat hy homself moet dwing om te onthou dat sy 'n dame is. Sy oë vlam en sy stem sny soos 'n yswindjie deur die nag toe hy op afgemete toon sê: “Dis nou al die derde klap wat jy my gee, Elise. Ek sê jou nou: ek gaan dit nie meer langer verduur nie. Dis jammer dat jy 'n meisie is en ek jou nie in eie munt durf terugbetaal nie. Maar ek belowe jou, volgende keer doen ek dit wel. Vanaand sal ek jou op 'n ander manier terugbetaal.” Die volgende oomblik sluit sy arms besitlik om haar en kom sy lippe hard en gevoelloos op hare neer.

Met byna bomenslike krag spook Elise om haar uit sy arms te bevry, maar Armand druk haar net stywer teen hom vas en verlustig hom in haar magteloosheid.

“So,” sê hy later met ligte spot in sy stem en stoot haar ru van hom weg. “Nou kan jy maar gaan, en laat dit vir jou 'n les wees.”

Sy hoor niks verder nie, want rou snikke van woede en vernedering skeur uit haar bors toe sy haastig van hom wegvlug. Eers later, nadat haar snikke bedaar het en sy haar stem genoeg kan vertrou om 'n verduideliking aan tant Breggie te gee omtrent haar afwesigheid, keer sy na die kampterrein terug waar almal al begin gereed maak om te gaan slaap.

Die volgende dag gaan sy vroeg al na die rotse met haar visstok en aas en keer nie voor eenuur terug nie. Na middagete stap sy saam met die jongklomp al langs die rivier en steur haar glad nie aan Armand se aanwesigheid nie. Vir haar kon hy wel probeer om die vrede tussen hulle te herstel, maar nadat sy gemaak het of sy hom nie eens hoor nie, haar rug beslis op hom gedraai en 'n geselsie met die naaste persoon aangeknoop het, het hy nie weer probeer om met haar te praat nie.

Toe dit eindelik die middag tyd is om die terugtog Sonnerus toe aan te pak, is niemand meer verheug daaroor as Elise nie.

13

Met 'n pakkie boeke onder haar arm kom Elise by die hoofingang van die biblioteek uitgestap en sy stryk haastig oor die straat aan na waar haar motor staan.

Sy klim in en trek versigtig weg. Dis die einde van die maand en die hoofstraat wemel van die verkeer. Al die boere van die omliggende plase is vandag in die dorp om inkopies te doen.

Dis drie dae na die uitstappie Sandrivier toe en Elise voel glad nie gelukkig oor Piet se afsydige houding nie. Vanoggend, op pad skool toe, het hy by haar verbygery en sy groet was beslis nie so warm en vriendelik soos altyd nie.

Hy neem haar blykbaar steeds kwalik dat sy sy wense verontagsaam het en tog die uitstappie meegemaak het. Sy is so diep ingedagte dat sy die motor onbewus na die verkeerde kant van die straat stuur.

"Kyk asseblief waar jy ry!" roep 'n verontwaardigde persoon haar toe. "As jy miskien moeg is vir die lewe, ek is nie, hoor!"

Vinnig pluk sy die motor na die linkerkant van die pad en dan merk sy dat dit Armand is wat feitlik langs haar ry. Op hierdie oomblik voel sy baie lus om hom hardop uit te skel. Sy doen dit egter nie. Net 'n diep blos van bitter verontwaardiging kleur haar wange en sy gluur hom aan.

Hy glimlag net stilweg en dit lyk byna of hy haar giftige blik geniet. Dan val hy weer agter haar in en volg die geel sport-motor tot waar sy voor die woonstelgebou stilhou.

Hy het klaar besluit, kom wat wil, maar vandag moet hy haar spreek, en of sy hom later by haar woonstel gaan uitgooi, skeel hom min. Hy is vasberade om sake vandag uit te praat en sy sal moet luister na alles wat hy te sê het.

Toe sy die sleutel in die voordeur se slot druk, verskyn Ar-mand stil langs haar. Sy houding is kalm en onverstoord soos altyd, en dit ontstel die meisie dat hy hom weer so ongevraag aan haar opdring. Sy gee hom 'n sydelingse blik.

"Kan jy 'n mens nooit met rus laat nie?" snou sy hom driftig toe en haar hand bewe so van gebelgdheid dat sy nie die sleutel in die slot kan steek nie.

Hy merk die gesukkel, neem die sleutel sonder meer uit haar hand en sluit die deur oop.

"Stap maar binne," nooi hy vriendelik, kompleet asof hy die gasheer is en sy die gas.

"Sulke voorbarigheid kan jy gerus elders gaan ten toon stel," voeg sy hom nou behoorlik kwaad toe. Sy draai haar rug op hom en stap vinnig by hom verby.

"Rissie!" roep hy agter haar aan. Hy glimlag in sy enigheid en volg haar ongenooid na binne. Hy merk dat sy in die slaap-kamer verdwyn en die deur hard agter haar toeklap. Dit lok 'n geamuseerde glimlaggie by hom uit.

Hy vly hom op die rusbank neer en begin sy pyp ongeërg stop. Hy steek dit aan en toe die tabak later na wense brand,

485

gaan maak hy die voordeur wat nog steeds wawyd oopstaan, toe. Dan maak hy hom weer behaaglik op die rusbank tuis en het hy vrede met die res van Sonnerus se gemeenskap.

Die een of ander tyd moet sy vandag uit daardie kamer kom, besluit hy vasberade. Hy sal wag. Hy het baie tyd tot sy beskikking!

Vanuit die slaapkamer het Elise gehoor hoe Armand die voordeur toemaak en menende dat hy vertrek het, ag sy dit veilig om haar kamer te verlaat.

Sy neem een van die biblioteekboeke en stap na die sitkamer. Met 'n skok bly sy in die middel van die vertrek staan, want daar op die rusbank sit Armand nog rustig aan sy pyp en suig.

Hy haal die pyp uit sy mond en plaas dit langs hom in die asbakkie.

"O so," sê hy en kyk haar veelseggend aan. "Dan het jy uiteindelik besluit om uit die kamer te kom!"

"Dan ... dan is jy nog ... nog steeds hier!" sê sy stamelend en weet nie presies wat sy van sy vermetelheid moet dink nie.

"Dit wil so voorkom, wil dit nie?" vra hy effens onvergenoeg. Hy tel sy pyp op, klop die as in die asbakkie uit en steek dit in sy sak. Hy kyk haar nog steeds met 'n onpeilbare uitdrukking in sy donker oë aan en vervolg: "Het jy miskien gereken ek sal loop voordat ek 'n woord of twee met jou gewissel het?"

"Ons het absoluut niks vir mekaar te sê nie, Armand, dus kan jy gerus maar gaan," slinger sy hom opstandig toe, en hy merk dat sy weer baie omgekrap is.

"O nee, so maklik gaan jy nie van my ontslae raak nie," laat hy nou weer ewe kalm en rustig hoor. "Kom sit gerus en laat ons hierdie sakie behoorlik opklaar."

'n Oomblik lank ontmoet hulle oë mekaar en dis vir Armand baie duidelik dat Elise nie in die minste lus voel vir hierdie onderhoud nie.

"Kyk hier, Armand van Rijn," bars sy skielik los, "ek weet nie wat jy nou weer in die skild voer nie, maar laat ek jou dít vertel: al jou praatjies beïndruk my hoegenaamd nie. Maak asseblief dat jy hier wegkom. Ek sou reken dat jy my genoeg beledig en verkleineer het. Ek verseg om 'n oomblik langer na jou te luister. Laat my nou asseblief alleen!"

"Maar wil jy nie eens luister na wat ek te sê het nie?" verneem hy half ontnugter en kom vinnig orent. Met drie treë staan hy reg voor haar en sy donker oë kyk haar smeulend, deurdringend aan.

"Ek het jou reeds gesê ek weier om 'n oomblik langer na jou te luister," sê sy kwaai en retireer 'n ent.

Vasberade stap hy weer op haar af en neem haar ferm aan albei skouers. Dan kyk hy haar streng aan en verklaar sag, onheilspellend: "Jy sal en jy gaan na my luister, meisiekind, of jy daarvan hou of nie, en basta nou met jou onsin."

Sy oë boor in hare, en 'n oomblik lank voel Elise totaal magteloos onder sy oorheersende persoonlikheid en die ferm greep van sy staalsterk vingers. Maar ook net 'n oomblik lank, dan skud sy alles van haar af en sê bitsig: "Jy is die mees vermetele mens wat ek ken, en ek herhaal: ons het absoluut niks vir mekaar te sê nie. Gaan nou en laat my asseblief met rus. Jy mors ons albei se tyd."

'n Stonde kyk hy strak in haar opstandige groen oë. Dan verwarm sy blik en sy oë versag. 'n Glimlaggie huiwer vaag om sy mond toe hy sag sê: "Jy maak 'n fout, Elise. Daar is baie wat ons vir mekaar te sê het. Dit hinder my geweldig baie dat jy my sedert die piekniek nog steeds vyandiggesind is. Het ek dan so 'n onvergeeflike oortreding begaan dat dit vir jou onmoontlik is om daarvan te vergeet? Kom, Elise, ek besef dat ek 'n bietjie oorhaastig opgetree het daardie aand, maar dink jy nie dit was met jou dieselfde nie?"

'n Lank ruk staar sy hom koel, swyend aan, dan sug sy en haar stem klink opvallend moeg toe sy eindelik sê: "Miskien is jy reg, Armand; miskien was ons albei te haastig. In elk geval, wat maak dit tog saak?" Sy glimlag flou. "Vandag maak ons vrede, net om môre weer te baklei. Dit bring ons nêrens nie, dit baat absoluut niks nie. Alles is so futiel!"

Sy arms gaan om haar en trek haar dig teen hom aan. Sy oë rus liefkosend op haar gesig.

"My liewe mens, dis nie dat ek graag met jou wil baklei nie. Kan jy dan nie verstaan dat ek jou liefde begeer en nie jou vriendskap nie?"

Saggies streel sy lippe oor haar ooglede, dan skuif hulle oor haar wang en eindelik sluit hulle teer oor haar mond en is sy weer eens hopeloos verlore in die saligheid van sy omhelsing. Onvoorwaardelik beantwoord sy elke liefkosing van hom. Op hierdie oomblik, veilig in sy arms, weet sy dat sy hierdie man altyd sal bemin met 'n diep en teer liefde, 'n liefde wat sy nooit vir 'n ander kan voel nie.

Skielik dring dit egter weer tot haar deur dat sy Armand nie mag liefhê nie, dat hy reeds aan 'n ander behoort, en 'n swaarmoedigheid, gemeng met stilte opstand, sak soos 'n kleed oor haar toe.

Beslis maak sy haar los uit sy omhelsing en gaan staan voor die groot venster met haar rug na hom gekeer. Sy voel die vogtigheid in haar oë en sy verag haarself vir hierdie swakheid.

Armand kom langs haar staan, maar hy waag dit nie om haar weer aan te raak nie. Hy voel diep geraak deur haar vreemde optrede van flussies en hy is vasberade om uit te vind waarom sy soms so snaaks handel. Een oomblik beantwoord sy sy liefde met volle oorgawe en die volgende ruk sy los en is sy koel en ongenaakbaar soos nou.

Is sy slegs temperamenteel of is sy vol nukke? Hy kyk haar

berekenend aan en besluit dat indien dit nukke is, hy haar beslis daarvan sal moet genees.

'n Lang ruk swyg albei. Toe Elise later haar stem weer vertrou, sê sy koel: "Jy sal nou moet gaan, Armand. Ek het vraestelle om na te sien."

"Ek sal gaan, Elise, maar eers nadat jy jou snaakse gedrag aan my verduidelik het," antwoord hy haar terwyl hy haar verwytend aankyk.

"Ek . . . ek begryp nie wat jy bedoel nie," stamel sy effens en haar wange gloei. "My gedrag was, sover ek weet, nog nooit snaaks nie."

"Nie!" en sy donker oë beskuldig haar openlik. "Sal dit nie vir jou ook snaaks voorkom as ek jou een oomblik warm teen my hart vou en jou teer liefkoos, en jou die volgende oomblik kil en koud van my af wegstoot nie? Nee, Elise, hierdie gedrag van jou slaan my totaal dronk. Ek kan dit nie begryp nie, en ek weet ook nie wat om daarvan te dink nie. Ek is daarvan oortuig dat jy my ook bemin. Maar sulke plotselinge ongenaakbaarheid kan ek nie begryp nie. Ek kan inderdaad geensins verstaan waarom jy so optree nie. En tog moet daar 'n rede voor wees."

Haar groen oë vonkel gevaarlik toe sy meteens omdraai en voor hom gaan staan. Afgemete sê sy: "Het jy nooit daaraan gedink dat ek dieselfde spel kan speel wat jy voortdurend met my speel nie, Armand? Of reken jy dat slegs jy dit kan doen?"

"Elise!" roep hy woedend, geskok uit en bal sy hande langs sy sye. "As dit jou idee van 'n grap is . . ."

"Hoegenaamd nie," val sy hom in die rede. "Dit was beslis nie as 'n grap bedoel nie. Inteendeel, ek was nog nooit so ernstig nie!"

"Ek moet sê jou opinie van my is betreurenswaardig. Maar miskien sal dit jou verras om te weet dat ek nie heeltemal so blind en onnosel is as wat jy dink nie. Eerstens weet ek dat jy my bemin en geensins roekeloos besig is om 'n spel met my te speel soos wat jy wil voorgee nie. En tweedens weet ek ook dat dit glad nie die geval is nie. My liefkosings was nog altyd eerlik en opreg bedoel." Hy kyk haar 'n oomblikkie stil aan en vervolg sag: "Ek gaan nou, Elise. Tot siens. En dink na oor wat ek gesê het."

Daarmee draai hy om en verlaat die vertrek. Enkele oomblikke later hoor Elise hoe sy kragtige motor vinnig voor in die straat wegtrek.

Haastig draf sy na die oop venster en verbleek toe sy merk met watter roekeloosheid hy deur die verkeer vleg. Saggies stuur sy 'n gebed op vir sy veiligheid, want sy besef alte goed dat sy die oorsaak van sy roekeloosheid is. As hy vandag moet verongeluk, sal sy haarself nooit kan vergewe nie.

Die maande snel verby en oplaas is dit die einde van die laaste kwartaal.

Met 'n suggie van verligting pak Elise 'n paar belangrike boeke in haar tassie, gaan groet die ander lede van die personeel en stap dan na haar motor.

Hard klap sy die deur agter haar toe en trek met 'n vaart weg. Sy wens dat sy vandag al kan uitry plaas toe, maar daar is nog so baie takies wat sy moet afhandel en dan moet sy ook nog haar horlosie by die juwelierswinkel gaan haal. Hulle behoort teen dié tyd seker al klaar te wees met die herstelwerk daaraan.

Op 'n ingewing besluit sy om sommer dadelik by die juwelier aan te doen, want die pakkery sal beslis die hele namiddag in beslag neem.

Met ligte tred stap sy later die juwelierswinkel binne en loop haar amper in Armand vas, wat diep ingedagte na 'n duur diamantring staan en kyk.

Hy en Tersia gaan seker nou uiteindelik verloof raak, dink sy met die pyn weer in haar hart. Sy ruk haar egter gou reg, want geen lewende siel moet merk hoe sy verlowing haar raak nie.

Hy groet haar vriendelik en vervolg pleitend: "Dis voorwaar vandag Charlie se gelukkige dag om ons albei hier in sy winkel te hê!"

Sy groet hom ongeërg en antwoord ewe koel: "Jy bedoel seker gelukkig om jou hier te hê. Ek kom nie 'n duur verloofring koop nie. Ek kom net my horlosie haal wat ek verlede week vir herstelwerk ingegee het. Charlie gaan nie juis voordeel uit my trek nie. Hoe lyk dit, kan ek jou solank gelukwens met die verlowing?"

"Nee, wag, darem nie nou al nie. Jy kan my op Kersaand gelukwens," lag hy en sy oë skitter ondeund. "Jy kan my liewer kom help om 'n keuse te maak, want die ringe lyk vir my maar almal eenders. Ek wil iets besonders hê, iets wat 'n mens nie aldag sien nie."

Sy staan nader, nie om hom te help met die keuse nie, maar uit nuuskierigheid om te sien watter een hy gaan kies.

"Kyk," sê hy en hou twee groot ringe na haar uit. "Die keuse moet tussen hierdie twee gemaak word. Sit dit aan sodat ek kan sien hoe dit aan 'n vrou se vinger gaan vertoon," gebied hy en steek sonder meer 'n ring aan elke hand. "H'm, ja, nogal nie sleg nie," mompel hy half binnensmonds en merk dat albei ringe haar hande perfek pas. "Watter een sou jy gekies het as die keuse joune was, Elise? Gestel nou ek is Piet en ek wil vir jou 'n verloofring koop, watter een sou jy gekies het?"

Sy aarsel 'n oomblik, dan sê sy sag: "Ek persoonlik hou meer van die wyse waarop hierdie een gemonteer is. Maar onthou: almal se smaak is nie dieselfde nie. Tersia mag dalk van die ander een hou."

Sy verwyder die ringe van haar vingers en gee hulle aan hom terug.

491

"Ja, dis waar. Almal se smaak is nie eenders nie," laat hy hoor. "In elk geval, jou smaak en myne stem nogal ooreen, want ek hou ook van hierdie ring. Gaan jy vandag al huis toe?" verander hy skielik die onderwerp.

"Nie vandag nie. Ek het te veel werk."

"Wanneer, môre?"

"Miskien," antwoord sy ontwykend en neem die horlosie wat Charlie na haar uithou.

'n Stonde kyk Armand haar ondersoekend, byna deurdringend aan, dan draai hy hom na Charlie en sê: "Ek sal hierdie een neem."

Sonder om verder ag op Armand te slaan, betaal sy vir die herstelwerk aan haar horlosie. Sy groet hom en Charlie en verlaat die winkel.

Terug in haar woonstel begin sy in aller yl met die pakkery. Met onbenullige sakies trag sy om die pyn in haar hart te verdryf. Sy slaag egter nie daarin nie, want die gedagte aan Armand en die pragtige verloofring wat hy vir Tersia gekoop het, bly haar by soos haar eie skaduwee en verseg om die wyk te neem.

Ten einde raad gaan sit sy later op die kant van die bed en begin 'n diep en ernstige ontleding maak van die knaende seerheid. Sy dink aan die maande wat sy Armand al ken, aan haar vriendskap met Piet wat intussen gegroei het en tot 'n beter verstandhouding gelei het – so 'n goeie verhouding dat daar al selfs sprake van 'n verlowing is. Maar wat beteken hierdie pyn wat vandag, na soveel weke, weer sy verskyning gemaak het? Het sy Armand steeds lief? En sy het Piet belowe om in Januarie, op haar verjaardag, aan hom verloof te raak! Is dit werklik nog liefde wat sy vir Armand voel? Sy het dan so hard daarteen gestry, en selfs gedink dat sy dit oorwin het! Sy weet nie meer wat om te dink nie. Alles is so deurmekaar. Een ding staan egter vas: sy sal meer van Armand moet sien om vas te stel presies wat haar gevoel teenoor hom is voordat sy aan Piet verloof raak. Al trou Armand ook met Tersia, het sy geen reg om in sulke omstandighede aan Piet verloof te raak nie.

Moeisaam kom sy orent en sit die pakkery afgetrokke voort. Toe die taak eindelik afgehandel is, besluit sy om vir Neels en Bettie in die spreekkamer te gaan kuier. As sy langer alleen hier met haar gedagtes moet verkeer, sal sy gek word. Sy besluit om sommer te voet te gaan. 'n Wandeling sal haar miskien goed doen.

Sy verlaat haar woonstel sonder meer.

14

Elise lê op haar maag op die riempiesmatbank op die voorstoep. 'n Ligte windjie roer die lang, groen varings saggies. 'n Sagte geur, afkomstig van tant Irma se pragtige angeliere, word op die windjie na haar op die bank gedra. 'n Week van haar vakansie is reeds verstreke en sy voel al klaar verveeld.

'n Tydskrif lê oop voor haar, maar dit lyk nie of sy daarin geïnteresseerd is nie, want haar blik dwaal gedurig daar ver na die koppie waar hulle buurman se sierlike, voltooide woning rustig in die môreson bak en die groot vensters soos spieëls blink.

Sy wonder waarom Armand nie die nuwe huis betrek nie, maar dan val dit haar weer by dat hy eendag gesê het die huis word uitsluitlik vir sy vrou gebou, want deesdae wil 'n vrou mos nie met 'n man trou tensy hy haar 'n luukse huis met al die moderne gerieme kan bied nie.

"Dis mos die huis en die motor wat deesdae vir die Evatjies

493

van die grootste belang is," het hy laggend gesê. "Die arme bruidegom is maar net bysaak en van veel minder belang."

'n Glimlaggie plooi om haar mond toe sy aan hierdie woorde van hom terugdink. Sy wonder watter verskoning sy aan die hand kan doen om daardie kasteelagtige huis van binne te besigtig noudat dit voltooi is. Sy sal graag die huis van binne wil sien, want Hennie het haar eendag baie vertroulik meegedeel dat Armand baie ledige uurtjies met sy skilderwerk verwyl en dat sy werk met dié van die land se beste skilders vergelyk kan word. Sy moes ook belowe om nie daardie feit rugbaar te maak nie aangesien Armand verkies om oor dié talent van hom te swyg. Hy beskou dit slegs as 'n stokperdjie.

"O, hier is jy!" onderbreek haar moeder haar gedagtegang en kom langs haar staan.

"Het Mammie dan na my gesoek?" vra sy en glimlag vraend op na die ouer vrou.

"Ja, kindjie, ek het gewonder of jy nie gou vir my sal oorry na De Wilgers toe nie."

"Om wat daar te gaan maak, Mams?"

"Ek wil graag vir Armand 'n paar jong hennetjies stuur."

"Maar hy het mos baie hoenders!" antwoord Elise haar moeder verbaas.

"Syne is almal wit hoenders, Elise. Ek wil vir hom 'n paar swartes stuur omdat hy nou die dag daarom gevra het," verduidelik haar moeder geduldig.

"Goed, Mams, laat iemand maar solank hulle pote aanmekaar vasbind, ek gaan net gou verklee. Ek hoop daar is genoeg brandstof in my motor."

'n Glimlaggie plooi om haar moeder se mond toe sy sê: "Jy sal die bakkie moet neem, my kind. Die hoenders se pote word nie aanmekaar vasgebind nie. Hulle is in 'n kas."

"O, ek sien," sê Elise en glimlag. 'n Blos van verleentheid

kleur haar wange. "Ek vrees my kennis van boerdery begin nou by die dag verswak." Sy kom orent en rek haar lui-lui uit.

"Ek dink dis tyd dat jy terugkom plaas toe sodat jy van voor af kan leer," laat tant Irma hoor en stap die huis binne voordat Elise daarop kan antwoord.

Sy volg haar om te gaan verklee. Dit sal vir haar moeder die heuglikste dag op aarde wees as sy haar pos neerlê en haar hier op Vergesig kom vestig. Dit sal egter nooit gebeur nie. Sy is nog maar 'n week tuis en is moeg van hierdie lewe van niksdoen!

Geklee in 'n pragtige somerrokkie wat agter laag gesny is, trek Elise 'n halfuur later weg op pad De Wilgers toe. Agter op die bakkie gaan die twaalftal jong hoenders naarstiglik tekere. Een keer moet sy selfs stilhou om ondersoek in te stel of alles nog wel is met die geveerdes. Nadat sy haar vergewis het dat alles reg is, klim sy weer in en ry vinnig verder om die onaangenaamheid vir hulle agter die rug te kry.

Langs die huis, onder die bome, hou sy stil en merk dat daar 'n doodse stilte oor die werf hang. Dan dink sy aan al die pret wat hulle jonges al hier op De Wilgers onder die bome gehad het. Na sy huwelik met Tersia sal hier seker nooit weer 'n dans of 'n braaivleis gereël word nie, dink sy met hartseer en begin langsaam aanstryk na die voordeur wat wawyd oop staan.

Saggies klop sy aan die deur. Toe daar geen antwoord op haar klop is nie, stap sy ongenooid binne en roep luid uit: "Is hier dan geen mense tuis nie?"

"O ja, hier is!" antwoord Armand wat in die oop deur van sy studeerkamer verskyn, skynbaar op pad om die deur te gaan oopmaak.

'n Lig van blydskap verskyn in sy donker oë toe hy sien wie sy onverwagte besoeker is.

"Wat 'n aangename verrassing!" roep hy met 'n breë glimlag

uit en groet haar hartlik. "Kom sit gerus, nooientjie," nooi hy gul en lei haar na die sitkamer.

"Wat! Sit wanneer die son so heerlik skyn! Nee, kom ons gaan stap liewer 'n bietjie op die werf rond. My moeder het vir jou 'n paar swart hennetjies gestuur. Hulle is agterop die bakkie."

"Dis baie vriendelik van haar," sê hy opreg dankbaar. "Ek het eendag my bewondering vir haar mooi swart hoenders uitgespreek, en dis toe dat sy belowe het om my 'n paar te gee. Ek gaan in elk geval nou weer vir haar van my jong wit hennetjies stuur. Kom ons gaan haal die hoenders eers van die bakkie af."

Geselsend stap hulle in die rigting van die bakkie en dis duidelik dat Armand baie ingenome is met hierdie onverwagte besoekie. Nog nooit voorheen het sy alleen by hom besoek afgelê nie.

Hy vra een van die plaaswerkers om die hoenders van die bakkie te verwyder en daarna twaalf van sy wit hoenders, elf hennetjies en een haantjie, te vang en in die kas op die bakkie te sit. Toe draai hy hom na Elise en vervolg: "Kom ons gaan soek koffie."

"Hou ek jou nie dalk uit jou werk nie?" wil sy weet.

"Glad nie, maatjie," verseker hy haar terwyl sy oë op haar bekoorlike gestalte rus. "Ek was besig om 'n ruwe skets te maak van die tuin wat om die nuwe huis aangelê moet word. Maar daar is geen haas nie en dit kan wag tot later. Terloops, as jy lus voel, kan jy my daarheen vergesel nadat ons koffie gedrink het. Ek wil graag jou raad hê in verband met die plant van slingerplante."

"Wat wil jy eintlik met slingerplante doen?" verneem sy toe hulle by die kombuisdeur instap.

"Ek dink 'n mens kan daarvan aanplant by die somerhuisie. Wel, jy kan dit nie juis 'n somerhuisie noem nie. Dis meer . . .

e . . . wel, net 'n somershoekie," probeer hy verduidelik en sy swak poging lok 'n glimlaggie by haar uit.

"Ek dink ek weet wat jy bedoel," laat sy bedaard hoor en groet Liesbet met 'n vriendelike glimlaggie.

"Ons kom soek net koffie, Liesbet," laat Armand onverstoord hoor en lei Elise sonder meer na sy studeerkamer waarvan twee mure uit boekrakke bestaan.

"Sit," sê hy en wys na 'n stoel langs die lessenaar. Hy gaan sit ook en skuif 'n groot, vierkantige vel papier na haar. "Dis 'n skets van die tuin aan die voorkant van die huis," verduidelik hy. "En hier is die hoekie waarvan ek gepraat het. Dit moet omskep word in 'n somerhoekie met slingerplante en ander struike."

Met lewendige belangstelling betrag sy die kunstige skets wat hy in potlood gemaak het, en laat dan hoor: "H'm, ja, met bloureën, bougainvilleas en 'n paar ander plante kan jy hierdie hoekie in 'n lushof omskep. 'n Klein visdammetjie met waterlelies en verskillende kleure sal alles mooi afrond en . . ."

" 'n Visdammetjie! Nee, nooit, Elise," onderbreek hy haar ernstig en beslis. "So iets wil ek nooit naby my huis hê nie."

"Waarom nie, Armand?" verneem sy en kyk hom verbaas aan. " 'n Visdammetjie maak dan so 'n mooi vertoning! Ek het Pappie reeds oorgehaal om een op een van ons grasperke te laat aanbring."

"Wel, ek herhaal, so iets nie naby my huis nie. Daar het al te veel babas in visdamme verdrink. En ek is hoegenaamd nie bereid om my kinders aan so 'n gevaar bloot te stel net vir die mooi indruk wat dit skep nie. Nee, dink liewer aan iets anders."

"Maar 'n vlak visdammetjie . . ."

"Hoegenaamd nie. Ek is geensins daarvoor te vinde nie," val hy haar weer beslis in die rede.

497

"Nou ja, wat van 'n halfmaanvormige rotstuin wat terself-dertyd kan dien as 'n lae muurtjie?"

"A, dit klink beter," glimlag hy weer met sy ou sjarme. "Nou het jy iets voorgestel wat werklik die moeite werd is, meisie-kind."

Daar is 'n sagte klop aan die deur en Liesbet maak haar ver-skyning met twee koppies koffie en 'n bord met tuisgebakte beskuitjies.

"Kom, ons gaan kyk gou na daardie hoekie. Ek wil hê jy moet my presies wys waar die rotstuin moet wees," sê hy nadat albei hul koffie klaar gedrink het.

"Maar dink jy nie jy raadpleeg nou die verkeerde persoon nie, Armand?" merk sy stil op toe hy die motordeur vir haar oophou om in te klim. "Ek sou reken dat Tersia die persoon is wat jy moet vra. Dit is tog per slot van rekening háár smaak wat tel, aangesien sy die huisvrou van De Wilgers gaan word!"

Hy klap die deur hard toe en stap voor om die motor. Dan skuif hy agter die stuur in.

"Die huisvrou van De Wilgers kan altyd veranderings aan-bring as sy nie van dinge hou soos wat dit is nie," antwoord hy en glimlag met vonkelende oë vir haar.

Hy skakel die motor aan en trek vinnig weg.

In stilte lê hulle die kort ritjie af, elkeen besig met sy eie ge-dagtes wat nie vir die ander een bedoel is nie. Vir Elise sou dit beslis 'n geweldige ontnugtering gewees het as sy moes weet wat in Armand se gedagtes omgaan. En vir hom sou die ont-nugtering nie minder groot gewees het indien hy weer haar gedagtes kon raai nie.

Etlike minute later hou hy voor die sierlike woning stil. Soos die vorige keer wag Elise nie vir hom om die deur vir haar oop te maak nie, maar klim sonder meer uit.

"Wil jy eers die huis van binne sien noudat dit voltooi is?"

verneem hy toe hy by haar aansluit. Sy lyk vir hom meteens so klein en verlate daar waar sy stil en afgetrokke langs die motor na die voorkant van die huis kyk.

Soos 'n elektriese skok tref dit hom dat sy om die een of ander onverklaarbare rede glad nie gelukkig voel nie. Dit demp die blydskap wat haar onverwagte besoekie gebring het.

"As dit nie te lank sal neem nie, sal ek dit nogal graag wil sien," antwoord sy sonder veel geesdrif.

Hy kyk haar ondersoekend aan en vra versigtig: "Is jy dan haastig, Elise? Dis mos nog vroeg, maatjie."

"Dit is, ja. Maar Pappie en Hennie mag dalk die bakkie nodig kry."

"Wees gerus, hulle sal die bakkie nie vandag nodig kry nie. Jou pa en Hennie is albei besig met die herstel van die windpomp in die onderste beeskamp. Ek weet, want ek was self vroeër vanmôre daar."

Al geselsend lei hy haar deur die leë huis wat nog wag op die meubels wat dit moet vul. En die wete dat hy al hierdie dinge met liefde en toewyding vir Tersia tot stand gebring het, die vrou wat hy bemin, die vrou wat die moeder van sy kinders gaan wees, stuur so 'n oneindige pyn deur haar gevoelige hart dat 'n knop dreig om in haar keel te vorm.

Sy sluk hard. Sy besef dat sy liewer nie die huis moes kom besigtig het nie. Aan die ander kant weet sy nou ten minste dat sy hom nog liefhet, dat die gevoel wat sy vir Piet koester nie liefde is nie. Nou weet sy ook dat sy nooit aan Piet verloof mag raak nie; nie met hierdie oneindige liefde in haar hart nie. Dit sal 'n bitter onreg wees teenoor beide haarself en Piet . . .

"Hoe hou jy van die kaggel, Elise?" hoor sy Armand langs haar vra.

"Dis mooi, baie indrukwekkend," sê sy sag, bang dat haar stem dalk haar gemoedstoestand sal verraai. Wat het dit tog op stuk van sake met haar te doen of dit mooi is of nie? Dis mos nie sy wat hier moet kom woon nie!

Toe hulle later op die voorstoep staan, kyk Armand haar stil aan en laat duidelik teleurgesteld hoor: "Ons het die hele huis deurgestap, Elise, en jy het nou waarlik nie eens een maal gesê of jy van die huis en die kleurskema hou nie!"

Sy lag bewerig en sê half senuagtig: "Jy lyk so . . . so teleurgesteld daaroor, Armand. Maak dit dan saak? Ek bedoel, my opinie is mos nie juis van belang nie. Ek . . . ek hou van die huis. Ook die kleure wat jy in elke vertrek aangebring het is mooi, behalwe die . . . e . . . hoofslaapkamer. Ek bedoel die kleur daarvan." Dan bly sy skielik stil asof sy reeds te veel gesê het en nou met geweld die res van haar woorde wil terugdwing.

"Wat is verkeerd met die kleur, Elise?" en sy donker oë verhelder noudat sy darem in 'n mate belangstelling begin toon.

"Wel, die kleur is eintlik meer geskik vir 'n man se kamer en jy gaan tog seker die kamer met jou . . . e . . . Tersia deel, nie waar nie? Of gaan julle aparte kamers hê?"

"Nee, daarvoor is ek nog te outyds," glimlag hy en betrag haar fyn gesiggie berekenend, kompleet asof hy besig is om haar op te som. "As ek trou, verwag ek dat my vrou nie net my kamer met my moet deel nie, maar ook my bed. Ek glo nog aan 'n gesellige ou dubbelbed. Maar om terug te kom tot die onderwerp – watter kleur sou jy verkies het?"

"Beslis 'n sagter kleur, soos ligroos byvoorbeeld. Maar kom ons gaan kyk liewer nou na daardie hoekie wat jy in die oog het. Dis al byna twaalfuur en Mammie verwag my tuis vir middagete."

Speels plaas hy sy arm om haar skouers terwyl hulle aanstap en merk vrolik op: "Jy is 'n liewe meisie om my so uit die verknorsing te help, Elise!" Hy druk haar liggies teen hom vas. "Ek gee jou sommer nou 'n soentjie as beloning."

500

Liggies glip sy onder sy arm uit en gaan eenkant staan. Dan kyk sy hom met 'n blos van verleentheid aan en sê: "Ek sal nie as ek jy is nie, Armand. Jy vergeet blykbaar dat jy op trou staan!"

"En wat het dit met die prys van eiers te doen?" Sy blik rus uitdagend op haar en 'n oomblik lank voel Elise diep afgehaal deur sy houding asook sy woorde.

"Weet jy, Armand," voeg sy hom diep seergemaak toe en haar oë begin plotseling in trane swem, "jy gee my regtig die indruk dat jy my aansien vir 'n losbandige mens. Waarom doen jy dit? Lyk ek dan regtig vir jou so goedkoop?"

"Elise!" Met twee treë staan hy reg voor haar. Sy oë blits onheilspellend toe hy streng vervolg: "Daardie aaklige woorde wil ek nooit, nooit weer uit jou mond hoor nie. Begryp jy?"

Hy merk skielik die twee groot trane wat stadig oor haar wange rol en verag homself omdat hy haar, hoewel onwetend, so diep verneder het. "Ek is bitter jammer, ou maatjie," sê hy sag, plaas sy een arm beskermend om haar tengerige skouertjies en bied haar sy sakdoek aan. "Vergewe my, asseblief? Ek het nie bedoel om jou seer te maak nie. Sê dat jy my vergewe, Elise," soebat hy. Dan draai hy haar om sodat sy reg voor hom staan, kyk berouvol af na haar effens bleek gelaat en verneem sag: "Kan jy my vergewe? Ek het dit tog nie so bedoel nie!"

As antwoord knik sy net, want sy vertrou haar stem nie om ja te sê nie. En Armand, wat dit merk, besluit dat hulle die somerhoekie by 'n latere geleentheid kan bespreek. Hy stel voor dat hulle liewer teruggaan huis toe.

Met die luide gekraai van tant Irma se menigte hane in haar ore, ontwaak Elise in haar bed.

'n Lang ruk lê sy en luister na die hanekraai wat vir haar so 'n groot bekoring besit. Dit maak haar diep gelukkig, veroorsaak 'n gevoel van kalmte en rustigheid, van aangename tuiswees en die heerlike vooruitsig van 'n nuwe dag wat aanstons in die ooste sal breek.

Haastig spring sy uit die bed, trek gou haar kamerjas en pantoffels aan en draf met die trappe af na die klavier in die sitkamer. Binne enkele oomblikke weerklink een van die bekende Kersliedjies deur die vroeë môrestilte. Daarna speel sy *Stille nag, heilige nag.*

Toe sy daarmee klaar is, maak sy weer die klavier toe. Toe sy omdraai, merk sy dat die res van die gesin in die sitkamer vergader het saam met Armand wat die vorige dag by hulle aan huis deurgebring het, en genooi is om vir Kersdag oor te bly.

"Dit was 'n wonderlike gedagte van jou, ousus, om ons op so 'n mooi wyse wakker te maak," kom dit stil, aangedaan van haar vader. "Kom, laat ons almal eers ons Skepper loof en dank vir hierdie wonderlike dag."

Eerbiedig gaan almal op hul knieë. Dan breek die diep stem van ouderling Veldman die vroeë stilte met 'n kort en kragtige gebed van danksegging. Daarna speel Elise *Prys die Heer* en almal sing uit volle bors saam.

Terwyl Elise nog bewegingloos voor die klavier sit, gaan die twee ou mense weer na hul slaapkamer en Hennie na syne. Net Armand bly sit. Nadat Hennie die vertrek verlaat het, kom hy orent en gaan langs Elise staan.

"Asseblief, Elise, sal jy nie nog iets speel nie?" vra hy en laat sy hand liefdevol op haar skouer rus.

"Wat sal ek vir jou speel, Armand?" vra sy sag, sonder om op te kyk.

"Speel enigiets wat jy wil, maatjie, ek wil net daarna luister."

Sy dink 'n oomblik na en dan gly haar vingers oor die klawers. Die musiek vul die hele vertrek. In ademlose stilte drink die jongman elke klank in soos 'n dorstige in 'n woestyn. Dan word die musiek sagter en sagter totdat dit heeltemal wegsterf en net die stilte soos 'n digte mis om hulle bly hang.

"Dit was wonderlik, Elise," sê hy fluisterend. Toe merk hy die eerste sonstraaltjie wat skugter deur die venster loer en vervolg sag: "Kyk, die dag het gebreek, my meisie. Die eerste sonstraaltjie is al hier om ons 'n geseënde Kersfees toe te wens."

Saam gaan staan hulle op die voorstoep om die nuwe dag te verwelkom, 'n dag van welbehae.

"Kom, ek hoor daar word koffie geskink en hier staan ons nog in ons kamerjasse rond," laat Elise effens selfbewus hoor. Die warm, intieme blik wat Armand op haar werp, laat haar openlik bloos.

"Net 'n oomblik, nooientjie!" sê hy toe hy merk dat sy al weer planne het om te vlug. "Gaan ons nie na ontbyt 'n entjie te perd ry nie?"

"Wel . . . ons kan so maak," antwoord sy huiwerig. "Maar nou moet jy my regtig verskoon sodat ek kan gaan verklee."

'n Lang ruk staan Armand nog met teer gedagtes die fris klaarheid en skoonheid van die môrestond en indrink. Dan draai hy ook om en stap die huis binne.

Na ontbyt stap die twee na die stalle waar hulle twee perde opsaal.

Rats lig Armand en Elise hulle in die saals en met dawerende hoefslae galop hulle oor die werf en kies onbewustelik koers in die rigting van die rivier.

"Weet jy, Elise, ek het altyd gedink dat jy jou maar net streng Christelik voordoen omdat jou vader 'n ouderling is," merk hy later op toe hulle stadig afsak na die rivieroewer.

"So? En wat het jou van gedagte laat verander, of het jy nie van gedagte verander nie?" Sy kyk hom aan en wonder heimlik wat hom tot sulke woorde beweeg het.

"Ek het vanmôre van gedagte verander," laat hy ernstig hoor.

"Vanmôre het ek vir die eerste maal die ontdekking gemaak dat jou Christelike gedrag geen vertoning is nie, maar eerlik en opreg bedoel is. Hierdie Kersdag sal altyd in my geheue voortleef, want dit was vir my die wonderlikste ondervinding wat ek nog ooit beleef het toe ek vanoggend ontwaak het met die soet klanke van *Die Heiland is gebore.*"

"Ek is bly as jy so daaroor voel, Armand," sê sy sag. "Ook is ek bly dat jy my nie meer van valsheid verdink nie. Vals sal ek nooit kan wees nie, daarvoor was my opvoeding te streng Christelik."

"Ek besef dit, maatjie," glimlag hy vir haar. "En glo my, ek bewonder jou nou meer as ooit tevore, want ek is ook streng Christelik opgevoed."

Hulle bereik die oewer van die rivier en hou die perde in. Om hulle is dit net een massa sonneweelde en daar onder kabbel die water rustig.

'n Lang ruk sit albei diep ingedagte na die helder stroom en kyk, en na die geluide van die natuur en luister.

Armand is die eerste een wat die stilte verbreek deur plaend te sê: "Onthou jy nog die dag toe ek jou op daardie rots betrap het wat daar in die middel van die stroom uitsteek?" Hy kyk na haar en sy donker oë glimlag in hare.

"Asof ek dit ooit sal vergeet!" antwoord sy met 'n stralende gesig. "Dis mos hier waar jy jou eerste oorveeg van my ontvang het."

"Presies, en later nog twee," lag hy goedig.

"Ja, jy het tot dusver nog altyd net in die warm water by my geland," spot sy liggies.

"Nou praat jy, nooientjie. Maar ek dink die bordjies gaan van nou af verhang word," spot hy saam en kyk haar ondeund aan.

Laggend, skertsend verwyl hulle die tyd. En toe die son later

te warm word, stel Armand voor dat hulle gou oorry De Wil-
gers toe, want hy wil gaan kyk of alles daar nog in orde is.

Op 'n vinnige galop nader hulle later die werf, en met tevre-
denheid merk die jongman dat alles in orde is.

"Kom," sê hy later aan Elise, "ek wil jou graag iets daar bo by
die nuwe huis gaan wys." En voordat sy nog kan teëstribbel, lei
hy haar na die perde wat voor die agterdeur staan.

"Ons sal moet gou maak, Armand," waarsku sy. "Dis nou-
nou teetyd en Mammie sal ons nooit vergewe as ons nie daar is
om haar heerlike koek en melktert te nuttig nie."

"Toe maar, ons sal nie lank draai nie, want my mond water al
vir daardie heerlike melktert waarvan jy praat."

Etlike minute later ry hulle oor die werf van die nuwe huis.
Hulle maak die perde aan 'n boom vas en stap na die huis.

Geprikkel deur nuuskierigheid, volg Elise Armand na binne
en eindelik stoot hy die deur van die hoofslaapkamer oop.

Liggies druk hy haar na vore en verneem sag, opgewonde:
"Dra hierdie kleur miskien jou goedkeuring weg?"

Stil dwaal haar blik deur die ruim, sonnige vertrek, dan trek
sy haar asem diep hoorbaar in.

"Is . . . is dít wat jy my wou wys?" stamel sy sag.

"Reg geraai, nooientjie," glimlag hy opgewonde. "Hou jy
daarvan?"

"Dis pragtig, Armand! Maar waarom het jy dit gedoen . . .
ek bedoel, die kleur verander? Die oorspronklike kleur was tog
jou smaak en miskien sou jou aanstaande vrou ook daarvan
gehou het?"

"Nee, maatjie, my aanstaande vrou sou beslis nie van die oor-
spronklike kleur gehou het nie. Ek weet dat sy oor besonder
fyn smaak beskik. Kom ons gaan sit daar op die vensterbank. Ek
wil jou graag jou Kersgeskenk gee."

"Armand! Nou verbaas jy my werklik," glimlag sy flou en

kyk hom half verward aan. "Jy laat my ook vreeslik verleë voel, want ek het nie vir jou 'n geskenk gekoop nie. Ek . . ."

"Maar sal jy nou ophou met neul en hier by my kom sit!" gebied hy gemaak streng.

"Toe maar, moenie met my raas nie. Hier sit ek," paai sy met 'n goedige glimlaggie en stryk effens selfbewus met haar hande oor haar skoot.

Met 'n hart wat vinnig klop van opwinding, steek hy sy hand in sy baadjie se binnesak en haal 'n klein, vierkantige dosie te voorskyn.

Hy maak die dosie oop en sê sag: "Gee my jou hand, nooientjie; jou linkerhand . . ."

"Armand! Nee, jy kan nie! Daardie ring! Dis dan die verloofring wat jy vir Tersia gekoop het!" roep sy uit en haar gelaat is doodsbleek.

"Maar, my liewe mensie, ek het nog nooit gesê dat ek hierdie ring vir Tersia gekoop het nie. Dit was maar altyd jou eie gevolgtrekking. Maar kom, gee my nou jou hand. Ek wil dit self aan jou vinger steek."

"Armand, dis dan 'n verloofring!" Sy kyk hom totaal verward aan en haar hele wese getuig van ongeloof.

"Ek weet dis 'n verloofring. Jy het nie eens nodig om my dit te vertel nie," glimlag hy fyntjies.

"Maar, Armand . . ."

"Kom, maatjie, geen maars nie. Gee my jou hand. Hierdie kat-en-muisspeletjie tussen ons twee het lank genoeg geduur. Maande lank moes ek sit en toekyk hoe Piet Beukes jou glimlaggies en aandag het. Nou gaan daar beslis 'n einde aan kom."

Hy tel haar hand wat slap in haar skoot lê op en steek die skitterende juweel aan haar vinger. Hy steek sy hand weer in sy sak en haal nog 'n dosie te voorskyn. "Hierdie een," sê hy en maak die dosie oop, "is daardie een se maat. Maar dit kry jy eers die dag wanneer ons voor die kansel verskyn."

Sprakeloos staar sy hom aan terwyl hy die dosie met die trouring terugplaas in sy sak. Sy sluk, maar haar tong weier om 'n enkele woord te vorm. Dit voel kompleet asof sy met stomheid geslaan is. Sy kan dit net nie glo dat die ring hare is nie.

"Elise," sê hy weer en kyk hartstogtelik na haar toe sy niks sê nie, "ek kan nie langer so lewe nie. Ek het jou lief, my skat . . . so diep en opreg!"

Voor sy kan teëstribbel, sluit sy arms om haar in 'n vurige omhelsing wat haar van alle wil en weerstand ontneem. Asof in 'n droom gee sy haar oor aan sy omhelsing. Haar arms gly om sy nek en sy beantwoord sy soen met dieselfde vuur en hartstog.

Toe hy eindelik sy kop oplig, straal daar 'n lig van intense tevredenheid uit sy donker oë.

"Sê dat jy my ook liefhet, my liefling. Sê dat jy my vrou sal word," fluister hy sag en druk haar teer teen sy bors aan.

"Ek het jou lief, Armand," antwoord sy met 'n stralende glimlag. "Ek het jou baie lank reeds lief. Maar ek moes terugstaan, want ek het aan Tersia gedink, aan jou liefde vir haar en aan jou ouers wat haar vir jou as lewensmaat gekies het."

"Elise, hoe kon jy ooit so iets doen, my liefling? Tersia beteken vir my absoluut niks nie. Al die jare was daar net vriendskap tussen ons. Dis vir jou wat ek liefhet, my skat. So lief dat ek dit selfs nie kan duld om 'n dag langer van jou geskei te wees nie. Jy gaan my nie lank laat wag nie, meisietjie, gaan jy?" vra hy en kyk haar pleitend aan.

"Sal 'n jaar te lank wees?" terg sy met 'n vroom gesiggie.

"Wat? 'n Jaar?" ontplof hy en kyk haar streng aan. "Nee, dis verregaande. Jy vra sowaar die onmoontlike van my. Ek sê jou reguit, ek sien nie daarvoor kans nie, my lief."

"En wat van die pos wat ek beklee in . . ."

"Dié bedank jy onmiddellik," laat hy beslis hoor. "Kyk, ek is gewillig om 'n maand of drie te wag, maar nie 'n dag langer nie. En jy gaan my nie langer as dit laat wag nie, my skat."

"Wag 'n bietjie, ou kêrel," glimlag sy. "Jy is so haastig met die huweliksdag. Besef jy dat jy nog nie eens ouers gevra het nie?"

"Wat? Ouers vra?" hy bars heerlik uit van die lag. "Dit sal jou interesseer om te weet dat ek lankal ouers gevra het, nog voordat ek die nooi gevra het, my lief!" En weer begin hy heerlik te lag.

"Dit lyk vir my of ek nou eers begin lig sien," lag sy saam. "Dan is hierdie eintlik 'n gekookte saak!"

"Nie gekook nie, my skat. Ek het bloot jou ouers se hulp ingeroep, want jy was my nog altyd so vyandiggesind. 'n Plan moes ek met jou maak. Maar om terug te kom na ons huwelik . . ."

"Toe maar, ek sal jou nie lank laat wag nie. Oor drie maande sal ek my bereidwillig verklaar om mevrou Armand van Rijn te word."

"Pragtig!" roep hy bly en opgewonde uit. "Dis presies waarvoor ek al die tyd geduldig gewag het. Maar ek waarsku jou, as ek Piet Beukes weer in jou woonstel vang, draai ek sy nek om."

Elise bars uit van die lag.

"Kom, jong, jy raak nou te veglustig," en sy vee haar hare met die agterkant van haar hand weg van haar voorkop. "Ek dink dit was lankal tyd vir tee. Mammie gaan ons vandag braai oor ons afwesigheid."

"O nee, ek gaan beslis nie terug voor jy my eers 'n behoorlike soen gegee het nie," maak hy beswaar en trek haar nader. "Jy probeer verniet vlug, meisiekind, jou dae van weghardloop is verby. Gee gerus maar daardie soentjie waarvoor ek so moet soebat."

Sy soen hom liggies op sy mond. Maar met so 'n vlinderfyn soentjie is hy glad nie gediend nie.

"Jy soen verkeerd, my poppie," lag hy met 'n stralende gesig en druk haar hartstogtelik teen sy bors aan. "Ek sal jou nog die tegniek moet leer. Kyk, so," en sy lippe lê vuriglik beslag op hare.

www.ingramcontent.com/pod-product-compliance
Lightning Source LLC
Chambersburg PA
CBHW072014020726
47501CB00006B/1798